THE
AGE OF
MADNESS

疯狂年代 卷一 小小仇恨

[英] 乔·阿克罗比 / 著
露可小溪 / 译

A
LITTLE
HATRED

重庆出版集团 重庆出版社

A LITTLE HATRED

Copyright © Joe Abercrombie 2019

First published in Great Britain in 2019 by Gollancz

An imprint of the Orion Publishing Group, Orion House, 5 Upper St Martin's Lane, London WC2H 9EA

Published by arrangement with Orion Publishing Group via The Grayhawk Agency Ltd

Simplified Chinese translation copyright© 2024 by Chongqing Publishing House Co.,Ltd

All rights reserved.

版贸核渝字（2020）第 234 号

图书在版编目（ＣＩＰ）数据

疯狂年代. 卷一, 小小仇恨 /（英）乔·阿克罗比著;露可小溪译. -- 重庆 : 重庆出版社, 2024.10
书名原文：A LITTLE HATRED
ISBN 978-7-229-18733-0

Ⅰ. ①疯… Ⅱ. ①乔… ②露… Ⅲ. ①长篇小说－英国－现代 Ⅳ. ①I561.45

中国国家版本馆CIP数据核字(2024)第099997号

疯狂年代（卷一）：小小仇恨
FENGKUANG NIANDAI（JUANYI）：XIAO XIAO CHOUHEN

[英] 乔·阿克罗比 著 露可小溪 译

责任编辑：唐弋淄 王靓婷 唐凌
联合统筹：重庆史诗图书信息咨询有限公司
装帧设计：谢颖设计工作室
责任校对：刘小燕
排版设计：池胜祥

重庆出版集团
重庆出版社 出版

重庆市南岸区南滨路 162 号 1 幢 邮政编码：400061 http://www.cqph.com
重庆市鹏程印务有限公司 印刷
重庆出版集团图书发行有限公司 发行
E-mail:fxchu@cqph.com 邮购电话：023-61520646
全国新华书店经销

开本：890mm×1230mm 1/32 印张：17.875 字数：480 千
2024 年 10 月第 1 版 2024 年 10 月第 1 次印刷
ISBN 978-7-229-18733-0
定价：82.80 元

如有印装质量问题，请向本集团图书发行有限公司调换：023-61520678

版权所有 侵权必究

第一部
Part · 1

"革新之后的时代越来越疯狂;世上一切事情都要以新的方式去做。"

——约翰逊博士[①]

[①] 译者注:塞缪尔·约翰逊是英国作家、文学评论家和诗人。

1 天赐与天谴
Blessings and Curses

"瑞卡。"

她勉强睁开一只眼睛。一道光刺了进来，晃得人想吐。

"醒醒。"

她用舌头把口中那根湿漉漉的木钉抵出去，脑子里独独想到一个字，于是哑着嗓子说："操。"

"这就对啦！"艾森蹲在一边袖手旁观，笑得东倒西歪，牙洞也露了出来，串着符文木片和指骨的项链晃来荡去，"你看见啥了？"

瑞卡突然抬手，一把抓着脑壳。她的头骨好像即将四分五裂，快要炸开了。眼皮里面依然呼呼地冒着影子，类似你盯着太阳看过之后残留的闪闪光斑。

"我看见人从高塔上掉下去。好几十人。"想到他们砸在地上的场面，她不禁皱起眉头，"我看见人被吊死。一排接一排地吊。"回忆起摆荡的尸身和晃悠的腿脚，她的肠胃缩成一团，"我看见……可能是在打仗？在红色的丘陵底下。"

艾森嗤之以鼻。"这儿是北方。打仗的事不消用魔法看。还有呢？"

"我看到乌发斯起火了。"瑞卡似乎还能闻到烟味。她摸了摸左眼。烫。烧得发烫。

"还有呢？"

"我看到狼吃了太阳。然后狮子吃了狼。然后羔羊吃了狮子。然后猫头鹰吃了羔羊。"

"那只猫头鹰还真是个怪物。"

"兴许是特别小的羔羊？到底是啥意思？"

艾森摸了摸疤痕累累的嘴唇，这是习惯动作，说明她准备发表几句高深莫测的言论。"该死，我一丁点头绪都没有。也许时间之轮的转动会揭开那些幻象的谜底。"

瑞卡啐了一口唾沫，但嘴里依然是绝望的滋味。"那就……等着瞧吧。"

"十二次里不下十一次，等着瞧是最佳选择。"艾森挠着锁骨窝，眨了眨眼，"但要是我这么说，他们肯定当我不动脑筋。"

"啊，那我现在就能揭开两个谜底。"瑞卡呻吟着，撑起一边胳膊肘，"我头疼，还有，我拉在裤子里了。"

"第二个不是秘密，长了鼻子的人都晓得。"

"他们会喊我屎瑞卡，"她动了动，皱起鼻子，"已经不是第一次了。"

"你的问题就是太在乎人家怎么喊你。"

"我的问题就是我遭了天谴。"

艾森轻轻点了点她的左眼下方。"你说你遭了天谴，我说是天赐的千里眼。"

"哈。"瑞卡翻身跪起来，胃里依然翻江倒海，嗓子眼发痒，直犯恶心。死者在上，她难受得要命，整个人似乎都被榨干了。比在啤酒杯里泡上一整夜还痛苦，而且丝毫谈不上享受。"我觉得不是啥好事。"她咕哝道，刚才她小心翼翼地憋着打了个嗝，强忍着没吐出来。

"有福从来都有祸，有祸难说没有福。"艾森从一大块晒干的查加上掰了一点下来，"凡事都这个德性，关键在于你怎么看。"

"很深刻。"

"那可不。"

"也许某个头不疼的家伙会佩服你的大智慧。"

艾森舔舔手指，把查加搓成团子递给瑞卡。"我是深不可测的启示之井，却不能强迫无知之人饮下智慧的泉。现在把你的裤子脱了。"她发出粗野的笑声，"多少男人想听我说这句话。"

瑞卡背靠一块积雪的立石而坐，眼睛眯成缝，看阳光照在湿淋淋的枝丫上，父亲给她的毛皮斗篷裹在肩头，冷风拂过她的光屁股。她嚼着查加，浑身都在发痒，只能拿脏得发黑的指甲乱抠一阵，尽可能松解她惨遭踩躏的神经，驱散那些关于高塔、吊死鬼和乌发斯着火的记忆。

"幻象，"她嘟囔道，"绝对是天谴。"

艾森拎着瑞卡湿淋淋的裤子爬上岸来，踩得积雪嘎吱作响。"干净得像新雪一样！现在你只有青春和沮丧在散发恶臭。"

"你好意思说我臭，艾森-埃-费尔。"

艾森抬起强有力的、布满刺青的手臂，嗅了嗅腋窝，满足地叹了口气。"我是月亮的宠儿，优秀，朴实，女人味十足。如果你对臭味有意见，那你可挑错同伴了。"

瑞卡吐了一口嚼剩的汁水，结果吐得不好，大部分都沾在下巴上。"你要是以为这里面有哪一点是我自己挑的，那你肯定疯了。"

"他们就是这样说我爹的。"

"他的脑子里活像装了一麻袋猫头鹰，你老是这么说！"

"是啊,咋说来着,此之疯子,彼之天才。以我亲眼所见,你不就超凡脱俗了一把吗?这次你扑腾得太厉害,靴子差点都踢掉了。以后可能得用绳子绑着你,免得你撞破脑袋,口水横流地死掉,跟我兄弟布瑞特一样。注意,他至少没有拉在裤子里。"

"多谢提醒。"

"不客气。"艾森拿手指圈了个小洞,眯着眼睛窥视太阳,"上路的时辰已经过了。今天干了大事。也可能是小事。"她把裤子扔到瑞卡腿上,"你还是穿上的好。"

"什么,穿湿的?磨得难受。"

"磨得难受?"艾森哼了一声,"你就担心这个?"

"我的脑袋还疼得厉害,连牙齿都有感觉。"瑞卡恨不得大声嚷嚷,但只会疼得更狠,所以她只敢低声呜咽,"一点点难受我都不想有。"

"生活就是各种一点点难受,姑娘!好叫你知道你还活着。"艾森又发出那种笑声,同时兴奋地猛拍瑞卡的肩膀,拍得她歪歪倒倒,"你要是乐意的话,大可以光着大白屁股走,但不管怎样你都得走了。"

"天谴,"瑞卡扭动着套上湿冷的裤子,抱怨道,"绝对是天谴。"

"所以……你当真认为我有千里眼?"

艾森大步流星地在林中穿行,瑞卡不管怎么努力都落后半步,憋屈得紧。"不然呢,你当真认为我愿意在你身上白费力气?"

瑞卡叹了口气。"倒也不是。只是,听歌谣里唱的,它是女巫、法师和贤哲看透未来迷雾的能力。而不是害得笨蛋们摔大跟头,屎尿拉裤子里。"

"你怕是没有注意到,吟游歌者最喜欢添油加醋。你想啊,歌唱贤明的女巫,能挣得盆满钵满,换成尿裤子的笨蛋,还有什么赚头。"

瑞卡悲哀地接受了这个事实。

"要证明你有千里眼并不容易。你不能强迫千里眼睁开。你必须好生招呼它。"艾森说着挠了挠瑞卡的下巴,她下意识地扭头避开,"带它去竖立着古老石头的圣地,让月亮可以毫无保留地照着它。但即便如此,它能看见什么完全取决于它的意愿。"

"可是,乌发斯居然烧了?"随着她们走下群山,离家越来越近,瑞卡愈加忧心忡忡,死者在上,她在乌发斯并非过得那么舒心,但也不希望家里着火,"怎么可能?"

"做饭的时候一不小心就可能烧起来。"艾森的眼珠子滴溜一转,"但咱们在北方,要我说,城里起火十之八九是因为战争。"

"战争?"

"就是很大很大的仗,谁都逃不掉的那种。"

"我知道战争啥意思。"恐惧在瑞卡的颈背处滋长,无论怎么扭脖子甩肩膀都挣脱不掉,"可自打我出生以来北方都是和平的。"

"我爹常说,聪明人就该在和平时期做好干仗的准备。"

"你爹太疯了,脑袋里装了满满一靴子的大粪。"

"那你爹怎么说?很少有狗子那么理性的。"

瑞卡又活动了一下肩膀,但完全没用。"他说抱最好的愿望,做最坏的打算。"

"金玉良言。"

"但他是经历过黑暗时刻的。不停地打来打去。跟贝斯奥德打。跟黑旋风打。那时候不一样。"

艾森哼了一声。"没错,是不一样。你爹在群山跟贝斯奥德打的时候我在场,血九指跟他一起。"

瑞卡惊得直眨巴眼睛。"你那时候十岁都没有。"

"不小了,能杀人。"

"什么?"

"我老带着我爹的锤子,因为个子最小的就该举最重的,但那天锤子他拿去使了,所以我手里是他的长矛。就是这根了。"她边走边在路上敲得哪哪响,"我爹撂翻了一个家伙,我看他要爬起来,就捅了他的屁股。"

"拿这根长矛?"瑞卡一直以为艾森带的是棍子。其中一头莫名其妙包着鹿皮的棍子。想到那头安了刀尖她就不舒服。尤其是想到它捅进了某个倒霉蛋的屁股。

"好吧,后来换过几次杆,不过……"艾森突然闭嘴,抬起布满刺青的手,眯着眼睛。瑞卡只能听见枝丫的飒飒声,融化的雪水流下来的滴答声,鸟儿在萌芽的梢头啁啾鸣唱。

瑞卡凑近她。"怎么……"

"箭搭在弓上,跟他们说话。"艾森低声嘱咐。

"谁?"

"要是拖不下去,给他们看看你的牙。你有幸生了一口好牙。"她离开山路,飞快地钻进林子。

"我的牙?"瑞卡轻声问道,但艾森轻快的背影已经消失在荆棘丛中。

然后她听见一个男人的声音。"确定是这边?"

她肩上挎着弓,指望顺便猎一头鹿,此时她取下弓来,慌里慌张地摸了一支箭,还差点脱手,然后她把箭搭在弦上,忙乱之中顾不上胳膊在抽筋。

"我们的任务是搜查林子。"这个声音低沉、生硬、可怕,"这里像林子吗?"

她忽然担心手上的是松鼠箭,低头一看,是正经八百的宽刃箭头没错了。

"大森林吧。"

笑声。"他妈的有啥区别?"

一个老头从山路拐弯处出现。他低低地提着一根杖子,在斑斑点点的阳光下闪着寒光,瑞卡发现那不是棍子而是长矛,恐惧从颈背处爬上了发根。

对方有三个人。老头一脸遗憾,似乎并不希望发生这种事情。然后是一个紧张兮兮的少年,带着盾牌和短斧。最后是一个胡须浓密、眉头深锁的大汉。瑞卡一点也不喜欢他的表情。

父亲常说不要拿箭头指人,除非你真打算杀死他们,于是她半拉着弓,箭头冲着路面。

"最好别动。"她说。

老头盯着她。"姑娘,你鼻子上穿了个环。"

"我知道。"瑞卡伸出舌头,舔了舔它,"拴我用的。"

"怕你走丢?"

"走神。"

"是金的吗?"少年问。

"铜的。"她撒谎,因为金子很容易把见面时的不愉快变成不要命。

"涂的颜料咋回事?"

"十字是月亮特别宠爱的一种漂亮标记。左眼是千里眼,十字可以保证它稳稳当当地看透未来迷雾。"她扭头吐了口汁水,目光始终不离对方,然后补了一句,"一种说法。"因为很难说画个十字能起到什么作用,除了有天晚上她忘记擦掉,结果弄脏了枕头。

怀疑这个解释的不止她一人。"你疯了?"大汉吼道。

瑞卡叹了口气。第一次听到这个问题是好久以前了。"此之疯子,彼之天才。"

"放下那把弓,好好说话。"老头说。

"我就喜欢它现在这样子。"其实她不喜欢,掌心已经潮湿,因为保持半拉弓的姿态,她肩膀吃痛,脖子也开始抽筋,她担心随时可能松手。

看来少年更不相信她能拉得住,从盾牌边缘探头瞄她。这时候她才注意到上面画着什么。

"你盾牌上有狼。"她说。

"是日暮斯达的标志。"大汉吼道,言语间不乏骄傲,瑞卡发现他的盾牌上也有狼,尽管磨损得跟普通木板无异。

"你们是日暮的人?"恐惧在她的五脏六腑迅速扩散,"你们跑到这儿做什么?"

"干掉狗子和他的跟屁虫,让乌发斯回到北方的怀抱。"

瑞卡抓着弓臂的指节发白,恐惧化作愤怒。"狗日的你们休想!"

"已经在干了。"老头耸耸肩,"关于你的问题就是,要么你跟着赢家长大成人,要么你陪着输家埋进土里。"

"日暮是血九指之后最伟大的战士!"年轻人朗声说道,"他打算夺回安格兰,把联合王国赶出北方!"

"联合王国?"瑞卡压低视线,看着他手里粗制滥造的盾牌,上面胡乱画了个狼头,"狼吃了太阳。"她低语道。

"这人真他妈的疯了。"大汉踏步向前,"立刻放下……"他忽然长长地喘了一口气,衣衫隆起,利刃现出真身。

"噢。"他说完,颓然跪地。

少年转身。

瑞卡的箭矢插进他后背,正中肩胛骨底下。

轮到她说"噢"了,不知道刚才自己放箭是有意还是无意。

寒光闪过,老头的脑袋随之一震,艾森的长矛插进了他的喉咙。他扔了自己的长矛,笨拙地伸手抓她。

"去。"艾森拍开他的手,扯出血糊糊的刀刃。他倒在地上扭来扭去,摆弄着脖子里的大豁口,仿佛有办法能止住喷涌的血流。他有话要说，但刚刚吐掉嘴里的血，转眼就又灌满了。然后他停止了挣扎。

"你杀了他们。"瑞卡浑身燥热。她手上沾了血点。大汉趴在地上，衣衫湿得发黑。

"这个是你杀的。"艾森说。少年跪在那里，企图把手伸到背后够到箭杆，短促的喘息声像是漏了气，瑞卡搞不懂他就算摸到了箭杆又能如何。估计他自己都不清楚。艾森是现场唯一一个脑子清醒的。她俯下身，冷静地从少年腰间拔出匕首。"还指望问他一两个问题，不过肺被扎穿了，问啥都答不上来。"

似是证明此言不虚，他咳了一团血捧在掌心，眼睛瞪着瑞卡。他看样子有点生气，仿佛对方说了什么伤他自尊的话。

"话说回来，谁都不能事事如愿。"爆裂声吓了瑞卡一跳，艾森攥着匕首捣破了少年的天灵盖。他眼珠子翻白，脚一蹬，弓起了背。她晕厥的时候可能也是这样的反应。

看着他瘫软在地，瑞卡的手臂竖起了一溜儿汗毛。她头一次目睹杀人的场面。一切发生在眨眼之间，她不知道该怎么想。

"他们看起来不是特别坏。"她说。

"对于一个志在看透未来迷雾的姑娘来说，近前的事你可不能看走了眼。"艾森把老头身上的口袋翻了个遍，舌尖抵在牙洞里，"要是你等到他们看起来都很坏再动手，那你等得也太久了。"

"可以给他们一个机会。"

"啥机会？把你埋进土里的机会？把你拖到日暮斯达跟前的机会？到时候你就不用操心湿裤子磨得多难受了，那混账小子可是臭名远扬。"她抓起老头的腿，把他从路上拖进灌木丛里，然后扔了他的长矛，"不然我们邀请他们一起在林子里跳舞，头上戴花，靠我的漂亮话和你迷人的微笑把他们勾引到咱们阵营里来？"

瑞卡又吐了些汁水，擦了擦下巴，看着少年开了瓢的脑袋血流不止,渗进土里。"我的笑脸兴许能成,你的嘴皮子肯定是做不到的。"

"所以我们唯一的选择就是杀了他们,对吧?你的问题就是你太感性了。"她说着,枯瘦的手指戳了戳瑞卡的胸。

"哎哟!"瑞卡退了一步,护着前胸,"好疼啊!"

"你太感性了,所以一点点痛、一点点打击你都能感受到。你得硬起心肠来。"艾森拿拳头捶了捶胸膛,吊在脖子上的指骨哗啦啦作响,"冷酷无情是月亮宠爱的品质。"似乎为了证明这句话,她弯腰把死去的少年拖进灌木丛,"作为首领,必须心肠够硬,其他人才不必那么冷酷无情。"

"什么首领?"瑞卡嘟囔着,揉搓还在疼的胸。然后她闻到了淡淡的烟味,完全和梦中一样。那烟味仿佛有一股引力,不容分说地拽着她往前走。

"喂!"艾森一边嚼着从大汉的袋子里搜出来的肉干,一边嚷道,"我拖不动这个大块头,需要搭把手!"

"不,"瑞卡叹道,火烧的气味越来越浓,她的担忧越来越强烈,"不,不,不。"

她冲出林子,冲进清冷的天光,跌跌撞撞地跑了两脚,然后猛然止步,手发软,拎着的弓来回晃荡。

晨雾早已消散,她的目光畅通无碍地越过一畦畦新播种的田地,直抵乌发斯,灰色的海水衬着它灰色的城墙。安稳而无趣的乌发斯,她生长的故乡。只不过,城里着火了,正如她所预见的场面,一柱黑烟滚滚而起,飘向激荡的海面,天空为之色变。

"死者在上。"她嗓音沙哑。

艾森把长矛横在肩上,漫步走出树林,笑容灿烂无比。"你知道这意味着什么?"

"战争?"瑞卡惊魂未定。

"是，确实不错。"艾森摆了摆手，一副不以为然的样子，"更重要的是，我押对了宝！"她重重一拍瑞卡的肩膀，后者差点一头栽倒，"你真有千里眼！"

2 酣战处
Where the Fight's Hottest

利奥的父亲常说,人在打仗时能发现真正的自我。随着惊心动魄的金铁大震,他策马杀进北方人阵中,而他们已在转身逃跑。

他从背后撞上一个人的头盔,挟千钧之势,破开了对方的半颗脑袋。

他咆哮着掉转方向。一张目瞪口呆的脸孔转眼被斧子劈成两半,一道道黑血随之飞溅。

骑手们跟着杀将进来,北方人犹如被撕烂的玩偶。他看见一匹马被长矛贯穿了脑袋。骑手被甩下马鞍,摔了个跟头。

长枪断裂,一块碎片飞来,利奥避之不及,头盔被砸得哐当作响。世界是一方光影交错的狭缝,满是狰狞的面孔、寒光闪闪的刀剑、活跃的身影,从面甲的目窗里大都看不真切。人喊马嘶和金铁交鸣汇聚而成的喧嚣令人无法思考。

一匹马忽然转到他面前。没有骑手,马镫兀自晃荡。里特的马。通过黄色的鞍褥判断的。一支长矛刺来,击中了胳膊上的盾牌,震得他身子一晃。矛尖滑过他披甲的大腿，发出刺耳噪声。

他的坐骑绷着身子打了个响鼻，他用挎着盾牌的手扯紧缰绳，凝着一脸痛苦的笑容，狂暴地挥斧砍向一边，然后反手劈向另一边。他没头没脑地劈砍一面绘有黑色狼头的盾牌，逼得对方踉跄后退，接着巴纳瓦手中剑光一闪，斩断了此人的胳膊。

他看到白水吉恩挥舞钉头锤，齿间咬着纠结的红发。更远处，安塔普尖叫着从血糊糊的锁甲里使劲拔出长矛。格拉沃德正与一名亲锐厮打，两人赤手空拳，缰绳胡乱缠在身上。利奥一斧子砍向北方人，折了他的胳膊肘，又一斧子让他跌进了泥巴地。

他举起斧头，遥遥指向日暮斯达的旗子，只见黑狼在风中招展。他又吼又叫，喊得声嘶力竭。面甲罩着，谁也听不清他在喊什么。掀开面甲他们照样听不清。他自己都不知道喊的是什么。他转而疯狂地攻击逃窜的人群。

有人一把抓上他的腿。卷发。有雀斑。一脸丧魂落魄。人人都这样。好像没拿武器。也许是来投降的。利奥操起盾牌，砸在雀斑男的天灵盖上，然后一夹马肚子，把他踩进了泥巴地。

这里容不下慈悲。容不下无聊的心机和无趣的辩驳。容不下他母亲对于耐心和谨慎的挑剔。这里的一切都那么简单而美好。

人在打仗时能发现真正的自我，而利奥成了自己梦寐以求的英雄。

他再次挥起斧子，却感觉不对劲。斧刃脱落了，他握着一根血迹斑斑的斧柄。他扔掉棍子，拔出战剑，套着护手的指头一阵忙乱，剑柄在越下越大的雨水中滑溜溜的。他发现刚才的对手已经死了。那家伙靠着篱笆，像是站在那儿，但脑壳开了瓢，挂着黑浆，就这样交待了。

北方人溃散了。他们逃窜，呼叫，从背后被砍倒，利奥驱赶着他们，向他们的旗子靠拢。三名骑手把一大群北方人逼进一处门廊，巴纳瓦正在其中挥舞重剑大肆疯砍，疤痕累累的脸庞沾着血点。

旗手人高马大，眼神绝望，胡须带血，依然高举黑狼旗帜。利奥策马杀去，举盾挡了一斧子，剑刃呼啸着掠过对方的面甲，在他脸上开了一条大豁口，半边鼻子没了。他踉跄退后，白水吉恩挥起钉头锤敲碎了那人的头盔，顿时鲜血如注。利奥一脚踹翻了他，不等人倒地就从他无力的手中夺下旗子。他猛地举起狼旗，放声大笑，结果喉咙咕噜直响，差点呛到自己的口水，然后他再次大笑，挂斧子的绳套还在手腕上，断了的斧柄撞得头盔咣当响。

他们赢了吗？他瞪着眼珠子四下张望，寻找敌人的踪影。几个狼狈不堪的家伙跑出庄稼地，遁入远处的林子。丢盔弃甲，抱头鼠窜。结束了。

利奥浑身都在疼：大腿疼是因为夹了半天马肚子，肩膀疼是因为挥舞斧子，手掌疼是因为抓缰绳抓得太紧。脚板心也因为用力过猛而一阵阵抽痛。他的胸脯剧烈起伏，喘息声在头盔里轰鸣，既潮湿又闷热，还有咸味。也许是咬到舌头哪里了。他胡乱对付着颔底的搭扣，终于把这该死的东西摘掉了。巨大的喧嚣陡然充满他的脑袋，从愤怒变作狂喜的喧嚣。胜利的喧嚣。

他几乎是从马背上摔下来的，然后爬上一堵墙。他摸到了软乎乎的东西。一具北方人的尸体，半截长矛从背后戳出来。他兴奋得头晕眼花。

说到底，没尸体，哪来的荣耀。怜惜死人，还不如怜惜被削了皮的胡萝卜。有人拉他，稳稳地接他上墙。是朱兰。永远在他需要的时候出手。利奥长身而立，众人欣喜若狂的面孔全都朝向他。

"幼狮！"格拉沃德大吼一声，翻身上墙，来到他身边，一只大手拍在他肩头，拍得他摇摇晃晃。朱兰伸手来扶，但他没有摔下去。"利奥·唐·布洛克！"很快，众人都在高呼他的名字，像是吟唱祷词，又像是念诵魔咒，闪亮的兵刃刺破飘雨的苍穹。

"利奥!利奥!利奥!"

人在打仗时能发现真正的自我。

他如痴如醉。浑身着了火似的。他恍然是一位国王。恍然是神。他天生就该受万众景仰!

"赢啦!"他高呼着,挥动血染的剑和北方人血染的狼旗。

死者在上,还有比这更痛快的感觉吗?

总督夫人的大帐里进行的是另一种战争。耐心运筹仔细谋划的战争,拧着眉头衡量胜算的战争,事关补给路线和海量地图的战争。对于这种战争,利奥耐不住性子。

从山谷长途跋涉回来的一路上,胜利的狂热被越来越急的雨水浇冷了,被十几处割伤和瘀青带来的恼人痛感削弱了,等到利奥掀开门帘,带着朱兰和白水吉恩进了帐篷,母亲投来的冰冷瞪视几乎将其彻底熄灭。

她正在跟一位传令骑士说话。偏偏那人的个头高得离谱,只能卑躬屈膝听她讲。

"……请转告国王陛下,我们正在全力牵制北方人的攻势,但乌发斯已经沦陷,我们节节败退。他们以优势兵力同时从三个方向发起进攻,我们还在召集军队。请他……不,恳请他派兵增援。"

"我一定把话带到,总督夫人。"传令骑士经过利奥身边,冲他颔首致意,"祝贺你大获全胜,布洛克大人。"

"我们不需要该死的国王出手相助!"门帘刚落,利奥厉声喝道,"我们有能力痛打黑手卡尔达的走狗!"他的嗓音在帐篷里听来绵软无力,被潮湿的帆布灭了几分威风。不如在战场上传扬得那么顺畅。

"哈。"母亲的拳头搁在桌上,蹙眉低眼,检视地图。死者在上,有时候他认为母亲爱地图胜过爱他。"既然我们替国王打仗,就应该指望国王出兵相助。"

"您应该瞧瞧他们是怎么逃命的!"见鬼,就在刚才利奥还那么信心满满,他本可以毫不犹豫地冲杀一队亲锐,却被一个脖颈修长、头发花白的女人泄去他的全部勇气,"不等我们杀到面前他们就崩了!我们抓了好几十个俘虏……"他看了一眼朱兰,后者却一脸疑虑,每逢朱兰有不同意见都是这副表情,比如这回发起冲锋之前,"我们收复了农场……还有……"

等他支支吾吾说不下去了,母亲看向他的朋友们。"谢了,朱兰。我相信你已经费尽口舌劝过他了。还有你,白水。我儿子找不到比你们更好的朋友,我也找不到比你们更勇猛的战士。"

吉恩用力拍了拍利奥的肩膀。"是利奥带领……"

"你们可以走了。"

吉恩怯生生地抓了抓胡子,在山谷里表现出的英勇气概不知哪去了。朱兰冲着利奥扮了个鬼脸,带有一丝歉意。"遵命,芬蕾夫人。"然后两人溜出了帐篷,只剩下利奥悻悻地摆弄着他缴获的旗子边角。

母亲放任难堪的沉默持续了片刻,然后作出终审判决。"你这个大笨蛋。"

他早有所料,但依然很受伤。"因为我真的开打了?"

"因为你选择开打的时机,还有方式。"

"伟大的领袖从来都是去激战最酣的地方!"他心里清楚,他爱读的烂俗故事里的英雄才喜欢说这种台词。

"你知道在激战最酣的地方还能找到什么人吗?"母亲问,"死人。我们都知道你不是笨蛋,利奥。你装成笨蛋对谁有好处?"她疲倦地摇摇头,"我真不该让你父亲送你到狗子那里生活。你在乌发斯学到的只有莽撞、下流小曲和对杀人犯的幼稚崇拜。我应该送你去阿杜瓦。估计你也唱不了什么好曲儿,但至少能学到什么叫细致。"

"该细致的时候细致,该动手的时候动手!"

"但从来没有该鲁莽的时候,利奥。也不存在该自负的时候。"

"可我们赢了啊!"

"赢了什么?一个没用的山谷里的一座没用的农场?对手也就是一支侦察队的规模,如今敌人能估到我们的兵力了。"她愤愤地哼了一声,继续检视地图,"或者说,估到我们兵力不足。"

"我缴获了一面旗子。"然而此刻定睛一看,手里的东西劣质得要命,缝线乱七八糟,旗杆不像旗杆,倒像一根树枝。他当初是怎么想的,还以为日暮斯达本人就在这种破烂货底下坐镇?

"我们的旗子不少了,"母亲说,"缺的是旗子底下的人手。下次你能不能带几个军团回来?"

"见鬼了,母亲,我真不知道怎么才能让您满意……"

"听进去人家告诉你的话。从脑子更灵光的人身上学习。勇敢当然要有,但不要莽撞。最重要的是,别他妈的害死自己!你从来都知道怎么让我满意,利奥,但你从来都只顾取悦你自己。"

"您不懂!您不是……"他急不可耐地摆摆手,一如既往,他怎么都找不到合适的措辞,"男人。"他说得毫无底气。

她眉毛一扬。"要是我曾经对于这一点有所困惑的话,等到把你从肚子里憋出来的时候也一清二楚了。你晓得你出生的时候几斤几两吗?耗上两天两夜拉个铁坨子出来我们再谈。"

"我的天哪,母亲!我的意思是男人会仰慕某个类型的男子汉……"

"比如你的朋友里特对你的仰慕吗?"

利奥立刻想起那匹没有骑手的马,踩着嘚嘚的蹄声跑远。他忽然意识到欢呼胜利的时候,朋友当中不见里特的影子。忽然意识到自己一直没有想起他,直到此时此刻。

"他知道打仗有危险,"他嗓音沙哑,因为担忧而突然哽咽,"他自愿参战。他以参战为荣!"

"没错。因为你身上有一团火焰，吸引他们追随你。你父亲也有。但随之而来的还有责任。他们把性命交到你手里。"

利奥吞了口唾沫，骄傲退去，只剩丑陋不堪的愧疚，犹如新雪融化，露出满眼腐臭的烂泥。"我去看看他。"他转身走向门帘，护胫上有条绑带散了，差点绊他一跤，"他……在伤员那边吗？"

母亲的脸色变得柔和。他越发担心了。"他在死者那边，利奥。"难挨的沉默无尽滋长，帐篷外刮起了风，吹得帆布鼓动，飒飒作响，"我很遗憾。"

没有尸体，哪来的荣耀。他跌坐在一把折叠椅上，缴获的狼旗啪嗒一声掉了。

"他说我们应该等您下令，"他想起里特俯视山谷时忧虑的面容，喃喃道，"朱兰也这样说。我叫他们跟女士们躲到一起去……打仗的事我们负责。"

"你临场作了决断，"母亲轻言细语，"在千钧一发的时刻。"

"他有妻子……"利奥想起了婚礼，见鬼，她叫啥名字来着？没下巴的新娘，新郎反而更漂亮，那对快活的新人跳着舞，跳得太差劲了，白水吉恩拿北方话起哄，说为了新娘的幸福，但愿里特操得比跳得好，利奥差点笑吐了，他现在一点儿都不想笑，只想吐，"死者在上……他还有个孩子。"

"我会给他们写信。"

"写信有屁用？"泪水刺激着他的鼻腔，"我把我的宅子给他们！奥斯腾霍姆的那座！"

"真的吗？"

"我要宅子有啥用？我一直待在马鞍上。"

"你很慷慨，利奥。"母亲蹲在他面前，"我有时候甚至觉得你太无私了。"她苍白的双手攥着他握成拳头的护手，显得格外娇小，却更为强壮有力，"你有成就伟大的品质，但你不能被任何影响你的情绪所左右。有时候单凭勇气也许可以赢下一次战斗，但战争从来都是更聪明的人才能赢下的。你懂吗？"

"我懂。"他轻声说。

"很好。下令弃守农场，向西撤离，不要等日暮斯达大军压境。"

"可要是我们撤了……里特就白死了。如果我们撤了，那成什么样子？"

她站起身来。"我希望是女人的样子，软弱可欺又优柔寡断。那么，兴许能让北方人脑门发热，让他们阳刚气十足的面孔带上男子汉的微笑，乘兴追击我们，等国王派来的援兵到了，我们挑个地方，把他们撕成碎片。"

利奥垂着头眨巴眼睛，泪水滑落脸颊。"我知道了。"

她的嗓音变得轻柔。"你的做法是轻率的，是鲁莽的，但也是勇敢的，而且……不论好坏，男人的确敬仰某个类型的男子汉。我不否认我们都需要有一件值得欢呼的事情。你挫了日暮斯达的锐气，伟大的战士容易被激怒，被激怒的人容易犯错。"她把某个东西塞进他无力的手掌，日暮的狼旗，"你父亲会以你的勇气为荣，利奥。现在让我以你的睿智为荣吧。"

他步履沉重地走向门帘，垂头丧气，身上的盔甲好似比刚进来时重了几倍。里特没了，永远不会回来，只剩那个没下巴的妻子在炉火边流泪。他是被忠诚害死的，是被利奥的虚荣、疏忽和自负害死的。

"死者在上。"他准备用手背擦去泪水，但戴着护手擦不了。于是他拿狼旗的边角擦了。

人在打仗时能发现真正的自我。

他一脚踏入天光，顿时愣住了。看样子整个军团都来了，排成新月阵列，全部仰头望着母亲的大帐。

"为利奥·唐·布洛克欢呼！"格拉沃德大吼一声，硕大如火腿的拳头抓着利奥的手腕,高高举起,"幼狮!"

"幼狮!"巴纳瓦高呼道,喝彩声随之爆发,"利奥·唐·布洛克!"

"我当时想提醒你。"朱兰侧身在他耳边低语,"她教训了你一顿?"

"她教训得是。"不过利奥还是勉强挤出一丝笑意。为了不影响士气。谁也不能否认,他们都需要有一件值得欢呼的事情。

他举高破烂的狼旗,欢呼声更加热烈,安塔普大摇大摆地走上前来,双臂狂甩,拼命带动气氛。有一个家伙显然已经喝得烂醉,脱了裤子,光屁股冲着北方,赢得一片喝彩声。接着他一头栽倒,嘲笑声哗然而起。格拉沃德和巴纳瓦抓着利奥,把他举了起来,架在两人肩上,朱兰替他撑着屁股,直翻白眼。

雨势渐弱,太阳照着锃亮的盔甲、锋利的刀刃和笑容可掬的脸庞。

感觉不好才怪。

3 难得愧疚
Guilt Is a Luxury

雪化了,世界冷得苦不堪言。冰凉的泥水浸进瑞卡的靴子,溅上泅透的裤子。雪水在乌黑的枝头滴滴答答,落进她湿漉漉的头发、潮乎乎的斗篷,流到火烧火燎的后背。上头来的潮气和下头来的潮气在她的腰带处会师,腰带勒得越来越紧了,自从三天前杀了一个少年,又发现自己的家乡被烧了,她一直没有吃东西的胃口。

至少不会更糟糕了。她安慰自己。

"要是走大路该有多好。"她一边抱怨,一边从恼人的荆棘丛中使劲拽出靴子,结果非但没有成功,反而钩得更死了。

艾森有种不可思议的本事,总能找到仅有的相对干燥的土地下脚。瑞卡敢说她能从池塘里的睡莲叶子上蹦跶过去,滴水不沾。"咱们想想,如今还有谁会鬼鬼祟祟地在大路上走?"

"日暮斯达的人。"瑞卡闷闷不乐地说。

"对啦,还有他伯父铁手斯奎尔的,他老爹黑手卡尔达的。没错,荆棘可能钩烂你的细皮嫩肉,但比起他们的刀剑可是仁慈多了。"

稀泥差点吞没了瑞卡的靴子,气得她骂娘。"至少咱们可以挑地势高的路线走。"

艾森捏了捏鼻梁,仿佛从未听过这种蠢话。"那你想想,如今还有谁会在地势高的位置寻快活?"

瑞卡没好气地把查加团子从上唇嗦到舌底。"日暮斯达的探子。"

"还有铁手斯奎尔的,黑手卡尔达的。既然他们来了,一窝蜂地挤在大路上,像木桩上的虱子一样叮在山梁上,我们该走哪里?"

瑞卡把一只飞虫拍死在油乎乎的手背上。"就走这里,山谷底下,到处是荆棘和泥浆,还有该死的咬人的虫子。"

"一支不大友善的军队跑到你的地盘上,各种麻烦自然都来了。你习惯把全世界当成游乐场。如今是危机四伏喽,姑娘。是时候表现得像点样子了。"艾森迅速地穿过灌木丛,安静得像一条蛇,瑞卡在后面挣扎,于事无补地咒骂着。

她自认为是野娃子,从来不怕在外面摸爬滚打,但有这位同伴衬托,她成了足不出城的白痴。据说艾森-埃-费尔无所不知。甚至比她爹还厉害。这段时间瑞卡通过观察她学到了不少,比在奥斯腾霍姆跟那个蠢笨的联合王国老师学了一年学到的还多。如何用蕨草搭个临时窝棚。如何设陷阱逮兔子,虽说最后没逮着。如何通过苔藓在树干上的附着方式判断方向。如何辨别树林里的脚步声是人还是兽。

有人说艾森是巫婆,她确实有一副巫里巫气的长相,也有巫婆的脾气,却不能在暮冬时节靠石头和泥水变出食物来。遗憾。

太阳落到山下,山谷里更冷了,两人像虫子一样钻进岩石的罅隙,缩在一起取暖,外面寒风肆虐,毛毛细雨变成了冰冷刺骨的雨夹雪。

"这么大的山谷,还指望能找一根点得着的树枝生个火呢。"瑞卡轻声叹道，在呼出的白气中搓着冻僵的双手，然后插进腋窝，结果没能把手焐暖和，身上反而冷得更厉害了。

艾森抱着一包日渐消减的干粮，活像抱着金子不撒手的守财奴。"找到了也不能生火，烟子会引来猎人。"

"那么我们只能挨冻了。"瑞卡小声说。

"你的初春就这样降临啦，你爹的厅堂被敌人霸占，你不能偎着热乎乎的火塘取暖了。"

瑞卡听过关于她的传闻，虽说自己的脑子还不能正常运转，但眼睛向来好使。所以尽管光线昏暗，而且艾森分干粮的动作很快，瑞卡还是发现女山民吃的分量不及自己的一半。她看在眼里，感激在心里，却鼓不起勇气提出两人均分，因为她实在太饿了。她把那条肉干囫囵塞进嘴里，连查加团子一并吞下去了都不知道。

她吮着牙齿，正在回味馊面包的绝妙滋味，忽然想起被射杀的那个少年。他枯瘦的脖子上系着一小块染布，像是母亲给儿子御寒用的。他的表情痛苦而又困惑。或许，当别的孩子嘲笑她发癫的时候，她有过同样的表情。

"我杀了那孩子。"她吸溜了一口冷鼻涕，然后吐掉。

"是。"艾森掰了一团查加，塞进嘴里，"你杀他杀得彻底，强行把他从亲朋好友身边夺走，抹杀了他日后行善积德的可能性。"

瑞卡眨巴着眼睛。"劈开他脑壳的可是你！"

"我那是做好事。挨了你那一箭，他能被自己的血呛死。"

瑞卡不由自主地揉着后背，拇指向上够，想要摸到箭杆扎进去的位置，但很难够到。不比那个少年强多少。"不觉得他该死，真的。"

"箭又不长眼，该死或者不该死没啥区别。避免自个儿中箭的最好方式不是做一个高尚的人，而是做那个射箭的人，明白不？"艾森背对着她，浑身散发着汗水、泥土和咀嚼查加的气味，"他们是你父亲的敌人。我们的敌人。没啥可选择的。"

"不好说我当时有没有做选择。"瑞卡一边拨弄着指甲,一边拨弄着回忆,反反复复,"就是拉不住弦了。犯了个愚蠢的错误。"

"你也可以说是意外降临的幸福。"

瑞卡缩在冰冷的斗篷里,阴郁的情绪淹没了她。"一点都不公平,不是么?对他,对我,都是。世界高高在上,根本不理睬我们的死活。"

"有什么好理睬的?"

"我杀了他。"瑞卡的脚抖了抖,然后整条腿开始打战,最后浑身都在哆嗦,"不管我怎么琢磨这事儿……心里总不是滋味。"

她感到艾森有力的手按在肩头,内心很是感激。"啥时候觉得杀一个人挺有滋味,你的麻烦就大了。愧疚感不好受,但你应该庆幸你还有它。"

"庆幸?"

"对那些还在喘气儿的,不至于痛不欲生、饥寒交迫的人来说,愧疚可是稀罕物。只要愧疚还在折磨你的心,姑娘……"瑞卡看见艾森的牙齿在愈加浓重的黑暗中闪着微光,"情况就还没到那么糟的地步。"

她拍了拍瑞卡的大腿,巫里巫气地咯咯一笑,没准真有魔法,因为瑞卡这一两天来第一次笑了,心情也有所好转。笑容是你最可靠的盾牌,父亲常说。

"你为什么没有扔下我不管?"她问。

"我答应过你爹。"

"是,不过人人都说你是整个北方最靠不住的婊子。"

"你应该最清楚,人人都说的屁话一文不值。老实说,我只对我喜欢的家伙说到做到。我给人留下靠不住的印象,是因为那种人在山外只有七个。"她布满刺青的手捏成拳头,紧紧攥着,微微颤抖,

"对那七个家伙，我立的誓牢不可破。"

瑞卡咽了口唾沫。"你喜欢我？"

"噢。"艾森松开蓝色的拳头，甩了甩手，指节咔咔作响，"你嘛，有待观察，但我喜欢你父亲，对他立过誓。我答应尽可能不让你发癫，招呼你的千里眼睁开，把你带回去的时候保证你还有气儿。这次突袭给他制造了小小的麻烦，兴许人已经不在乌发斯，但对我来说，我的承诺不变，无论日暮斯达的杂种们把他赶到哪里。"她狡黠的眸子闪向瑞卡，好似狐狸瞧见了敞开的鸡笼，"不过我承认我也有自私的考量，对你来说是好事，因为你唯一应该相信的就是私心。"

"什么私心？"

艾森双眼圆睁，在脏兮兮的脸盘上鼓得老大。"因为我知道北方有更好的未来。到时候北方不受铁手斯奎尔的钳制，也不受幕后主使黑手卡尔达的钳制，包括他的幕后主使。到时候北方人可以自由地生活。"艾森在黑暗中靠近她，"你的千里眼将为我们指明这个方向。"

4 记分
Keeping Score

火星向夜色喷发，热浪压迫着瑟雯的笑脸。血盆大口般的门廊内，不堪重负的身躯和机器被烊金的光芒渲染得如同地狱的恶魔。铁锤叮当，锁链哗啦，蒸汽在嘶鸣，劳工在咒骂。好一曲讴歌生钱的华丽乐章。

毕竟，希尔街铸造厂有六分之一属于她。

六间大厂房当中的一间是她的产业。十二根高耸的烟囱当中的两根。疯狂运转的机器的六分之一，院子里堆积成山的煤的六分之一，面街的数百面光亮玻璃窗的六分之一。自不必说日益增长的利润的六分之一。银币滚滚而来，国王陛下的铸币厂都相形见绌。

"别在这里逗留，小姐。"朱瑞低声说着，环视昏暗的街道，火光在她眼中闪烁。

她说得对，一如既往。换作瑟雯认识的大多数年轻女士，要是听说得拜访阿杜瓦的这个街区且没有一队士兵护着，她们能直接晕厥。但对于那些希望盘踞高位的人来说，一旦发现粪土之中有机会在闪光，他们就得时不时地扒一扒烂泥。

"我们走吧。"瑟雯说完，鞋跟嘎吱作响，随着火把小厮手中摇曳的火光，她走进眼前的迷宫。狭仄的屋宅挤挤挨挨，每个房间都塞满一大家子人，晾晒的衣物横七竖八宛如蛛网，满载的货车从底下辘辘驶过，污水溅上了屋顶。在尚未让位于新的车间和工厂的区域，小道弯弯绕绕，充斥着煤炭和木头燃烧的烟味、排水沟堵塞和完全没有排水沟的臭味。这一带洋溢着人的气息。沸腾着工业的活力。最重要的是，喷涌着一股铜臭味儿。

瑟雯不是唯一一个嗅到铜臭味儿的。当天是发薪日，兴致勃勃的商贩们聚集在仓库和锻造厂周边，指望为那些下工的劳工松松钱袋，他们贩卖的都是些消遣用的和生活所需的小玩意儿。他们自个儿也卖，如果有人肯出价的话。

还有人采取更直接的方式掏劳工们的钱袋。肮脏的小扒手在人群中游走。强盗潜伏在巷子的暗处。恶棍懒洋洋地候在街角，乐于替当地的众多放债人讨债。

此地有风险，甚至有危险，但瑟雯一向热衷于赌博带来的刺激，尤其当整个赌局操纵在她的股掌之间。她很早就学到，世上起码有一半事物重在表象。貌似受害者，很快便真成了受害者。貌似大权在握，便真有人服服帖帖。

于是她走得神气活现，一身炫目的时髦装束，耷拉着眼睛谁也不瞅。她走得昂首挺胸，虽说是因为此前朱瑞拉紧了束腰的系带，让她没得选。她一路上大摇大摆，仿佛整条街都是她的——前面的确有五栋破败的房子是她的，古尔库难民挤在腐烂的椽子底下，缴的是两倍于行情的租子。

朱瑞对她来说是一大慰藉，另一大慰藉是锻造精良的短剑。自从芬蕾·唐·布洛克佩剑进宫引起轰动后，很多年轻女士开始跟风。瑟雯觉得没有什么比手边的一截利刃更能给人信心了。

火把小厮在一栋格外破败的房子前止步，举高火把，照亮门楣上斑驳的招牌。

"就是这儿？"他问。

瑟雯提起裙子蹲下来，看着他脏兮兮的小脸。不知道他是不是精心伪装成一副邋里邋遢的样子，正如女仆为她涂脂抹粉一样，以激发一定程度的同情。毕竟，干净的孩子要不到钱。

"就是这儿。我们衷心感谢你带路。"朱瑞把一枚钱币塞进瑟雯手里，后者递了出去。

朱瑞浑身上下都没有假慈悲的影儿。私底下对同伴耍横的全部意义就在于让他们在公开场合耍横。与此同时，瑟雯可以绽放最甜美的笑容，施舍钱币给一两个儿童，展现高尚的情操，于利益则丝毫无损。至于高尚的情操，还是那句话，一切重在表象。

男孩盯着银币，仿佛面对传说中的珍禽异兽，有所耳闻但自知不可能见到。"给我的？"

她在海森姆有家扣子厂，所以清楚得很，更小甚至更脏的孩子辛苦劳作一整天，也只能拿到微不足道的一点小钱。厂子的主管非说细小的手指适合干细小的活儿，支付的薪水也稀薄。不过海森姆远着呢，远处的事情不太值得关心。哪怕是受苦受难的孩子。

"给你的。"当然咯，她还不至于揉他的头发。天知道里面长了什么玩意儿？

"真是个好孩子。"朱瑞目送他一手攥着银币，一手举着火星四溅的火把，跑进了暗处。

"谁不是呢，"瑟雯说，"只要你有他们想要的东西。"

"我的经书老师说过，为人照亮者最受眷顾。"

"是不是让某个学生怀了孩子的家伙？"

"就是他。"朱瑞若有所思地扬起乌黑的眉毛，"所谓的精神指导。"

瑟雯走进去的时候,肮脏的酒馆登时寂然无声,像是见到某种丛林异兽在大街上晃荡。

朱瑞抽出一块布,擦了擦吧台前的一处空座,然后在瑟雯坐下的同时,她抽出帽针,摘了帽子,头发纹丝不乱。谨慎起见,她把帽子抱在胸前。瑟雯的帽子没准比整栋房子连同客人在内都更值钱。略一算计,客人只能拉低价格。

"哎呀,哎呀。"吧台后面的男人挪上前来,在脏兮兮的围裙上擦了擦手,久久地打量瑟雯,"我忍不住想说,这种地方不适合你这样的女士。"

"你我初次见面,哪里知道我是什么样的女士。啊,有可能只是跟我讲讲话,你就有生命危险。"

"真是这样的话,那我还挺勇敢的。"他斜嘴一笑,不知道哪来的信心,他似乎自以为对异性颇有吸引力,"你叫什么?"

她把手肘撑在朱瑞刚刚擦过的位置,以便凑得更近,回答时故意拉长了两个音节:"瑟雯。"

"名字好听。"

"噢,难得你这么喜欢,要是听到全名你会疯的。"

"真的?"他柔声追问,"全名是啥?"

"瑟雯……唐……"她凑得更近了,近到一拳能打中对方,"格洛塔。"

如果名字是刀,那么她便用自己的名字割了他的喉咙,对方脸上血色尽失。他干咳一声,退了一步,差点被酒桶绊倒。

"瑟雯小姐。"玛吉尔从楼上的办公室走下来,可观的体重压得木梯嘎吱作响,"莫大的荣幸啊。"

"可不是吗?我和你的伙计刚开始熟悉呢。"

玛吉尔瞥了一眼丧魂失魄的酒保。"您要他道歉吗?"

"道什么歉?不如他声称的那么勇敢?要是吹牛就该砍头,我敢说整个联合王国的男人剩不到一打,呃,朱瑞?"

朱瑞不胜感伤地把瑟雯的帽子抱紧了些。"悲哀,英雄严重缺货。"

玛吉尔清了清嗓子。"我要是早知道您亲自过来——"

"我跟我妈要是整天都关在家里,我们会杀了对方,"瑟雯说,"而且我觉得只要有时间,生意就得亲自打理。不然合伙人就会认为你不关心细节。我从来都盯着细节,玛吉尔。"

身在底层,瑟雯玩得转底层那一套。这帮家伙惯于恃强凌弱,所以对待他们也要照这个路子来。这是他们听得懂的语言。玛吉尔咽了口唾沫,粗壮的脖子抖了抖。"谁说不是呢?"然后她把一个扁平的皮袋子放在吧台上。

"都在这里了?"

"凡特和伯克银行的本票。"

"是吗?"凡特和伯克臭名昭著,即便对一家银行而言。瑟雯的父亲经常告诫她,绝对不要跟他们打交道,因为你一旦欠了凡特和伯克的债,这笔债就永远还不清了。不过本票只是钱而已,钱从来不是坏东西。她把皮袋子扔给朱瑞,后者检查了一番,点头的幅度难以察觉。"不法之徒也用银行,真新鲜。"

玛吉尔微微挑起一边眉毛。"正经女人有法律保护。不法之徒对待自己的收入必须格外谨慎。"

"你好可爱。"瑟雯把手伸过吧台,捏着她肥嘟嘟的脸颊,亲热地拽了拽,"谢谢你,朱瑞。你也很可爱。"同伴已经替她把帽针插回了原位。

"不介意的话,"玛吉尔说,"我派几个小伙子跟您出去。万一您出了什么事,我永远都不会原谅自己。"

"噢,得了吧。万一我出了什么事,要不要原谅自己是最不值得你操心的。"

"确实。"玛吉尔看着她转过身去,一对大拳头摁在吧台上,"务必向您父亲转达我的问候。"

瑟雯笑了。"咱们就别扮小丑了,我父亲对你的问候在乎个屁。"她离开时冲着吓得半死的酒保送上一个飞吻。

迪特姆·唐·科特是闻名遐迩的建筑师,专门打造事物的表象。他的书桌铺满了大量地图、勘测图和制图员的手绘,本身就是一幕奇景。瑟雯长期周旋于王国最有权势的一群人当中,但以她所见,如此巨大的书桌几乎是绝无仅有。书桌完全占满了他的办公室,仅在桌边留了一条再狭窄不过的走道供他通行。他每天早上挤进去肯定需要有人帮忙。瑟雯心想,或许有必要把做束腰衣的裁缝推荐给他。

"瑟雯小姐,"他的声调抑扬顿挫,"莫大的荣幸啊。"

"可不是吗?"为了亲吻她的手,他不得不以危险的角度倾身越过桌子。与此同时,瑟雯观察着他的手,手掌硕大且宽厚,伤痕累累的手指记载着辛苦的劳作。一个白手起家的男人。花白头发抹了油,煞费苦心地遮掩那颗扎眼的秃头。一个骄傲而又虚荣的男人。她注意到他华丽的袖口已有轻微的磨损。此人处境不佳,却要装模作样。

"在下何德何能,有幸迎接您大驾光临?"他问。

她在对面落座,朱瑞替她摘了帽子。有品位的女士举手投足不必刻意。合乎情理的事情围绕着她自然地发生。"我们上次见面时你提到了一个投资的机会。"她说。

科特的眼睛亮了。"您来商谈此事?"

"我来操办此事。"

朱瑞把玛吉尔的袋子放到书桌上,姿态极尽优美,好似一缕夏日的微风送它飘然而至。在辽阔无边的绿色革面上,它看起来小得可怜。但它是银行的魔法。无价之宝可以变得微不足道，庞然巨物可以变得一文不值。

科特的额头冒出一层细小的汗珠。"都在这里了？"

"一张凡特和伯克的本票。应该够了吧？"

"当然！"他伸出手来，难掩对票据的渴望，"我们都同意二十分之一的份额——"

瑟雯用指尖按住袋子一角。"你提出了二十分之一。我当时没吭声。"

他伸过来的手停在半路。"那……？"

"五分之一。"

沉默。他在掂量表达愤怒的尺度，瑟雯在盘算如何表现得无动于衷。

"五分之一？"他早已涨红的脸庞犹如火山爆发，"我第一个投资人出的钱是这个的两倍，拿到手的只有一半！我也只有五分之一，我他妈的几乎是亲自把那个东西刨出来的！五分之一！您疯了吗？"

在瑟雯看来，被人一口回绝反而最有诱惑力。"此之疯子，彼之能人。"她说着，笑容丝毫不受影响，"你的运河路线设计得很聪明，你的桥称得上奇观。我真心诚意地祝贺你。几年后，无论啥玩意都会用钢铁修建。然而工程尚未竣工，你没钱了。"

"我还有两个月的储备金！"

"顶多两周的。"

"那我还有两周时间找一个脑子正常的投资人！"

"你有两个钟头。"瑟雯的眉毛扬得老高，"我今晚去拜访蒂尔达·唐·拉克斯泰德。"

"谁？"

"蒂尔达，拉克斯泰德元帅的年轻妻子。一位性情和蔼的好姑娘，不过，嗯，就爱说三道四！"她抬头寻求肯定。

"我真不愿意说一个人间尤物的坏话，"朱瑞说话时，长长的睫毛真诚地颤抖着，"可她确实是一个超级长舌妇。"

"等我放出风声，当然是以最为私密的方式，说你缺乏投资，缺乏必要的资质，不满现状的工人找你的麻烦，明天日出之前，全城的人都会知道。"

"跟散发小册子没两样。"朱瑞伤感地说。

"祝你有找到投资人的运气，脑子正不正常都无所谓了。"

不消一会儿，科特的脸色从鲜红变成死灰，瑟雯哈哈大笑。"别傻了，我不会那么做的！"她止住笑声，"因为你会给我五分之一的产业。来吧。然后我可以对蒂尔达放出风声，说我做了这辈子最有价值的投资，连她也会忍不住投资的。她不光是个长舌妇，你知道的，还是个铁公鸡。"

"贪婪是祭司们所痛恨的品性。"朱瑞叹道，"尤其是富人。"

"然而如今随处可见，"瑟雯不无遗憾地说，"如果拉克斯泰德夫人发现其中有利可图，我认为她能说服丈夫在克什米之墙上开一个口子，让你的运河流进三农场区。"而瑟雯可以卖掉她在运河所经路线上的破烂房产，大赚一笔，"元帅是出了名的油盐不进，但在他妻子面前就是乖猫咪。你也知道老男人和他的小娇妻是怎么相处的。"

科特犹如夹在愤怒和野心之间的困兽。瑟雯喜欢他的处境。因为大多数动物还是关在笼子里更好。"让我的运河……流进三农场区？"

"这是第一步。"这一步将顺便促使瑟雯的三家纺织厂和希尔街铸造厂大幅度提高产能。"我想——作为朋友——我甚至可以安排国王陛下的审问官出席劳工会议。我认为杀鸡儆猴之后你那些刺儿头会更听话。"

"杀鸡儆猴，"朱瑞插嘴道，"是祭司们一直爱用的招数。"

科特快要流口水了。瑟雯觉得适可而止，免得他需要换裤子。

"十分之一。"他提议,嗓音相当嘶哑。

"呸。"瑟雯站起身来,朱瑞带着她的帽子悠然上前,帽针在指间杂耍似的翻转。"你是堪比坎迪斯的建筑师,但你在阿杜瓦错综复杂的人脉关系里找不着北。你需要有人引路,我就是最好的人选。乖,给我五分之一,别等我要四分之一。你知道我开得出三分之一。"

科特浑身瘫软,下巴陷在底下的肥肉里,怨恨的眸子盯着她不放。显然,他是个不服输的人。但是打败一个轻易服输的人又有何乐趣可言呢?

"很好。五分之一。"

"坦普尔和卡哈亚的公证人在拟文件。他会联系你的。"她转身朝向门外。

"他们警告过我,"科特从袋子里抽出凡特和伯克的本票,咕哝道,"你除了钱什么都不在乎。"

"啊,他们可真是自以为是。我老早就翻篇了,我现在连钱都不在乎。"瑟雯轻掸帽檐以示告别,"但不算钱又怎么记分呢?"

5 公开处刑
A Little Public Hanging

"我讨厌该死的绞刑。"奥索说。

一个妓女吃吃直笑,仿佛他讲了个笑话。这是他听过最假的笑声,说到假笑,他可是内行。只要他在场,每个人都虚伪得要命,而他是其中最蹩脚的演员。

"我认为您可以叫停,"希尔迪说,"看您的意思。"

奥索皱眉望去,她盘腿坐在墙边,单手撑着下巴。

"嗯……我想……"奇怪,他从未考虑过这种事,他想象自己跳上绞刑台,坚决赦免那些穷人的死罪,然后在涕泪交加的感谢和欢天喜地的掌声中,打发他们回去继续过悲惨的生活,然后他叹了口气,"可是……任何人都不应该妨碍司法。"

谎言,正如凡事经他说出来无不处心积虑,只为不使自己那么遭人嫌恶。他也搞不懂自己究竟是在愚弄谁。毋庸置疑,希尔迪看透了他。事实上,叫停行刑跟很多别的事情一样,他只是嫌麻烦。他又捏起一撮珍珠粉,发出粗重的鼻息,与此同时,负责行刑的审问官走到绞刑架前,人们安静下来,屏息以待。

"这三个……人,"审问官摆手示意那些戴镣铐的罪犯,他们各被一名戴头套的行刑官挟持着,"是名为破坏者的不法团伙的成员,犯下了叛国重罪!"

"叛国!"有人尖叫,随即消解为咳嗽声。当日无风,对雾霾而言算不得好天气。随着新修的烟囱在阿杜瓦遍地开花,雾霾越来越浓,好天气确实也不多见了。最外围的人想要看清朦胧的绞刑架必定相当困难。

"经查,他们犯有纵火、破坏机器、煽动暴乱、窝藏国王定罪的逃犯等罪行!你们有遗言要说吗?"

第一个罪犯,一个蓄着胡子的彪形大汉,显然有话要讲。"我们是国王陛下的忠诚子民!"他像英雄一样大声吼道,嗓音雄浑低沉,因为情绪激昂而颤抖,"我们要的只是诚实劳作赚取的血汗钱!"

"我宁愿不劳而获。"徒尼嘟囔着。

蛋黄噗嗤一笑,他正就着瓶嘴猛灌,一团刺鼻的烈酒随之喷了出来,洒在前排一位衣着考究的老夫人的假发上。

旁边的男人想必是她丈夫,一脸灰白络腮胡生机勃勃,此人显然看不惯他们在这种场合玩世不恭的表现。"你们这帮家伙真是丢人现眼!"他怒不可遏,厉声责骂他们。

"是吗?"徒尼的舌头戳了戳灰白的脸颊,"听到没,奥索?说您丢人现眼呢。"

"奥索?"那人喃喃道,"不会是——"

"正是。"徒尼咧嘴一笑,露出一口黄牙,奥索不禁皱起眉头。他讨厌徒尼借他的名义欺负人。讨厌的程度基本等于绞刑。但不知为何他两样都阻止不了。络腮胡爱好者脸色苍白,活像刚刚洗好的床单,奥索有一阵子没见过干净床单了。"殿下,是我有眼无珠。请接受我的——"

"不必了。"奥索漫不经心地摆摆手,沾了酒渍的袖口花边随之摇晃,然后他又捏起一撮珍珠粉,"我就是丢人现眼。早就臭名远扬了。"他拍了拍对方的肩膀以示安慰,结果弄得那人外套上到处都是珍珠粉,只好又徒劳地乱掸了一阵子。要说奥索擅长什么的话,那便是徒劳。"请不要在意我的感受。我没有感受。"他常说。事实上,有时候他觉得感受太多了。四面八方都在狠狠地拽他,最后他动弹不得。

他又捏了一大撮粉子。透过汪汪的泪水,他发现匣子里快空了。

"希尔迪!"他冲着她挥了挥匣子,抱怨道,"没了。"

她从墙上跳下来,站直了。她的身高大约到他的肋部。"又没了?我要找谁?"

"玛吉尔?"

"您欠玛吉尔一百五十一马克。她说过不会再赊给您了。"

"那就斯皮泽瑞亚?"

"您欠他三百零六。情节雷同。"

"到底他妈的怎么回事?"

希尔迪意味深长地看了一眼徒尼、蛋黄和妓女们。"您要我回答吗?"

奥索绞尽脑汁地思考还有哪个冤大头,然后放弃了。要说他擅长什么的话,那便是放弃。"发发慈悲,希尔迪,谁都知道我还得起。总有一天我能继承一笔可观的遗产。"至少是一个联合王国,包括王国里的一切,连同推脱不掉的治国重担、肩负不起的责任和破碎不堪的希望。他扮了个鬼脸,把匣子扔给她。

"您欠我九马克。"她发牢骚。

"去去!"奥索作势驱赶她,小手指却别扭地缠进了袖口,不得不用力扯出来,"快去办好!"

她发出一声饱受折磨的悲叹,把古代士兵帽扣在金色卷发上,然后钻进人群。

"她真是个有趣的小家伙,您的跟班。"一个妓女嘤嘤地说着,使劲拽他的胳膊。

"她是我的贴身女仆,"奥索皱着眉头说,"宝贝得很呢。"

此时的绞刑台上,胡子大汉正在发表破坏者的宣言,情绪高涨。人群也越来越闹腾,最令审问官不爽的是,他的话开始引起共鸣。一片嘲笑声中,冷不丁地冒出几声赞同的喊叫。

"拒绝机器!"胡子大汉怒吼,粗壮的脖子上青筋暴起,"拒绝征用公共土地!"

他似乎挺有能耐的。比奥索有能耐,当然了。"真他妈的浪费。"他咕哝道。

"议会不应该是贵族的专属!每个人都应该发声——"

"够了!"审问官喝道,招手示意一名行刑官上前。绳套收紧的同时,罪犯还在滔滔不绝,话语却被愤怒的喧嚣淹没。

这是个谜。这个生来一无所有的男人,怀着愿意为之牺牲的某种信仰。而生来应有尽有的奥索,早上只能勉强从床上爬起来。或者,应该说下午。

"可是床上暖和。"他喃喃道。

"当然咯,殿下。"另一个妓女柔声咬着他的耳朵。她身上的香水浓得刺鼻,附近的鸽子没有被熏得从天上掉下来真是奇迹。

审问官点头示意。

某个富有创新精神的家伙设计了一套装置,只需扳动操纵杆,便可以让犯人掉进绞刑台的地板,不必非得壮汉或马匹吊起死刑犯。话说回来,近来发明创造的趋势让一切都变得更加高效。杀人何必成为例外?

绳索瞬间收紧,人群中响起一阵怪异的声音。有愉悦的欢呼,有嘲弄的叫嚣,有不忍的呻吟,但最多的是释然的喘息。为吊死的不是自己而庆幸。

"妈的。"奥索咕哝着，扯了扯领口。这种事情一丁点爽感都没有。虽然他们都是王国公敌，但看样子实在不像穷凶极恶之徒。接下来接受国王制裁的是个女孩，可能还不满十六岁。她的眼珠在瘀紫的眼窝里瞪得老大，看着边上敞开的活板门，又看着迎面而来的审问官。"你有遗言吗？"

她好像听不懂他的话。奥索巴不得雾霾更浓一些，看不见她的脸最好了。

"求你了。"女孩身边的男人说，他肮脏的脸颊有一道道泪痕，"我可以死，但——"

"让他闭嘴。"审问官怒喝一声，对于自己在这场恐怖舞台剧中扮演的角色，他难言享受。隔三差五就有蔬菜被扔上绞刑台，很难说目标是犯人还是行刑者。女孩的裙子前部出现了一块深色污渍，不断向下扩散。

"好恶心，"蛋黄说，"她尿了。"

奥索斜眼皱眉。"你这就恶心了？"

"我老看你尿自己身上。"徒尼讥讽蛋黄，妓女们又发出一阵假笑。前排的男人紧咬牙关，络腮胡颤颤巍巍。

奥索望着绞刑台，也咬着牙关。希尔迪说得对，他可以叫停。他不能叫停，谁能叫停？现在不叫停，什么时候叫停？

女孩的绳套有点问题，审问官暴躁地训斥着其中一名行刑官，后者摘了头套，满头大汗地检查绳结。

奥索正准备踏步上前并大吼一声，住手！

然而情况复杂多变，总是存心阻止他做正确的事。他听见一个轻柔而尖厉的声音在耳边响起。"殿下。"

奥索扭过头，对上了布雷默·唐·葛斯特那张宽阔、扁平、令人生厌的大脸盘子。

"葛斯特，你这个讨人厌的混账家伙。"面对辱骂，他无动于衷，他对任何事情都没有反应，"你是怎么找到我的？"

"闻着丢人现眼的臭味来了。"徒尼说。

"这片地方都臭不可闻。"奥索伸手摸珍珠粉，结果扑了个空，于是抢过蛋黄手里的酒瓶，猛灌一口。

"王后召见您。"葛斯特尖声说。

奥索抿着嘴巴吹气，模仿长长的放屁音。"她没别的事情干了吗？"

蛋黄咯咯直笑。"对母亲来说，还有什么比长子的幸福安康更重要呢？"

葛斯特的目光移了过去，停在蛋黄身上。他只是盯着而已，蛋黄就收起笑声，陷入紧张的沉默。也许他的嗓音很滑稽，但国王的首席卫士可不是随便就能开玩笑的。

"我能带妓女一起去吗？"奥索问，"我付了一整天的钱。"现在轮到他面对葛斯特的死鱼眼了。他叹了口气。"你能领女士们回她们的住处吗，徒尼？"

"噢，我会领她们吹拉弹唱的，殿下。"做作的笑声再次响起。

奥索转过身，走得毫不含糊。他讨厌该死的绞刑，但姑娘们非要来看，而他又讨厌让人失望。结果，他似乎让所有人都失望了。在他身后，又响起了介于喘息和欢呼之间的怪异声音，下一扇活板门打开了。

奥索把帽子扔向一尊巴亚兹的胸像，帽子以极富喜感的角度戴在传奇巫师的秃头上，他不禁为自己喝彩。

他的靴子跟敲击地板的响声在巨大的会客厅里回荡，越过无边海水般波光粼粼的地砖，他登陆了大厅中央的家具小岛。联合王国的至高王后坐在那儿，直挺得教人害怕，仿佛珠光宝气地长在扶手椅上,犹如镀金花盆里的绝美兰花。不消说,他自打出生以来就认识这个女人,但她身上那种凛然的王者气质每次都让他胆战心惊。

"母亲。"他说的是斯提亚语,使用他们实际统治地的语言只会激怒她,以他多年的经验,惹恼特维丝王后绝对得不偿失,"葛斯特找到我的时候,我正在来见您的路上。"

"你当我是世上罕见的大傻瓜。"她歪着头看他。

"不,不。"他弯下腰来,嘴唇蹭了蹭她涂着厚厚脂粉的脸颊,"就是常见的那种。"

"说真的,奥索,你的口音越来越可怕了。"

"嗯,因为斯提亚差不多完全落入我们的敌人手里,我没什么操练的机会。"

她从他的外衣上揪了一撮粉末。"你嗑高了?"

"那倒不至于。"奥索浮夸地抄起细颈酒瓶,为自己斟了一杯酒,"我只是吸了适量的珍珠粉,为我今早抽的大烟消消劲儿。"他揉了揉依然酥麻的鼻子,然后举杯致意,"再来一两瓶酒,喝舒坦了,能直接混到午餐的点。"

王后叹了口气,洋溢着王者风范的胸部随之起伏,蔚为壮观,那件设计精巧的紧身衣可以媲美新时代的任何一项伟大创造。"王太子有那么一点懒散劲儿,符合民众的期待。当你十七岁的时候,这种特质很有魅力。二十二岁,开始惹人厌了。二十七岁,绝对无可救药。"

"您哪里知道,母亲。"奥索跌坐到椅子上,结果势头太猛,像被人狠狠地打了一下屁股,"我一直以来都自惭形秽。"

"你可以做点值得骄傲的事情。你考虑过吗?"

"我成天都在考虑。"他举起酒杯,迎着从巨大窗户照进来的光,透过杯壁皱眉观望,"但做起来感觉相当费力。"

"直说吧,你可以帮帮你父亲。他是个软弱无能的人,奥索。"

"所以您不厌其烦地告诉他这一点。"

"而且现在情势危急。上一场战争……结果很糟糕。"

"如果您是斯提亚的加伯国王,结果可以说相当好。"

母亲一字一顿,冷冰冰地回道:"可你……不……是。"

"无论从哪方面说都挺遗憾的。"

"你是加伯国王不共戴天的敌人,他和天杀的塔林毒蛇抢夺的一切,于法于理都是你该继承的财产,你是时候认真对待你的身份了!到处都有我们的敌人。包括萧墙之内。"

"我发现了。我刚才欣赏了三个敌人的绞刑。两个农民和一个十五岁的姑娘。她尿了自己一身。我真是骄傲极了。"

"那么我相信你是抱着虚心接受指教的态度来见我的。"奥索的母亲响亮地击了两次掌,宫务大臣霍夫大摇大摆地进来了。马甲遮掩的肚子隆得老高,紧身马裤裹着的双腿细如棍子,他活像一只在农场里耀武扬威踱着步子的赛级雄鸡。

"陛下。"他朝着王后深鞠一躬,幅度太大,地砖都被他的鼻子擦干净了,"殿下。"他向奥索鞠躬的幅度差不多,表达的却是无尽的轻蔑,也许是在他谄媚的微笑里,奥索照见了对自己的轻蔑,"臣尽心竭力搜遍了整个环世界,寻找条件最佳的适婚对象。可否容许臣斗胆说一句,联合王国未来的至高王后就在她们当中?"

"噢,天哪。"奥索一仰脖子,直直地瞪着漂亮的天花板,上面画的是来自世界各地的人跪在一轮金色太阳前面,"又要检阅一次?"

"确保继承权可不是开玩笑。"母亲表态。

"反正不好笑。"

"少耍贫嘴,奥索。你的两个妹妹都担负起了王室成员的责任。你以为卡茜尔想去斯塔兰?"

"她的义举感天动地。"

"你以为卡洛特愿意嫁给斯皮奈首相?"

说实话，卡洛特当初听到这个安排还蛮兴奋的，不过奥索的母亲总觉得每个人都得为责任牺牲了一切，正如她反复声称自己是如何忍辱负重一样。"当然不愿意了，母亲。"

这时，两个男仆小心翼翼地把一幅巨大的画像搬了进来，生怕画框蹭到门廊。画布上，一个肤色苍白、脖子长得出奇的女孩，露出迷人的微笑。

"西瑟琳·唐·哈恩韦尔德小姐。"宫务大臣宣布。

奥索深深地陷进椅子里。"我真要娶一个下巴和胸隔了十万八千里的妻子吗？"

"这是艺术的夸张，殿下。"霍夫解释。

"沾上艺术两个字，啥事都能糊弄过去。"

"她本人相当漂亮，"王后说，"她的家族可以追溯到哈罗德大王时期。"

"真正的血统纯正。"宫务大臣插嘴。

"她蠢得像匹马，好吧，"奥索说，"国王和王后可不能都是傻瓜。"

"下一个。"奥索的母亲气呼呼地喝道，进来的两个男仆差点撞上了前面的两个，他们搬着的画像是一个笑容奸邪的斯提亚人。

"阿非奥的伊斯特林女伯爵擅长政治运作，能给我们带来斯提亚的珍贵盟友。"

"看她这副模样，更可能给我带花柳病来。"

"我以为你成天寻花问柳，早就免疫了。"王后做了个优雅的手势，示意撤走画像。

"我再也没见您跳舞了，好遗憾啊，母亲。"她的舞跳得极好。有时候她甚至乐在其中。

"你父亲是个白痴舞伴。"

奥索伤感地笑笑。"他尽力了。"

"这位是梅塞拉·西维林·西图斯，"宫务大臣唱道，"高图斯的皇帝幼女——"

"他难道配不上长女吗？"不等奥索否决，王后反问道，"我觉得不行。"

画像轮流上阵，奥索以瓶中逐渐减少的酒水为参照，从上午熬到下午，争奇斗艳的群芳被他挨个儿排除。

"我怎么能接受个子比我还高的妻子？"

"她酗酒比我还厉害。"

"至少我们知道她能生养，我听说她生过两个私生子。"

"她脸上是鼻子还是阳具？"

他恨不得回到绞刑现场。绞刑，理论上他可以叫停。而对母亲，他完全无能为力。他唯一的机会就是耗到她失去耐心。毕竟，环世界里的女人数量有限。

终于，最后一幅画像被搬了出去，宫务大臣怯怯地搓着手。"陛下，殿下，我很遗憾——"

"没了？"奥索问，"你没把瑟雯·唐·格洛塔的画像藏在走廊里吗？"

尽管隔着一段距离，他依然感受到王后冰冷的态度。"遗憾得很，她母亲出身低微，而且是个酒鬼。"

"但在聚会时绝对是个趣人儿，而且不管你怎么说阿黛丽夫人，格洛塔审问长深受人们敬重。至少是敬畏有加。"

"残废的蠕虫，"王后啐了一口，"拷问者！"

"但他是我们的拷问者，呃，母亲？我们的拷问者。而且我听说他女儿赚得盆满钵满。"

"她赚钱都是靠生意、各种交易和投资。"王后愤愤地念叨着这几个词，仿佛都是非法买卖。据奥索所知，瑟雯做的确实是非法买卖。对她来说没什么好奇怪的。

"噢,得了吧,做生意赚来的脏钱和名正言顺从穷苦农民身上榨取的财富一样,填的都是国库的窟窿。"

"她太老了!你已经很老了,她比你还老。"

"但她的礼仪无可指摘,还有众所周知的美貌。"他随随便便地示意门外,"要是她有画像,可比那些猪头漂亮多了,画家都用不着作假。瑟雯王后喊起来也很顺嘴。"他嗤嗤一笑,"朗朗上口。"

母亲冷若冰霜。"你就是为了惹我生气吗?"

"不光是为了惹您生气。"

"答应我,你绝不会跟那个野心勃勃的母蠕虫扯上关系。"

"跟瑟雯·唐·格洛塔?"奥索若有所思地缩回椅子里,"她母亲是平民,父亲是拷问者,她本人做买卖。"他晃了晃细颈酒瓶,把酒一滴不剩地倒进杯子。"更何况,说真的,她实在是太老了。"

"噢,"他喘着粗气,"噢!噢,操!"

他弓起后背,使劲抓着桌子边沿,把一筒子笔踢到地上,脑袋则撞在墙上,灰泥扑簌簌地落到肩头。他不顾一切地扭动着,命根子却被她拿捏得死死的。字面意义上的命根子。

他面容狰狞,差点吞下舌头,很快干咳几声,又痛苦地吸了口气,从咬紧的牙关挤出一个"操"字,继而呜咽着瘫软下去,双脚一蹬,不再动弹,两腿因为刚才的痉挛而微微颤抖。

"操。"他叹道。

瑟雯抿着嘴环顾四周,然后拿起奥索半满的酒杯往里面吐。他注意到哪怕在这种情况下,她依然以最优雅的姿势捏着杯脚。她舔了舔门牙,又吐了一口,然后把酒杯放在身边的桌上。

奥索看着一旁的酒杯。"这……有点恶心。"

"得了吧。"瑟雯端起另一个杯子漱口,"你只是看看而已。"

"多么轻慢失礼啊。总有一天,小姐,我将成为你的国王!"

"你的王后毫无疑问会把你的子孙吐在金匣子里,每逢佳节广为散发,让黎民苍生雨露均沾。祝二位婚姻幸福,殿下。"

他禁不住咯咯傻笑。"你这么完美的可人儿怎么在我这种笨蛋身上浪费精力?"

她朱唇微启,若有所思,在那个非同寻常、脑门发热的瞬间,他差点就开口了。那句话在唇边蠢动。最适合他的人近在眼前。她拥有他所渴望的一切品质。那么机灵。那么规矩。那么果决。还有,光是想想母亲的表情就值了。他差一点点就开口了。

然而情况复杂多变,总是存心阻止他做正确的事。

"我只能想到一个理由。"她提起裙子,扭动着在他身边坐下。

他溜下桌子,汗津津的屁股蹭着皮革震动,颤悠悠的腿脚落地后,裤子一路垮到脚踝处。他打开匣子,洒了些珍珠粉在手背上,吸了一半,然后把剩下的递给她。

"别叫人说我只顾自己。"他说道,她把一只鼻孔凑上来,吸光了粉子。有那么一会儿,她冲着天花板直眨眼,睫毛扑闪,好像要打喷嚏。然后她仰躺在桌上,手肘撑着,把屁股挪到奥索的正对面。

"那就快来吧。"

"你今天真的没有心情浪漫一下?"

她的手指插进他的发间,然后不由分说地把他的脑袋按在两腿之间。"我的时间宝贵。"

"太直白了。"奥索叹了口气,把她的一条腿架在肩上,顺着光滑的肌肤摸上去,听见她的喘息,感受她的颤抖,他温柔地亲吻她的小腿、膝盖和大腿,"做臣子的都欲壑难填吗?"

6 破坏者
The Breakers

"话说,维克是个啥名字啊?"

"维克多琳的简称。"

"真他妈的洋气。"格丽斯讥笑道。维克认识她没多久,但已经心生厌倦。"我敢说还有个'唐'的中间名,呃,贵族小姐?"

她在开玩笑。但必须相当好笑,维克才会发笑,而这个笑话不够格。

她迎上格丽斯的目光。"我以前确实有个'唐'的中间名。我父亲当年是王家铸币厂的总管。在阿金堡有一栋大公寓。"维克冲着自以为最有可能的方位点头示意,不过,在发霉的酒窖里很难辨别方向,"就挨着王宫。大厅里摆了一尊哈罗德大王的雕像。真人大小哦。"

灯光摇曳,格丽斯的那张圆脸变了色,与此同时,靴子、马蹄和车轮的响声从高高的狭窗源源不断地传进来。"你在阿金堡里长大?"

"你没有认真听我说。我父亲当年在那里有一栋公寓。但在我八岁的时候,他惹了不该惹的人,被审问部抓了。我听说是老棍亲自审问的。"

气氛立刻有了变化,格丽斯不敢吱声,塔洛眨巴着眼睛,向暗处窥视,仿佛审问长有可能带着十几个刑讯官藏在落满灰尘的架子背后。

"我父亲是无辜的。反正他们那些指控都是子虚乌有。不过老棍一发威……"维克拍得桌子嘭的一响,塔洛跳起来,差点撞上天花板,"他就像根破了的下水管,哗啦啦地全认了。叛国罪。他们把他送去了安格兰。挨着北方的流放营。"维克不喜欢这个故事,却咧嘴一笑,"谁都不希望拆散幸福的家庭。所以他们把我妈也一起送过去了。我妈,我兄弟,我姐妹,还有我。是流放营啊,格丽斯。我是在那里长大的。所以不消怀疑我的忠诚。永远不消怀疑。"

塔洛咕嘎咕嘎地吞咽口水。"流放营啥样?"

"能活。"

噢,区区两个字,掩埋了多少肮脏、痛苦、饥饿、死亡、不公和出卖。矿井的阴冷,熔炉的炙热,咬牙切齿的愤怒和哭哭啼啼的绝望,还有雪地里的尸体。维克佯装波澜不惊,强行压下那段不堪回首的过往,就像压下满满一盒蛆虫的盖子。

"能活。"她言之凿凿。撒谎的时候,你必须说得自己都信了。对自欺欺人的谎言深信不疑。

门板吱呀呀地打开,格丽斯慌忙回头,来者却是西巴特,人高马大、面色阴沉的摩尔跟在他身边。他把拳头抵在桌上,深吸一口气,那张贵族脸垮得很难看。

"怎么样?"塔洛声音很轻。

"他们吊死了里德,"西巴特说,"吊死了卡德伯。吊死了他闺女。"

格丽斯盯着他。"她才十五岁。"

"因为什么?"塔洛问。

"说话。"西巴特按着男孩消瘦的肩膀,轻轻捏了捏,"组织。联合劳工,集体发声。现在这事算叛国了。"

"妈的,我们都不能说话了!"格丽斯吼道。

维克和他们一样愤怒。但她早在流放营里就学到了,任何情绪都是弱点。你必须隔绝痛苦,思考接下来的举措。"他们都知道哪些人?"她问。

"你就关心这个?"格丽斯肥硕的拳头在维克面前晃了晃,"关心你他妈的是不是有事?"

维克顺着那只拳头看向她的眼睛。"他们会把知道的所有名字供出去。"

"卡德伯不会。他绝对不会。"

"拿烙铁威胁他闺女也不会吗?"格丽斯无言以对,惊骇慢慢替代了愤怒,"他们会把知道的所有名字供出去。除此之外,还会有很多名字,因为一旦说完了事实,就会开始撒谎。"

摩尔摇着他的大脑袋。"里德不会。"

"会的,里德、卡德伯、他闺女,都会的,包括你、我、任何人。审问部很快就会去捉拿他们知道的人。所以,他们都知道哪些人?"

"只有我。"西巴特看着她,目光平静且冷淡,"我可以肯定。"

"那你必须离开阿杜瓦。为了你的小命,为了我们的事业。"

"你他妈算老几,在这里发号施令?"格丽斯竖着一根手指,冲她喝道,"你资历最浅!"

"正因为如此,也许我想得最清楚。"维克手扶皮带扣,那里藏着她的铜指虎。格丽斯膀大腰圆,但算不上多大的威胁。大喊大叫的人往往不至于马上采取行动。但维克已经做好准备,万不得已就放倒对方。一旦维克决定放倒对方，那就必然是下重手。

算格丽斯走运，西巴特温和地按着她的肩膀，轻抚后背。"维克说得对。我必须离开阿杜瓦。尽快离开，爆炸也要尽快安排。"摩尔摸出一张脏兮兮的纸，在桌子上铺展开来，一张城市地图，西巴特指着三农场区的某个地点，距离正在修建的新运河不远，"希尔街铸造厂。"

"不过希尔街没了，"摩尔的语气一贯的单调乏味，"为了修建铸造厂，他们拆了。"

"他们在那里安装新的发动机。"西巴特说。

塔洛点点头。"我路过了那里。听说发动机会让两百个男女失业。"

"然后怎样？"维克眉头紧锁，低声问道，"我们去破坏它们？"

"我们要把那玩意儿炸得一根毛都不剩，"格丽斯说，"用古尔库之火。"

维克冲着她眨巴眼睛。"你们有多少？"

"三桶，"西巴特说，"够了，你觉得呢？"

"也许吧，放对位置就行。你们知道怎么用？"

"不太懂。"西巴特咧嘴一笑，"但你懂。在矿上用过，不是吗？在安格兰。"

"是的。"维克眯起眼睛，"你们从哪里弄到的？"

"你在担心什么？"格丽斯厉声反问。

"我担心你们的货源不可靠。我担心那东西不好使。我担心起爆太早，三农场区到处都是我们的残肢碎肉。"

"好了，你不用担心了，因为货是直接从瓦贝克送来的，"格丽斯洋洋得意，像个御用裁缝，"是织匠本人——"

"嘘，"西巴特嘶声打断她的话，"不该知道的事情最好别知道。不用担心，火药没有问题。"

格丽斯挥拳击打掌心。"炸他一个响,为老百姓出口恶气,呃,兄弟们?"

"是啊,"摩尔缓缓地点着大脑袋,"我们擦出一点火花来。"

"然后烧成大火。"西巴特说。

维克凑近了。"如果我们这么干,有人会受伤。有人会送命。"

"那是他们活该。"格丽斯说。

"一旦动手,死的人未必都是该死的人。"

"你害怕了?"

"你要是不怕,你不是疯了就是傻了,这种任务不需要疯子和傻子。我们得规划好每一个细节。"

"我在那里干过卖力气的活儿,"摩尔说,"我能画张图。"

"好,"维克说,"考虑越周全,风险越小。"

格丽斯嗤之以鼻。"你他妈的说来说去都是风险!"

"总得有人说。这种事应该是我们主动做的,而不是因为怒火攻心、脑门子一热就上了。"她环视着四张面孔,在地窖摇曳的灯光中它们显得格外怪异,"你们都想这么干,对吧?"

"我他妈的就想干这个。"格丽斯说。

"是我想干的。"西巴特说。

"是。"摩尔沉声应道。

她最后望向塔洛。他最多十五岁,长这么大可能也就吃过三顿饱饭。乍一看,依稀有她兄弟的影子。磨破的袖子短了一截,露出瘦得皮包骨的手腕。故作冷酷,从水灵的大眼睛里散发的恐惧和怀疑却如灯塔的强光。

"大变革要来了,"他终于开口,"这就是我想要的。"

维克冷冷地笑了。"好,要说我在流放营里学到了什么,那就是光耍嘴皮子是不够的。"她情不自禁地握起拳头,"想要什么,就必须去争取。"

她仍然骑在他身上,两人胸贴胸,呼哧带喘。她亲吻他的嘴唇。啃咬他的嘴唇。随着一声闷哼,她一骨碌翻到小床上,侧卧在他身边,拉起毯子盖住赤裸的肩膀。完事后她才觉得冷,借着微弱的灯光,可以看见凝结在小窗角落的霜冻。

两人沉默无语,他盯着天花板,她盯着他。外面的马车辘辘驶过,商贩在叫卖,街角的醉鬼宣泄着毫无价值的痛苦和愤怒,挨骂的是空气和影子。挨骂的是整个世界和芸芸众生。

最后,他的视线转了过来。"对不起,我当时不能阻止格丽斯——"

"我能照顾自己。"

西巴特哼了一声。"没人比你更能了。我道歉不是因为我觉得你需要我的帮助。我道歉是因为我没有出手。最好是不让他们知道我俩是……"他伸手摸到她的肋部,拇指摩挲着那里的陈旧烧伤,搜肠刮肚地寻找一个合适的词能描述两人的关系,"一对。"

"在这儿,我俩是一对。"她一甩头,示意歪曲门框里的歪曲门板,"到了外头……"到了外头,谁都不仰仗他人。

他冲着两人之间的粗布床单大皱眉头,仿佛那是永远逾越不了的鸿沟。"抱歉,我不能告诉你古尔库之火是从哪里来的。"

"不该知道的事情最好别知道。"

"货没问题。"

"我相信你,"她说,"我信任你。"维克谁都不信任。这是她在流放营里学到的,同时学会了如何撒谎。学会熟练地撒谎,她可以放出一丁点真话,然后加以捶打,正如金匠把一小块金子捶打成一片金箔,直到它能包裹全套谎言。西巴特从未怀疑过她。

"早点认识你该多好,"他说,"事情可能就不一样了。"

"没有早点认识,事情就是这样。所以我们接受现实,呢?"

"命运女神在上,你真难对付,维克。"

"我们都是刀子嘴豆腐心。"她把手伸到他脑后,插进夹杂白发的黑发,紧紧地搂住,四目相对之下,她又问了一遍。"真的吗,科勒姆?你真的想这么干?"

"我们想什么并不重要,对吧?有比我们的未来更重要的事情需要考虑。我们擦出一点火花,让它烧成熊熊大火。总有一天,大变革将会到来,维克。你和我这样的人能发挥作用。"

"大变革。"她希望自己的语气不是在质疑。

"等这事儿干成了,我非得离开阿杜瓦不可。"

她沉默不言。无话可说的时候,保持沉默是最好的选择。

"你应该跟我一起走。"

她应该继续保持沉默。但她竟然开口问道:"我们能去哪里?"

笑容在他脸上绽放。她受到感染,也笑了起来。她很久没有笑过。嘴角上扬的弧度有几分陌生。

床架嘎吱作响,他把手伸到床边,取来一本旧书。《达布·斯威特传》,作者是马林·格兰霍姆。

"又是这个?"维克问。

"是啊,就它了。"书本摊开,一幅跨页印刷的版画映入眼帘。这一页似乎经常被翻看。画上有一位骑手,遥望无垠的草原和辽远的天空。西巴特把画拿到一臂开外,风景仿佛在他们眼前铺展,他的低语声好似魔法咒语。"远乡,维克。"

"我知道,"她嘟囔道,"画底下写了。"

"无边无际的草海。"他半开玩笑地说,但也表明他半是认真,"在那里,梦想有多远,你就可以走多远。在那里,你可以开始新的生活。很美,不是吗?"

"是啊,很美。"她情不自禁地伸手,仿佛它不是书页,而是可以触及的某种真实,然后她猛地收回手,"可它就是一张虚构的风景画,夹在一本胡编乱造的书里,科勒姆。"

"我知道。"他伤感地笑笑,似乎把这种幻想当成一个有趣的游戏,但也仅仅是游戏,他啪的一声合上书,扔回木板上,"我觉得到了某个时候,你只能放弃你的梦想,珍惜你的所得。"

她翻了个身,后背贴着他的肚子。两人默不作声地躺着,毯子里暖洋洋的,外面的世界照常运转,雾蒙蒙的玻璃外,对街的炉子闪耀着橙色火光。

"等我们擦出火花,"他喃喃低语,在她耳中却如雷声轰鸣,"一切都将改变。"

"那是当然。"维克说。

又一阵沉默。"我俩之间也将改变。"

"那是当然。"维克说着,握住他的手,紧紧按在自己胸前,"所以我们应该接受现实。要说我在流放营里学到了什么,那就是人不该看得太远。"

很可能你看到的不是好事。

7 流泪的回应
The Answer to Your Tears

　　有时你从噩梦中醒来，发现不过是虚惊一场，你还在家里的暖床上安然无恙，那种如释重负的松快感无与伦比。

　　而瑞卡正好相反。

　　她梦到了愉快的事情、愉快的地方，梦到笑容满面地陷进羽毛褥子。然后她感受到彻骨的寒意，无论缩得多么紧都不能缓解。随后是她在冷硬的土地上翻身时腿脚的痛楚。接着是噬咬五脏六腑的饥饿，现实的境况潮涌而至，她呻吟着醒了过来。

　　她百般不情愿地睁开眼睛，树枝在风中簌簌作响，铅灰色的天空拼凑其间，还有一样东西在摇摆——

　　"见鬼！"她惊叫一声，慌忙钻出湿冷的斗篷。一个男人吊在半空，底下就是她刚才睡觉的位置。要是她站直了，一伸手就能摸到他晃荡的双脚。她躺下时天色黑得伸手不见五指，自然看不到吊在头顶的尸体。但此时此刻不可能看走眼。

　　"有个死人。"瑞卡尖声说道，颤抖的手指点着。

艾森懒洋洋地瞥了死人一眼。"要我选的话,被死人吓到比撞见活人强多了。给。"她往瑞卡冰冷的手里塞了什么东西,一块湿漉漉的面包,一把酸掉牙的浆果,吃了会把牙齿染成紫色,"早餐。好好享用吧,月亮好心赐给我们的食物都在这儿了。"她掬起一蓝一白两只手,温柔地朝里面吹了口气,仿佛呼吸的空气也是需要配给的。"我爹常说,吊死鬼晃来荡去的节奏里,藏着世间万物的全部美好。"

瑞卡咬了一口湿面包,含在生了口疮的嘴里咀嚼,目光幽幽地投向那具轻轻摇晃的尸体。"我真没看见。"

"我也没看见,我得承认。"

"要不要放他下来?"

"他不大可能感谢咱们的一番好意。"

"这人是谁?"

"看这情形,他自个儿是不能介绍了。可能是你父亲的人,被日暮斯达的人吊上去了。也可能是日暮斯达的人,被你父亲的人吊上去了。没啥区别。死人又不分阵营。"

父亲的人?如此说来,瑞卡认识他?这几天,有多少她认识的人被杀死了?她感到泪水上涌,鼻子发酸,于是猛地一吸气。

"再这样下去我们怎么受得了?"她知道自己的声音变得嘶哑刺耳,但无论如何都忍不住想问。

"我受不受得了?"艾森问,"我爹第一次叫我从死人身上回收箭头时,我才六岁。我没什么受不了的。你受不受得了?等你趴下再也起不来,我们就知道你的极限在哪里了。到时候……"她望向树林,用指甲剔着被浆果染色的牙齿,"我们不能待着不动。也不能直接进山找我的族人。所以我们必须找到联合王国,或是你父亲的人,他们应该都在向白河撤退,快得就像遇到狼的山羊。我们必须比他们更快,比我们和他们之间的敌人还快,所以我们走得越远,危险就越大。但我们还得走好几天。甚至好几周。"

还有好几周，在沼泽和荆棘丛中跋涉，躲避凶恶的敌人，吃虫子，睡在吊死鬼底下。瑞卡彻底泄了气。

她想起父亲在乌发斯的厅堂。雕刻在橡木上的面容，火坑上滋滋流油的烤肉。猎犬把脑袋搁在她膝间，可怜巴巴地睁着眼睛讨食。怀旧的歌谣唱响，称颂在阳光明媚的山谷里建下的丰功伟绩。只要提及三树、霹雳头和黑旋风，父亲从来眼眶湿润，而当有人沉声念出血九指的名号，他甚至举杯致意。

她想起那些有外号的人坐在火坑两边。因为某一句关于她的笑话而嘻嘻哈哈，因为某一首唱她的歌谣。那个瑞卡，真的好笑。你当然不希望自家女儿脑子有病，但她真的好笑。

她想起迈着醉醺醺的步子回房的惬意，温暖的小窝铺着母亲编织的毛毯，架子上精心摆放着她的漂亮玩物，好看的衣服全都干爽地收在箱子里。

她想起乌发斯陡峭的街道，雨后泛着微光的鹅卵石，停泊在灰色港口的船只，在集市上讨价还价的人，从网子里倾泻而出的闪亮渔获。

她知道她在那里的生活并不开心。她经常抱怨，甚至厌倦了抱怨。如今她搓揉着斗篷上破烂发臭的毛皮，不明白自己当年为何被冷言冷语和冷眼冷面伤得那么深。简直是愚蠢、幼稚、软弱。但也许这就是成长。某一刻突然意识到自己有多么混账。

死者在上，瑞卡渴望回到安全温暖的地方，宁可被嘲笑，也不愿被追杀，但乌发斯已经烧了。也许千里眼可以窥探过去，但有一件事是毋庸置疑的——你永远回不到过去。她熟悉的世界不复存在，正如那个晃荡的死人不会活过来，她被抛弃在一个苦寒而残暴的世界。

她终于忍不住了。饥寒交迫，酸痛难耐，担惊受怕，还有深深的渴望。她麻木的双手晃悠着，肩膀抖动着，眼泪潸然而下，顺着鼻尖滴落，战栗的下唇尝到了淡淡的咸味。

她感到艾森靠近了。她的肩膀被轻柔地按着。她的下巴被触碰，被抬起，那个声音前所未有地温软和善。"知道每次我哭的时候，我爹说什么吗？"

"不知道。"瑞卡涕泪交加，颤声说道。

耳光来得既快又狠，艾森的巴掌一掠而过。

瑞卡眨着眼睛，目瞪口呆，一手捂着火辣辣的脸颊。"怎么——"

"这就是他要说的。"艾森用力地摇晃她，"每当你哭哭啼啼的时候得到这样的回应，你很快就能学会停止流泪，把注意力放在接下来的事情上。"

"哎哟。"瑞卡哼哼着，整张脸都在抽搐。

"没错，你也有难处。病痛、发癫，他们都认为你疯了傻了，说什么的都有。但同时你生来就不缺胳膊少腿，脸蛋漂亮，有一口好牙，因为你是一位强大首领的独生女儿，又没有母亲，一大帮子头脑简单的老兵把你当宝贝宠。"

"这也太他妈的不公平——"

艾森又扇了一记耳光，这次力道更重，血和泪的咸味混杂在她唇上。

"你习惯了摆弄那些老头子。但如果黑手卡尔达逮到你了，你会被他摆弄的。他会把你摆弄到浑身散架，到时候你除了怪自己，怪不了任何人。你被宠坏了，瑞卡。你软弱得就像一头待宰的肥猪。"那根无情的手指再次戳痛了瑞卡的胸，"算你走运，有我在，我会替你割了肥肉，只剩铁骨，好好地磨炼。"戳，戳，戳在同一处瘀伤上。"算你走运，因为在这儿，软弱会害死你，铁骨才能救你的小命。"戳，戳。"也许现在只有一根针那么大点儿，但也许哪天能炼成一把匕首——"

"臭婊子！"瑞卡尖叫着，一拳打上艾森的嘴巴。这一拳打得结实，打得她脑袋后仰，唾沫飞溅。瑞卡一向自认为软弱。喜欢哭鼻子，不敢硬碰硬。此刻，一股前所未有的狂怒在她体内沸腾。这种感觉如此美好、如此刚猛。也是多日以来，她第一次感受到的暖意。

她再次挥拳，但被艾森抓住了手腕，也抓住了头发，同时向后拉扯，她惨叫一声，被一股怪力顶在树上动弹不得。

"这就是铁骨！"艾森咧嘴笑着，露出牙齿上的血痕，还有浆果的颜色，"也许已经是匕首了。没准哪天能打造成一把宝剑，壮汉见了怕，月亮见了笑。"她放开瑞卡的头发。"现在，你暖和起来了吗？能不能跟着我一路跳舞跳到西边？"她冲着吊死鬼翻了个白眼，"不然你更喜欢跟我们这位朋友跳舞？"

瑞卡抖抖索索地长吸了一口气，又吐在凛冽的空气中。然后她举起空空如也的双手，其中一只的指节火烧火燎，平添了几分痛楚。"我收拾好了。"

8 少年英雄
Young Heroes

"混蛋。"朱兰举着望远镜观察山谷对面,轻声骂道。

利奥夺过望远镜,对准山脊。他差点按捺不住心头的沮丧,透过颤抖的圆形目窗,北方人赫然可见,黑色的矛尖映着阴沉的天空。整个上午他们都没有行动。这支六十人左右的队伍也许一直在欣赏安格兰人败退的丑态。利奥把望远镜塞给白水吉恩。"混蛋。"

"唔。"吉恩操着浓重的北方口音应道,他放下望远镜,若有所思地抓着胡子,"没错,他们相当混蛋。"

格拉沃德呻吟一声,颓然趴在鞍桥上。"谁能想到战争有这么无聊?"

"战争有九成时间都是等待,"朱兰说,"斯多里克斯说的。"听听,好像引用名人名言才有说服力。

"战争中有两个选择,"巴纳瓦说,"无聊,或者恐惧,以我的经验,无聊可要好太多了。"

利奥早就听腻了巴纳瓦的经验之谈。老说他们不懂得何为真正的恐惧。还有他眉头紧锁遥望地平线的样子,仿佛那里有什么不堪回首的往事。这一切都是因为他在斯提亚打了八个月的仗,其实从头到尾都没怎么离开密特里克元帅戒备森严的指挥所。

"不是所有人都像你那么前卫,张口闭口都是厌战的言论。"利奥当天上午第一百次拔剑又收剑,"有的人还是希望见识一下的。"

"里特见识到了。"巴纳瓦揉了揉伤疤,"我只说这么多。"

利奥皱起眉头,要是他也有伤疤该多好。"既然战争那么不受你待见,你怎么不去种地,或者干别的事情呢?"

"我试过。做不来。"巴纳瓦眉头紧锁遥望地平线,仿佛那里有什么不堪回首的往事。

朱兰丢来一个眼色,然后翻了个大大的白眼,利奥只能强忍笑意。他俩是彼此肚子里的蛔虫,甚至不用说话都能交流。

"他们还在上头?"安塔普在他们身边勒马止步,踩着马镫起立,吉恩递上望远镜。

"在。"利奥说。

"混蛋。"安塔普甩开一绺永远落在额前的黑发,但它随即又耷拉下来。他是姑娘们心里放不下的念想,世故,机灵,打扮入时,好似一匹名优赛马,不过利奥的朋友们都俊得很,各有各的风格。吉恩战斗时和血九指一样凶狠,但要是咧嘴笑起来,火红的胡子当中露出一口白牙,蓝色的眸子亮闪闪的,犹如初升的朝阳。而谁都不能否认,忧郁老兵的形象很适合巴纳瓦,尤其是脑门上的一道伤疤,和发间的一缕白丝。格拉沃德是性格开朗的糙汉子,人高马大,肩宽体阔,刮完脸不到一个钟头就冒出胡楂。

一群不可多得的少壮英雄。此情此景,岂不美哉!也许利奥应该找人画下来。谁认识画家?他左右张望。

奥斯腾霍姆的女士们或许不认同,但朱兰的容貌是这帮人当中的佼佼者。也许有人说他长得太软,类似于挑剔格拉沃德的屁股下巴,安塔普的尖耸颧骨,但利奥觉得那叫……精致?秀气?甚至有一点点柔弱?但没有人比朱兰在维护朋友时更为强硬。他的一个眼神可以包藏万千心意。他凑近说话时嘴角微微抽动。而且他说的都值得一听。是别人都说不出来的——

朱兰目光流转,利奥立刻移开视线,投向山脊上的北方人。

"混蛋。"他的嗓音略略嘶哑。

"而我们只能坐在这儿干看着,"安塔普一边抱怨,一边整理着卵蛋,"就像关在笼子里的狮子。"

"就像拴着狗链的狗崽子。"格拉沃德从安塔普手中夺过望远镜,"你他妈的去哪里了,啊?"

"就是……检查了一下辎重。"

吉恩哼了一声。"跟一个女人?"

"不见得是一个嘛。"安塔普一笑,牙齿的数量好像有正常的两倍,"可以有好几个。为了抵御绝望,男人必须找点事情干。谁能想到战争有这么无聊?"

巴纳瓦抬起头。"你有两个选择——"

"再说我捅死你。"利奥说。

"看来我们都需要振作一下精神。"格拉沃德点头示意谷底,一队人马正在艰难跋涉,长得不那么俊,个个裹着破烂的外套、褴褛的斗篷和陈旧的毯子,松垮的肩头蔫蔫地扛着长矛,横七竖八什么角度都有,就是没有笔直冲着天上的。

利奥习惯了普通士兵一见面就冲他欢呼。吼几声"幼狮",他便可以借势挥挥拳头,拍拍后背,胡乱喊上两句关于国王的废话。此刻人们步履蹒跚,默不作声,两眼盯着泥巴地,米德兰的援军杳无音讯,就连利奥自己也丧失了为王室振臂呐喊的劲头。看来哈罗德大王和坚毅王克什米那样的尚武之君已是老皇历,爱国的呼号日渐寂寥。

"我不反对你母亲的安排,"安塔普咕哝道,"可老是撤退,实在影响士气。"

"尝一口胜利的滋味,他们马上就能打起精神来。"白水说。

"我们也是。"格拉沃德策马接近利奥,压低声音说,"教训那群混蛋容易得很。"他捏起青筋鼓胀的巨拳,在半空中一挥,"就像我们在农场上打的那次一样。"

利奥抚弄着剑柄圆头,又从剑鞘里拔出剑来。他记得冲锋的每个细节。劈面而来的风和雷鸣般的马蹄声。他手中斧柄的震颤。敌人惊惧的面孔。他们溃散逃跑时令人眩晕的狂喜。

朱兰的眉宇微微皱起。"我们不知道山脊背后有什么。"

利奥想起了里特的葬礼。坟边的悼词。没下巴的妻子在火炉边哭泣。他们都为自己赴过汤,蹈过火。他的朋友。他的兄弟。他不能再失去了。

"朱兰说得对。"他唰啦一声收剑回鞘,强行松开剑柄,"我们不知道山脊背后有什么。擅自行动,母亲非杀了我不可。"

"不妨直接杀上去,省得我费事。"

听到母亲的声音,利奥扮了个鬼脸,心头又涌起慰藉和怨恨混杂的怪异感受,但每次都是慰藉少,怨恨多。

"总督夫人。"朱兰驱马退开,她径直来到利奥身边,一帮随行的军官则停在坡上。

"上周我们打日暮斯达的人打得很顺手。"利奥抱怨。

"日暮此时就在我们右边。"她挥起杖子扫向南方,发出"呜"的一声,利奥不禁又扮了个鬼脸。一位女士抡棍子总感觉不大对劲,虽说她如今全权指挥军队。"那是黑手卡尔达的人。卡尔达不是战士,他儿子是。"她冲着利奥挑起眉毛,"我儿子也是。卡尔达动脑子,我也动脑子。你看到那片树林了吗,右边的?他布置了骑兵在那里,只等我们犯下愚蠢的错误。"

朱兰从格拉沃德手里抄走望远镜。"有金属,"他低语,"在树林里。"

利奥本该为自己判断正确而高兴。但他只为自己错失了显眼的目标而愤怒。"所以我们就待在这儿，任他们笑话我们？"

"他们可不能错过这场表演。"母亲点头示意那支杂乱无章的队伍，路上有个泥潭，导致队列更加混乱，"我让军中最寒酸的队伍进入山谷，而且命令他们走得越乱越好。"

"什么？"

"让他们尽管笑话吧，利奥。他们再怎么笑话，也不会让我们多一个哭鼻子的寡妇。我们最精良的队伍在山谷后面，视野之外。如果他们来了，我们就迎头痛击。"她倾身靠近，撩开他的头发，"这是什么？"

"没什么。"他把母亲的手从伤疤上挡开，"我在训练。跟安塔普和巴纳瓦。"

"终于给他留了个纪念。"安塔普笑道。

朱兰清了清嗓子，利奥的母亲皱起眉头。"告诉我，他不是同时打你们两个。"

安塔普对女人很有一套，但总督夫人显然不在其中。"呃……算不上——"

"你什么时候才能学会教训，绝对不要同时对付两个壮汉？"

"我见过布雷默·唐·葛斯特一挑二。"利奥说。

"那家伙在任何方面都不是榜样，"她厉声喝道，"想想你父亲吧。他当年很勇敢，无所畏惧，但夹在你祖父的叛国行径和他接手的羸弱安格兰之间，他学会了保持耐心。他知道他擅长什么。他从未高估自己。"

"您的意思是我高估了自己？"

朱兰又一次清嗓子，利奥的母亲哈哈一笑。"你知道我爱你，利奥，但是没错，你太高估自己了。不过，你性子鲁莽也合情合理。

我是在战场上怀的你。"

利奥瞥见格拉沃德和巴纳瓦相视一笑，顿时面红耳赤。"有必要说这个吗，母亲？"

"没有必要。说真的，好像每一代人都把交配当成一件了不得的大事，前所未有的新鲜玩意。我就搞不懂了，他们到底认为自己是通过什么方式来到这世上的。你该找个老婆了。你得有人管着，免得惹是生非。"

"我以为那是您的责任。"他咕哝道。

"我有仗要打。"

"这就是问题所在。您根本就没打。"

"你到底读过我给你的文图里奥没有？战争的全部意义都在于不打。"一如既往，话音未落，她便策马向西去了，扈从紧随其后。

朱兰又清了清嗓子，利奥斥道："你他妈的不能好好咳出来，别清嗓子了？"

"嗯，总督夫人总能一针见血。你真的应该读读文图里奥——"

"现在她说一不二，直到国王准许我接替父亲的位置为止。"距离葬礼已有三年，而今利奥依然在苦等，他瞪着山谷对面的北方混蛋，他们也在山脊上张望。"到时候我按自己的想法来。"

"唔。"朱兰的眉宇又微微皱起。

"你站哪边？"

"联合王国啊，跟你和你母亲一样。"

利奥忍俊不禁。"老样子，还是那么理性。"

朱兰也笑了。"总得有人保持理性。"

"理性的人也许活得更久。"利奥摘了手套扔过去，然后翻身下马，朱兰杂耍般接下了手套，"但事后谁还记得那些混蛋？"

带领另一支队伍的小鼓手早就不敲了，脚步拖沓，膝盖撞击着军鼓，牙齿冻得打战。他抬头看见利奥走来，从腋窝里抽出苍白的双手，慌忙寻摸鼓槌，它们却掉进了泥地。

不等男孩弯腰，利奥俯身捡起鼓槌，咬在嘴里，然后脱了斗篷递上。"我跟你换。"

"大人？"男孩不敢相信自己的好运，他扭动着取下绑军鼓的带子，裹上价值几十个马克的优质米德兰羊毛。

巴纳瓦跳下马背，笑一笑，走进兵士当中。格拉沃德和朱兰也来了，白水吉恩摇着头发蓬松的脑袋，但挤进队伍的时候露出了他的招牌笑容。

"那我只能把该死的马都牵回去了，对吧？"安塔普奋力拉着好几根缰绳，喊道。

"我那匹是母马！"格拉沃德大喊，"你老说女士们有多爱你！"

队伍里响起了零星的笑声。看样子，他们有一阵子没笑过了。利奥把鼓槌夹在指间，就像他小时候带领仆人们绕着总督府行军一样。

领袖应当跟手下患难与共，父亲常常教导他。今晚他有一顶干燥的帐篷、一个温暖的火堆和一顿丰盛的晚餐，而幸运的话，他们能有一条毯子和一碗汤。但如果他能为他们行军的步履增添些许活力，那便是有意义的。对他们有意义，对他有意义。对山脊上的那些混蛋也有意义。

况且，无事可做的时候，利奥一向是全世界最差劲的人。

"我要好好回忆怎么敲鼓，"他转头叫道，"看你们这帮家伙还记不记得怎么行军！"

"我没有朱兰那么灵光，"格拉沃德大喊着转了个身，倒退着小跑起来，"但我记得先迈一只脚，再迈另一只脚。"

"我们尽力而为，大人！"一个敦实的军士喊道，士兵们的步伐已经加快了。

利奥微微一笑，开始敲打鼓点。"我也只有这个要求。"

9 时机

The Moment

"你睡着了?"

"没。"克洛弗嘟哝,他刚醒,所以不算扯谎,"闭目养神而已。"

"为什么?"

他睁开一只眼,看向说话的男孩。阳光在枝头闪耀,看不清是哪个。尤其是克洛弗又一次忘记了他们的名字。"闭着眼睛我就不必看到你俩对剑术这门高贵技艺的羞辱。"

"我们尽力了。"另一个男孩抱怨道,依然不知道是哪个。

"等你们不听我的教诲丢了小命,这话留着安慰你们的母亲吧。"克洛弗的手在苹果篮子上游走一番,挑了一个模样不错的。红彤彤的,漂亮极了。他咬了一口,吸得汁水咻溜作响。

"酸,"他龇着牙齿说,"但还能吃。就像生活,呃,孩子们?就像生活。"他们茫然地瞪着他。他疲惫地叹了口气。"好吧,继续。"

他们怏怏地走到太阳底下,步子晃晃悠悠,然后转身对峙。

"呀!"黑发男孩挥舞手里的枝条,冲向对手。

"啊！"金发男孩接了一招，狼狈退后。

啪，啪，枝条撞在一起。咕，咕，背后林子里的杜鹃在叫唤。有人在争论什么，但离得太远，反而成了令人惬意的背景音。克洛弗伸手垫着颈背，找了个舒适的姿势抵在树干上。

有时候，生活的感觉没那么糟糕。

然后他闷闷不乐地哼了一声。然后嘴角一抽。然后眉头一皱。问题是，他的学徒是他见过最糟糕的剑士。金发男孩步履蹒跚，牙关紧咬，黑发男孩大呼小叫，胡言乱语，根本无心防守，反而随时可能逃跑，两人都已经上气不接下气。

"停！"他坐起来，扔掉啃了一半的苹果，"死者在上，停！"

两个男孩慌忙停手，枝条颤抖着垂下。

"不对，孩子们，不对。"克洛弗摇着头，"完全不对。你俩打斗就像公狗追母狗。胡来，毫无章法。这种时候你们必须多动脑子。要挖空心思、费尽精力，因为你所拥有的一切很可能等不到下一次喘气就被全部夺走。你们命悬一线啊！"

"我们拿的是树枝。"金发男孩说。

克洛弗揉着太阳穴。"但我们当它们是剑，你这个白痴。我又不是什么树枝教头，对吧？"黑发男孩张开嘴，被克洛弗抬手制止，"这个问题不用回答。慢慢来。你们的晚饭又不会冷掉，对吧？"

"你说打起来动作要快。"

"是，等你们打起来，要快如闪电！但打之前要动脑子，呃？"

"不如你来示范给我们看看？"黑发男孩问。

"顶着大太阳？"克洛弗咯咯一笑，"我他妈的当教头可不是为了爬起来亲自示范的。"

"可是……"金发男孩抬手搭了个凉棚。假如克洛弗是黑发男孩，势必乘其不备发动猛攻。然而黑发男孩只是站在那儿挖鼻孔。毫无冲劲，这些小混蛋，"你不给我们示范一下……你所谓的……

技艺?"

"技艺。"克洛弗笑了,"技艺是最后学的。目前,你俩只能做到不把剑拿反了。"

"这是树枝,"金发男孩皱着眉头,看了一眼枝条,"两头都一样。"

克洛弗置之不理。"我要教给你们的是思维方式。赢家看待世界的方式。"

黑发男孩迷惑不解,看样子很是痛苦。"就是怎么拿剑打他,不是吗?"

克洛弗缓慢吸气,又缓慢吐出。"首先,是判断何时出手,何时不出手。说到底……一个人真正能做的唯一一件事……就是瞅准时机。观察破绽,破绽出现的时候要能识别,能把握。"克洛弗握着拳头晃了晃,"瞅准时机。这就是秘诀。你们懂了吗?"

黑发男孩一脸狐疑。"我爹老说最重要的是握得稳当。"

"是。没错。要是握不稳当,剑就脱手了。"

男孩们又一次茫然地瞪着他。克洛弗又一次叹气。

"再来,孩子们,这一次要瞅准时机。"

啪,啪,枝条撞在一起。笃,笃,背后林子里的啄木鸟在觅食。灌木丛中有树枝折断的响声,克洛弗从背后的刀鞘里拔出小刀,贴着手臂藏好。

听到脚步声,克洛弗看也不看,抬起装苹果的篮子招呼客人。

"苹果?"他问。

黑手卡尔达站在那里,摩挲着下巴上的那块小伤疤,观望两个男孩歪歪扭扭地对打,全然不讲究时机。"不了。"他咕哝一声。

"今天不太好过,头儿?"

"你要是在我的位置,每天都不好过。"

克洛弗回头看着两个使剑的反面教材,小刀已经收起,双手交握于腹部。"所以我喜欢我的位置。"

"嗯。"卡尔达的嘴巴动了动,在克洛弗看来颇为不悦,语气也充满讽刺,"不必起来了。"

"我没起来。"

卡尔达的嘴巴又动了动,脸色更难看了。近来他脾气臭得很,事实上命运待他不薄,或者应该说他从命运那里榨取了不少油水。他以前很有幽默感,但人得到的越多,脾气就可能越臭,而黑手卡尔达几乎拥有整个北方。国王的金链子确实戴在他哥哥斯奎尔脖子上,但谁都知道做主的是黑手卡尔达。

"我是叫你起来。"他说。

"啊。"

克洛弗不紧不慢地爬起来。他把不紧不慢当作处世原则,凡事能拖则拖。然后他活动着酸痛的腿脚,拍掉屁股上的泥土和枯干的松针,又拍净了手掌。

"好了,"他说,"我起来了。"

"隆重介绍,"卡尔达说,"这位是乔纳斯·克洛弗。"

克洛弗环顾四周,不禁大惊失色,因为背后有人靠着一棵树。是个十二三岁的黑发少年,上嘴唇裂开一道口子,眼神格外警觉。他上下打量克洛弗,一言不发。

"以前叫斯蒂普菲尔德。"卡尔达又说,克洛弗不大高兴地抓了抓后脑勺,"也许你有所耳闻。"

"没有。"少年眯着浅色的眼睛,望向正在对练的两个男孩,"他们是谁?"两人扭打在一起,枝条冲着天空左摇右摆。

"他们……"克洛弗想说不认识他们,但又觉得脱不了干系,"是我的学徒。"

少年思忖片刻,给出一个严肃的结论:"他们很差劲。"

"好眼力。他们烂成一坨屎。但同时可以见证我是多么伟大的教头。有名师点拨，傻瓜也能成才。"

少年若有所思。"哪里成才了？"

"你得相信终有成才的一天。耐心是战士最可怕的武器。记住我的话。我打过的仗可不少。"

"打赢过吗？"

克洛弗哼了一声。"我喜欢这小子，卡尔达。你大老远跑来，就是为了践踏我来之不易的名声吗？"

"不止，"卡尔达说，"我需要你的帮助。"

"考虑学点剑术？"

"你问我，我只能说，舞刀弄剑的活计还是交给别人干的好。"

"那是……"

卡尔达吸了口粗气，显得颇为不爽。"我儿子。"

"魁狼？我们未来的国王？所向披靡的战士日暮斯达？我以为他懂得怎么使剑。"

"他懂。说真的，很懂。事实证明他有点……任性。那个该死的蠢货，竟然烧了乌发斯。为了得到那座城，我精心谋划多年，结果偏偏在我得手的时候，他放了一把火。"

"既然号称战争，人很容易兴奋过头。"

"我父亲常说，你给三个北方人指同一条路，不等你发指令，他们就互相厮杀起来。我好容易找来了西谷的空心头格雷甘和他的儿子们，他们可以打狗子，也可以投奔狗子。现在我的亲生儿子都不听我的指挥，他们又怎么甘心受我调动？如果斯达不是我儿子，我真得说那小子蠢得天理难容。"

"但他是你儿子，所以……"

卡尔达充耳不闻。"他只在乎自己的荣誉。他自己的光辉战绩。一个该死的名号能卖几个钱？哈，战士。"

他像是嘴里发苦，把那个词一口啐了出来。"我敢说，他们打的胜仗越多，下场越惨。"

"失败是一种历练。"克洛弗用小指的指甲轻轻挠着伤疤，留指甲就是为了干这个的，"我吃了不少苦头才领悟这个道理。"

"他当自己天下无敌了。而且他的名号吸引了一群傻瓜，就像大便招惹苍蝇一样，他们给他的建议蠢得要命。我派奇妙给他当副手，让魁狼学学什么叫谨慎。"

"上佳人选。女中豪杰。英明果断。"

"斯达害得她头发都掉光了。"

克洛弗眉头一皱。"奇妙长头发了？"

"这是比喻。"

"啊。"

"我要你去帮她。保证斯达走在正确的路上。"

"我需要知道哪条路是正确的吗？"

"你的眼光总比我的蠢儿子强多了。再不济，关键时刻你可以推他一把，不走邪道就成。"

克洛弗抓了抓胡子，看着男孩们在草地上折腾，卡尔达带来的少年一直在厌恶地摇头，然后他缓慢吸气，又缓慢吐出。"那好吧。"他是老江湖了，知道有些事躲不掉。他哼哼着弯下腰，不紧不慢地捡起佩剑，有什么好着急的？"我尽力而为。"

"说到底，咱们都只能尽力而为。你是条光明磊落的汉子，克洛弗。你向来忠心耿耿。"

"确实。我以前效忠贝斯奥德，然后是老金格拉玛，再是铁头凯姆，现在是你。"

"没错。你对他们忠心耿耿，直到他们站到了输家那边。"

"这话说得像是忠诚的反义词。"

卡尔达耸了耸肩。"人就得见风使舵。"

"如果我有什么天赋，那就是见风使舵。苹果给你了。"克洛弗踢了踢篮子，推向嘴唇开裂的少年，"吃了肚子疼。"

"我所有的梦想都成真了。"克洛弗扛着佩剑，缓步上前。

奇妙转过头，银黑发茬之间的苍白伤疤暴露在外，她干笑一声。听来毫无愉悦可言。

"哟，这谁啊。"她说。

他低头瞅了瞅自己。"我认得这双靴子！乔纳斯·克洛弗来了，一切错误将会得到纠正。"他使了个眼色，但她不为所动，"今天肯定是你的幸运日。"

"我他妈的就缺幸运日。"奇妙跟他击掌，然后顺势拉近，拍打彼此的后背。

"你吃得不太好？"他上下打量奇妙，"手感像一捆长矛。"

"从来这么瘦。"

"噢，我也是。"他拍拍肚子，"精心堆积的肥肉之下，是一副英雄的身板。"

她挑起一条眉毛。克洛弗乐见其成，接下来奇妙非挑断眉毛不可。"是什么风把你这身肥肉吹到前线来的？"

"黑手卡尔达。他说你需要帮手。"

"那敢情好。帮手什么时候到？"

"你敢损我了，女人？我要操心北方未来的国王，我们的魁狼日暮斯达。"

她的两条眉毛都飞起来了。"你？"

"我要保证他走在正确的路上。卡尔达的原话。"

"祝你好运。"她招手示意他凑近，然后压低声音说，"我恐怕没有遇到过比那孩子还混账的家伙，我可做过黑旋风的副手。"

克洛弗哼了一声。"一天而已。"

"一天足矣。"

"我确实听说魁狼有点混账。"

奇妙歪头示意树林上方的一柱浓烟。"他正在烧我们刚在那边打下来的村子。我离开的时候,他准备挨家挨户点火。保证全部烧着。"

克洛弗此前似乎闻到了熟悉的烟灰味。"如果只为烧掉,何必费力打下来呢?"

"没准魁狼愿意告诉你。我他妈的哪知道为什么。"

"嗯。"克洛弗扬起下巴,抓着脖子上的胡楂,"幸好,我的耐心非常人可比。"

"那就好。"奇妙点头示意,"来了,我们的未来。"

斯达耀武扬威地走了过来。他在襁褓中就得到了"日暮"之名,因为他出生时恰逢日食。准确地说,是在日食开始一个钟头前,但如今没人敢提这茬。它们都是魁狼日益辉煌的传奇的一部分。他有一头长长的黑发,一身配有黄金铆扣的华服,那双灰蓝色的眼睛微微带着潮湿,似乎噙着泪水。也许是尖酸刻薄的泪水,藐视整个世界以及其中的一切。

他算不上魁梧,但举手投足迅猛有力。有舞者的优雅。有目空一切的无限雄心。过度自信可能害死人,但克洛弗也见过人们凭着它赴汤蹈火。嚣张跋扈是他与生俱来的武装。这个家伙知道如何把握时机,需要动手时绝不会拖泥带水,更不会悲天悯人。

成名的战士容易扎堆,一大群混蛋在他身边前呼后拥,很多人得意洋洋地展示着盾牌上的狼形。那些没有外号的最喜欢围着名头响亮的转,犹如飞蛾扑火。这种糟心的例子克洛弗能举出一打来。老金格拉玛就有一帮类似的拥趸,血九指也有,几百年前"无帽人"斯凯林很可能也带了一众凶神恶煞。

时代在变,混蛋们的做派却依然如故。

日暮斯达那双潮湿、冰冷且空洞的眼睛盯着克洛弗,动若闪电的快手不经意地扶着剑柄，笑容背后是一口好牙和赤裸裸的威胁。

"乔纳斯·克洛弗，"他说，"你他妈的来干什么？"

"你父亲派我来的。黑手卡尔达。"

"我知道我父亲是谁。"

"他知道他父亲是谁。"嘲笑声中，有人讥讽道。此人是个肌肉发达的年轻兔崽子，身上挂满各式兵器，动一下响一片，活像个卖刀的小贩。

斯达横了他一眼。"闭嘴，马格韦尔。"马格韦尔那副敢怒不敢言的屄样实在没劲，但可耻的是，克洛弗也一度痴迷于这种唯我独尊的派头。"我想知道的是——他为什么派你来？"

"保证你走在正确的路上。"克洛弗无奈地耸了耸肩，"既然他说了，你懂的。"

"你能在粪堆里指出一条正确的路，是吗？"

斯达那些带着狼盾牌的马屁精咯咯直笑，仿佛这个回应相当风趣，克洛弗也跟着他们笑。如果说一个人能做的唯一一件事就是瞅准时机，那么眼下绝对不是死要面子的时机。"我从不吹嘘自己，但这些年来我走错的路不算多。没准我能让你少踩几脚屎，免得像我的靴子一样被熏得香喷喷的。"

"屎味儿我可闻得到。"斯达吸了吸气，舔着牙齿，又用大拇指揩了一下鼻头。"那么，你的第一个建议是什么？"

"千万别拿剑刮眉毛。"克洛弗笑道，周围的人都没有笑，他们在观察形势，"我是说，不到万不得已，剑最好留在鞘里。事实上，拔剑就有血光之灾的危险。"

斯达靠近了，也增添了些许威胁的意味。"不愧是英雄给出的忠告。"他轻声说。

"我以前想当英雄。"克洛弗拍拍肚子，"年纪大了就不想了。但我答应你父亲尽力而为。"

"那么……"斯达摆手示意山谷,"能不能指一条路?"

"不敢。我有自知之明,命运安排我当个跟班。"

未来的国王睁大潮湿的眼睛。"那就尽量跟上,老头子。"他擦着克洛弗的肩膀走过去,视线转向下一个目标,克洛弗深鞠一躬,为那帮吹胡子瞪眼的混蛋让路。"日落前我还想烧一两个村子!"魁狼回头喊了一句,兔崽子们比赛似的放声大笑。

"我说什么来着?"奇妙凑近了说,"混账到极点了。"

10 摧毁所爱

Break What They Love

瑞卡晃动肩膀,紧贴盘根错节的树根,她脖子以下都泡在冰冷的河水里,发间落满泥土,聆听着敌方战士在上头的动静。

根据响声判断,那帮杂种的数量还不少。她又一次设想,万一被他们逮住,将有怎样的下场。怕是真的会被他们逮住。她尽可能让呼吸变得缓慢、平静、无声无息。

对自身安危的恐惧如影随形,对亲朋好友的担忧火烧火燎,上百处撞伤和刮伤隐隐作痛,饥饿噬心,寒冷刺骨,一切的一切,造就她有生以来最糟心的下午,而且看近来的趋势,没有最糟心,只有更糟心。

她感觉到一根指头戳着下巴,用力地合拢她的嘴巴,这才意识到自己的牙齿开始打颤。身边的艾森紧贴河岸,河水流过下巴尖,湿漉漉的发丝糊在脸上,而她眉头深锁,不动如大地,耐心似草木,坚毅如磐石。她的视线从瑞卡移向密布在上方的树根,然后悄无声息地从水里伸出一根手指,贴在伤痕累累的嘴唇上,示意保持安静。

"妈的。"有人突然骂道，骂声太响亮，仿佛就在瑞卡耳边，她大惊失色，要不是艾森的手在水下紧抓着她麻木的手臂，她差点就扬起水花扑腾开了。

"妈的……啊……"听声音是个上了年纪的男人，但说话轻柔徐缓，似乎不慌不忙，"舒坦了。"随着满足的哼哼声，一股热气腾腾的尿液射入河水，距离瑞卡的脸也就一跨之遥。悲哀的是，她竟然很想把脑袋伸过去暖和暖和。

"生活有各式各样的乐子，"还是那个人在说话，"不过在我看来，没什么比得上在需要撒尿的时候尿一泡来得爽。"

"哈。"这次是女人的声音，说话时字斟句酌，就像铁匠为富人家的马蹄铁挑选钉子，"不知道我是以前太高看你了，还是理解不了你的人生感悟。"

"最爽的是……"水流停了一下，然后继续，"有时候我先憋着……然后再放……"尿液又断断续续射了几发，"那才是绝了。咱们的正义之战打得怎么样了？"

"联合王国正以最快的速度后撤。零星的冲突是有的，但没有正经打过一场。狗子的人没影儿。依我看，跑了。"

"正中我下怀，"男人说，"运气好的话，他们一路跑回安格兰，我们就能躺下休息了。"

瑞卡瞥了一眼艾森。她是对的。她从来没错过，尤其是那种听来丧气的预言。

当天早上她们路过一片空地，堆满了尸体。十二具都不止。敌对两边的人，如今都在同一边。据说大平衡者使众生平等。瑞卡瞪着尸体，咬着手腕，呼吸困难。然后她发现艾森蹲在死人旁边，活像歌谣里的食尸怪，拉扯破衣烂衫，摆弄扣带。

"你干啥？"

"找能吃的东西。"

瑞卡也找了起来。她尽量不看死人的脸，木然地摸索口袋。关于这件事，艾森的说法也是对的。你的恐惧也好，内疚也好，厌恶也好，等你饿得要死的时候都没了。真正让她沮丧的是，悄悄离开死人堆的时候，她们什么都没找到。

"头儿！"有人在远处高呼，"日暮！未来的国王！"还有武器敲打盾牌的咣当声。

瑞卡泡在水下的身子变得僵硬了。她几乎冻成了冰块，但这种僵硬远非冰块可比，艾森贴过来，声音轻若呼吸："嘘……"

"死者在上，"她听见上面的女人咕哝一声，然后强打精神招呼道，"头儿！今天怎么样？"

"目前没有见血，不过现在还早呢。"说话的应该就是日暮斯达本人了。对一个大名鼎鼎的战士而言怨气太重了。听起来像是一个随时可能发脾气的孩子。"那些南方佬就像兑了水的酱汁，流得到处都是。血九指有三树鲁德可以打，还有黑旋风、寡言哈丁他们。一个男人要是没有旗鼓相当的伟大敌手衬托，何以赢得伟大的名号？"

对话停顿了一会儿。"嗯，是试金石。"女人说。

"我有个任务交给你，奇妙。林子里有个小姑娘。"瑞卡的肚子开始闹腾了。是比饥饿更见鬼的感觉，于是她抵着河岸缩起身子，仿佛能与泥土融为一体。"我要她。"

热衷于撒尿的家伙嗤笑一声。"哟，林子里的小姑娘，谁不想要呢？"一阵沉默，他的玩笑似乎没能收到预期的效果。瑞卡当然也笑不出来。"我们怎么知道哪个小姑娘是你要的？"

"据说她发起癫来像抽风一样。她鼻子上穿了金环，眼睛上好像画了个十字。"

瑞卡探出舌尖，舔了舔鼻子上的金环，轻声骂道："操。"

"也许有个山民女巫跟她在一起。那个人你可以杀了。但小姑娘我要活的。"

"看来是很重要的人。"唤作奇妙的女人说。

日暮咯咯一笑。"那确实。她是狗子的闺女。"

"操,操。"瑞卡无声地骂道。

"嘘。"艾森警告她。

"如果我们逮到她,会怎样?"

日暮不高兴地哼了一声。"如果是我父亲逮到了她,我猜是拿她做交易,或者当诱饵,等到谈和的时候利用她达到自己的目的。""谈和"这个词在日暮嘴里像是腐臭的食物,"你们了解我父亲。各种谋划。"

"黑手卡尔达一直都很精明。"男人说。

"我的看法不一样。我认为,摧毁敌人的方式就是摧毁他们的所爱。据我所知,对面的老傻蛋们很喜欢那条犯病的母狗。有点类似他们的开心果。"瑞卡听得出他的笑意,"要是我逮到了她,我就扒光她的衣服,抽她鞭子,拔她牙齿,没准找几个农兵弄她,就在前线操,让所有人都能听到她叫唤。"沉默袭来,瑞卡听见自己的呼吸逐渐粗重,艾森更用力地抓她的胳膊,"也可以让我的马弄她。或者我的狗。或者……一头猪也成?"

年长的男人说话时难掩厌恶的口气。"你这是干啥?"

"你要是富有想象力又有耐心,没什么事是做不到的。然后我会用荆棘条把她绑在树上示众,在她身上刻个血十字,放一个桶在底下接她的内脏,送到对面去。"

"啥,她的内脏?"

"是,装在一个漂亮盒子里。硬木盒子,雕刻着精美的花纹。没准再加上几朵花。不!加上药草。这样那帮老傻蛋就闻不出来了,然后直接打开盒子。"他满意地咕哝一声,似乎刚才讲的是抓到的一条大鱼,或者吃过的一顿美食,或者能在门前舒舒服服欣赏落日的一处好位置,"想想他们脸上的表情。"他咯咯直笑,似乎把她的内脏装在盒子里是个超级有趣的笑话。

"操。"瑞卡轻轻地骂道。

艾森依然低声提醒:"嘘……"

"不过那都是后事。"日暮失望地叹了口气,"逮不到人,说啥都是白搭,对吧?可以肯定的是,我父亲悬赏一大笔钱找她。逮到她的人可要发大财了。"

名叫奇妙的女人反应冷淡,不比瑞卡更喜欢这事儿。"知道了,头儿。我们留个心眼。"

"很好。你可以继续撒尿了,克洛弗。"

"没事。一时半会也尿不出来了。"

瑞卡听见轻柔的脚步声渐行渐远。也许她应该怀着恐惧僵死过去。死者在上,她理所应当。但她感觉到的却是沸腾的愤怒。愤怒温暖了她全身,尽管冰水淹到了下巴。愤怒怂恿她咬着匕首爬上岸去,当场在日暮斯达身上刻个血十字。

瑞卡的父亲常说复仇是白费力气。放下仇恨,才是坚强和明智的表现。以血止血,只能血流不尽。然而此时此刻,他的教导遥不可及,换个暖和的地方才有效果。她咬紧牙关,眯着眼睛,暗暗发誓,如果能活过这周,她一定把看着日暮斯达被猪槽蹋践这件事列为人生目标。

"老实说,奇妙,"是被称为克洛弗的家伙在说话,声音压得很低,似乎在吐露什么秘密,"我发现那个混蛋越来越难搞了。"

"是,我知道。"

"一开始还以为他装模作样,但我现在觉得他装出来的都是真的。"

"是,我知道。"

"内脏装在盒子里?还有药草?"

"是,我知道。"

"有朝一日他将成为国王,到时候咱们就有了装着内脏的盒子。北方人的王。这个家伙。"

沉默良久,然后传来疲惫的咕哝声。"任何脑子正常的人都不希望这种事发生。"

瑞卡当然同意。她似乎瞥见了一抹他们的倒影,在水里的黑色枝丫之间跃动。

"底下有什么东西吗?"

她打了个激灵,麻木的手指握紧刀柄。她看到艾森的腮帮子咬得死死的,长矛的矛刃从水里滑出来,刃上抹了柏油,不会反光。

"是什么?鱼?"

"是。你觉得要不要抓几条上来?"

奇妙咳了一声,一口浓痰从天而降,扑通一声掉进水里。"依我看,这条河里没什么值得抓的。"

11 糟糕透顶
It Was Bad

他回家时正值日落,黑色山丘上罩着粉色的光团。山谷昏暗,不过布罗德闭着眼都能回家。他熟悉路上的每一道车辙,熟悉路边危墙上的每块石头。

一切都再熟悉不过。一切却又全然陌生。

离家两年,你以为游子必然归心似箭,向爱人狂奔而去,笑容灿烂,情难自禁。然而,布罗德步履缓慢,犹如上刑的死囚,笑容更是无从谈起。他离家时无所畏惧。回来时却一直胆战心惊。他甚至不清楚自己在害怕什么。也许是害怕他自己。

当家宅出现在萧瑟的林间,灯光透出窗叶,一种奇怪的念头冒出来,牵绊他回家的脚步。他甚至觉得自己不再属于这里。因为他的所见。他的所为。他岂能把脏东西带回家里?

但纠缠于往事是懦夫的行径。他攥紧疼痛的拳头。冈纳·布罗德不是懦夫。无论问谁,答案都一样。

话虽如此,敲门依然耗尽了他全部的勇气。比在博洛里塔爬上云梯，在墨西利亚冲进长枪阵需要更多勇气，而在其后漫长的冬天里，搬运那些因饥寒交迫而死的人，也不如此刻这般艰辛。但他终究敲了门。

"谁？"门后传来她的声音，比面对锋锐的枪尖更令他畏惧。在此之前，他一度担心她不在这里了。担心她换了新的生活。担心她忘了自己。也许那是他希望的。

他几乎发不出声音。"是我，莉迪。我是冈纳。"

嘎吱一声，门开了，她站在里面。她变了。尽管不如他的变化大，但她确实变了。可能是瘦了吧。结实了吧。但当笑容爬上她的眉梢，依然照亮了阴暗的世界，一如既往。

"你敲自家的门做什么，你这个大傻瓜？"

他哭了起来。最初是始于腹部的一阵战栗。随后一发不可收拾。他抖着手，笨拙地摘下眼镜，在斯提亚一滴未流的眼泪——因为冈纳·布罗德不是懦夫——热辣辣地淌过他皱成一团的面孔。

莉迪迎上前来，他却退缩了，弓着肩背，痛苦不堪，而且抬起胳膊似要挡开她。仿佛她是玻璃人，抓在手中就会碎裂。但她依然抱住了他。她的手臂那么纤瘦，他却挣脱不开，尽管她矮他一个头，却把他的脸贴在自己胸前，亲吻他的头，低声安抚："嘘，好了。嘘。"

过了一会儿，等他逐渐收起抽泣声，她双手捧着他的脸颊，抬起他的头来，直视着他，神情平静而严肃。

"看来你过得不好，是吗？"她问他。

"是，"他嗓音沙哑，"糟糕透顶。"

她面露微笑。照亮世界的微笑。近在咫尺，他不需要戴眼镜就能看得真切。"无论如何，你现在回家了。"

"是。我回家了。"说着，他又哭了。

听到斧子劈砍的咔嚓声，布罗德皱起眉头。他告诉自己那是在干农活。他告诉自己家中不是战场，不必紧张。但他有可能把战场带回家。也许他脚下的土地就是战场。他企图开个玩笑掩饰过去。

"我还是得说，劈柴是男人的活儿。"

小梅摆上另一块木头，举起斧子。"男人都滚去斯提亚的时候，啥事都变成女人的活儿了。"

他离家之前，她是个性格乖张的假小子，沉默寡言。似乎她生错了性别。她现在依然骨瘦如柴，但举手投足既快又有劲儿。她长大得很快。形势所迫。咔嚓一声，木柴干脆利落地一分为二，滚落在地。

"我应该留下来，派你去打仗，"布罗德说，"也许我们能打赢。"

小梅冲他笑笑，他也学着她的样子笑，真奇怪，像他这种干了那么多坏事的人，竟然参与创造了如此美好的事物。

"你从哪里弄到的眼镜？"她问。

布罗德摸了摸眼镜。有时候感觉不到戴着它，但摘下来的时候，一臂开外都模糊不清。"我救了一个人。密特里克元帅。"

"好厉害。"

"他还是军队的统帅。有一次中了埋伏，我正好在那里，然后，呃……"他发现攥紧的拳头在发抖，于是强行松开，"他认为是我救了他。但我得承认，事后我才知道救的是谁，因为五跨之外我根本看不清。所以他送了我这个作为礼物。"他摘下眼镜，哈了口气，拽起衣角小心擦拭，"大概值一个兵半年的军饷。现代工艺的奇迹。"他将其挂回耳朵，轻车熟路地架在鼻梁上的凹陷处，"我很感激，因为现在隔着半个院子也能欣赏女儿的美貌。"

"美貌。"她嗤之以鼻，但似乎同时又有点高兴。阳光破开云层，照得布罗德的笑脸暖意融融，恍然间，一切同从前一样。仿佛他从未离开过。

"所以，你打过仗？"

布罗德突然感觉口干舌燥。"打过。"

"是什么感觉？"

"呃……"两年来他无数次梦到她的脸，如今近在眼前，他却难以面对她灼灼的目光，"糟糕透顶。"

"我逢人就说我父亲是英雄。"

布罗德眉头深锁。流云在院子里投下阴影，恐惧再次压在肩头。"不要这样说。"

"那要怎样说？？"

他低头皱眉，疼痛的双手相互揉搓。"不说那些就行。"

"那些记号是什么意思？"

布罗德急忙抖落袖口，遮住云梯先锋的文身，但指节上的蓝色星星依然暴露在外。"只是我跟战友们一起做的事。"他把手背到身后。让小梅看不见。让自己看不见。

"可是——"

"别问了，"莉迪走进门廊，打断了女儿的话，"你父亲刚回来。"

"而且我有好多事情要做。"他站在那儿说，为了维持家宅的体面，想必她们竭尽了全力，但即便一家三口都在，活儿都很重，更何况只有两个人，年久失修的屋子已是摇摇欲坠，"少说有五六处需要修补。"

"当心。以你的体重爬上去，我怕整个屋子都会垮掉。"

"恐怕是的。不过，我先看看咱家的羊群。我听说那些新的纺织厂建起来后，羊毛价格前所未有地好。它们在山谷里吃草？"

小梅对母亲使了个眼色，莉迪神情怪异，布罗德感到肩头的恐惧感愈加沉重。"怎么了？"

"我们没有羊了，冈纳。"

"什么？"

"我希望你好好睡上一觉,所以没有告诉你。"莉迪的叹息声如此深长,仿佛是从破旧的鞋底一路升上来的,"伊斯尔大人把山谷围起来了。说我们不能再去那里放牧。"

布罗德不太明白她的话。"山谷是公用的。从来都是。"

"现在不是了。国王颁布了法令。到处都一样。邻近的山谷也是。我们不得不把羊卖给他。"

"我们不得不把羊卖给他,好让他在我们的土地上放牧?"

"他开的价钱不错。别的领主没有他这么大方。"

"所以我出去打仗遭他娘的罪,回来还要遭罪?"他吼道,他甚至听不出那是自己的声音,"你……你什么都没做吗?"

莉迪的眼神变得冷酷。"我想不出能做什么。也许你想得出,但你当时不在。"

"没有羊,我们就完了!"他父亲养羊,祖父也养羊,祖父的祖父都是羊倌,整个世界似乎都土崩瓦解,"我们还能干什么?"他又一次不自觉地攥紧拳头,他大喊大叫,无论如何都停不下来,"我们还能干什么?"

然后他发现小梅的嘴唇在颤抖,眼看就要哭了,莉迪搂着她,于是所有的愤怒烟消云散,只剩寒冷和绝望。

"对不起。"他发过誓,再也不动怒了,这辈子就为这娘俩活着,让她们过上好日子,结果刚进家门不久就搞砸了,"对不起。"他上前一步,抬起手来,看见指节上的文身,慌忙又收了回去。

莉迪注视着他的眼睛,语气平静,嗓音轻柔。"我们别无选择,冈纳。伊斯尔要买,我们只能卖。我考虑过瓦贝克。瓦贝克有活儿干。新的纺织厂有活儿。"

布罗德只是盯着她。沉默中,他听见马蹄声,于是转头望去。

来了三个人。来得很慢,他们似乎一点儿也不着急。其中一人骑着高大的栗色马。另外两人坐在一辆车轮吱嘎作响的马车上。冈纳认出了车夫。伦纳特·塞尔德姆，磨坊主的弟弟。布罗德一直当他是懦夫，如今他贼眉鼠眼的模样更是改变不了这个看法。

"是伦纳特·塞尔德姆。"他咕哝道。

"是他，"莉迪说，"小梅，进屋。"

"可是妈——"

"进去。"

至于另外两人，布罗德不认识。坐在塞尔德姆身边的瘦高个儿，随着马车的颠簸摇来晃去，一把硕大的十字弓搁在腿上。没有装填弩箭是好事，因为它们发射的时机总是很糟糕，但布罗德看不出那人为啥带着它。一件杀人的武器。至少是用来威胁的。

他更不喜欢那个骑手的样貌。大个子，蓄须，一把漂亮的骑兵剑低悬于腰际，一顶花哨的三角帽戴在头上，此人摆出一副自命不凡的姿态，左右环顾，仿佛在巡视自家地盘。

他勒马止步于屋前，挨得很近，完全不讲究礼节，然后他左拧右拽地摘了帽子，挠了挠软塌塌的头发，若有所思地打量布罗德。塞尔德姆驾着马车停在他后面，就在两根高大的、生了苔藓的门柱之间，那是冈纳的祖父亲手做的，以宣示自家地界。

"冈纳。"他那对鼠眼扫向莉迪，又收回视线。

"塞尔德姆。"

莉迪撩起一绺散乱的发丝掖到耳后，随即被风吹开，在她忧心忡忡的面庞上飞舞。

"你回来了。"塞尔德姆似乎努力装作很高兴的样子，但差得太远，"你从哪里弄到的眼镜？"

"斯提亚。"

"那边情况如何？"

"糟糕透顶。"布罗德说。

"看样子你瘦了。"

带弩的家伙狡黠地笑了笑。"他当年块头很大?"

"大得很,"胡子大汉看也不看布罗德,把帽子戴回头上,"很明显。"

"估计是吃得太少拉得太多。"布罗德说。

"是个当兵的都逃不过,"胡子大汉说,"我是马什。"他发音短促,似乎不太喜欢说话,能省则省。

"我是艾伯,"瘦子说,"我们为伊斯尔大人干活。"

"干什么活?"布罗德问,尽管他们的武器已经透露了答案。

"啥样的都有。主要是收购地皮。这里是伊斯尔的山谷——"

"这一块不是。"布罗德说。

马什没好气地哼了一声,扬起下巴挠胡子。

"你在这里没有生计,冈纳。"塞尔德姆皮笑肉不笑地说,"你很清楚。现在不能放牧了。替伊斯尔说句公道话,国王为他那该死的战争收老高的税。到处都是围起来的土地。到处都是机器在干活。"

"高效。"马什咕哝道,眼皮都不抬。

他满不在乎的态度引起了布罗德的警觉。"我父亲死在这片土地上,"他极力压低嗓门,"打古尔库人。"

"我知道,我父亲也一样。"塞尔德姆耸了耸肩,"我能怎么办?"

"人家吩咐什么你就做什么,呃?"

"就算我不做,也有别人做。"

"觉悟。"马什又咕哝了一声。

"是吗?"布罗德皱起眉头望向山谷,望向邻居的屋子,全都静悄悄的,他早就觉得奇怪,所有烟囱都不冒烟,"你们把他们都赶走了,对吗?兰特和他的女儿们,巴罗斯,还有老尼曼?"

"尼曼死了,其他人都卖了。"

"经不住我们的劝。"艾伯说着,挪了挪膝间的十字弓。

"那我老婆怎么还在这里?"

塞尔德姆又偷偷瞄了一眼莉迪。"多给她一点时间考虑嘛,毕竟我们很熟——"

"你一直喜欢她。我知道。我也喜欢她。所以我才娶她。"

"冈纳——"莉迪喊了他一声,带着担忧的口吻,更是一种提醒。

"她为什么嫁给我,我说不好。但她嫁的是我。"

塞尔德姆淡淡一笑。"听着,朋友——"

"我离开前不是你的朋友。"忽然之间,说话的好像是别人,布罗德只是旁观者,"现在就更不是了。"

"够了。"马什双脚一夹,策马上前,他领着母马来到布罗德和木墩子之间,斧头就放在那里。好骑手。他高坐在马鞍上,头顶的天空明晃晃的,布罗德不得不眯眼看他,"不管怎样,伊斯尔大人要定了他的山谷。死守在这儿没有意义。你们还是离开的好,起码兜里有点钱。"

"好什么?"

马什的鼻子猛吸一口气。"万一你的漂亮屋子哪天夜里着火了,那可真是遗憾啊。"

他的手向下摸去。不是摸向那把缠着金线的漂亮剑柄。很有可能是摸向一把匕首。他以为能够刺激布罗德动手,然后居高临下地捅上一刀,一刀就能解决问题,反正浪费口舌也解决不了。也许他这一招以前很有效。次次有效。

"你说着火?"有趣的是,布罗德并不生气。他反而觉得好笑,能放松下来感觉真好,哪怕只有一小会儿。

"没错。"马什俯下身来,"更遗憾的是……万一你的漂亮老婆和女儿……"

布罗德抓住他的靴子,把他掀下马鞍。马什惊呼一声,手舞足蹈地翻了过去。

布罗德绕过母马，只见他骂骂咧咧，企图爬起来，但有只脚还挂在马镫上。

不等他调整姿势，布罗德攫住他的手腕，向上一拧，迫使他的脑袋撞到木墩子上。马什放声惨叫，手肘啪的一声脱了臼，匕首掉进泥土里，布罗德抬起脚来，使出全力，把他的脸踹进千沟万壑的木头，骨骼应声破裂，一声，两声，三声。

艾伯的屁股离开了马车座位，眼珠子快要瞪出来了，慌忙摆弄着弓弦。大多数人采取行动需要时间。布罗德正好相反。他永远蓄势待发。从无懈怠。

布罗德逼近马车，艾伯已经没有拉开弓弦的时间。甚至没有抽取弩箭的时间。

他抡起十字弓砸过来，布罗德抬起前臂，轻易将其扫开，然后揪住艾伯的上衣前襟。他低呼一声，布罗德把他拎到半空，将他的头撞向古老的门柱，鲜血溅满了马车的侧面。他趴在地上，一只手臂插进了破旧的车轮，碎裂的头骨向后扭曲。

布罗德跳上马车，塞尔德姆还在瞪他，无力的双手攥着缰绳。

"冈纳——"他想要起身，却挨了布罗德一记铁膝。

不知道打了他多少下，拳头起了又落，起了又落，等布罗德停手的时候，塞尔德姆的脸已是血肉模糊。

布罗德眨着眼睛低头看他，有点喘不过气。风吹得他汗津津的额头发冷。

布罗德眨着眼睛望向莉迪。她死死地捂着嘴巴，瞪大眼睛。

布罗德眨着眼睛看向拳头。张开血红的手指很吃力，很酸痛，他终于明白刚刚发生了什么。

他跌坐在塞尔德姆的尸体旁边，浑身乏力，抖如筛糠。眼前有污渍。是血,沾在他的镜片上。他抖抖索索地摘下眼镜,世界模糊一片。

莉迪不说话。他也不说。

有什么可说的?

12 商海
A Sea of Business

"诸位,欢迎莅临阿杜瓦太阳协会第十三届半年会!"

著名机械师霍瑞格·柯斯比克高举宽大的手掌,身上的马甲绣着黄金树叶的图案,灿烂夺目。上一次这家剧院里响起如此热烈的掌声,还是在拉斯维·勒特卡的谢幕演出上。

"感谢我们尊贵的出资人——阿黛丽夫人,还有她的女儿——瑟雯·唐·格洛塔小姐!"柯斯比克挥手示意瑟雯所在的包厢,她拿着扇子半掩笑意,仿佛脆弱的心灵承受不了睽睽众目。有人欢呼喝彩,有人嚷着"好啊,好啊"。在她眼里,追捧的人都有求于她的钱包。

"我们做梦都想不到,我们九个人初次在瑟雯小姐的会客室相见的短短八年后,太阳协会已经发展到四百多名成员,遍布联合王国内外!"柯斯比克也许不敢做梦,但瑟雯一向敢于做很大的梦,"我们生活在一个全新的时代!在这个时代,唯有好吃懒做者才会贫穷。唯有目光短浅者才会不满。在这个时代,大丈夫可以凭借聪明才智和勤劳苦干改变世界!"命运女神助我,女人也可以。

"就在昨天,就在阿杜瓦,迪特姆·唐·科特的桥竣工了,整座桥都由钢铁建造——钢铁啊,诸位听清楚——它将带来一条流过克什米之墙、进入城中心的运河。"掌声如潮,科特正在底下的观众当中,同侪们拍着他的后背,事实上,罩着他后背的崭新外套正是用瑟雯的钱置办的,"运河将带来取之不竭的原材料。新的产业和新的贸易将随之而来。人民大众将得到更好的工作、更好的商品,过上更好的生活。"柯斯比克浮夸地张开双臂,眼镜闪着光彩,"所有人都将大获成功!"不消说,最成功的是瑟雯。话说回来,如果人人都能成功,成功又有什么意义?

"现在回归正题!技术革新的正题!第一位演讲的是卡斯帕·唐·阿林霍,介绍柯斯比克发动机在铁矿场泵水的应用案例。"

阿林霍走上讲台,瑟雯起身离开。她对发明创造的兴趣不大。她真正着迷的是它们如何转化为财富。而这种化学反应正在休息室里发生。

三个巨大枝形吊灯底下已经聚集了不少人,都在热烈交谈,激动于种种提案和未来的前景。衣冠楚楚的绅士们三五成群,聚散不定,身不由己地随波逐流,女士们色彩鲜亮的衣裙宛如起伏的浪潮。甚至随处可见华丽的长袍,带有老式商会的遗风。瑟雯眼光毒辣,看得出谁有钱,谁有人脉,而什么都没有的,就跟着他们转悠,好比追随大船的舟楫,指望能分得一杯羹。

这便是商贸之海。海上险象环生,风暴变幻莫测,有可能人财两失,名声辱没,但只要有一位明察凶险的领航员,就可以乘着财富和权势的暗流,驶向辉煌的成功。

"谋事者,天助。"朱瑞看了看表,喃喃说道。

她一直跟在瑟雯身边,随时准备打发掉闲杂人士,偶尔拿出本子记录私人会面的信息,也许是约人喝茶,为的却是正事。往往在非正式的会面中,她会进行细致的观察,比如晚上有什么习惯、以前干过什么，以及有没有私生子，万一丑闻泄露，会不会危及事业。凡是入了眼的人，几乎都有秘密被写进她的本子里。明里暗里地威胁一番，总能有助于讨价还价。要想成为商场上的赢家，必须一脚在舞厅里翩然走位，另外半条腿泡进阴沟的污水。

"那就开始谋事吧。"瑟雯换上最灿烂的笑容，展开扇子，走下楼梯，与众人合流。

"我的提议您考虑了吗，瑟雯小姐？新式煤船，您还记得吗？既是平底船，也是运煤船！我们可以把煤炭送进千家万户，无论贫贱与否。煤炭就是未来！"

"我调查发现罗斯托德附近的丘陵有丰富的铜矿，瑟雯小姐——啊，您双手一捧都是满满的铜矿石啊！冶金才是未来！"

"我只需要说服那片土地的主人，也就是伊斯尔大人的亲戚，我知道您和他的姐妹关系很好……"

虽说瑟雯佩着宝剑，但她在商场上的武器是扇子。心照不宣地拍拍扇子，然后收拢，比女巫的魔杖更能引得对方满脸堆笑。腕子一抖，扇子唰地展开，比刽子手的斧头更能斩断一次徒劳无益的对话。驾轻就熟地扬起扇子，嘴唇一抿，香肩微侧，比铁锹更能葬人于万劫不复的深渊。

"盐是当今的宝贝，瑟雯小姐。盐量够大，人人有份。入伙即可赚三倍，用不了几个月，四倍也不在话下……"

"钟表才是！精准走字的钟表！人人买得起的钟表！潜在的市场，瑟雯小姐，您不能对潜在的市场视而不见……"

"哎呀，只要在专利局某位要人耳边说一个字……"

她让他们一个接一个上前，呈上他们的提议和梦想，一双双眼睛闪烁着确信无疑的光彩。她似有若无的微笑点亮了他们喜悦的面庞。她似有若无的皱眉又令他们惶恐失色。一次会面的终结，总以她收拢折扇的脆响为信号，昔日碰壁的羞辱铭记在心，如今她享受着生杀予夺的大权。

"以您在斯提亚的人脉，您要是愿意赞助，可以彻底改变……"

"您在阿金堡有朋友，只需要见见……"

"我唯一需要的就是投资！"

"资金可翻五倍！"

"瑟雯小姐？"说话的是一个年轻的女性，戴着红色假发，肩膀生有雀斑，拿着一把俗气的扇子，也许是在装可爱，但在瑟雯眼里却显得躲躲闪闪，"我——请原谅——非常仰慕您。"

仰慕瑟雯的人排成长队，不知道这个姑娘有什么资格跻身其中。"真好。"

"我是塞莱丝特·唐·亨根。"

"博拉斯·唐·亨根的亲戚？"那个妄自尊大的傻瓜。不是一家人，不进一家门。

"只是远房亲戚，"塞莱丝特赔着笑说，"恐怕我是家族树上最无关紧要的一根小枝丫。"

"要我说，是含苞待放的珍稀花蕾。"

塞莱丝特涨红了脸，像一个没见过世面的乡下姑娘。瑟雯想到了出演烂戏的蹩脚女演员。"我早就听说您很漂亮，但不敢奢望您说话也如此动听。我父亲给我留了一些钱，我打算做点投资。可以请教您的建议吗？"

"买入能增值的东西。"瑟雯说完，移开目光。

"瑟雯·唐·格洛塔小姐。"说话的是个卷发的小个子男人，衣着彰显了他的财富和风雅，"我一直很希望认识您。"

"想必你对我已经有所了解。"

"不包括美貌。"他确实平平无奇，但那双明亮的眼睛令人过目难忘，他的眼睛颜色不同，一只蓝，一只绿，"我是尤鲁·苏法。"

对瑟雯而言，听到一个陌生名字的情况并不多见，她也总是感到好奇。因为新的名字意味着新的机会。"你有什么事,苏法师傅?"

"我是法师组织的成员。"

瑟雯很少表达惊讶,但这次情不自禁地挑起了眉毛。一般来说,这种古怪的家伙会被朱瑞支开,但她这时候竟然不在。"一个巫师来参加投资人和发明家的会议?你不是来找敌人的吧?"

"不如说我是来找朋友的。"他微微一笑,露出干净而尖利的牙齿,闪闪发亮,"我们法师一直都有兴趣改变世界。"

"佩服佩服。"瑟雯敷衍道,尽管以她的经验,男人们所说的改变世界指的是顺应他们的需求。

"在一如和他儿子们的时代,魔法是改变世界的最好方式。但那个时代一去不返。近来……"苏法环顾人头攒动的休息室,然后凑近了说话,仿佛说的是什么秘密,"我开始觉得现在这样更好。"

"权力在哪里,你去哪里,"瑟雯用扇子轻轻碰了碰他的手腕,低声说,"我也一样。"

"噢,您应该见见我师父。我感觉你们二人有很多相似之处。当然,他以前跟您父亲打过交道。不过此一时,彼一时。"

瑟雯皱起眉头。"无论你——"

"瑟雯小姐!"柯斯比克迎面走来,热情洋溢地张开双臂,"你到底什么时候嫁给我?"

"比永远还晚几天。再说了,我敢发誓我出席过你的婚礼。"

他握着她的手亲吻。"只要你开口,我就亲手掐死她。"

"她那么漂亮。我的良心过意不去。"

"别假装你有良心。"

"噢,我还真有。只不过把它蒙起来了,不能让它靠近我的生意。这位是……"她转身介绍苏法,后者却已经消失在人群之中。

"柯斯比克,你这条老狗!"阿林霍,第一位上台的演讲者,不管不顾地加入了他们的对话,像一头闯进玫瑰园的肥猪。

"阿林霍，我的朋友！"柯斯比克热忱地拍了拍他的肩，他在机器方面是天才，但喜欢不分青红皂白地褒奖他人，"请允许我介绍瑟雯·唐·格洛塔。"

"啊，是了。"阿林霍的笑容分外阴冷，又一个令人厌恶的家伙，自以为世上的所有人都要服务于他的需求，"我听说您投资了安格兰的几家铁矿。实际上，我听说您也许是当地最大的私人业主。"

瑟雯不喜欢自家事务被公开讨论。赚钱能赢得好感。但赚得太多只能激发敌意。"我在那里确实有些收益。"

"您刚才应该听听我的演讲。提高矿场生产效率面临的主要困难就是如何快速抽出积水。一直以来，这种做法受限于人手和马匹，但在我改进了柯斯比克师傅的发动机后，泵水的速度翻了十倍，因此可以挖得很深很远——"

他讲得有理有据，但瑟雯讨厌他的口气。"感谢，不过眼下我的兴趣不是钢铁，而是肥皂。"

"什么？"

"肥皂，玻璃，陶器。这些曾经属于贵族的奢侈品，已经成为富人们的必需品，很快就会成为每个人的日用品。洁净的身体，玻璃窗，还有……陶器。如果有办法从地下泵一整套餐具上来，我才有兴趣参与讨论。"

"您肯定是开玩笑。"

"我的玩笑留给那些有幽默感的人。你知道我对合伙人的挑选慎之又慎。"

"您这是在犯错。"

"我还没犯过错呢。无论如何，我会继续努力的。"

"个人情绪岂能凌驾于利益之上！"他厉声喝道，脖颈处的皮肤微微泛红。朱瑞从人群里钻出来，尽可能体面地带他走开，但他一步也不肯挪动。"这件事更加印证了我的想法，生意场上没有女人的位置。"

"可惜我就在这里，"瑟雯笑得越发灿烂了，"你也在这里，端着破碗乞讨。毫无疑问，在联合王国的很多地方都没有女人的位置。但你阻止不了我做买卖。"

柯斯比克对着眼镜呵了口气，细细地擦拭干净。"说话客气点，我的朋友。"他把眼镜架在鼻梁上，低着头抬眼往上看，"当心瑟雯小姐把你买了再卖掉。"

"不必担心。"瑟雯啪的一声展开扇子，"我只买有价值的东西。"

"阿林霍师傅被你气得够呛。"他们一边走过人群，柯斯比克一边低声说道，"也许哪天你能明白，长远来看，做人稍微宽容一点，可以获得五倍的回报。善意是最好的投资——"

她亲热地拍了一下他的手，打断了他的谬论。"宽容和善意在你那里行得通，但完全不适合我的情况。对一位与时俱进的女士来说，一定数量的死对头才是必不可少的。"

"他好像还是找到了投资人。"

"该死。"他正在专注地跟塞莱丝特·唐·亨根交谈。"她专捡我看不上的吗？"

"你要知道，她就是这样的人。"

"像一条母狗，在屠夫的垃圾桶里觅食。"

"她似乎在协会当中很受男士欢迎。"此话不假，当她挽着阿林霍的胳膊走过时，一颗颗头发花白的脑袋都随她而转动。

"只要是母的，他们都欢迎。"瑟雯咕哝道。

"哎呀。她身上有你年轻时候的影子。"

"我年轻的时候是毒药。"

"你年轻的时候是甘露。现在的你也差不多。但我听说过一句老话，模仿是最真诚的致敬。话说回来，我们的剧场里全都是渴望成为柯斯比克的老笨蛋。我抱怨了吗？"

"等你不吹牛的时候再说。"

"可惜我吹牛多年从来没停过。"柯斯比克咧着嘴,笑容温暖怡人,"环世界很大,瑟雯。你也要容许别人划一小块地盘。"

"你说的是,"她勉强松了口,把阿林霍和亨根这对恶心的组合抛到脑后,"只要他们给我交租子就行。"

不过柯斯比克的注意力已经不在她身上。人们停止了交谈,纷纷让路,像是被犁开的土地。一个男人大步走来,他的髭须精心修剪过,费了不少蜡,深红色的制服装饰着金色穗带。

"见鬼,"柯斯比克抓着她的手腕,轻声说道,"是该死的国王!"

无论国王陛下受到什么样的批评——对他的批评相当多,常常出现在那种粗鄙恶俗的小册子里——谁也否认不了,杰赛尔国王确实有模有样。他轻声说笑,拍胳膊,握手,打趣,光彩照人,只是幽默感欠佳。十二名全副武装的近卫骑士呼啦啦地跟着他,再后面是至少四十个文书、官员、仆人、侍从和跟班,不劳而获的勋章挂满他们的前胸,在数以千计的烛火照耀下闪闪发光。

"柯斯比克师傅。"国王陛下抬了抬手,示意跪拜在地的伟大发明家起身,"抱歉,我来迟了。王宫里的事情,你懂的。治理国家。太多方面需要操心。"

"陛下,"柯斯比克唾沫横飞,"陛下亲临现场,是太阳协会的无上荣光。很抱歉,不等您到场,我们就开始了演讲——"

"不,不!时代的进步不等人啊,呃,柯斯比克?国王也不例外。"

"尤其不等国王,陛下。"瑟雯深深地行了个屈膝礼。国王的一个跟班恼怒地干咳了两声,暗示她不得无礼,但收益向来险中求。

柯斯比克抬手示意她。"这位是——"

"瑟雯·唐·格洛塔,我当然知道,"国王说,"引以为荣啊,看到我国臣民有如此强大的……进取心和意志力。"他不合时宜地晃了晃拳头，姿态足够强硬，言辞却绵软无力，"我一向敬佩……富有创造力的人。"

瑟雯的屈膝礼行得更深了。她早已习惯了男人们的灼灼目光，学会了不动声色地承受，以柔克刚，化压力为动力。但看国王的表情，她明白刚才那一番话并非寻常的褒奖。他英俊的面孔和淡淡的笑容背后藏着巨大的悲伤。

"陛下言重了。"她说。

"不。"不知道他是否发现了瑟雯和他儿子的事，奥索有没有走漏风声？"有你这样的年轻女杰引路，联合王国的前途必定光明。"

幸运的是，远处传来一阵骚动。一位传令骑士穿过人群而来，腋下夹着有翼盔。"陛下，我有消息禀报。"

国王似乎隐隐有些恼火。"你就是干这个的，不是吗？能不能说详细点？"

"消息来自……北方。"他凑近了耳语，国王脸上的假笑渐渐消失。

"失陪了，瑟雯小姐。失陪，诸位！我要回阿金堡。"国王踩着锃亮的鞋跟转身，镶着金边的斗篷随之飘飞，扈从们挤作一团，活像一群骄傲的小鸭子跟在母鸭子身后，全都不苟言笑。

柯斯比克鼓起嘴，吐了口气。"你觉得，他来了才半分钟，我们能不能说国王陛下为我们站台？"

"来了就是来了。"瑟雯喃喃道。交谈声愈加嘈杂，人们争先恐后地涌向门外，希望知道具体是什么消息。"搞清楚传令骑士说了什么。"她低声吩咐朱瑞，"噢，记住——我要卡斯帕·唐·阿林霍在安格兰做不成生意。"

朱瑞取下夹在耳朵上的铅笔。"造谣，违规，还是让他写信没人回？"

"各种做法都试试，然后视情况而定。"

瑟雯不是把协会当成蛇窝。她只是决心爬到最高处，稳稳当当地留在那里。如果这意味着她需要成为阿杜瓦最毒的蛇，那也无可奈何。

13 与父亲练剑
Fencing with Father

"醒醒，殿下。"窗帘猛地拉开，发出刺耳的响声。

奥索的一只眼睛勉强睁开一条缝，然后抬手遮挡耀眼的光亮。"我叫你不要这样喊我。"他的脑袋刚刚离开床铺，立刻感受到强烈的胀痛，于是躺了回去，"还有，你怎敢擅自吵醒王位继承人？"

"您不是叫我不要这样喊您吗？"

"我反复无常。联合王国的王太子——"

"理论上讲，还有塔林。"

"——有权随心所欲，反复无常。"奥索摸索着抓住一只壶的把手，拿起来灌了一大口，喝进嘴里才发现是走了味的啤酒而不是水，他冲着墙壁吐出一团水雾。

"殿下只能边穿衣服边反复无常了，"徒尼说，"有消息送到。"

奥索到处找水都找不到，只能喝完了那壶啤酒。"别告诉我昨天那个金发的有花柳病。"他把酒壶扔到地上骨碌碌打滚，然后瘫回床上，"我最不需要的就是再染上——"

"铁手斯奎尔带领北方人攻进了保护领。他们放火烧了乌发斯。"

"吓。"奥索恨不得捡起一只鞋子扔向徒尼,但又懒得动手,于是翻了个身,搂着姑娘缩成一团——至于她叫什么则完全忘了——半硬不软的老二顶着她温暖的后腰,睡意蒙眬的姑娘含糊地咕哝了一声,"这不好笑。"

"太他妈对了,一点儿也不好笑。芬蕾·唐·布洛克总督夫人正在英勇抵抗,麾下有狗子和她儿子利奥,块头大、胆子也大的幼狮,但他们在凶蛮的北方人面前节节败退,号称魁狼的可怕斗士日暮斯达,扬言要把该死的南方佬逐出安格兰。"他顿了顿,"省得您问,我们就是该死的南方佬。"

奥索费力地睁开两只眼睛。"你不是开玩笑?"

"我要是开玩笑您会知道的,因为殿下会笑。"

"这到底——"奥索突然产生了……某种情绪。担忧?兴奋?愤怒?嫉妒?反正是一种情绪。他已经很久不曾有过后背发凉的感受了。他从床上爬起来,一只脚缠在毯子里,他抬腿踢开,不小心踢到被他忘了名字的女人。

"怎么回事?"她咕哝着坐起身来,扒拉着脸上被酒水浸湿的头发。

"抱歉!"奥索说,"非常抱歉,不过……北方人!侵略我们!狮子啊,狼啊什么的!"他抓起小匣子,每个鼻孔都吸了一撮珍珠粉,只是为了清醒头脑,"总得有人干点啥。"等鼻腔里的烧灼感逐渐消退,知觉变得愈加敏锐。敏锐到他打了个寒战,手臂上汗毛直立。你可以做点值得骄傲的事情,母亲说过。也许机会来了?他从未意识到自己对机会如此渴望。

他的目光从床边的空瓶子上移开,投向抱着胳膊靠在墙上的徒尼。"我得干点啥!给我准备浴盆!"

"希尔迪去办了。"

"我的裤子呢?"徒尼扔过去,奥索凌空抓住,"我必须马上面见父亲!今天是周一?"

"周二,"徒尼说话时,他已经大步流星地走到门外,"他今天练剑。"

"去看看能不能找到我的剑!"关门的刹那,奥索吼道。

"行行好吧,别吵了。"被他忘了长相的女人呻吟着,拽起毯子盖在头上。

"得分!"国王伸出手来,笑开了花。

"打得漂亮,陛下。"奥索任父亲拉了起来,在弯腰捡剑的同时揉了揉酸痛的肋部。必须承认,他感到步伐慢了。身上的布甲似乎比上次更厚重了。也许母亲说的对,他已经过了为所欲为的年纪。也许从现在开始,每周应该保持一天的清醒。至少应该有一个早晨是清醒的。

然而情况复杂多变,总是存心阻止他做正确的事。这时候,一个仆人穿过修剪齐整的草坪而来,锃光瓦亮的托盘上放着两只玻璃杯。

国王把长剑夹在胳膊底下,端起一只杯子。"喝点?"

"您知道我从不在午餐前喝酒。"奥索说。

两人对视片刻,然后一同大笑。"你很有幽默感,"奥索的父亲举杯祝酒,"谁都不能否认。"

"据我所知,他们从来都不否认这一点。他们指责我缺乏其余所有优秀的品质。"他喝了一大口,含在嘴里漱了漱,咽进肚子里,"啊,味道浓郁,色泽红艳,充满阳光。"绝对是奥斯皮亚的酒,他不禁希望他们终于征服了斯提亚,尽管这种想法稍纵即逝,"我都忘了您有如此好酒。"

"我是国王,对吧?要是连我的酒都不好,这个世界肯定出了严重的问题。"

"这个世界已经发生了好些严重的问题,父亲。"

"没错!就在昨天,我接见了一个来自基伦的劳工代表团,他们抱怨工厂区环境恶劣。"他皱眉望向漂亮的王宫花园,失望地摇头,"令人窒息的蒸汽弥漫在空中,掺了杂质的食物,腐臭的水,疟疾暴发,机器导致的可怕伤残,畸形婴儿。都是耸人听闻的故事——"

"铁手斯奎尔攻进了狗子的保护领。"

国王闻言一愣,酒杯停在半空中。"你听说了?"

"我在窑子里,又不在井底。阿杜瓦到处都在议论。"

"你什么时候开始关心政治了?"

"我关心的是一群蛮子烧了我们盟友的城市,杀人放血,威胁侵占联合王国的领土。我是该死的王位继承人,不是吗?"

国王擦了擦打蜡的胡子——近来以灰白色为多,金色夹杂其间——把手套戴了回去。"你什么时候开始在乎王位继承人的问题了?"

"我一直在乎。"他随口胡诌,哐啷一声把玻璃杯扔到托盘上,仆人倒抽一口气,慌忙去抓那只滚落的酒杯,"我只是……不怎么说出来而已。准备好了吗,老头子?"

"随时奉陪,小崽子!"国王挥剑扑上前来。长剑交错,金铁大震,彼此刮擦。国王随即刺出短剑,奥索也以短剑接招,借势一旋。两人拉开距离,绕着对方打转,奥索始终盯着父亲手中长剑的剑尖,时不时瞟一眼他的前脚。国王陛下有个习惯,前脚一动,必会出击。

"你剑术不赖,"国王说,"我敢说你有赢下剑斗大赛的天赋。"

"天赋?也许有吧。至于专注、毅力、热情?一样都没有。"

"如果你不是每个月只练一次剑,你能成为真正的大师。"

"我每年练一次剑都算勤快了。"事实上,奥索至少每周练一次,但要是父亲知道了,可能会怀疑奥索故意放水。很难想象环世界最强大国家的君主在跟亲儿子练剑时还会在乎胜负,但奥索要想达成愿望,丢掉一两分是最靠谱的。

"那么……我们打算如何对付北方人?"他问。

"我们?"父亲的剑尖弹开奥索的剑尖。

"好吧,您。"

"我?"剑尖弹向另一边。

"您的内阁。"

"他们打算什么都不做。"

"什么?"奥索放低了长剑,"可是铁手斯奎尔攻进了我们的保护领!"

"这一点毫无疑问。"

"我们应该提供保护。不然叫什么保护领!"

"理论上是的,孩子。"国王一剑刺来,奥索闪开的同时,以短剑挥砍,剑刃相撞之际,不远处的池子里有几只粉色鹭鸟不以为然地抬头张望,"但理论和现实同床共枕的机会很少。"

就像你和母亲?奥索差点脱口而出,但又觉得这种话对于缺乏幽默感的国王来说过于刺激了。于是他什么都没说,避开一剑之后转守为攻,接住父亲的长剑,顺势将其挑飞。

他接下了父亲孤注一掷递来的短剑,护手刺啦啦作响,长剑随即击中国王的肩头,剑身微微弯曲。

"二比一。"奥索挥剑比画了一下。不能让老头子赢得太轻松。谁都不会珍惜轻松到手的东西。

他招来一个手搭毛巾的仆人,父亲则不耐烦地打了个响指,命令另一个仆人去捡剑。

"危机从来都是有的,奥索,而且从来都是前所未有地可怕。不久前,我们被古尔库人吓得够呛,以当时的情形,我们的反应完全可以理解。为了驱逐他们,阿杜瓦毁了一半。如今他们伟大的先知卡布尔消失了,他们全能的皇帝奥斯曼被废黜了,他们的力量就像风中的烟雾一般散尽了。现在从南方涌来的不再是侵略者，而是绝望的难民。"

"敌人垮台了，我们连一点庆祝的闲暇都没有？"

"有人认为通过暴力推翻君主这种事情没什么好庆祝的。"

奥索扮了个鬼脸。"这话好像有点道理。"

"这件事证明无论多么强大的力量都会盛极而衰。蒙洛卡托几乎把整个斯提亚踩在脚下，旧帝国日渐强盛，动摇我们在远乡的统治，在斯塔兰煽风点火。现在该死的北方人撕毁了好不容易签订的条约，再次发动战争。他们嗜血的欲望永远满足不了。"

"可能因为嗜的是别人的血吧。"奥索把毛巾扔到仆人头上，回到起始位，"那帮硬汉这么快就两看相厌了，真没想到。"

"是啊。不过让我睡不着觉的是王国内部的敌人。在斯提亚打仗害得人人破财，耐性也耗尽了。议会一直在抱怨。要不是贵族之间的仇恨比对我的仇恨更深，我敢说他们已经揭竿而起了。农民可能不太发表意见，但他们同样很不高兴。到处都是离心离德的臣民。"

"那么我们必须好好地给他们上一课，陛下。"奥索挥剑一砍，又砍，再刺，国王挡开前两剑，避让第三剑，不小心撞进一丛精心修剪的灌木，形状参照故事书里的法师塔，然后他又跳了回来。"教训一下北方人，也让那些离心离德的臣民看清楚。让我们的盟友知道我们靠得住，让我们的敌人知道我们不是省油的灯。打几场胜仗，搞几次阅兵，再添点爱国的热情当佐料！团结整个国家就得做这些事。"

"你说的这些事，我早就对内阁说过，可惜金库空了。不止空了那么简单。我欠的钱填满阿金堡的护城河还有多的。我什么都做不了。"

"但您是联合王国的至高王！"

奥索的父亲悲哀地笑笑。"儿子，总有一天你会明白的。权力越大，真正能做的事情越少。"

在他说话时，他的剑尖似乎萎靡不振，但显然是在耍花招，看他后脚发力的姿态，奥索就知道他严阵以待。但是，既然国王对自己的演技很有信心，完全不配合可就失礼了。奥索志在必得地呐喊一声，冲向前去，面对早已料到的格挡，他发出足以乱真的惊呼。等国王的短剑迅猛出击的时候，他又强压挥剑弹拨的本能，任其长驱直入，伴随着一声呻吟，重重地捣进布甲。

"二比二平！"奥索的父亲咯咯一笑，"讲两句丧气话，最能让人掉以轻心！"

"相当漂亮，父亲。"

"老当益壮，呃？"

"幸好。您得承认，我远远没有做好登基的准备。"

"谁都不可能真正准备好，儿子。话说回来，你为什么对远征北方那么有兴趣？"

奥索深吸一口气，与父亲四目相对。"我想要领军。"

"你想要什么？"

"我想要……您知道的……做贡献。不能老是逛窑子。"

父亲嗤笑一声。"你上次领的军，还是五岁时斯塔兰总督送你的玩具兵团。"

"所以现在正是我攒经验的时候。我是王位继承人，不是吗？"

"你母亲是这样说的，我不跟她唱反调。"

"我总得瞅个机会挣点名声。"奥索走到起始位，准备争夺决定胜负的最后一分，平整的草皮被他踩得稀烂，"我可怜的名声实在是太臭了。"

"担心那个幼狮抢了风头，呃？"

最近老是听到这个名字，奥索有点反感。"我觉得他可以分点荣誉给他的王储。"

"但是……打仗？"奥索的父亲夸张地做了个口型，那道横贯髭须的旧伤疤随之扭曲。"要论杀人放血，北方人可不含糊。不妨给你讲讲我的老朋友九指罗根的故事——"

"讲过了，父王，讲过一百遍了。"

"嗯，太他妈的精彩了！"国王挺起胸膛，继而垂下剑尖，疑惑地冲着奥索皱眉头，"你所言当真？"

"我们必须干点啥。"

"这话我赞同。"国王突然扑上来，但奥索早有准备，格挡，旋身，再格挡，"那好吧。这样如何？"砍，砍，刺，奥索一边退让，一边观察，"我给你葛斯特，还有二十名近卫骑士，外加王军一个营。"

"远远不够！"奥索转守为攻，差点刺中父亲，国王不得不向后跳开。

"是的。"国王横跨一步，在空中挽出一朵朵闪亮的剑花，"其余的你自己去召集。让我看看你能不能召集五千人。然后你就可以发兵了。"

奥索眨巴着眼睛。召集五千人像一份工作，听来令人焦虑。但想到有重要的事情可以做，一股陌生的能量在他体内冲撞。

"一言为定！"他放了几次水，已经得偿所愿，现在他很想赢一回，"看招，陛下！"

他向前一跃，随即是一声金铁大震。

14 与父亲练剑
Fencing with Father

"刺，刺，瑟雯。"父亲坐在椅子上，探身紧盯她的动作，"刺，刺。"

她的肩膀火烧火燎，酸痛贯穿整条胳膊，一直蔓延到指尖，但她仍在咬牙坚持，竭力让刺出的每一剑都迅猛有力、完美无缺。

"好。"葛斯特一边接招，一边尖声说道，他始终沉稳，始终冷静，剑刃交错的响声在空屋子里回荡。

然而，在父亲眼里永远不够好。"注意你的前脚，"他厉声喝道，"压低重心。"

"我的重心够低了。"她又刺出三剑，快如闪电。

"不够低。我了解你，你很讨厌办事不力。"

"的确，就像您讨厌看到我办事不力一样。"

"那就压低重心。我们都能开心点。"

她双脚跨得更开了，又刺出几剑，撞上了葛斯特的剑。

"好多了，不是吗？"父亲问。

确实好多了，但谁都知道她嘴上不会认输。"看吧。北方怎么样了？"

"尽是些丧气的事儿，就像生活本身一样。北方人进逼，安格兰人败退。"

"听人说，领军的是个女人就没什么可指望的。"瑟雯向前突进，葛斯特轻松招架，把她的剑拨得老远。

"我们都知道人有多么愚蠢。"父亲讥讽道，仿佛想到人就犯恶心，"芬蕾·唐·布洛克的父亲死后，我认为她堪称联合王国最能干的将领。你认识她，不是吗，葛斯特？"

这位人高马大的国王贴身卫士，一向都是面无表情，此时却皱起眉头。"不熟，阁下。"

"当初真该在斯提亚给她兵权，"瑟雯的父亲说，"也许现在我们就不必清点死人，而是庆贺胜利了。接着刺！"

"布洛克对蒙洛卡托，那可真有看头。"瑟雯吸了口气，又发起一顿猛攻，"环世界最强大的两支军队，都由女人统领。"

"她们有可能决定把钱花在该花的地方，说说话就把所有事情解决了。到时候我们咋办？剑尖的运用到此为止，看看你在剑刃上的功夫。砍的时候别手软，瑟雯，他又不是玻璃做的。"

她冲向葛斯特，佯装从右边发动攻击，然后猛地转向左边，一记凶狠的劈砍冲着脑袋去了。他剑尖低垂，抽身避让，魁梧的身板却能灵动如蛇，双眼盯着从鼻子跟前掠过的剑刃。

"很好。"他细声细气地说。

她挥剑耍了个花哨的动作。"光凭布洛克能不能打败北方人？"

"她还在收拾安格兰的军队，"父亲说，"她有狗子帮忙，但铁手斯奎尔终究还是人多势众。我预测保护领肯定守不住，她将在白河阻挡北方人。然后，形势可能发生变化，明年开春我们乘虚而入，摘下胜利的果实。"

"女人干苦力,男人摘果子。多么熟悉的操作。"

"女剑客不能动火气。接着砍啊,女儿。带点血性。"

瑟雯绕着葛斯特攻击,左劈右砍,踩得木地板嘎吱作响。他不怎么动,剑永远出现得恰到好处。

"我女儿的脚步很快吧,呃,葛斯特?"

"非常快,阁下。"

"都是你母亲教舞蹈的功劳。说来伤心,最近我都不怎么跳舞了。"

"遗憾。"瑟雯边说边转圈,寻找破绽,汗水淌下只剩发茬的头皮,"我认为内阁应该想点聪明的招数。万一布洛克输了,你们就跟懦夫和蠢货没两样。"

"我们早就是懦夫和蠢货,变本加厉而已。"

"万一她赢了,荣誉都是她的。还有她儿子。"

"利奥诺特·唐·布洛克。"父亲语带讥讽,空洞的牙龈又露了出来,"幼狮。"

"这么些荒唐的外号都是谁想的?"

"文人吧,我猜。我出征古尔库的时候见过狮子。愚蠢的野兽。尤其是雄狮。好了。休息。"

瑟雯猛吸一口气,扯开布甲透气。衬衫已经被汗水浸湿。她拿毛巾擦拭着剃光的脑袋,不禁怀疑这样一副素面朝天、身无珠宝、不着长裙、不戴假发的样子,太阳协会的时髦绅士们能否认得出她来。他们很可能在汗臭味中嗅到铜臭味,依然簇拥在她身边。

"我们可以调整一下你握剑的手法。"父亲倾身向前,撑着手杖站起来,手背的皮肤苍白得不见血色,骨骼在下面移动。

"不,不。"她走上前,轻轻按着他的肩膀,"您不要为了演示如何握剑就难为自己。"她拿起扶手上的毛毯,盖在他腿上,仔细地掖好。命运女神在上,他太瘦了。说他皮包骨都不合适。他身上几乎没有皮。

"您感觉怎么样?"她问。

他的左眼抽搐了一下。"你注意到这个国家正在衰落吗?"

"今早没觉得。"

"那么我应该能活过今天。不过你可以明天再来看看我死了没有。到处都有我的敌人。王宫。内阁。议会。田间。工厂。战争之前安格兰人就对我不满,现在出离愤怒了。我无论在哪里都遭人恨。"

"不包括这里。"她说。这或许算是她能表达的最大的善意了。

"何其幸运。"他温柔地摸摸她的脸,冰冷的指尖碰到她汗津津的脸颊,"我配不上,远远配不上。"

"我想,树几个敌人就是坐上高位的代价之一。"

父亲厌恶地哼了一声,即便对他来说都显得过于激愤。"在你的屁股坐上木头椅子的那一刻,你就明白它们几斤几两了。你真以为统治国家的是内阁?是国王和王后?我们都是被迫跳舞的木偶。障眼的道具。替罪羊。"

瑟雯皱起眉头。"那么操纵木偶的是谁?"

父亲迎上她的目光,眼睛明亮而冷酷。"我一直都在问自己这个问题。我学到的教训是,有些问题还是不知道答案为好。"他拍拍她的手背,握剑的手,"该练习防守了。"

"三连击?"葛斯特问。

瑟雯右手抛起短剑,左手凌空接住。"随便你。"

他漫步而来,剑招全无杀意。她则轻松封挡,手腕漂亮地翻转,拨开对方的劈砍。

"话说回来,要是总督夫人和北方人的战争陷入僵局,对安格兰的产业有什么影响?"

"啊!"父亲笑了,"我刚刚还在想我们什么时候说到钱。"

"我们一直在说。"她挡了一剑又一剑,然后横跨一步,避开慢吞吞的剑招,葛斯特以打斗凶狠著称,此时根本没有用心出剑,"价格跌得厉害。我该卖出还是买入?"

"联合王国绝对不会放弃安格兰。我要是商人,我就抄底。毕竟,风险和机会——"

"经常手牵手。"她替他说完,眼角的余光瞥见他的笑意,逗笑审问长带来的满足感是任何别的事情都比不上的,除了母亲,谁都做不到。"我要借点钱,增加我投在矿场的股份。"她难掩笑意,"凡特和伯克银行的利率特别——"

"不行!"父亲瞪着眼睛大吼一声,甚至让她产生了些许愧疚感。"开玩笑都不行,瑟雯。凡特和伯克坏透了。他们是寄生虫。是吸血水蛭。一旦被他们缠上,你就休想摆脱掉。他们的贪心永远得不到满足,除非太阳归他们所有,每天日出都可以向全世界收一笔钱。答应我,你决不从那些混蛋手里借一枚铜板!"

"我答应您。我不跟他们打交道。"话说得轻松,实际上很难做到,那家银行好比一棵贪婪的老柳树,根系四通八达,"我们还没有谈到那个地步。我已经大量买入奥斯腾霍姆兵工厂的股份,价钱好到您都不敢相信。"

"投资兵器永远没错。"审问长看着她挥剑挡开葛斯特的进攻。

"我听说火器很有潜力。那些大炮。"

"我们在斯提亚用过,好坏参半。"

"不过它们的尺寸越来越小,更轻便,更强大。"她避开绵软无力刺来的一剑,"现在他们发明了一种会爆炸的石弹。"

"投资炸药也不错。"

"如果我能跟王军签一两份合同就更好了。"

"噢?你认识谁能帮上忙吗?"

"巧了,我已经邀请阿希尔·唐·罗斯和其他几位军官夫人来参加私人晚宴。据我所知,她的丈夫新近出任王家兵工厂的总管。"

"运气不错。"父亲干巴巴地应道。

葛斯特接下来的一剑纯粹是瞧不起人。"我也不是玻璃做的,"瑟雯暴躁地扫开他的剑尖,"认真点对付我。"

毕竟她练了很久的剑。身为女孩,她梦想过女扮男装,赢得剑斗大赛,当着欢呼的人群掀掉帽子,散开如瀑的金发。后来假发成了时尚潮流,她便剃掉了长发,说实话,反正也是不讨人喜欢的棕色。后来她终于明白,男人们不可能为一个在他们的游戏中获胜的女人喝彩,于是她离开了剑斗场,决定在银行业追逐她的胜利。

接下来的两剑很难说更认真了,她将其挡开之后,又干脆利落地避开一记慢吞吞的劈砍,然后拿短剑的剑柄顶了一下葛斯特。"你说话像娘们,打斗也像娘们?"

葛斯特的眼睛微微抽动了一下。"哎呀!"父亲喊道,"女士得分。"

"我想知道被一个有杀心的危险男人攻击是什么感觉。"瑟雯严阵以待,对自己的站姿、握法和技艺充满自信,"不然这有什么意义?"

葛斯特看了父亲一眼,审问长若有所思地抿起嘴唇,以难以察觉的幅度耸了耸肩。"她是来学剑的。"他冷酷的表情前所未见,"教她便是。"

葛斯特回到起始位,似乎某些方面有了极细微的变化,他的双脚在木板上挪移,发出微弱的嘎吱声,他转动魁梧的肩膀,握住残缺的剑。扁平的大脸盘子不动声色,然而犹如门打开一条缝,瑟雯窥见了骇人的内幕。

面对一头被拴着的公牛,你当然笑得出来。当你发现公牛可以自由行动,牛角冲着你,牛蹄在刨地,它在你眼里可就完全不一样了。

她半张着嘴,说了一句"等等"。

"开始。"

她早已准备承受他的力量。但令她震惊的是他的速度。不过吸口气的工夫,他已经扑到面前。她双眼圆睁,看见他挥动长剑下劈,而她只能想到横跨一步,举起短剑格挡。

事实证明她完全没有做好准备承受他的力量。力道之大,震得她手臂发麻,从指尖麻到肩膀,上下牙疯狂打架。她踉跄退后,刚刚喘了口气,他的短剑已经刺来,撞上她的长剑,将其从她麻木的指间打落,弹到远处。她胡乱挥舞短剑,所有的训练和技巧都忘得一干二净,最后看见一道寒光——

他的长剑重重地打上她的布甲,打得她烧心燎肺地吐了口气,打得她差点双脚离地,然后晃晃悠悠地歪向一边。继而,他的肩膀接触到她的身体。她的脑袋猛地向前一冲,正脸啪嚓一声撞上了某个东西。也许是他坚硬的天灵盖。

她飞起来了吗?

她的后背撞上墙,当即天旋地转,回过神来的时候,她已是双膝跪地,冲着地板直眨眼睛。

一颗颗血珠子滴落在抛光的木板上。

"噢。"她喘不过气来。

每一次呼吸都很困难,肋部抽痛,喉咙深处发烫。她的手依然死死地握着剑柄,她吃力地甩开,短剑当啷一声掉在地上。她的指背皮开肉绽,抬起来贴着悸动的嘴唇,再拿开时血迹斑斑。她的手在颤抖。她浑身都在颤抖。

痛。她的脸蛋,她的腰身,她的骄傲。然而真正震慑她的不是痛。而是无力感。对自身能力的天大的误判。遮羞布被一把扯开,她看见自己是多么脆弱。面对一把饱含怒火的利刃,人是多么脆弱。不过眨眼的工夫,世界变了,而且不是变得更美好。

葛斯特蹲在她面前，手握一把残缺的剑。"我应该警告你，我已经留力了。"

她费劲地点点头。"知道了。"

父亲的表情不带一丝愧疚。正如他常说的，长年累月的痛苦使他免于愧疚。"练剑是一回事，"他说，"真刀真枪地打是另一回事。只有少数人是这块料。时不时地揭穿我们自欺欺人的谎言有利于身心健康，即便这样很难受。"

她擦去鼻血，他则微微一笑。瑟雯早已不再试图理解他的心思。大多数时候，他鄙夷一切，唯独爱她。而有的时候，他对待她就像对待不共戴天的死敌。

"如果你被一个有杀心的危险男人攻击，我的建议是逃跑。"葛斯特站起来，伸出巨大的手掌，"我认为他过不了多久就会自取灭亡。"

被拉起来的时候，她感到双腿发软。"谢谢，葛斯特上校。这一课……非常有用。"她想哭。至少，她的身体想哭。但她不允许。她咬紧酸痛的牙关，高傲地仰头看他。"下周还是这个时间？"

父亲大笑一声，猛地拍打扶手。"这才是我女儿！"

15 誓言
Promises

布罗德睡不着觉，盯着天花板。

天花板上有一处发黄起皮的石灰，边上有一道裂缝。他似乎盯了一整夜。阳光爬过狭小的屋子，爬过横七竖八的晾衣绳，爬过局促的街道，照进逼仄的窗户，洒在他们栖身的单间地窖里。

他似乎盯着那道裂缝看了好几周。脑子里翻来覆去地思考。他深感烦恼，仿佛必须做出某个重大的决定。但他已经做出了重大的决定，他已经犯了错，现在于事无补。

他深深吸气，气息似乎卡在嗓子眼里。瓦贝克的空气是油腻腻的。不管莉迪如何费力擦洗，地窖里始终有屎和洋葱的气味。渗进了墙壁。渗进了他的皮肤。

外面的人开始上工，靴子踏过狭小高窗外的泥泞街道，影子在发霉的墙壁上晃动。

"你的手怎么样了？"莉迪在窄床上翻身面对他，低声问道。

他活动手指时龇牙咧嘴。"早上总是疼。"

莉迪的小手握住他的大手，揉搓他酸痛的手掌，按压他悸动的关节。"小梅已经起来了？"

"她出去了。不想吵醒你。"

两人躺在床上，她看着他，而他不敢看她。不忍看见她眼中的失望。忧虑。恐惧。哪怕只是照镜子一样，看见的是他自己的失望、忧虑和恐惧。

"这对她不公平，"他盯着天花板上的裂缝说，"她本该过上好日子。跳舞，恋爱。而不是伺候某个有钱的混账。"

"她不介意做事。她愿意帮忙。她是个好姑娘。"

"她是我给予这世间最美好的事物。唯一美好的事物。"

"你做过好事，冈纳。你做过很多好事。"

"你不知道斯提亚的情况。我当时——"

"那就从现在开始做好事。"她的语气有点不耐烦，然后她捏了捏他的手，松开了，"你改变不了过去，对吧？你只能改变以后。"

他想要争辩，但她的话合情合理，毫无破绽。他闷闷不乐地躺着，倾听匆忙的脚步声，愤怒的抱怨声，还有路口的一个女孩大声叫卖号外，花几个铜板就能知道那些坏消息。在海森姆有抢粮的暴动，在基伦有烧毁工厂的密谋，米德兰的各个角落都动荡不安，还有战争。北方的战争。

"是我的错。"他喃喃道，不能反驳莉迪，于是他转而责怪自己，"我不该去打仗。"

"你是我放走的。农场也是我放手的。"

"无论如何，农场没了。好日子也到头了。我要是不回家，你和小梅可能过得更好。"

她摸了摸他的脸颊，不容分说地把他的头转过来，两眼盯着他。"别说这种话，冈纳。永远都别说这种话。"

"我杀了他们，莉迪，"他低声说，"我杀了他们。"

她什么都没说。她能说什么呢？

"全都被我搞砸了，"他说，"一眨眼的工夫。还有什么事是我搞不砸的？"

"任何事情都不是一眨眼的工夫被搞砸的，"莉迪说，"压死骆驼的从来不是最后一根稻草。现在我们必须往前看。你要做的就是往前看。过去的已经过去了。"

"我要将功补过，"他说，"我要在这里找个活儿。"

"你当然可以找到活儿。"她勉强笑笑，看样子她费了很大的劲，但到底还是在笑，"你是好人，冈纳。"

听了这话，他的五官皱成一团，泪水刺激着鼻腔。"我再也不动武了，"他的嗓音深沉而沙哑，"我发誓，莉迪。"他意识到自己攥紧了拳头，于是强行松开，"从现在开始，我绝不惹事。"

"冈纳，"她温和而又严肃地低声说道，"你应该发你守得住的誓言。"

一小团灰尘落到他们床上。在沿街的铸造厂里，发动机开始运转，整间屋子都在颤抖。

转过拐角，布罗德才知道自己排的是哪家厂子的队伍。

仓库的滑门上方写着卡德曼啤酒几个金色大字，叮铃哐啷的响声不绝于耳。一家酿酒厂。他在斯提亚有一半时间都是醉醺醺的，另一半时间企图让自己醉醺醺的。他发过誓，以后绝不惹事，他很清楚对他来说，每瓶酒的瓶底都是祸端。

不过，在瓦贝克，诱惑无处不在。隔几步就有酒馆或者酒吧，再不济也有台酿酒蒸馏机，天知道有没有拿到经营许可，妓女、窃贼和乞丐围在附近转悠，好比逐臭的苍蝇，即便你懒得走到隔壁借酒消愁，街上还有背着酒桶跑来跑去的孩子，他们可以把啤酒送到你手上。

对于布罗德发下的誓言来说,酿酒厂不是好兆头。但在瓦贝克看不到好兆头,而他需要挣钱的活儿。于是他裹紧外套,缩起肩膀,向前挪了半步,昏沉的天空飘起细雨,晦暗如墨。

"不管我来得多早都要排队。"一个面色灰白,头发也灰白的老人说,他的外套肘部被磨得破破烂烂。

"来瓦贝克找活儿的人越来越多了。"另一个人咕哝道。

"找活儿的人一直很多。永远是人多活儿少。以前我也有房子,就在汉伯纳尔特附近的山谷。你知道那里吗?"

"不太清楚。"布罗德应了一声,想起自己的山谷。微风中的绿树,轻抚脚踝的青草。他知道回忆是美好的谎言,实际上农活很辛苦,收入却很微薄,但那里有绿色。瓦贝克没有绿色。也许河水除外,上游印染厂排放的大量有色油污将其染成了绿色。

"那地方可漂亮了,以前。"老人絮絮叨叨,"我的房子也不赖,在林子里,前面有河。在那里把五个儿子拉扯大了。以前砍柴,烧炭,很挣钱,你晓得。后来他们在上游用炉子烧,炭卖得贱了,河里漂满焦油。"他长长地吸了口气,充满无奈,"价格跌个不停。后来天杀的巴雷辛大人为了放牧,砍光了林子。"

一辆大马车辘辘驶来,路上的粪便被车轮轧过,溅到排队的人身上,人们骂骂咧咧埋怨车夫,车夫骂骂咧咧埋怨排队的人,他们又向前挪了半步。

"我的儿子们谋别的生路去了。一个死在斯提亚。一个在基伦附近结了婚,我听说的。我不得不借债,房子没了。那地方可漂亮了,以前。"

"是啊,"布罗德沉浸在自家的悲惨经历里,听不得别人讲同样的遭遇,"念叨以前的事情没什么意义。"

"太对了。"老人来了兴致,布罗德悔不该接话,"啊,我记得我小时候——"

"闭上你的臭嘴,老笨蛋。"布罗德前面的男人骂道。

他是个大块头,脸颊有星形伤疤,耳朵缺了一块。毫无疑问是个老兵。他愤怒的口吻令布罗德心脏狂跳。一种跃跃欲试的兴奋感。

老人目瞪口呆。"我没想冒犯——"

"所以你应该闭上臭嘴。"

别说话。别管闲事。他应该学到教训,不是吗?教训少说也有十来次了。他对莉迪发过誓。就在几个钟头前。绝不惹事。

"有本事别冲他去。"布罗德吼道。

"你说什么?"

布罗德摘下眼镜,塞进兜里,那人凶巴巴的面孔后方顿时一片模糊。

"我懂,"布罗德说,"你失望了。没想到这里的人还有过好日子的,对吧?"

"我想什么你知道个屁?"

他强压冲动,没有当场打烂这个混蛋的脑袋。他对莉迪发过誓。所以布罗德仅仅上前一步,满嘴的唾沫飞到对方带疤的脸上。

"你心里有数,谁都不会关心这里发生了什么。"他举起拳头,手指打了个转,"给我转过去,不然我把你的废物脑袋按到墙里面。"

那人带疤的脸颊抽搐了一下,一时间,布罗德以为他要出手。那是多么美妙的时刻,他以为自己可以不必忍耐,可以释放真我了。自从离开斯提亚回到家乡,他第一次有了自由的感觉。好吧,除了把伦纳特·塞尔德姆的脸打烂的时候。

继而那人血红的双眼瞥见了布罗德的拳头。手背上的文身。他含混地咕哝一声,转过身去。他在原地站了一会儿,重心在脚底换来换去。最后他竖起破烂的衣领离开队伍,不声不响地走了。

"谢谢,"老人的喉结在枯瘦的喉咙上滚动,"像你这样正派的人不多见了。"

"正派。"布罗德龇牙咧嘴地松开拳头，破天荒头一遭，拳头握紧的时候竟然不疼，"啥是正派都搞不清楚了。"

他排过不少队，排到前面时见过各种各样的人，谁有活儿干、谁白来一趟，全是他们说了算。他们大都养成了给人难堪的嗜好。类似在斯提亚的军官。手握一丁点权力的人，往往不会变得更好。

不过卡德曼啤酒厂门口的那个工头看样子不是坏人，他坐在小小的雨棚底下，面前摆着一本大册子。他头发花白，身强体壮，举手投足不紧不慢，也不拖泥带水，似乎他一点儿也不着急，非得考虑周全才采取行动。

"我叫冈纳·布尔①。"布罗德撒谎。他不会撒谎，总觉得被人看穿了。

"我是马尔默。"那人仔细打量布罗德，"有在酿酒厂干活的经验吗？"

"酿酒厂有不少货进了我的肚子。"布罗德强作笑容，但马尔默完全没有配合的意思，"但是我不懂酿酒。"马尔默缓缓地点头，仿佛对这个答案早已司空见惯，"但我干活很卖力。"本周他只干了两个钟头，是清理马厩的活儿，这里是他今天的第三站，他不能空手而归，"我可以铲煤，或者扫地，或者……嗯……你要我干什么都行。我一定卖力干活，我发誓。"

马尔默的唇边浮现一抹悲哀的笑意。"誓言不值钱，朋友。"

"我的天啊！是布罗德军士吗？"

一个蓄着沙色胡子、系着肮脏围裙的瘦子大步走出酿酒厂，双手叉腰。此人很是面善，但布罗德花了好一会儿才想起在哪里见过，然后与现实世界联系起来。"萨贝？"

"这是公牛布罗德！"萨贝抓起布罗德的手，猛地拽了一把，像

---

①译者注：布尔是公牛的意思。

在扳动锈死的水泵,"记得吗,马尔默,我讲过他的事迹!我在斯提亚跟他并肩作战!好吧,是在他后面,脑子坏了才敢在他前面。"

马尔默向后靠去,再次仔细打量布罗德。"斯提亚的故事你讲得太多了。不好意思,我有时候听不进去。"

"那就把你该死的耳朵竖起来,听好了,这是我认识的最棒的伙计!第一个爬上博洛里塔的云梯!至少是第一个没有掉下去的。他总是第一个。多少次来着?五次?"他抓着布罗德的手腕,拉起袖子,露出指节上的星星。"瞧瞧这些狗杂种!"他活像是在展示冠军农产品,"瞧瞧这些狗杂种!"

布罗德抽回手,掩在袖子里。"过去的事情我都放一边了。"

"以我的经验,过去的事情是甩不掉的,"马尔默说,"你替他担保?"

"只要跟他共过事,任谁都会为他担保个十次百次的。天杀的命运女神在上,是的,我为他担保!"

"好,你被录用了。"马尔默拿笔蘸了蘸墨水,然后不慌不忙地取出来,悬在大册子上,"那么……是布尔,还是布罗德?"

"冈纳·布尔,"布罗德说,"就这样写。"

"地址?"

"我们住在德劳街的一个地窖里。没有门牌号。"

"地窖?"萨贝嫌弃地摇摇头,"别担心,有我们在,不会让你们过那种日子。"然后他友好地揽着布罗德的肩膀,走进喧闹、温暖但气味难闻的酿酒厂,"对了,你来这儿干什么?我记得你在哪儿有个农场。"

"不卖掉不行。"布罗德顺嘴撒了个谎。

萨贝咧嘴一笑。"惹事了,呃?"

"是,"布罗德嘶声应道,"算吧。"

"来一小口?"他递来一个酒壶。

布罗德很想来一口。何止一口。他吃力地挤出几个字。"不了。我喝起来没数。"

"我记得你在斯提亚的时候没这么拘谨。"萨贝灌了一大口。

"我尽可能不犯同样的错误。"

"这就是我他妈要干的事！你觉得瓦贝克怎么样？"

"我感觉还行。"

"这里是该死的垃圾堆。这里是该死的绞肉机。这里是该死的斗兽场。"

"是。"布罗德吐了口气,"斗兽场。"

"对山上的有钱人来说好得很,可是我们得到了什么？我们,为国家流血牺牲的老兵,得到了什么？露天的排水沟。三大家子人挤在一间屋子里。满街的粪土。弱肉强食。以前,大伙儿都讲究走正道,不是吗？"

"有吗？"

但萨贝没有理会。"如今一个人的价值就是可以从他身上榨取多少劳动力。我们是被剥削完了扔到一边的糠皮。我们是大机器的小零件。不过有人正在努力改善这种情况。"

布罗德扬起眉毛。"我觉得那些喜欢吹得天花乱坠的人,往往把事情搞得比以前还糟糕。"

萨贝依然没有理会。不听不爱听的话是他的能耐。也许所有人都是这样。他凑近了,似乎在谈论什么秘密。"你听说过破坏者吗？"

"强盗,不是吗？他们破坏机器。放火烧工厂。我听说他们是叛徒。"

"那是该死的审问部的说法。"萨贝一口痰啐在铺满木屑的地上。吐痰也是他的能耐,"破坏者要改变现状！他们不止破坏机器,布罗德,他们还砸断锁链。你的锁链,我的锁链。"

"我身上没有锁链。"

"听听，住在德劳街地窖里的人说什么呢！我指的不是拷在你手腕上的锁链，布罗德。我指的是你思想上的锁链。它锁死了你的未来！锁死了你孩子的未来。我们要推翻那些老爷！那些压榨我们的血汗、吃得脑满肠肥的家伙。那些领主和夫人。那些国王和王子。"萨贝神采奕奕，仿佛看到了他所憧憬的美好未来，"不要那帮有钱的老混账教育我们应当怎样。人人都有发言的权利。人人都有投票的权利。"

"不要国王了？"

"人人都是国王！"

放在以前，布罗德可能会视其为叛国，但近年来他的爱国热情遭到了沉重打击。如今在他听来，这种言论就像白日做梦。"怕是没有那么多国王可当的，"他咕哝道，"我不想惹事，萨贝。我负担不起了。"

"有的人天生就是惹事的命，公牛。你握紧拳头的时候无人可挡。"

布罗德直皱眉头。"也无药可救。"

"你一次次冲上城墙。你比谁都清楚。为了捍卫你珍视的东西，你只能战斗！"萨贝凶狠地凌空挥了一拳，他的手背和布罗德一样有云梯先锋的文身。

"也许吧。"布罗德感觉到隐隐的兴奋和刺激，但他强行将其驱散，把手拢进袖子，尽可能往里面缩，"可我已经不想战斗了。"

他对莉迪发过誓。这一次，他说话算数。

16 挫败

A Blow for the Common Man

"都准备好了?"西巴特问。虽然黑灯瞎火,维克还是能感觉到他的紧张,对她来说等同于雪上加霜。

她抬眼望向摩尔,后者手抓缰绳坐在马车上,只能看到巨大的轮廓。她又望向塔洛,后者坐在摩尔身边,宽大的油布雨衣上挂着雨珠。她恨不得再问一次是不是真的想这样做。但提出疑问的机会已经过去了。当时还能反复衡量风险和后果。机会悄悄溜走了。甚至你都注意不到。如今你只能全力以赴,开弓没有回头箭。

"好了,"她说,"走吧。"

黑暗中,格丽斯拉住她的胳膊。"他们怎么办?"她歪着头,示意铸造厂大门左右的两个守夜人,他们浑身湿淋淋的,面孔被提灯的光亮照得变了形。

"已经买通了。"

"你给那些混蛋钱了?"

"金钱比刀剑更容易改变一个人,而且往往更划算。"格丽斯来不及回应，维克竖起衣领，埋头走了过去。

她左右一看，蒙蒙细雨帮了他们的忙，巷子里几乎空无一人。她走向大门，感到脑门充血。恐惧爬上喉头，她直想逃跑，直想大喊大叫。她提醒自己经历过更危险的境况，事实的确如此。她做着深呼吸，放慢脚步。

"给你们送货。"她的语气出乎意料地平静。

守夜人举起提灯观察维克，灯光刺眼，她不自觉地眯起眼睛。他叩了叩大门，门闩哗啦一声被提起来。他们整晚都会收货。没什么特别之处。

"走！"维克喊了一声，摩尔抖动缰绳，驾驶马车从泥泞的巷道进入黑漆漆的院子。成堆的煤炭和木材被雨水淋得闪闪发亮，犹如幽暗的鬼影。高大的厂房耸立如崖壁，窗内火光闪耀。

摩尔轻声喝令拉车的驽马止步，塞好车轫，然后把缰绳递给塔洛。西巴特从马车后面爬下来，双手在皮裙上擦了擦。

"暂时顺利。"他咕哝一声，跟着维克走向大铁门。

"暂时。"她说。巨大的挂锁已经打开，她将其从搭扣上取下来，与西巴特一起双手握住巨大的把柄。他们的双手靠在一起。两人同时发力，轮子辘辘作响，铁门应声滑开。

一股热浪扑面而来。熔炉、发动机和锻造间依然闪烁着热情的火光。这里永无寒冷，永无黑暗。维克看到了钢筋铁骨的黑色轮廓。厂房的结构。计划填埋火药的柱子。

西巴特把铁门完全打开，她则回到马车那里。格丽斯已经解开油布，扯到一边，里面的木桶暴露在外。

"好，"维克轻声对她说，"我们从第一个——"

灯光照亮了院子，他们全都呆若木鸡，眼睛眨个不停。原本遮着罩子的提灯在他们周围突然解除伪装。格丽斯在马车后面，绳子吊在手里。摩尔的手指抠着一个木桶的桶底。塔洛抓着缰绳，眼睛瞪得前所未有地大。西巴特在铸造车间的门口。

转眼之间,他们的计划完全落空。

"别动!"有人大吼一声,"以国王陛下之名!"

拉车的驽马受了惊,拖着马车前进,车轫都挡不住。格丽斯从车上滚了下来。

摩尔站起身来,扔掉木桶,操起一把短柄斧。

塔洛发出凄厉的尖叫。完全听不清喊的是什么。

啪的一声,空气为之震颤。几支弩箭插进马车的外壁。也插进摩尔的身体。

维克跑了起来。她冲向西巴特,把他拽进铸造车间。发动机、货车和轨道在火光照亮的黑暗中显露真身,他们跌跌撞撞地穿行其间。西巴特气喘吁吁,不小心打了个趔趄,撞上板条箱,一根根铁条叮铃哐啷地散落在石板地上。

她扶他起来的时候差点摔了一跤,然后拽着他继续前进,她的呼吸和他的喘息,还有两人匆忙的脚步声回荡在高高的屋顶。她扭头回望,只见灯火摇曳,黑影闪动,听见暗处传来喊声。

她猛吸一口气,脑袋被什么东西撞了一下——是一根悬吊的铁链,在她身后摇晃。跑了一段距离后,西巴特抓着她的手肘,把她拉到两个大铁罐之间的缝隙里。她正要发问,突然看见上方的灯光。还有脚步声。他们正从两面包抄。

"他们在守株待兔,"西巴特低声说,"早就知道我们要来。"

"谁告诉他们的?"维克嘶声问。

半明半暗之间,他的面孔有点陌生。她看惯了他忧心忡忡的样子,而此刻他似乎卸下了重负。维克低头一看,他手握一把匕首,刀刃反射着炉火橙色的光芒。她本能地躲远了些。"你该不会认为是我泄的密吧?"

"不。但现在已经不重要了。"

她听见格丽斯在不远处嘶吼。"来啊,你们这群王八蛋!来啊!"

"你亲口说过,"西巴特说,"一旦被抓,任谁都会交代。很抱歉连累了你。"

"你什么意思?"她的语气不再平静。

他冲她微微一笑。有那么一点点哀伤。"早点认识你该多好。事情可能就不一样了。可惜时候到了……你必须坚持下去。"他突然把匕首捣进了自己的脖子。

"不,"她嘶声说,"不,不,不!"她慌忙阻止,但喉咙已被割开,血如泉涌。她无能为力。从她的手掌到手肘,全都是黏糊糊的。鲜血不断扩散,浸透她的裤子,温暖而湿滑。

西巴特抬眼瞪着她,口鼻流血不止。也许他还想说点什么。可能是道歉,或者原谅,或者希望,或者责备。无从得知。

格丽斯的喊声已经变成毫无意义的尖叫,然后变得含混不清。人被套着脑袋就会发出这种声音。

此时西巴特的眼睛已经失去光彩,维克也放开了他破裂的脖子。她背靠着烧了整整一个白天、晚上还在发烫的铁皮,血染的双手无力地垂落。

就在这里,刑讯官们找到了她。

17 看箭

Knowing the Arrow

瑞卡滚落山坡,树林和天空颠来倒去,所有小心谨慎的计划都随着她的斗篷和弓被甩得无影无踪。这就是计划的麻烦所在。顶着滂沱大雨,被一群狗死追不放,能活下来的人不多。潮湿的荆棘缠着脚踝,生生绊了她一跤,她脚步踉跄,长嚎不止,直到正脸撞上树干,她摔在地上,听天由命地滚过荆棘丛,滚了一圈又一圈,每次弹起来都尖叫一声,最后一头栽进湿漉漉的落叶堆里,发出长长的呻吟。

她抬头看见一双大靴子。她继续抬头,发现靴子的主人正在低头看她,却是一脸疑惑,而非猎物送上门来的惊喜。

"好华丽的登场。"他说。

此人个头不高,但壮如大树,挺着肉滚滚的大肚子,有着肉滚滚的粗胳膊、肉滚滚的脖子和下巴,拇指插在破旧的剑带里。他不比瑞卡更高,但体重两倍有余。他的半边脸颊皱巴巴的,有一道陈年的伤疤。

她啐了一口碎叶片，低声说："见鬼。"

但他没有掐她的喉咙，而是退了一步，弯下腰来。

"请起。"他伸来宽大的手掌，姿势酷似奥斯腾霍姆的时髦男仆。

没时间仔细琢磨，她双手接受好意。"多谢。"她气喘吁吁地说着，爬了起来，嘴里尝到了血味。湿透的衬衫被荆棘缠得难分难解，她费劲地脱了下来，只穿着背心蹒跚前行。

狗群在身后吠叫，她扭头张望，林子里大雨如注，黑影纵横跳跃，一旦它们扑过来，那些尖牙毫无疑问将咬进她的屁股，把她压在地上。前方有人在林间狂奔，她听见艾森大喊："瑞卡？你在吗？"

"就在……"她咯咯一笑，"你后面！"

接着光芒乍现，眼前一片开阔。如释重负的感觉来得太突然，而且一如既往瞬间化为恐惧。她们此前从高处观望过，林子里有一条隔离带，应该是河流。但雨幕厚重，她们不知道山涧是否很深。

现在她知道了。岸边的石头缝里生着孱弱的野草，攀附着发育不良的小树，河水在下方发出雷鸣般的响声。她目送艾森起跳，半空中挺胸后仰，长矛举过头顶。艾森越过了河道，距离少说也有四跨，令人望而生畏，只见她在对岸潮湿的苔藓和蕨草上打了个滚，顺势起身。

一时间，瑞卡想要停下脚步。继而她想到可能会被日暮斯达的坐骑作践，忽然间，觉得在山涧底下摔成肉饼的下场似乎也不赖。反正她也停不下来，整个人正在全速冲下陡峭而湿滑的河岸。她继续加速，胸脯剧烈起伏，牙齿咬得咯咯作响，一切都指望运气了，然而最近她的运气相当不好。

她冲出林子时，看见山涧张开的大口，嶙峋的岩石密布于白色的水花间。

运气不错，她落在岸边的一脚很稳当，右腿发力一蹬，感觉也不错，然后她腾空而起，喝了一大口冷风，飞进飘忽不定的雨帘。

只是她下落得太早了。也许如果当天吃了东西,她的弹跳力能更强。但她什么都没吃。她在半空中手舞足蹈,仿佛可以抓到什么救命稻草,然而下落的速度更快了,用不着千里眼她就知道自己跳不到对岸。

对落点判断失误。任何一个跳起来的人迟早都会遇到这种情况。

湿滑的岩石猛地撞上她。

"噢——"

她的肚子重重地挨了一下,顿时唾沫横飞,肺里的空气一股脑被排干净了。她绝望地扒拉着潮湿的树叶、树根和野草,使不上力,喘不过气,淤泥溅进她的眼睛,她逐渐滑下河岸,指甲徒劳地抠抓。

然后艾森紧紧地扣住了她的手腕。艾森的脸就在上方,因为竭尽全力而扭曲变形,嘴唇上的伤疤泛白,牙关紧咬,舌头抵进牙洞。瑞卡呻吟着,肩膀撕扯得厉害,整条胳膊都快要脱节了。

也许她应该叫艾森松手,摆一个夸张的姿势,抓紧时间流一滴悲伤的泪,然后告别这个世界,但当大平衡者的呼吸已经喷在你脖子上时,你做不到那么从容。她抓着艾森强壮的胳膊,就像沉船上快要溺死的人,玩命地咳嗽和扑腾,恨不得把对方一起拽下去。

"该死的,你这么重——啊!"

有什么东西一闪而过,艾森闷哼一声,拉得更用力了。瑞卡乱踢的脚踩到了岩石,立刻使劲地向上蹬起。最后,她吸了一口气,吸进酸痛的胸膛,怒吼一声,狠命一蹬,艾森向后翻了过去,把瑞卡拽到怀里,两人滚进了水淋淋的蕨草丛。

"让开!"艾森摇摇晃晃地翻身起来,又趴在地上,拖着长矛匍匐前进,手中还攥着一把扯断的野草。她腿上插着一支箭。瑞卡看见大腿后侧露出了血迹斑斑的箭头。

她回头望去,透过渐渐稀疏的雨帘,看见狗群在山洞的崖壁上徘徊,歇斯底里地狂吠,在它们上方几跨之遥,有人跪在林子里。

距离不远,她能看见对方脏兮兮的面孔、紧皱的眉头、磨损严重的护臂和那张拉开的弓。

她瞪大眼睛,其中一只异常灼热。热得像烧红的煤球。

她听见了弓弦的弹响。

她看见了箭矢。

是千里眼看见的。

一瞬间,仿佛窗叶全开,清晨的阳光照进了屋子,她清清楚楚地看见箭矢迎面飞来。

她看见了它的所在,从前往后,曾经的所在和未来的所在。

她看见了它的诞生,铁匠捶打箭头时咬着牙关,羽匠调整箭翎时舌头顶着脸颊。

她看见了它的终局,箭杆在荆棘丛里腐烂,箭头锈蚀脱落。

她看见箭矢装在弓手床边的箭袋里,他离家时亲吻妻子丽安,愿她受伤的脚趾早日痊愈。

她看见锋利的箭尖破开一颗掉落的雨滴,水雾四散而开,闪闪发亮。

她非常清楚箭矢的目标,绝无差错。于是她抬起手来,当箭矢如她所料经过之时,推开它不过举手之劳。指尖轻轻一点,箭矢便堪堪错过一瘸一拐的艾森,漫无目标地飞进林子,弹了一下,落在灌木丛中的那个位置,它命中注定的归宿,她看见它在那里腐烂。

"死者在上。"瑞卡盯着她的手,轻声叹道。

她的食指肚有一颗血珠。肯定是被箭头割破了。她打了个寒战。她一直不敢相信,即便在梦中看到乌发斯烧了也不敢相信。但事到如今,再也不能否认了。

她真有千里眼。

那只眼睛还在跳动,在湿冷的脸颊上温热如故。她盯着弓手,对方也盯着她,惊讶得眉头拧成一团,嘴巴越张越大。

完成了这般神奇的操作,瑞卡感到一阵狂喜,咯咯的笑声抑制不住地往外冒,她举起拳头大喊:"代我向丽安问好!希望她的脚趾早日痊愈!"然后蹦跳着追上艾森,架着腋窝扶她起来,钻进水汽氤氲的林子。

然而事实证明乐极生悲,她发现上游一百跨开外有一座吊桥,一群人蜂拥而过,踩得吊桥晃晃悠悠,湿漉漉的刀剑闪着寒光。说不清有多少人。但不管多少她们都应付不来,预知箭矢去向的喜悦瞬间消失殆尽。

"来吧。"她嘶声说道,两人在灌木丛的牵扯和钩挂中跌跌撞撞地行进。艾森哀嚎着趴在地上,瑞卡扶她起来,但湿透的衣物越发沉重,她拖着一条伤腿,行动迟缓。

"走,"她厉声说,"我马上就来。"

"不。"瑞卡拽着她前行。

她似乎听见身后传来打斗声。有人在惨叫。狗群在呜咽。金铁在撞击,在铮鸣。各种声音在林子里回荡,无处不在,却又遍寻不着。枝条前赴后继地抽打她们,被瑞卡一一扒开,前方是一处遍布水洼的空地。雨势减弱,化作蒙蒙细雨,一堵满是苔藓、雨水淋漓的断壁拦住去路。

"走。"艾森面朝林子,不料伤腿不听使唤,她身子一歪,痛苦地吼了一声,"爬上去!"

"不,"瑞卡说,"我绝不丢下你。"

"活一个好过两个都死。走。"

"不。"瑞卡说。她听见林子里有响动,有人朝着她们来了。是个大块头。

"那就躲到我后面去。"艾森把瑞卡推到后面,但她只能倚着长矛站立。她不可能战斗。谁都打不过。

"我老是躲在你后面。"奇怪,瑞卡一点儿也不害怕,"反正我也不太会爬。"她掰开艾森抓着长矛的手指，帮助后者靠在石头上。"我也该到前面来了。"

艾森浑身瘫软，伤腿止不住地颤抖。"我们完蛋了。"

瑞卡紧握长矛，矛尖冲着林子，不知道等追兵到了跟前，她是握着不放还是扔出去，真希望千里眼能再次睁开，这样就用不着瞎猜了。

她想起藏在溪水里时，日暮在头顶上说的那番话。把她的内脏装在盒子里，配上药草，让她父亲在打开之前都闻不出来。

"来啊！"她骂得唾沫横飞，"我他妈的等着呢！"

潮湿的落叶簌簌作响，有人走进空地。一个彪形大汉，外衣旧得褪了色，手持一面伤痕累累的盾牌和一把长剑，靠近剑柄的位置刻有银色的字母。尽管灰白的长发半遮面庞，瑞卡依然看到了那道骇人的伤疤，以他的额头为起点，跨过眉毛、脸颊，直到嘴角，畸形的左眼窝里不见眼珠，而是嵌着一颗明亮的实心金属球，在刺破云层的阳光下熠熠生辉。

面对背靠岩壁缩成一团、浑身是血的二人，他扬起眉毛。应该说扬起那条完好无缺的眉毛。损毁的那条仅仅抽动了一下。然后他说话了，刺耳的嗓音酷似水车转动。

"找了你们好久。"

瑞卡瞪着眼睛，纹丝不动地站了一会儿。然后她向前迈了一步，颤颤巍巍地吁了口气，把长矛扔进草丛，一把抱住对方。

"你来得真他妈的慢，摆子考尔！"艾森咬牙切齿地吼道，"日暮的手下在追杀我们。"

"不用惦念他们了。"瑞卡发现他的剑通身血红，他一向惜字如金，寥寥数言，却耐人寻味，"你能走吗？"

"没有中箭的话，"艾森嘶声说，"我跑得比你快得多。"

"的确。"摆子蹲在她身边，生着银色胡楂的脸颊鼓了起来，"但你中箭了。"他粗大的手指戳了戳那支箭矢,她疼得龇牙咧嘴。

"去你妈的,别扛着我走。"她吼道。

"不管你信不信,我不想这么干。"摆子把剑收到腰间的扣环内,"但是呢,与其担惊受怕,不如——"

"放手一搏。"瑞卡替他说完。这是父亲最喜欢的说法之一。

摆子拉起艾森的一条胳膊,把她扛到肩上,似乎轻若无物。以她们这些天进食的量来看,距离轻若无物也不远了。

"这他妈的是羞辱。"摆子迈开步子,艾森在他背上咕哝。

"我呢?"瑞卡嘟囔道。现在她算是安全了,浑身的劲儿也卸了,而且脸颊抽搐,膝盖打颤,随时可能栽个跟头,再也爬不起来。

"你就喜欢抱怨。"摆子摇摇头,"走吧。你父亲在等。"

18 等待和浪费
Biding Time, Wasting Time

"有没有想过你也许喝得太多了?"奇妙问。克洛弗咂巴着嘴。"所谓太多,从字面意思上理解,就是太多了。而我不管喝多少,都是刚刚合适。"他把瓶子递给她。

她摇摇头。"醉鬼都这么说。"

克洛弗故做委屈状。"没喝醉的也这么说。"他委屈的表情无懈可击,熟能生巧的结果,"我冤枉啊。你见过我因为喝醉酒而输掉任何一场战斗吗?"

"我就没见你战斗过。"

克洛弗把塞子拍回酒瓶。"所以喝点酒合情合理。"

"好吧,我要是你,好歹让自己看起来是清醒的。"奇妙扬了扬眉毛,示意小径的方向,"魁狼来了。"

他来得极富戏剧性,气势汹汹,耀武扬威,同时眉头紧锁,带着一伙面色铁青的跟屁虫,农兵们就像农场里的鸡一样惊得四散而开。空气那么潮湿,他们身上应该蒸汽腾腾才对。

"好一帮子战神。"克洛弗无声地咕哝道,继而提高嗓门,问候迎面而来的魁狼,"喝一口,头儿?"

斯达一巴掌扇过来,瓶子蹦跳着滚进了灌木丛。

克洛弗难过地目送酒瓶消失。"这意思就是不喝。"

"她跑了!"未来的国王咆哮着,即便是对他而言也算是暴跳如雷,"该死的小贱货跑了!"

"我们都懊恼得很呢。"

"她正好经过了你把守的地方!"这个狗仗人势的跟屁虫名叫格林韦。要是单凭讥讽就能建功立业,他一定能在歌谣里被唱得百转千回。"你看到她了吗?"

"看到了她的衣服,"克洛弗把那件破烂玩意扔过去,"我猜的。恐怕你穿着不太合身。腋下有点紧,我觉得——"

格林韦愤怒地将其甩到地上。"你看到她了吗?"

"我要是看到了,我肯定就抓到她了。"

"你他妈的得站起来才能抓她。"马格韦尔凶巴巴地咆哮,显然是在模仿斯达那种笼中野狼的狠劲,但是威慑力差了十万八千里。

"我看到了会大喊一声,"克洛弗说,"这个我坐着就能干。"

他不知道当时为什么没有大喊一声。她看样子只是一个走投无路、蓬头垢面的小屁孩,被那帮龟孙子穷追不舍,而每次打猎的时候,他都暗自为猎物加油。如果非得折磨一个半疯的丫头片子才能打赢仗,那么也许你根本配不上赢家的称号。也许刚才说的都是屁话,就因为她长得漂亮。生活的悲哀之处在于,同样的破事被丑人撞上了可能万劫不复,美人却总能顺利过关。

克洛弗看了看格林韦,又看了看马格韦尔,然后耸耸肩。"看来追女人不是我的兴趣所在。"

斯达逼近一步,始终湿润的双眼盯着克洛弗。"我吩咐什么,你的兴趣就是什么。"

克洛弗不以为意地耸耸肩。"我很愿意为你效力,我伟大的王子,但我又不能变成蝴蝶。你父亲是派我来出谋划策的,不是翻山越岭跑腿的。啊,你倒不如命令河水天上吹,狂风地下流。"

"你很忠诚,不是吗,克洛弗?"马格韦尔柔声问道,似在自作聪明地玩某种文字游戏。

"我自认为过得去。人就得见风使舵。"

"我听说你背叛了老金格拉玛,"格林韦的讥讽达到了新的高度,"还有铁头凯姆。"

"我对他俩很忠诚,"克洛弗说,"只是我对自己更忠诚。事实上,很多人喜欢把忠诚挂在嘴边,最后把自己困死在输家那一方。在这个问题上,所有人都集体沉默。所以我认为,过得去的忠诚比大多数忠诚都更忠诚一点,而且诚实很多。傻子才动不动让人在忠诚和理智之间做选择。话说回来,她是怎么跑掉的?"

"摆子考尔在河对岸等着,"斯达攥紧拳头,嘶声说道,"杀了我四个弟兄。"

"摆子。"马格韦尔同样攥紧拳头,"真希望会会那个老混蛋。"

奇妙和克洛弗不约而同地放声大笑。他弯腰向前,双手撑着膝盖,她仰面向后,扒着他的肩膀,当众爆笑的场面确实太夸张了,但他们真的忍不住。

"精彩,"克洛弗叹道,"精彩。"

"这他妈有什么好笑的?"

奇妙冲着马格韦尔身上的武器库摇了摇手指。"我的朋友,你要是遇到摆子考尔,那些斧头都得插你屁股上。你可别冒冒失失的,什么战斗都掺一脚。有些战斗超出你的想象,你迟早会栽跟头。"

"没有什么战斗是我应付不来的。"他恶狠狠地应道。

"是吗?"奇妙问,"万一就你一个人,他们有十九个呢?"

马格韦尔张了张嘴,却答不上来。他对战士的理解幼稚得像个孩子,无非是凶神恶煞、身强力壮,随身带着半个铁匠铺。克洛弗叹了口气。"你冷静点,我的朋友。"

"不然呢,老头子?"

"不然你会让自己很不痛快,这个世界够残酷了,还缺你一个吹胡子瞪眼的?个个都像血九指一样横行霸道,逮着机会就喊打喊杀。"

斯达眯起眼睛。"血九指是北方最伟大的战士。"

"我知道,"克洛弗说,"我亲眼见过他在决斗中干翻了恐刹芬利斯。"

沉默。"你亲眼见过?"斯达埋怨的语气突然多了一丝敬意。

奇妙又笑了,一拳头砸在克洛弗的肩膀上。"他是举盾牌的。"

"你举盾牌?血九指和恐刹决斗的时候?"

"为你祖父贝斯奥德举盾牌,"克洛弗说,"我那年十八岁,屁都不懂,还自以为是个厉害角色。"

"人人都说那场决斗精彩极了。"斯达轻声叹道,眼神迷离。

"很血腥。遗憾的是,我当时受到了错误的指引。后来我还发起过几次挑战……"克洛弗不自觉地挠着伤疤,于是强行放下手来,"如果你想听实话,我的建议是远离决斗圈。"

"决斗圈是成就功名的地方!"斯达嚷道,拳头敲得胸脯嘭嘭作响,"我就是在决斗中打败了鬼敲门!杀得他片甲不留。"

"我听说那场决斗足以写进歌谣。"但事实上克洛弗听说的是鬼敲门老了,反应慢了,早已名不副实,伟大的战士不能英年早逝真是人间悲剧,"不过,你每次踏进决斗圈,你都是在刀锋上赌命。迟早有一次,它不再向着你。"

斯达的年轻战士们纷纷嗤之以鼻,似乎以他们的远见卓识,根本容不下如此卑劣的言论。"黑旋风害怕决斗吗?"格林韦讥讽道。

"冻土的威尔旺、没心肺沙玛、三树鲁德怕吗?"马格韦尔问。

奇妙翻了个白眼。毫无疑问，她准备指出这四个英雄都死透了，而且半数都死在决斗圈里。不过斯达抢先开口。"血九指参加了十一场决斗，全胜。"

"他胜率很高，确实，"克洛弗说，"当年未尝一败。他废了恐刹，抢了你祖父的金链子。但他得到了什么呢？他失去了一切，什么都没有实现，而随着时间推移，金链子终将回到你手里。谁愿意像那个混蛋啊？"

斯达张开双臂，瞪圆了眼睛，戏精上身。"我唯一想要的是血链子！"完全是胡说八道，血怎么能做成项链？瞎打比方，然而马格韦尔、格林韦和那帮马屁精异口同声地嚎叫一声，配以挥拳的动作，"我不要像血九指。我要成为血九指！"斯达的癫狂笑容变本加厉，真有几分神似失心疯的血九指，"比任何人都有名。比任何人都可怕。"

"他要成为血九指。"奇妙面无表情地说，此时魁狼已经扬长而去，他永远都在赶场子。

"让女人听到你的名字就吐口水。长年累月杀来杀去，到头来收获的只有仇恨。一辈子都在刀口上舔血。"克洛弗连连摇头，"我永远都搞不懂为什么有人希望过那种日子。"

"那个笨蛋马格韦尔的说话方式，你能接受？"奇妙问。

克洛弗看着她。"你怎么看待他的说话方式？"

"说明那帮年纪轻轻的蠢货不知天高地厚。"

"我们改变不了潮汐，也不可能纠正每一个蠢货的错误认识。"克洛弗皱着眉头，望向湿漉漉的灌木丛，斯达当时把酒瓶打到了那里，不知道瓶子里还有多少酒，值不值得找回来，他觉得漏光的可能性很大，于是信步走向附近的一棵树，不紧不慢地坐下来，"说话而已，伤不了人，而且我以前针锋相对得太多了。现在我试着动动腿绕开点，找别的法子对付。"

"很明智。不过正如你所说，你不擅长跑腿。"

"没错。如果有人执意挑事，我也明白，只有两个可行的解决办法。"克洛弗背靠树干扭动了一番，寻找舒服的姿势，"第一个是随它去，就像蒲公英的种子被风带走一样，完全不放在心里。"

"第二个呢？"

"杀了那个家伙。"克洛弗笑嘻嘻地望着蓝天，太阳终于带来了些许暖意，"但如此美好的下午，杀人实在扫兴，你不觉得吗？"

"确实可惜，我承认。"奇妙看着克洛弗伸了个懒腰，盘起腿来，"你在做什么？"

"我们都应该做的事。"克洛弗闭上眼睛，"等待时机。"

"等待时机和浪费时间有什么区别？"

克洛弗懒得睁开眼睛。"结果啊，女人。区别在于结果。"

19 大块头

The Bigger They Are

格拉沃德脱掉身上的衬衫扔给巴纳瓦，怒吼一声，双拳相抵，厚实的胸膛上肌肉虬结。聚集在围栏外的人群中响起称许的嗡嗡声，一连串数字报了上来。毫无疑问，利奥的赔率正在持续上涨。

"我敢说他又长壮了。"朱兰睁大眼睛，低声说。

"我也一样。"利奥扯着嗓子咆哮。

"当然。你大腿都快赶上他胳膊那么粗了。"

"我能打败他。"

"很简单。拿一把剑就成。你到底为什么要跟他徒手肉搏？"

利奥开始解衬衫纽扣。"我在乌发斯的时候，狗子经常给我讲血九指的故事。他赢下的决斗。我很喜欢那些故事。我老是拿一根树枝，在他大厅后面的花园里蹦来跳去，假装自己是血九指，晾衣竿是三树鲁德，或者黑旋风，或者恐刹芬利斯。"这些名字仿佛有魔法，光是说出来就有种莫名的激动。

朱兰看着格拉沃德凶狠地挥拳热身。"晾衣竿不会打掉你的牙齿。"

利奥把衬衫扔到朱兰头上。"斗士永远不知道自己拿什么武器战斗。所以我每次都让你们这帮混蛋挑选武器。"清晨寒气袭人,他踮脚跳跃,加快血液流动,"所以我拿重剑打败了巴纳瓦,拿长矛打败了安塔普。拿钉头槌打败了白水吉恩,拿长短剑打败了你。还跟里特比试弓术。往后比不成了。"那个可怜的家伙死了,"但我从未赤手空拳打败格拉沃德。"

"确实,"朱兰忧心忡忡地皱着眉头,"他这身板像一堵墙。"

"块头越大——"

"下手越重?"

"你打输的收获越多,比打赢的还多。"利奥一边说一边拍打肌肉,让身上暖和起来。

"受到的伤害也多,"朱兰压低了声音,"你多少得使点阴招。"

"不荣誉,毋宁死。"利奥喃喃道,他想起某本小说里坚毅王克什米的名言,"话说回来,你到底站哪边?"

"你这边。"朱兰的表情有点委屈,"一直都是。我们都站你这边。所以我不想看到你被他掐昏过去。"

利奥眯起眼睛。"我对副手的要求就是有信心。"

格拉沃德高举双拳,胳膊上的肌肉陡然鼓胀。利奥必须承认对手威风凛凛,犹如一尊造型夸张的雕塑。就连他的牙齿看起来都格外强劲有力。"我要像捏柠檬一样把你捏出汁儿来。"他吼道。

"嫩得出水的柠檬!"巴纳瓦大喊,围观的人群爆发出一阵欢笑。

朱兰凑近了。"你要是死了,你的马可以归我吗?"

"信心。"利奥怒吼一声,冲向前去。进攻,永远都要进攻。尤其在你胜算不大的时候。

他趁格拉沃德不备,矮身避过狂暴的拳头,拳风拂过他的头发,然后他拼尽全力击打这个壮汉。格拉沃德身上当然有点肥肉,但是不要指望肥肉里面也是软的。利奥感觉好像打中了一棵树。

"该死。"他甩了甩打疼的手指，笑容僵硬。

"我要让你啃一嘴山坡上的泥。"格拉沃德吼道，围观的人越来越多，叫喊声和哄笑声此起彼伏。

死者在上，利奥必须盯着格拉沃德的拳头，却被人群中两个样貌古怪的女人吸引了目光。年长的面无表情，轮廓分明，嘴唇因为一道伤疤而扭曲变形，从裤腿的破口处可以看见里面的绷带。年轻的面庞宽阔，表情丰富，大鼻子生着雀斑，还穿了一只粗大的金环，红棕色的头发蓬乱不堪，后面的人不得不抻长脖子才能看到场内。

"好有男人味儿。"她一脚踩在围栏上，靴子沾满泥巴，鞋带绑得乱七八糟，鞋舌耷拉在当中，"看他们的表演需要交钱吗？"

"据我所知，"年长的若有所思地说，"看他们脱衣服是免费的。"

年轻的甩开双臂，笑开了花。"多好的福利！"

而格拉沃德没心情管别的事情。他步步进逼，硕大的拳头一次次凶狠地出击。利奥躲开一拳又一拳，但第三记刺拳擦过脸颊，他顿时打了个趔趄。幸好草地湿滑，让他身子一歪，否则格拉沃德的又一拳可能打中他的脑袋。他顺势绕到侧面，气急败坏地击打格拉沃德的腰部，却毫无收效。

格拉沃德轻蔑地哼了一声。"我们这是战斗还是跳舞啊？"

在他结实的肩膀后面，利奥又瞥见了那个女孩，后者斗着眼睛，观察面前的一缕发丝。她噘起下嘴唇把头发吹开，结果它又带着三缕发丝重归原位。她身上有种熟悉的感觉，仿佛某个名字就在嘴边，呼之欲出。

"当然是战斗！"他大吼一声，猫腰逼近，拳头直往对方身上招呼，打得龇牙咧嘴，唾沫星子四溅。

"对！"他听见朱兰大喊，"狠狠地揍他！"

但利奥的全力反击被格拉沃德粗壮的手臂消解了，被他的天灵盖挫败了,被他的铁腰弹开了。继而不知从哪里飞来一记重拳,打中了利奥的下颚,打得他步履蹒跚。他无可奈何地叫了一声,整个人被抓着腰带举了起来。

暗沉的土地和明亮的天空颠倒旋转,他拼命地扑腾,然后斜着与地面相撞,上下牙剧烈打架。他滚了好几转,最后趴在地上。

他长长地呻吟着,爬了起来,却发现格拉沃德的大靴子已经到了跟前。他猛地吸气,滚到一边,看到鞋跟掀起了一大块草皮。他慌忙起身,却失去平衡,踉跄着靠在围栏上。

"这个金发小子长得挺漂亮。"年长的女人说。

"我长了眼睛。"年轻的女孩撑着下巴看他,脑袋微微颤动,似乎嘴里在嚼什么东西。她当然长了眼睛。很大的眼睛,颜色很浅,仿佛能看透一切。

"他就像猎犬,够凶猛,也够灵活。"

格拉沃德的拳头又来了,利奥觉得自己远远不够灵活。他护住了要害,但拳力大得可怕。一记摆拳把他打得撞在围栏上喘不过气,下巴也遭遇了指节的冲击,嘴里顿时尝到咸味。

"快躲开!"他听见朱兰在大喊,盖过了自己锉刀般刺耳的喘息。

他堪堪避开一拳,差点被打翻到围栏外,然后使出吃奶的力气,猛推了一把格拉沃德。大汉纹丝不动,但好在利奥借势脱身,跌跌撞撞地离开了围栏,他脸颊生疼,心肺灼烧,膝盖打颤。

接下来,格拉沃德动动手指就能把利奥戳翻在地。但他高举硕大的拳头,尽情享受着这一刻,好像一只在自家农场里昂首阔步的公鸡。

"揍他!"人群中朱兰的喊声最是高亢,"狠狠地揍他!"

不过显而易见,利奥不可能用拳头打败格拉沃德。他必须动脑子。他厘清纷乱的思绪,想象母亲会怎么说。不要莽撞,看清形势。把训练最差的军队放在山谷里,故意打乱行军的秩序。尽管意识清醒，他依然晃晃脑袋，假装头晕眼花，依然按着腰腹，假装呼吸困难。尽管腿脚恢复了气力，他的步伐依然像醉鬼一样踉跄。

"我们这是战斗？"他咯咯一笑，露出染血的牙齿，"还是跳舞啊？"

要诈不值得骄傲，但格拉沃德的肌肉实在超乎想象。他毫无防备地冲了上来，载入史册的一拳蓄势待发。然而利奥现在动的是脑子。他低头躲开，就地一滚，顺手抱住格拉沃德粗壮的小腿，翻身跃起。

格拉沃德惊叫一声，单脚蹦了蹦，手舞足蹈地保持平衡，然后脚底一滑，摔了个狗吃屎。

"现在是谁在啃山坡上的泥？"利奥高声喊道，格拉沃德在草地上胡乱扒拉，又吼又叫，然而利奥把格拉沃德的大靴子死死地锁在胸前。"味道如何？"

利奥用力一扭，大汉急忙拍打地面。"好了！我认输！我认输！"

利奥放开手，蹒跚后退。朱兰抓着他的手腕，高高举起。

"胜利属于所有正常块头的男人！"他高声呼喊，把利奥的衬衫搭在肩上。

"不要因为我们在场就穿衣服。"年长的女人喊道，年轻的女孩仰着头咯咯地笑。

"利奥！"有人欢呼。估计是某个特别看好他，愿意为他下注的人，这种人可不多。他浑身疼得厉害，但还是勉强笑笑。是不是有颗牙齿松了？"幼狮！"

女孩冲他皱起眉头。"你是利奥·唐·布洛克？"

"如假包换。"朱兰自豪地拍了拍他的肩膀。

"哈！"她跳下围栏，趾高气扬地走来，一脸灿烂的笑容，"原来是小利奥！"

朱兰眉毛一扬。"小利奥？"

她上下打量他。"嗯，小家伙长大了。"令他惊讶的是，她热情地抱住他，抓着他的后脑勺，把他的脸按在怀里。

这时候他才发现，在她戴着的一串哐啷作响的护符、骨头、符文和项链之中，有一根穿在皮绳上的木钉，咬满了牙印。

"瑞卡？"他挣脱开来，瞪大眼睛，寻找当年那个病恹恹的小姑娘的影子，他曾在乌发斯她父亲的大厅里拿她寻开心，"我听说你迷路了！"

她挥了挥拳头。"我回来了！"然后她收回拳头，抓了抓后脑勺，"老实说，我是有点迷路，不过艾森-埃-费尔哈路都晓得。是她带我回家的。"

"就像一位伟大的船长带着漏水的小舟从海上回来了，你不觉得吗？"伤疤导致年长女人的嘴角歪歪扭扭，一副成天愁眉苦脸的样子。或者她确实成天愁眉苦脸。"我是大英雄，不过咱们也没必要强调这一点。"

"到处都是黑手卡尔达的杂种。还有他儿子，该死的日暮斯达。"瑞卡突然发火，龇牙咧嘴地骂道，吓得利奥差点退开，"我要活埋了那个混蛋，我发誓！"她啐了一口，长长一条涎水挂在嘴唇上晃荡，然后被甩了下去，"混蛋。"

"可是……你没受伤？"

瑞卡把两只拳头伸到利奥面前，扳着手指计数。"我饿肚子，挨耳光，被人撒尿在身上，被箭射，被狗追，被人威胁用猪操，睡在吊死鬼底下，差点掉进山沟沟，杀了个男孩，屎拉在裤子里，所以，你懂的，"她歪着脑袋，肩膀耸到耳朵底下，"怎么说呢，希望下周的日子好过些。"

"听起来……很遭罪。"他不太明白她说的是什么，但听她说话很有意思，"很高兴再次见到你。"他说的是心里话。他们的关系一度很亲密。你能跟她那种怪人有多亲密，他们就有多亲密。

"你还记得我们第一次见面的时候吗?"她问。

利奥扮了个鬼脸。"很难忘记。"

"你笑话我犯病,发型很蠢,与众不同。"

"我很想在男孩们面前证明自己。"

她点头示意格拉沃德,后者坐在山坡上,揉着扭伤的踝关节。"有的事情永远不会改变。"

"我不以那些幼稚的言行为荣,这样说你也许好受点。"

"我当年把你打翻在地,骑在你身上,好受得很。"

轮到利奥抓后脑勺了。"我听说,打输的收获比打赢的多。你当时比我高半个头。"他昂首挺胸,居高临下地俯视她,正如当年她所做的一样,"你现在应该不敢再试了。"

"不知道。"她伸出手来,用拇指擦去他上嘴唇的血迹,她的眼睛好像在发抖,也许是冲他使了个眼色,"我可能被你说服了。"

"依我说,怎样都好过被猪操。"艾森-埃-费尔轻轻地哼着,从围栏上抬起缠着绷带的腿,一瘸一拐地走开,"我要带这条漏水的小舟去找她父亲,省得她又漂走了。我可是发过誓的!"

"我很受欢迎。"瑞卡退开两步,鞠了一躬,单手扫过草地,结果滑了一跤,撞在围栏上,"再见,小利奥。"她飞身跃过围栏,在利奥的目光中扬长而去。

"哇哦,哇哦,哇哦。"安塔普出现了,只要女人在场他就会出现,此时他嘟着嘴巴吸气,目送瑞卡离开,"这个鼻子上戴金环的美人是谁啊?"

"三个哇哦?"朱兰冷冷地说,"搞得像求婚一样。"

"那位是,"利奥说,"瑞卡。"

"狗子走丢的女儿?"

"我在乌发斯的时候跟她关系不错。她……长大了。"

"该长大的部位都大了,"安塔普说,"就那双眼睛没变。"

"他们不是说她可以看见未来吗?"朱兰似乎不大相信。

巴纳瓦嬉皮笑脸地咬着利奥的耳朵说:"我怀疑她看见了你的老二。"

朱兰摇着头,转身走开。"行行好吧……"他是很好的朋友,脑子灵得很,但也正经过头了。

"当心。"利奥搂着巴纳瓦的脖子,锁住他的脑袋,"没准下一个啃泥巴的就是你。"

"啊,如果你这么喜欢摔跤……"安塔普舔了舔手指,整了整额前的一绺散发,"不去开垦那么美好的未染之地,可真是浪费啊……"

直到这个时候,利奥才确认自己动心了。安塔普很懂女人。既然他也被吸引了,那么任何男人都难逃此劫。

"你开垦自家的地。"他用另一只胳膊搂着安塔普,一边打打闹闹,一边望着瑞卡的背影,他渴望的眼神和朋友们没两样,"不要动我的。"

20 问
Questions

　　她认为塔洛在左边的房间里。隔着墙壁,她听出了他的声音,语无伦次,虽然听不清说了什么,但充满恐惧。格丽斯在右边。维克听到她声嘶力竭地谩骂。后来只剩声嘶力竭。然而审问尚未开始。她已经变得软弱。不知道她现在有多软弱。

　　真奇怪,人要是看不到天空,很快就丧失了时间概念。刷白的房间里没有窗户,灯火通明,一张桌子,两把椅子,三条血迹,再就是门。距离他们被捕有几个钟头,或者说几天了?她可能迷迷糊糊地打了盹。听到外面的走道里有人讨饶,她猛然惊醒,赤裸的皮肤冒出一层冷汗。但门依然关着。他们扒光了她的衣服,把她铐在椅子上就不管了,内急的需求越来越紧迫。

　　她考虑要不要在门开的时候直接坐在椅子上撒尿。

　　有人进来了。准确地说,他是被推进来的。他坐在一把装配滚轮的奇怪椅子上,推他进来的刑讯官人高马大。他满头银发,肤色苍白,与身上一尘不染的雪白外衣浑然一体,而且皮肤褶皱很深,似乎在骨头上绷得太紧了。他面容扭曲,左眼痉挛似的眯成一条缝。他的小手指戴着镶有硕大紫钻的代表官阶的戒指,但此人即使不戴戒指也不可能认错。

老棍。瘸子。国王的剥皮人。内阁运转的轴承。尊贵的格洛塔审问长。

"我喜欢您的椅子。"当轮椅嘎吱作响地停在桌子对面,维克说道。

审问长眉毛一扬。"我不喜欢。然而走路的痛苦一年比一年强烈,我女儿说贵族没有遭罪的道理。她敦促她的朋友柯斯比克师傅为我做了这把椅子。"

"那位著名的机械师?"

"我听说他是天才。"格洛塔抬头看了一眼魁梧如铁塔的刑讯官,轮椅的把手握在他的巨拳之中,"如今一个没用的人可以让一个有用的人毫无意义地推着到处乱转。这就是进步,呃?请为她松绑。"

"阁下?"刑讯官隔着面具发出的声音含混不清。

"行了,我们又不是野兽。"

刑讯官从兜里掏出一个小楔子,然后跪在地上,将其插到椅子的一个滚轮底下,姿态颇为优雅。随后他笨拙地绕过桌子,开锁时,镣铐深深地卡进维克的皮肤。她的手腕被磨得生疼,但打定主意不去揉它。打定主意不皱眉、不畏缩、不伸展、不叫唤。当她把双手放到桌上,发现西巴特的血污还残留在指甲缝里,她也不动声色。示弱等于邀请别人伤害你。这是她在流放营里学到的教训。沉重的教训。

格洛塔审问长端详着她,扭曲的面孔浮现一抹笑意,仿佛看透了她的想法。"衣服也请给她。"

刑讯官怏怏地把叠好的衬衫和裤子放到桌上,像个挑剔的男仆一样扯平了边角。

"你可以出去了,多尔。"

"阁下?"刑讯官大吃一惊,嗓音变得刺耳。

"不要老让我重复说过的话,我有更重要的事情得做。"

刑讯官皱起眉头,最后瞅了一眼维克,退了几步,低头出去,关上了门。门闩咔嗒一声合上,空荡荡、白煞煞的房间里只剩她和联合王国最可怕的人物。

"好了。"他微微一笑,露出因缺失门牙而豁开的口子,"看来又要恭喜你了,托伊费尔审问官。办事还是那么干脆利落。我就知道你不会辜负我对你的信任。"

"谢谢夸奖,阁下。"

"你穿衣服的时候要不要我背过身?"他斜眼看着椅子底下的滚轮,"恐怕得花一点时间。如今我远不及年轻时么灵活。我赢得剑斗大赛那次未失一分,你知道——"

她起身时椅子嘎吱作响,屁股坐麻了,一阵阵刺痛传来,但她置之不理。"无所谓了。"她拎起衬衫抖开,穿到身上。

扒光囚犯的衣服能摧毁他们的心理防线。让他们觉得藏不住秘密。但效果好坏取决于囚犯吃不吃这一套。维克打定主意,旁若无人地穿衣服。如果你在流放营里长大,与陌生人同床共枕,熟悉他们的体温、体臭和身上的虱子,疾病肆虐之时,跟一群人没羞没臊地挤在一起,被卫兵用水管冲洗,你很快就会明白羞耻心是奢侈品,没有它也能活下去。

"这么晚才来找你,我必须道歉,"审问长阁下继续说道,对她的裸体无动于衷,"政府正在争论北方的战事。这次把他们一网打尽了吗?"

"除了西巴特。他……"维克想起他拿刀抹脖子的那一幕,尽可能面无表情地说下去,"他宁可自杀也不愿意被捕。"

"遗憾。我知道你们俩……走得有点近。"

审问长当然无所不知。但似乎是因为他说了,因为他知道,事情才成真。情感出其不意地爆发了。她停下扣衬衫的手,咬紧牙关,低头盯着地板,一声不吭,以免暴露了内心。时间很短。接着她用凝结血壳的手指扣好衬衫,重新戴上面具。"有问题吗,阁下?"

"对我来说没有。我们都希望世界是单纯的,但人是不完美的、善变的、矛盾的动物,有各种反应,有需求,有感情。包括我们这样的人。"

"没有动感情。"维克拉起裤子。

她感觉自己的心思被看穿了。"如果没有动感情,你便证明了你的忠心。如果动了感情,你便超越了个人恩怨,依然证明了你的忠心。"

"我知道我欠您什么。我不会忘记。"

"我向来不追究别人想了什么。只管他们做了什么。你完成了我交付的任务,一件不落。"

维克坐回椅子上,面对审问长。"西巴特是带头的。我怀疑其他人掌握的情况不多。"

"我们很快就知道了。"

维克看着他的眼睛。深陷在眼窝里,异常明亮的眼睛。"他们不是坏人。他们只想多要一点好处。"

"你不是说没有动感情吗?"审问长的左眼开始流泪,他掏出一块白手帕轻轻擦拭,"你在流放营里长大,托伊费尔审问官。"

"您很清楚,阁下。"

"你见过原始的人性。"

"最原始的,阁下。"

"那便告诉我吧。那些所谓的好人,一旦他们要到了一点好处,接下来他们还想要什么?"

维克沉默片刻,却想不到别的答案。"再要一点好处。"

"因为这就是人的本性。他们多要的那一点好处只能从别人手中夺过来,那么别人就不高兴了。人不能根除烦恼,正如人不能根除黑暗一样。政府的目标,你瞧,"审问长扬起枯瘦的手指,在半空中戳了戳,"就是把烦恼加诸于那些为非作歹的人。"

"如果您误判了为非作歹的人呢?"

"误判和烦恼一样,都是生活的一部分。掌握权力、替人决策的感觉很好。不过决策的风险在于你可能作出错误的决策。尽管如此,我们依然必须作出决策。害怕长大成人不是永远做个小孩的理由。"

"是,阁下。"你已经尽力。接下来只能翻篇。同样是来自营地的教训。

"他们从哪里弄到古尔库之火的?"

"他们说在瓦贝克有朋友。"

"又是破坏者?"

"也许是更有组织的团伙。他们提到了织匠。"

格洛塔对这个名字没有任何反应。但他掩饰了自己的情感,比维克藏得还深。如果他还有情感的话。无论流放营的生活有多么残酷,相比他学到教训的地方都是小巫见大巫。

"瓦贝克是个大城市。"他说,"每天都在扩张。新的工厂。新的贫民窟。但至少是个起点。我应该问问你那些朋友,他们在瓦贝克有什么朋友,看看关于这个……织匠,我们能否收集到更多情报。"

不如再试一次。维克身子前倾,双手交握。"您要是允许的话——我认为那个名叫塔洛的小伙子也许愿意投诚。"

"你能确保他不坏事?"

"他有个姐妹。有她在手里……"

审问长又露出豁了牙齿的微笑。"很好。你可以去隔壁,解开他的镣铐。今晚有人能送上好消息,我很高兴。毫无疑问你想去瓦贝克。彻底铲除那个大毒瘤。"

"我已经迫不及待，阁下。"

"别太拼命。多尔刑讯官！"门突然打开，魁梧的刑讯官几乎堵死了通道，"麻烦推我出去。"多尔抽出楔子，一路上滚轮嘎吱作响，到了门口，格洛塔举起一根指头让他停下，然后扭头说，"你做得对。"

"我明白，阁下，"她对视着他凹陷的眼睛，"毫无疑问。"

撒谎的时候，你必须说得自己都信了。

对自欺欺人的谎言深信不疑。

塔洛的大眼睛瞪着她，双手被铐在桌上，瘦削的肩膀耸得老高。他真的很像她的兄弟。目前他身上还没有任何痕迹。她认为这一点很重要。

"你逃出来了？"他低声问。

维克悲哀地笑笑，在他对面坐下来，坐在审问者的椅子上。"没人逃得出来。"

"那——"

"我是他们的人。"

他盯着她沉默许久，不知道接下来是声嘶力竭地辱骂，还是歇斯底里地发狂。但他若不是太聪明，就是太害怕。他只是低下头，看着脏兮兮的桌面，应了一声"噢"。

"你知道刚刚跟我说话的人是谁吗，就在隔壁？"

塔洛缓缓摇头。

"审问长阁下。"

眼睛睁得更大了。"在这里？"

"就是瘸子本人。算你走运。你没看过他干活。我看过。"她打了一声既轻又长的唿哨，"没错，论赛跑，老棍拿不了冠军。但是在让人开口说话这件事上，相信我，没人比他更快。我猜你的朋友格丽斯已经向他坦白了一切。"

"她很坚强。"他说。

"不,她不坚强。但无关紧要。一旦你被扒光衣服,孤零零一个人,他开始动手,坚强这个词就不存在了。"

塔洛眨了眨眼,泪光闪烁。"可是她——"

"忘了她吧。她已经被吊死了。摩尔死了,还有西巴特……"她的喉咙突然收紧。

"西巴特?"

"他也死了。"

"听你的口气,好像很骄傲。"

"我不骄傲。但我也不羞耻。他们做了各自的选择,我问过他们。我也问过你。"

塔洛沉默片刻,舔着嘴唇。这小子不蠢。"格丽斯被吊死了,可我……能活?"

"你的脑筋转得很快。有一扇门为你开着。为你……还有你的姐妹。"他听了直眨眼睛,这个可怜的小混蛋可能是联合王国里牌技最烂的,他所有的情绪似乎都写在那张苦大仇深的脸蛋上,"我对审问长阁下说也许可以挽救你一下。也许你可以为国王效力。"

"怎么效力?"

"我怎么效力,你就怎么效力。"

他低头看着桌子。"背叛我的兄弟们。"

"我想是的。"

"我有什么选择?"

"仅此一个,你走了狗屎运才有这个选择。"

他忽然抬头,眼神竟有一丝强硬。"那有什么好问的?"

"让你明白你欠我多大的人情。"她起身,掏出钥匙,打开镣铐,然后她把衣服扔了过去,"穿上。然后睡一会儿。我们天亮就去瓦贝克。得搞清楚那帮蠢货是从哪里弄来的三桶古尔库之火。"

塔洛依然坐着不动,细瘦的手腕搁在打开的镣铐里。"那些话里有真话吗?"

"哪些话?"

"你跟我们说的那些话。"

她眯起眼睛看他。"一个优秀的骗子就是要少说谎话。"

"所以……你真的是在流放营里长大的?"

"十二年。从女孩长成女人。我的父母姊妹都死在那里。"她咽了口唾沫,"还有我兄弟。"

他盯着她,似乎不理解。"你失去的不比任何人少。"

"比很多人都多。"

"那你怎么——"

"因为,要说我在流放营里学到了什么……"她弯下腰,龇牙咧嘴地凑近了,吓得他缩进椅子里,"那就是你得跟赢家站在一边。"

21 国家机器
The Machinery of State

"布林特元帅，"奥索说，"感谢你这么快就能见我。我知道你忙得脱不开身。"

"理所应当，殿下。"元帅阁下缺了一条胳膊，更缺少想象力，从他锃亮的骑兵靴到上蜡定型的胡须，全都僵硬刻板、墨守成规，"您父亲是臣的老朋友。"

"自不必说他是联合王国的至高王。"

元帅阁下的嘴角浮现一抹笑意，稍纵即逝。"自不必说。我能为您做什么？"

"我想跟你谈谈我们如何应对铁手斯奎尔带领北方人入侵一事。"

布林特愤愤不平地哼了一声。"我只希望我们有所应对！内阁那群贪得无厌的骗子不肯出钱。您敢相信吗？"

"不敢。但我说服了父亲，他答应让我率军讨伐。"

"是吗？"

"是——"

"天大的好消息啊！"元帅阁下倏地起身，走向那些地图，途中路过一套亮闪闪的盔甲，肯定是他年轻时穿戴的，因为盔甲有两条胳膊，"我敢说，我们能让那些北方杂种有来无回！"

奥索原本担心这位职业军人得知王子带兵会不高兴，没想到布林特似乎很乐观。"我自知缺乏带兵的经验，元帅阁下，除非小时候指挥玩具兵也算。"或者一身戎装地嫖妓也算。

"所以您需要军官，殿下。"布林特若有所思地看着地图，张开拇指和食指丈量距离，"我建议请福里斯特上校担任您的副手。他是士兵出身，入伍比我早多了，所有重要的战役都没缺过席。我想不出还有谁比他经验更丰富，头脑更冷静。"

奥索微微一笑。"他和阁下的建议对我来说至关重要。"

"芬蕾总督夫人正在奋勇抵抗敌军。女中豪杰。我的老朋友。要是她能继续扛下去，我们就可以在这里登陆！"他重重地拍打地图，奥索担心他伤到仅有的那条胳膊，"离乌发斯不远，包抄那帮杂种！"

"好极了！包抄。杂种。漂亮。"他确实需要搞清楚包抄是什么意思，不过除此之外，已经万事俱备！外面的院子里传来军士练兵的厉声喝令，恰到好处地为他们的会面烘托了气氛，奥索甚至后悔没有换上戎装登门拜访，但最近有点啤酒肚，可能不大合身，他需要重新定做一套。"我现在就缺士兵了。"

布林特环顾四周。"您说什么？"

"父亲答应给我王军的一个营，还有他的首席卫士布雷默·唐·葛斯特，我认为那人单枪匹马就抵得上一支连队，"他哈哈一笑，布林特却没有反应，"不过我还需要……大概，嗯，五千人？"

沉默滋长。

"您没有兵？"布林特嘶声问道，唾沫星子沾在嘴唇上。

"啊……我来找元帅阁下正是为了此事。我的意思是……你是元帅。"奥索为难地说，"不是吗？"

布林特深吸一口气,恢复了常态。"是的,殿下,抱歉。我发现只要涉及北方人我就很难保持冷静。"他皱起眉头,看着戴在小手指上的戒指,用指尖推了推,看样式是一枚女式戒指,镶有一颗黄钻,"蛮子害我失去了妻子,还失去了两位亲密的朋友。更别提一条该死的胳膊了。"

"用不着道歉,元帅阁下,我完全理解。"

"我希望您不要误认为我对您的合理请求有什么意见。我为您鼓掌喝彩。"布林特哼了一声,瞥了一眼空荡荡的袖管,"如果我能鼓掌的话。然而尴尬的是,我给不了您需要的士兵,更令我羞愧的是,我早就应该支援总督夫人,但无能为力。斯提亚的战争结束后,几个军团就解散了,留下来的也分别派往各地。斯塔兰的暴乱无休无止。"他摆手示意另一张地图,"如今米德兰的农民闹得很厉害。那些该死的破坏者,天杀的混账,煽动贱民为提高社会地位而造反。老实说,我担心您父亲关于王军的承诺都难以兑现。如果总理大臣不拿钱出来,我根本不可能招募到人手。"

"唔。"奥索抄着胳膊,坐了回去,这件事类似生活中的大多数事情,远比他想象的艰难,"所以,是钱的问题?"

"殿下,"布林特元帅长叹一声,流露出无尽的疲惫,"从来都是钱的问题。"

"戈罗德茨总理大臣,感谢你这么快就能见我。我知道你忙得脱不开身。"

"是的,殿下。"

总理大臣意味深长地顿了片刻,从金边眼镜的上方打量奥索。他是个讨厌的家伙,嗜好味道浓郁的酱汁,肥厚的下巴层层叠叠地摊在毛领上。奥索当天不止一次希望自己喝得烂醉。但要对付顽固不化的国家机器,他必须头脑清醒,全力以赴。

"那我就打开天窗说亮话,"他说,"我非常渴望——我敢说联合王国所有脑子正常的人都一样——去援助我们在安格兰处境艰难的兄弟姐妹们。"

戈罗德茨痛苦万状的表情像是挨了一顿毒打。"战争。"

"嗯,是的,不过我们是抵抗——"

"价钱也不便宜,殿下。"

"不便宜?"奥索喃喃道。

"过去二十年,您父亲——受特维丝王后陛下的鼓动——在斯提亚打了三场战争,为的正是您与生俱来的权力所在,塔林大公国。"

"但愿他先问过我的意见。"奥索吃吃一笑,指望消除对方的戒备,"我一个国家都不想要,更别说两个了。"

"要不要都一样,殿下,因为联合王国在三场战争中都失败了。"

"拜托,中间那场不能说是打了个平手吗?"

"我们可以这么说,但我怀疑参战的人不同意这个说法,而从财务的角度看,即便打赢了也谈不上是好事。为了填平战争的支出,我不得不征收重税,无论是农民、商人,还是各个省份,最后逼不得已,对贵族下手。贵族们的回应则是整顿资产,驱赶佃农,在内阁通过法律,圈走公共土地。劳动力从乡村涌进城市,搅乱了整个征税体系。王室不得不大肆举债。大肆,我要强调。光是欠凡特和伯克银行的债务就……"戈罗德茨搜肠刮肚寻找一个合适的词,最终作罢,"难以描述。我私底下跟您说吧,单单利息就占了国库支出相当大的比例。"

"有那么多?"

"还不止。形势糟透了,到处都是燃眉之急。如今要找到额外的资金简直……不可想象。"

奥索大吃一惊。"总理大臣阁下,我只需要征召五千士兵的钱——"

"只需要,殿下?"戈罗德茨从眼镜上方看他,像一位老师看着不成器的学生,糟心的是,奥索的老师当年正是这样看他的,他恍然大悟,这是掌握实权的人才有的架势,"您知道这个数字有多大吗?"

奥索压抑着强烈的挫败感。"但我们不能不理会那帮北方人,阁下应该明白吧?"

"我明不明白恐怕无关紧要,殿下。我只是管账的,有个光鲜的名头而已,说实话也光鲜不到哪里去。"他摆手示意宽敞的办公室,目力所及之处,不是铺着大理石,就是装饰着金叶,前任总理大臣们的石膏塑像高高在上,俯视一切,"我管的是账簿。我尽力确保收支平衡。而这项工作,对我和我之前的每一任总理大臣都一样,失败是家常便饭。钱袋的口子是我在管着,但……政策不是我一个人定的。"

"还有别人?"

总理大臣阴沉沉地嗤笑一声,拽起毛皮袍子的一角擦了擦眼镜,然后迎着光举起来。"制定政策基本上没我什么事。"

"那是谁定的?"

"内阁事务的轻重缓急,格洛塔审问长阁下说了算。"

奥索悻悻地瘫软在椅子里。他终于想起自己为何不理政务,把所有精力都消耗在声色犬马上。"所以,是轻重缓急的问题?"

"殿下,"总理大臣把眼镜架回鼻梁,"从来都是轻重缓急的问题。"

"阁下,"奥索说,"感谢你这么快就能见我。我知道你忙得脱不开身。"

"我的大门永远对殿下敞开。"

"那得多大的穿堂风!"格洛塔审问长假惺惺地赔着笑,缺了门牙的豁口暴露在外,奥索再一次心生好奇,不知道这副丑陋的残躯如何生出他女儿那样的绝世佳人,"我想跟你谈谈北方的祸事——"

"在我看来,不能称之为祸事。"

"不能?"

"铁手斯奎尔、他弟弟黑手卡尔达,还有后者的儿子日暮斯达,入侵了我们的保护领,烧了我们老盟友的都城。这不是祸事。这是蓄意的战争行为。"

"太恶劣了。"

"极其恶劣。"

"那我们应该严惩侵略者!"奥索说着,拳头狠狠地砸在掌心。

"的确应该。"不过审问长的"应该"表达的是完全相反的意思。

奥索顿了顿,考虑如何措辞,但一般来说,直截了当是最好的。"我希望率军讨伐他们。"

"我为殿下的爱国热情鼓掌。"说句公道话,格洛塔没有一点嘲讽的意思,"不过讨伐属于军事行动。也许您应该找布林特元帅——"

"我找他谈了。他把我推给了戈罗德茨总理大臣,总理大臣又把我推给你。可以说,我是顺着权力的藤子一路摸到你门口的。"他咧嘴一笑,"如你所说,这扇门永远对我敞开。"

审问长眯起的左眼在抽搐,奥索不禁暗自咒骂。卖弄小聪明从未带给他一丁点好处。如果在权贵们面前装疯卖傻,说不定他得到的更多。因为他们可能真把他当傻子看。

"我父亲答应让我出征,"他继续说,"布林特元帅愿意推举军官。我现在缺的是人手。准确地说,缺的是征募和装备他们的钱。说得更清楚点,五千个倒霉蛋。"

审问长阁下靠着椅背,凹陷眼窝里那对异常明亮的眸子盯着奥索。无论如何,被这样瞪着不大好受。奥索很高兴是在审问部本部的一楼受着,而不是在地下。

"殿下认识我女儿吗?"

一阵冷风吹进审问长荒凉冰冷的办公室,吹动桌上堆积成山的文件,吹得哗啦作响,犹如不得安息的鬼魂在作祟。奥索忽然想到,其中不知有多少叛徒俯首认罪。有多少人原本清白无辜。但他始终面不改色,这一点让他很是满意,尽管随着这个问题而来的,是心底涌起的愧疚,以及强烈的恐惧。奥索也许不具备母亲所看重的任何一项能力,但在假装无知方面是行家里手。也许是因为他确实无知。

"阁下的女儿……瑟温,是吗?"

"瑟雯。"

"对对,瑟雯。我们应该见过……忘了在什么地方。"实际上,就在不久前,他俩肌肤相亲,缠绵缱绻。在面见联合王国最可怕的人物时裤裆支起帐篷也太不合适了,"是个可爱的姑娘……在我的印象里。"

"您知道她是做什么的吗?"

"做什么?"奥索不禁怀疑审问长阁下已经掌握了全部情况,尽管在瑟雯的坚持下,他们的保密措施做得很到位,但调查是他的本职工作,而这份工作他又干得极其出色,况且他的工作不光是调查。奥索相信王位继承人近期还不至于漂在运河上,浑身肿胀,肢体残缺,但……还是不要招惹审问长为好,绝对不要招惹,"依我看,年轻女士做的是女红吧?"

"她做投资。"格洛塔说。

奥索装作不明所以地摆摆手,镶有花边的袖口拍来打去。"某种……买卖?"

"买卖发明。机器。工厂。更有效率的生产方式。她出钱买下各种点子,使其成为现实。"

事实上，在奥索眼里，瑟雯所做的事情充满神秘，令人叹为观止，堪比施展高等技艺的魔法师，但他觉得若要符合他扮演的角色，轻蔑但不失礼地哈哈一笑最是入戏。"真是非常……现代。"

"非常现代。在我年轻的时候，如果有人能用这种方法赚取巨大的财富简直不可思议，更别说是一个女人了。瑟雯可能是先驱，但她的同行者不在少数。我们正在向新的时代迈进，殿下。"

"是吗？"

"我女儿最近出资在基伦附近修建一个大型工厂的厂房。"审问长伸出一根苍白瘦削的手指，划过雕刻在桌面上的联合王国地图，指向一处标记，看着像一块陈旧、肮脏的指甲印，"工厂里有机器，一个人就能操作，利用水车驱动，一天加工的羊毛等于九个人用传统方法加工的量。"

"对羊毛交易来说是好事？"奥索半懂不懂地问。

"没错。对我女儿和她的合伙人来说是好事。但对其他八个人来说未必是好事，他们以前的生计没了，现在另找一份活儿养家糊口。"

"我想也是。"

"设计机器的那位聪明人——名叫玛斯鲁德的古尔库难民——最近又设计了把粗纺羊毛制成丝线的机器。每一台机器都会导致六个女人失业。她们当然不会高兴。"

"审问长阁下，虽说我对令爱的本领很感兴趣，"事实如此，他不得不跷起二郎腿，以免因为想到她而引发尴尬，"但我不明白这跟我们北方的麻烦事儿有什么关系——"

"改变，殿下。速度之快前所未有，形式之新前所未见。延续了数百年的秩序岌岌可危。传统的壁垒，无论我们如何想方设法地加固，都将如沙砌的城堡在潮水面前一样垮塌。人们害怕失去他们所拥有的，觊觎他们所没有的。这是混乱的时代。这是恐惧的时代。"

审问长谨慎地耸了耸肩，似乎这种动作也可能引发疼痛，"对于像我女儿这样的聪明人来说，这是机会的时代，但同样也是非常危险的时代。不久前，审问部破获了一桩大案，一帮心怀不满的劳工密谋烧掉我此前提到的那家工厂，煽动叛乱，反对您父亲的政府。"

"啊。"

"每一天，工厂主都在受到威胁。每一晚，满脸煤灰的劳工都在肆意破坏机器。昨天早上在霍克斯泰德，一个造反头子的葬礼变成了大规模暴动。"

"啊。"

"在我们脚底下的牢房里关了几个人，他们来自一个名为破坏者的组织，昨晚刚刚被捕，当时他们在一家不到两英里外的铸造厂里阴谋实施爆炸。我们还在劝说他们弃暗投明，帮助我们抓捕一个势力遍及全国的犯罪团伙。"

奥索的目光投向地板。"听起来……很糟糕。"他不知道自己指的是阴谋本身还是阴谋策划者落得的下场。或许两者都是。

"到处都有人背信弃义。到处都有人叛国通敌。人们总喜欢用'前所未有'来形容眼前的情况——"

奥索笑了。"是啊，是啊。"

"这一次情况确实糟糕到了前所未有的地步。"

奥索收敛了笑容。"啊。"

"我希望我们能随心所欲，做我们认为正确的事情。真的。"审问长抬头望着墙上的一幅肖像画。这幅画尺寸巨大，色泽暗沉，历史上某位面目可憎的秃头官员，如狼似虎地俯视着底下的小人儿，有可能是左勒。"但我们承担不了王国之外的风险，无论用心有多么良苦，无论愿望有多么强烈，无论必要性有多么显著。"他纤长的双手交握在一起，静静地看着奥索，骷髅般深陷的眼窝里，眸子闪闪发亮，"简言之，联合王国的政府如今命悬一线，必须优先保证自身的安全。为了国王的江山。为了继承人的位子。"

"啊,阁下为他坐稳位子殚精竭虑,我当然不能不识相。"奥索无奈地耸耸肩,他完全没主意了,"所以,是政治问题?"

"殿下,"格洛塔审问长微微一笑,缺了门牙的豁口又暴露在外,"从来都是政治问题。"

奥索又整理了一遍手牌,但跟发牌时一样烂透了。

"弃牌。"他烦躁地扔了纸牌,咕哝道,"今天真是倒霉透顶。我开始怀疑事情都是怎么做成的。"

"或者开始明白为什么啥事都做不成。"徒尼说着,把赢来的钱扒进罐子里。

"有一点是肯定的,它浇灭了我对国王这份工作的热情。"

"您起初也没多少热情。"

"是啊。我开始明白我父亲为什么……是那个样子。"

"您说的是无能吧?"蛋黄咯咯一笑,"他绝对是最无——"

奥索突然揪住他的衬衫,差点把他从椅子上拎起来。"我可以嘲笑他,"他冲着惊慌失措的蛋黄吼道,"你他妈的不行。"

"何必欺负那个白痴,"徒尼抽了一口查加烟斗,眯起眼睛盯着奥索,同时熟练地收拾纸牌,"他是白痴。"

蛋黄摊开手掌以示赞同,奥索不胜其烦地嘶了一声,一屁股坐回椅子里,把新的手牌捋成半圆形,懒洋洋地扫视着。烂得毫无改观。但也许拿到一把烂牌也能打赢的,才称得上厉害的牌手。

"忘了政府里的那些老杂种。"徒尼拿烟斗杆指着奥索,"他们鼠目寸光。厚颜无耻。我们需要换个角度去看待这个问题。我们可以看成一次赌博。"他丢了两枚银币到桌子中间,"您需要一个有钱的人。有野心。有耐心。在您身上能看到好处,愿意赌上一把。"

"不是我。"蛋黄把手一甩,悲伤地说。

"有钱，有野心，有耐心，"奥索皱起眉头，若有所思地盯着两枚亮闪闪的银币，"赌博。或者……投资？把铅笔给我。"奥索在一张纸牌上潦草地写了几个字，折起来递出去，"你能把这个送到老地方吗，希尔迪？"他意味深长地挑了挑眉毛，"请对方速去斯沃布雷克的办公室。送得快的话，给你十个铜板。"

"二十个，昨天就能送到。"希尔迪跳下长椅，扬起下巴正对着他，好似拿着一把箭在弦上的十字弓，而她是拦路打劫的强盗。

"那就二十个，小坏蛋。我现在欠你多少钱了？"

"十七马克加八个铜板。"

"有这么多吗？"

"我算数从不出错。"她郑重地说。

"她算数从不出错。"徒尼说着，用舌头和牙齿把查加烟斗换到另一边嘴角。

"她算数从不出错。"奥索一边数钱一边说。

希尔迪从他手中抓过钱，塞进帽子里，左右扭动，用力压在乱蓬蓬的金色发卷上，然后溜出门去，灵活得像一只猫。

"少了一张牌怎么玩？"蛋黄抱怨道。

"没长相，没脑子，没钱，你都可以玩，"奥索再一次整理手牌，"没了一张牌，你也照样能玩。"

22 痛处
Sore Spots

"那块瘀伤到底是怎么回事？"

瑟雯摸了摸嘴巴。为了掩饰伤痕，她仔细地搽了粉，然而，一向粗枝大叶的母亲却对受伤这种事异乎寻常地敏感，"别担心，没什么大碍。我去练剑了。跟布雷默·唐·葛斯特。"

"练剑？跟该死的布雷默·唐·葛斯特？你的脑子那么好使，却要干这种蠢事。"

瑟雯坐在椅子上动了动，肋部疼得她龇牙咧嘴。"我承认，这事儿办得不太聪明。"

"你父亲知道吗？"

"他在场看着呢。我感觉他内心其实很高兴。"

"他当然高兴。除了自个儿受罪，他唯一喜欢的就是看别人受罪。你练剑干什么，我真是想不通。"

"锻炼一下很有好处。身子骨结实。注意力……集中。"

"你呀，就应该少想事，多享受。"母亲老练地一仰脖子，喝干了杯中的酒,"你得结婚了。"

"好让我被某个笨蛋随意使唤?不用了,谢谢。"

"那就不要嫁笨蛋。嫁个同样喜欢男人的有钱人。好歹你们有共同的兴趣。"她若有所思地抬头望着天花板,"至少嫁个漂亮的笨蛋,要是后悔了,还有漂亮脸蛋可以看。"

"当初你也是这样计划的?"瑟雯抿了一口酒。

"当然,没想到等我到了柜台一瞅,只剩那个脑子好使的瘸子了。"

瑟雯笑得毫无防备,鼻孔都喷出酒来,她慌忙从椅子上起身,担心弄脏裙子,结果很不体面地打湿了地毯。

看她狼狈不堪的样子,母亲咯咯直笑,然后叹了口气。"你知道吗?"她看着婚戒上的硕大钻石,歪嘴一笑,"我一天都没有后悔过。"

急促的敲门声响起,朱瑞溜了进来,腋下夹着本子,弯腰在瑟雯耳边低语。"有几件事需要做决定,小姐。然后跟嘴巴管不住但钱包管得严死的蒂尔达·唐·拉克斯泰德和她丈夫吃晚饭。届时可以商讨他们给科特师傅的运河投资一事。"

轮到瑟雯叹气了。又要听元帅讲他在前线如何英勇无畏,到时候她可能更想跳进运河,而不是延长运河。不过,生意就是生意。

瑟雯的母亲又斟满了一杯酒。"什么事,亲爱的?"

"我要去更衣,准备出席晚宴。"

"现在就走?"她不情愿地噘起嘴,"真没意思。我还以为今晚我们可以聊聊。"

"我们聊过了。"

"不是以前那样瞎聊,瑟雯!刚才逗笑你的段子,我还有一百个呢。"

瑟雯放下酒杯,跟着朱瑞走出去。"留到下次讲给我听,母亲。

生意来了。"

"生意。"母亲擦掉细颈酒瓶外残留的酒水，吮了吮手指，"现在你满脑子全是生意。"

"紧一点。"瑟雯咬着牙关嘶嘶吸气，拳头在梳妆台上死死地握着，然后她听见芙瑞德用力拉扯系带时发出的嘶嘶声。

今晚并非正式场合，所以四个人帮她更衣就够了。芙瑞德打理她的服装。莉斯比特是妆容女仆，负责脂粉和香水。梅特罗——这个斯提亚人五官锐利如斧头，曾是阿非奥公爵夫人的首席梳妆师——几乎不会说通用语，却能通过假发传达丰富多彩的思想。与此同时，朱瑞负责记录本和珠宝，还要保证仆人们配合无间、井井有条。

"塔迪什师傅来信说，铸造厂需要追加五千马克购置新机器，否则将会丧失竞争力。"她盯着镜中瑟雯的眼睛说。

瑟雯皱起眉头。"我不喜欢他上次来访时对我说话的口气。大高个，居高临下，高谈阔论。"她抬起下巴，方便莉斯比特凑近了化妆，女仆正用小手指的指肚修饰她的眼皮，手背则沾满各种颜色的粉末，好似画盘，"告诉他，我的股份正在出售。如果他好声好气地求我，也许我会重新考虑。"芙瑞德又扯了一下束腰衣，拽得她猛吸一口气，差点双脚离地，"有些人非得跪着才顺眼。再紧一点，芙瑞德。"

"任何人跪着都顺眼。所以我最喜欢去的地方就是神庙。"朱瑞放下本子走过来，把系带紧紧缠在手上，膝盖顶着瑟雯的后背，"吐气。"

朱瑞猛地一拉，瑟雯轻轻地呻吟一声，胸腔里的空气很快排干净了。她在外人看来纤瘦如弱柳，但命运女神在上，她结实得堪比码头工人。瞬间被勒紧的感受极其可怕。不过，非人的痛苦才能换得非凡的成就。

世人总以为美貌是天赋异禀，但瑟雯坚信任何人都可以变美，只要愿意为之努力，而且不惜花费金钱。变美无非就是扬长避短，把乏善可陈强行拧成非常之态。说真的，这一点和做生意极为相似。

"很好，朱瑞。"瑟雯哑着嗓子说，同时收肩挺胸，调整仪态，"要有被劈成两半的感觉，不然就不到位。快系上，芙瑞德，别等松开了。"

"希斯林师傅来过。"朱瑞又拿起本子，"请求继续宽限还款的日期。"

要不是莉斯比特正在修眉，瑟雯一定会扬起眉毛。"可怜的老希斯林。真不忍心看他失去房产。"

"经书盛赞仁慈。但也说，唯有清贫才能上天堂。"

"怀疑论者也许会注意到其中的矛盾，争论双方都能引用经书的话。"

朱瑞的嘴角浮现一抹隐约的笑意。"怀疑论者也许会说，这正是经书的伟大之处。"

每当瑟雯心软的时候，哪怕是短短一瞬，她就想方设法刺激自己，尤其是那些别人有而她没有的东西，效果很好。那一刻，映入她眼帘的是莉斯比特红扑扑的脸蛋。脸颊红润使得这个姑娘像乡下人，却也很时髦。嫉妒别人不难，你总能找到一些无关紧要的细枝末节。说到底，失去锋芒的那一刻，也就是你面临失败的时候。

也许有人会批评她自私、肤浅而又恶毒。她的回答将是，自私、肤浅和恶毒的人往往能获得成功。然后她会奉上最甜美的笑容，低声吩咐朱瑞记上一笔，日后再找这些乱嚼舌根子的人算账。

瑟雯打量着镜中的自己。"加点腮红。我给希斯林的时间够长了。收债吧。"

"是，小姐。接下来是瓦利米上校，关于瓦贝克工厂的情况。"

瑟雯正噘着嘴唇,方便莉斯比特涂抹,只能竭尽所能地发出一声呻吟。"还在亏损吗?"

"恰恰相反。他汇报说本月获利颇丰。"

瑟雯忍不住扭头看了一眼,导致莉斯比特涂成一团糟,女仆不满地啧啧两声,继而靠得更近了,拿指肚细细碎碎地补救,瑟雯甚至闻到了她过于甜腻的呼吸。

"清贫是福气……瓦利米有没有解释转亏为盈的原因?"

"没有。"朱瑞把一条项链戴在瑟雯脖子上,动作轻柔得她几乎察觉不到。这条崭新的翡翠项链来自奥斯皮亚。很合瑟雯的心意。

"可疑。"

"的确。"

"我们最好去见见他。要让我们的合伙人明白,我们不会放过任何一个细节。我们在瓦贝克还有不少项目可以投资。那个地方脏乱差的程度是别处都比不上的,但它又确实创造了巨大的财富。朱瑞,下个月安排几天,我们可以——"

"我恐怕……不能陪您去。"朱瑞一边忙着手头的事,一边说。温柔。优雅。但斩钉截铁。

瑟雯盯着镜子里的她,一时间竟然不知道说什么。莉斯比特咽了口唾沫。梅特罗的目光离开假发,手里的梳子定住不动。

"南方的局势……恶化到前所未有的地步。"朱瑞的视线落在地板上,"有人说先知被恶魔杀害。有人说他在战场上打败了她,正在康复。皇帝被推翻了,他的五个儿子争得头破血流。各个省份宣布独立,只顾自己苟活。军阀和强盗遍地都是。一切都乱了套。"朱瑞看着她,"我的家人生活在乌尔-瑟非恩,那里已经没人管了。我的兄弟们性命难保。我得带他们出来。"

瑟雯眨了眨眼。"可是朱瑞……你是我的臂膀。"

此话不假。她才貌俱佳,品位不俗,谨言慎行,能说五种语言,幽默感恰到好处，对商业运作驾轻就熟，却不知为何未能引起关注。要不是古尔库的社会秩序瓦解，导致大量难民渡过环海而来，深肤色女伴在阿杜瓦蔚然成风，她必然能在古尔库出人头地，正如瑟雯在联合王国一样。

最初是瑟雯父亲引见的她，作为一个举目无亲、渴望在异国他乡获得一席之地的流亡者，朱瑞在很多方面都做到了不可或缺。但臂膀二字还不足以形容她们的关系。瑟雯人脉极广。国内外都有她的仰慕者、生意伙伴和债务关系。但事实上她根本没有朋友。除了她付钱雇佣的这位。

"你能快去快回吗？"她不假思索地问道。

"尽我所能。"

"要不要我派人陪你——"

"我一个人更安全。"

瑟雯瞥了一眼镜中的自己，发现精致的妆容也掩盖不了满脸的愁苦。这可不行。

"你当然非去不可。"她的口气有点爽快过头，"家人是最重要的。你的旅费我包了。"

"瑟雯小姐，我——"

"你可以顺路在达戈斯卡接洽我们的代理人。看他们有没有骗我们的钱。还有，考虑到那边的局势，古尔库海滨也许有生意可做。"

"可以想见。"朱瑞冲着芙瑞德直皱眉头。

她抓着瑟雯的裙子，像是躲在盾牌后面，绣花衣领上方的眼睛瞪圆了。"你不怕……食尸徒？"

朱瑞叹了口气。"神啊，我担忧的够多了，不要再添乱了。"

"我姑妈说南方到处都是。"莉斯比特最喜欢掺和别人的对话，拦都不拦住。

"我父亲见过一个，"芙瑞德悄声说，"好多年前，在阿杜瓦之战的时候。他们能偷走你的脸,或者看你一眼,就把你从里到外翻一面儿,还有——"

"没见识的人就喜欢添油加醋。"瑟雯厉声打断她的话,"莉斯比特,朱瑞离开期间,你做我的女伴。你愿意到瓦贝克走一趟,对吧?"

莉斯比特红扑扑的脸蛋更红了。"这是我的荣幸,小姐!"

瑟雯可不在乎她的荣幸。朱瑞一句话都不用说,浑身都写着出类拔萃几个字,她陪伴的小姐自然也出类拔萃。莉斯比特的气场就差远了。她长得虽然漂亮,但在做笔记方面完全派不上用场,品位也不值一提。没辙。我们必须利用手头的工具,瑟雯的父亲常把这话挂在嘴边。她克制着内心的失望,微微一笑。

"还有,如果你家人需要活计或者住处,我随时愿意帮忙。"

"您太慷慨了,"朱瑞说,"一如既往。"

"我敢说希斯林师傅不同意你的评价。要是你的兄弟们有你一半能干,那将是我最划算的一笔投资。"

敲门声响起,莉斯比特把门打开一条缝,很快又凑到瑟雯跟前,芙瑞德和朱瑞还在调整她的裙子。"是那个丫头,小姐。"她厌恶地瘪着嘴,"从斯皮连·斯沃布雷克那里带口信来。"

瑟雯感到腹部震颤,脸颊发热,这种反应再熟悉不过。"我约在什么时间去拉克斯泰德家?"

朱瑞看了看表。"还有两小时十分钟。"

瑟雯思考片刻,很快作了决定。"我不能出席了,请代我向蒂尔达表示深深的遗憾。我头疼。让斯沃布雷克家的丫头进来。"

那个丫头当然不是斯沃布雷克家的,而是奥索王子的跟班。王子一般都任命贵族的儿子为贴身男仆,可是他偏不循规蹈矩,雇了个十三岁的流浪儿,以前在妓院里清洗脏床单的。奥索很喜欢待在一帮怪人当中。可能是为了让人们忽略他身为王位继承人这个事实。

女孩来了，脸上长着雀斑，衣衫不整，头戴一顶破旧的士兵帽，低低地压在眼睛上方，在瑟雯芬芳馥郁的更衣室里，她就像婚礼蛋糕上的老鼠一样格格不入。看到梅特罗站上凳子，摆弄瑟雯的假发，她一脸惊骇，仿佛闯进了一群女巫正在举行的神秘仪式。

"希尔迪，是吗？"瑟雯看着镜子里的她。

她点点头。眼神很机灵。"是，小姐。"

"斯沃布雷克师傅找我？"

女孩不易觉察地使了个眼色。"在他的办公室碰面，小姐。"

"在瑟雯小姐面前要摘帽。"莉斯比特自认为得到提拔，已经开始摆架子了。瑟雯不禁好奇等朱瑞回来后会不会掐死她，概率估计是五五开。

希尔迪不情不愿地取下帽子。她竟然有一头堪比海报女郎的浅金色头发。梅特罗饶富兴味地嗯哼一声，从凳子上跳下来，拿梳子拨弄一番，又挑起一绺，捏在指间摩挲，最后直接扯下来迎着光观察，疼得希尔迪尖叫一声。梅特罗转动灰白眉毛底下的眼珠子，意味深长地看了一眼瑟雯。

"你的头发真漂亮。"瑟雯说。

"谢谢夸奖，"希尔迪揉着头皮咕哝道，"还行。"

"我给你三马克。"

"买我的头发？"她惊讶的时间不长，"十马克。"

"五马克。反正你戴着帽子，用不着头发。"

"没了头发，帽子就不合适了。十马克，否则免谈。"

"噢，我喜欢这个丫头。给她十二马克，朱瑞。"

朱瑞抽出一把弯刃匕首。"别动，孩子。"

瑟雯看着朱瑞干脆利落地剃下长发，只剩发茬。"就像装在玻璃瓶子里的阳光。"看着梅特罗将其拉直，瑟雯叹道，"我们可以顺路去一趟假发师傅的店铺。你去吧，丫头。"能见到奥索，极大缓解了朱瑞暂时不在带给她的烦恼,她盯着镜子里希尔迪的眼睛,使了个同样的眼色。"转告斯沃布雷克师傅,我很高兴去见他。"

"操。"她气喘吁吁地躺下去,打翻了斯沃布雷克的一摞文件,纸张雪片似的散落在身后的地板上。她松开攥着桌边的手,手掌酸痛,一条泛白的印痕纵贯其间。

"你……"她松开揪着奥索头发的另一只手,拍了拍他的脸颊,"长进了。"

"熟能生巧。"奥索抹了一把脸,嘿嘿一笑,把她那条腿从肩上耷了下去。

"我真应该让斯沃布雷克……"她呼哧带喘地说着,从肩膀底下摸出一把硌得难受的拆信刀,扔到一边,"在这里安置一张床。"

"噢,那我会怀念这张桌子的。"奥索凑近了,但又不够近,她不得不抻长脖子吻他,"多少回忆啊。"

她放下裙子,摸向他的腰带。"该你了。"

"我们可以……先谈谈吗?"

"先谈谈?"她眯起眼睛,她依然浑身酥软,脸红心跳,战栗不止,但如果他企图浑水摸鱼,还是免不了碰一鼻子灰,"你要干啥?"

"关于北方的事情。"他跪在她面前,郑重其事地仰头说道,"芬蕾·唐·布洛克在替我们打仗,我们不能弃她于不顾。该死的联合王国本应联合起来。"

"本应——"

"必须坚决予以回击!"他在桌上捶了一拳,震得玻璃杯咣啷作响,"而且……我认为应该由我领头。"

她放声大笑,但见他神色严肃,便收敛了笑声,不知所措地沉默半晌。"你是认真的?"

"非常认真。我找过我父亲。然后我见了你父亲——"

她一骨碌爬起来。"你说什么？"

"相信我，瑟雯，我没有说'审问长阁下，昨晚我舔了你女儿'，他完全没起疑心。"

"你很勇敢嘛，敢保证我父亲没起疑心。"

"而我一点儿也不勇敢，对吧？"

他看样子有点受伤，她也感到有点难过。"噢，你这个可怜的宝贝。"她搂着他的脖子，把他拉过来，温柔地亲吻，"酗酒、赌博，见到母的就上，这种日子过了十二年，就没有一个人认真对待过你吗？"

"显然你没有。"他站起身来，开始扣上衬衫。

事实上，她自认为是唯一一个认真对待他的人。"我在你身边，不是吗？"她拽回奥索，把手插进他的发间，把他的头抱在胸前，"那些大人物对殿下说了什么？"

"我父亲给我一个营，说如果我能再征募五千人，就可以率军出战，但……征兵需要钱。"他的指尖顺着她的锁骨滑到喉咙底下，"你认识人。有钱人。也许有人觉得我……值得投资。"

瑟雯皱起眉头。如果她判断一个机会不好，那么她不会把机会转给别人，以免损害自己的名声。如果她判断一个机会好，那么她倾向于留给自己。然而，五千士兵意味着庞大的开销。制服，武器，盔甲，寝具，口粮。还需要雇佣大量随军人员，运送军队，负责后勤保障。要有货车，推车，负重的牲畜。还有他们的口粮和补给。

况且，即便她愿意慷慨解囊，奥索也是个靠不住的人选。他把一个在妓院里洗床单的小姑娘带在身边当仆人，心肠太软。他几乎不懂做生意的规则，更谈不上遵守。如果借钱给他，她需要强有力的担保。讲清楚她能拿到什么回报。必须签订一份合同。要有绝对严苛的约束，就连国王都摆脱不掉的那种。

也许是她默然思考的样子鼓励了奥索，他试探着露出一丝笑意。

"你在想什么?"

她的嘴同样报以微笑。然后,她的嘴不听使唤,自顾自地说了一句:"我给你钱。"

沉默。他的脸上渐渐地有了表情,有感激,更多的是怀疑。能怪他吗?她到底在做什么?"就……这样吗?全部包在你身上?"

"既然有钱,为什么不帮助……朋友。"不知为何,她说话时差点哽咽。

"不说还债?不讲回报?也没有'这种生意应该找那个家伙谈'?"

"因为理由很正当,不是吗?爱国。"正当理由?爱国?好像有别人在用她的声音说话。

他伸出手来,温柔地抚摸她的脸颊。只要他有意,就可以做得如此暖心。"当我以为你在我心目中已经至高无上的时候……你依然能出乎我的意料。我得走了!有很多事要办。"

要不是他抽开手,她根本没有意识到自己的脸颊紧贴着他的手掌。脸颊上余温犹存。她像个孩子似的面红耳赤,尴尬地扭过头去。其实她在生自己的气。

"当然。"她抚平裙子,拨弄项链,整理假发。"我有晚宴要出席。跟拉克斯泰德元帅和他妻子——"

"听起来好有料。那么,你说的是真的吗?"他从背后搂着她的腰,把她紧紧抱在怀里,"当真吗?"

"我向来实话实说。"的确如此。除了情况特殊的当下。

"我再联系你。"他在耳边低语,吹得她脖子发痒,"应该说,斯沃布雷克会再联系你。"门在他身后关上了。

瑟雯呆呆地站在那里,身处斯沃布雷克逼仄的办公室,费劲地思考着刚才干了什么。她热衷于冒险,但也熟悉游戏规则。刚才太冲动了。完全违背了她的原则。

当然了，凡是对她知根知底、羡慕嫉妒的朋友，内心都有一个确信不疑的答案。在阿杜瓦，最野心勃勃的人非瑟雯·唐·格洛塔莫属。那个婊子企图骑着废物王太子平步青云，入主王宫。她企图窃取王冠。然后，她将真正爬到我们头上，而不是现在这样虚张声势。

也许他们的想法没错。也许她一直怀着成为联合王国至高王后的幼稚梦想。正如朱瑞所说：任何人跪着都顺眼。如果奥索不是王太子，她可能就不感兴趣了。有什么值得感兴趣的？

除了他的相貌。他的从容。他逗笑的本事。笑是真心的，如假包换。每当他想到一个玩笑时，嘴角微微抽动，也牵扯到她的嘴角，她期待着他的玩笑，永远猜不到的玩笑。只有他能带给她惊喜。只有他懂得她的需求。等待斯沃布雷克传话期间，她的生活百无聊赖。穿衣打扮，晚宴，茶会，生意，穿衣打扮，闲聊，勾心斗角，记录在册。当消息送到的时候，整个世界都变得绚丽多姿。仿佛不在他身边，她形同坐牢。仿佛她早已入土，唯一能起死回生的时候就是——

"操。"她轻声骂道。

她突然膝盖发软，类似布雷默·唐·葛斯特把她撞到墙上那次。她一屁股坐在斯沃布雷克的桌子上，低头看着那条被随手扔掉的底裤，它皱巴巴地摊在地上。

谁都知道他是个虚荣、懒惰、一无是处的废物。她不该有想法。她也不可能得到。

结果她彻底地坠入爱河。

第二部
Part · 2

A LITTLE HATRED

"进步仅仅意味着坏事更快发生。"
——特里·普拉切特

第二部

Part 2

23 悲剧一箩筐
Full of Sad Stories

"务必先清理东边的烟囱，"萨贝倚着扫帚说，"这边的刚刚熄火。烫得像锻造者的炉子。"

清理烟囱的是个颤巍巍的老酒鬼，一只眼睛斜视，身上的恶臭味儿介于酒馆和乱坟岗之间。这两个地方的气味布罗德都不喜欢，但很熟悉。"我干活不用你教。"他头也不抬地咕哝，带着一帮孩子走过去。统共有四个孩子，满脸煤灰，看样子常年吃不饱，刷子和长杆背在身上。最小的那个吹着口哨，冲着布罗德笑开了花，嘴里缺了一两颗牙齿。布罗德试图报以同样的笑容，但他不怎么笑得出来。

"我敢说那个混蛋一次比一次醉得厉害。"萨贝皱着眉头嘟囔，看着那帮可怜兮兮的老小。

"我要不是已经发誓戒酒了，他那副德行就是我戒酒的好理由。"布罗德说。

"真他妈的不像话，那么小的孩子就要下烟囱。你看最小的那个才几岁?"

布罗德继续打扫。他在斯提亚学到了教训,很多事情最好不要多想。以布罗德的观察,最快活的人常常也是最无知的人,这不可能是巧合。

"那些孩子是他们买来的,从济贫院那里。都是没亲没故,生活没指望的。他们跟奴隶没两样。"萨贝擦了擦额头,弯腰凑近,"他们用盐卤水刷洗膝盖。还有胳膊肘。早上刷晚上刷,皮都刷破了,刷得跟皮革一样硬实,好让他们在热烟囱里趴得住。"

"真他妈的不像话。"布罗德抬起眼镜,揉了揉汗津津的鼻梁,又架回去,时值夏天,厂房内终日烧水,热得像烤炉,"不过这样的悲剧在哪儿都有一箩筐。"

"谁说不是呢。"萨贝吃吃一笑,毫无幽默可言,"我认得一个住在梅多街河边地窖里的穷鬼,家里漏水漏得厉害,他每天早上都得从家里往外舀水,就像住在一条小破船上。你们全家现在住在哪里?"

"马尔默给我们在半山腰找了一套房子。"

"噢,我的老天。"萨贝鼻孔朝天,模仿贵族老爷的嗓音嚷道,"一整套房子?"

"如果两间房也算一套的话。不便宜,但我女儿找了份女佣的活儿,我妻子做缝纫也能贴补家用。主要是做丧服。"

"这里最好的衣服就是丧服。"

"是啊。"布罗德叹息一声,"莉迪擅长针线活。什么活儿她都擅长。她有天赋。"

萨贝笑了。"更别提长相、头脑和幽默感了……再问一次,你是怎么娶到她的啊?"

"老实说,我完全没概念。"

"啊,你可真行,你们全家都是好样的。半山腰上还不错,雾霾少那么一点点。总得有人爬到高处。别人都遭罪的时候,总得有人混得好。"

布罗德从镜片上方看了一眼萨贝。"你能不能别揶揄我？"

"是你的良心在作怪。"

"噢，是啊，你只负责拱火。"

"你受够了被人骑在头上的感觉，你知道你能做什么。"萨贝按着布罗德的肩膀，咬着耳朵说，"破坏者在集结，兄弟。我们的人数一天天增多。大变革快要来了。迟早的事。"

兴许是喷在脖子上的气息，兴许是得知秘密的刺激感，兴许是这个话题的危险性，兴许仅仅是湿热的缘故，总之布罗德打了个哆嗦。他一度谋求改变。在他去了斯提亚，知道凡事都不会轻易改变之前。"是啊，"他哼了一声，"他们会给每个人发一条龙骑着，发一座糖果城堡住着。要是饿了，我们就直接啃城墙。"

"我不是傻瓜，公牛。我知道这个世界是什么样子。但也许我们可以把财富分得公平一点点。也许我们可以把几个有钱的混蛋从山上的宫殿里请出来，再把几个穷鬼从梅多街的地窖里请出来。也许我们可以给诚实劳动了一整天的人支付像样的薪水。不要乱计时、乱罚款，不要逼得姑娘们夜里出工。不准屠夫出售腐肉，面粉里加白土，啤酒里掺臭水。也许，至少我们可以不让孩子们被盐卤水刷洗。这就值了，不是吗？"

"是。这就值了。"布罗德承认萨贝的发言有理有据，无可辩驳，"以前都不知道你还是个演说家。"

一阵响动传来，似乎在酿酒厂的地底下。"我从更厉害的人那里偷的师，"萨贝说，"你要是喜欢的话，应该来参加集会，听听织匠是怎么说的。他很快就能让你像我们这样思考。"

布罗德听见有人在喊什么，含混不清。"像你们这样思考，我可消受不起。"他不无遗憾地说，"我在不久前放弃了改变世界的想法。想法第一次动摇，可能是在我们爬云梯的时候。第二次，我就打定了主意。我招惹的麻烦够多了。不得不低着头过日子。照顾好我的家人最重要。"

又一阵响动传来,这次的动静更大了,一团煤灰从刚刚熄火的炉子里喷了出来。

"怎么回事?"萨贝朝着那个方向迈了一步,"我们正在打扫这里!"

炉子里似乎有什么东西在刮擦和滑动,又一团煤灰喷了出来,随之而来的还有凄厉的哭号。布罗德浑身发冷——那是痛苦和惊恐的哭号。

"我出不来了!"毫无疑问,是一个清理烟囱的孩子。"我出不来了!"

布罗德和萨贝对视一眼,布罗德发现老战友跟自己一样惊慌失措。

"他卡在里面了!"萨贝喊道。

布罗德扔了扫帚,冲向烟囱,爬上烟道边的台子。炉火烧了一整天。即便在外面,砖块摸起来也是烫的。

又一阵响声传来,有东西在滑动,男孩的哭喊变成了疯狂而无意义的尖叫。

这条烟道的筑造方式跟瓦贝克的大多数烟道一样,布罗德仅凭指甲抠挖砂浆,仿佛可以赤手空拳扒开烟道,救出男孩,但他做不到。

"拿着!"马尔默跑到跟前,递上一根撬棍,布罗德抓过来,对准松动的砂浆一顿招呼,咒骂声中,砖屑飞溅。

他听见男孩在里面,却不再呼喊救命,只在咳嗽和呜咽。

一块砖头终于脱落,热浪扑面而来,逼得布罗德侧过脸去。他把撬棍插进洞口,以其为杠杆,又撬掉了好几块砖头。

煤烟随之翻涌而出,呛得他不断咳嗽,灰尘糊满了镜片。他看到萨贝抓着参差不齐的洞口，在热浪中猛吸一口气，然后扯下围裙，裹在手上。

布罗德把撬棍插进烟囱，压上全部体重，死咬牙关，在低沉的咆哮中使出全力，浑身都在颤抖。一大片砖块松动了，纷纷滚落，乌黑的烟道敞露在外，布罗德看到里面卡着什么东西。两根黑乎乎的棍子。一端套着靴子。

烟道内部太热了。热得要命。布罗德感到脸上汗如雨下。男孩的裤子在灼烧，在冒烟，腿上的皮肉滑溜溜的，布满水疱。布罗德抓着男孩的双腿，一开始以为掉落的是煤灰。然后他发现是皮肤。

"妈的！"萨贝怒吼一声，拿着撬棍继续开挖。砖块和砂浆纷纷松脱，男孩随着一团散落的煤灰滑进布罗德怀里。

他的身体太烫了，烫得不能触碰。抱着他不撒手都是极为艰苦的考验。

"放下来！"马尔默大喝一声，随即扫开台子上的碎块，拍打男孩头发上的火星。

"操。"萨贝轻声骂道，手臂贴着嘴巴。

男孩纹丝不动。没有呼吸。他烧成这样也许是好事。闻着有熟肉的气味。像做早餐时锅里的培根。

"我们怎么办？"布罗德大喊，"我们能做什么？"

"我们什么都做不了。"马尔默垂头看着，满是灰色毛茬的下巴动了动，"他死了。"

"被烤熟了，"萨贝低声说，"他是被活生生烤熟的。"

"你说的是西边……"布罗德扭头一看，清理烟囱的站在那里，最小的孩子跟在他身边，目不转睛地瞪着，"我记得你说的是——"

他的话被喉头的咯咯声打断了，布罗德揪着他的衣领，把整个人提到半空，按在破碎的烟囱上。他徒劳地掰着布罗德的拳头，只见布满文身的手背上筋腱拱起，根根分明。

"我不知道……"他满脸泪水,呼吸散发着浓烈的酒味和腐臭,"我不知道……"

"悠着点。"布罗德听见有人说。嗓音低沉而又轻柔,安抚着他的情绪。"悠着点,大块头。放开他。"

布罗德好似一把完全拉开的十字弓,绷得太紧,箭在弦上,很难不发。为了不在烟囱上砸断那人的后背,他竭尽全力松开双手,松开肮脏的衣领,提脚离开,看着对方滑落下去,哭哭啼啼地跌坐在炉子旁边。

马尔默拍了拍布罗德的胸脯。"好了。暴力什么都换不来。不是时候。"

什么时候都不行。布罗德清楚得很。多年以前他就看得明明白白。然而他明白的道理和他的行为从来就没有多大关系。

他扭头张望,那个男孩仍然躺在那里,黑里透红。他松开酸痛的拳头。他摸索着摘下脏兮兮的眼镜,缓缓地吐气。他看着萨贝和马尔默,两人的身影映着火光,此刻已模糊不清。

"集会在哪里?"

24 惊喜
Surprises

瑞卡没轻没重地一屁股坐下去，咬了舌头，后背也狠狠撞了一下。艾森眼疾手快，没让她的椅子翻倒在地。

"你醉了。"她说。

"我就是醉了。"瑞卡得意洋洋地说。她还吸了查加烟，看什么都是朦朦胧胧的。烛光中，每一张模糊的面孔都在发光，显得喜气洋洋。

"你太掉份了，"艾森说，"但他们包容你，因为你年轻、愚蠢、莫名其妙地讨人喜欢。"

"我就是讨人喜欢。"瑞卡又喝了一口，同时打了一个嗝，差点呛到，啤酒喷得到处都是，如果不是醉得这么厉害，她肯定觉得很不好意思，所以她反而笑了起来，"啊，淹鬼的意义就是喝醉。"

艾森的目光越过酒杯，缓缓地投向她。"那叫宴会。"

"我说得没错啊，"瑞卡说，"淹鬼。"该死，她已然麻木的唇齿不听使唤。大厅——其实是一间谷仓，最近他们只能将就——逐渐安静下来。瑞卡的父亲起身离席，准备发表演讲。

"嘘！"瑞卡嘶声说，"嘘！"

"我没有说话。"艾森说。

"我说嘘！"她沙哑的声音在安静的谷仓里回荡，然后父亲清了清嗓子，瑞卡察觉到众人的目光都投向自己，她脸颊发烧，压低身子，偷偷摸摸地又喝了一口酒。

"有可能，是卡尔达和斯奎尔，还有他们手下的杂种，逼得我们一路逃亡！"瑞卡的父亲大声说，"逃亡到了今天。"

"逃亡到了今天，那帮杂种！"有人吼道，还有人趁机大呼小叫，换着花样辱骂敌人，瑞卡也抿起嘴唇，啐了一口在稻草堆上。

"有可能，我的花园已经被踩成烂泥！"

"那里除了杂草啥也没有！"后面有人高喊。

"有可能，我是在某个蠢货的谷仓里祝酒，而不是在乌发斯的大厅！"

"那个大厅有一股狗味！"有人接话，一百多个有外号的人围在旧门板拼成的桌子边，哄堂大笑。

但见瑞卡的父亲不笑，他们很快闭嘴了。"我这辈子失去过很多东西，"他说，"或者说，被夺走过。这段时间里，很多好人都入土了。这里的很多空位，本该坐着我们的朋友。所有的空缺，都不可能填补了。"他举起酒杯，于是在座的人都举起酒杯，谷仓里响起肃穆的低语。

"敬死者。"摆子吼道。

"敬死者。"瑞卡附和，一股悲伤和愤怒的情绪突然涌了上来，她急忙吸了吸鼻子。

"但我幸而拥有可靠的盟友！"瑞卡的父亲向芬蕾夫人颔首致意，后者装作一副自得其乐的样子，真不容易，"现在我女儿又回到了我身边。"他低头朝瑞卡笑笑，"所以，虽然伤心事不少，但我还是很幸运的!"他紧紧抱着她,亲吻她的头,在绕梁的欢呼和嘘声中喃喃道,"我何德何能,有这么幸运。"

"我也要祝酒!"瑞卡爬上桌子,一手按着父亲的肩头,一手把酒杯举过头顶,啤酒泼在木头上,反正泼上去的啤酒已经不少了,谁都注意不到,"敬所有找不到路的糊涂蛋,但多亏有艾森-埃-费尔温柔的指引,你们才能把我给找回来!"

"敬所有迷路的糊涂蛋!"有人大吼,大伙一饮而尽,有笑声,有寥落的歌声,有人在角落里殴斗,不知道谁挨了揍,崩了牙,但气氛还是很热烈。

"死者在上,你能平安回来我真是太高兴了,瑞卡。"父亲把她的脸蛋捧在粗糙的手掌中,"你要是有个……"他的眼角似乎闪着泪光,然后他笑着吸了吸鼻子,"我唯一干的好事就是把你生下来。"

他的模样令人担忧——面如土色,无精打采,仅仅几周不见,他似乎老了好几岁。他说的话也令人担忧——黏黏糊糊,多愁善感,老是回忆过去,似乎未来不值得期待。不过她最不希望父亲看到自己忧心忡忡,于是更加卖力地装疯卖傻。

"你说什么啊,笨笨的老家伙?你干了那么多好事。堆积成山啊。你对北方的功劳谁比得上?这帮傻瓜没有一个不愿意为你而死的。"

"也许吧。但他们没必要死。我就是不知道……"他皱起眉头,望着一屋子醉醺醺的汉子,却又似乎看的不是他们,仿佛他是用千里眼在看,看见了可怕的未来。"不知道我还有没有战斗的骨气。"

"听我说。"她揪着那张沟壑丛生的面孔,拽了过来,激动地冲他咆哮,"你是狗子!在北方没人比你更有骨气。你打过多少仗?"

他无力地笑笑。"感觉相当多。"

"就是相当多!你和血九指并肩作战过!你和三树鲁德并肩作战过!你在群山打败过贝斯奥德。"

他咧嘴一笑,舔了舔犬牙。"你知道我不喜欢吹牛。"

"有你的名声,不需要吹牛。"她扬起下巴,昂首挺胸,让父亲看到身为他的亲人,自己有多么骄傲。"你一定能打败日暮斯达和他的马屁精,我们要拿荆条吊死他,我要在他身上刻上血淋淋的十字,把他发臭的内脏送给他爹!"她情绪激动地挥舞着拳头,吼得唾沫横飞,然后她松开手,擦了擦嘴,"要么就……"

听到瑞卡放狠话,父亲吃了一惊。"你以前没说过这种话。"

"是啊,怎么说呢,我家以前也没被烧过。以前不明白北方人为什么都喜欢结仇,我现在越来越能理解了。"

父亲直皱眉头。"我还指望把恩怨带到坟墓里去,你啥都不用计较。"

"这不是你的错!也不是我的错。铁手斯奎尔对我们动手!黑手卡尔达烧了乌发斯!该死的日暮斯达在林子里追杀我。他们还踩烂你的花园……"说到最后,她没了底气。

"花园的好处在于,花花草草都能长回来。"

"可是感觉已经变了,"她愤愤不平地吼道,回忆再一次引燃了怒火,"当你脖子以下都泡在冰冷的河水里,饿得要死,屎尿都拉在裤子里的同时,听一个混蛋夸夸其谈,说他要怎么折磨你,那种难受劲儿你是吃不消的。摧毁你的所爱,他说,而他们已经摧毁了一切。行,那我要摧毁他们的所爱,走着瞧。我对自己发过誓,我一定要整死斯达,我发誓。"

瑞卡的父亲叹了口气。"对自己发誓的好处在于,如果你违背了誓言,没人对你说三道四。"

"哈。"瑞卡意识到自己又攥紧了拳头,然后决定这次不松开了,"艾森说我软弱。说我被宠坏了。"

"这算不了什么。"

"艾森说冷酷无情是月亮宠爱的品质。"

"对于从艾森-埃-费尔那里学到的经验,也许你得打个问号。"

"她希望我变得更好。北方变得更好。"

父亲悲伤地笑笑。"说真的,我们都追求所谓的好。这个世界坏就坏在,关于什么才是好的,大家不能达成一致意见。"

"她说你得硬起心肠来。"

"瑞卡。"他双手按着她的肩膀,"现在听我说。这么多年来,我知道有很多人这样做。他们的心肠很硬。他们把心肠变得像铁石一样,就为了当头儿,为了打胜仗,为了称王称霸。他们到头来也没得到什么好处,他们周围的人也一样。"他捏了捏她的肩膀,"我喜欢你现在的心肠。也许这样的心肠再多一些,北方才能变得更好。"

"真的?"她不大相信。

"你有骨气,瑞卡,你还有脑子。你喜欢深藏不露。连你自己都被骗了。"他望着谷仓里大喊大叫的人们,"等一切结束了,我认为他们需要你的骨气和脑子。但他们也需要你的心肠。等我离开以后。"

瑞卡咽了口唾沫。一如既往,她把恐惧变成笑话讲出来。"你要去哪里,粪坑?"

"先去粪坑。然后进毯子。别醉得太厉害,呃?"他弯下腰,在她耳边说,"你的心肠要是变成了酒囊也怪可惜的。"

她皱着眉头,目送他走开。他一直很瘦,但结实得像一把弯弓。然而,如今这把弯弓看起来扭曲变形,随时可能折断。她竟然在思考他还剩多少日子可活。要是他不在了,她将是什么样子。他们都是什么样子。要是他们真的指望她的骨气和脑子,那么他们遇到的麻烦绝对超乎想象。

摆子坐在那里,锁着眉头张望,前后左右都空了一小片地。他名气在外,很多人都跟他保持距离,喝醉酒也不例外。北方的恶人多的是,而大部分观点都认为,摆子考尔是最恶的人之一。恶人当然招人嫌，直到你惹了麻烦，而身边有个恶人。到了那个时候，他们就是宝贝。

"喂，喂，摆子！"她拍他的肩膀，差点拍空。好在他肩膀大。"真不敢相信，你竟然来参加宴会。我们在庆祝我英雄般的归来。你应该笑一笑。"她看着他毁了容的脸，眼皮耷拉在金属眼球上，脸颊有大片的烧伤，"你会笑，对吧？"

他看着她按在肩头的手，又抬头看她，脸上没有一丁点笑意。"你怎么从来不怕我？"

"你没有那么吓人啊。我一直觉得你的眼珠子挺漂亮的。亮晶晶。"瑞卡拍了拍他伤痕累累的脸颊，"你每次都像是……迷了路。你好像把自己弄丢了，不知道往哪里看。"她摸了摸他的胸口，"你放心，你还在这儿。你在这儿。"

他一脸震惊，仿佛挨了她一巴掌，仅剩的肉眼闪着湿润的光，也许是她看错了，因为摆子考尔不是爱哭的人，除了他的假眼时不时地流泪，那可不是哭。

"今天有不少泪汪汪的老头子。"她咕哝着，离开了桌子，"我要再喝一杯。"也许接着喝不是什么好主意，但不知为何，她发现坏主意常常更吸引人。她一边往杯子里灌啤酒，一边拿舌头抵着嘴巴里的肉窝，也就是每次含着查加的位置，尽可能不让啤酒泼出来，这时候她瞥见了利奥·唐·布洛克。

他一般都带着几个朋友出场，有一口好牙的那家伙离得不远，冲着一个女仆嬉皮笑脸，仿佛自己的笑容是对方求之若渴的礼物，但其他的朋友似乎都被他母亲吓跑了。老实说，芬蕾夫人确实是个让人敬而远之的人物，她正在教训自己的儿子，她摇晃的手指和他紧张的表情就是证明。

"……但我不会继续拴着你，"瑞卡走近了，听见她说，"总得有人组织撤退。"

利奥恶狠狠地目送母亲走开，然后仰头喝干了杯中的酒，把杯子扔过狼藉的桌子，直接就着酒壶猛灌，随着他不断地吞咽，一条条小溪顺着喉咙淌下来。

"我有时候觉得像你这种喝法，流出来的比喝进去的多。"瑞卡说的是联合王国通用语，她双手撑着他身边的桌子，肩膀耸到了耳边。

他放下酒壶看着她，用北方话回答："这不是狗子走丢的女儿嘛。回来了高兴吗？"

"我更想回乌发斯，可惜乌发斯烧了，人也散了。应该说，幸存下来的人。我一直以为我痛恨那个地方，但现在失去了，我又很想念……"她再次按下心头涌起的悲伤，"不过，已经比在冷死人的林子里被一帮混账东西追杀好太多了，就是这样。北方不缺坏蛋，但那个日暮斯达啊。"强烈的恨意袭来，她咬牙切齿地说，"死者在上，他就是歌里唱的大坏蛋。"

"你们北方人喜欢把坏蛋编进歌里。"

"我是北方女人。"她用大拇指戳了戳胸脯。

"我注意到了。"他眼珠子一转，挑起眉毛。他看的是她的拇指，不是胸脯。但也许偷瞄了一眼。她多少抱有这样的希望，但喝得晕晕乎乎的，看不真切。似乎两人一来一回，每个字都带刺。有点危险，像是针锋相对的决斗。有点兴奋，仿佛每次呼吸都在赌博。

"压力大啊，"她咕哝着，坐在他母亲刚才坐的凳子上，把脚重重地跷上桌子，大大咧咧地向后倒去，"家里有这么一位赫赫有名的长辈。"

"没什么。我想念我父亲。"利奥冲着酒壶直皱眉头，"他去世三年了。感觉像是昨天发生的事儿。他活着的时候我母亲没这么操心我。"

"她为你操心，你应该高兴才对。我都没见过我母亲。"

"我很快就会成为总督。"利奥企图摆出总督的派头来,虽然弄巧成拙,但瑞卡觉得很可爱,此时此刻,他的方方面面都很可爱,不知为何,他的锁骨特别可爱,结实,线条分明,位于当中的凹处很深,估计她的鼻子正好能顶进去,"国王将颁布命令,然后我想干什么都可以。"

瑞卡的眼睛睁得老大。"所以……你只要按照妈妈吩咐的去做,等到一个戴金帽子的人认可你就行了?"她鼓起腮帮子,"了不起。真是太了不起了。"

一开始他皱着眉头,但很快便羞怯地笑了起来。"你说得对。我很混蛋。"

她心里想的是有时候你就需要一个混蛋,但她没有说出来。姑娘家就该保持一点神秘感,喝醉了也不例外。

利奥凑上前来,她感觉靠近他的那边脸颊腾得发烫,仿佛挨着一炉子烧红的煤炭,而她离得太近了。"听说你是被巫婆养大的。"

瑞卡瞥了一眼艾森-埃-费尔,冷哼一声。"疯婆子吧。"

"听说你有千里眼。"

她伺机又靠近了些,左边的眼珠子转向他。"没错。"两人的脸相距不过几寸,其间的空气热得像敞开的烤箱。"我能预见你的未来。"

"是什么样的?"他的嗓音里带有疑虑和笑意,以及好奇,她好像还嗅到了情欲的味道?死者在上,她求之不得。

"预见未来有一点不好,那就是没了惊喜。"她站起来,差点被凳子绊一跤,但她熟练地扒着桌子边沿,恢复了平衡,"我让你看看。"

她抓着他的胳膊,拉他起来,拉到半路走了神,满脑子都是奇妙的触感。他的袖子底下是硬邦邦的,像一根木头。

"真不一般。"她喃喃低语,拉着他走向外面,谷仓的大门已经敞开,人们三三两两地回到各自的帐篷和床铺。利奥那个戒心很重的朋友,好像叫朱兰,正在墙边盯着他们,看样子不大高兴,但她此刻懒得管人家高不高兴。艾森-埃-费尔跟摆子站在一起,那条光溜溜的、缠着绷带的腿撑在凳子上。

"这是一条腿。"艾森得意地展示煞白大腿上隆起的筋腱,"你瞧,这可是一条正经八百的好腿,普通的腿都不能比。"

摆子谨慎地打量了一番艾森的腿。"是。"

"另一条,"艾森说,"就更好了。"

摆子的眼睛,或者说那只肉眼,从艾森的腿望向她的脸。"是吗?"

"是。"她俯身凑近,"而两腿之间……"

"打扰。"瑞卡拖着利奥溜了过去,两人拼命忍着笑。离开温暖的室内,夜晚的空气好似劈头盖脸的一巴掌,打得鼻子生疼,脑袋发晕。火光在黑暗中跳跃,标示着帐篷的方位,有人在唱某个死去英雄的古老歌谣。她拽着利奥的胳膊肘,漫无目的地走着,每次脚步蹒跚,他们都会哈哈大笑。

他抓着她的肩膀。"你要带我去——"他闷哼一声,被她推了一把,靠在一堵破墙上,她把手插进他的发间,搂到面前。他们就这样对峙,相距不过几根指头的宽度。她按兵不动,他吹来的气息是那么热烈、激动,带着啤酒味,吹得脸颊发痒。她按兵不动,远处的火光在他的眼角闪耀。她按兵不动,越来越近,越来越近,直到他送来含着笑意的嘴唇,而她的嘴唇擦过他的嘴唇,从左往右,然后从右往左。

然后他们亲吻起来,饥渴,疯狂,嘴唇吮吸,牙齿刮擦,舌头纠缠,瑞卡自认为吻技高超,反正她是这么告诉自己的,他也丝毫不赖。可不能小鸡啄米。你得铆足了劲地干。他们分开了,各自调整呼吸,他微微摇晃着,擦了擦嘴,目光在她脸上疯狂游移,有点慌乱，有点兴奋，有点迷醉，她同样感到慌乱、兴奋、迷醉。接着他深吸一口气，又吐了出来。

"那么……惊喜在哪里？"

她咧嘴一笑。"你这个混蛋。"一扇摇摇晃晃的门敞开了一条缝，里面黑漆漆的，她用肩膀顶开，赶他进去。只见他打了个趔趄，扑通一声摔在地上，然后没了声音。

"利奥？"她轻声喊道，小心翼翼地向前挪动。里面黑得伸手不见五指，她到处摸索。随后她感到手腕被人捉住，猛地一拽，她大叫一声，扑进一处柔软的地方，是一堆干草，散发着泥土、牲畜和腐烂的气息，但瑞卡一向不大挑剔，此时此刻尤其不挑剔。挑剔鬼瑞卡。当利奥爬到身上再次亲吻她时，她愉快地轻哼一声，他发出热切而低沉的喉音，她也报以同样的回应，黑暗中，他的嘴唇是那么火热。

他把手伸进她的衬衫，摸到她的腰，再摸到她的肚子，然后被她攥住了手腕。

"等等！"她轻声说。

他不动了。"怎么？"沉默中，她能听见自己雷鸣般的心跳，还有他急促的呼吸，"你还好吗？"

"我们是不是应该……先得到你母亲的许可？"

她看到他笑了，牙齿闪着微光。"你这个混蛋。"

"或者，国王陛下的许可？王家法令也许压得住总督夫人的——"

"你说得对，"他撑起身子，"我这就让人送信去阿杜瓦。他们将在内阁讨论此事，等到传令骑士把他们的决定带回来之后——"

"不敢保证我到时候有没有醉成这样。"她说话时已经在脱裤子了。还没把裤子脱过屁股，她突然手一滑，翻了个身，啃了一嘴的干草，她噗噗地吐出来，笑着直打嗝，然后他们又吻在一起，她双手捧着他的脸颊,感受他尖尖的下巴和硬硬的胡楂。

他的手往下滑去,摸到她两腿之间,她想张开双腿,却被腰带缠住了,干草扎得她屁股发痒,她把身体贴上去,厮磨,厮磨,舌头探进嘴里,他呼哧带喘,像是在笑。她也在笑,笑开了花,这种享受绝对比在林子里被人追杀好多了。

不需要千里眼就知道事态的发展。被人渴望的感觉是无与伦比的,对吧?你渴望得到的人,也渴望得到你。简直就像魔法,感觉那么美妙,却无须付出任何代价。

她翻身压到他上面,一方面是掌握主动,另一方面是因为屁股被干草扎得难受。她把裤子褪到脚踝处,跨坐在他身上,开始解他的皮带,但什么都看不清,黑暗中天旋地转,她甚至担心自己摔下去,虽说她只是跪坐在干草堆里,笨手笨脚地解皮带而已,像是戴着手套拆线头。

"操,"她嘶声说,"你母亲给你上锁了吗?搭扣在哪里?"

"老地方。"他低声说,灼热的呼吸吹得她耳根子发痒,吹得她愉悦地打了个哆嗦,"还会在哪里呢?"他解开时传来轻柔的叮当声,她把手探了进去。

"噢。"她傻乎乎地叹道。不知为何,这玩意儿总能让她大吃一惊。奇奇怪怪的部位。但她知道该怎么做,反正她是这么告诉自己的。可不能草草对付两下,像是你很害怕它一样。你得铆足了劲地干。

"啊!"他差点从干草堆上跳起来,"轻点。"

"抱歉。"也许她有点生疏了,而小小的棚屋似乎在旋转,像一条被卷入漩涡的小船,当然是愉悦的漩涡,温暖,湿热,散发着动物的气息,他的手在她的双腿之间忙活,位置不对,但离得很近,她挪了挪屁股,找对了位置,然后在他耳边哼哼着摇晃起来,前前后后,前前后后,前前后后。

"该死,"黑暗中笑意荡漾,他在她身上摸索,"到底在哪里,你的……"

"老地方。"她嘶声回答,然后往掌心吐了一口唾沫,抓住他的老二,扭动着凑近了,"还会在哪里呢?"

25 狮与狼

The Lion and the Wolf

要是有人问起来,他总说自己喜欢女人。追求。征服。低俗笑话。其实,利奥在女人身边一直都不太自在。男人之间心有戚戚。拍拍后背,用力握手,有话直说,打打闹闹。然而女人简直是一个谜。他一直搞不懂她们的话题、她们的感受,还有她们柔软而怪异的身体。奶子。男人们动不动就讨论奶子。利奥也不例外。胳膊肘顶一顶,快看她胸前那两坨肉。但要是实话实说,他不是很清楚奶子有什么好看的。在利奥看来,奶子就……那样。当然,他在床上干过。他挺枪冲杀过!那个环节不成问题。不过翌日清晨,他迎来了有生以来最尴尬的时刻。

他捡起裤子,摘掉几根干草,费力地穿上,搭扣发出的声响让他皱起眉头。他找到衬衫和靴子,朝着泄露晨光的门板走了一步,然后回头张望。

瑞卡躺在干草堆上,双臂随意地摊开,鼻子上的金环在晨曦里闪亮,挂满符文和护符的项链纠缠成一团,随着她的呼吸翻转移动,一绺头发落在她脸上。尽管头痛难忍,他却情不自禁地笑了。

利奥在女人身边一直都不太自在。但也许问题在于他没有找对人。瑞卡一点都不像母亲在奥斯腾霍姆为他安排的那些女士。她们似乎永远心口不一,仿佛说话是一种博弈,把对方说糊涂你就赢了。瑞卡认识他已有好些年。不需要支支吾吾地找话题。跟她在一起,每时每刻都像在冒险。她可以把持一段对话,一眨眼就离题万里。你永远不知道对话的终点,但始终都是诚恳的。

他扔下靴子,躺回她身边。他抬起手,在半空中犹豫片刻,始终满脸笑容,然后轻轻撩开她脸上的头发。她没有睁眼,但提起嘴角,嫣然一笑。"决定不溜走了?"

"发现没什么地方好去的。"

当她睁开灰色的大眼睛看着他时,他不禁打了个激灵。"要不要再来一次,呃?"她伸了个懒腰,在干草堆上扭来扭去。

"还没有收到国王的答复。"他凑近了亲吻她。

她抬起下巴躲开。"那总督夫人呢?"

"书面的没有,"他轻声说,"所以我就当他们同意了。"她呼出的气息带着酸味,嘴角沾着渣滓,他一点也不在乎。

她把手插进他的头发,狠狠地抓着后脑勺,深深地亲吻他。纯粹是贪婪的亲吻,毫无想象力可言。她一骨碌翻起来,半撑着身子,咬着嘴唇,开始解他的腰带,而他在干草堆上扭动,呼吸再次急促起来,完全忘了头还在痛——

她停止动作,皱起眉头,忽然坐起来,吸溜着鼻子。"你闻到了吗?"

"这里关过牲畜。"

"不。是甜味。闻起来像……"瑞卡吸了吸气,她的小手指在抽搐,"噢,不。"她盯着小手指,面色一沉,"每次都来得不是时候。"此时她所有的手指都在抽搐,"找艾森-埃-费尔来!"她躺回了干草堆,整条胳膊都在颤抖。

"什么?"

"找艾森来!"瑞卡抓起挂在脖子上的木钉,死死地咬在嘴里。接着,她的后背变得像一张拉满的弓。她发出响亮、长久而空洞的喘息声,似乎排光了体内所有的空气。然后她垮了下去,扑腾得干草乱飞,浑身的肌肉都在颤抖,脚后跟在肮脏的地面上胡乱划拉。

"见鬼!"利奥尖叫一声,一手伸向她,一手伸向门板,想要按着她以免她伤到自己,想要帮助她却不知如何是好。他脑子里冒出的第一个念头很是丧气,那便是去找母亲。第二个念头才是按照她的吩咐去找艾森-埃-费尔。

他推开门,冲过院子,惊得鸡飞狗跳,帐篷之间,那些吃着早饭,磨刀霍霍,抱怨天气、食物和当前局势的人,全都目送他半裸着身子飞奔而去。他看到格拉沃德坐在火堆前,听朱兰在耳边说什么,脸上带着笑。利奥冲过去时,两人一同瞪大眼睛,然后迅速分开,而他从两人当中跃过火堆,还踢翻了一个水壶。

"抱歉!"

他落地时光脚打滑,趔趄了几步,继续往前冲,冲过北方人的营地、烟火和饭菜的香味,他钻进林子时还听到有人在沉声歌唱。

"艾森-埃-费尔在哪儿?"他尖叫,"艾森-埃-费尔!"

他顺着指引跑向一座帐篷,甚至不知道指引的人是谁,然后他掀开门帘,闯了进去。

在他的想象中,女山民应该在一口大锅前熬煮东西,但见她坐在帐篷里,身着破烂的古尔库便袍,缠着绷带的腿搁在旧板条箱上,一手端着青烟缭绕的查加烟斗,一手拿着昨晚的酒壶。

在艾森的注视下,他喘得上气不接下气。"我很少在大清早拒绝一个半裸的男人,不过——"

"她发癫了!"他气喘吁吁地说。

艾森把烟斗嘶的一声地插进酒壶,把伤腿从板条箱上搬了下来,僵硬地站起身。"带我去。"

她还躺在那里,扑腾得不如刚才那么激烈,但还在蠕动,呻吟阵阵,木钉上的唾液泛着白沫,星星点点地沾在她扭曲的脸颊上。她的脑袋肯定撞到了墙壁,发丝带血。

"死者在上。"艾森喃喃念叨,跪在她身边,把手搭在她肩膀上,"帮我按住她!"利奥也跪下来,一手按着瑞卡的胳膊,一手按着膝盖,艾森拨开她的头发,检查伤口。这时候他才注意到瑞卡一丝不挂,而且近在眼前。

"我们只是……"也许安塔普能想出一个清白的借口来,他经验丰富,但利奥不太会撒谎,真正的高手才能做到随机应变,"我们只是……"

"我又不是啥都不懂。"艾森-埃-费尔甚至懒得看他一眼,"我发挥一下想象力就知道你们干了什么,小子。"她弯下腰,擦去瑞卡满嘴的白沫,把乱发梳理到后面。"嘘。"她轻声唤道,像在吟唱,"嘘。"

她如此温柔地抱着瑞卡。如此温柔地说着话。利奥完全想象不出这个面容冷酷的女山民能温柔到这个地步。

"醒醒,瑞卡。醒醒。"

瑞卡虚弱地咕哝了一声,最后一阵抽搐从她的双腿传到肩膀。她呻吟着,慢慢用舌头抵出湿漉漉的木钉。

"操。"她嗓音沙哑。

"这就对啦!"艾森恢复了往日凌厉的口吻。利奥闭上眼睛,如释重负。她没事。然后他意识到自己还死死地按着她,而她早已不再扑腾,于是他立刻收手,看见她的胳膊上多了一块泛红的手印。

艾森正在给瑞卡穿裤子,先是套进她绵软无力的双脚,然后拉上去。"帮把手,给她穿衣服。"

"我不知道——"

"给她穿衣服,行不行?跟脱衣服一样,反着来就行。"

瑞卡发出长长一声呻吟,捂着血淋淋的脑袋,慢悠悠地坐起来。

"你看见啥了?"艾森把衬衫披在瑞卡身上,蹲到一边发问。

"我看到一个秃头的织工,有一个不见底的钱袋。"瑞卡的嗓音很是陌生。粗哑,空洞。完全不是她的声音。利奥莫名地有点害怕。也有点兴奋。

"还有呢?"艾森问。

"我看到一个老太婆,脑袋是用金线缝在一起的。"

"哈。还有呢?"

"我看到一头狮子……和一匹狼……在血之决斗圈里恶战。它们互相撕咬,狼占了上风……"她抬眼瞪着利奥,"狼占了上风……但狮子赢了。"她抓着他的手,盯着他的脸,把他拉到面前,力气大得可怕,"狮子赢了!"

在此之前,利奥敢说那都是瞎扯。所谓的千里眼。古老的传说,迷信。不然还能是什么?但他仔细观察瑞卡癫狂而潮湿的眼睛,瞳孔扩张到完全看不到虹膜,只有深不见底的黑洞,他感觉汗毛倒竖,脊背发凉。他忽然有所怀疑。

或者说,他有点相信了。

"我是狮子吗?"他轻声问。

但她闭上眼睛,瘫软在干草堆里,无力地放开了他的手。

"出去,快,小子。"艾森说着,把他的靴子和衬衫塞到他怀里。

"我是狮子吗?"他喊道,不知为何,他渴望知道答案。

"狮子?"艾森大笑一声,把他推进院子,"傻子倒有可能。"说完她一脚踹上了门。

26 无情
No Unnecessary Sentiment

"我父亲对你的评价很高。"

托伊费尔审问官始终眯着眼睛,视线从车窗外阳光普照的田野移向瑟雯,但什么都没说。用冷峻来形容她的外表实在是太保守了。她的面目仿若燧石凿刻而成。下巴和颧骨凸出,鼻子扁平,略有歪斜,因为长期皱眉,鼻梁上有两道褶痕,灰白夹杂的乌黑短发紧紧贴在脑后,犹如杀人犯的镣铐。

瑟雯面带微笑,她的笑容是精心雕琢的,天真无邪,任谁看了都会情不自禁地报以微笑。"他不轻易称赞人。"

托伊费尔微微点头,表示听见了,但依然一言不发。对某些人而言,恭维比拷打更能撬开他们的嘴,瑟雯早就发现,来自德高望重的第三方的恭维最为有效。只是托伊费尔的嘴不容易撬开。她随着马车的颠簸轻轻摇晃,神色戒备,像是在看守银行的金库。

一阵疼痛突如其来,瑟雯忍不住动了动。一向准时的月经提前来了,从腹部到大腿后侧都有熟悉而隐约的痛感,屁股里时不时一阵刺痛。她一如既往地拼尽全力，让浑身上下每一块肌肉都处在放松的状态，让痛苦的表情变成格外灿烂的笑容。

"他说你是在安格兰长大的。"她换了个突破口。

托伊费尔终于开口，但惜字如金。"是的，小姐。"她让瑟雯想起了柯斯比克的发动机：赤裸裸，直板板，冰冷无情。没有多余的血肉，没有多余的装饰，当然也没有多余的情绪。

"你在煤矿里干过。"

"是的。"而且看样子她从那时开始就没有换过着装。旧工装的袖子挽到手肘，外加女工们常穿的皮背带。粗劣的裤子塞进工靴，鞋带系得很紧，其中一只脚毫不客气地伸到地板中间，仿佛划了一块领地归自己。她完全没有一点女人的样子。还有女人比她更不注重外表吗？瑟雯不露痕迹地整理新裙子，把磨人的接缝处从潮湿的腋窝底下挪开，但收效甚微。她绝对不会承认，可是该死的，她太羡慕托伊费尔了，尤其考虑到天气如此炎热。

"煤炭正在改变世界。"她说着推开车窗，企图换来更多新鲜空气，扇子也扇得更快了。

"有所耳闻。"

"但是不是往好的方面改变呢？"少年若有所思地喃喃道，"这是个问题。"

他抬起头，苍白的脸颊泛起红晕，那双大而悲伤的蛙眼望向托伊费尔。她看他的眼神跟看瑟雯一样，冷静而又挑剔。面对这种眼神，他只能责怪自己不该开口说话。小伙子的目光落在地板上，本来就抄着的双臂抱得更紧了。

这两人凑成了一对古怪的组合。燧石般的女人和软蜡般的少年。她丝毫不表露情绪，而他所有的情绪都写在脸上。谁都不会相信他们是为审问部干活的。但瑟雯觉得这种效果恰到好处。

"你觉得在瓦贝克会遇到麻烦吗？"她问。

"要是有麻烦,"维克说,"我觉得您父亲是不会让您来的。"

"他说了不让我来。但我没理他。要是那里真的一点麻烦都没有,我觉得他也不会派你过去。我说的对吗?"

维克眼睛都不眨。这个女人完全不为所动。"您觉得会有麻烦吗?"

"我认为防患于未然最明智不过。我投资了城里的一家纺织厂。"

"不止。"

"不止。我在那里有个合伙人,瓦利米上校。"

"曾任王军第一团的指挥官。此人冥顽不灵,在密特里克手下不受待见。他在您手下如何?"

显然,维克不光清楚自己的活计,对别人的也了如指掌。"指挥一个见风使舵的人有什么意思?"瑟雯问,"况且合伙人很有用。有的监督业务。有的分摊风险。"

"有的承担责任。"

"你应该经商。"

"我未必做得到那么冷酷无情。我还是留在审问部吧。"

瑟雯哈哈一笑,笑声久经磨练,天然淳朴。"工厂一直在赔钱。估计是劳工在捣乱。我以前常说纺织物只能贬值,不能生钱。"她掸了掸旅行外套的绣花袖口,一粒细小的尘埃飞了出去,"织工里有很多退伍士兵,有暴力倾向,喜欢闹事。公会解散之后,他们群龙无首,钱包和自尊都受到了伤害。"

"是什么改变了您的想法?"

"现状。生意怎么样,我一向心里有数。结果,突然之间,我发现我的工厂扭亏为盈了。"

"这当然是好事。"莉斯比特接过话茬,她说的尽是废话,但又喜欢说,自从她临时担当女伴之后更是变本加厉,口音越来越做作。照这个势头发展下去,不用等到朱瑞从南方回来,在抵达瓦贝克之前瑟雯就得掐死她。

"确实是好事,"瑟雯说,"但扭亏为盈得太快、太猛,我很……怀疑。"

"您应该去审问部。"

"穿着束腰吗?怕是不行。"

托伊费尔笑了。嘴角微微翘起而已。深思熟虑的微笑,正如她表现的任何一种情绪。仿佛情绪超出了预算,已经负担不起。

"你的情绪不怎么外露,对吧?"瑟雯说。

笑意有所增加。"也许本来就不多。"

这话不是嘲讽。双方都知道,托伊费尔所见识的、经历的和忍受的,都是瑟雯永远碰不到的事情。永远不敢面对的事情。她不需要假发和脂粉的伪装。她波澜不惊,安之若素,因为她是用烈火熏烤的硬木雕刻而成的,只要愿意,那双青筋凸起的矿工之手可以把瑟雯撕成两半。

瑟雯不由自主地把佩剑挪到更隐蔽的地方。真不该带上它。这种行为实在荒谬可笑,因为对面坐着一个以杀人为生的狠角色。

维克把一条腿伸得老远。臀部的旧伤又发作了,每遇一处坎坷,马车都一阵颠簸,刺痛从膝盖扩散到后背,但她没有扭来扭去地寻找舒服的姿势,因为她很清楚自己是找不到的。

瑟雯·唐·格洛塔似乎怡然自得,漫不经心地跷着腿,裙子的花边底下露出完美无瑕的靴子,尖头闪闪发亮,可能比一辆马车还昂贵,而马车本来就很昂贵了。维克从未见过比瑟雯更注重外表的女人,她在特维丝王后举办的一次宴会上潜伏过,那半个钟头着实可怕。

瑟雯的眉头没有一根毛,身上的衣服没有一根线头,不该有脂粉的部位没有一丁点脂粉,尽管天气如此炎热。一切都犹如陶瓷般完美无瑕，所以当她像普通人一样举手投足、呼吸说话的时候，反而令人诧异。她佩着一把小得可怜的宝剑，剑柄镶有珠玉。她戴着一顶小得没用的帽子，一根水晶帽针将其固定在头上。她拿着一把扇子，是用色彩斑斓的海贝薄片制成的，优雅地扇个不停。她有一头金色的辫子，傻瓜才相信那是她自己的头发。那不是任何人脑袋上能长出来的。要是这个世界讲一点点公道的话，她的形象简直荒唐可笑。但维克很清楚这个世界毫无公道可言，所以她的形象堪称美艳夺目。

如果维克的父亲没有被审问部抓住，如果家人没有跟他一起被流放到安格兰，她也是这副模样吗？她也会坐在那里，戴着足足花上一个月才能编好的假发，晃悠着漂亮到人神共愤的靴子尖，就像偎着厨房火炉的猫一样，得意扬扬，心满意足吗？

维克很久以前就学到了教训，"如果"是一场没有赢家的游戏。话说回来，游戏很少有赢家。

"你带了蜜饯吗，莉斯比特？"瑟雯问。

莉斯比特的打扮不比她的女主人逊色多少，她从旅行包里摸出一只锃亮的盒子。香味飘来，只见里面装着十来颗小小的糖渍水果，包在揉皱的纸里。维克口舌生津。当你饿着肚子的时候，食物能直接命中某个特殊的部位，防不胜防。

"你要不要解解馋？"瑟雯轻声说。

维克的目光从她昂贵的蜜饯投向她昂贵的笑容。在流放营里，任何事情都有代价，常常还要付出令人痛苦不堪的利息。瑟雯·唐·格洛塔的眸子冷酷而闪亮，酷似昂贵玩偶的眼珠，维克怀疑找遍整个安格兰也找不到比她更冷血的放债人。

只亏欠格洛塔一个人就已经太多了。"不必。"

"我完全能理解。我一个人吃不了。"瑟雯弓着背，叹了口气，按了按细得可怕的腰身，"我就像一大堆肉馅被塞进了一小截肠衣。"

这话真不是嘲讽。双方都知道,瑟雯更有范,更有钱,更漂亮,一根阴毛都能压死维克认识的所有熟人。她安然稳坐在权力和优越的席位上,买卖维克这种货色只在一念之间。

瑟雯把盒子递给塔洛。"你呢,年轻人?"

他的脸颊泛起红晕。仿佛有位女神从天而降,赋予他永恒的生命。"我……"他看着维克,"我可以拿一个吗?"

"瑟雯小姐说你可以拿一个,你就可以拿一个。"

瑟雯的笑容愈加灿烂。"你可以拿一个。"

他伸出颤抖的手,从花哨的糖纸上掰了一块,坐在那里傻看着。

"那块蜜饯恐怕比你的鞋子还贵。"维克说。

塔洛抬起一只脏靴子,皱巴巴的鞋舌垂下来,像一条干渴的狗在吐舌头。"这不要钱。是从死人脚上扒下来的。"他把蜜饯塞进嘴里。"噢。"他的眼睛瞪得更大了。"噢。"他闭上嘴咀嚼,浑身酥软地窝在座位上。

"好吃吗?"莉斯比特问。

"像阳光。"他含糊不清地说。

"你应该说谢谢。"

"没事。"瑟雯的情绪控制得很好,但维克注意到她隐隐有些恼怒,她再次递出盒子,"真的不要?"

"不必,"维克说,"您太好心了。"

"我怀疑不是所有人都同意你的评价。"

"要是所有人都同意,我就失业了。"维克强忍痛楚,不动声色地收回了伸长的那条腿,把车窗一推到底,"停车!"她对车夫喊道,"接下来我们步行。"

"确实,被人看到跟谁同行可不是小事,必须慎重对待。"马车吱嘎吱嘎地停下来,瑟雯的眼睛睁得老大,"我母亲常对我唠叨,贵族小姐的名声就是一切。太讽刺了。她的名声差得很。"

"有时候你就是不懂得珍惜某样东西,直到你失去它。"维克喃喃道。

她跳下马车,站在车轮轧过的泥土里,瓦贝克仍旧隐在北方的群山之后,但能看见城里成千上万的烟囱冒出的烟,烟云随风扩散,形成一团巨大的污物。她似乎还能闻到。喉咙被刺激得发痒。

"你们就只有这点行李?"瑟雯看到塔洛从车顶的一堆箱子底下拖出脏兮兮的袋子。

"我们轻装出行。"维克说着,穿上了破旧的外套,然后跟劳工一样弯下腰、驼起背来。

"我羡慕你。有时候我觉得要是不带上一打箱子和一个帽架,我都没法出门。"

"财富也是负担,呃?"

"你想象不到。"瑟雯说话时,莉斯比特关上车门。

"谢谢您的蜜饯,小姐。"塔洛瓮声瓮气地说。

"这么有礼貌,值得奖励。"瑟雯把盒子扔出车窗。

塔洛轻吸一口气,手忙脚乱地接住盒子,生怕它掉到地上,最后紧紧地抱在胸前。"不知道说什么了。"他叹道。

瑟雯微微一笑。她轻启朱唇,露出珍珠般光亮的牙齿。"那么沉默可能是你最好的选择。"在维克看来,沉默在任何时候可能都是最好的选择。瑟雯用扇子碰了碰造型别致的小帽子。"狩猎愉快。"

扇子啪的一声收起,鞭子发出一声脆响,马车震颤着重新上路,驶向瓦贝克。塔洛默不作声,手搭凉棚遮挡正午的阳光,一脸不舍地目送马车离开。维克甩开头发,把手伸进路边的沟里,直把污水往身上招呼。

"你真要这么干?"塔洛问。

"我们现在是无家可归的穷人,小子,"她模仿着劳工说话时粗鲁的语气,"我们总得装得像点样。"她说着把泥巴抹在脸上。

他叹了口气，看着瑟雯的马车消失在树林里，花哨的盒子还紧紧抱在胸前。

"我头一回见到她那种人。"他低声说。

"是。"维克拍打着那条僵硬的腿，吸溜鼻子，清清嗓子，吐了口痰在路上，然后她冲着塔洛打了个响指，"咱们来一块蜜饯。"

27 表面朋友
Friends Like These

瓦利米的家宅位于山顶,正是大多数富裕的瓦贝克居民选择安家置业的地段,家中的布置充分体现了财富有余而品位不足有多么可怕。所有的一切——主要是家具、餐器和客人——都太笨重、太奢华、太光鲜。瓦利米太太的裙子是错配的紫色,窗帘是艳俗的蓝绿色,汤是可怕的黄色。色泽如尿液,味道也差不多。

"好热的天气啊,我从没遇到过!"女主人傻笑着,可劲地扇风。

"闷得难受,"身为瓦贝克审问部的主管,里辛奥主审官胖乎乎的脸蛋满是汗水,擦完了立刻回弹,"即使在这个季节都不常见。"

瑟雯正处在月经的第一天,来势格外凶猛,炎热的天气简直是火上浇油。正如母亲开的那句玩笑,内裤如战场。虽说垫了三层纸巾,但如果起身时她在瓦利米家俗不可耐的椅子上留了一大摊血污,也不算太出乎意料。还有助于让这次宴会永远铭刻于记忆之中。一阵剧痛来袭,她不得不佯装若无其事,放下奢华无度的勺子,推开面前的碗。

"不饿吗，瑟雯小姐？"坐在主位的瓦利米上校看了过来。

"非常美味，只不过，唉，我年纪大了，必须付出更大的代价才能保持身材。"

里辛奥咯咯一笑。"我就不操这个心！"

瑟雯强颜欢笑，掩饰内心的反感，他正就着汤勺呼噜呼噜地喝汤，好似一头就着食槽进食的肥猪。"你真是幸运。"别人真是倒胃口。

帕姆霍特市长大人昏昏欲睡。瓦利米太太假装没有注意到他摇摇晃晃，随时可能倒在她的大腿上。粘在他秃头上的几绺花白头发被她扇出的风吹得飞起来，高高地竖在顶上。瑟雯当晚第十次后悔没有留在阿杜瓦。满可以拉上窗帘，疼得缩成一团，痛痛快快地骂上一阵子。但她拒不成为残暴子宫的奴隶。生意为重。生意永远为重。

"生意怎么样？"她问。

"蒸蒸日上，"瓦利米说，"第三间厂房竣工，已经投入生产，全厂开足马力。成本下降，利润上涨。"

"成本和利润的势头很合我的心意。"

瓦利米发出的声音介于咳嗽与嗤笑之间。他这人缺乏幽默感。"全是好消息。正如我在信里写的一样。没什么可担心的。"

"噢，我总能找到害我失眠的事情。"瑟雯说。光是从腹部到大腿后侧持续的疼痛就能做到了。

也许是因为她的到场，宴会上弥漫着紧张的气氛。交谈急切，笑声刺耳，仆人们撤掉汤碗时手忙脚乱。瑟雯的视线被窗外的寒光吸引了：有两名卫兵在外面巡逻。她抵达的时候有四名卫兵守门，还有一条怒气冲冲的大狗。

"有必要安排全副武装的卫兵吗？"她问。

瓦利米闻言一脸惊愕，如坐针毡，反而令她感到满意。"考虑到你的社会地位，考虑到可能有人对你心怀嫉恨，考虑到……你父亲的身份，我认为无论我们多么谨慎都不为过。"

"任何时候谨慎都不为过，"里辛奥主审官应声附和，然后凑上前来，过分亲昵地拍拍瑟雯的肩膀，"但你不必害怕，瑟雯小姐。"

"噢，我可不容易被吓到。我一天至少收到一打恐吓信。充满了各种侮辱我、虐杀我的新奇想象。有恼羞成怒的竞争对手，嫉妒到牙痒的同行，心怀不满的劳工，瞧不起我的合作伙伴，希望落空的请愿人。要是单凭人身威胁就能挣钱，我可能……"她顿了顿，思索片刻，"更有钱。我敢说，恨我的人比恨我父亲的还多。所以我发现，男人对某样东西的痛恨程度，超过了他们对其他男人的痛恨。"

她故意按下话头。"什么东西？"瓦利米太太追问。

"女人。"瑟雯难受地挪了挪屁股。要是一个男人在剑斗比赛中被打中了卵蛋，他当然会嚎叫、痛哭、打滚，他的对手会耐心地等待，观众也会表示理解。而要是一个女人在每个月的那几天里笑不出来，那简直是大逆不道。她勉强笑了笑，汗珠子渗了出来。"窗户上的格栅也是为我安装的吧？"

"在山上……"隔着还在打盹的市长，瓦利米太太斜着身子，谨慎措辞，像是踩着长满青苔的石头过河，"我们都得格外注意安全问题。"

"三周前，"康迪恩·唐·西里斯克细声细气地说，她丈夫是工厂主，本人性子胆怯，完全不懂生意，"一位工厂主被杀死了。在他自己的家里！"

"入室盗窃。"里辛奥舔了舔嘴唇，看着从餐桌另一头分发过来的小份紫色肉冻，"拙劣得很，案情清楚明白。"他又凑上前来，拍了拍瑟雯的前臂以示安抚，玫瑰香水味和酸臭的汗味也席卷而至，"我们一定能逮捕罪犯，不必担心那种事情。"

"那么……瓦贝克没有破坏者？"

所有人都看着瑟雯，默不作声，唯一有动静的是那些可怕的小份肉冻。

"仅仅几周前，有人企图使用古尔库之火炸毁阿杜瓦的一家铸造厂，幸而阴谋败露，未能得逞。"她接着说，西里斯克太太按着胸脯大口喘气，看样子，她并不是特别害怕，反而有很大的兴致把这个消息散播出去，不到次日正午就能让她的整个社交圈尽人皆知，瑟雯心照不宣地冲她眨了眨眼。"我在审问部有人。"

"唔。"瓦利米沉声应道，看上去相当恼火，他似乎是那种听到女人说话就恼火的男人，"我们瓦贝克不存在这种问题。"

"完全不存在。"里辛奥唾沫横飞，擦着额头上刚刚冒出来的汗水，他显然有所隐瞒，"没有破坏者，没有焚烧者——"

"焚烧者？"瑟雯问。

瓦利米和他妻子不安地交换了一下眼色。"比破坏者更恶劣的败类。"主人不情愿地解释道，"都是疯子和狂徒，以破坏为乐。破坏者企图……"他厌恶地抿着嘴，"改变联合王国的秩序。焚烧者企图彻底将其摧毁。"

"就算你相信这样的怪物存在，在这里也找不到。"里辛奥说，"瓦贝克的劳工没什么可抱怨的。"

"以我的经验，劳工们的怨气都是一点一滴积攒起来的，"瑟雯说，"而你们的劳工数量相当庞大。一座城市发展如此之快，却一点问题都没有，可能吗？"

帕姆霍特大人猛然惊醒。很可能是因为瓦利米太太拿胳膊肘悄悄地顶了顶他。"进步确实很快，瑟雯小姐。部分原因是凡特和伯克银行慷慨解囊。你知道他们最近在城里新设了分部。"他晃了晃脑袋，又昏昏沉沉地耷拉下去，"你应该去看看……新城区。"

"新街道。"瓦利米说。

"模范街道。"里辛奥说。

"封闭的下水道,"市长凭着坚强的意志,再次唤醒了自己,"家家户户通水管,诸如此类的……创新。"

"在古尔库,人们修寺庙,"瑟雯说,"在斯提亚,修宫殿。在这里,我们修下水道。"一阵礼貌的笑声响起。她抬头看着聚精会神摆放肉冻的女仆。"可以问问你的名字吗,亲爱的?"

她眨巴着眼睛,看了看瑟雯,又看了看瓦利米太太,脸上飞起两朵亮粉色的红云,然后将一缕松散的头发别在耳后。"我叫小梅,小姐。梅·布罗德。"

"跟我说说,小梅,你喜欢瓦贝克吗?"

"挺好的,小姐。我还在……适应这里的空气。"

"山下的空气相当刺鼻。大雾比阿杜瓦还要浓。"

小梅咽了口唾沫。"我也听说了,小姐。"

"别紧张,你有什么就说什么,"瑟雯说,"这是我的要求。没什么好藏着掖着的,对吧?"

"嗯……如今我的家人在半山腰有个好住处。谢天谢地。"

"那旧城区呢?"

小梅紧张地清了清嗓子。"我们刚来的时候就住在那里。旧城区里人满为患,恕我直言。一家六口人住在一间地窖里。"

"六口人住在一间地窖里?"瑟雯看了一眼瓦利米,他又皱起了眉头。

"墙壁常年湿漉漉的,孩子们在敞开的下水道里嬉闹,猪养在巷子里,水管脏得要命。"她说得起劲了,手舞足蹈,"每天都有很多人进城,活儿却不够派,什么东西都贵——"

她的手碰到了瑟雯的杯子,酒杯摇摇欲倒。瑟雯闪电般地伸手,仿佛刺出一柄短剑,在杯子摔落之前将其抓在手里。

女仆惊恐地瞪大眼睛。"我……对不起……"

"没事。非常感谢。你可以退下了。"

"不懂事的傻丫头。"她刚刚关上锃光瓦亮的房门,瓦利米太太断喝一声,扇子摇得更凶了。

"可别乱说,"瑟雯说,"都是我的错。"

"手不稳,嘴不严。明天早晨我就打发她走人。"

瑟雯的语气陡然一变。"希望你不要这样。"

瓦利米太太不依不饶。"请原谅,瑟雯小姐,但在我家——"

"你家非常漂亮,我很荣幸来做客。但我是诚心请求你。我不希望她为此受到惩罚。"疼痛大大地损耗了瑟雯的耐心,她头一次收敛笑容,攫住瓦利米的目光,"请不要逼我跟你对峙。尤其在气氛这么愉快的晚宴上。如果我每次对投资人说实话就得受到惩罚,啊,那我哪有机会让你如此富有。"

漫长的沉默之后,里辛奥凑近瑟雯,把他汗津津的胖手搭在她手上。像一块生面团把她的手包在其中。"瑟雯小姐,我以个人名义向你担保,劳工们都很满意,没什么可担心的。"

怪他运气不好,他自以为是的担保碰巧撞上一阵绞痛,仿佛有人捏紧了她的五脏六腑。瑟雯凑到他耳边,拢着手悄悄说话,以免被别人听见。"再碰我一下,我就拿叉子扎你。扎到你该死的肥脖子里。听懂了吗?"

审问官吞着口水,战战兢兢地收回手。瑟雯又看向瓦利米。"你说工厂的生意很好?"

"是的。"

"那么我很想翻翻账簿。我太喜欢研究成功案例了。"

瓦利米的面部再次抽搐。"我安排人给你送去。"

"也许我直接去一趟更好。我大老远地过来,当然要亲眼见证你的第一手业绩。"

"亲自过去的话……"瓦利米皱起眉头,试探着说。

里辛奥大胆接过话头:"也许不是最好的——"

"你们只当不知道。"他们越是不希望她去,她越有必要去一趟,"我发现,做买卖还是亲临现场的好。"她拿起长得出奇的细勺,深深地剜了一勺肉冻,响亮地嗦进嘴里,吃得有滋有味。

"太棒了,瓦利米太太,肉冻很好吃。"肉冻很难吃,可能是瑟雯不幸吃过的最难吃的,她强忍着腹部的又一阵绞痛,把最灿烂的笑容送给在场的主宾,"务必把食谱给我家女仆。"

28 沉船
Sinking Ships

他们在一家漫天要价的小餐馆里吃饭，窗子蒙上了厚厚一层煤灰，餐盘也谈不上有多干净。塔洛狼吞虎咽地扫光了自己那份肉，舔完了肉汁，然后看着维克吃，活像一条饿狗，只差流口水了。她不喜欢吃饭时被那双既大又悲伤的眼睛盯着，但依然从容不迫地消灭了盘子里的食物。这也是在流放营里养成的习惯。在饥寒交迫的生活中养成的习惯。

享受每一口食物的同时，生活似乎也有了更进一步的希望。

他们一直等到夜幕降临，尽管瓦贝克大雾弥漫，夜晚不比白天黑暗太多，而且感觉更热，夕阳犹如一块燃烧到熔化的铁片，落在西边的大烟囱背后。然后他们就像钻进粪堆的耗子一样，走进蒸汽缭绕、熙熙攘攘的背街小巷，拐弯抹角地提问，期望打听到破坏者藏身何处。

维克把自己的故事反复检验了上百遍。塔洛的也一样，直到谎言成了身上的第二张皮，比事实更熟稔于心。任何问题她都能应对，任何怀疑她都有说法,一环套一环的借口,让她无懈可击,但又不至于完美到令人起疑。她唯一没有做好准备的是她得到的回答。

"破坏者?"一个年纪轻轻的男妓甚至懒得压低声音,"估计你在拉姆纳德街附近的小巷子里能找到他们。"他喊一个正在整理裙带的妓女,那姑娘赤裸的肩头满是梅毒肆虐的痕迹。"破坏者碰头的那条巷子叫啥来着?"

"都不知道那儿还有名字。"说完她转回头,微笑着招徕生意。

他们说起来如此漫不经心,仿佛破坏者是个慈善缝纫会,而不是一伙危害社会的暴徒。老棍说过,里辛奥主审官是个容易干蠢事的胖子,没什么想象力,但足够忠诚。当地人随意谈论违法犯罪的话题,说明他玩忽职守,无所作为。

两人把他们指给了一个满脸傻笑的皮条客。经过一番讨价还价,皮条客又把他们指给了一个独臂乞丐。乞丐收了几枚铜板,把他们指给了一个在推车上卖火柴的失业铁匠。铁匠为他们指了一条巷子,尽头是一座旧仓库。门外有个大汉,楼上窗户里透出来的光在他眼镜的圆片上闪烁,对比硕大的脑袋,那副眼镜显得格外小巧。

维克立刻知道他不好惹。没错,他的块头很大,比她高了接近一个脑袋,破旧的外套紧绷在壮硕的肩膀上。但更麻烦的是看见维克走过来时他的表情。似乎有几分愧疚。完全不是那种自以为是的男人常有的样子。隐约的愧疚才是真正的危险所在。

她有过不堪回首的往事,所以心知肚明。

即便她不那么肯定,他拳头上的刺青也能作证,但他很快把手缩进了袖子里。刺青的图案是斧头和闪电,横跨一扇破碎的城门。指节上文着蓝色的星星。所有的指节无一遗漏。看来他当过云梯先锋。攻城战时头一个爬上城墙的。敢死队的尖刀。他做到了五次,还有命讲述他的传奇故事。或者,再也不愿提起。

琢磨怎么干翻面前的男人,是她在流放营里养成的习惯。最好让这个家伙站在你这边。否则还是离远点，跑得越快越好。似乎整件事对维克来说都是陷阱。不过那样的话太阴谋论了，她告诉自己这是好事。要是你感觉安稳无虞，就会犯致命的错误。

"我叫维克。这是塔洛。"破坏者之间一般直呼名字。

大汉打量着他们，隔着镜片，那双愧疚的眼睛显得更小了。"我是冈纳。"

"我们是从阿杜瓦来的。"她凑近了，低声说，"我们是科勒姆·西巴特的朋友。"

"好。"看他的表情，与其说怀疑他们的身份，不如说茫然无措，仿佛这件事情跟他没关系。"不错。"

"你不是守门的吗？"

"只是出来透透气。我在里面太热了。"他扯了扯领子，"那个叫法官的女人让我……"他停了下来，张着嘴巴，似乎搞不清楚那个叫法官的女人让他怎么了，"好吧，不能说我喜欢如今的世道。不然也不会来这里。但我看不出她能起到积极的作用。"

维克凑得更近了，压低嗓门问道："你不担心审问部吗？"

"必须承认我担心，不过其他人似乎都不担心。"他伸出布满刺青的手，推开门，请他们进去。

维克一向话不多，但并非无话可说。其实她很少有说不出话的情况。然而当她跨过门槛、走进仓库的时候，她能说的只有一个字："操。"

"真的。"塔洛的眼睛瞪得比平时更大了，"操。"

里面少说也有五百人。热得像烤炉，吵得像屠宰场，闻着是一股陈腐的焦油味儿，外加臭烘烘的人味儿和狂躁的气息。火把的照明不太够用，摇曳的火光中，似乎一切都处在疯狂的边缘。墙上挂着一面旧床单缝制的大旗，上面涂着刻不容缓几个字。

几个孩子爬到高高的房椽上坐着，垂在空中的双腿晃来荡去，一时间维克还以为他们底下吊了一排死人。然后她发现那些都是稻草人,画着猥琐的笑脸。有国王和王后,戴着木头王冠。有臃肿的戈罗德茨总理大臣,扭曲的格洛塔审问长。还有一个光头,手里拿着棍子,她知道那是第一法师巴亚兹。伟大而正确的政府在这里公然遭到嘲讽。

他们还搞来一辆旧货车当作讲台,此时一个女人站在上面,像演员一样手舞足蹈,一只细瘦的手抓着杆子,另一只手在空中激烈地挥动。

维克估计她就是法官,很有表演天分。她身上的旧胸甲伤痕累累,铆钉也生了锈,里面的红裙子可能曾是某位贵族小姐的礼服,但已破烂不堪。她有一头丰沛的火红色头发,都编成了辫子,乱糟糟地盘成发髻。她的眼珠子瞪圆了,在那张带疤的瘦脸上显得很大,乌黑而空洞,反射着火光,仿佛有一把火在脑子里烧。兴许真有。

"只动嘴的时代早就过去了!"她狂喊道,刺耳的嗓音听得维克直皱眉头,"只动嘴什么都得不到……"法官故意顿了顿,歪着脑袋,冷冽的笑意在唇上颤动,"什么都得不到,除非用火……"

"烧了它们!"有人大喊,"烧了工厂!"

"烧了工厂主!"

"全都烧了!"房椽上的一个小女孩尖叫,激动得差点掉下来,其他人都跟着高呼。

"烧!烧!烧!"拳头在空中挥舞,裸露的前臂刻有文身。类似在斯塔兰发生过的暴动。大逆不道的口号公然展示出来。还有武器,随着呼喊在人群中起落,不止劳工们特意磨利了的工具。还有长柄武器。有刀剑。至少有一把十字弓。士兵在战场上杀人用的。

"我刚才怎么对你说的?"名叫冈纳的男人站在她身边,一边摇着头,一边看着法官在讲台上踱步,煽动观众喊得更大声。

"早知道这是化装舞会,"维克喃喃道,"我就多下点功夫了。"

有必要的话,她也能说上两句俏皮话应付场面,但她现在乱了阵脚。她原以为瓦贝克的破坏者也就十来号人,类似格丽斯那种满嘴跑火车的笨蛋,躲在地窖里,为不可能实现的美好新世界到底是啥样争个面红耳赤。但眼前的这帮家伙有武器,有组织,数量庞大,公开煽动叛乱。她完全乱了阵脚,这种状况是她不熟悉的,她的脑筋转得飞快。

"等等!"一个老人爬上货车,站到法官身边,"等等!"

"那是马尔默,"冈纳弯腰对维克低语,"他是好人。"

他跟法官截然相反。人高马大,体格结实,身着朴素的工装,因长年劳作,满面都是皱纹,铁灰色的头发早已稀疏,相较于法官熊熊的怒火,他冷静得像冰水。"喜欢放火的人不难找,"他转身面对闷热的仓库,"在灰烬里重建家园的人可就难找多了。"

法官的双臂抄在旧胸甲前,鼻孔朝天,对马尔默不屑一顾,不过人们还是安静下来,听他说话。

"到场的每一个人都是因为不喜欢如今的世道,"他说,"有谁不是?"冈纳哼哼着点了点头,"我在这里出生。一辈子都生活在这里。你们以为我喜欢这里的变化吗?以为我喜欢河里都是污水,街上的垃圾堆成山吗?"他的嗓门越来越大,每说一句,都得到雷鸣般的回应,"以为我喜欢看到有些杂种因为天生命好,由着他们的性子断掉好人的生计吗?喜欢看们他们贪得无厌,剥夺我们应有的权利吗?喜欢看到好人活得猪狗不如吗?"

"去他的工厂主!"法官呼号,人群中有喝彩的,有嘲讽的,也有哀叹和抱怨的。

"这里的男人一天能产出几英里长的布料,拿到手的收入却买不起一件衬衫!女人最大的愿望就是欺骗工厂的督察,说她儿子已经到了进厂的年龄!这里缺了多少根指头?几只手掌?几条胳膊?"人们举起断肢、拐杖和残缺的手,他们不是经历战火的伤兵,而是在机器前不停轮班的劳工,"有人饿死在山上,就在宫殿外一英里远的地方!小伙子们因为白肺,气儿都喘不过来。被某些工厂主看上的姑娘们被迫上夜班。你们知道我说的是什么夜班!"

"去他的工厂主!"法官再次呼号,听众们怒不可遏,声浪前所未有地高。

"这笔账迟早要算!"马尔默紧握双拳,瞪着眼睛,他的愠怒是钝刀子割肉,法官的暴怒是快刀子见血,两者同样叫人难受,"我跟你们保证。但我们需要思考。我们需要计划。等到我们流血的时候——流血是必不可少的——我们得确保代价能换来成果。"

"当然能!该有的都会有!"一个圆润悦耳的声音响起,听来受过良好的教育,人们立刻安静下来。所有人翘首以待,大气也不敢喘。

法官笑了,伸出手,把某个人拉上了货车。此人身着黑色的定制套装,体态丰满,白白胖胖,在一大帮粗人当中显得格格不入。

"他来了。"冈纳抱着胳膊,喃喃说道。

"谁来了?"维克低声问,尽管她已经从安静的人群中猜到了答案。

"织匠。"

"朋友们!"胖子一边呼喊,一边轻轻摇动粗大的手指,"兄弟,姐妹们!破坏者和焚烧者!瓦贝克的良善公民!你们当中有人知道,我是里辛奥主审官,来自国王陛下的审问部。"他亮出粉红色的手掌,遗憾地笑笑,"对此我只能道歉。"

维克目瞪口呆。如果说刚才她乱了阵脚,那么此刻她的后背犹如遭受了重重一击。

"该死。"她听见塔洛轻声咒骂。

"另一些人知道我是织匠!"人群的回应参差不齐,有愤怒,有热爱,有期盼,仿佛他们是来欣赏一场对决的,而冠军斗士耀武扬威地走进了竞技场。

"容易干蠢事的胖子,格洛塔说过。没什么想象力,但足够忠诚。在维克记忆中,审问长阁下破天荒头一遭看走了眼。

"几周前我给国王写了信,"里辛奥大喊,"列举了让我们不满的方方面面。当然是匿名。我认为署我的真名不大合适。"笑声稀稀拉拉,"薪水越来越少。生活开销越来越大。居住环境恶劣。污浊的空气和水。疾病,污染,饥饿。在账面上做手脚,在背地里克扣,对劳工巧取豪夺。雇主非人的压迫。"

"去他的雇主!"法官唾沫横飞地喊道。

里辛奥举起一摞纸。"今早我收到了回信。当然不是愚蠢的国王陛下写的。"

"阿金堡里的鸡鸡!"法官把手伸到胯部装模作样,赢来不少笑声,孩子们在房椽上蹦蹦跳跳,假国王晃来荡去。

"也不是他那位斯提亚王后写的。"里辛奥继续说。

"王宫里的洞洞!"法官尖叫着,撅起屁股朝向人群,有人拽了一下绳子,掀起假王后的裙摆,露出羊毛编成的硕大阴部,引得众人哄堂大笑。

"更不是他那个风流的儿子,奥索王子写的。"里辛奥期待地看向法官。

她耸了耸细瘦的肩膀。"对那个该死的废物无话可说。"人群中响起一阵嘘声。

"不是那些有名无实的官员写的,"里辛奥高喊,"而是大船的舵手亲笔所写!也就是老棍本人,格洛塔审问长!"这个名字引起的反应是目前为止最激烈的。维克前面的一个驼背老头抿起嘴巴,冲着歪歪扭扭的假格洛塔啐了一口痰。

"让你们失望了,他没有提供任何帮助。"里辛奥低头看着信纸,"他警告说如果我们不老实,将遭到严厉的惩罚。"

"去他的惩罚!"法官吼道。

"他说市场必须自由运转。世界必须自由发展。不能为时代的进步戴上镣铐。谁能想到审问长竟然坚决反对镣铐?"有笑声响起。"当一个人故意杀死另一个人,他们称之为谋杀!当社会制度导致成千上万人死亡,他们只是耸耸肩,称之为现实。"吼声四起,里辛奥把信纸攥在手里揉成一团,扔掉了,"只动嘴的时代结束了,我的朋友们!没人会听。没有位高权重的人会听。我们是时候摆脱枷锁,成为自由人了。那些本该属于我们的,如果他们不给,我们就得强行夺回来。我们必须来一场大变革!"

"没错!"法官尖叫,马尔默神色冷峻地点头,人们挥舞着武器。

里辛奥举手示意安静。"我们要接管瓦贝克!不是烧毁,"他当着法官的面摇了摇手指,她伸出舌头,冲着人群吐口水,"而是解放。把瓦贝克还给人民。为联合王国各地树立榜样。"人们以怒吼声表示赞同。

"但愿能有这么简单。"冈纳缓缓摇头,"我很怀疑。"

"不。"维克喃喃道。她使劲捏着塔洛的胳膊,疼得他龇牙咧嘴,然后把他推向墙边,低声叮嘱。

"马上出城,听到没?回阿杜瓦。"

"可是——"

她把钱袋塞进他无力的手掌。"尽快回去。找我的雇主。你知道我说的是谁。告诉他你今晚的所见所闻。告诉他……"她环顾四周,好在人们都在为里辛奥的疯狂演说而欢呼,无暇关注她,"告诉他织匠的身份。我相信你可以做到。"

她放开塔洛,但他没动,只是瞪着她,大大的眼睛酷似她的兄弟。"你不走吗?"

"总得有人想办法掌控局面。快走。"她推开塔洛,目送他跌跌撞撞地走向大门。

维克很想跟上去。太想了。但她必须上山找到瑟雯·唐·格洛塔，也许还有时间发出警告——

"这位一定是维克多琳·唐·托伊费尔！"听到那个正经到诡异的声音，她呆住了。"我早就听说你来瓦贝克了。"里辛奥微笑着穿过人群而来，拿手帕蘸去脸上细密的汗珠，法官和马尔默都在他左右。

维克的肚子仿佛瞬间被掏空，十几道冷峻的目光射过来。就像在矿井里，黑暗中，她的姐妹淹死的时候。就像她嘶声呼唤，却只听到远远的水流声的时候。

她暴露了。她完蛋了。

里辛奥摇晃着一根肥大的手指。"科勒姆·西巴特把你的情况都告诉我了。"

她的心脏跳得厉害，呼吸几近停滞。视力也失常了。孩子们已经扯下了假巴亚兹，夺下那根杖子打它，打得草屑乱飞。她不敢相信自己的声音有那么平静。好像是别人在说话。某个脑子清醒、言行笃定的人。"但愿说的是好话。"

"全是好话。他说你有坚强的心脏和冷静的头脑。对我们的事业来说是不可多得的人才。在危险的沉船上也能心智如常的女杰。"里辛奥走上前来，送上令人窒息的拥抱，而她站在原地，身上直冒冷汗，起了一层鸡皮疙瘩，"科勒姆·西巴特是我的挚友。他的朋友就是我的朋友。"

法官歪着脑袋，乌黑而空洞的眼睛盯着她。维克说不清她究竟是在故作夸张地表演，还是真有那么癫狂。

"我不相信这家伙。"她吼道。

"你谁都不信。"马尔默咕哝道。

"但他们还是辜负了我。"

里辛奥把维克推到一臂之外，笑容满面。"你来得正是时候，姐妹。"

"为什么?"维克问,"我们都上了同一条沉船?"

"当然不是。"化身革命家的主审官揽着她的肩膀说,"我们这条船正在驶向繁荣、平等和自由的海岸!驶向大变革!但不可能一帆风顺。明天正午,我们美丽的城市将要经历一场风暴。是的,我的朋友!"他转身面对仓库里拥挤的人群,高举双手,"明天是个大日子!"

破坏者和焚烧者报以雷鸣般的喝彩。

29 欢迎来到未来

Welcome to the Future

布满尖刺的外墙更适合监狱而非工厂，从踏进包铁大门的那一刻开始，瑟雯就感觉很不舒服。月事的疼痛有所减轻，但暑热逼人的程度更甚于昨天，而且当她乘坐的马车下了山，朝着河流的方向，辘辘驶过空荡得诡异、安静得可怕的昏暗街道时，她内心的不安越来越强烈。

三间高大的砖砌厂房被煤烟熏得丑陋不堪，造型乏善可陈，窗户寥寥无几。透过厚厚的靴底，瑟雯依然能察觉到院子里的鹅卵石随着内部庞大机器的运转而震动。周围的人无精打采，来来回回地装卸货物，个个灰头土脸，凶狠的目光扫向不速之客。瑟雯迎接其中一人的注目，对方夸张地啐了一口痰。她想起特维丝王后难得出现在平民面前时受到的别样待遇。至少没人骂她斯提亚婊子！不过她怀疑唯一的原因在于她不是斯提亚人。

"看来劳工们不太欢迎我的到访。"瑟雯咕哝道。

瓦利米冷哼一声。"劳工们欢迎啥，我到现在还没发现。管理士兵可就简单多了。"

"你和竞争对手能融洽相处，但很难跟雇工搞好关系。"瑟雯扭头望去，十名武装到牙齿的卫兵跟着他们鱼贯而入，手搭在兵刃上。她丝毫不觉得安心，而那些重装卫兵甚至比她还紧张。"我们真的需要这么大张旗鼓吗？"

"只是以防万一。"瓦利米领着瑟雯、莉斯比特一行人走过院子，"里辛奥主审官建议你无论去哪儿都带上十二个刑讯官。"

"那也……太多了。"即便她的父亲在联合王国最招人痛恨。

"我认为他们的存在只能引起紧张。为了让工厂营利，一定的……效率是必需的。更长的工时和更少的休息。缩减食物和住宿的成本。处罚那些聊废话和吹口哨的。"

瑟雯赞许地点点头。"合情合理。"

"不过有几个年纪大的串通起来唱反调，只好把他们解雇了。暴力事件也发生过。必须严防劳工形成组织，有了国王新颁布的禁止集会的法令，这事办起来简单多了。"其实是瑟雯父亲颁布的，由她亲手起草。"我们第三间厂房的建造模式引起了……"瓦利米皱眉望向最新、最大、最矮、开窗更窄、外墙已经熏黑的那座建筑，"相当大的敌意。"

"据我观察，生产方式越是高效，越容易引发敌意。我们可以开始视察了。"

瓦利米一脸为难。"我不知道您进去了会不会……难受。里面噪声很大。温度很高。非常不适合您这种身份的贵族小姐。"

"噢，拜托，上校，"她说着迈开步子，"从我母亲那边来看，我是吃苦耐劳的平民出身。"

"我知道。我认识您舅舅。"

"威斯特元帅？"此人在她出生前就死了，只是母亲偶尔提及。但死者为大，亲人对他们的评价带上了太多感情色彩，不足为信。

"他曾经要与我决斗。"

"是吗?"她闻言来了兴趣,"为什么?"

"为我一时冲动说的话,我后来悔得肠子都青了。您身上有他的影子。他很有干劲。尽职尽责。"瓦利米掏出钥匙打开门锁,看了她一眼,"凶起来非常吓人。"他推开门,机器的嗡鸣立刻变成咆哮。

整个厂房内部都随着发动机无休止的怒火而颤抖。皮带的噼啪声,齿轮的咯咯声,梭子的嘎嘎声,钢铁在强大压力之下的尖啸。工厂的地板低于地面,所以他们实际上身处高台。瑟雯走到栏杆前,皱着眉头俯视下方的劳工,一时间,她以为自己看错了。

可惜不是。

"他们是孩子。"她说出这个词的时候没有流露任何情绪。几百个孩子,瘦弱,肮脏,聚集在一排排织机周围,来回飞奔,转动跟他们差不多高的纱锭,猫着腰在一匹匹纺好的布料底下钻来钻去。

"要说瓦贝克有什么供应是充足的,"瓦利米对着她的耳朵喊道,"那就是孤儿和弃儿。小叫花子只能给国家增添负担。我们在这里给他们提供正经工作。"他露出严肃的微笑,"欢迎……来到未来。"

厂房的角落里竖着巨大的架子,大约五六层高,装有可以滑动的梯子,不过上面铺着的只是破布。瑟雯看着一个蓬头垢面的女孩从上面爬下来。所以那就是他们的床铺了。他们住在这里。令人作呕的气味,无处可躲的热浪,滚雷般的噪声,地狱也不过如此。

她正要说话,却呛得差点咳嗽起来。即便在高台上,空气中也弥漫粉尘,从狭小的窗户里透进来的光束中满是细微的颗粒。"工资很少吧?"

瓦利米扮了个怪相。"妙就妙在这里。他们不拿工资,只需要给他们以前所在的济贫院一笔补贴,还有食物和衣服上的最低开销。实际上,他们被……买断了。"

"买断。"瑟雯说出这个词的时候也没有流露任何情绪,"就跟机器一样。"

她低头看了看崭新的剑带。收到剑带的那天她很高兴。做工精致。斯皮奈生产的皮革，银质饰片上缀有宝石，描绘的是尤文斯陨落的场景。花同样的价钱她可以买下多少个孩子？她已经买了多少个？

"过去我们雇佣经验丰富的传统手织工，但在实际操作中没什么优势。孩子很快就能学会对付机器，发的牢骚也少很多。"瓦利米指着呜呜作响的发动机，许多细小的手指在上面扒拉。但他的姿态不像是杂耍艺人呈现精彩的表演，倒像是法官为犯人定罪，"随着机器的改良，加上劳动力成本和住宿开支的降低，这个厂的盈利比另外两个加在一起还多。管理起来也更轻松。"

瓦利米点头示意正在底下巡视的魁梧工头。瑟雯发现他拿着一根棍子背在身后。也许可以说是鞭子？

"他们每天工作多长时间？"她嗓音嘶哑，不知不觉已经捂住了嘴。

"每十四小时换一班。事实证明工时不能再长了。"

瑟雯自以为吃苦耐劳，但仅仅待了一阵子，她就头晕目眩，不得不抓紧栏杆。日复一日，在粉尘与噪声中高强度劳作十四个小时。而且如父亲常说的那句话，热得像锻造者的炉子一样。她已经感到假发底下的头皮在流汗、发痒。"怎么这么热？"

"气温低一点，纱线就会黏结，堵住机器。"

她怀疑这样的人间地狱前所未有。她拍了拍瓦利米的肩膀。"对生意来说，盈利是唯一的真理。亏损是唯一的谬误。"

"当然。"

瑟雯莫名感觉到两人都对此心存怀疑。但她可以怪到他头上，说他是冷酷无情的混蛋，他也可以怪到她头上，说她是铁石心肠的婊子，而毫无疑问的是，即便他们良心的齿轮卡了壳，也有实实在在的利益作为润滑剂。话说回来，就算他们不提高生产效率，总有别的工厂主铁了心这样干。到时候工厂停产，劳工们是会为他们抹眼泪呢，还是会跑去找新的雇主大倒苦水呢？

"干得好。"她对着瓦利米的耳朵大喊，但嗓音似乎有几分哽咽，当然是高温、噪声和粉尘的缘故，"我要你挣钱，你挣到了，一点儿也不心软。"

"当兵的不能心软，工厂主心软更要命。"

劳工们不知在哪儿做饭，瑟雯闻到了气味。类似母亲喂给宠物的狗食。她摸向依然疼痛的腹部，但隔着束腰衣的衬骨是碰不到的。她想起了海森姆的扣子厂，在那个地方，细小的手指适合干细小的活儿。情况是不是跟这里一样？还是更糟糕？她舔了舔嘴唇，咽下发酸的唾沫。

"不过你也许可以考虑考虑，改善一下他们的条件。比如在院子里另建宿舍？干干净净的，方便他们睡觉。伙食也可以调整调整。"

瓦利米挑起眉毛。

"过分舒适是一种浪费，"瑟雯说，"不过，条件太艰苦，可能降低生产效率。以我的经验，要找到平衡。改善一下条件，也许能进一步延长工时。"

"很有趣的建议，瑟雯小姐。"瓦利米一边缓缓点头，一边俯视着孩子，咬肌大起大落。这本来是一幕令人心碎的景象。但做生意容不下好心。尤其容不下易碎的好心。

她牵扯嘴角，露出招牌式的笑容。"现在我能否看看账簿？"

第一间厂房，也是最宽敞的一间，当中摆着某种巨大的装置，转轴贯穿其中，把河水的冲击力，通过工程师设计的齿轮、曲柄和皮带的复杂组合，传导至排成两行的大型织机。密密麻麻的丝线绕在硕大的纱锭上，不同图案和花色的布料缠在滚筒上。聚集在织机周围的，是一群群满头大汗、浑身油污、嘴巴紧闭、眼神凌厉的汉子。要是说第三间厂房里的劳工更容易惹她心碎,那么第一间厂房里的人更可能打碎她的脑袋。

瑟雯不指望得到劳工的爱戴。她的名声来源于对财富的肆意炫耀,但这种名声往往不招穷人们待见。不过这里的人看她的眼神有些异样。冷淡而默然,专注于内心的愤怒,比起情绪化的爆发更令人不安。她开始怀疑卫兵不是太多,而是太少了。

她碰了碰莉斯比特的胳膊肘。"你能不能去把马车带到门口来?"

高温导致莉斯比特的玫瑰色双颊泛着醒目而斑驳的潮红。"我们不能现在就走吗,小姐?"她忧心忡忡地扫视着劳工们,喃喃问道。

瑟雯的笑容依然温和。淑女永远保持微笑。"不要示弱于人。无论是对我们的雇员,还是对我们的合伙人。"她不会因为仇恨就畏缩不前,不管仇恨她的是劳工、竞争对手,还是她为了达到目的而威胁、贿赂或勒索过的人。说实话,他们仇恨你的时候,你就知道自己赢了。所以她以视若无睹的傲慢姿态对抗汹涌的恶意,昂首挺胸,大摇大摆地走过去。若是成了别人眼中的恶人,那也无所谓。恶人永远是最有趣的角色。

瓦利米的办公室位于厂房尽头,架在半空中,底下杂乱地堆放着木桶和板条箱,还设有看台,可供雇主俯视雇工,正如国王俯视臣民。或者说,女皇俯视奴隶。

上校僵硬地欠了欠身,为她指路。"待多久都行。"他皱起眉头,望着面色阴沉的劳工们,"但也许一刻都不该停留。"

房门配有两把锁外加一根厚重的门闩,为了关上它,瑟雯费了不少劲儿。她扯开衣领上的搭扣,让汗津津的脖子透透气,但办公室里的沉闷空气不比工厂里的好多少,令人抓狂的嗡鸣声也几乎没有减弱。

她走向瓦利米的办公桌,上面摆着账簿,一块松动的木板在脚下嘎吱作响。她讨厌任何粗制滥造的东西,尤其在她出钱修建的厂房里，不过此刻有更重要的问题需要操心。她走过桌子，来到窗前，不自觉地揉着喉咙，深深的忧虑导致她嗓子眼都疼了起来。

外边的道路空无一人。当然是因为所有人都在干活，除了来上工，谁会走进这条高耸着尖刺围墙和铁栅大门、高大厂房和轰鸣机器的小巷呢？然而寂静之中似有异样。空气有几分凝重，仿佛风雨欲来。瑟雯望着空荡荡的巷子，皱起眉头，咬着嘴唇，不知道是否应该马上离开，不等——

有人偷偷摸摸地绕过隔壁工厂的拐角。至少二十人紧随其后。都是身着褪色工装的劳工，正如瑟雯在海森姆、阿杜瓦以及联合王国的每个城市里见到的一样。正如在底下干活的劳工们一样，只不过行动鬼鬼祟祟，犹如一头有备而来的怪兽。

然后她瞥见了一道寒光，恍然大悟的同时，她打了个冷战，原来他们全都带着武器。有人腿上绑着棍子，或者沉甸甸的生产工具。为首的家伙带着的显然是一把旧剑。他敲了敲一扇门；似乎早有安排，门应声打开，他们冲了进去。

背后有人喊了一句什么，她慌忙转身，听见更多喊声，嗓门更高。喊声甚至盖过了发动机的轰鸣。她悄悄走到办公室的门后，犹犹豫豫地把手伸向门闩，既想开门，又怕开门。

"退回去！"她小心地打开门，听见瓦利米在咆哮，"退回去，该死的！"

劳工们早已放下手里的活儿，涌到了厂房的这头，一大群人面朝她的方向，五官因为愤怒而扭曲，手里抓着工具、铁棍和石头。她惊得下巴都掉了。

瓦利米的卫兵缩在一起，可怜巴巴地挡在楼梯底部，然而他们面对二十倍之众，毫无胜算可言。瑟雯惊恐地望向那帮令人毛骨悚然的恶汉。那帮暴徒。

瓦利米站在看台上，冲着他们大吼，脖子涨得通红。"马上离开!"

一个身着脏背心的男人,手臂酷似破旧的绳索,拿一根棍棒指着瓦利米叫嚣:"该离开的是你,你这个老混蛋!"

人群中飞起一些东西:扔来的石头,扔来的工具,扔来的机器零件,砸在办公室的外墙上,又弹了回去,打得卫兵的盔甲哐啷作响。

有东西打飞了瓦利米的帽子,他跌坐下来,捂着流血的脑袋。一个瓶子在门边摔碎,瑟雯关上门,放下厚重的门闩,退了进去。尽管空气闷热,她剃光的头皮依然发冷。她料到出门的时候可能引发骚乱,受到辱骂,然后脾气暴躁的家伙被迅速抓捕,而她从容不迫地回归上流社会的生活。她怎么可能想到发生这种事情?一场武装暴动!

她能听见自己压抑的喘息。猎物的喘息。她蠢到家了,竟然笨拙地拔出剑来。一个人面临生死存亡的关头才会这样做。她面临生死存亡的关头了吗?外面的吵闹声更响了,更近了,已经盖过机器不息的嗡鸣,她听见尖叫、咒骂和意义不明的咆哮,还有金铁交鸣。一声凄厉而悠长的惨叫传来,似乎永无休止。

她尿急得厉害。掌心忽然冒汗,剑柄滑溜溜的。她慌张地望向窗户。那里装有结实的铁栅。她又望向家具。无论躲到哪里都会很快被找到。然后她望向地面……那里有块松动的木板。

她赶紧跪在地上,用指尖、用光洁的指甲抠挖木板。她紧咬牙关,把指头塞到木板底下,毫不顾忌碎片可能扎伤皮肉,她又把剑尖插进缝隙,用掌根捶打剑柄。

听见有人说话,瑟雯猛地抬头。"开门,宝贝儿。"语气很肉麻,但带有威胁的意味。屠夫把猪崽子哄进猪圈里就是这种语气。"开门吧,我们保证规规矩矩的。要是逼我们破门而入,没准我们也要破你的门。"笑声粗俗刺耳,有人撞了一下门板,门闩随之震颤,吓得瑟雯跳起来。

她使劲拽着剑柄，肌肉全都绷紧了，整个身体微微颤抖。随着尖锐的吱呀一声，钉子被起开了，瑟雯四仰八叉地翻在地上，剑也弹飞了。

她爬到洞口。两道托梁之间，可以看见底下落满灰尘的箱子。她下得去吗？她摸索着解开纽扣，脱下外套，流血的指尖在布料上留下红色污渍。她扯掉精美剑带上的银搭扣，扔到一边。佩剑掉进洞口，落地的声响被机器的轰鸣所淹没。没有准备的时间。没有犹豫的时间。她摆动双腿，滑进洞里。姿态很不优雅，但优雅的贵族小姐不能从一帮亡命之徒手中逃出去。

"我数到五，婊子！"门外的人喊道，凶狠的面目暴露无遗，"数到五，然后我们就进来！"

"数到一千吧，你们这帮畜生！"她大吼一声，使劲把屁股塞进洞里，很紧，太紧了，木板隔着衣服嵌进皮肉。

"一！"

她被卡得死死的。她咬牙切齿地扭动着，手抓托梁，拼命往下挤。

"二！"

她大吼一声，坠落时衣服被撕开一大片，肩膀也擦得生疼，下巴磕在木头上，然后横着摔下去，脑袋重重地撞到了木桶边沿。

"三！"喊声在她耳朵里震得嗡嗡作响。

她晕晕乎乎地爬起来。发现什么都看不见，她慌了，抖着手摸了摸眼睛。原来是因为假发歪了，她将其扒下来扔到一边。似乎有什么东西缠住了她。原来是撕破的裙子钩在头顶的一枚铁钉上。她猛扯裙边，把布条留在了那里。

"四！"

她看到自己的剑在黑暗中微微闪光，便握着剑柄，在木桶背后落满灰尘的地面匍匐前进。可怕的尖叫声还在持续，时不时停顿片刻，传来粗重的喘息，然后周而复始。

"五！"她听见办公室的门板在冲撞中震颤，门闩在架子上咯咯作响。

她不知怎的割破了手掌，有两块指甲断了一截，摸到的地方全是血迹，裙子也脏了。逃出去太难了。难于登天。但她非得逃出去不可。

她爬啊爬，头疼，肩膀疼，牙关咬得疼，屁股磨得疼，舌头死死地抵着牙齿，血流到眉毛上直发痒，她一边玩命地爬，一边透过木桶之间的缝隙张望外面的情况。

瓦利米被拖走了，血淋淋的脑袋无力地耷拉着。一个劳工咯咯直笑，耍着一把大匕首，上校的帽子插在上面。有一名卫兵纹丝不动地躺在地上，头盔不见了，头发乱糟糟的，破碎的脑袋搁在血泊中。还有一名卫兵五体投地，被团团包围，暴徒们漫不经心地挥舞着棍棒，把他的盔甲敲得凹凸不平、咚咚作响。

他挣扎着爬起来，晃晃悠悠地伸手撑住身体，手掌却卡在齿轮之间，整个人双脚离地，被卷进机器当中。他发出一声尖厉的惨叫，齿轮一直夹到肩膀，手臂被活生生压碎，鲜血喷了他一脸。瑟雯感觉血滴也溅到了自己脸上，好在杀人的机器和受害者的响动太大，谁也没有注意到她的喘息。

然后是一次停顿，一次缓慢的绞杀，卫兵的惨叫声变成激烈的哀号，机器咯噔一下，继而运转如常。瑟雯尽可能不去看。眼睛抬得老高。只当这件事没有发生。整件事都没有发生。怎么可能发生这种事？暴徒们大呼小叫。叫得像一群野狗。她听不清他们喊的是什么，除了愤怒的情绪和撞击楼上房门的震颤。

她顺着转轴望去，发现它直通织机的背面，消失在墙上的黑洞里。也许她可以爬过去，从齿轮下方积满灰尘、光线昏暗的地方爬过去。然后穿过那个墙洞。也许能穿过去。

她肚皮贴地，在滚筒底下蠕动。像蛇一样勇往直前，她现在的姿态也像蛇，像虫子，闷热的空气导致她大汗淋漓，铁架的震颤和机器的嗡鸣吓得她心惊胆战。隔着运转的机器，她看见一个年轻人，忽明忽暗的光照着他激动的面庞，但他直直地盯着办公室的方向。所有人都盯着办公室。好比狼群盯着鸡舍。等待门板破裂。然后把她拖出去。

她继续爬行，断裂的指甲抠着地面，爬过那个卫兵留下的一大摊血，爬到将水力送进厂房的巨大转轴之下，它油光闪闪，飞快地旋转着，她每一次压抑的呼气都吹起了地上的浮尘。

她时刻都在担心有人兴奋地大叫。她在这里！她时刻都在担心有人粗暴地抓住她的脚踝。把这个婊子拖出来！想到这样的场面，她背后直冒冷汗。她挣扎前行，胸脯剧烈起伏，被扬起的灰尘呛得几欲咳嗽，她咬着舌头，浑身战栗，压抑着翻涌的恐惧。

等到终于抵达墙洞，她如释重负，差点哭出声来。她抓着墙上粗糙的砖块，借力一拉，狼狈地跌进黑暗的甬道，摔在浅及脚踝的水里，还喝了一口臭水，她吐了出来，不住地干呕。

这里很黑，只有潮湿的砖块边角隐隐反光，随着机器的噪声而悸动，甬道里回荡着失真的尖叫声。前方有亮光，闪闪烁烁，于是她缓步走去，湿漉漉的靴子在泥水中踩得稀里哗啦，伴随着越来越响的咔咔声，某个物体出现在她眼前。

原来是一架带传动轴的巨大水车。木杆呜呜吱吱地转动着，光线穿透黑色轮辐之间的缝隙，轮板扎进水里打起朵朵浮沫，出水时又挂上闪亮的水帘，如雨似雾。

水车可能四倍于成年男子的个头。从中间穿过去是不可能的。但在不停转动的木杆和湿滑的墙壁之间有一处空隙。空隙外面隐约可见天光，依稀能看到铺满碎石的河滩。

她回头看着幽暗的甬道。似乎没有人追来。但那块门板是挡不住他们的。他们迟早会来。如果被他们抓住……

她能从车轮和墙壁之间挤过去吗？可能吗？

她下意识地拿舌头抵着上颚，估摸空隙的大小。万一挤不过去呢？会不会被拖到水里淹死？绞进水车内部，被五马分尸？她的脑壳会不会像核桃一样，在车轮和底座之间被压碎？她会不会被削砍、被切割，拼命挣扎依然免不了皮开肉绽，绝望地卡在轮子里一圈又一圈地旋转，全身流血至死？她想起了那个卫兵在手臂被机器碾碎时绝望的哭号。但她无路可退。

她咬着牙关，紧贴墙壁，因为极度恐惧和疲惫，呼吸都是颤颤巍巍的，然后她慢慢地，以最小的角度挪动肩膀，小心翼翼地绕过去。她把一只脏兮兮的靴子伸进河水探底，越探越深，湿透的裙子贴在身上，直至河水淹没大腿，她才踩到淤泥。她贴着墙壁向前挪动，肩胛骨分毫不离，仿佛寄托了她的全副身家性命。事实也是如此。

她徒劳地缩着身子，恨不得把自己变得一张薄纸，然后握着湿滑的剑柄，咬着嘴唇，如履薄冰，阳光在旋转的辐条之间摇曳闪烁。她壮着胆子把重心压在泥泞的河底，极其缓慢地把另一条腿放下来，她攥着裙子，用力地提起来，免得被卷进车轮，害她丧命。逃离织厂时死于自己的裙子。很有笑料。

她猛吸一口气，木头上有根突出的螺栓擦胸而过，扯掉了一块绣花布料，差点把她拖进旋转的车轮。她吓得牙齿直打架，断裂的指甲抠抓着背后剥落的墙泥，竭尽全力才恢复平衡。她继续横着挪步，湿透的裙子贴在腿上，沉甸甸的，河水如瀑布般从天而降，酸臭刺鼻，令人难以呼吸。她的半边脸颊在砖块上蹭得生疼，眼睛眯成一条缝，水车不厌其烦地发出嘎嘎声、咚咚声和呜呜声，震耳欲聋。

随着一声呜咽,她脱离险境,整个人栽进河水,似笑似哭,半游半刨地扑腾着。她手脚并用,抖抖索索地爬上湿滑的河滩。冲动之下,她恨不得亲吻大地。然后她看到地上覆盖着一层肮脏的泡沫。

她抬起头来,颤颤巍巍地拿手背擦了擦脸。

河水潺潺流淌,泛着紫色、橙色和绿色的诡异色彩,这是上游染坊造的孽,还有漂来的大量垃圾,被几十架不停转动的水车搅得浮沫成堆,臭气熏天。河的左岸是一片滩涂,水岸线上的褐色野草早已枯萎,来自城里的漂浮物遍地都是,包括布条、果皮、破烂椅子、碎玻璃和生锈的铁丝,以及腐坏到无法辨认的东西,都被饱受摧残的河水吐到岸边,一群又一群鸟儿在其中啄食,脏得像长了翅膀的老鼠。

一个驼背女人正在翻找垃圾。她眼神狂乱,盯着瑟雯,盯着后者手里的剑,然后把一个鼓囊囊的袋子扛到肩上,急匆匆地走了。

瑟雯跌跌撞撞地来到河滩,浸水的衣服裹在身上,湿布片拍来打去。她必须换一身行头。她蹒跚前行,翻开挂在枯枝上的破布,捡起碎裂的箱子,被臭水熏得咳嗽不止。苍蝇嗡嗡乱飞,围着一具动物尸体——不知道是猪、羊还是狗,只剩纠结的皮毛和肮脏的骨头。

瑟雯看中了那里的东西。一件旧外套,缺了一只袖子,线头散乱,活像死尸的肚肠,但她抓在手中,比在阿杜瓦的服装店里拿到最新款的绸缎还要高兴。因为那种东西救不了她的命,而这个没准可以。

她的靴子沾满污泥,谁都看不出来它们比当地的一栋房子还值钱,但她的裙子有可能暴露身份,尽管刚才泡过肮脏的河水,重得像盔甲一样。她用血糊糊的指头摸索着缝线处,然后用弯曲变形的剑将其割断。她蹲在恶臭的河滩上,脱得只剩内衣。束腰衣已经破了口子,一根衬骨戳在外面,但她脱不掉。她够不到系带。

她披上了沾满泥巴的外套，捡垃圾的老妪都看不上这玩意儿。它散发着一种带有药味的腐臭，堵在她的喉咙里，但她很庆幸拥有它。至少谁也不会认为她是时尚的引领者、舞池和客厅里的恶势力、发明家和投资人的噩梦——瑟雯·唐·格洛塔。

此时此刻，她只想钻进垃圾堆里躲起来，别无所求。然而他们迟早要来找她。他们知道她的身份。知道她父亲的身份。他们现在应该砸开了办公室的门，发现了那块松动的木板。他们势必顺着她的血迹，从机器找到水车。他们随时都会找到她。

她从河滩上铲起一些泥巴，抹在长出发茬的头皮上，然后抹在脸上。她弯腰驼背，模仿刚才见到的拾荒老妪，一瘸一拐地走路。她不需要假扮瘸子，因为脚踝不知在哪里扭伤了，已经阵阵抽痛。浑身都疼。她裹紧臭烘烘的外套，把剑藏在里面，跛着脚离开了，让那条价值两百马克的古尔库上等亚麻布料留在河滩上灰飞烟灭。

她翻过一堵矮墙，进了工厂背后的小巷。也就是早些时候她发现有人带着武器潜伏的小巷。她感到有什么东西蹭得脖子发痒。命运女神在上，是她的耳环！莉斯比特挑选的艳俗款式。她摘下耳环，正要扔得远远的，忽然又想到也许派得上用场。她把耳环塞进破了口子的束腰衣里。

机器的轰鸣已经停止。此刻只有微弱的金属撞击声、布料撕裂声和玻璃破碎声。他们毕竟是破坏者。他们砸烂整个城市都行，只要别碰她。

她蹑手蹑脚地来到墙角，窥视工厂大门。

马车在那里，还是她早晨看见的样子，车夫也在，下巴缩在围巾里，一匹马甩了甩脑袋，隐约传来挽具的轻响。街上空荡荡的，一切如常，却又万分诡异。

她呜咽一声，心里的石头落了地，然后步履蹒跚地走上前去。

30 无名之辈
The Little People

莉斯比特正在练习坐姿。她不清楚瑟雯小姐是怎么把脖子摆成那样的。小姐不可能比其他人多长几块骨头。不过莉斯比特只要有空就观察她，发现了其中的窍门。你必须夹紧两块肩胛骨，让它们几乎碰到一起，还有，准确地说不是抬起下巴，而是把整个喉咙顶起来……

她垂头丧气地恢复了老样子，活动着肩膀。见鬼，太难了。她打开怀表，仔细辨认时间，然后啪嗒一下合上，响声悦耳。瑟雯小姐在里面待得太久了，但她当然要等着，这也是女伴的职责所在。如有必要，等到日落也没问题。她就是如此忠诚可靠。比那个鼻孔朝天、对正派人发号施令，自以为高人一等的褐皮婊子朱瑞好多了。朱瑞比不上莉斯比特，事实已经证明了这一点。莉斯比特终于等到了机会，可不能轻易错过。她抻了抻精美的袖口花边，新做的裙子可谓质地精良，又拍了拍贴着胸口的怀表，配上漂亮的表链格外气派。瑟雯小姐的女伴莉斯比特·比奇。听起来名副其实。天经地义。

比那个该死的朱瑞靠谱多了。话说回来,朱瑞这个名字是啥玩意儿?玩具娃娃才起这种名字。

该死的褐皮婊子让每个人都相信她最懂行。如今她还要带自家兄弟回来。瑟雯小姐竟然说,"带他们来!让他们住这儿,正派人就得住这儿!"莉斯比特不敢相信自己的耳朵。好像这种人在米德兰还不够多似的。她也希望包容对方。她心胸开阔,慷慨大方,有口皆碑。只要她有多余的铜板,总会施舍给乞丐。但凡事都应当有个限度。联合王国的人民有自己的问题需要解决,而褐皮杂种成批地涌进来,还呼朋唤友。如今阿杜瓦到处都能看到他们!城里已经有不少地方正派人都不敢踏足。

她摸出小镜子检查妆容。高温对脂粉的影响很大。她正看着两颊的颜色,嘴里啧啧作响,忽然瞥见窗外有个乞丐跛着脚过街,径直走向马车。那个乞丐身上的外套脏得要命,还缺了一只袖子,枯瘦的胳膊露在外面。她猜测对方是女人,不禁厌恶地抿起嘴唇。此人污秽不堪,发茬上沾着屎和血,天知道还有什么脏东西。十之八九有病。莉斯比特最不希望发生的事情,就是瑟雯小姐回来时看见一个带病的瘸子伸手乞讨。

她啪的一声关上车窗,厉声喝道:"给我滚远点!"

女乞丐的红眼睛溜向一边,然后转身离开马车,弯腰驼背,一瘸一拐地走了。

不一会儿,马车另一边的车门哗啦一声打开了。一个男人钻进车厢。是个身着工服的大汉,脸颊沾着大片煤灰。竟敢擅闯瑟雯小姐的马车,真是胆大包天。

"出去!"莉斯比特怒喝一声。但他没有照做。有人跟着他挤进来,有人嬉皮笑脸地凑近车窗,一双双脏手伸了过来。

"救命!"她惊叫一声,朝着车门的反方向退缩,"救命!"然后她胡乱踢打,踢中了煤灰脸的下巴,但脚踝被人抓住了,她一边尖叫一边被拖出马车，拖到了排水沟里。忽然之间，她仿佛被淹没在无数手脚的惊涛骇浪和一张张愤怒的面孔之中。

"她在哪里？"

"老棍的女儿？"

"格洛塔婊子在哪里？"

"我只是妆容女仆！"她尖叫着，完全不知道发生了什么。抢劫！暴动！他们把车夫从座位上拽了下去，一顿拳打脚踢，他缩在地上，血淋淋的双手护着脑袋。

"我们给你一个机会——"

"我只是——"

有人打了她。一声闷响，她的头撞在地面，喉头冒起血腥味。有人揪着她的头发，把她拉起来。刺啦一声，她的上衣袖子被扯掉一截，花边空落落地吊着。有人翻找她的手包，扔掉漂亮的胭脂罐，把化妆刷踩得稀烂。

"带进去，很快就能搞清楚她知道些什么。"

"不要！"她哭喊，有人扯下怀表，链子刮过她的脸颊。"不要！"他们笑着，把她拉进大门。"不要！"她企图抓着门框，然而有人拉她的左臂，有人拉她的右臂，还有人拉她的左脚。"不要！"她的右脚徒劳地在地上踢踏。那只鞋子多么漂亮啊。她穿鞋的时候多么得意啊。

"我只是妆容女仆！"她尖声叫道。

"住手！"柯伯曼怒吼着，推开一个又一个男人，"住手！"有个小伙子急不可耐地把手伸进姑娘的裙子里，被他掐着喉咙，摔在地上。"你们忘了自己是谁吗？我们不是禽兽！我们是破坏者！"

一张张疯癫发狂的面孔转向他的那一刻，他心里直打鼓。但他依然高声喊叫。不然还能怎么办？

"我们这样做是为了让我们不受压迫。不是反过来压迫他们。我们没那么不堪,兄弟们!"他用力地挥舞双手,试图引起他们的注意,"我们这样做是为了大变革的到来!是为了伸张正义,记得吗?"

他当然知道没那么简单。有的是为了伸张正义,有的是为了报仇,有的是为了获利,有的就是借机胡作非为,什么样的人都有。这种时候,任何人都会被胜利和暴力冲昏头脑,好人也可能变坏。不过,还是有相当数量的第一种人听得进劝。

"你要放她走?"有人问。

"不存在放不放的问题,"柯伯曼说,"到时候他们一起接受审判。公平公正的审判。"

"我只是妆容女仆。"姑娘气喘吁吁,脂粉裹着泪水,妆容全花了。

这时候,两个人架着瓦利米出现了,他衣衫破烂,满脸是血,眼睛几乎睁不开。一个小伙子冲他吐口水。"该死的杂种!"有人大骂。

柯伯曼拦在他面前,举起双手。"冷静,兄弟们。我们不要做让自己后悔的事。"

"我绝对不会后悔。"有人斩钉截铁地说。

"我也不是你兄弟。"另一个人说。

"你要是没胆子干这事,就让有胆子的人来干。"又有一个人说,说得像成为暴徒还需要勇气似的。

要不是一群囚徒披枷带锁地走过来,事态很可能恶化,甚至不可收拾。囚徒约有二三十之众,华服破烂不堪,高傲的面孔青一块紫一块,个个惊魂未定,满脸泪痕,他们每两人一组被铐在一条长长的锁链上。押送他们的是五个破坏者,腰间挂着自制的镣铐,带队的是一个神色冷峻的老伙计,柯伯曼在集会时见过,但不记得听他发过言。

"洛克兄弟！"他喊了一声，对方让蹒跚前行的队伍停了下来，"你是不是把他们带到法院去？"

"是。"

"给你加两个。"柯伯曼不顾兄弟们的抱怨，把那个姑娘拉过去，交给一个浅金色胡子的男人，后者动手把她铐在锁链上。天啊，塞尔夫也在囚徒当中，他是里斯林的玻璃厂第三车间的工头，此刻垂着脑袋，脸颊凝着一大块血污。塞尔夫是好人。他一直很照顾手下的劳工。柯伯曼咽了口唾沫。在他的能力范围内，把他们铐起来是最好的。放了他们反而可能害他们丧命。

"我只是妆容女仆。"姑娘呜咽着，他们把瓦利米铐在她身边，他低着头，污血在头发上凝结成块。

柯伯曼转身面对工人发话，嗓音嘶哑。"我们有机会创造一个美好的世界，兄弟们！美好的世界，你们明白吗？但我们得走正道。"

锁链被扯了一下，里斯林等人再次动了起来。一行人走得跌跌撞撞，颤颤巍巍，哭哭啼啼，好几个身着工服的壮汉押送他们，肮脏的手攥着棍子。

"混蛋。"他暗暗骂道。

他可是卡尔瑞克·唐·里斯林，他非要把他们全都吊死不可。

他们经过了一辆被烧毁的马车。街上垃圾遍地。碎木头，碎玻璃。楼上有什么东西破窗而出，吓了他一跳——是一张大桌子，翻滚在地，摔得四分五裂，纸张散落在鹅卵石路面上。

有人站在一旁观望。一人啃着苹果。另一人哈哈大笑。笑声刺耳，有几分紧张。

此前他们冲进了舰桥。其实是他的办公室，但他称之为舰桥。他很喜欢拿航海相关的事物打比方。"出去，你们讨打！"他每次高声喝令都能让他们低眉顺眼，"出去！"但这次不灵了。他不敢相信！

至今不敢相信!他可是海军将领!他可是卡尔瑞克·唐·里斯林!

他们把他从桌边拖走。"你们讨打!"拖过甲板。其实是工厂的地板,被雇工们扔得到处都是垃圾,他雇佣他们操作机器,可他们在破坏机器,比干活的时候卖力多了!"我诅咒你们!"他为他们操碎了心,为这个城市出尽了力。他们把他铐在这根天杀的锁链上,连同二十来个叫天天不应的倒霉蛋,就像该死的古尔库奴隶,"你们吃了豹子胆?"

队伍里鱼龙混杂。最前头那个外套破烂的男人,里斯林瞧着眼熟。也许是个律师?旁边是那个蠢货的妻子,他叫什么来着?西里斯克?刚刚被铐上来的姑娘,看样子应该是女仆,不是什么贵族小姐。她满是泪痕的脸颊红得像个农家女。这些人都是从哪里抓来的?毫无道理。完全就是乱来。

一个妆容艳俗的女人从楼上的窗户里探出头来,放声大笑,把一叠又一叠纸抛到空中。账目。收据。合同。纸张漫天飞舞,纷纷扬扬落在鹅卵石上,密密麻麻的字迹被糟蹋得模糊不清。

这不仅仅是一次罢工。不仅仅是一场暴乱。不仅仅针对他的工厂,或者隔壁的工厂。街头巷尾都在造反!全世界都在造反。所有人都疯了。

要是亲爱的塞琳看到她心爱的城市变成现在这般模样,她会怎么想?她每晚给穷人施舍粥饭。喂饱那些该死的乞丐。那年寒冬,他不惜血本,求医问药,但她还是走了,也许走了是好事。好人好命。正如他们在坟前说的。

某条巷子里,他看见人们掀翻了一辆马车,木桶在鹅卵石路面翻滚跳跃。

"你们混账!"他冲着距离最近的看守吼道,距离最近的破坏者,叛徒,野兽,"我是卡尔瑞克·唐·里斯林,我要让你们所有人——"

那人一拳打来。他猝不及防，踉跄退后，一屁股坐在路上，差点拽翻了前面的女人。他坐在肮脏的路面，惊得目瞪口呆，鼻血直流。他从未挨过拳头。一辈子没尝过这种滋味。他有种极其强烈的感觉，那就是再也不要挨拳头了。

"站起来。"那人说。

里斯林照做了。他眼中噙着泪水。要是亲爱的塞琳看到他现在的模样，她会怎么想？

他是卡尔瑞克·唐·里斯林。他是海军将领。不是吗？

他也拿不准了。

"混蛋。"她身边的男人骂道，但声音压得很低，饱含哀怨。然而，风险仍然很大。

"别骂了！"康迪恩流着眼泪，悄声制止，"你只会让事情更糟糕。"

事情还能更糟糕吗？路边的人吵吵嚷嚷，龇牙咧嘴，不是握着拳头，就是拿着棍棒和斧子。他们兴高采烈地呼喝着，像是野兽在嚎叫，听不清喊的是什么。乱糟糟的队伍经过时，一个人突然迎面撞向她，上下牙猛地咬合，吓得她缩成一团。

她泪流不止。自从暴徒们踹开茶铺的门，他们就被铐在一起了。她当时正在议论瑟雯·唐·格洛塔的八卦。他们没必要踹门。他们可以直接推开。客人光临，总有悦耳的铃声响起。

她每次哭鼻子，父亲都很不耐烦。"坚强点，丫头。"他的语气那么暴躁，仿佛她的眼泪是对他的一次偷袭。有时候他会拍打她的脑袋，但似乎只能让她更脆弱而已。丈夫则直接选择忽视。他根本注意不到她的存在，连动手打她都很罕见。这次她被铐在锁链上，是她多年以来难得受到的关注。

囚徒的队伍摇摇摆摆地经过一家失火的大厂房，滚滚浓烟冲上昏暗的天空，一扇窗户突然炸裂，玻璃渣如暴雨倾泻，一团火焰喷射而出，闷烧的垃圾、板条和碎石板翻滚到街上，康迪恩抬手抵挡热浪，刚刚流出的泪水瞬间蒸发。

她特别喜欢的一本书叫《迷失在劳工之间》，故事背景就是工人暴动，讲的是一个工厂主的漂亮女儿遇到火灾，被她父亲手下最糙的汉子救了出来。小说的最后，她在机器的轰鸣声中委身于对方，这一部分的书页都被翻烂了。康迪恩一直钟情于书中对他臂弯的描写，那么强壮，又那么温柔。

这里有强壮的臂弯。但没有温柔的。她看到暴徒们蛮横地踹开一家店铺的门。还有人正在从一栋房子里拖拽一大块地毯。她哭疼的泪眼循着各种嘶吼、喊叫、癫狂的声音望去。到处都在发生可怕的事情。浪漫无迹可寻。

一个乞丐躲躲闪闪地跟着他们，身上的外套脏得要命。这人有毛病吗？他们是要下地狱的。他们已经在地狱里了。

"混蛋。"身后的男人低声骂道。

"闭嘴！"康迪恩怒气冲冲地吼他。

前面的男人皱着眉头看了他们一眼。"你俩都闭嘴。"

科尔顿摇着头，视线离开了两人，他们一个哭哭啼啼，一个唠唠叨叨。有钱人的问题就在于不知道如何面对困难。没这个经验。他挠着被镣铐磨疼的皮肤。镣铐是自制的，边缘粗糙，很容易磨伤皮肤。不过科尔顿饱受命运折磨，早就习以为常。

他原本没想当警卫。但他们给了他一件大衣。还提供品质低劣的食物，少得可怜的薪水。当时他还有什么选择呢？如果他们分配一间狗舍给他，他便是该死的看门狗。做人要有底线，但前提是你得有个遮风挡雨的住处。

他们路过了三个趴在地上的人。红色军装被割烂了，沾有血污。

当兵的。要是军队都镇压不了当地的暴乱，还能指望别人吗？

他一直以为自己长大了会成为织工，接过老头子的衣钵。曾有一段黄金时期，就在柯斯比克为纺纱机的发明申请专利之后，那时候新工厂加工出来的纱线非常便宜，织工供不应求。他们一度打扮得像领主老爷，走起路来趾高气扬。与此同时，唉，纺纱工的日子很难过，可怜的家伙，但不关他们的事。

后来，就在科尔顿结束学徒生涯的那段时间，玛斯鲁德的织布机问世了，仅仅三个夏天过去，织工便重蹈了纺纱工的覆辙，但情况还不算特别严重。真正要命的是，既然换个工种就能挣钱，大量纺纱工转行为织工，结果是谁都挣不到钱了。

所以科尔顿失业了。他来到瓦贝克，人人都说这里永远不缺活儿，但人人都抱有同样的想法。于是他成了警卫。别人看他的眼神都变了，当他是叛徒。但他需要那件大衣。他需要填饱肚子。如今他跟一群有钱的杂种铐在一条锁链上。老天爷开的玩笑太残酷了，他们还抢走了他的大衣。太不公平了。可谁又公平对待过纺纱工呢。

他们摇摇晃晃地走上桥，一条狗正在歇斯底里地狂吠。那里有辆坏掉的马车，一帮半大不小的孩子正在抢夺车上的货箱，狗儿上蹿下跳，冲着空气狂吠，冲着全世界狂吠。后面的女人还在哭。不知道如何面对困难，这帮有钱人啊。没这个经验。估计他们现在有点经验了。

"停。"负责押送的破坏者喊了一声，队伍渐次停在桥上。奇怪的是，科尔顿竟然认识此人。如果没记错的话，他的名字是洛克。以前他是织工。他和科尔顿的老头子在公会里开会时谈笑风生，当时老头子还没死，公会还没解散。如今这个杂种不苟言笑。但很多织工都臭着一张脸。主要归功于玛斯鲁德发明的织布机。

洛克走到栏杆前俯视河水，眉头拧成一团。

河水污秽不堪，漂满了泡沫和垃圾，亮闪闪的油污纵横其间。他常来这里，就在这个位置，望着河水奔流。那是在妻子去世之后。今年夏天热得要命，难以想象去年冬天有那么寒冷。

也许是寒冷的缘故，也许是饥饿，也许是饥寒交加的折磨，也许只是她心如死灰。她的身子暖和不起来了。她病得越来越重，后来再也不能醒转。她死后两天，八岁大的儿子也去了。最后走的是女儿，恰在冰雪消融之前。他记不真切他们的面目。想不起他们活着的样子。但他记得他们的死。他在他们隔壁睡了好几个晚上，那时土地已经松软。他们一起度过了最后几个夜晚。

他记得下葬那天。他有幸搞到了一个坟坑，当时有太多人需要下葬。妻子躺在底下，两个孩子在上面，像是被她抱在怀里。他低头看着，觉得他们很幸运，恨不能追随他们而去。他没有哭。他不知道怎么哭。掘墓人按着他的肩膀说："你应该来参加集会，听听织匠是怎么说的。"

他记得当时抬头一看，几个有钱人有说有笑地走了过去。不是笑话他和他家里的伤心事。他们根本没有注意到。仿佛他们不是生活在同一个世界里。

现在也不是。

他扭头看着他们。

男人流血，女人流泪，但洛克毫无怜悯之心。他什么感觉都没有。这种情况已经持续很久了。

"你们这是干什么？"其中一人问，他嘴里有血，"我有知情权——"

"闭嘴！"衣裙破烂、脸颊通红的姑娘尖叫，"闭上你的臭嘴，你这个笨蛋！"

洛克看着沉重的锁链。他们不可能戴着镣铐游泳。他需要做的不过是把最前面的两个人推下去，后面的人自然会被拖下去，沉到河底，事情就办完了。

他知道这样做算不上公平。

但他觉得也许离公平差得不远。

两个人挥舞棍棒，追打一个路人，边打边笑，打趴了对方，又拉起来，接着打。一个乞丐蜷缩在上桥处，明亮的眸子望着洛克。

带队的老家伙直直地盯着瑟雯，于是她躲进角落，缩在臭烘烘的外套里。

她不敢上桥，到了桥上她无处可逃，孤立无援。她只能跟着囚徒走，因为不知道还能做什么。有他们在前面，至少她觉得自己还有伴儿。但她帮不了他们。他们也帮不了她。谁都得不到帮助。

她的本能反应是逃跑，浑身的肌肉都紧张到酸疼，但她无处可去。她能做的就是鬼鬼祟祟地在街上游荡，路过被撕碎的纸张、倾覆的马车、惨遭宰杀的马匹、砸烂的机器，她握着包了一层破布的剑，东张西望，企图找个藏身的地方。比如一个洞，她可以躲在里面，搞清楚发生了什么事，怎么才能避祸。或者某个疯狂尚未波及的地方。然而她很快发现疯狂无处不在。像传染病一样到处蔓延。像野火一样。整个城市都丧失了理智。整个世界。

一个女人惊声尖叫，吓了她一大跳，但叫声立刻变得含混不清。巷子里黑影晃动，有人被推进了排水沟，双腿乱踢，一只脚上只有袜子，另一只脚上穿着磨损严重的鞋子。"救命！救命！"

她可以帮上忙。她有剑。但她快步离开，狂乱的尖叫被迅速淹没在喊声、撞击声和狗吠声中。听见吱嘎吱嘎的响动，她抬头一看，吓得紧贴背后的墙壁。屋子的外墙上吊着一具尸体。此人衣着考究，双手被缚，一头凌乱的白发。某个工厂主？某个工程师？某个曾在宴会上与她谈笑的宾客？

她低下头，跛着脚向前走去，从新铺的石路走上陈旧的石路，再走上铺着干草的土路,最后走上车辙深深的泥土。距离河流和工厂越远,道路越窄。房屋挤挤挨挨,她溜进人工挖掘的沟渠,这里臭气熏天,从地窖里流出来的污水灌注其中,她脚边是狭小的窗户,头顶是粗劣的衣物,犹如一卷卷乱七八糟的旗子在风中摆荡,路上东一块西一块地围着畜栏,猪在里面哼哼着,嘶叫着,拱着垃圾。

日落后,令人毛骨悚然的黑暗降临了,大火冒出的浓烟弥漫在街道上。人影若隐若现,幽暗可怖。瑟雯彻底迷失了方向。瓦贝克变成了迷宫般的地狱,无路可逃。曾几何时,她在太阳协会的会场上意气风发,摇一摇扇子就能翻天覆地,今昔对比,真的是同一个世界吗?

突然,惊叫声此起彼伏,人群作鸟兽散。她不知道发生了什么事,但恐惧比疫病更有传染力,她拔腿就跑,没头苍蝇似的乱窜,喘得喉咙生疼,腐臭的外套拍打着磨破了皮的膝盖。她看到有人钻进一条巷子,于是跟了上去,没想到对方突然转身,两人差点撞到一起,他手里拿着一截断掉的椅子腿。

"别过来!"他五官扭曲,简直不像人类。他推了瑟雯一把,她仰面摔在地上,不小心咬到了舌头,滚进水沟时又差点被自己的剑割伤。刚才有人跑过去的时候踢了她一脚,踢翻了她。她挣扎着爬起来,踉跄前行,身上又添新伤,疼得她龇牙咧嘴。

她在过分奢华的餐桌上跟瓦利米太太闲聊,真的发生在今天早上吗?好香的茶啊,进口商是谁?在上校的陪同下,她默默盘算买卖孩子的价钱,真的发生在一个钟头前吗?她那条漂亮的新剑带,多好的手艺啊!此时此刻,上校和他妻子很可能已经惨遭杀害,瑟雯·唐·格洛塔也成了一段回忆。一个人们略有耳闻的虚构故事。

如果命运女神肯放她一条生路,她一定要改头换面,重新做人。做表里如一的大善人。不做投机倒把的生意。不做最毒的蛇。只要命运女神让她活命。很快,她意识到自己配合着每一次微弱的呼吸念出声来。

"让我活命……让我活命……让我活命……"

像诗句。也像祷词。每当朱瑞谈到神的时候,她就冷嘲热讽。为什么如此聪明的人,却相信如此愚蠢的东西?此刻她正在努力信神。惟愿自己真心信神。

"让我活命……"

她一瘸一拐地走上广场,地面的石头铺得极为紧实,对面有座宏伟的建筑正在燃烧。漆黑的柱子背后烈火熊熊,灰烬纷纷扬扬,映着血红的落日。一尊古老的哈罗德大王雕像立在广场中央。暴徒们围着底座,挥起锤子砸向雕像的腿部。还有人用绳子捆着雕像的肩部,企图将其拽倒。一群人兴奋地观望,他们手举火把,喜怒交加地尖叫着,扯着嗓子咒骂着。现场还有音乐,一个吹笛子的和一个拉提琴的,外加一个疯狂跳舞的女人,甩着破烂的裙子和凌乱的头发。还有一个男人。一个赤身裸体的胖子,动作笨拙可笑。现场气氛堪比狂欢节。

瑟雯看着眼前的一幕,万念俱灰,精疲力竭。她脏得像猪。她渴得像狗。她恨不得放声大笑。她恨不得放声大哭。她恨不得与他们共舞,但终于作罢。她背靠墙壁坐下来,拼命呼吸。拼命思考。然而音乐声过于狂乱,她无法思考。

黑色的人影映着火光,身上的热气蒸腾闪烁。一个头戴大礼帽的高个子,一边指指点点,一边大喊大叫。

"拉倒!"斯帕克斯吼道。

他是该死的国王,广场是他的王国,在他的疆域之内容不下别的国王。"拉倒!"

到时候这里也许会竖起一尊新的雕像。他的雕像,戴着他刚刚抢来的大礼帽,看起来有模有样。

斯帕克斯天不怕地不怕。他越是这样说，对别人说，对自己说，这句话就变得越发真实。阿克斯什么都怕。有人拜访母亲时，他总是躲进壁橱里哭。斯帕克斯讨厌那个哭哭啼啼、软弱无能、什么都怕的小崽子。所以他摆脱了阿克斯，犹如蛇蜕了旧皮。斯帕克斯天不怕地不怕。

他冲着那些跳舞的人傻笑，他们摇摇晃晃，东倒西歪，不同程度地裸露着身体，丑态毕露。"我们应该吊死一个混蛋！"他的嗓门格外地大，好让所有人都确认他无所畏惧，"杀鸡儆猴。"

"我们不等法官来吗？"弗雷墨问。

斯帕克斯咽了口唾沫。他天不怕地不怕，但法官是例外……她不光自己疯得厉害，还有本事让别人发疯。她就像火柴，别人就像柴火。而且你永远猜不透她的想法。她也许对他在广场上的所作所为爱得不行。也许视其为粗俗不堪。她那双乌黑的眸子可能会扫向他，舌尖从上下牙之间探出来。"你这活儿干得是不是有点下作，斯帕克斯？"她可能这样说，然后所有人都看着他，到时候他势必口干舌燥、膝盖打颤，正如躲进壁橱的阿克斯。

"你说什么？"他叫道。一如既往，恐惧使他愤怒，他一把揪住弗雷墨的破旧上衣，这个蠢货太没脑子了，竟然不从那些嫖客身上抢几件像样的衣服，"我他妈才是这里的老大，蠢货！这里是我他妈的场子，懂吗？"

"好吧，好吧，是你的场子。"

"这就对了！我高兴烧什么就烧什么！"斯帕克斯得意洋洋地踩着纸堆爬上去，挥起手臂，示意那个被他们捆在正中央木桩上的杂种，"我高兴烧谁就烧谁！"他扬起火把，刺破黑暗的火焰再一次给他勇气，"我他妈的是这场子上的国王！你懂吗？"

他揉了揉那家伙耷拉的脑袋，但因为头发上满是酒和血，他不得不在对方血迹斑斑的衬衫前襟上擦了擦手。然后他跳下来，从弗雷墨手中夺过酒瓶，猛灌一口。酒能壮胆。带他远离阿克斯，远离壁橱，甚至远离法官。

他看着眼前的杰作，笑了。他尚未决定要不要烧死那个杂种。他还没有思考过，但随着夜幕降临，他觉得一个浑身着火的人很有看头。

"救命……"阿林汉呜咽道。

但没人救他。所有人都疯了，疯得无可救药。笑容带有闪亮的牙齿。眼里充塞冷酷的火焰。他们就像恶魔。他们就是恶魔。

当他们把他从办公室里拖出来的时候，他相信守卫队会来管事。当他被捆在木桩上的时候，他毫不怀疑审问部的人会来放了他。当夜色笼罩，大规模暴动变成大肆破坏的狂欢时，他依然指望军队开进广场，一切到此为止。

但没人来，无数法律文件、工程图纸、官方公告、低俗版画，以及广场周围办公室里被打烂的家具堆在一起，埋没了他的大腿。

这就是个火葬堆。

他不认为他们真的会点燃。他们不可能真的会点燃。会吗？

对于是否在这里租办公室，他一度很犹豫。但为了得到客户的重视，工程师必须有间办公室，而瓦贝克大部分城区的租金都贵得离谱。他们说破坏者不足为虑。那帮家伙被狠狠地教训过。焚烧者则是悲观主义者为了抹黑城市而散播的谣言。他们强调城里开设了全新的、高度现代化的凡特和伯克银行分部，他们还提到新贵阶层的崛起。

此刻，全新的、高度现代化的凡特和伯克银行分部的窗户在喷火，灰烬和燃烧的借据散落在广场各处，焚烧者从暗处喷涌而来，那个精神错乱的军团走进现实之中，举着火把和提灯，在他周围手舞足蹈。

有人打他耳光，大笑，狂笑。他们为什么恨他？他让这个世界更美好。更高效。他对几家工厂的机器和操作所做的小小改进难以计数。他辛苦攒下了勤勉的名声。他们为什么恨他？

"多么伟大的一天！"有人喊道，"大变革终于来了！"

浓烟呛得嗓子难受，他发疯似的观察着火葬堆是否已经烧起来，好在没有。火光无数，隔着他绝望的泪水闪闪烁烁。

"救命……"他自顾自地念叨。就怕一支离群的火把。就怕一张燃烧的纸，在变化无常的风中飘来。就怕一颗浪荡的火星。过程越是漫长，他们越是疯狂，他也越有可能灭亡。

一个女人撕了裙子，有人往她裸露的胸脯上泼酒，一个男人把头埋进去，活像肥猪在食槽里吃食，他们都发出神经兮兮的笑声，仿佛明天世界即将终结。也许已经终结。拉提琴的蹦蹦跳跳地路过，琴声刺耳，断了的琴弦从他脖子夹着的乐器上垂落。

阿林汉闭上眼睛。眼前这一幕类似传闻中的阿库斯浩劫，野蛮和淫乱在大街小巷公然上演。他一直以为文明就像机器，是坚硬的钢铁组合而来，所有零件都铆接在恰当的位置。如今他发现文明就像新娘的面纱，只有薄薄的一层。所有人都答应不动那层面纱，但分分钟就会将其揭开。露出地狱般的真面目。

"堆高点，混账们！"人称斯帕克斯的家伙吼道，他是焚烧者的首领、魔鬼头子，在这片广场上临时充任高斯德的角色。于是男男女女都开始扔纸，扔在阿林汉脸上，热风中纸片旋转飞扬。

"救命……"他自顾自地念叨。

他们一定会来的。守卫队。审问部。当兵的。总有人来。怎么可能不来？

但当阿林汉心惊胆战地看着越堆越高的纸山，他不得不承认，就算有人会来，对他而言恐怕也为时已晚。

"大变革！"有人尖叫，伴着疯癫的狂笑，"多么伟大的一天！"

"伟大的一天!"那个斜眼仔吼道。玛莉老是记不住他的名字。在她眼里,他一直是不招人待见的兔崽子。那种隔三差五就趴在窗口偷瞄,看看有什么能顺走的无耻之徒。

"我们他妈的自由了!"他嚷道。

玛莉渴望自由。说到底,谁不渴望?披头散发地在花园中奔跑,多么美的梦啊。但她不想失去生计。她经历过没钱的日子,那种痛苦是你承受不来的。这也是她后来卖身的缘由。其实谁也没有逼她。在卖身与挨饿之间做选择,本质上没得选择。

他们砸开了酒馆的门,抓着嫖客的脚拖出去,逼迫他们为大伙儿跳舞取乐,以焚烧银行的熊熊火光为舞台背景,他们或衣冠楚楚,或赤身裸体,被拖出去的时候是什么样子就是什么样子。一个胖胖的老先生在纸堆边上挪着步子,帽子戴在头上,裤子挂在脚踝。还有一个家伙,她记得他是律师,经常做慈善,每次吹箫的时候都捂着脸,此刻像婴孩一样光溜溜的,毛茸茸的后背上有不少鞭痕,映着火光微微发亮。

她必须承认,看熟客们为她跳舞确实很有新意,银行烧成灰也不关她的事,但她担忧的是谁来赔偿撞坏的店门。还有更大的担忧。要是他们烧死了所有的熟客,明天的收入从哪里来?

"大变革!"斜眼仔抓着玛莉的胳膊,抓得好疼,差点把她拽翻了。好笑的是,男人们无论何时谈论自由,都从来没有真正考虑到女人。"多么伟大的一天,呃?"他冲着她叫嚷,满嘴臭气。

"是啊,"她微笑着甩开胳膊,应道,"大变革。"

问题在于,变革是变得更好吗?她很担心。也许等她明天醒来,世界在一夜之间恢复理智,有人负责修好被砸坏的门锁。她非常怀疑。但除了保持微笑,抱着乐观的希望,她还能做什么呢?

她注意到斯帕克斯在看自己。她感觉必须干点坏事,以证明自己跟他们是一伙的。光着身子的律师跌跌撞撞地路过,她伸脚绊倒了他。他摔了个大跟头,在泥地里打滚,她指着他,装模作样地大笑。

她哪样都不喜欢,但在受伤与害人之间做选择,本质上没得选择。局势变化莫测,她受够了老是屈居受害者一方。

"起来,肥猪!"有人咆哮。

兰多克捂着腰,晃晃悠悠地爬起来,试图抬起一只无力的手,同时舞步不停。他不太会跳舞。穿着衣服的时候都不行。此刻他已是疲惫不堪,虽然赤身裸体,但仍旧大汗淋漓,嗓子眼烧得厉害,消化不良是老毛病了。但这个老毛病今天不值一提。

那个叫玛莉的姑娘绊了他一跤,他心想。此刻她指着自己,发出刺耳的笑声。他不能理解。他经常扶持玛莉。善意地资助玛莉。所以他成了这里的常客。为的就是扶持那些贫穷的姑娘,时局艰难,她们迫于生计才堕落至此。既然她们发自内心地表达感激之情,他当然不能拒绝,否则便是辜负了她们的一番好意。他有很强烈的社会责任感。但她们竟然这样回报他,忘恩负义的婊子。这些肮脏的妓女,不得好死!

他慢吞吞地绕过成堆的文件,纸山中央的木桩上绑着一个身着廉价套装的可怜虫,待遇类似于落在南方蛮子手里的异教徒。也许火葬堆里还有兰多克负责的案卷,随时可能化为一缕黑烟。浪费。真是荒唐!他跟法律打了一辈子交道。站在自身的角度来说,他认为自己是在做慈善。他为客户做牛做马。凭良心做事!兰多克,信得过!他好不容易攒来了好名声。所以才有扎里夫、兰多克和克伦合伙经营的大好局面。是啊,扎里夫几年前死了,死于冬天的严寒,但兰多克没有花钱换上自己的新招牌,没错,克伦改行做专利了。近来专利很赚钱。

他常说纸墨可搬山,只要有一定的时间,在法院有合适的人脉。最强大的武器莫过于法律!如今看来火的地位还是不可动摇。光有法律,缺乏执行,那不过是吹吹风而已。他眼看着银行的屋顶向内垮塌了一部分,火焰冲天,火星四溅。永远别惹凡特和伯克,入行当天扎里夫叮嘱过他。切记切记。命运女神在上,如果连他们的财富、机密和权力都能付之一炬,那还有什么是安全的?大火已经烧向他的办公室所在的狭窄街区。

他一直在那家律所工作。他一手建立的律所。当然,还有扎里夫和克伦,但主要是他的功劳,毕竟扎里夫死了,克伦一门心思去做专利了。

他上气不接下气地停下脚步,双手撑着膝盖呻吟,刺耳的音乐还在继续,妓女们喝着酒,指指点点,说说笑笑。公道何在!他是为了扶持这些姑娘才来的。他是姑娘们的恩客。姑娘们的金主。堪称慈父!好吧,不太恰当,更像是亲切的叔叔。他在这一带备受爱戴。如今他在姑娘们的嘲笑声中光着身子出丑。就像他在马戏团巡演时看过的一头可怜狗熊。

不过,情况还不算最糟。被绑在木桩上,脚边堆满纸张的有可能是他。他捂着嘴,想把因为消化不良而翻涌上来的内容咽回去。

有人动手了,他发出痛苦的尖叫。仿佛有一条火蛇舔过他的光屁股。

"手下留情!"他绝望地举起双手,气喘吁吁地哀求,"手下留情!"

一个斜眼的小矮子恶狠狠地瞅他,手握一根车夫的马鞭。

"跳舞,你这头肥猪!"他吼道,"否则把你绑上去烧!"

兰多克继续跳舞。

"多么伟大的一天!"莫斯高喊,因为大变革终于到来,乾坤倒转，一辈子活在底层的老百姓突然翻身做主，贱民成了老爷，所有他渴望的东西，他自知永远得不到的东西，如今唾手可得。谁能阻止他？"伟大的一天！"

他挥起马鞭，再次抽打律师，打在大腿上，打得那头肥猪脚步踉跄，跪倒在地。几天前他讨一块铜板，肥猪都不拿正眼看他。当他是虫子。如今谁是虫子，呃？他认识所有人，哪怕他们不拿正眼看他。他们给了他多少，他记得清清楚楚，今天就是清算的日子。

"跳舞，你这头肥猪！"律师挣扎着爬起来，却被他一脚踢中下巴，仰面躺在地上。他扔了马鞭，双手抓起一把锤子，继续敲打雕像。

"操你妈的！"他冲着雕像大骂。它是某个国王，某个伟大的人物，"你现在伟大不成了！"他砸掉了一块铭文。他不认识上面写的是什么。大变革之后不需要认字。

"给我喝点！"他抢走了弗雷墨刚刚递到嘴边的酒瓶，酒水泼在那顶蠢得要命的帽子上。

"混账东西。"弗雷墨擦着脸骂道，但莫斯哈哈一笑，又灌了一大口。他发现门廊里躲着一个小女孩，定定地看着他。小女孩有一双乌黑的大眼睛，皮肤是褐色的，脸颊上的泪痕闪闪发亮。

他高举酒瓶，放声大笑。"伟大的一天！"

赫塞尔背过身去，广场上发生的事情太疯狂了。她怕得要命。她慢吞吞地回到门廊，父亲就躺在里面。

"父亲，"她拉着他的胳膊，轻声喊道，"求你醒醒！"

他被扯得摇来晃去，但没有醒。他的一只眼睛睁着一条缝，露出少许眼白。但他没有醒。

有一次他们在比泽特的公园里散步——据说索尔坤皇帝在园内种了一万棵棕榈树——父亲说要养成随身带手帕的习惯，时刻保持干净和体面。此时她掏出手帕，蘸着口水，试图擦掉父亲额头上的血迹，没想到越擦越多。手帕变红了。他的花白头发变黑了。

"神啊。"她一边擦拭一边低声念叨，不知道是在咒骂还是在祈祷，尽管祭司们费了很大的劲儿作解释，但她一直分不清两者的区别，"神啊，神啊。"

他说这里是个好地方。达瓦赫的形势不妙。一开始，皇帝的亲卫队被逐出城外，局势动荡，情况很糟糕。然后食尸徒来了，秩序恢复，但情况更糟糕。她见过一个食尸徒，就在大街上，时值黄昏。它身上发着可怕的光。她还能在梦中见到它，漆黑的眸子，空洞的笑容，精美的袍子上沾有血迹。于是他们逃离了达瓦赫。父亲说这里是个好地方。

"神啊，神啊，神啊……"

但这里的情况并不好。找不到活儿。人们当街对他们吐口水。他们从一座城镇流浪到另一座城镇，身上的钱在渡海时就被水手抢了不少，仅剩的那一点又在路上消耗殆尽。他们听说瓦贝克有活儿，于是为了安全起见，他们跟十几个坎忒人抱团旅行。历尽艰辛来到瓦贝克，依然找不到活儿。白皮肤的人都找不到，更别提深肤色的人了。别人看他们的眼神就像看耗子一样。如今这里疯狂到不可理喻。她完全不明白发生了什么。她甚至不知道是谁打了父亲，为什么打。

"神啊，神啊……"

祭司说只要她每天早晚祈祷，保持内心纯净，好事就会发生。她每天早晚坚持祈祷。是她做错了吗？是她内心堕落了，神要惩罚她吗？

"神啊，"她呜咽着，摇晃父亲的肩膀，"求你醒醒！"

她不知道怎么办。在这里她谁都不认识。他们抢走了父亲的鞋子。他的鞋子没了，神啊，帮帮她吧，他的一双赤脚无力地歪斜着，她抖抖索索地碰了碰其中一只脚，眼含泪水。

"神啊。"她叹道。她该怎么办？

她听见窸窣的脚步声。不速之客贴着外墙，绕进了门廊。此人弯腰驼背，缩在缺了一只袖子的外套里，神色惊惶地盯着广场，那里群魔乱舞，伴着诡异的音乐声。

赫塞尔龇牙咧嘴地摆开架势，不知道该哭还是该打。祭司说，有时候陌生人的善意至关重要。

"求你了。"她说，发出的却是歇斯底里的尖叫。

乞丐猛地转过身来。是个女人。肤色苍白、剃光了头发的女人。她看样子不大正常。头皮上的疤痕结了几条干硬的血壳，一只瞪红了的眼睛底下糊了一团污物。

"我父亲……叫不醒。"赫塞尔结结巴巴地操着不熟悉的语言说道。

"对不起。"女人咽了口唾沫，血迹斑斑的脖子随之动了动，"我帮不了你。"

"求你了！"

"别叫！"女人惊恐地瞅了一眼广场的方向，轻声呵止她。

"求你了！"赫塞尔抓着她赤裸的胳膊，喊道，"求你了！求你了！"她开始尖叫，嗓门越来越大，彻底失控。她都不知道自己说的是联合王国的语言还是坎忒语。

乞丐抽身离开，赫塞尔却死死地拽着不放。

"求你了！求你了！求你了！"

"闭嘴！"女人尖叫一声，把赫塞尔推到墙上，她听见女人慌乱的脚步声越来越远，遁入外面的广场。

她爬起来，揉着被石头撞疼的后脑勺。她挪到父亲身边，轻轻地碰了碰他的胳膊。

"父亲，"她哀声呼唤，"求你醒醒。"

31 我们的东西
Something of Ours

瑟雯跌跌撞撞地走出巷子。身后的小女孩还在哭泣。

音乐声变得极其凄厉，随即戛然而止。舞蹈也停了。无数眼睛望向她。漆黑的眼睛，在黑暗中反射着火光。

她只能看到戴大礼帽的高个子的轮廓，此人一手举着燃烧的火把，一手指向她。

"把那家伙给我带过来！"

她逃跑了，勉强摆动颤抖的双腿，钻进一条后巷，翻过排水沟的时候脚底打滑，跌进污泥中，又慌手慌脚地爬起来。她推开一个盯着她不放的老妇人，跑过夹在密集笼屋之间的狭小院子，灰烬、粪便和骨头在当中堆积成山，爬满了蛆虫。

身后传来断断续续的喊声和笑声，纷乱的脚步声在斑驳的墙壁上回响。她不顾一切地撞向路过的每一扇门，锁了，锁了，锁了，随后的一扇门被撞开，她滚进污秽不堪的屋子里。

这里的天花板塌陷得厉害，到处堆的是破布，有人四仰八叉地睡觉。都是醉鬼，面目可憎，衣不蔽体，松弛的嘴巴流着涎水。臭得简直无法形容。地上开了一个洞充作厕所，苍蝇乱飞。瑟雯磕磕绊绊地跨过他们，一路上捂着嘴巴，连连作呕，然后出了后门，进了巷道。

"逮到你了。"两个男人拦在前面。她转身跑开，靴子在鹅卵石上打滑，结果跑进了死胡同。前方仅有一堵发霉的砖墙，推门的机会都没有。她缓慢地转过身，呼吸堵在喉咙里。他们耀武扬威地逼近，自以为胜券在握。其中一个人生着丑陋的斜眼，手里的大棒钉了一根钉子。另一个戴着帽子，低低地压在扭曲的脸庞上。

"别过来！"瑟雯抬起手，嘶声喝道。要不是她的手抖得厉害，这个架势会更有威慑力。

"是个女人。"斜眼笑了。

戴帽子的家伙仰着头，目光顺着扭曲的鼻梁投向她的外套，定在她的剑上。"你藏了什么东西？"

"不关你的事。"瑟雯努力让自己的语气轻松且自信，跟以前一样。听起来气定神闲，你就成功了一半。结果她的嗓音颤抖且嘶哑。但无论如何，口音依然清晰。

斜眼笑得更欢了。"不光是女人哟。还是一位真正的贵妇。"他把棍棒拍进掌心，指头拨弄着那根铁钉，"好日子过不下去了？"

"很多贵妇都这样，就在今天。"戴帽子的说着，缓步上前。

瑟雯压低重心向后挪去，视线来回扫动。"我警告你们——"

斜眼若有所思。"也许是她。"

"她？哪个她？"

"瑟雯·唐——"

"闭上你的嘴！"她放声尖叫，随即瞪圆了眼睛。她竟然已经出剑捅穿了对方的胸膛。这一记教科书式的突刺布雷默·唐·葛斯特看了也得叫好。

"操。"戴帽子的瞪大眼睛,退了回去。

斜眼闷闷地咳了一声,扔下棍棒,扒拉着胸口。他想说什么,却喘不上气。

她收回了剑,剑刃把他的手掌割出了一道深深的口子。鲜血喷涌而出,深色污渍在他的衣服上迅速扩散。

戴帽子的掉头就跑,瑟雯追上前,照他的大腿砍了一剑。这一记劈砍有失水准,剑身平着拍在他身上,甚至没能划开他的破裤子,但至少打得他一个趔趄,趴在了沟里。

"饶命!"他双手撑起身子,扭头叫道,受到的惊吓跟刚才的瑟雯没两样,"饶命!"

剑刃插进他的肋部时,他低低地喊了一声,后背拱起,姿态扭曲,痛苦得五官都变了形。瑟雯跪压在他身上,试图拔出剑来,但剑刃卡得死死的,而且他不断地挣扎、呻吟、挣扎。她听见街上喊声四起。脚步声回荡。

她丢下剑跑了,身上每块肌肉都在疼,肺里火烧火燎。她回头望了一眼。黑暗中有巨大而扭曲的影子。有喝彩声和欢笑声,像是猎人在追捕狐狸。前方隐约出现一个庞然大物,伸展着不可计数的手足,她刹住脚步。原来是堆在街心的路障,那些手足是椅子腿、桌子腿和乱七八糟的木材。一个体格魁伟的大汉站在上面,几乎没有脖子,头发剃得很短,面目看不真切,但镜片反射着橙色的火光,那副眼镜是新款,镶着细边,戴在他满是胡茬的刚猛脸盘上,显得格外袖珍。

"救救我!"她伸出血淋淋的手,嗓音尖细而沙哑,"求你了!"

他抓住了瑟雯的手腕,力气大得不容抗拒。一时间她惊恐不安,怀疑自己犯了这辈子最严重的错误。

他轻而易举把她拉了上去,拉到身边。她看着不远处跳跃的火光,害怕得不敢呼吸,动弹不得。她抓着一根椅子腿,缩在一个破烂的屉柜后面瑟瑟发抖。

追兵们接近时放慢了脚步。一共有六个人,跑得气喘吁吁,手握棍棒和火把,最前面的高个子歪戴着大礼帽,趾高气昂地迎上前来。

"不要往前走了。"大汉说。声音平静,十分低沉,十分缓慢。他如何能做到如此平静?怎么还有人能保持平静?

"你砌的墙不错嘛。"大礼帽说,满是汗珠和痘疮的脸上闪过一抹讥笑,兴奋而狂野的眼睛反射着高高在上的火光。

"谢谢夸奖,"大汉说,"不过请你们离远点欣赏。"他从耳朵上摘下眼镜,极其小心地折起来,"我善意地请求你们。"他捏了捏鼻梁,"但好话只说一遍。"

"做不到。"大礼帽笑得很夸张,"你有我们的东西。"

大汉把折好的眼镜塞进瑟雯无力的掌心,轻轻合上她的手指。他的语气近乎悲伤。"相信我,这里没有你们要的东西。"

"把她交出来!"大礼帽嚷道,语气突然变得凌厉,吓得瑟雯缩成一团。

大汉从高处一跃而下,向前走去,不慌不忙,不疾不徐。瑟雯搞不懂他要干什么。

大礼帽也搞不懂。他举起火把。"我天不怕——"

大汉猛冲过去,侧身接下挥来的火把,又一耸肩将其甩开,火星纷飞如雨。他的拳头打在大礼帽的肋部,拳速快,距离短,但瑟雯听见一声闷响,其力道之重不言而喻。这一拳打得大礼帽弯下腰来,脚步踉跄。

大汉揪住他的外套,一把拽起,举在半空中,仿佛举着一麻袋破布,然后把他扔在石头路面上。他摔得不轻,帽子都摔掉了。

他哀声呻吟,颤抖着伸出手来,大汉不声不响地提起大靴子,把他的脸踩进了路面。

瑟雯死死地盯着，不敢呼吸。

大汉抬眼看着大礼帽的同伙，拍了拍肩头残余的火星。他们围成半圆形，惊得目瞪口呆。他们有五个人，但从头到尾没有一个出手。

"我们干得过他。"有人说，但听口气完全没有把握。他舔着嘴唇，犹豫地迈了一步。

"啊。"竟然有人爬上了路障。也许他一直都在，只是太安静了，瑟雯没有注意到。这是一个留有长胡须的瘦子。他抬着一把蓄势待发的弩弓，扣着扳机的手背上有图案。是文身。"我说了啊。"他缓步逼上前去，弩弓的指向愈加明确，箭镞闪着寒光，"你们这些该死的杂种听不懂啊？"

看来他们听懂了。他们开始后退。戴大礼帽的家伙无力地哼哼着。有人把他架了起来，他的脑袋耷拉着，满脸污血。

"对！"看到他们消失在令人窒息的夜色中，瘦子放下弩弓，喊道，"别回来了！"他抬起带有刺青的手背，擦去额头的汗水，与此同时，他的同伴爬回路障，"该死的，公牛，咱们的计划不是这样的。"

公牛这个外号很适合这个大汉。他皱着眉头端详瑟雯，她不断地退缩，直到后背撞上墙壁。"嗯，"他龇牙咧嘴地揉着指节说，"你知道，一旦开打，计划总是赶不上变化。"

"该死的焚烧者！"弩手骂道，他松开弓弦，熟练地取下弩箭，"那些混蛋全都疯了。什么都烧！"

"所以他们叫焚烧者啊，萨贝。"这里还有个女人。是个面庞消瘦、饱经风霜的女孩，她蹲在瑟雯身边，显得很老到。

"她受伤了吗？"布罗德问。

"多半只是吓坏了。"瑟雯感觉手指被撬开，女孩从她手中拿走眼镜，递了过去，"谁能怪她呢？"瑟雯认出了那个女孩。瓦利米家的女仆。叫什么名字来着？在山上吃的那顿饭似乎是一千年前的事。小梅。梅·布罗德。

她温柔地抚摸着瑟雯的脸颊。"你叫什么名字？"她没有认出她。不奇怪。瑟雯都认不出自己了。

"阿黛丽。"她低声说，母亲的名字是第一个冒出来的，然后她感觉鼻腔里灼烧的痛感愈加猛烈，她吸溜了一下鼻子，突然哭起来，她不记得上一次哭是什么时候，她不记得自己哭过，"谢谢你们，"她哭着说，"谢谢你们——"

女孩看着她的胸口，眉头拧成一团，瑟雯意识到脏外套敞开了。虽然束腰衣已经毁得不成样子，一根衬骨戳出破烂的绸布，但依然是顶好的料子。傻瓜才看不出这种束腰衣属于非常有钱的贵族小姐，有女仆帮忙才穿得上身。而女孩锐利的眼神告诉瑟雯，她不是傻瓜。

瑟雯张开嘴，想编个故事或撒个谎。然而她嗓音嘶哑，语不成句。她连话都说不出来。

小梅的目光从脏污的刺绣移了上去，如此精美的手工需要某个可怜的女人辛苦一个月。然后她淡定地拉拢外套，将其遮掩在里面。

"你没事了，"她说，"我带她进去。"她扶起瑟雯，走向一处门廊，"估计她今天很不好过。"

瑟雯依偎着她，哭得像个婴儿。

32 实干家
The Man of Action

坚毅王的旗帜庄严地招展着，刺绣栩栩如生，只见一匹白马迎风扬蹄，背景是一轮金线织就的太阳，联合王国历次伟大战役的名称则绣在旗边。这面纪念坚毅王克什米征服安格兰的旗帜，此时握在徒尼下士粗糙的掌中，竖得笔直，赫赫武威凝集在一方布巾之上。

随着兵刃和盔甲鼓舞人心的铿锵声，士兵们转身面向奥索，左脚跟同时跺地，然后整齐划一地敬礼。五百官兵，步调一致，阳光照在他们崭新的护甲上熠熠生辉。他们只是近来招募的讨伐军的十分之一，已做好万全的准备，即将乘船北上，狠狠地踹一脚日暮斯达的屁股。

奥索或许不该自卖自夸，但眼前的场面称得上蔚为壮观。

他夸张地回了个礼，这个动作他对着镜子反复练习，直至无可挑剔。他必须承认他喜欢身着戎装的感觉。戎装在身，他似乎就成了实干家。此外，这套军服剪裁得当，料子挺括，不容易被人看出他的肚子最近有点发福。

福里斯特上校面带微笑地扫视着队列。他真诚而豪放的笑容似乎代表了联合王国普通民众的最好一面。朴实，可靠，忠诚。他算得上一个强悍的自由民，体格壮实，面部伤疤宛如勋章，花白胡须富有光泽，久经沙场的皮帽子戴在头上。

"我见过的最威武的军团也不过如此了，殿下，"他说，"而我也是见过世面的。"

他们自称太子军团。没错，奥索让他们自行挑选名号，毫无疑问他们采纳了福里斯特的建议。或者说，更有可能是他的坚持。不过，奥索很是受用。也许是因为他觉得自己终于做了一点有价值的事。

"你觉得怎么样，希尔迪？"他问。

"亮瞎了。"她说。出于一贯强烈的事业心，她弄到了一身绣花鼓手服，加上那顶破旧的帽子，此时她看起来活脱脱就是一名士兵。有何不可？她的军事经验不比奥索少。

"你觉得怎么样，葛斯特？"他问。

"威武雄壮，殿下。"奥索极力控制表情，虽然经常听到这个尖细的嗓音，但你无论如何都习惯不了，"恭贺王子殿下。"

"乱说。我所做的就是站在这儿看着。"然后花瑟雯的钱，以及面带微笑，练习敬礼，"你才是真正干活的人，福里斯特上校！"

"福里斯特上他妈的校。"徒尼摇头晃脑地咕哝着，仿佛难以忍受如此做作的称谓，而永远热衷于附和上级的蛋黄，紧跟着发出一声讥笑。

福里斯特充耳不闻。不光是对徒尼，他在很多事情上都能做到闭目塞听，这方面的经验相当丰富。"他们都不是新兵，殿下。有的在北方打过仗。大部分有在斯提亚的作战经历。我所做的就是提示他们如何整军备战，都在我的本职工作范围内。"

"有人连本职工作都做不好，但你干得非常漂亮。我很幸运，有你这样一位得力助手。"奥索为福里斯特献上特别的笑容。这种笑容仅在他真正开心的时刻才展露。

如今两人之间建立了一种良好的伙伴关系。福里斯特提供经验、判断、热情、纪律和勇气,当然还有面部伤疤,外加茂盛的胡须。奥索提供活力,还有……好吧,他的胡子从来都很稀疏,也没有拿得出手的伤疤,所以老实说,只有活力。也许史学家会冠名他为活力王。他无奈地嗤笑一声。估计民众口中的称呼就难听多了。没错,他早就有难听的称呼了。

"国王的工作不在于把事情做好。"奥索微微皱眉,他听到有人公然操着斯提亚语高声说话,对面可是数百个跟斯提亚人打了十年仗而且打输了的士兵,他忘了母亲也来参加阅兵式了。她坐在折叠椅上,头上有一顶紫色的轻便遮阳棚,女官们在草地上围了一圈,犹如一幅名画的镀金画框,"而是知人善用,让别人替他把事情做好。"

"您这话听起来像是表达赞赏,母亲。"奥索同样以斯提亚语回答,但至少嗓门不大,"我都不知道您还能用这种口气说话。"

"乱说,奥索。你时不时也能听到我赞赏别人。"

他叹了口气。"确实。"

"自从你断奶后,几乎就没干过什么值得我赞赏的事情。"

他再次叹气,这次更加沉重。"确实。"

"未来的国王不必在打仗上花心思。"

"所有伟大的王者都是战士,不是吗?哈罗德,克什米,阿诺特——"

王后摆摆手,驱散了那些如雷贯耳的名字。"毫无疑问,老百姓崇拜能征善战的国王,但只有娶妻生子的国王,才能建立千秋功业。"

"我跟女人厮混了那么多年,您可从来没有肯定过我。"

"关键在于你的对象是谁,奥索,这一点你很清楚。我最大的愿望就是你成家立业。"她向后靠去,仔细打量他,一根手指轻叩折叠椅的扶手,指甲修剪得极其精致,"但如果你非得同时率兵打仗,我承认……"她难得地提了提嘴角,幅度小得难以察觉,"值得赞赏。"

奥索常常告诫自己,他早已不在意母亲的看法。但此刻一股暖流涌上头顶,连发根都热乎了,足以证明他在撒谎。"我认为每个人迟早都会成长。"他说完转身走开,不让母亲看到他脸红的样子。

王后起身离座,一个衣着得体的男仆立刻移开她的折叠椅。"也许你能帮你父亲成长起来。"她转身走向王宫,随时待命的女官们改变了队形,酷似一枚闪闪发亮的矛头,而她是最尖端的那颗钻石。

"王后陛下似乎……挺高兴的。"徒尼咕哝着放下坚毅王的旗帜,把王家祖传的宝贝卷了起来,动作惊人地娴熟,随你怎么评判这个家伙——他确实很难听到什么好话——但他处理旗帜的本事没得说,"我觉得做到这一点很不容易。"

奥索挑起眉毛。"她更愿意看我结婚。"

"您可以跟福里斯特上校结婚,"徒尼说,"我甚至感受到了你俩之间勃发的爱意。"

"一般人可比不上他。福里斯特经验丰富,有条有理,诚实可靠,脑袋瓜比我聪明得多,却依然听命于我。除了少个屄,他拥有新娘子的一切美好品质。"

徒尼看了一眼福里斯特,后者正在面红耳赤地发号施令,头上的皮帽子做工精良。"他那顶该死的帽子像个屄。"

奥索憋着笑。的确有几分像。"留点口德,下士。别逼我提拔你。"

"除了提拔,怎样都行。"徒尼得到过晋升军士长的机会,但他断然拒绝,他只愿意当下士。有的人就像水。无论被提到多高的位置,他们总是怀念那个最恰当的安身之处。他眯着眼睛,望向明晃晃的太阳。"希望您带上了厚衣服,殿下。现在想象不出,但到了北方就很冷了。"

"那个鬼地方最出名的就是冷。"

一名传令骑士大步走来,路过那群忙着拆除遮阳棚的仆人。"殿下!"他声如雷鸣,实际上毫无必要喊那么大声,披戴护甲的脚后跟猛地并拢,"国王陛下现在要见您!"

"陛下在宫里?"

"在审问部本部,跟格洛塔审问长在一起。"

奥索皱起眉头。"他们难道看不见我正要亲率大军夺取战功吗?"他思考片刻,"至少也是看着福里斯特上校率军夺取战功。"

徒尼凑近了,低声说:"战功等了您二十年。想必多等一个钟头也没啥问题。"

"总算来了!"奥索刚刚进门,就听见国王吼了一声,完全没有以往的好心情。

审问长阁下坐在轮椅上,尽管天气炎热,他的腿上依然盖着毛毯,脸色比平日更加冷峻、憔悴和苍白,这可难得一见。奥索见过因疫病而死、停放了三天的尸体,都不如他的脸色难看。候在格洛塔身边的那人,恐怕是联合王国里唯一比他还丑的——他的副手,派克主审官,整张脸被烧得面目全非。看不出来派克是什么表情,反正这里的气氛远远谈不上愉快。

依着长期以来的习惯,奥索拐弯抹角地开口了。"我忙了一整天,父亲。您要是来为我送行,您——"

"你不能去北方了。"国王吼道。

"我……什么?"奥索失去了避重就轻的机会,不得不直面这个糟心的大问题,"父亲,为了备战,我辛苦——"

"谁不是一直在辛苦做事!你有什么特殊之处?"

我是该死的联合王国的王太子！奥索差点脱口而出，幸运的是派克抢在前面说话了，他轻柔的话音听不出什么口气，烧毁的面孔也看不出什么表情。

"殿下，瓦贝克发生了暴动。"

奥索咽了口唾沫。"暴动？"当着统治者的面使用这个词实在无礼。派克就不能挑一个更中性的词吗，比如说暴力事件？哪怕暴乱都可以。然后他意识到主审官是故意说的，说给国王、王太子和审问长听，也许是为了凸显形势之严峻。

"这次暴动有分工，有组织，规模相当大。应该是好几家工厂的劳工同时行动，迅速压制了工头、守卫和工厂主。"

"那些工厂落在他们手里了吗？"

审问长的左眼开始抽搐，他擦去一滴泪。"看情形，整个城市都落在他们手里了。城市守卫队可能早就被他们渗透了。也许……审问部都未能幸免。"

"他们设下路障，"派克说，"绑架人质，提条件。"

"天哪。"奥索无力地跌坐在椅子上，瓦贝克已经是米德兰最大、最现代化的城市之一，他现在觉得暴动这个词过于保守，简直就是造反！"这种事情是怎么发生的？"

"真他妈是个好问题！"国王厉声喝道，然后冲着审问长皱起眉头。

"破坏者扮演了核心角色，"格洛塔说，"还有焚烧者。"

"他们都是什么人？"奥索问。

国王陛下气得太阳穴微微颤动。"破坏者企图逼我让步。焚烧者企图把我，还有联合王国的所有贵族和政要全部吊死，他们要建立新的秩序，可能是杀人放火的秩序。"

奥索又咽了口唾沫。喉咙里似乎堵着什么，老是吞不下去。"想必他们对我的看法也不太好吧？"

"你以为你母亲的批评很苛刻吗？到时候听听那些混蛋怎么说你吧。"

"我在瓦贝克有眼线，"格洛塔说，"她派了个小伙子回阿杜瓦送信，但已经来不及采取行动了，从那时起……再无消息。我们完全不知道城内的情况。"

"胡闹。"奥索的父亲紧握双拳，怒吼一声。

"那些反贼一时得逞，势必鼓动其他心怀不满的人，"格洛塔说，"其他阴谋反对国王陛下及其忠诚子民的人。在维持治安方面我们已经没有余力。奥索王子，眼下唯一可用的就是你的军队。"

"我将陪同您前往瓦贝克，殿下，"派克说，"审问部全力支持您的平叛行动。"

奥索眨了眨眼。"可是北方怎么办？我——"

"得了吧！"国王一反常态地爆发了，他扯开装饰繁复的礼服最上边的扣子，额头上冒出豆大的汗珠。"不是什么事情都围着你转！审问长的女儿也卷入了此事！"他似乎突然意识到自己失态了，刻意地清了清嗓子，"当然，还有很多人。很多人的子女——"

"等等，什么？"奥索努力克制着内心的恐慌，"你女儿……瑟雯？"他很清楚审问长没有别的女儿。他的喉咙堵得更严重了，好不容易才把话说完整。

格洛塔在椅子里陷得更深了。"她在瓦贝克。当时正在视察一家工厂。"他灰白的嘴唇翻卷起来，露出乱糟糟的牙齿，"我没有她的消息。我不知道她是跑出来了，还是被绑架了。我不知道她是活着，还是——"

"忘恩负义的畜生！"国王咆哮着，捏得拳头咯咯作响，"我恨不得亲率近卫骑士去讨伐！"

"不必劳烦国王亲征。"奥索猛然起身，椅子腿吱呀一声划过地砖，"我去。"瑟雯需要他，"我立刻出发。"当然还包括联合王国的其他人,可是该死的,瑟雯需要他!"徒尼!"他跨着大步出门,高声喊道。喊声几近尖叫,"告诉福里斯特上校,我们立刻出发,前往瓦贝克!"

33 祸患
Ugly Business

她侧躺着,脸贴着他的肩膀,双腿缠着他的一条腿,紧紧地依偎着他,毯子把他们埋得很深。

利奥永远那么温暖,抱着他就像抱着一块木炭,在火坑里烧得通体红润的那种。就在不久前,她挨饿受冻,皮开肉绽,担惊受怕,如今安安心心地躺着,浑身暖洋洋的,半梦半醒,悠然自得,瑞卡无比感激。真的,这种生活几近完美。

要是他能闭嘴的话。

"她一点事都不让我干,"他咕哝着,"她把我当成……拴着链子的小狗!"

"拴着链子的狮子。"她含糊不清地说。

"她晚上没有把我装进狗笼子真是大发慈悲。"

要是他母亲把他的脑袋装进狗笼子,其余的部分留在外面,对瑞卡来说最好不过,但他可能不想听实话。

"我们所做的只是挠痒痒,"他厉声说,"在他们的补给线附近转悠，伺机咬上一口。"

"哦。"瑞卡应了一声，心不在焉地抚摸他漂亮的腹肌，指望他能闭嘴。纯属徒劳。

"我们需要认真对付他们。"他握紧拳头，肩膀抖得她很不舒服，"需要重创那些混蛋！"

"问题不就在这里吗？"瑞卡勉强睁开一只眼睛，抬头看他，"斯奎尔，卡尔达，还有他们之间的斯达，手下的人比我们多。所以我们拖慢他们的速度。迫使他们分兵。让他们猜不透。他们的战线拉得越长，实力越弱。"她感到不大自在，从未参战的她需要对大名鼎鼎的战士解释我方的战略意图，"我们要等待时机。你的时机。"她的脑袋又挨在他肩膀上，身子动了动，缩进他温暖的怀抱，"等待你的朋友奥索王子到来——"

他猛然坐起，她的脑袋落到床垫上，睡意跑得一干二净，很是不爽。

"啊，是啊，"他冷笑一声，"酒鬼王子歪歪扭扭地来救我们了。"

"又不是他一个人来。"瑞卡揉着惺忪的睡眼，"我父亲说他带了五千人。"

"没准是五千个妓女。据说他睡过的妓女就有这么多。"

"他多大？二十五岁吧？"瑞卡皱起眉头计数，"就算他从十七岁开始睡，八年时间他睡了……差不多……每天两个？假设同一个妓女不睡第二次。他一天都不能休息。我的意思是，我们都有没兴致的时候。难道她们在王宫的走廊上排队吗？"她嗤笑一声，"他的小弟弟太遭罪了。"

"可能只有四千吧。"利奥酸溜溜地说。

"更有可能的是他的事迹被过分夸大了。"瑞卡冲着利奥挑起眉毛，"这种情况在年轻人身上可不少见。"

"也许奥索王太子是例外。说不定他能帮我们操死北方人。"

"我无所谓,只要能把那些混蛋赶回家就行。"

她试着让他放松下来,躺回自己身边,但他一动不动。"说来也不奇怪,毕竟他有个变态的斯提亚母亲。"

"一个什么斯提亚母亲?"

利奥厌恶地抿着嘴唇,仿佛有条死狗横在床上。"有流言说她跟女人睡觉。"

瑞卡从来都搞不懂,为啥关心素不相识的人跟谁睡觉。一个人得有多闲才会把这种事情当成问题?"还以为你能理解呢。你大多数时间都跟男人厮混在一起。"

"你什么意思?"

"呃……你们亲密的小团体,那些朋友,不是吗?"

利奥皱着眉头,看来不太明白她的意思。"我们认识很多年了。我和朱兰还有安塔普是一起长大的。我在乌发斯碰见了吉恩,这你知道。我们是手足兄弟。"

"而且是很强壮的手足!"她抱着他的臂膀,"难怪你们都喜欢摔跤。"

"摔跤是很好的锻炼,而且……"他瞪圆了眼睛,把手臂抽出来,"太恶心了!"

"我不觉得。"他的观点有时候很偏激,但经不起推敲。她特别喜欢深挖下去,看他无法自圆其说的狼狈样儿。"想象不出还有什么比精壮的男性身体更有活力,浑身是汗地搂搂抱抱,哼哼唧唧,上下其手——"

"你非要把所有的事都说得这么下流吗?"

"不是非要。"她抓着他的肩膀,把他拽回床上,"但这里挺暖和的。"她还想贴着他,但他又开始抱怨了。

"我其实不怪奥索。"说得好像他给了那人多大的面子,"身为王子,免不了窃取他人的荣誉。"说得好像谁获得荣誉最重要,而不是谁能活着回家,"我要怪的是我那天杀的母亲,非得把荣誉拱手相让!"天上下雨,他都会怪他母亲,"她怎么就不相信我呢?"

"哦。"瑞卡翻了个身,盯着随风鼓动的帐篷布。很显然,一天当中她最喜欢的时间已经白白浪费了。她不明白他为何如此迫不及待,非要冲上很可能大败亏输的战场。这个小伙子有不少优秀的品质——勇敢,诚实,幽默,脸蛋好看,屁股更好看,而且无论什么时候都是热乎乎的。但想象力不是他的强项。他也受不了别人不待见自己。也许失败是他想象不到的东西。也许在他看来,每一次避而不战,都是与胜利背道而驰的大错特错。

"……不把我管得死死的,我一定让那些混蛋见识……"

回忆浮现眼前——如今她每天至少想起一次——想起她躲在河岸底下,日暮斯达狂笑着扬言如何处置她。想起乌发斯的大火,所有受伤乃至丧命的好人,怒火一如既往地烧起,她不由握紧了拳头。她比任何人都想要那个混蛋死无葬身之地,但就连她都明白,必须保持耐心。要不要等到有了把握再动手,根本不是一个问题。

"……我是她儿子,可她把我当成——"

瑞卡鼓起腮帮子吐了口气,吹得嘴皮子直抖。

"抱歉,"利奥快快地说,"你听烦了吧?"

"噢,没有,没有,没有。"她翻了个白眼,"姑娘家最喜欢听男人抱怨自己母亲了,一听就湿了。"

他咧嘴一笑。利奥有个特点,他容易生气,但高兴起来也很快。他掀开毯子,凑到她身边,从她的胸脯摸到肚子,又从屁股摸到大腿内侧,她愉快得直打哆嗦。"怎么才能弄湿一个姑娘家呢?"他咬着耳朵轻声问道。

"对我来说,就是那种勇气过盛但缺少耐性的俊俏小伙子……"看来今天早上还有戏。她把手插进他的头发,扳下脑袋,自己抻着脖子亲上去,一夜过去,他的口气有点浓烈,不过——

"利奥!"外面有人喊。

"啊,该死。"她嘶声骂道,脑袋颓然落回去。

"营地里来了个传令骑士!"朱兰的嗓音激动得有几分刺耳。

"哎呀!"利奥挣脱了瑞卡双腿的纠缠,从床上一跃而起,匆匆忙忙地穿裤子。"可能是内阁那边的消息!"他扭头笑道,仿佛是她等待已久的好消息,"任命我为总督!"

"好极了。"瑞卡嘟囔着,把靴子倒过来摇了摇,查加团子掉下来,被她含在嘴里。

期待的氛围笼罩着整个营地,人们衣衫不整,在帐篷间来回走动,嚼着早饭,呼着白气,到处打听消息,却得不到答案。所有人都朝着同一个方向移动,如同随波逐流的落叶,跟着在前方起起落落的一对金属翅膀。传令骑士的有翼盔穿过雨水洗礼的营地,向芬蕾夫人充作临时指挥部的铁匠铺靠近。

利奥披上斗篷,快步追去,瑞卡单脚蹦跳着,与朱兰两人落在后面,她的袜子已经裹满泥浆。

"你带来的消息是给我的吗?"利奥问,"给布洛克大人?"

也许不是什么事情都围着他转。传令骑士肩挎一个饰有联合王国金色太阳徽章的背包,在泥泞的山坡上跋涉,甚至懒得看他一眼。

"也许是奥索王子带着援军来了。"瑞卡满怀期待地说,她既想穿上另一只靴子,又不想落得太远。

"我可不抱希望。"朱兰没有看她,咬肌起伏不定。

"你不太喜欢我,对吧?"

他惊讶地看了过来。"我当然喜欢你。"他抬起手肘,省得她单脚蹦跳,"你那么招人喜欢。"

"当然咯,不是吗?"她终于穿上了靴子。

"我只是……保护心切。"他皱着眉头望向利奥,两人再次上路,依然没有听见传令骑士说一个字,"我们从小玩到大,还有,呃……

他看上去很坚强,其实不是。"

她哼了一声。"我们小时候也在一起玩过,相信我,我清楚得很。"

"他的运气不是很好。桃花运。"

"也许我是例外。"

"也许吧。"他微微一笑,似乎有些勉强,"我只是不想看到他受伤。"

"仅限高级军官入内。"铁匠铺门前的士兵喝道。瑞卡拿肩膀撞了一下朱兰,他身子一歪,扑到卫兵怀里。趁着两人乱作一团的工夫,她斜跨一步,绕了进去。

她此前从未出席过军事会议,但类似做爱和参加葬礼,第一次总是让她有些失望。

铁匠铺里人满为患,紧张的呼吸导致室内空气温暖而潮湿。利奥的母亲戴着手套,双拳撑在铺满地图的桌上,一群焦躁不安的军官围在她身边。马斯雷德大人和克伦谢尔大人也在其中,就在前天,这两位面色阴沉的老安格兰贵族带来了少量援军。瑞卡分不清他们谁是谁,不过其中一个蓄有茂密的灰白色髭须,另一个满下巴都是腮须,而上唇处剃得干干净净。两人凑一块儿便是全套大胡子。

瑞卡的父亲心神不定地挠着银色胡茬,战争首领们围在身边。硬面包一如既往地忧心忡忡。红帽子一如既往地冷若冰霜。奥克塞尔还是一副贼眉鼠眼的样子,仿佛那名传令骑士是别人家的羊,他正在琢磨怎么才能偷走。摆子就是老样子,可能是所有人当中最令人担忧的。

事实上,铁匠铺里最不焦躁的人当属铁匠,他只是很生气,因为不能好好做生意,让一帮蠢货在他持续漏雨的屋子里争吵不休。但这就是战争带来的影响。战争是祸患,只有坏人从中得利。为什么老是歌颂伟大的战士,瑞卡说不清。为什么不歌颂技艺超群的渔夫、面包师、修屋顶的师傅,还有那些真正让世界变得更美好的人,而不是歌颂那些杀人如麻、到处放火的人?这种行为值得鼓励吗?

"世上尽是想不通的事,算了。"她喃喃自语,把含在嘴里的查加团子换了个边。

"总督夫人!"传令骑士声若洪钟,在狭小的屋子里格外响亮,他深鞠一躬,头盔上的铁翅膀差点戳到摆子仅剩的肉眼,"国王陛下有令!"他拉开背包,取出一根卷轴,然后挤过水汽氤氲的人群,呈上前去,动作夸张得像个杂耍艺人。

接下来是一阵沉默,芬蕾·唐·布洛克揭下硕大的红色蜡封,读了起来,脸上没有任何表情。瑞卡认得字。她在奥斯腾霍姆度过的那一年不堪回首,为了学习那些该死的字怎么读,她吃尽了苦头。不过这种文字她完全看不懂,写得龙飞凤舞、花里胡哨。

"怎样?"利奥急切地问道,嗓音在屏息静气的紧张氛围中尤为刺耳。

"奥索王子来了吗?"马斯雷德或者克伦谢尔沉声发问。

"没有。"她一边读一边回答。

"他怎么也该出发了!"克伦谢尔或者马斯雷德吼道。

"没有。"总督夫人抬起头,下巴动了动,"而且他不会来了。"她把信递给利奥,终于发现他的衬衫没有扎好,也没有扣好扣子,然后她皱着眉头望向瑞卡,后者的衬衫同样没有扎好,扣子全部扣错了洞。

瑞卡低下头,可劲儿地嚼查加,脸颊烧得发烫。芬蕾夫人经常提及强化联合王国和北方之间的纽带云云,但瑞卡睡她儿子恐怕不是她的本意。

"瓦贝克发生暴动,"利奥的母亲咬牙切齿地说,"破坏者控制了城市。有可能恶化为大规模的叛乱。"

利奥飞快地浏览着。"王太子奉命收复瓦贝克。即便他此行顺利……短时间内也不可能奔赴北方!"

小小的铁匠铺死一般寂静,但雨又下了起来,砸得屋顶啪嗒作响,漏进屋子的水滴叮叮咚咚地敲打桶底。沉默中,所有人都在思考言外之意。然后所有人同时喊出声来。

"死者在上。"硬面包轻叹一声,扯了扯稀疏的花白头发。

"该死的联合王国!"奥克塞尔冷笑道,"我早说了,傻瓜才相信他们。"

"所以呢?"红帽子报以同样的冷笑,"你要向黑手卡尔达屈膝投降?"

摆子站在那里,还是老样子,但已经够让人担忧的了,瑞卡的父亲则捏了捏鼻梁,疲惫地呻吟一声。

"安格兰被重税压得喘不过来气,莫非就是因为这件事?"马斯雷德或者克伦谢尔气呼呼地说。

"国王不保护自己的王国,还当什么该死的国王?"克伦谢尔或者马斯雷德大吼。

"不能接受!离谱!前所未有——"

"大人们,停一停!"芬蕾夫人举起双手,努力平复众人难以平复的情绪,"抱怨也没有用!"

唯一高兴的是幼狮,他的笑容越来越灿烂,似乎料定了事态将如何发展。

瑞卡鼓起腮帮子。"看来我们不得不自救了。"

34 照镜子
In the Mirror

铁手斯奎尔,北方人的国王,距离他的鼎盛时期至少过去了二十年。

他曾是伟大的战士,但后来失去了一只手,换上铁手。他曾是伟大的战争首领,但现在甘于落在后头,吃下所有的战利品。吃相甚是不堪,因为断手的时候还崩了两颗门牙。克洛弗记得他当年魁伟的身形。如今的他简直是一座肉山,苍白的下巴层层堆叠在毛领上,挂着汗珠的脑袋上冒出一撮灰发,胡须糊满油脂,肿胀的脸颊密布虬结的血管。两个瘦得可怜的女孩如影随形,托盘上搁着酒壶,她们干的是全北方最困难的工作——确保国王杯中的啤酒永不见底。

一帮老家伙聚在他右手边,盔甲确实锃亮,但他们的外号早已褪色。斯奎尔称他们是心腹好汉,忠实亲信,国王护卫。不过他们的主要任务是回顾昔日的辉煌战绩,非说他还是那个肚子不大、手脚齐全的勇士,纯属睁眼说瞎话。

火塘烧得很旺,桌边挤满了战士,从敌人手里抢来的大厅热得像熔炉,吵得像战场,女人们端着装肉的托盘在人群中穿行,时不时地踢腿骂娘。克洛弗和奇妙与黑手卡尔达同坐一桌,远离火塘。这里金子少,笑声少,啤酒少,但是权力大得多。虽然铁手斯奎尔戴着国王的链子,但有头有脸的人物都知道他弟弟才是真正的当权者。

今天卡尔达有位古怪的客人。一个风尘仆仆的小个子,没带武器,只有一根杖子靠在墙边。在这个刀光剑影的大厅里,他显得格格不入,犹如一只母鸡混进了一群狐狸当中。克洛弗见过黑手卡尔达招待一些陌生的、傲慢的、尊贵的客人。斯提亚人,联合王国的人,还有黑皮南方人,都被吸引到他处心积虑编织的蛛网上。但从未见过他拿出如此尊敬的态度对待一个平平无奇、手无寸铁的小个子。

"他会来的,苏法师傅,"卡尔达谦卑地把手放在两人之间的桌面上,"放心吧。"

"我没有任何理由怀疑你,"苏法说,"到目前为止。"说完他亲热地拍了拍卡尔达的手。

卡尔达吞着口水,收回手。"你主人没来真是遗憾。"

"噢,是啊。"苏法笑着扫视油渍斑驳、酒水泼溅的宴会现场,"他最爱听人高谈阔论。可惜他在西方有事,来不了。"

"不是什么大事吧?"

"他跟我们组织里的两个成员有点分歧。他的师弟扎卡鲁斯和师妹康妮尔……看问题的角度不同。"

"家人不都这样,呃?"卡尔达咕哝着,皱眉望向兄长,"最要好的朋友和最凶恶的敌人。"随着一声巨响,大门被推开了。

日暮斯达大摇大摆地走进来,下巴抬得很高,佩剑挂得很低,一副不可一世的架势,想不通他为啥没有直接踩进火塘,挑衅火焰敢不敢烧他。跟在他身后的战士目中无人地抄起板凳坐下,大厅里安静下来。马格韦尔恶狠狠地瞪了一眼克洛弗,克洛弗拿着吃了一半的肉向他致意。

"你来晚了?"斯奎尔沉声说道,然后啃下骨头上的最后一点肉,扔给他的狗去争抢,"跟你的国王进餐,居然来晚了?"

老国王和他的老杂种们瞪着年轻的继承人和他的小杂种们,互相瞧不上眼,却又互相嫉妒得要命。双方在很多方面都颇为相似——克洛弗几乎能为每一个战士在对方的阵营中找到匹配的角色。凶狠的,英俊的,话不多的,话太多的。

"就像照镜子。"他喃喃道。

"一眼看到老的镜子。"奇妙说。

"我他妈的高兴什么时候来就什么时候来。"斯达讥讽的目光从国王身边堆积成山的骨头移向国王的胖脸,"毕竟……我猜……您得吃上……好一会儿。"

紧张的气氛持续得有点久,随即斯奎尔发出呼哧带喘的大笑,然后吃力地站起来,大肚子差点顶翻桌子。"跟我说说你的战果,侄儿!"他张开手臂,铁手在萎缩的断肢处晃荡。

斯达露出凶狠的笑容,步履轻盈地绕过桌子。"最近没啥值得写进歌谣的,伯父。"他甩开双臂拥抱国王,两人互拍后背,满满都是英雄相惜的味道,"联合王国的婊子和胆小如鼠的狗子还在争先恐后地跑,看谁离我更远。"

"哈!接着追,孩子,接着追!不给那些混蛋喘息的机会!"斯奎尔无力地挥动铁手,仿佛手握一支大军,同时另一只手把酒灌进嘴里,伸出杯子等待斟满。

"他应该换个大杯子。"克洛弗咕哝道。

"两个更好,"奇妙说,"仆人倒满一杯的时间他可以喝光另一杯。可怜的姑娘们永远倒个没完。"

魁狼还在哀叹没有机会大杀特杀。"照这样下去,他们会退到白河对岸，我们用不着拔剑就打赢了这场仗。"

斯奎尔重重地拍打斯达的肩膀，差点把他打翻到桌上。"你就像斗犬，等不及松开链子上阵了！想当年我也是。想当年啊。"北方之王盯着火塘，映照火光的眸子闪闪发亮，然后他再次喝干了杯中的酒，又递出去，女孩赶紧把长辫子甩到背后，带着酒壶冲上前。周而复始。

克洛弗端起自己的杯子，抿了一口酒。"可别让我躺在过去的功劳簿上，奇妙。"

她冷哼一声。"你得有点功劳垫底才能躺上去。"

"再给我讲一遍，你是怎么打败鬼敲门的！"斯奎尔大吼，这种人无论说什么都不会轻言细语，"死者在上，真希望我能亲眼见证！"他的铁手咚的一声砸在桌上，"侍酒的丫头呢？给我的继承人满上！"

斯达坐了下来，抬起一只脚跷在桌上。"好啊，伯父，当时我带着一千亲锐抢渡卡丽娜河，我明知我们寡不敌众……"

奇妙揉着太阳穴。"过去十周这个故事听了不下十次。"

"是啊，"克洛弗说，"斯达的英雄壮举一次比一次伟大。很快他就能背负双手，把剑绑在老二上，斗败一千个蛮子。"

"战士啊。"苏法深深地叹了口气，仿佛被恶劣的天气影响了心情，"看来魁狼今晚没什么兴致讨论北方的未来。"

"没错，苏法师傅！"若非说话的人是黑手卡尔达，克洛弗会把那种语气称为讨饶，"风暴来得快去得快，他很快就能把自己吹走。"

"唉，我手头的事务太多了。"苏法的视线转向克洛弗，他发现对方的眼珠子颜色不同，在火光中亮闪闪的，"一刻不得安宁，呃，斯蒂普菲尔德师傅？"

"恐怕是的。"克洛弗含糊地应了一声，搞不明白这家伙到底是谁，又是怎么知道自己以前叫啥名字的，但面对危险人物，不唱反调绝对是明智选择，能让黑手卡尔达敬畏有加的都是危险人物，不管带不带剑,"不过大家最近都管我叫克洛弗。"

"管野狼叫奶牛并不能让野狼产奶。管混乱叫有序亦是同样道理。"苏法放下酒杯,起身离座,低头看着卡尔达说,"我的主人很清楚,我们必须时不时地制造一点混乱,才能谋求更好的秩序。一切进步都伴随痛苦,旧的不去,新的不来。所以他容忍你们小打一仗。"他抬起头,斯达开始了新一轮的表演,斯奎尔又吼又笑,双方的战士们互不相让,看谁笑的时候喷的唾沫星子最多,"我的主人希望土地能时不时地犁上一遍。"

卡尔达点点头。"我正在尽力而为。"

"尽快松好土,播下种子。不然他从何收获?"

"转告他,这场战争很快就会结束,"卡尔达说,"收获比以往都要丰厚。我们能赢。他能赢。"

"无论谁赢,都是他赢。你很清楚。但过于混乱对谁都不是好事。"苏法从墙边拿起杖子,"人类的劫难常常被冠以伟大之名,因为他们总是好了伤疤忘了疼。比如你父亲。我建议你把那处坟坑始终记在脑子里。奥斯仑城外的那处。"苏法说完微微一笑,转过身去。他露齿而笑,眼睛微微发亮,但克洛弗觉察到其中暗含威胁。

他倾身凑近奇妙。"依我看,任何人都有侍奉的对象。"

"瞧他那副德行,"她目送苏法悄悄地出了大厅,"这种人通常都很混账。"

客人刚刚离开,卡尔达就一拳头砸上桌子。"他妈的死者在上!"他瞪着还在夸夸其谈的儿子,国王被逗得哈哈大笑,"他比以前更恶劣了,我哥哥还在怂恿他!我不是要你保证他走在正确的路上吗?"

克洛弗无可奈何地摊开手。"对付顽固不化的公羊,即便是最有能耐的牧羊人也只能做到这种程度,头儿。"

"照这样下去,他最后只能变成羊肉!斯多里克斯是怎么说的?战略上藐视敌人,战术上重视敌人?布洛克家的这个女人绝对不是傻瓜，狗子他妈的也绝对不是胆小鬼。"

"估计他们只是在等待时机。"克洛弗叹道，"他们迟早给我们下个套。"

"照这样下去，咱们这两位大英雄肯定一头钻进去。"卡尔达看着儿子，眉头皱得比以往更紧了，"他怎么一点都不像我？"

"没经历过苦日子。"奇妙轻声说。

克洛弗冲她摇了摇手指。"这就要说到经验的作用了。失败对人的历练远大于成功。"他抬起手，轻轻地挠着伤疤，"这是我收到的最好的礼物。它教会我谦逊。"

"谦逊，"卡尔达嗤笑道，"你的自我评价高得无人能比。"

克洛弗朝着马格韦尔举起酒杯，后者的目光又一次越过众人，对他虎视眈眈，与此同时，斯达的英雄故事讲到了高潮。"满世界都是恨不得干翻我的人。搞不懂理由何在。"

"做任何事情都不需要理由。"

克洛弗无从反驳。幸运的是，北方人的国王就在这一刻艰难起身，举起铁手，示意大家安静。

"金玉良言要来了。"黑手卡尔达兴味索然地咕哝道。

"我父亲，贝斯奥德！"斯奎尔冲着人群大吼，美味的啤酒和糟糕的膝盖都在晃荡，"自立为北方人的国王！他修城铺路。他凭借强权统一氏族，建立了一个前所未有的国家。"只字不提其间的三十年流血杀戮。但这就是追忆往事的好处。你尽可以挑选故事需要的部分，把不讨喜的事实扔到九霄云外。

然后斯奎尔皱着眉头望向火塘。"我父亲遭到背叛。我父亲被害死了！他的王国四分五裂，就像被饿狗撕咬的肉块。"他潮湿的眼珠子翻了上去，完好的肉手指着斯达，"但我们要纠正过去的错误。我们要让狗子所谓的保护领成为历史！我们要把该死的联合王国赶出北方！日暮斯达，我的侄儿，我的继承人，将统治从白河到卡里娜以及更远的领地！"他举起酒杯，啤酒荡得厉害，溅在他的前胸上，"贝斯奥德的梦想由他的孙子继承！魁狼！"

在场的人都举起酒杯，争相高呼斯达的名号，比谁叫得最响亮，克洛弗和奇妙的杯子举得不高也不低。

"还得说他是个混账。"克洛弗面带灿烂的笑容，轻声说道。

"一天比一天混账。"奇妙咬着牙说，他们碰了杯，灌了一大口，因为克洛弗从来不在乎喝酒的由头，只要有酒喝就行。

卡尔达没有参与祝酒，只是皱眉观望，看他兄长一屁股坐回去，嚷着要酒。"有的人永远学不到教训。"他喃喃道。

"我们都能学到。"克洛弗望着一帮老小战士，轻轻地抓挠伤疤，"只不过有的人非惨痛的教训不学。"

35 交易
A Deal

"你答应过我,冈纳。"莉迪的声音隔着薄薄的墙壁听不真切,但听明白不成问题,"你答应过我不惹事。"

"我尽力了,莉迪。我没有惹事,是……麻烦找上门了。"

"麻烦就喜欢找上你的门。"

瑟雯望着小房间另一头的小梅,天光透过那扇极不配套的窗户,照亮了她紧咬的腮帮子,她别着头,假装听不见父母的争吵声。

"我无非是一天天地过日子,"冈纳的声音传来,"安安稳稳,不出岔子。"

安稳过日子在瓦贝克可不容易做到。暴乱虽说基本上停止了,但激动、愤怒和恐惧的气氛还笼罩着全城,浓厚得就像炉子开工时弥漫的蒸汽。对暴行的恐惧。对饥饿的恐惧。对当权者回来后采取报复措施的恐惧。对他们可能不回来的恐惧。如今谁管事,取决于你问谁,你在哪片城区,问话时是白天还是夜晚。这场疯狂的暴动和破坏是不是有步骤有章法的行动,瑟雯看不出来。如今瓦贝克的任何人都不安全。也许一直以来都没有人是真正安全的。也许安全不过是自欺欺人的谎言，不骗自己都难以为继。

她闭上眼睛，想起一剑刺穿斜眼男胸膛的感觉。一剑捅进帽子男后背的感觉。手掌轻轻一压。握着剑柄轻轻一拉。杀死一个人实在太容易了。她告诉自己是对方逼得她别无选择。但无论何时闭上眼睛，她就想起他们的脸，呼吸变得急促，冷汗簌簌直冒，心脏跳得跟杀人时没两样，油乎乎的脖子发痒，只能拿指甲一遍遍地抓挠。

"所以你现在是破坏者咯？"莉迪的声音透过墙壁传来。

"马尔默尽心尽力为大伙着想，所以我也尽心尽力回报他。守着路障。分发食物。我不是兵了。我也不是羊倌了。我还是什么呢？"

"我的丈夫。小梅的父亲。"

"我知道。你说的当然是最重要的，可是……我该做什么？"如此危险的家伙竟然出言讨饶，甚至带着哭腔，在瑟雯听来极其怪异，"有人受到伤害，我不能坐视不理，对吧？"

莉迪毫不退让。她的强悍令瑟雯自叹弗如，她笑着生活，笑着劳动，在深重的苦难中不懈地追求美好。"帮人和害人之间有一条分界线，冈纳。你容易越界。"

"我尽我所能做正确的事，只是……没那么容易知道什么是正确的。"两人的嗓门陡然降低，有人在外面大喊大叫。也许发生了斗殴。瑟雯缩成一团，直到街上的动静彻底消失。

寂静降临，她舔了舔嘴唇。她不想说话。但无论如何都比再次看到那些丑恶的嘴脸强多了。"我父母有时候吵得厉害。"

小梅与她四目相对。"吵什么？"

"父亲的工作，母亲的酒瘾。还有我。我永远是他们吵架时最喜欢的主题。"他们现在还在为她争吵吗？瑟雯低头看着布满裂纹和碎屑的廉价地板。最好不要回想过去的生活。最好假扮另一个人，一个属于当地的人。一个对目前的处境心怀感激的人。

莉迪给了她一条裙子,很难说它算得上裙子。就是一条毫无造型可言的粗布袋子,修修补补,散发着廉价肥皂的气味,但她感激不尽。冈纳给她找了一张褥垫,麻布里塞满干草,扎得人浑身发痒。瑟雯毫不怀疑里面爬满虱子,但她感激不尽。她和小梅同住的房间,不比她在阿杜瓦家中的壁橱大,剥落的灰泥里面露出木板,斑驳的窗棂四周布满霉斑。她很少有独处的机会,但她同样感激不尽。当她独处时,暴乱当天的所见所闻、所作所为都涌入脑海,就像污浊的水涌进船底的破洞,她很快沉了下去,有种被淹没的窒息感。

她考虑过偷偷出城,但事实上她连看一眼窗外的勇气都没有,更别提再次上街了。她发现自己的胆量远不及想象中那么大,曾几何时,勒索投资人,挑拣假发,在阿杜瓦的沙龙上翻手云覆手雨,何等意气风发。她一向自比赌徒。联合王国没有比她更无所畏惧的女人。如今她才意识到所有的赌局根本就是在偏袒她。她从未拿性命赌过,赌注突然加得太高,她承受不起了。

头几晚他们有根蜡烛,现在烧没了,唯一的光亮来自远处的火光,城里某些地方一直在烧。生活物资完全耗尽。店铺被洗劫一空,富人家被搜刮得只剩房梁。破坏者送来了食物,分量却在日渐减少。

她从来都知道贫民窟的生活很艰苦,但即便她想象过具体的情形,必然也染上了浪漫的色彩。在她的想象中,贫民窟的生活充满了闲情逸致。漂亮的孩子们在街头巷尾追逐嬉戏,笑声悦耳。老妇人们看着锅里煮的骨头,闲话家常。壮实的汉子们互相拍打后背,把家具劈成的最后几根木柴扔进火堆,齐声唱响古老的号子。噢,姐妹情深,精神富足,贫穷万岁!

然而当着外人的面尿在桶里毫无浪漫可言。收拾鸡骨头作为明天的晚餐谈不上精神富足。女人们在垃圾山上为了抢夺残羹冷炙相互厮打,全然不讲姐妹情深。喝了从地底泵上来的臭水而腹痛,在腋窝里捉虱子,忍受无尽的寒冷、无尽的饥饿和无尽的恐惧的人,喊不出贫穷万岁。

但尽管过着这样的生活,瑟雯并不同情这里的人。正因为全国各地很多人都过着这样的生活,她才能受益。她只是强烈希望自己不要沦落到这种地步。也许她的想法是自私的,恶劣甚至恶毒的。暴乱发生那天她含泪逃亡,对自己并不信仰的神发誓,说只要能活下去,她愿意做个大善人。

如今只要能洗个干净澡,她乐于做个大恶人。

"你去过瓦利米上校家里。"小梅说。瑟雯大吃一惊,瞪圆了眼睛,来不及掩饰内心的慌乱,隐隐作祟的恐惧感陡然加剧。

"什么?"她嗓音沙哑。

"暴乱发生的前一晚。"小梅异常冷静,"我给你上的肉冻。"

瑟雯偷偷瞟了一眼房门。然而出了这个房间还有一个房间。夫妻俩正在那里争吵,她亲眼见到那个男人一脚把别人的脑袋踩进路面。"难吃的肉冻。"她喃喃道。

"我当时在想你的裙子值多少钱。"小梅说,远比这间房子值钱。也许比整栋楼都值钱,"你的头发变样了。"她抬眼看着瑟雯头皮上冒出来的灰褐色绒毛,"假发吗?"

"很多人戴假发。在阿杜瓦。"看来她认出了瑟雯。她一直都知道,但没有揭穿。瑟雯深吸一口气,尽量不暴露内心的恐慌。动动脑筋。就像她以前对待合伙人一样。讨价还价。

小梅缓缓点头,仿佛看穿了瑟雯的想法。"漂亮的裙子。难吃的肉冻。天翻地覆了,不是吗?你还问过我怎么看待这个城市。"

"你的回答……很诚实。"

"恐怕诚实得过头了,害了自己。我的老毛病。不过你替我说了好话。我贴着锁孔偷听到了,你替我说了好话。"

瑟雯清了清嗓子。"所以你接纳我?"

"但愿我能回答'是的'。"小梅倾身凑近,细瘦的双手垂过膝盖,"可那样的话不够诚实。其实,瓦利米全家上下都在兴奋地谈论你来访的消息。所有人都很想看看你。我知道你的身份,小姐。"

瑟雯打了个冷战。"你不用这么喊我。"

"那我应该怎么喊你?瑟雯?"

瑟雯身子一缩。"也不要这么喊,对我俩都好。"

小梅压低嗓音,轻若耳语。"那么,喊格洛塔小姐?"

瑟雯面无血色。"最好不要提到这个姓氏。"两人互相盯着,沉默良久,隔壁有人开始唱歌,唱的永远是欢快的歌,因为悲惨的事情太多了,不消雪上加霜,"我想问问……你是否打算说出去?"

小梅恢复了坐姿。"我父亲认为你只是一个迷路的拾荒女。我母亲怀疑你是大人物,但她绝对猜不到你的真实身份。我们最好维持现状。如果走漏了风声……"她没有说下去。判断准确。确实没必要说下去。瑟雯记得那家工厂里的劳工都在找她。记得那帮暴徒。记得他们仇恨的嘴脸。

她小心翼翼地舔了舔嘴唇。"我……感谢你不出卖我。我欠你……很大一份人情。"

"噢,我就指望这个了。"

瑟雯的心脏怦怦直跳,在耳边轰鸣不止,她翻起裙摆,指头抠进破损的裙边,把暴乱当日所戴的耳环抠了出来。一只,又一只,金子在暗处闪着陌生的光芒。

"拿着。"以她谈判的经验来说,这种语气过于急切,"都是金子,还有——"

"跟我的穿着不搭。"小梅低头看了看身上破旧的裙子,又看看瑟雯,"你留着。"

沉默滋长。显而易见,小梅早有所料。她在等待时机说出考虑成熟的价码。

"你要什么?"瑟雯问。

"要我的家人受到保护。事情过后,肯定会有严厉的报复。"

瑟雯手握耳环,颓然放下。"我想是的。"

"我要审问部不找我们的麻烦。对我父亲的行为概不追究。我要你为我们找一条活路,为我父母找一份好工作。我要的就是这些。你保护我们。正如我们现在保护你。"小梅久久地盯着她的眼睛。判断她是否值得信任,换作瑟雯也一样,"你能做到吗?"

前所未有的局面,手中无牌也得谈判。"我认为我完全可以做到。"瑟雯说。

小梅吐了口唾沫到掌心。房间很小,她都不用凑上前来。"成交吗?"

"成交。"

两人握了握手。

36 新丰碑
The New Monument

"你知道为了给克什米国王修路,死了多少农民吗?"里辛奥问。

他手搭凉棚,遮挡强烈的阳光,抬眼望向雄踞克什米广场的雕像。准确地说,是雕像的残骸。八跨高的底座周围都是摇摇晃晃的脚手架,上面仅剩一双巨大的靴子,从腿肚子那里截断。此乃阿佩拉的名作,他雕刻的传奇国王打败了北方人,将安格兰收入联合王国的版图,如今雕像四分五裂,伤痕累累地躺在路面,浑身涂满乱七八糟的口号。一个顽童正在兴致勃勃地使着撬棍,想把国王陛下的鼻子撬下来。

维克只在有发挥余地的话题上接茬。而且里辛奥是那种喜欢自问自答的人。

"几千人!就埋在米德兰路边的土坑里,墓碑都没有。而克什米却被当成英雄纪念。伟大的国王。四通八达的大道。泽被后世的遗赠。"里辛奥轻蔑地哼了一声,"我经常路过这片广场,仰望暴君的纪念碑、暴政的耻辱柱,得有多少次了?"

"它当然是联合王国历史上的污点。"里辛奥闻言转向马尔默，姿势有几分生硬，马尔默在他们身后，还有高大的冈纳·布罗德，"不过我担忧的却是眼下的形势。"

大多数破坏者依然抱有狂热的信仰，至少也会装模作样，然而布罗德推起眼镜，皱着眉头望向损毁的雕像，仿佛心存怀疑。当有人开始怀疑的时候，谁都不知道会发生什么事。但里辛奥似乎并不担心。他有更高远的目标。

"瞧瞧我们今天的成果，兄弟们！"他拍着马尔默和布罗德的肩膀，像是把两人抱在一起，"我们扳倒了克什米！我们应该在他的老地方建起一座新的丰碑，纪念那些为了他的虚荣而牺牲的劳工们！"

维克心里想的是为了里辛奥的虚荣会死多少劳工。估计人数不少。扳倒一个死了两百年的国王不难。扳倒当今国王可能困难得多。她逐渐觉得这位前主审官脑子不大正常。不过最近在瓦贝克没几个正常人，而且短时间内也没有恢复正常的迹象。

刑讯官们始终围着里辛奥转悠，活像围着焚烧垃圾转悠的野狗。他们换上黑衣，取下面具，但如果你眼睛够尖，可以通过他们嘴唇周围的棕褐色晒痕判断真实身份。他们正在审问部附近的街巷——如今审问部改了个很阳光的名字叫做自由部——寻找叛徒。也许应该说寻找忠诚的人。忠诚的概念已经难以捉摸。

暴乱改变了城市的一部分面貌，但另一部分似乎令人沮丧地维持着原样。劳工们还在干活，刑讯官们还在监视，大帽子倒是换了主人，但戴帽子的人还是只会指手画脚，自个儿啥事不做。

所谓的大变革。

"自打那个骗子巴亚兹建立联合王国以来，受罪的永远是老百姓，"里辛奥喋喋不休，"机器来了，投资者越来越贪婪，日益增长的金钱成了我们崇拜的神，银行成了神庙，它们只是我们贫瘠历史上最浅薄最没有根基的枝节。我们必须为国家的存续找到新的立足点，我的朋友们！"

马尔默试图把他带回现实。"老实说，我更担心吃不饱肚子的问题。有一座大粮仓当天就被烧了。还有一座什么都没剩。天气这么热可不是好事。老城区的几个水泵已经泵不上水了。别处的水连狗都不喝——"

"精神也需要食粮啊，兄弟。"里辛奥挥手赶走一只苍蝇——整个城市都是死气沉沉的，唯独它们生机勃勃——然后冲维克咧嘴一笑，"西巴特肯定对你说过。"

要是西巴特真敢这样说，她很可能打断他的鼻子。只有饱食终日的家伙才说得出这种屁话。

"他是好人。"里辛奥捶了捶自己的胸口，"我想念他，他的死就像是在我身上剜了一块肉。我觉得……我很喜欢跟你说话就是这个原因，姐妹。权当是在跟他说话。"

维克一般不允许自己不喜欢谁。也不怎么允许自己喜欢谁。无论喜欢或不喜欢，都可能有性命之忧。但她逐渐对里辛奥心生鄙夷。他自负得像孔雀，自私得像幼童，那些夸夸其谈的言论，让她怀疑他是个蠢货。真正的智慧只需寥寥数语。又臭又长的废话，则是愚蠢的遮羞布。她不认为这个白日做梦的胖子能够独自一人组织暴动。应该有个相当厉害的角色在幕后发挥举足轻重的作用。而维克很想知道幕后黑手的身份。所以面对里辛奥的胡言乱语，她频频点头，仿佛第一次聆听如此深刻的道理。

"因为他在这里组织非法活动，我逮捕了他，"里辛奥望着远处说，"那是二十年前，我刚刚加入审问部，第一批工厂正在瓦贝克兴建。我们都还年轻，都是理想主义者。我逮捕了他，但到最后，我不得不认同他的观点。劳工们难免受到压迫。"里辛奥重重地叹了口气，胖乎乎的手放在胖乎乎的肚子上，随着呼吸上下起伏。"我放了他。我以为他成了我的线人。我告诉自己，我已经策反了他，然而事实却是……他改变了我。也许我们彼此都改变了。我们两人彻夜长谈,决定为平民而斗争!我们两人……还有织匠。"

维克眉头一皱。"你不是织匠?"

"这个名号属于一位大人物,我只是借用而已。"里辛奥若有所思,注意力飘忽不定,"我们应该起草一份宣言,你们不觉得吗?要求在内阁增加一个劳工代表的席位!"他眼里又有了神采,仿佛遥望着美好的明天,"西巴特肯定喜欢这个主意……"

"听着,兄弟。"可怜的马尔默再次试图叫醒这位梦中人,他迈步靠近,引得里辛奥的刑讯官们虎视眈眈,"我也认识西巴特,他是好人,但他死了。现在有很多活着的人陷入困境。他们挨饿,生病,害怕。"他压低声音,"老实说,我他妈的也怕。"

"你完全不必害怕!任何人都不必害怕。暴动已经停止了,不是吗?"

"白天而已。但还有斗殴。甚至有绞刑。不光是工厂主。还有外乡人。还有仆人。有人趁机报私仇。趁火打劫。我们需要正常的秩序。"

"会有的,兄弟!有些劳工长久遭受压迫,刚刚获得自由,一时丧失理智也是可以理解的。不过囚犯都好好地关押在审问部——自由部,我应该说新的名字。市长,守卫司令,有头有脸的市民,我的意思是那些最贪婪、最恶劣的——"

"瑟雯·唐·格洛塔呢?"马尔默问,"我听说她在城里。"

"没错。"里辛奥厌恶地打了个哆嗦,"一个刻薄、傲慢、粗鲁到极致的年轻女人。她是当代敲骨吸髓、贪婪无度的典型。作为共进晚餐的人选,她还不如她父亲受欢迎。"

"我在意的不是她有没有礼貌,而是她能为我们换来什么。"

"她似乎溜出了我们的指缝。暴动当天相当混乱,要我说,超乎想象的混乱……"

布罗德忧虑的目光越过眼镜上沿,投向马尔默。"但愿她没有落在法官手里。"

维克感到前所未有的担忧。"为什么她会落在法官手里?"

"焚烧者控制了一大片老城区,"布罗德说,"我们只能设下路障。他们发起疯来敌我不分。"

"我们不清楚那边的情况,"马尔默说,"但他们抓了不少人质。我听说法官去了法院——"

"法官还能去哪里呢?"里辛奥嗤笑一声,但谁都没有笑。

"她说要以危害民众的罪名审判那些囚犯。"

维克感到嗓子发紧。"她抓了多少人?"

"两百?"马尔默无可奈何地耸了耸肩,"三百?有工厂主,有富人,但也有很多穷人。投敌分子,她这样称呼他们。任何以她的标准不够狂热的人都是投敌分子。而她的标准可是相当狂热才够得上。"

"我们必须接管那些囚犯,"维克说,"要是我们打算谈判的话——"

"法官从来都不是理智的人。"里辛奥耸耸肩,仿佛说的是不可抗力的自然灾害,"暴动发生后,她已经不可救药了。"

"焚烧者不听你的指挥吗?"

"啊……他们的性子乖张得很。脾气火爆。所以他们自称焚烧者!"他又嗤笑一声,见维克完全没有笑的意思,便清了清嗓子,继续说,"我想我可以找她要囚犯……"

"你可以派我去,"她攫住他的视线,"这种事肯定归西巴特负责。我们需要你负责真正重要的事。我们的宣言。我们的规矩。让我去找法官谈。"

里辛奥颇为受用。他那双小眼睛闪着光彩,仿佛看到了一段段书写整齐的文字。义正词严的宣言。高谈阔论权力和自由的宣言。

"姐妹，我终于明白为什么西巴特高看你一眼了。带几个人跟你一起去。"

"当然。"以维克对法官的了解，最好多带些人去，做好发生冲突的准备。幸运的是，最好的人选就在身边。

"冈纳兄弟？"她看了一眼布罗德拳头上的刺青，"我感觉你可以找几个能打的人。"

他皱起眉头，从眼镜上沿看着她。"我答应过妻子，不再冒险了。"

"要是我们坐视不理，就会导致更可怕的危险。要是审问长的独生女儿有个三长两短，审问长阁下非把我们全部吊死不可。"她望向里辛奥，后者正在对摘了面具的刑讯官们解释，他要修建怎样的丰碑，此人活在梦中，而这个梦可能成为所有人的噩梦，"照这样下去，他的丰碑就是我们的墓碑。"

37 人人平等
All Equal

焚烧者控制了这一带,显而易见。

房屋都被洗劫一空,残破的门板吊在扭曲的合页上。有的房屋烧没了,窗户洞开,一根烟囱横躺在路上,一堆堆焦黑的砖块散落于晒干的泥土间。瓦砾和玻璃碎了一地,破烂的衣服和家具扔得到处都是,仿佛当地遭遇过一阵飓风。臭气扑鼻,而且走得越深越浓烈。腐臭、臊臭,以及焦黑木头和陈腐烟雾的恶臭,在燠热的空气里搅成一团。

萨贝抓着十字弓,冷厉的目光掠过一道道门廊。"暴乱发生前这里的富人不多。"

"根本就没有。"布罗德说。

"但也没逃过被抢被烧的命运。"

"穷人从来都对富人不爽。要是有选择,他们更愿意抢劫别的穷人。"

维克扭过头,轻声说:"继续走。跟紧点。"

"我不是很喜欢听女人的命令。"萨贝咕哝道,但他还是照做了。

"这个女人很清楚自己要干啥,"布罗德说,"我敢说比斯提亚的大多数军官都强。"

"你说得在理。"

"想想过去五年,其实我做的全是狗屁决定。现在我更愿意听女人的吩咐,没准是好事。莉迪说堆个路障,我堆了。小梅说收留那个爬上来的姑娘,我收留了。"

"头皮上只剩发茬的那个?她现在住你家?"

"她叫阿黛丽,屁事都不会做。莉迪要她帮忙做饭,她像是没见过锅碗瓢盆。"布罗德吐了口气,"不过小梅挺喜欢她的,所以就留下她了。"

"日子不好过,"萨贝说,"人人都得做点力所能及的事。"

"日子不好过,"布罗德重复道,"什么时候能好过点?这是个问题。"

周围太安静了。他瞥见一个人影藏在巷子里,窗内有人一闪而过,还有两人为了争抢骨头大打出手,发现他们走近立刻慌忙跑开。不知道是谁到处涂鸦,随处可见各种口号和滴落的颜料。涂画在露台上的字有三跨之高。而前门上的字只有印在书里的么小。

"写的是啥?"萨贝问。

布罗德把眼镜从汗津津的鼻梁上推起来,眯着眼睛辨认。"国王去死。王后去死。全部去死。起义。夺取属于你的东西。诸如此类的口号。"

"他们也许抢了你家的衣服,"萨贝摇头叹道,"但给你留下一句漂亮的口号。该死的焚烧者。同样是混账,换了张皮罢了。"

"政治就是这样,"布罗德咕哝道,"混账们为自己的混账行径扯个大旗。"

"崇高的理想和现实好比油和水,"维克低声说,"永远不可能融合。"她蹲在街角，冲他们打手势，"别说话了。我们到了。"

瓦贝克法院曾是一座宏伟的建筑，多彩的大理石台阶堂皇气派，上方的立柱威武庄严。有人爬上去过，挖掉了穹顶上的一部分铜箔，纵横如蛛网的房椽裸露在外。隔壁新建的大银行不久前肯定比法院更加宏伟，现在烧得徒剩一具焦壳。他们走过前面空无一人的广场，灰烬打着旋儿追随在布罗德脚边。

"有人抵抗过他们。"拾阶而上时，他说。大门破烂不堪，门板几乎脱离合页，松松垮垮地半吊着。

"但愿咱们能做到。"萨贝拨弄着十字弓。

两尊雕像分立左右。雕像都是威仪堂堂的女士，姿态之高贵无与伦比，一个捧书执剑，一个手握断裂的锁链。布罗德猜测它们代表正义和自由。焚烧者砸烂了自由女神的脑袋，以牛头取而代之，死牛晶亮的眼珠爬满苍蝇，大理石断口血迹斑斑。正义女神紧皱的眉头上方涂了一个巨大的红色笑脸，胸前则湿淋淋地写着"我们将给你该死的正义"。

维克大步走过雕像之间。"这些焚烧者还有点幽默感。"

"噢，是啊，"布罗德说，"他们就是笑话。"

法庭的入口无人看守，但旁听席上零零散散地坐着焚烧者。也许他们只是窃贼、皮条客、赌徒和酒鬼之流。很难区分。有的高声嘲笑，挥舞拳头。有的昏迷不醒，周围都是空酒瓶。有一对情侣用旧窗帘围了个小窝，饥渴的亲吻声响亮地回荡着。一个黑皮肤的坎忒人使劲嘬着烟管，布罗德怀疑他企图凭一己之力取代瓦贝克的蒸汽机。苍蝇嗡嗡地飞在湿热的空气中，长期不洗澡的体臭味儿扑面而来。有人用红颜料在地板砖上画了一根巨大阳具的简笔画，但被从穹顶破洞处漏下来的雨水冲掉了一半，化作一摊铁锈色的污水。

法官，这场愚蠢狂欢节的始作俑者，端坐于高高的法官席，代表法官的四角黑帽压在她蓬乱的红发上。抢来的珠宝裹了她一身：

手指上戴满戒指，手臂上挂着手镯，公会成员的链子、成串的珍珠和贵族女士的项链全都俗气地缠作一团，耷拉在破旧的胸甲上。她抬起一条细长的腿，懒洋洋地搭在镀金椅子的扶手上，龙飞凤舞的蓝色文身一圈圈地绕着裸露的雪白大腿。看到那条腿，布罗德颇为惭愧地感到心里痒痒的。正是暴力冲突一触即发之时他会有的那种感觉。

被告席上是个骨瘦如柴的老犯人，双手缚在身后，稀疏的头发沾了血，根根僵硬，下巴满是白色胡茬。他身边的两个看守身着小丑服，但他们带的剑可不是开玩笑的。

"瑞克特·唐·瓦利米！"法官冷笑道，"别的不消说了，你的罪名是名字里面有个该死的'唐'——"

"有罪！"陪审席上有十个娼妓，其中八个女人、两个男孩，还有一个系着围裙的矮胖男人，看样子完全搞不清楚状况。一个妓女跳了起来，挂在脖子上的夜铃叮当作响，涂脂抹粉的面孔极度扭曲，她龇牙咧嘴地怒喝："罪不可恕！"

"陪审团的诸位女士！"法官操起一把短柄斧砍在桌上，木屑乱飞，"说过多少次了？你们他妈的保持安静，等我说完罪名！"

"我不接受这个法庭的判决，"瓦利米吼道，胸脯鼓得老高，"我强烈反对！"旁听席上有人朝他扔了一颗烂水果，准头很差，水果在对面墙壁上爆开，汁肉飞溅，污染了古老而精美的镶板，"你们这帮贱种无权审判我！"

"大错特错！"法官尖叫，"让他见识一下我们的资格！"

一个穿小丑服的男人挥起棍子，打中了瓦利米的脑袋，打得他靠着栏杆大口喘气。另一个拉他起来，只见新鲜的伤口鲜血淋漓。

法官冲他晃了晃戴满戒指的拳头。"我们有拳头给的权力！我们有刀剑给的权力！我们有暴力给的权力，你这个哭哭啼啼的贱人，这才是唯一的、真正的权力。"少数还算清醒的观众轻声喝彩，"你应该知道。你当过兵。辩护律师呢？兰多克那个混账在哪里？"

一个男人哆嗦着从桌子后起身，落满灰尘的桌面摆着一些空酒瓶和一只爬满苍蝇的死鸡。他光着身子，只有一副破眼镜架在打断的鼻梁上，双手死死地捂着胯下的瓜果，后背有大片青紫色瘀伤。"无意冒犯，阁下，"他语无伦次地说，"有什么好辩护的？"他歇斯底里地傻笑两声，坐回只剩三条腿的破椅子，差点翻过去，倒惹得陪审团一阵哄笑。

法官没有笑。她看到维克带着破坏者鱼贯而入，绕着旁听席散开。她乌黑的眸子似乎锁定在布罗德身上，导致那种令他惭愧的痒感扩散到全身。他告诉自己，对方狠毒如蛇蝎，但没有用。反而火上浇油。

"我好像没有请人到场旁观，"她噘起嘴唇说，"你们有藐视法庭之嫌。"

"那是你的说法。"维克环顾四周，"是里辛奥派我们过来的。他要接手你的囚犯。"

法官拿起一瓶酒，灌了一大口。只要看别人喝酒，布罗德就会感到口渴，但她的舌头贴在瓶颈处的样子格外诱人，他希望自己处在她的位置。也许他希望自己处在酒瓶的位置。

法官眯起眼睛看着维克。"既然是里辛奥要讨个情面，他就该亲自过来。"

"他派我过来。"

"我应该害怕吗？"那帮焚烧者终于清醒了大半，他们纷纷操起家伙，醉眼蒙眬地瞪着不速之客。

维克既不上前，也不退后。"除非你不把囚犯交出来。"

"我的囚犯必须接受审判，姐妹，不过别担心！"法官摆手示意陪审团，"这些婊子定罪的速度快如闪电。有时候罪名都来不及说出来，我还得阻止他们给出判决结果！他们要是在阿杜瓦判案，我们很快就能清理完堆积如山的案件,所有的律师都会失业。"

"他们只能上街卖屁眼!"一个妓女尖叫着,陪审员同伴们哄堂大笑,而赤身裸体的律师缩头缩脑,低头看脚。

法官倾身向前,笑容化作龇牙咧嘴的咆哮。"我们推翻了统治者,不是为了换一个上来!依我看,里辛奥把自己当成骑在劳工头上的主子了,就像骑在臣民头上的国王,就像——"

"骑在陪审团头上的法官?"维克说。

"哎呀!"法官噘起嘴唇,扮出不胜烦扰的表情,"以其人之道还治其人之身啊,你这个狡猾的混账东西。"她探身冲着底下尖叫,那里坐着一个弯腰驼背的拾荒老妪,面前有一张小小的文书桌,"刚才那句话不用记!"

"反正也不会写字。"乞丐嘟囔着继续在纸上乱画。

"我明白了。"维克走上前去,"你希望看到有人付出代价。毫无疑问,需要付出的代价很大。"布罗德不清楚她如何能保持冷静,而周围已是惊涛骇浪,"没人比我更想要让他们付出代价。但我们需要考虑全城人民的利益。我们需要用来交涉的资本。"

有理有据。很冷静。很理智。但布罗德不觉得冷静和理智在这里派得上用场。说到底,谁拳头大谁说了算。法官说得对,而布罗德比任何人都清楚这一点。在他身边,萨贝拉开了十字弓扳机上的保险。

法官缓缓起身,双拳撑在伤痕累累的桌上,瘦削的肩膀耸到颈边,抢来的链子摇来荡去。"噢,我明白了。你打算把我的囚犯送给我们的暴君,换来一个美好的世界。就凭你和你的三寸不烂之舌。"她伸出舌头,摇晃舌尖,布罗德看着犯恶心,同时又感到异样的兴奋。她简直是麻烦的化身。是他发誓再也不招惹的麻烦本尊。光是看着她,他都觉得自己违背了誓言。他做不到从她身上挪开视线。

"得了吧,"她啐了一口唾沫,"你买不到自由。"她抓起斧头砍在桌上，吓了众人一跳。"你只能从他们身上割下来！你只能烧死那些混蛋，从他们的骨灰里挖出来！瞧瞧你们这帮可怜的杂种。一群拿变革当儿戏的胆小鬼。来人，把这些蠢货轰出去。"

"遵命，阁下！"一个身着小丑服的家伙走向维克，"她叫你们出去，所以——"他话没说完，发出一声尖叫，因为布罗德抓住他的脖子，把他甩了出去。他摔进了证人席，脑袋撞破了镶板，手脚与木屑共舞，佩剑叮铃哐啷地滚过地板。

接下来是漫长的寂静。布罗德听见身后有重重的喘气声，人们起身时衣物摩擦的窸窣声，萨贝抬起十字弓的响动，刀剑出鞘的低鸣。布罗德摘下眼镜，折叠好，塞进外套口袋。准备大干一场。时刻准备着。

"哎呀呀。"法官嘶哑的嗓音变得像猫咪轻柔的呼噜声，尽管她只是一团耀眼的光影，但布罗德知道对方正在直勾勾地盯着自己，"我喜欢你。你心里有魔鬼。我俩彼此彼此，呃？"

布罗德像是站在悬崖边，只需要轻轻一推他就会掉下去。他的声音似乎飘荡在很远的地方。甚至不像他的声音。"我不想伤害任何人——"

"你他妈的当然想！你浑身上下都写着呢。因为干别的事儿你都不大行，对吧？但是打人你是最擅长的！用不着为此道歉！不要吹灭你的烛火，大坏蛋，让它燃烧！你属于我们。你属于我这种人。不想伤害任何人？"她打了个响舌，"你嘴上说不想，拳头却说你想。"

然后布罗德感到有人把手按在他肩头。轻柔。但坚决。"我们只要囚犯。"维克的声音，城墙一般坚实可靠，"谁也不会受伤。"

那个奇妙而可怖的瞬间仅仅延续了片刻。然后法官一屁股坐回去，伸出舌头，放了个长长的屁。"你就是那种顽固不化的贱人，不是吗？一旦咬住了什么，不挨一顿好打你是不会松口的。你知道别人为什么叫我法官吗?"

"说不上来。"维克说。

"经常调解妓女之间的纠纷,在基伦码头上。裁决谁有理。裁决怎样才算公平。那些姑娘为了一点破事都会吵起来,相信我。在那种游戏里,怎么说呢,有时候你需要找到一个折中的解决办法。说到底,我们都是一边的,不是吗?我们都在寻求一个美好的世界?一个人人平等的世界?"

"没错。"维克依然按着布罗德刺痛的肩膀,"人人平等。"

"而我们实现理想的方式不同,我他妈的做法很可能有用,而你他妈的做法很可能没用。"法官慷慨地摆了摆手,满手的戒指晃得人眼花缭乱,"囚犯归你了。不过你要是以为能利用他们从老棍那里得到任何好处,我敢说你会学到残酷的教训。法院典狱长何在?"

一个男人应声上前,镀金长戟重重地砸在地砖上,他面带夸张的笑容,浑身赤裸,唯独有一只脏袜子套着胯下的瓜果。"阁下有何操蛋的吩咐?"

"带这些贵人去囚犯们休息的院子。管好你那张臭嘴,你这个无赖,听好,咱们的贵客可都是体面人。"她冲着瓦利米摆摆手,"带他下去,交给破坏者看管,幸运的杂种。杂运的幸种。哈!此案撤销。"

看来今天不会有流血冲突了。布罗德不知道内心是释然还是失望,他把眼镜戴回去,发现法官指着他,疯疯癫癫地咧嘴一笑。"至于你,漂亮的小兔崽子,等你不想再装模作样了,我的怀抱永远向你敞开。"她摘了帽子,旋转着扔向那个抽大烟的坎忒人,"别抽了,垃圾!把烟斗烧旺了,给我来上一口。"

布罗德站在原地盯了她一会儿,脉搏依然在脑子里轰响,然后维克带上他,跟在典狱长毛茸茸的屁股后面走出法庭。陪审团的嘲讽一路追随,但显然兴致不高。看样子,焚烧者们对审判的需求已经暂时得到满足。

跟着维克走下法庭后方阴暗的阶梯时,他似乎听见了索具的吱嘎声。类似他在前往斯提亚的航行途中,风帆鼓动时发出的那种声音。但法庭后面怎么可能有那么多木头和绳索呢。

"该死。"当他们走进天光,萨贝低声骂道。

在铺着鹅卵石的院子里,从破碎的窗户到另一边之间,焚烧者架起了十几根巨大的木梁,也许是从尚未竣工的工厂里抢来的。间距相当的木梁上挂着尸体。数量可能上百。也许不止。尸体随着微风轻轻摇晃。有男有女。有老有少。

好吧,现在人人平等了。

"该死。"萨贝又低声骂道。

其余的破坏者一言不发。维克看着。布罗德也看着。崇高的理想,正如引领他去斯提亚的那些说辞。它们当然能把人引向黑暗的去处。

"底下的牢房里还有几个未经审判的。"典狱长吸了吸鼻子,整了整他的脏袜子,"你们应该也可以带走他们。"

38 年少轻狂
Young Men's Folly

"奥索王子不来了。"利奥跟着母亲"噔噔噔"地走上残破的楼梯,身后是狗子,"我们只能迎战。"

她唯一的回应是沮丧的叹息,与此同时踏上了苔藓横生的塔顶。从此处望去,将这座荒废城楼所在的山谷尽收眼底,道路贯穿谷地,远处是高高的山丘,周围遍布红色凤尾草。再看西边,道路尽头是一条湍急的河流,一座样式古老的桥架在河上。更远处必定有处村庄,看不见房屋,但烟囱冒出的淡淡炊烟飘上了天空。

风中夹杂着哭喊声。人数以千计,马数以百计,马车约有数十辆,在两山之间的路上和桥上鱼贯而行,犹如一条发光的缎带。安格兰军队不断地撤向南边和西边。此种态势已经持续多日。

"马斯雷德和克伦谢尔从安格兰带来了两千人。我们等不到更多的援军了。"利奥走到母亲身边,双拳撑着斑驳的护墙,"继续拖延下去……我们看起来就像懦夫。"

母亲干笑一声。"身为女性指挥官的优势之一便是,不必担心被人看作懦夫。人人都当你是懦夫。"

"我们都他妈的要成懦夫了！"

狗子冷哼一声。"你母亲曾被黑旋风俘虏，跟他当面对峙，她就靠自己的一张嘴，不仅重获自由，还救了六十个人。我不想听到任何人讨论她有没有勇气，小子。不敢打仗和等待获胜的时机之间差得远呢。"

"不能再等了！"利奥挥手指向他所以为的西南方，安格兰就在桥的那边。联合王国的人正在撤退的方向。一直在撤退的方向。"我们距离边界仅有八十英里，如果我们一路朝白河推进，就永远回不来了。保护领就完蛋了。"

他有几分指望得到狗子的支持。该死的保护领属于狗子，不是吗？狗子曾经与血九指肩并肩作战，而血九指是前所未有的伟大斗士，赢得了十一场决斗，在决斗圈里夺取了北方人的王冠！

然而年迈的北方人仅仅皱眉望向山谷，若有所思地揉了揉尖下巴，轻声说："啊，人必须面对现实。没有什么东西是永远不变的。"

"我明白风险所在。"利奥的母亲开口了，她的视线从道路上转开，投向北方的黑色森林，心不在焉地搓着头发底下秃了的那块头皮。从这里可以俯瞰山顶要塞的整体情况，城墙不比瓦砾堆强多少，脱落的石头散布于山坡上，森林步步紧逼。"要是你以为我们只是一味地逃跑，那我们的敌人或许也有同样的想法。"

狗子咧嘴笑的时候，眼角的鱼尾纹都舒展开来。"你打算在这里开战。"

"你赞成吗？"

"地形不错。"他打量着被峭壁夹在当中的山谷，灰色的河流，褐色的道路，以及两面的岩壁，"如果运气好的话，地形可以说相当不错。"

"您打算在这里跟他们开战？"利奥瞪大眼睛。

"这是战争,不是吗?日暮斯达追在他父亲和伯父前面。也许领先了一天的路程。他的队列拉得很长,人困马乏,缺少物资和必要的守备。"

狗子咧嘴一笑。"他有点鲁莽。"

"希望我们能让他犯下致命的错误。"

"只要我们摆上足够肥美的诱饵。"

"你知道战士们有多么在乎自家的旌旗。"利奥的母亲扭头看他,"你的旗子就是他想吃的诱饵。尤其在你夺了他的旗子,伤了他的自尊之后。我们要演得很像,看起来是我们的后卫部队在桥上陷入了混乱。希望他拒绝不了这样的诱惑。"

"你要我埋伏在这片废墟里?"狗子问。

"藏好了,等我的信号。安格兰的军队将在南面的山丘背后集结。一旦日暮上钩,我们就两面夹击,将其逼向河岸。顺利的话,我们也许可以一举击溃他。"

"这样可以大大提高胜算。"

"而且比一路退却的感觉好多了。不管你信不信,利奥,我不比你更喜欢撤退。"

利奥的笑容难以克制地在脸上绽放。"我们要在这里跟他们开战。"

"我希望是在后天。你俩对这个计划有什么想法?"

利奥忙于幻想胜利的场面。两边山丘将是他们的咽喉。不可一世的魁狼,被诱进两山之间的峡谷,在上桥处被包围,背水一战,终被击溃。这将是一首多么精彩的歌谣啊!他已经开始想象这场战役载入史册时将冠以什么名号。

"我喜欢,"狗子说,"要说有什么可以指望的,那就是年少轻狂了。我这就传话给乌发斯的战士,在这里集合,做好战斗准备。"他顿了顿,风拂过那张饱经风霜的面孔,吹乱了白发,"芬蕾夫人……

我曾经与伟大的战士、伟大的战争首领并肩作战。有些是战场上的对手。但很少有人的指挥能力比得上你。这段时间也许有人认为你表现得软弱无能。"他卷起舌头，冲着城垛吐了口痰，"那些家伙对战争一无所知。背信弃义是很容易做到的。任凭我们落入敌手。但你信守了诺言。信守诺言需要代价，没多少人能做到。"他伸出手来。

利奥的母亲显然大为触动，她眨了眨眼，握住他的手。"我必将信守诺言，直到你回归乌发斯的花园，一刻也不懈怠。"

他笑得很灿烂，露出了牙齿。"那么我们就在那里喝酒庆功。"狗子转身跑下楼，踩在破旧阶梯上的步子充满活力。

看见年迈的北方人对母亲如此尊敬，利奥不禁心生骄傲。他们互相尊敬。他吸了一口凛冽的空气，又快活地吐了出来。"我带人在桥上——"

"不，"母亲说，"我需要的是你的旗子在那里当诱饵。不是你本人。"

"那么我带领第一波冲锋——"

"不。"她抬起头，顺着鼻梁看他，这种姿态总让他觉得自己还是个毛头小子，"我们的骑兵在苏德兰道的村子里作为后备军待命。"她点头示意桥对面的淡淡炊烟，"我要你跟他们在一起。"

"后备军？"他冲着山谷挥了一下手。挥别荣誉，挥别歌谣。"我们终于要开战了，您让我守着辎重？"

"我又不是派你回奥斯腾霍姆。"她咬紧牙关，太阳穴在鼓动，"万一情况有变，这是很有可能发生的，你就率部冲杀，挽救大局。我们不都在这里吗？所有人都能见证你的英雄壮举？"

"这太不公平了！"他大声抱怨，想到这样的安排有可能非常公平，他更加不满了，"到了殊死一搏的时候，你不能把最好的剑留在壁炉架上，拿一把面包刀上阵！"

"这支军队里还有不少人能打。"她语气冰冷,但怒火已经烧得满脸通红,"他们经验丰富,懂得谨小慎微、精心谋划的重要性,知道军令如山,该服从就他妈的服从。而你行事鲁莽,利奥。我不能冒险。"

"不!"他大吼一声,挥拳打向脆弱的城垛,碎石纷纷滚落,"很快我就会成为总督!我不再是孩子——"

"那就有个总督的样子!"她咆哮着,激烈的反应令他下意识地缩了回去,"这不是谈判!你跟后备军一同待命,不用再说了!你父亲死了!他死了,我不能再失去你,你明白吗?"她转身背对着他,眺望山谷,"我不能再失去你。"

她的话语带有不易察觉的颤音,不知为何,这比刀剑伤他更深。他呆若木鸡,愧疚之情涌上心头,他感觉自己是个彻头彻尾的傻瓜。父亲死后,他万念俱灰,是她承担起了一切。在坟墓前她神色冷峻,一滴眼泪都没有流,而利奥眼泪汪汪地看着,以为她无情无义。但此刻他明白了,她之所以始终表现得那么坚强,是因为总得有人负重前行。从那之后,是她背负着一切重担。而他不是心怀感激,做一个好儿子,替她分担难以承受的重任,反而动不动就生气、抱怨、挑三拣四,仿佛没有任何事情比他的骄傲更重要。

他被迫眨了眨眼,强忍泪水,走上前去,轻轻地抚着她的肩膀。"您不会失去我,母亲,"他说,"您永远都不会失去我。"

她把手放在他手上。那是一只苍老的手,而且出乎意料地脆弱,指节周围的皮肤皱巴巴的。

"我带领后备军。"他说。

母子俩并肩站在风中,俯视山谷。

39 狂欢落幕
The Party's Over

提手咣当作响,脏水咕噜噜灌进水桶,拎起来时流得稀里哗啦,她直喘粗气,把水桶递给小梅,腿脚、手臂和肩膀都在打战,然后从左边的老男人手里接过空桶,提手咣当作响,她再次把桶按进水里。

她弓着背,站在齐膝深的河水里,湿透的裙子卷起来,塞在充当腰带的结绳内,所谓的体面早已不复存在。当她第一次踽踽下到污秽的河水中,穿着衬裤冷得发抖时,所谓的体面便已不复存在。

咣当,咕噜噜,稀里哗啦。她打了多久的水?似乎有好几个钟头。深蓝的傍晚变成了铅灰的暮色,又变成被火光照亮的狂野黑暗。远处焚烧的辛辣气味变成刺激鼻腔的臭味,然后是没完没了抓挠嗓子眼的烟火味儿,尽管脸上蒙了一块湿布,她每次呼吸还是堵得慌。她打了多久的水?似乎有好几天了。仿佛她一直在打水,永远打不完。

女人们排成一行,传递着水花飞溅的提桶、瓶罐和锅盆,手手相传，一直传到岸上，孩子们带着清空的容器穿过垃圾堆跑回来，瑟雯再接过去，继续打水，咣当，咕噜噜，稀里哗啦。

河对岸的工厂正在燃烧，熊熊火焰蹿上夜空，巨大的烟囱在火光映照下犹如黑色手指，倒影在流水轻缓的河面波动。燃烧的碎屑从天上飘下来，落在街上，落到岸上，落进河里，仿佛浑身是火的小鸟，噼里啪啦地爆裂着，跳跃的火光漂浮在黑色的镜面，须臾消失不见。

燃烧的房屋之中，打水长队的尽头，男人们忙着灭火，互相大吼大叫。也许是愤怒。也许是绝望。也许是鼓劲。瑟雯累了，懒得分辨。她累得都不知道怎么说话。怎么思考。她变成了机器。打水的机器。她这副模样万一被太阳协会的那帮贵人看到，他们会怎么想？她冷哼一声，声音却疲惫地堵在喉咙里，差点引发呕吐。他们很可能觉得这个狂妄的婊子活该受罪。

提手咣当作响，河水咕噜噜灌进水桶，拎起来时流得稀里哗啦，她把水桶递给小梅，腿脚、手臂和肩膀都在打战。抖成这样是因为寒冷、疲惫还是恐惧？有区别吗？

她呼吸不畅，猛烈的咳嗽即将发作，仿佛肚子挨了一拳。她弯下腰，随着憋闷的喘息，羸弱的胸腔呼呼作响，她扯下蒙脸的布，开始呕吐。能吐的都吐了，苦涩的胆汁、脏水，为污染河水贡献了一份微薄之力。

她强忍不适感，弯腰打水。咣当，咕噜噜，稀里哗啦——

有人按着她的肩膀。是莉迪。"灭了。"她说。

瑟雯无言地盯着她，然后抬头望向河岸上的房屋。依然浓烟滚滚，但明火已经没有了。她蹚过河水，跪在湿滑的鹅卵石上，双手撑地，疲惫不堪。她时而弓背，时而塌腰，刺痛感下至脚跟，上达脖颈。也许根本比不上父亲每天早晨的感受。也许她应该感同身受地同情他。但他很喜欢说的一句话是，痛苦只能增加你心头的怒。

"灭了。"小梅嘶声说道,一屁股坐到她身边。

瑟雯呻吟着换成了坐姿,活动手指时满脸痛苦,她的手在冷水里泡得开裂起皱,被生锈的水桶提手磨得生疼。

"这边的火灭了。"她低声说,眼睛盯着河对岸还在熊熊燃烧的大火。

"我们只能操心这边。至于那边……"河对岸的橙色火光照得莉迪的脸颊格外凹陷。瑟雯听懂了。那边没救了。那边完蛋了。

她刚来这座城市的时候喜笑颜开,到处都是建筑工地、吊车和脚手架,一派创造新世界的气象。但如今瓦贝克已是一片巨大的废墟。

她勉强集中精神,计算有多少投资随着浓烟飘然而逝。毁掉的厂房和机器,损失的人手。话说回来,她个人的损失有多大?比起酸痛的手掌,似乎都不是特别重要。

终于来了一阵微风,吹散了河上的烟雾。瑟雯好歹能痛快地换口气。

"发生了什么?"她低声问。

"估计是焚烧者在出城前放了几把火。"莉迪扯起袖子擦脸,结果烟灰越擦越多,"临别的小礼物。"

"出城?"

小梅的舌头在嘴里转了一圈,啐了口唾沫。"说是王太子带来了五千人。听说明天就到城外。"

"奥索来了?"她低声说。暴动发生以来,她几乎没有想起过他。饥饿、寒冷和如影随形的性命之忧,削弱了人对情爱的需求。此刻他灿烂的笑容浮现在眼前,清晰得可怕,她如释重负,顿感虚弱无力。

"可能他们终于把他从窑子里拖出来了,"莉迪说,"毫无疑问有审问部的人随行。"

"噢。"瑟雯应了一声。对这里的大多数人而言,事态的发展令他们胆战心惊。对她而言,这是几周以来最好的消息。

"看来狂欢落幕了。"小梅咕哝道。

一阵轰鸣声传来,吓了瑟雯一跳。河对岸,一座厂房的顶棚被烧垮了,无数火星向夜空喷涌,浓烟翻滚,半面墙壁向内塌陷。一个奋勇向前的新时代轰然垮塌。

奥索王太子正在快马加鞭地前来救她。也许她该笑。也许她该哭。但她既笑不出声,也流不出泪。她形同行尸走肉。

她坐在岸边,看火光在水面跳跃。

40 吃鸡用牛刀

Eating Peas with a Sword

"我们进攻吗，殿下？"

"进攻，福里斯特上校？"奥索不怪他问出这种话来，毕竟诉诸暴力是职业军人的工作，但他的想象力显然到此为止了，"打谁？城市本身是资产，不是敌人。我们还不清楚城里的居民哪些忠诚、哪些不忠诚。哪些人造反，哪些是人质。对自家老百姓开战……那也太可怕了。叛乱者只会越杀越多。"

奥索再次举起望远镜观察瓦贝克。他能看到小巧玲珑的房屋和塔楼，针尖那么细的烟囱，黑色的烟柱竖立在惨遭厄运的城市上空，恐怕是破坏而非生产所致。

他渴望发动一次无比荣耀的进攻。杀光叛乱者，掘地三尺找到瑟雯。一把抱起她来，激烈亲吻，如此这般，教她心花怒放。这次可是他跑来救她。但奥索心里清楚，必须把幼稚的幻想放到一边，三思而后行。

她很坚强。比他坚强多了。她很精明。比他精明多了。她活下来的机会——所有人活下来的机会——全靠他采取缓慢、谨慎到极致的行动。他鼓起腮帮子，吐了口气，刚刚蓄起来的胡子开始发痒，他蓄须是为了彰显军人气派，但很可能是他犯的又一个错误。

"大军攻城就像吃鸡用牛刀，"他说，"吃相难看，也吃不进多少，十之八九还会伤到自己。我们必须慎重。沉着。有一切尽在掌握的架势。我们要像成年人一样办事。"真是破天荒头一遭。

奥索果断收起望远镜。果断的表现至关重要，尤其在对目前所做的事情毫无头绪的时候。当然，装模作样对他来说是家常便饭，但这次他的愚昧无知将直接决定成千上万人的命运，可谓前所未有。不过，正所谓时势造英雄嘛。自信心爆棚，你才敢在悬崖边舞蹈，完全不担心掉下去的可能性。

"围城，"他若有所思地拿望远镜敲击掌心，视线扫过瓦贝克周围的田野，"部署我们的大炮，位置要显眼，但不要开火。封锁所有进出路线，切断城内补给，要让他们清楚一切都在我们掌控之下。"

"然后呢？"福里斯特问。

"然后找出是谁领导叛乱，还有……"他耸了耸肩，"邀请他们谈判。"

"战争只是谈判的前奏。"有人接话，说话的人一身平民打扮，收拾得干净清爽，奥索对他毫无印象，此人面貌寻常，一头卷发，手持一根木杖，他冲着奥索笑笑，"我的主人若是在场，一定赞同您的看法，殿下。"

被引荐到王太子面前的人太多，至少有九成奥索记不住，他们无异于任何一个不请自来的陌生人，所以他保持着基本的礼貌。"抱歉，我不记得我们见过面……"

"这位是尤鲁·苏法，"派克主审官介绍，"法师组织的成员。"

"我此前正在北方灭火，不料联合王国后院的烟味又钻进我鼻子了。"苏法笑得更灿烂了，"哪有永远的和平，呢？从来没有，一时半会都没有。"

"审问长阁下,"派克说,"还有您的父王陛下,强烈建议苏法师傅与我们同行。"

"我来看看而已,"苏法摆摆手,仿佛联合王国最有权力的两个人对他的重视不值一提,"可以的话,也许会提一些微不足道的建议。我代表我的主人第一法师巴亚兹。他在西边有事抽不开身,但联合王国的稳定向来都是他最为关切的。稳定,稳定,他常常挂在嘴边。只有联合王国稳定了,世界才不会乱。而这……"他望向瓦贝克上空的浓烟,悲伤地摇摇头,"完全是事与愿违啊。唉,他们先从银行下的手。"

"我……明白了。"奥索说。意思是他完全不明白。他回头看着福里斯特,至少这边的情况他还稍有头绪,"我说到哪儿了?"

"围城,殿下。"

"啊,对。开始行动!"

福里斯特僵硬地敬了个礼,号令声接二连三地响起,接着是踏步声和咣当声,太子军团的队伍渐次开进,呈扇形散布于田野,开始合围瓦贝克。

"塔洛师傅?"奥索说。

小伙子挪上前来。"是,长官,我是说,殿……呃……"

"殿下。"徒尼冷不丁接上茬,笑得还是那么轻描淡写。

"你去过城里?"

他点点头,明亮的大眼睛盯着奥索。

"你参加了那些破坏者的集会?"

他再次点头。

"知道那里是谁负责吗?"

"里辛奥,审问部的主审官。他自称织匠。他好像是带头的,但说的都是疯话。还有个女人自称法官。"他打了个哆嗦,"她看起来比里辛奥还疯。还有一个老兄。穆尔默。墨尔默。类似这种名字。他好像……还算正常。"

"我猜就是穆尔默了。"奥索皱着眉头打量塔洛,"你今天吃东西了吗?我看你饿坏了。"

塔洛眨眨眼。

"你喜欢吃鸡吗?"

他缓缓点头。

"蛋黄?"

"殿下?"

"去找我的厨子,给小伙子弄一只鸡吃,还有……看他想吃什么。"

蛋黄的表情有点不快。

"不高兴了,蛋黄?觉得这个任务配不上你?"

"呃——"

"你配不上我交代你的任何任务。去给小伙子弄一只该死的鸡,然后我要你和他打着白旗去瓦贝克——我们有白旗吗,徒尼?"

徒尼耸耸肩。"拿竿子戳一件衬衫就成了。"

"先去吃鸡,再把衬衫戳在竿子上,找到最近的路障,告诉他们,奥索王太子非常乐意跟破坏者穆尔默谈谈。告诉他们我准备谈判。告诉他们我强烈要求谈判。告诉他们我就像种马渴望牝马那样渴望谈判。"

"是,殿下。"蛋黄的表情还是有点不快。

"是,殿下。"塔洛的眼睛依然睁得很大。看来这个小伙子不太会眯眼睛。

两人走开了,奥索皱眉眺望城市,摸了摸肚子。"希尔迪?"他喊。

女孩穿着鼓手服,盘腿坐在那里编织雏菊花环。"在忙。"

"给我弄只鸡来,好吗?"

"我也吃得下。"

"那就每人来一只。吃鸡吗,苏法师傅?"

"太客气了,殿下,但我必须严格节制饮食。"

"修习魔法的要求,呢?"

苏法粲然一笑,露出两排闪亮的白牙。"我们都得做出牺牲。"

"我想也是。但我一向做得不好。"

"可能是缺乏锻炼。"希尔迪说。

奥索嗤笑一声。"很难否认。我希望人人都喜欢我,苏法师傅。"

"我们都一样,殿下,但如果试图取悦每个人,到头来一个都取悦不了。"

"这个说法我也很想否认,但目前为止我的确一个都取悦不了。"他端详着法师,对方除了有根法杖,完全不像是会魔法的人,"你解决不了我们的问题吧,念几句……那么……咒语?"

"魔法可以夷平大山。我亲眼见过。但代价必不可少,随着时间推移,代价也水涨船高。以我的经验,刀剑的价值要大得多。"

"这话像是会计说的,而非巫师。"

"与时俱进嘛,殿下。"

"派克主审官?吃鸡对你可有吸引力?"

看不出主审官对吃鸡有什么兴趣。事实上,当这个面孔严重烧伤的男人逼上前来的时候,奥索没有被吓退已经很不错了。"您打算跟叛乱者对话?"

"正是,主审官。"奥索假惺惺地笑道,"坐下来谈谈有什么害处?"

"害处很大。我不知道审问长阁下是否赞成此事。"

"审问长阁下赞成过什么事?"奥索咧嘴一笑,但派克无动于衷,也许是烧伤的缘故,也许他乐不可支但只是笑不出来,也许他内心一直在笑个不停,但看着不像,"听着,主审官,作为王太子的好处就是,无论你嘴上怎么坑蒙拐骗、威逼利诱,对方都得认真听着。"奥索凑近了派克残缺的耳朵,"但你永远没有落实的权力。"

派克挑起眉毛。应该说他挑起了有过眉毛的部位。然后他微微点头,甚至有几分赞同,然后他去找苏法交头接耳。

麦田里只剩奥索和徒尼,徒尼手挽坚毅王的旗帜。

"怎么样,下士?"

"说到害处,谁都比不上那些迫不及待采取行动的英雄。"

奥索用力扯开最靠上的纽扣。紧巴巴的军服对他的肚子居功至伟,但喉咙那里实在吃不消。"嗯,我最擅长的就是什么都不做。"

"您知道吗,殿下?我认为您当国王肯定高于平均水平。"

"你说过多少次了。"

"是。"徒尼会意一笑,看着太子军团不疾不徐地在城外排兵布阵,"但我以前说的不是真心话。"

41 红丘之战
The Battle of Red Hill

"你的腿怎么样了?"瑞卡问。

"疼,"艾森说着,拿指甲挑了挑缝线,皱起鼻头,"结痂了。"她叹了口气,直起身子,"不过对箭伤来说,疼和结痂算好事。"

她伸出两根手指,插进一个小袋子,开始在皱巴巴、粉嫩嫩的皮肤上涂抹什么东西。轮到瑞卡皱起鼻头了。这种气味实在难以描述。"死者在上,"她憋着气问,"这是啥?"

艾森换了条绷带,缠上大腿。"你不知道更好。要是你中了箭,我可能用在你身上,我不希望你到时候宁死不要。"她用一根针固定好绷带,然后站起身来,龇牙咧嘴地揉着大腿、活动膝盖,小心翼翼地变换重心,"知道太多未必是好事,懂吗?有时候被裹在无知的黑暗中感觉更舒适。"

她把一小团查加塞到嘴里,又搓了一颗小球,递给瑞卡。瑞卡咬开小球,品尝其中酸涩的土腥味,然后含到唇齿之间,她刚开始嚼查加的时候反胃得厉害,现在却嚼得停不下来。

天冷。营地里没有生火,以防斯达的探子发现他们,暴露作战意图,她很难入睡,浑身都疼,肚子饿,同时又犯恶心,还紧张得要命。她一直在摆弄手指,舌头把查加团子卷过来抵过去,捣鼓挂在脖子上的符文,拨弄鼻环——

"别折腾了,"艾森说,"用不着咱俩上阵。"

"我可以为那些即将上阵的人担心,不是吗?"

"担心你那头幼狮?"艾森咧嘴一笑,舌尖从缺牙的豁口探出来,"你很清楚,你不可能一辈子交配。"

"没错。"瑞卡叹了口气,白雾飘飘,"但也是个人生目标。"

"更低俗的人生目标我都听过,真的。"

寂静。除了寂静,还有紧张的气氛,有人在某处唱起了歌,嗓音低沉。歌词写的是发生在群山的那一战,她父亲打败贝斯奥德的地方。昔日的战斗。昔日的胜利。不知道未来的某天有没有人唱响红丘之战的歌谣,不知道谁胜谁败。

"他们什么时候来?"她第一百次发问。

艾森倚着长矛,皱眉望向东边。朝阳冉冉升起,灿烂的光环笼罩在山的那头,云朵被镶上金边。底下的峡谷依然漆黑,河面有粼粼波光,北边的树林雾气飘渺。"可能很快,"艾森若有所思地答道,"可能很慢。也可能他们改主意不来了。"

"换句话说,你不知道。"

艾森横了她一眼。"要是有人能看到未来,告诉我们到底是怎么回事,那就方便多了。"

"是啊。"瑞卡双手托着下巴,身子瘫软下去,"那就方便多了。"

"勇敢,"格拉沃德闷闷不乐地盯着火堆,"大胆,忠诚……这些是没错。但我万万没想到耐心才是军人最重要的品质。"

巴纳瓦用拇指肚揉着伤疤。"打仗和当兵是完全不同的两码事。"

他们似乎开始喜欢跟利奥唱反调了。他皱眉望向太阳，东方仅有一团淡淡的粉红。他敢发毒誓，今天那轮该死的太阳爬得太慢，速度只有往常的十分之一。肯定是母亲在背后耍诈。

"耐心是成功之母。"朱兰咕哝道，同时拍了拍利奥的肩膀，轻得难以察觉，"斯多里克斯的名言。"

"唔。"利奥通常在日出时分训练。他曾听说五十多岁的布雷默·唐·葛斯特依然每天训练三个钟头，于是他决定效法。但如果你只能枯坐在离战场几英里的村子里，训练又有什么意义呢？他深吸一口气，然后吐出一团渐渐散开的白雾。这个动作他当天早上已经重复了一千次。

"除了等待，无事可做。"白水吉恩慢悠悠地翻动锅里的香肠，让它们嘶嘶作响，叉子握在他的熊掌中显得格外袖珍，"等待，还有吃东西。"

食物的香味引得利奥的肚子咕咕叫唤，但他没有食欲。他太紧张。太焦躁。太沮丧。

"死者在上！"他挥手示意散布在村子里的士兵，人人披盔戴甲，安格兰的骑兵，最精锐、最闪亮的队伍，却只能无所事事地干坐着，"她应该让我们参战！她到底在想什么？"

"我在斯提亚见过指挥不力的军队，"巴纳瓦说，"跟这里的情形完全不一样。"

"要我说，"朱兰说，"总督夫人是相当出色的指挥官。"

"没人问你。"利奥断喝一声，尽管刚才就是他问的。

朱兰叹了口气，巴纳瓦裹紧了毯子，他们回头看着锅里嗞嗞冒油的香肠。

马蹄声惊动了利奥。一名骑手顺着满是车辙的小路，朝着桥的方向策马奔驰。是安塔普，吊儿郎当地坐在鞍上。

"早上好！"他撩开额前的一绺黑发，喊道。

"有什么消息?"利奥掩饰不住内心的急切,嗓音微微发颤,其实很显然没有消息。他活像一个遭人离弃的怨偶,心碎千次万次,仍旧饱尝相思之苦。

"没有。"安塔普飞身下马,他的目光越过吉恩厚实的肩膀,直勾勾地落进锅里,"香肠应该我有的份吧?"

巴纳瓦咧嘴一笑。"小伙子笑得这么好看,能少了你的份?咱们匀一根出来不成问题。"

"有完没完?"利奥厉声喝道,厌恶地卷起嘴唇,"我母亲怎么说?"话一出口,他立刻后悔了,不过,既然凡事都得问过母亲,他还能怎么措辞?

"她说按兵不动。"安塔普压在吉恩肩头,趁着对方转身的机会,飞快地从另一边偷走了餐盘里的叉子,"她说情况有变化会通知你。"然后他从锅里叉起一根香肠。

"喂!"吉恩大喝一声,挥起肘子顶开他。

利奥愁眉苦脸地望向红光笼罩的山顶,在粉色天空的映衬下,山丘犹如一头黑乎乎的庞然大物,隐隐可见寒光闪烁,战士们就在那里严阵以待。也许又白白浪费一天。

等待,等待,没完没了的等待。他真是这世上最闲不住的人。

"我要上去!"他抓起头盔,大步走向坐骑。

"她说了不要上去!"安塔普嚼着满嘴的肉喊道。

利奥怒气冲冲地咬着牙关,呆立片刻。然后他迈开步子。"无论怎样我都要去!"

"我跟你一起去,"朱兰说,"给我留一根香肠!"

"小伙子长得这么秀气,"巴纳瓦笑呵呵地说,"什么时候都有你的份。"

"死者在上。"利奥耸着肩膀骂道。

✡

"今天我有预感。"奇妙说。

克洛弗正在全神贯注地对付大脚趾上的水疱。"好的还是坏的?"

"就是预感而已。有事情会发生。"

"啊,每天都有事情发生。"

"大事,你这个笨蛋。"

"啊,"克洛弗说,"好吧,但愿我用不着掺和。我一般来说还是喜欢小点儿的。"

"那你肯定对你的鸡儿很满意。"马格韦尔嘲讽道,他骑在马上,阳光照在他背后。

克洛弗自觉没有抬头搭腔的必要。"鸡儿不需要你满意,小子,它是用来让别人满意的。你可能搞反了。"

马格韦尔变了脸色。张口闭口侮辱人的家伙往往脸皮子很薄。"你花在水疱上的时间比花在武器上的还多。"

"我的水疱重要多了。"克洛弗说。

马格韦尔那张招人嫌恶的面孔皱成一团,扮出一副愚不可及的凶相。

"运气好的话,也许整场战斗都用不着拔剑。"克洛弗拿匕首尖刮掉水疱,然后坐回去欣赏自己的杰作,"但是毫无疑问,你得用到脚。"

"这人说得在理。"奇妙说。

马格韦尔啐了一口唾沫。"真他妈的想不通,斯达非要你俩跟着他在前面走。"

"噢,是吗?"克洛弗反问,"他不是有你们这帮英雄好汉出点子吗?"

"你嘲笑我，老头子？"

克洛弗疲惫地吐了口气。这小子打定主意奉陪到底了。大多数人都是你退一步，他们也退一步。但有人就是不依不饶。"岂敢岂敢，马格韦尔，"他说，"不过无论歌里怎么唱，打仗都是很压抑的。我们得尽可能放松情绪，呃，奇妙？"

"我是能笑就笑。"她板着脸说。

马格韦尔的目光在两人之间来回跳跃，然后没好气地嗤了一声，无缘无故又啐了口唾沫，随即他粗暴地掉转马头，面朝西边。"尽快跟探子去那边，不然有你们好受的。"他说完策马飞奔，蹄子踩得泥土四溅，差点撞到一个打水回来的可怜女人，吓得她把水桶丢到泥巴地里。

"我挺喜欢那小子。让我想起了年轻的时候。"克洛弗摇头，"如果我有那么混账的话。"

"你就是那么混账，"奇妙说，"而且在这个方面至今没有多大变化。"

克洛弗开始穿靴子。"也可以说任何方面都没有变化。"

奇妙焦躁地搓了搓光溜溜的后脑勺，皱眉望向西边那条路。"话说回来，真该死，"她说，"今天我有预感。"

"没有迹象。"瑞卡的父亲说着，把那副老旧的望远镜递过来。

"你说没有，"她说，"那就是没有。你是头儿。我是……我不知道，也许是预言家？"这个头衔听起来真是太狂妄了，"只不过……很不靠谱。"

"你的天赋迟早会暴露的，丫头。你的千里眼也许不靠谱，但正常的眼睛肯定比我的好用。"

瑞卡叹了口气，接过望远镜，谨慎地压低身子，从杂草丛生的古老城垛上望去。山腰有一<u>丛丛</u>金雀花。河水湍急。黄绿色的草地上点缀着绵羊。狂风撕扯云朵,阳光和阴影在峡谷间互相追逐。几百个联合王国的人聚在桥边,一辆马车精心摆放在桥上,似是因为车轴刚刚断裂,堵住了去路。

他们布置的鱼饵。当时听起来幼稚得可笑,但计谋是否奏效,全在于如何安排。永远都有咬钩的鱼。

"没有迹象。"瑞卡交还望远镜,拍拍父亲的肩膀,溜下台阶。

废弃的院子里挤满了奥克塞尔和红帽子的亲锐,他们正在检查装备,分发食物,交头接耳。你可能以为人在战前必定情绪高涨,其实多愁善感的情况更常见。当你感到大平衡者的阴影凉飕飕地罩在身上,你脑子里冒出来的不是希望,而是遗憾。

艾森枯瘦的屁股坐在一堆碎石上,垮塌之前此处是要塞的北墙,她把长矛横放在膝间,拿砥石打磨刀刃。

"没有迹象?"她头也不抬地问。

瑞卡似乎瞥见坡底的林子里寒光一闪,但现在又看不到了。"没有。"她坐在残缺的城墙边,换了个舒服的姿势,然后开始摆弄从墙上冒出头的野草,它们长得真够漂亮的,"坐着干等的时间一般不会写进歌里,对吧?"

艾森一脸痛苦地伸直伤腿。"是啊,吟游诗人一门心思关注打打杀杀的场面。事实上,比起刀剑,铁锹对于打胜仗的功劳更大。挖路,挖沟,挖战壕,挖像样的茅坑。一路挖到赢,我爹常说。"

"你不是讨厌你爹吗?"

"他是个彻头彻尾的混账,但不代表他说得不对。在打仗的方面,他说得都挺在理。"

"遗憾的是……"瑞卡闭上嘴巴,瞪大眼睛。

一个男人从下面的林子里走出来。高个子,浅色眉毛,刺猬似的浅色头发,弯腰驼背,双臂横摆,刺拉拉的短胡须很惹眼。他一手执剑,一手操斧,皱着眉头仰望山坡。不是冲着她的方向,而是更远处的塔楼。

"那是谁?"她说。

"什么是谁?"

浅毛男扬了扬斧子,又有几十个全副武装的人从林子里现身,瑞卡惊掉了下巴。她一跃而起,差点压坏了那丛漂亮的野草,然后慌张地朝着底下指指点点。

"林子里有人!"她尖叫。

几个亲锐爬上残垣断壁,向下张望。奥克塞尔也在其中。瑞卡等他召唤人手,不料他转身背对树林,面带讥讽地冲她啐了一口唾沫。

"你嚷什么呢,死丫头?"他大吼,"那里没人。"

"该死的疯婊子。"她听到有人咕哝,他们摇着头,退了回去。

瑞卡怀疑自己疯了。也许应该说疯得更厉害了。此刻从树林里涌出了更多人。上百个杂种。"你能看见吧?"她轻声问艾森。

女山民倚着长矛,优哉游哉地嚼着查加。"他们嘴巴不干净,但回答正确。那里没人。"她抬起刀子般锋利的胳膊肘,顶得瑞卡生疼,"但也许等会就有了。"

"噢,不。"瑞卡捂着发烫的左眼,"要吐了。"她弯腰呕出一小口辛辣的污物,但抬头一看,人还在那里,而且光线很好,问题是此时太阳尚未完全升起,一面大旗在他们当中猎猎招展,可明明风已经停了,"他们还有一面旗子。"

"什么旗子?"

"黑底红圈。"

艾森的眉头皱得更紧了。"那是贝斯奥德的旗子。如今是黑手卡尔达的。"

瑞卡又吐了。这次只是少量口水,她啐干净了,擦了擦嘴。"他应该……还在北边。"

"你不能强行睁开千里眼，"艾森喃喃道，"但既然它自己睁开了，不看是傻子。"她转过身，一瘸一拐地快步走过遍地碎石的院子，一路上推推搡搡，引来不少抱怨，"黑手卡尔达有个坏习惯改不掉，他总是出现在不该出现的地方。"

"你要干什么？"

"警告你父亲。"

"真的？"瑞卡跟着艾森爬上残破的台阶，眼角的余光依然能瞥见那些人，此时的人数堪比一支军队，"我是说，万一他们下周才来呢？或者下个月？万一他们是几年前出现过的咋办！"

"那我俩就跟一对傻瓜没两样。"艾森冲她笑，同时摇摇摆摆地爬向塔顶，"但至少不会成为尸堆里的一对死人。狗子！"

"艾森-埃-费尔，"瑞卡的父亲瞟了她一眼，"说正事，我还有仗要——"

"黑手卡尔达在那边的林子里。"她点头示意北边，"估计是想偷偷包抄你。"

"你看到他们了？"

"我得承认不是我看到的。是你女儿看到的。"她重重地拍了拍瑞卡的肩膀，"月亮宠爱咱们，赐予她罕见的千里眼天赋。我们得做好见血的准备。"

"你别开玩笑。"瑞卡的父亲指着相反的方向，"日暮斯达随时可能从那边过来，布洛克夫人指望我们完成合围！我们要是不到场，整个计划都完蛋了。"

艾森咧着嘴巴，仿佛是在说笑。"万一咱们选错了方向，被黑手卡尔达摸到背后，你觉得哪种情况更惨？"

瑞卡的父亲按着太阳穴。"死者在上。我不能听你这么一说就掉头，瑞卡。真不能。"

"我知道，"她把肩膀耸得老高，"换我也不能。"

"你瞧见他们了？"摆子嘶声问道。

瑞卡斜眼一看，他们还在那里，数百个亲锐在树林前排成一条长龙，色彩鲜亮的盾牌簇拥着黑手卡尔达的旗子。"我现在还能瞧见他们。打头的家伙冲着我笑。"

"说他长什么样子。"

"高，瘦，浅发色，一手斧子一手剑，有点驼背，张牙舞爪的。啊。"她弯下腰来，双手撑着膝盖，头晕目眩。

"听起来很像钉子，"摆子低头扫视树林，"要是黑手卡尔达真要派人抄我们后路，很可能派钉子。"

瑞卡的父亲闷哼一声。"大概吧。"

"给我几个亲锐，"摆子说，"我到林子里转转。找不到也没损失。"

瑞卡的父亲依次看了看摆子、艾森和瑞卡，然后收回视线。"那就去转转吧，速去速回。要是那边发话了，我们可不能等。"

摆子点点头，溜下崩裂的台阶。太阳越升越高，谷底的褐色道路上有了人影。人不多，行动很谨慎。"噢，死者在上。"瑞卡捂着眼睛，感到它依然烫手，贴着掌心悸动，"你能看到他们吗？"

"哦，是的。我猜是日暮斯达的探子。"艾森啐了一口唾沫，"因为我看到他们了。"

利奥在山坡上的红色凤尾草丛中穿行时，泥灰色的黎明已经变成泥灰色的清晨。数量惊人的安格兰士兵列队坐在峡谷背面，整装待发。有人起身敬礼，有人举剑致意。还有人违反禁令，高喊"幼狮！"看来士兵对他的认可远远高于母亲。

她伏在靠近山顶的凤尾草丛中，望远镜对准山谷，周围的一群斥候和军官窃窃低语。

见他猫着腰爬上来，她连连摇头。"我记得我对安塔普下过命令,不准你过来吧?"

"是,但我还是来了……"他不说话了。峡谷里有人。那些骑手散得很开,正在观察他们在桥上表演的拙劣把戏。绝对是北方人。"日暮的探子?"他压低声音,急切地问道。

她递来望远镜。"他的大部队很近了。先头部队在农场那边。"

利奥抬起望远镜,越过峡谷,对准几间浅色的农舍。褐色道路上有铁器的反光。铠甲和刀刃。一队全副武装的人马正在开往桥的方向。是亲锐,鲜亮的色斑应该是他们的盾牌。正如你在草地上看到一只蚂蚁,很快就能看到几十只,利奥立刻发现了一队又一队人马。

"哎呀。"他叫了一声,情绪陡然高涨,差点堵了喉咙,"他们咬钩了!"

他使劲眯着眼。农场附近有什么东西在抖动。是一面高高飘扬的灰色旗子,距离太远,他看不真切,旗面上好像绘着一匹黑狼。

"日暮的旗子。"他轻声说。

"是的。"母亲从他手中取走望远镜,架在自己眼前,"这次不用怀疑,魁狼亲自来了。"

✡

"这些杂种犯了什么事?"克洛弗抬头看着几具尸体,直皱眉头。

"他们是狗子的人。"格林韦点点头,仿佛把一家人吊死在树上的行为值得称许。

几个农兵从农舍里拖出一个柜子,推翻在泥巴地里,挥起斧头劈砍。克洛弗眯眼旁观,不明所以。

"他们莫不是以为拿斧头劈开跟打开柜门找到的东西不一样?"

"里面藏了东西。也许是金子。"

"金子？好好笑哦。"

格林韦的眉头皱得气急败坏——这是他除了讥笑之外仅有的表情。"可能是银子。"

"银子？别说金子了，要是这些杂种有银子，何必还为了一点可怜的收成在地里刨食？他们肯定去城里花天酒地了，换我就他妈的去过那种日子。"

"保险起见，确认一下。"有人说。

"噢，是啊，"克洛弗说，"我敢说要是你啥都找不到就会把房子烧了，因为烧得好看。"

那人看了一眼格林韦，挠了挠头，表情有几分羞怯。看来他的想法被克洛弗说中了。

"万一斯达今晚要找个地方睡觉，他可以钻到灰堆里是吧？"克洛弗摇着头，信步离开。真是浪费。浪费人，浪费物，浪费精力。但战争就是这副德行。任何场面他少说都见过十次八次。既然魁狼非要用尸体装点新近征服的领土，非要听吱嘎作响的绳子奏乐，他有什么资格说三道四？

未来的国王跟奇妙走在前面，一边啃着抢来的苹果，一边欣赏手下的杰作。

"不喜欢这样，"克洛弗紧紧地抱着胳膊，"一点都不喜欢。"

"是啊，"奇妙说，"臭得要命。"

道路落入前方的峡谷，草叶茂密，两侧是陡峭的丘陵。其中一侧的山头怪石嶙峋，残垣断壁附着其上，另一侧的丘陵更大，坡度更平缓，山头的红色凤尾草犹如一摊干涸的污血，克洛弗看着扎眼。

夹在丘陵之间的谷地有一条小河，河上有一座小桥。似乎有一些联合王国的人堵在了桥的两头。克洛弗的眼力大不如前，但他们上方似乎飘着一面旗子。

斯达的眼力则好得多，他若有所思地觑眼张望。"你觉得那是不是利奥·唐·布洛克的旗子?"

克洛弗心里咯噔一下。黑手卡尔达的儿子浑身散发着熟悉的气息。"可能是别人的?"他抱着一线希望,"未必是他的吧?"

"不,是他的。"斯达咂摸着那个词,然后啐了出来,"幼狮。这算哪门子的外号?"

"笑死人了。"克洛弗举起双手,指头抖如筛糠。"魁狼!这个外号多威风。"

奇妙轻轻地叫了一声。她紧抿嘴唇,像在憋尿。斯达皱眉看她,又看克洛弗。

"你瞧不起我吗,老混蛋?"

克洛弗目瞪口呆。"我这种人,瞧不起您这种人?我没这个胆子。我同意,幼狮是个蠢到家的外号。首先,他不是狮子,对吧?再说了,他有多大,二十岁有了吧?"

"差不多。"奇妙说。

"那么……参考狮子的寿命……"克洛弗眯眼望着灰色的天空,对狮子能活多久毫无概念,"可能……也许……他应该是一头很老的狮子,对吧?"

他装出一副无辜的样子,指望战士们——无论成名与否——飘忽不定的注意力为自己解围,果然,魁狼很快忘记了刚才的不快,全神贯注地俯视峡谷,瞪着桥的方向。瞪着那面旗子。他响亮地吸了吸鼻子。"我们去夺旗。"

奇妙的表情像是冷不丁尿了自己一身。"完全没想到,头儿。你确定?"

"我什么时候不确定了?"

以克洛弗的经验,只有傻瓜才什么事情都确定无疑。他点头示意小桥上方的废弃塔楼,红色山头就在对面。"可能是陷阱。要是他们在两边山头都埋伏了人马,我们就会被包饺子。"

"毫无疑问。"奇妙咬紧了牙关。

斯达不胜烦躁地嗤了一声。"在你俩看来啥都是陷阱。"

"看啥都是陷阱,"克洛弗说,"你才不会中招。"

"也逮不到敌人。带上一两百亲锐,奇妙。"斯达捏起拳头,指节泛白,似乎等不及要出拳了,"咱们好好教训一下那帮杂种。"

她冲着克洛弗挑起眉毛,但他只能耸耸肩,于是她转身招呼一个斥候召集人手。她能怎么办?召集人手,执行头儿的命令,副手就是干这个的。你的头儿是不是蠢货根本不重要。

瑞卡缩在严重损毁的塔楼顶上,不断地发抖、咀嚼,心急如焚,比之前更紧张。简直到了难以忍受的地步。

一开始联合王国的人被迫从桥上撤退,接着更多人涌上前来,杀退了北方人,然后更多北方人发起反扑,此时两边的战士堵塞了河岸,日暮的亲锐蜂拥而至。陌生的响动传到塔楼上,被风和距离所扭曲。

"那个天杀的笨蛋直接踩进陷阱了!"瑞卡的父亲兴奋地舔着嘴唇,但她高兴不起来。总觉得踩进陷阱的是他们自己。她又一次望向树林。此前通过千里眼看到的人已经不见了。也许她看到的是残影。也许什么都不是。

"我们不能再等了。红帽子?"

"在,头儿?"

"告诉奥克塞尔和硬面包——"

"等等!"瑞卡嘶声说,林子里有动静。树枝抖动,寒光在枝叶间闪烁,"快说你看到没!"

父亲面色阴沉。"我看到了。"

摆子从树林里冲了出来,拼命跑向要塞。他带去的几个斥候也从树林里狂奔而来,爬上草叶茂密的山坡,有人回头张望。

"上墙迎战!"摆子大喊,一支支箭矢飞出树林,从他身边呼啸而过,他带的一个弟兄背后中箭,脚底一滑,踉跄着继续狂奔,箭杆还插在肩头,"林子里全是杂种!"

瑞卡的父亲高高地立在破败的城垛上,冲着底下的院子大喊。"上墙迎战!黑手卡尔达从北边来了!"

然后瑞卡发现那个浅毛男从林子里走出来,正在她此前看到的位置。他扬起斧头招呼手下,正是她此前看到的动作,很多人从他背后的树林里现身。

"是钉子!"红帽子挥剑吼道,战士们扑向残垣断壁,争先恐后地从要塞南边转移到北边。

然后旗子出现了,黑底红圈。贝斯奥德的旗子。黑手卡尔达的旗子。不过眨眼的工夫,树林像活了一样。

艾森叹了口气。"主动求战的问题在于,"她掀开鹿皮,露出明晃晃的矛尖,"有时候敌人比你预计的多。"

钉子似乎正冲着瑞卡笑。笑得跟她此前看到的一样。

利奥母亲举起一根手指,目光须臾不离峡谷。"全军起立。"

利奥听见军官们的喊声传遍了丘陵的背面。伴随着嘈杂的响动,士兵们纷纷起身操家伙,开始列队。

这时候峡谷里塞满了北方人。数以百计。数以千计。宛如钢铁洪流,顺着那条道路涌向小桥。利奥感到全无用武之地。他能做的就是跪在土里观望,逐渐密集的细雨渗进他的盔甲。

"准备就绪,芬蕾夫人,"一名军官说,"开打吗?"

她摇摇头。"稍等片刻,上尉。稍等片刻。"

时间流逝,缓慢而寂静,紧张到难以承受。一只鸟儿在高空盘旋,羽毛在风中抖动,看架势随时准备俯冲。

"把握时机。"她的目光越过桥上的乱战,越过峡谷里的北方人,投向农场以及更远处,"父亲常对我说,将军有一半的活儿都是这个。"

"另一半呢?"利奥问。

"表现出你能把握时机。"她站起身,拍掉膝盖处的泥土,"里特?"一个生着雀斑的小男孩走上前,手中紧抓一把军号。

"夫人?"

"吹冲锋号。"

号声响彻峡谷,高亢嘹亮,伴随着惊心动魄的金属撞击声,数千全副武装的士兵发起进攻。

✡

"妈的。"奇妙皱眉望着红色的丘陵。

克洛弗顺着她的视线望去,心里又咯噔一下。这种感觉在他参加的每场战斗里都至少有过一次。映着落雨的天空,首先是戳出山头的矛尖,然后是头盔,最后是士兵。一队又一队的士兵。联合王国的步兵,全副武装,排着整齐的队伍,从北方人的侧面居高临下地冲了过来。

魁狼似乎一点儿也不担心,反而很兴奋。"漂亮。"他嗓音低沉,笑得像个耐不住性子终于看到新娘出现的新郎,"太他妈的漂亮了。组成盾墙,准备接敌,我们要跟联合王国的杂种们干一架了。"

"漂亮?我们还不知道狗子在哪里!"克洛弗指着损毁的要塞,就连他的昏花老眼也能看到塔楼上有人影,"万一有人在上头呢?咱们的光屁股可就暴露在他们面前了!"

"我想是的。"斯达不慌不忙地回头看着小桥。此时那边乱作一团,死尸横七竖八,箭矢漫天飞舞,长矛纠缠如麻,甚至有人在水里挣扎。斯达冷眼观察,指头轻敲紧抿的嘴唇,就像一个厨子在判断要不要再加一撮盐到锅里,而不像送人去死的战争首领。不过也许一位合格的将军就不应该关心人命。"把所有人都带上。我要拿下那座桥。"

奇妙目瞪口呆自是在情理之中。"你着了他们的道!"她说,"这是他们设的陷阱!"

斯达湿漉漉的眼珠子冲她一翻。"当然是陷阱,但掉进去的是谁呢?"

"是我们,"克洛弗厉声说,"半道上老二都得摔折了。想想你父亲会怎么说?"

"他会高兴坏的。"斯达的脸上绽放出野狼似的笑容,"整件事都在他的预料之中。"

克洛弗眨了眨眼。"什么?"

斯达点头示意那座古老的要塞。"他在那个山头的背面,准备包抄他们。那帮蠢货以为能踹上咱们的屁股。"他倾身凑近克洛弗,"但其实是咱们要踹他们的屁股。上吧,老不死的混蛋们!"他拔剑出鞘,在指间拨弄如飞,仿佛那是一把餐刀,"一场大胜仗等着咱们呢!"

瑞卡从未亲眼见过打仗,希望以后也不要见到。

黑手卡尔达的人从四面八方涌来。残垣断壁被杀气腾腾的敌我双方淹没,盾牌冲撞、长矛交锋、打滑、戳刺,各种声音响成一片。一个亲锐的手臂被旗子缠住了,他疯狂地吼叫着,企图挣脱,结果越缠越乱。瑞卡看见矛尖刺进他的脸颊,他挣扎呼救,但无人问津,动弹不得,被后面的人一股脑压上来,长矛洞穿,鲜血从细流瞬间变成涌泉,瑞卡别过头去,呼吸堵在嗓子里。

她看到父亲在塔楼的台阶上,脖子上爬满青筋,正在喊着什么,但周围痛苦的呼号和狂怒的叫声太吵,她听不清。在这么混乱的局面中如何发号施令?简直就像命令一场风暴停下来。

她看到一个卷发小伙子目不转睛，左跨一步，右跨一步，面无血色，张着嘴巴，不知所措。瑞卡怀疑他会死在这里。怀疑自己会死在这里。

这时雨下得更大了，挟着冷风而来，武器和盔甲滴着水，发丝粘着咆哮的面孔，靴子踩着烂泥，身上肮脏不堪。

"顶！"距离她不过十跨之遥的盾墙扭曲变形，发出刺耳的吱嘎声，靴子在泥地上打滑，人们拼命地推挤对方。有人站直了，从盾墙上方挥起斧头劈砍。他再次站直的时候，突然惨叫一声，长矛刺进头盔底下的缝隙。他捂着脸，哭喊着缩了回去，浑身剧烈地扭动，鲜血从他的指缝中流出来。"我的眼睛！我的眼睛！"

箭落如雨，砸在地上啪嗒作响，射中熄灭的火堆又被弹飞。有人跪在地上，倚着钉头槌，五官变形，涎水长流，气喘吁吁，背后插着一支箭。

"当心。"艾森把瑞卡拉到一截断裂的柱子后面，雕刻在顶上的恶魔面孔满是苔藓，"当心。"瑞卡感觉掌心冰冷，原来是艾森将一把小刀塞进她手里，她盯着刀子，仿佛头一次见到这种东西。

她看到一个人坐在地上，摆弄着血淋淋的袖子，嘴里骂骂咧咧，胡子上沾着血，斧头吊在手腕上。她看到一个人踩踏另一个人的脑袋，一而再，再而三，疯狂的咆哮伴着溅射的血点。"你能保住我的腿吗？"一个小伙子哀声讨饶，黄色的头发被雨水淋湿，褴褛的裤子已经发黑。还有一个人语无伦次地念叨着什么，锁甲拉起来，露出一道小小的割伤，盈满鲜血，医师擦了又擦，但血流得太快了，根本止不住。

随着某种奇异的呻吟声，在那丛漂亮野草生长的破墙附近，盾墙终于支撑不住，瑞卡看着黑手卡尔达的人涌进要塞。

一小撮人，盔甲上水光闪烁、遍布泥点。一部先锋，兵器寒光四射、张牙舞爪。一把尖刀，战嚎声声，带头的家伙头盔涂成金色，画着绿树的盾牌满是刻痕和凹陷。他高举斧头,杀向瑞卡。

她完全可以逃跑,但也许她厌倦了逃跑。也许疯劲上头了。她不假思索地摆开架势,龇牙咧嘴,拿着小刀迎战。

一声狂叫传来,他猛地扭转身子,只见艾森从破损的台阶上单腿一跃,矛尖越过盾牌上方,直击他的下颔,在喉咙上破开了一条大口子。他踉跄两步,鲜血泼洒,把盾牌的绿树染成了红树,然后双膝一软,摔了个狗啃泥,涂金的头盔掉下来,滚到瑞卡的两脚之间。

她看到摆子边吼边砍,边砍边吼,金属假眼闪闪发光。她看到红帽子一箭又一箭地射向敌阵。她看到那些熟人——有的与父亲关系密切——善良的人,温柔的人,却在高声唾骂,举着盾牌推挤,手握剑和斧疯狂劈砍。

黑手卡尔达的先锋小队遭到迎头痛击,然后被团团包围,一个接一个地倒下,被长矛刺穿,被盾牌推翻,被踩在地上。仅剩一个人高马大的战士,身披严重磨损的板甲,一把巨斧舞得虎虎生风,咣当作响地挡开刺向他的长矛。

然后有个农兵咆哮着扑到他背后,箍住他的喉咙,拿刀猛刺。又有人冲上前去,劈砍他的下盘,他顿时单膝跪地。继而他们一拥而上,奥克塞尔双手握剑,仿佛拿着一把锄头,凿破他的头盔,凿开他的头骨。

她看到艾森,舌头抵着缺牙的豁口,刺死了一个又一个痛不欲生的战士。有人爬向瑞卡,满脸泥巴,嘴里嚷个不停,摆子一脚踩住他的脖子,挥剑削去了天灵盖。

这次突袭的结果就是一堆死人,一切英勇化为乌有,但黑手卡尔达的人依然从四方八方压上来。在长矛的惊涛骇浪之间,她看到钉子在城墙上挥舞斧头,血迹斑斑的面孔狰狞可怖,同时在尖声狂笑。"杀了这帮杂种!杀了这帮杂种!"

箭矢呼啸着飞过，打斗声好似冰雹砸在铁皮屋顶上。瑞卡此刻看到的是残影，闪现在战斗中、杀戮中和死人堆里。人的残影在战斗、杀戮和死亡。或许是早已结束的战斗，或许是尚未发生的战斗，她背靠柱子滑下去，坐在泥巴里，小刀脱手，掉进土里，她瑟瑟发抖，紧紧闭上刺痛的眼睛。

利奥站在山顶，双手不自觉地握紧又松开。

这是他见过的规模最大的战斗。奥斯仑战役之后，在北方发生的规模最大的战斗，母亲常说她就是在奥斯仑怀上他的。

安格兰发起第一次冲锋时，日暮的盾墙一度扭曲变形，看样子几近崩溃，但终于挺了下来。更多北方人前来支援，把安格兰人推回了红色丘陵的山脚。此时整个谷地都杀得天昏地暗，震耳欲聋的铮鸣在山间回荡，桥的一头堆满尸体。

要是这时候狗子带人从峡谷对面杀过来，一切就结束了。日暮的人就会被夹击，腹背受敌，一个不落地被俘虏。也许他们甚至可以俘虏魁狼本人，让那个杂种跪下。

但狗子没有出现，山头上欢欣鼓舞的军官们有所收敛，继而忧心忡忡。

"狗子去哪儿了？"利奥的母亲喃喃道，峡谷另一面的废墟在越来越大的雨势中若隐若现，"他该出击了。"

"是。"利奥说。他说不出更多话来。他口干舌燥。

"这该死的雨，什么都看不清了。"她焦躁不安。

"是。"利奥说。他是行动派。干坐着看别人拼命，对他来说是一种折磨。

"要是他还不过来……"

他们当然都知道后果。日暮的一部分农兵正在奔赴战场。要是狗子不马上出现，他们有可能包抄侧翼，届时联合王国的阵线势必崩溃。

一名骑手快马加鞭地冲上丘陵。是个北方人,火急火燎,一身尘土。

他从马鞍上溜下来,利奥的母亲大步上前。"狗子怎么回事?"

"黑手卡尔达从树林里冒出来了,"他大口喘气,"我们只能勉强守住废墟。我们腾不出手管这边。"

一个军官咽了口唾沫。另一个军官低头盯着峡谷。还有一个军官垂头丧气,好似被扎破的酒囊。

"黑手卡尔达应该还有一天的行程。"利奥的母亲瞪大眼睛,轻声说道。

"他耍了我们。"利奥低声说。他们踩进了自己设的陷阱,寡不敌众,失败在所难免。他望着小桥的方向。他应该去那里,打出赫赫威名,谱写明日之歌。他可以力挽狂澜。他知道自己可以。

策略失败了。是时候战斗了。

"我们必须派出后备军。"他走到母亲身边,不是埋怨,也不是讨饶,单纯的事实而已,"别无选择。我们犯了错。"

她皱眉俯视山谷,沉默不言,太阳穴持续跳动。

"要是我们撤退,狗子就落到黑手卡达尔手里了。我们只能战斗。"

她闭上眼睛,沉默不言,双唇死死地抿成一条线。

"母亲。"他轻轻地按着她的肩膀,"也许战争从来都是更聪明的人才能赢下的,但只有勇气才能赢下战斗。时候到了。"

她睁开眼睛,深吸一口气,又吐了出来。"去吧。"她说。

简单两个字仿佛在利奥的肚子里点了一把火,烧得他浑身发痒,从发根痒到脚趾尖。他转过身,感到灿烂的笑容在脸上绽放。"朱兰!"他大喝一声,激动得嗓音震颤,"我们上!"

朱兰出现了。"遵命,长官!"然后他快步走向坐骑。

"利奥?"

他闻声扭头。母亲握着双拳,身影映着灰暗的天空。

"给我狠狠地教训那帮杂种。"她吼道。

✡

"上啊!"斯达喊道,他居然不戴头盔,在克洛弗看来简直荒唐到没边了,但反过来说,要是别人看不到你长啥样,战后他们又如何宣扬是谁做出的英雄壮举呢?"我要拿下那座桥!"魁狼大吼,湿发贴在额头,牙齿龇得真像一匹狼,"那座该死的桥是我的!"

此时场面一片混乱。斯达的亲锐们勉强把联合王国的人压在山脚,盾墙弯曲得厉害,随时可能崩溃。但他们终究压制了对方,整个峡谷杀声震天,桥头激战最酣,利奥·唐·布洛克的金色旗子在屠宰场上空飘扬。那是斯达抵挡不了的诱惑。

"我去对付那个杂种!"他嚷得唾沫横飞,"我要切了这头幼狮,从卵蛋切到喉咙!"

那座桥在克洛弗看来完全不值得拼命。要不是因为雨水持续一周,你都不用上桥,蹚过去都不必湿脚。他放慢了步子。让斯达和那些年轻气盛的小公狗冲在前头吧。他打过的仗够多了。愣头青们也该动点真格,付出点代价,学到点教训了。

他停下脚步,双手撑着膝盖,背后却有人推了一把,差点把他推了个狗啃泥。他猛地转身,正要破口大骂,但看见对方的瞬间立刻满脸堆笑。

"马格韦尔!"他的表情甚至比平时更狂暴,仿佛克洛弗不是歇口气,而是睡他的母亲被抓了现行,"我还以为你跟那帮狂热分子冲在前头,为你的显赫名声铺路呢。"

"看来我得盯着你,"马格韦尔吼道,"督促你参战,你这个老不死的软骨头!"

"软骨头也是人,懂得对刀剑抱有基本的敬畏,"克洛弗摆摆手让他冷静下来,"战场上没有战士的用武之地。"

"你他妈的说啥呢?"马格韦尔唾沫飞溅,身上的武器撞得叮当作响。

"施展不开呀。点背冤死的比拼剑拼死的多多了。上去推推搡搡、哼哼唧唧,全都因为几里路开外、几个钟头之前某些人拍了板,而你再也见不着他们了。你的问题在于你对生活是啥样有自己的想象,可惜生活根本不是你想象的样子。"马格韦尔的嘴巴扭来扭去,试图反驳,但克洛弗弯腰从草丛中捡起一支箭,成功地让他闭嘴了,这东西看着唬人,箭头带有倒钩,雨水闪着寒光,"我来演示演示我说的啥。想象一下,这么个玩意扎到你身上。"

马格韦尔气得要命,嗓音变得尖厉刺耳。"正儿八经的战斗怎么会——"他的眼珠子鼓了出来,克洛弗一手抓着他的肩膀,一手把弩箭插进他的喉咙,力道很重,速度很快,箭头从颈后冒了出来。

他双膝一软,克洛弗将其扶住,轻轻地放在地上。他东张西望,谁都没有注意到这里的情况。毕竟人死在战场上不是什么稀罕事。马格韦尔在身上摸索着,企图从无数的刀子中摸一把出来,但被克洛弗抓住了手,抓得很紧。"我警告过你。"他悲哀地摇着头说,马格韦尔瞪着他,鼻孔直冒血泡,"战场是危险的地方。"

克洛弗抓着血淋淋的锁甲,把马格韦尔扛上肩膀,换上一副惊魂未定的表情,快步走向后方。老实说也没多快。他已经很久没有扛着人走路了。走了几步他就喘得厉害,尤其马格韦尔身上还挂了那么多武器。这正好说明,要是对手先出招,你带多少把剑意义都不大。

他吃力地踩着泥巴,远离战斗愈加激烈的小桥,远离横贯峡谷的超长盾墙,与面色铁青的亲锐逆向而行。弩箭持续不断地从高处飞落，星星点点地撒在草丛中。

克洛弗紧咬牙关，顶起肩上的马格韦尔，感到温暖的血浸透了衬衫。他走啊走，爬上山坡，路过一个战争首领正在鼓动手下们出力拼杀。他走啊走，路过两个人用担架抬着一个哀声连连的伤兵。他走啊走，仿佛世界上最重要的事就是挽救这个中了箭的可怜小子。死者在上，太他妈费力了，但他还是走啊走，一路走向农场，吊在树上的四具尸体依然摇荡。

伤兵都被安置在农舍边，呻吟声、呜咽声和呼叫声不绝于耳，有要水喝的，有求解脱的，还有喊妈妈的。伤兵的一切需求都在这里了，无非那么几样。此时此地，赞颂荣耀的歌谣苍白无力。克洛弗真希望马格韦尔死前能看到这一幕场景。也许能有所启发。但他又觉得不太可能。一般来说，人只能看到自己希望看到的。

他从肩上抬起马格韦尔，放到湿漉漉的草地上，那里有个医师正在忙活，整只前臂都染得血红。她飞快地瞟了一眼。"他死了。"

这对克洛弗来说不算出乎意料。既然他选择捅对方一下，那就得确保不需要再补一下，再说他已经熟能生巧了。但他还是假惺惺地扮上了悲哀和震惊的表情。

"真是遗憾。"他双手叉腰，摇头感叹无力回天，"太可惜了。"

话说回来，任何场面他都见过十次百次。

他活动着酸痛的后背，皱眉望向来时的路。战斗依然激烈，隔着雨幕朦胧不清，谷地杀得血流成河。

"妈的。"他擦去额头上的汗水，"等我赶回去，我敢说仗都打完了。"

医师没有回应。她忙着照顾另一个伤兵，此人的肩膀被砍得血肉模糊，鲜血顺着无力的手臂淌个没完。

克洛弗找了块石头坐下，尚未出鞘的剑搁在边上。"我还是待在这里的好。"

42 恩怨未了
Settle This Like Men

利奥把皮带牢牢地缠在手腕上,紧抓斧柄,转身面对后方的骑兵,雨水拍打着他们的盔甲和坐骑濡湿的皮毛。他高举战斧。

"为了联合王国!"他吼道,不少人点头应和,"为了国王!"国王陛下最近不怎么得人心,"为了安格兰!"总算有了像样的回应,硬气的咆哮,愤怒的叫喊,护手握成拳头敲打盾牌的咚咚声,"为了你们的妻儿!"他按着朱兰的肩膀,踩着马镫起身,让所有人都感受到他燃烧的怒火、狂热的渴望和无与伦比的喜悦,"为了你们的荣誉和骄傲!"众人高声欢呼,头盔在潮湿的空气中冒着蒸汽,刀剑直指天空,"为了报仇雪恨!"吼声震耳欲聋,马蹄踢踏泥土,所有人拥上前来,蓄势待发。

"为了利奥·唐·布洛克!"格拉沃德举起拳头,身姿魁梧,好似传说中的骑士,"为了幼狮!"

欢呼声到达了顶峰,利奥只能报以微笑。他的名号和他本人一样能鼓舞士气。

"前进！"他拉下面甲，一夹马肚子。

一开始他们只能缓行，顺着小路离开村子，路上布满车辙，盈满雨水的洼地被马蹄踩得稀烂。巴纳瓦与他齐头并进，面甲没有拉下来，利奥能看到那张脸上洋溢着渴望的笑容，快快不乐的情绪一扫而空。利奥也笑着催马前进。前进，去最前线，去领袖该去的地方。

此刻马儿开始小跑，身边换成了安塔普，他伏在马背上随之起落，另一边是白水吉恩，红胡子格外惹眼。前方的峡谷在雨中灰蒙蒙的，河流和两侧的丘陵随着利奥的坐骑忽高忽低。桥在中间，两头挤满了人，长矛纠缠如麻。

他笑得更灿烂了。朱兰跟了上来，他此刻无所不能。他终于摆脱了枷锁！他终于能够掌握自己的命运。在传奇故事中开辟自己的篇章。正如哈罗德大王，还有坚毅王克什米。以及血九指。

战马加快了速度，跑得更加颠簸，蹄声如雷，安格兰最优秀的战士们紧随其后。不过得承认，这场战斗不适合骑兵发挥。

联合王国的军队已经抵挡不住。他们被迫退到河岸，逐渐溃散，失去斗志的士兵抱头逃窜。亲锐在战吼声中蜂拥过桥。

利奥策马掠过落荒而逃的安格兰人，杀向一个追上来的北方人。对方本来咧嘴大笑，露出一口黄牙，眼见利奥逼近，惊得瞠目结舌。他转身就跑，结果脚底一滑，摔倒在地，猎人转眼变成猎物。不等他挣扎着爬起来，利奥的斧子砍在他背心处，让他一头栽进泥巴。

利奥发出胜利的欢呼，在雷鸣般的马蹄声和掠过面甲的风声中，他听见安塔普尖声喊叫。他挥斧劈向一个亲锐，对方闪身避开，他一击不中，伏在马鞍上砍向另一个家伙，将其打翻在泥地里。

一切简单明了。没有难挨的焦虑，没有恼人的挫败，没有虚掷的光阴。只有绝美而可怖的当下。

"前进！"他狂吼，其实纯属多余。骑兵们不向前冲还能去哪儿？

北方人的一部分骑兵过了桥，正在艰难推进，他策马杀去，一个慌不择路的亲锐被他撂翻，随即被巴纳瓦的马蹄踩了个正着。

他一头撞进惊魂未定的敌方骑兵之中，他的坐骑高大得多，而且训练精良，轻而易举地劈开一条血路，犹如一把锋利的犁铧犁过松散的土地。手臂传来一阵爽快的震颤，他的斧头敲中一个北方人的头盔，后者旋转半圈，鲜血四溅，然后重重地撞在马脖子上，坐骑步履踉跄地歪向一边。

利奥扭身转向，嘴里不住地咆哮和唾骂，头盔充满灼热的气息。他砍飞了一面盾牌，然后猛砍躲在后面的家伙，劈开对方的肩头，将其打下马鞍，锁甲上的铁环混着鲜血纷飞如雨，继而他又猛砍那条卡在马镫里的腿，砍出一道深深的伤口。

一柄长矛呼啸着刺中利奥的盾牌，他顺势抓住长杆，与之角力，骂得唾沫横飞。他起身直立，抡圆了斧头，狠狠地劈下来，随着一声闷响，对方的头盔瞬间凹陷。

他一甩斧头，反手攻向一个胡子上编着银环的骑手，却砍了个空，两人陷入缠斗，他持盾的那只手迅速出击，打得对方仰面后翻。他活着就是为了这一刻！他活着就是为了——

"嘎！"他的斧头拔不出来了，"操！"斧刃卡在马鞍的绑带里，被拖到一边，他的身子也跟着歪斜，"妈的！"他企图挣脱斧头的挂绳，但系得很紧，而且战前反复确认过。他被拖向后方，脚脱离马镫，腿扭成奇怪的角度。他摔了下来，顿觉天旋地转，倒在身边的战马正在扑腾，狠狠地给了他的头盔一蹄子。

他头晕目眩地滚到一边，头盔里涎水横流。他翻身趴在地上，甩开手臂上的盾牌，专心对付缠着手腕的皮带，又拉又拽，但戴着护手格外笨拙。好比戴着手套做针线活。有什么东西震得耳朵嗡响——或者，他一直在耳鸣？

他的手腕终于挣脱出来，整个人差点仰面翻倒。胡子编有银环的骑兵就躺在不远处，手握钉头槌，一条腿被压在坐骑身下。

"杂种！"对方操着北方话大骂，"杂种！"他挥起钉头槌打向利奥，但根本够不到，利奥摇摇晃晃地爬起来。一匹战马呼啸而过，踢起的泥土溅到他身上。他发现自己两手空空。剑！拔剑。

他慌忙抓住剑柄，使劲晃了晃脑袋，试着恢复神志。剑出鞘时当啷作响。他歪歪扭扭地刺向骑手，却错失了目标，插进土里。

"杂种！"对方的钉头槌打中利奥的腿，但绵软无力。他甚至感觉不到疼痛。

利奥的眩晕感有所缓解。这一次他瞅准了，剑刃插进北方人的胸膛。对方一下子坐起身来，长长地吐了口气。吐噜噜。呼哧带喘，很是滑稽。利奥抽出剑，骑手倒了回去。

他已经辨不清方向，从歪斜面甲的目窗望出去，只有一团模糊。该死的头盔肯定被马蹄踢变形了。他头疼。有点喘不过气。他摸索着解开搭扣，摘头盔摘到一半卡住了，但终究还是拧了下来。

冷风仿佛一记耳光，打在他汗津津的脸上，世界激涌而来，战嚎惊天动地。

"利奥！"有人抓着他的手臂，他差点挥剑反击，然后发现是巴纳瓦，没有骑马，浑身泥浆。到处都是死马。死人。伤兵。断裂的武器。利奥晃晃悠悠地弯下腰，捡起一面盾牌。亲锐的圆盾。他挽上绑带。一个北方人爬过泥地，背后插着半截长矛。利奥切开了他的脑袋。

"整队！"他大喊，却不知道谁能听见，不知道除了他和巴纳瓦，还剩多少人可以整队。无关紧要。他们可以一起上。他也可以单干。

雨势越来越大，大颗雨滴打在他盔甲上乒乓作响，里面的衬垫被浸湿了，沉重冰冷如铅块。"上桥！"他朝着想象中的方向艰难迈步，相信弟兄们会跟上来。他不想再撤退了。

他看到了自家的旗子。白底金狮。湿漉漉地垂落在桥头。还有日暮斯达的旗子。灰底饿狼。淋着雨耷拉在桥的另一头。狮子和狼在血之决斗圈里恶战，狮子赢了。

利奥龇着牙齿前行，脚底嘎吱作响，无数双靴子来来回回，早已把泥地踩烂。这里的战斗最为激烈。到处都是尸体。敌我双方都有。不动的人，在动的人，爬行着，哭喊着，抓挠泥土，抓挠自己。利奥经过他们，跨过他们，紧咬牙关，忍着头疼，毅然走向桥头。

"利奥！"巴纳瓦一把抓着他，挡在他身前。有什么东西发出啪嗒声。一支箭。又一支箭从巴纳瓦的肩甲处弹开，还有好几支飞进草丛。有人应声倒地，双手掐着脖子。利奥从盾牌边张望，发现有长长一排弓手跪在桥的前方，正在搭弓上箭。

巴纳瓦突然一屁股坐到地上。"罗。"他的舌头不大利索。

他脸上冒出了一支箭。在眼睛和鼻梁之间的凹处。这个样子很荒诞。像是玩笑。像是一个小孩用手臂夹着木剑，侧着身子让你看。我中剑了！我中剑了！

然而这不是玩笑。巴纳瓦的眼白变成红色。被血染红。

他颓然倒下，被利奥扶住了。"勒。"他血红的眼睛骨碌碌转动。另一只眼睛微微斜着，朝向插在脸上的箭杆，一脸困惑和惊讶。

"呃。"鲜血从箭伤处流下来，流过脸颊，像红色的眼泪。

"巴纳瓦？"利奥问。但他不动了。

"巴纳瓦？"他死了。

利奥麻木地起身。更多箭矢随着雨滴落到四周。他举起剑，怒气冲天。

"杀！"他吼道，但发出的只是癫狂的喉音。后面有人咆哮。格拉沃德，吉恩，还有朱兰，都发出了战嚎和狂叫。他们跑了起来。一支箭飞过。另一支打在利奥的胸甲上。

"混蛋！"他骂得唾沫飞溅，"混蛋！"他脚底一滑，扑在地上，啃了一嘴野草，差点被自己的剑伤到。他爬起来接着冲锋，扔掉顺来的盾牌，双手持剑。

他看了一眼河水，漂满了尸体。步步进逼的途中，他又看了一眼那些弓手。有的年长。有的年轻。一个戴着皮兜帽。一个有浓密的红色卷发。一个因为旧伤，面部扭曲变形。此人正从箭袋里抽出一支箭来，看到利奥踏着沉重的步伐迎面冲来，他犹豫片刻，扔了箭转身逃跑。卷发从区区几跨开外射了一箭，但惊慌之下手忙脚乱，箭打着旋儿飞上半空。

他喘着粗气，缩头缩脑地躲剑，不料利奥侧身一撞，把他顶翻在地，然后大开杀戒，满耳都是他们的惨叫和疯言疯语，还有自己的怒吼、刀剑和肉体冲撞撕裂的巨响。

"去死！"耳边传来格拉沃德的吼声，"去死！"

弓手们未着盔甲，利奥劈砍他们就像屠夫切肉，切得皮开肉绽，血如泉涌。一个人惨叫着倒地，腹部洞开。另一个人企图以弓挡剑，利奥砍断了弓，顺带着砍断了那只手臂，但他也跟跄着失去平衡，撞在安塔普身上，后者用长矛刺死了一个躺在地上的家伙。他跌倒在地，打了个滚，发现一个弓手持刀扑上来，于是笨拙地抬起胳膊招架，但那个弓手被一把巨大的钉头槌打得飞出了视野。是白水吉恩，他抓着利奥的手腕，拽了起来。

弓手们不是跑了就是死了，或者落水挣扎，利奥跌跌撞撞地走向桥头。

有人捂着肩头慌忙躲闪，指间鲜血汨汨流淌，利奥一剑拍向脑门，打得对方四仰八叉，然后踩了过去。

此刻他的胸口仿佛着了火，手脚失去知觉。每一步都艰辛无比。

上桥。他感到石板湿滑，满是泥泞和血浆，绵绵不绝的雨水更是雪上加霜。

桥上有亲锐忙着组织盾墙。一个有外号的北方人，肩头围着狐狸皮，一根粗大的手指直戳利奥的方向。利奥不像是冲过去的，而像是一头栽过去的,无力的劈砍被对方的盾牌挡开,毫无杀伤力。他的下巴撞在盾牌边沿,嘴里满是腥咸的血味。

北方人蹒跚着退了一步,但没有倒地,两人狼狈地抱在一起,脚步错乱,大呼小叫,死缠烂打,你拿肩膀撞,我拿手肘顶,与此同时,周围的人也打成一团。

利奥的耳朵里充斥着北方人急促的喘息,尖厉如嗾哨,他吃力地闷哼着,使劲扒拉对方,满嘴都是湿漉漉的皮毛。他的剑不知被什么缠住了,完全挪不动。他换手拔出匕首,胡乱捅刺,结果徒劳地在锁甲上打滑。没有空隙。不能呼吸。没有力气,匕首脱离掌握,掉进泥地。

两人搂抱着缓缓绕圈,撞上栏杆,利奥终于找到空隙,一口气把护手顶到北方人的下颌,铁拇指抠着嘴巴,然后用力塞进去,这样一来,他便抓住了对方的脸颊,顺势扯烂嘴唇,撕破脸皮,北方人惨叫着,猛掰利奥的手腕,剑随之脱手。利奥怒吼一声,拼尽全力把他推开,挥拳打在他脑门上,鲜血喷了自己一脸,还有什么东西飞了出去。兴许是一颗牙齿。那人摇摇晃晃地翻过爬满苔藓的栏杆,掉进水里,与其他尸体做伴去了。此时河里已被鲜血染红,尸体多得不像话。没有尸体,哪来的荣耀。

利奥重重地趴在地上,抓到剑柄的同时抓了一手泥巴。他单膝跪地,呻吟着爬了起来,晃晃悠悠地扒着湿滑的石头,浑身上下每块肌肉都在喊疼,喘息声异常沉重,活像一条上钩的鱼,只能坐以待毙。

"必须……撤退。"说话的是朱兰,上气不接下气。他没了头盔,脸上血迹斑斑。他抱着利奥,半扶半靠,"带你去安全的地方。"

"不。"利奥吼道,他死死地抓着朱兰,湿淋淋的盔甲相互刮擦,然后他用力挣脱开来,继续前进,"我们接着打。"

大雨倾盆,哗啦作响,水花飞溅。前方空荡荡的,拱起的桥面到处都是插着箭矢和长矛的尸体,有趴在栏杆边的,有靠在栏杆前的,有挂在栏杆上的。桥的另一头,北方人云集在狼旗之下。

那帮家伙和利奥一样,满身泥泞和鲜血,个个龇牙咧嘴,但已经累得拿不起武器了。他们隔着雨帘笼罩的小桥,你瞪着我,我瞪着你,利奥和朋友们在桥的这头,那些有外号的北方人在桥的那头,其中有个人高马大的家伙,面相凶恶,被雨水淋湿的长发贴在脸上。

"利奥·唐·布洛克!"他大喊一声,湿漉漉的双眼杀气正烈,从他的佩剑、腰带和盔甲的金饰上,利奥知道了他的身份。

"日暮斯达!"利奥龇着牙齿吼了回去,唾沫横飞。他企图冲上去,却被朱兰拉住了,或者说扶稳了,此刻唯有怒火强撑着利奥的膝盖不至于发软。

"我们的恩怨不在战场上了结!"日暮咆哮。

此话不假。他们全都精疲力尽。红色丘陵在雨幕中模糊不清,依稀可见联合王国的军队正在后撤,但斯达手下的北方人并未穷追不舍,雨水把整个战场搅得一团糟。

斯达只身来到一众勇士前方,昂首挺立,血淋淋的剑指向桥的另一头。"我们以男人的方式了结恩怨!决斗圈见!你我一决胜负!"

利奥根本不在乎什么方式。他所渴望的只是跟这个混蛋打上一场。赤手空拳地撕碎对手。活生生地咬死对手。

狮子和狼在血之决斗圈里恶战,狮子赢了。

"决斗圈见!"他冲着雨幕狂吼,"你我一决胜负!"

第三部
Part · 3

A LITTLE HATRED

"爱,纵有些许包容,也将转变为冷漠或厌恶;唯有恨是永恒的。"

——威廉·黑兹利特

43 诉求
Demands

福里斯特走进来,头戴那顶标志性的皮帽,还有标志性的冷峻表情。他摘了帽子。表情没变。"破坏者们即刻就到,殿下。"

"好,"奥索咕哝道,"好。"他老是言不由衷,如果能改掉这个毛病就好了。老实说,想到破坏者即将出现,他的酒瘾就上来了。然而拂晓时分对和谈来说可能太早,喝点小酒什么的也不是时候。他忧心忡忡地吁了口气。

一位当地的显贵人士提供了自家餐厅作为谈判场所,虽说餐桌擦得锃亮,但奥索发现椅子坐着特别不舒服。也许是参与谈判这件事让他不舒服的。也许不管他承担什么责任都不舒服。他坐立不安,第一千次抻平外套。在安全无虞的阿杜瓦,同样一件外套非常合身,但此刻他总觉得领口太紧。他凑近派克主审官,抱歉地笑笑。

"我觉得有备无患,等他们来了……你唱黑脸?"

派克那吓死人不偿命的瞪视投向奥索。"因为我的烧伤很可怕?"

"主要是因为你一身都是黑的。"

派克的面部肌肉微微抽搐,近似于微笑。"别担心,殿下,我扮演这种角色还是有经验的。要是我演得太过了,请随意呵斥我便是。我就指望您在咱们这出戏里扮演英雄人物了。"

"我希望能说服他们,"奥索咕哝着,又抻了抻外套,"以前的排练机会我都错过了。"

大门打开,破坏者们闯了进来。奥索凭着丰富的想象力,总以为他们是满手鲜血的狂徒。如今打了照面,发现只是普通人而已,不免有些失望,也许应该说如释重负才对。

带头的是一个体格壮实的老男人:虎背熊腰,手掌宽大,眼睑低垂,视线直勾勾地落在奥索身上,再也不挪窝了。跟在后面的家伙脸上有伤疤,目光飘忽不定,神经兮兮地环顾四周,从窗户、房门到墙边的几名卫兵,不跟任何人对视。最后进来的是个女人,外套脏得要命,长发蓬乱不堪,奥索没见过眉头比她皱得更凶的。她的蓝眼睛饱含难以消解的轻蔑,多少让他想到了自己的母亲。

"欢迎诸位!"他在豁达大度和不怒自威之间寻找平衡,但终究还是落入软弱可欺的窠臼,"我是奥索王太子,这位是福里斯特上校,他指挥的四个军团已经包围瓦贝克,这位是——"

"派克主审官,早有耳闻。"老人一屁股坐在居中的椅子上,皱着眉头说。

"但愿传的都是好话。"派克轻言细语,却杀气腾腾。虽说他是自己人,但奥索还是感到脖颈发凉。在唱黑脸这方面,此人绝对是行家里手。

"我的名字是马尔默。"年长的破坏者说道,他的嗓音和体格一样厚实,每个字的发音都很讲究,犹如石匠师傅仔细放置每一块石料,"这位是赫伦兄弟,在令尊的军中服役十多年。"他点头示意疤脸男,然后点头示意冷若冰霜的女人,奥索每呼吸一次,她鄙夷的力度似乎都增添一分,"这位是托伊费尔姐妹,在令尊的流放营生活了十多年。"

"幸会。"奥索试探着打了个招呼,并不指望回应,但派克已经身体前倾,紧抿嘴唇。

"对联合王国王太子说话,你们应该敬称——"

"好了!"奥索抬手制止,派克像一条听话的猎犬坐了回去,"少说几个字罪不至死。我热切地希望任何人都不用死。我听说……你们手里有人质?"

"据上次清点,有五百四十八人。"那个叫托伊费尔的女人咬牙切齿地说,仿佛面对着不共戴天的仇敌,痛痛快快地出了口恶气。

"但我们最想要的结果是释放他们。"马尔默说。

奥索恨不得直接问瑟雯是否在其中,然而哪怕谈判经验不足,他也知道这样做只能害了她。他必须沉住气。必须停止用下半身制造新的灾难,这一次得用脑子。"你们愿意释放他们?"他问。

马尔默悲伤地笑笑,皮革般的鱼尾纹皱得更深了。"恐怕我们有些诉求得说在前面。"

"王室不跟叛徒谈条件。"派克斥道。

"好了,先生们,好了。"奥索再次抬手制止,"先不要忙着追责,专心协商一个各方都能受益的法子。"他的回应相当老练,甚至出乎自己的预料。也许他处理这种事情的能力不算太差。"请务必说出你们的诉求——"

自鸣得意的快感稍纵即逝,托伊费尔扔来一张折起来的纸条,它掠过光滑的桌面,落到他膝间。他皱着眉头将其展开,以为是一篇极尽辱骂之能事的血书。

然而纸上只有细小而整齐的字迹,落笔相当慎重。

不要惊讶。假装您正在阅读诉求清单。我是您的朋友,现在做做样子而已。

奥索大感意外，不禁瞥了女人一眼。她眼里的愤怒比之前更甚，眉头皱得沟壑丛生。

"您认字吧，殿下？"她嘲笑道。

"我少说气死了十几位老师，但母亲非要我学。"奥索低头看着纸条，假装读得懵懵懂懂。这种事他做起来不太费力。

里辛奥主审官是此次暴动的主谋，但在您驾临之前，他和焚烧者一起逃出城了，他们应对绝大多数死亡和破坏负责。如今马尔默算是管事的。他人不坏。他不希望人质受到伤害。他主要关心的是平民，包括破坏者及其家人的安全。他有诉求，但已没有退路。城里食物匮乏，秩序崩塌。

这个消息来得出乎意料，但至少有其价值，不过奥索依然不动声色。他仿佛一个抽到好牌的赌徒，现在要做的就是从其他玩家身上赚到尽可能大的赌注。

马尔默明知自己没有拿来谈判的筹码。若您过于慷慨，他必起疑心。他当初害怕您直接攻城。如今他害怕您围而不攻，饿死城内的破坏者。他以为您傲慢自大、谎话连篇。我建议您谈判时坦诚相待，尊重有加。力求和平解决问题，莫放狠话。但要坚定拒绝一切诉求，让他清楚您的强大定力。若您能特赦破坏者，我相信他愿意献城投降。他知道这个结果已经远超预期。

破坏者的诉求写在下面：修改劳工法，调整工资和粮价，改善公共卫生和住房条件。全是奥索搞不大懂的事情，哪还谈得上同意不同意。

派克主审官举起严重烧伤的手。"我能说两句吗,殿——"

"不行。"奥索折起纸条,指甲沿着折痕刮了一道,然后塞进外衣的内兜。

然后他微微一笑——微笑永远是他的开场白——倾身凑近马尔默,仿佛在跟老朋友促膝谈心。仿佛双方的协商与数千人的身家性命无关。

"马尔默师傅,我认为你诚实可靠,所以我也愿意诚实以告。对我来说,随口画个大饼不难,但我不希望羞辱你。事实上,内阁无心谈和,就算我同意了你们的全部诉求⋯⋯"他摊开双手,他用同样漫不经心、爱莫能助的姿势面对过被抛弃的情人、懊恼的债主和出离愤怒的执法官员,"我是王太子。我父王和他的顾问拒不兑现我的承诺,我一点办法都没有。坦率地说,我觉得这正是他们派我来的原因。坦率地说,我觉得⋯⋯你们很清楚这一点。"

"那我们有什么好谈的?"赫伦厉声反问。

福里斯特扭曲着那张疤痕累累的面孔,扮出更加冷峻的表情。"军队随时可以进城,只等您一声号令,殿下——"

"我们最不希望的就是继续流血,福里斯特上校。"奥索抬手以示安抚,他受够了这个手势,"我们都是联合王国的人。都是我父王的臣民。我不相信我们找不到一个和平的解决办法。"

他或许没怎么参与过释放人质的谈判,但在获取他人信任方面下了不少功夫,无论在赌场、闺房,还是在放债的店铺,他可以借鉴的经验数不胜数。他换上缓和的声调、缓和的表情,一切都缓和下来。他攥住马尔默的目光,浑身散发着同情的气息。

"据我所知,这个不幸局面的始作俑者是⋯⋯里辛奥主审官。但他却不来参加谈判。也许因为风险增加,他失去了当时投身这份事业的激情?"马尔默那张冷漠的面具是不是有所触动?"那种货色我见多了。老实说,我照镜子就能见到。那种胡闹一气,让别人去收拾烂摊子的家伙。"

令他失望的是,没人为他辩护,但也没人为里辛奥辩护。

"我理解这种……"他怜惜的目光依次投向对面的三人,"替人背锅的糟心感受。我明白诸位之所以还在城里,是主动选择留守,尽力挽救危局。酿成此次大祸的始作俑者必被绳之以法,我向你们保证。"

"毫无疑问。"派克嘶声附和。

"但我无意让你们为那帮家伙犯下的罪而受罚,"奥索说,"我关心的——唯一关心的——是瓦贝克男女老少的安危。全城民众的安危,无论他们忠于谁。我可以把你们的诉求转交父王。我可以把你们的诉求转交内阁。但是,说到底,我们都很清楚,我不能保证你们的要求得到满足。"奥索深吸一口气,又长长地叹出来,"不过,我可以……赦免你们。赦免每一个破坏者,只要在明天日落之前缴械投降,以及释放全部人质,确保他们毫发无伤。然后城里马上就能获得粮食补给。"

"殿下,"派克插嘴,"我们不能允许叛徒——"

奥索抬手制止他说下去,双眼依然盯着马尔默。"否则,我只能命令福里斯特上校把你们围得死死的,不准任何人和物资进出。我重新排过日程表,多长时间都可以等。等你们投降的时候——投降是必然的——谈判的对象就不是我了,而是派克主审官。"

不必说,在主审官那张烧毁的脸上找不到一丝温情。马尔默缓缓坐直身子,神色肃穆地端详奥索。"我们凭什么相信您的保证?"

"我可以理解你们的疑虑。但考虑到实际情况,我相信这份提议相当慷慨。我很清楚这是你们所能得到的最好结果。"

马尔默看了看赫伦,又看了看托伊费尔。两人面无表情。"我需要跟他们商量。"

"当然。"奥索站起来说。马尔默起身时,他把手伸过去。年长的破坏者沉默片刻，然后张开巨掌将其包裹。

奥索用力握了握。"但我必须在今天日落前得到答复。"

"如您所愿。"马尔默久久地端详着他，"殿下。"他迈着沉重的步伐离开，那位神经兮兮的朋友紧随其后。托伊费尔起身时，椅子在瓷砖上刮出刺耳的响声，她轻蔑地横了一眼奥索，留下一个背影。大门关上了。

"干得漂亮，殿下。"派克主审官扬起无毛的眉头，隐隐流露出一丝讶异，怎么能怪他呢？十年以来，奥索可是一步一个脚印地降低外界对自己的期待，"相当老到。"

"我必须承认，有人帮了很大的忙。"奥索掏出那张诉求清单，"那个臭着一张脸，比锄头还凶的女人。"

原来奥索的谈判策略全都整整齐齐地写在纸上，派克看得直眨眼。"她应该就是审问长安插在城里的内线了。"

"我想不出还有别的解释。看样子她在破坏者当中地位不低。"

"佩服。"派克皱眉望着大门，"能不能谈成，就取决于她对形势的估计了。"

"的确如此，主审官。"想到瑟雯，奥索有点担忧。她孤孤单单地困在城中。是人质，还是尸体？他不由得愁眉苦脸。后脑勺忽然疼得厉害。

也许喝点小酒也不算太早。

44 缰绳在手
Taking the Reins

破晓前寒气逼人,刺痛了瑞卡的鼻子,伤兵们呼出的气形成了一团团白雾。

她不知道空地上躺了多少人。也许有一百。也许不止。浑身是血的医师们低头弯腰,在伤员之间来回忙碌,不断地缝合、包扎、安置,分发食物和水,尽其所能安抚人心。但能做的不多。

低沉的嗡鸣经久不息,就像蜜蜂舍不得离开花丛,但这种嗡鸣是絮语、呜咽、呻吟和抽泣交织而成的。是痛苦的合唱。总而言之,非常丧气。瑞卡打了个冷战,扯紧了围在脖子上的毛皮。

"举高点,我说了。"

"抱歉。"瑞卡抬起酸痛的肩膀,高举火把,让艾森看清手上的操作,她把舌头抵在牙洞里,正在缝合一个小伙子肩上的伤口。伤兵嘴里咬着一根木棍,双眼紧闭,泪痕在他粉色的脸颊上闪烁。

"没想到你还能治伤。"瑞卡皱着眉头看艾森擦血。

"没想到吗?"

"不觉得你有那么温柔。"

"温柔？哈！你要是受了伤，绝对不会想要一个温柔的医师。"艾森把针插回皮肉，小伙子的喉咙咯咯作响，"你要是受了伤，一个温柔的医师会要了你的命。伟大的医师必须比伟大的战士更冷酷无情。他们干的活儿困难得多，回报却少得可怜。"

一个嘴里咬着小刀的医师含混不清地哼了几声以示赞同。

艾森意味深长地看了一眼瑞卡。"伟大的医师，正如伟大的领袖，必须硬起心肠。"

接受治疗的小伙子抽出那根沾满唾沫的木棍。"死者在上，别影响她做事。"

"我可以一边缝你的伤口，一边对她说话，小子。"艾森夺过木棍，塞回他嘴里，继续干活。

瑞卡瞪大眼睛，扫视着哀鸿遍野的空地。"好多人受伤。"

"他们都是看上去没那么惨的。也许还能爬起来。"

"忍不住就想，他们为啥没完没了地打。"

"打什么，打仗？"

"是啊，打仗。"

"如果那些有外号的家伙都能来这儿，亲眼看看他们播下的种子长出了什么果子，也许他们就不打了，但他们不会来，对吧？这儿看着糟心，你说呢？又没有亮闪闪的刀剑，除了我们从奄奄一息的人身上抠出来的碎片。照顾伤员是娘们的活儿，不是吗？"

这话从艾森口中说出来有几分虚伪，因为瑞卡亲眼看她拿长矛杀了不止五个人，但就事论事地说，确实一针见血，很难反驳。"他们杀人，"她喃喃道，"我们造人。"

艾森摇摇头，嘴唇紧抿，缝线的手上下翻飞。"造人需要付出多大代价，歌里唱的却都是杀手。你几时听他们唱过女人的名字？除非被大平衡者找上门了，他们才会喊娘。"

"肯定有很多办法能让世界变得更好。"瑞卡叹出一团白雾。

"大受启发啊，真是谢谢你了，"艾森冲她翻了个白眼，"我活了三十六个冬天，早就看明白一件事，世界是不会自行改变的。你要让伤口愈合，那就把它缝起来。"

身处痛苦万状的人间炼狱，瑞卡的无助感比往常更加强烈。"我能做什么？"

"你？拥有千里眼的瑞卡？你预见了黑手卡尔达的人会来，不是吗？也许避免了全军覆没的结局。也许救了我们所有人的命。"

"也许吧。"确实，打完这场仗，人们看她的眼神变了。有尊重的，值得开心。有害怕的，不太开心。还有怨恨的，少数几个人，让她既开心又不开心。她从未想过自己能重要到招人怨恨。

"你不是无名小卒了，邋遢瑞卡。"艾森的眼睛睁得老大，"传奇已经拉开序幕。"

"传奇。"瑞卡嗤之以鼻，"我就是不值一提的无名小卒。"

"啊，所有激动人心的传奇故事不都是这样开始的吗？我觉得比起大多数传奇人物，你更有可能带领我们走向一个光明的未来。"

"我又不是该死的首领。"

"当然不是，缩头缩脑地躲在后面、动不动自怨自艾的人怎么可能是首领？火把举高。"

"抱歉。你很快就得换人来举火把了。天亮了我得去参加会议。"瑞卡鼓起腮帮子，"是布洛克总督夫人叫我去的。"

"让你发挥女性魅力，劝他儿子不去决斗，是吗？"

瑞卡浑身无力。"她要是指望我的女性魅力起作用，那可就看错人了。"

"噢，我倒觉得你相当能说会道。一开始不就是你怂恿那小子去决斗的吗？"艾森使了个眼色，仿佛两人之间有什么见不得人的秘密。

"啥?"

"说什么狮子啊,狼啊,血之决斗圈啊。"

"那是我看到的幻象啊。是你问我看到了啥!"

艾森停下了手里的活儿。"你不能选择自己看到什么。但你可以选择说什么。你刚刚还在说要改变世界。现在你连一个小伙子的想法都改变不了?咱们面对事实,他那点脑子在这儿不算最难对付的。"她咬断了线,取来绷带,"我知道,你总觉得自己坐在一辆逃命的马车上,完全做不了主,只能跟着上下颠簸,鬼知道被带到哪里,但你如果往下一看,没准缰绳就在你手里。"她又使了个眼色,"也许是时候拉拉缰绳了。现在把该死的火把举高点。"

幼狮的形象一向不赖,但发火的时候特别帅,打仗挂彩也帅,甚至闷闷不乐的样子也挺帅。总的来说,瑞卡很难想象比他更帅的男人是什么样。

问题是生死对决不能靠漂亮脸蛋赢下来。话说回来,从历史上看,长得丑的赢家更多。也许他们把美人儿照镜子的时间都用来训练了。不过考虑到所有人都很担心,瑞卡只能把这个想法藏在心里。利奥赌上了所有人的未来,将与北方最危险的狠角色决斗,他可能也是唯一一个把比剑当成儿戏、不认为这种做法糟糕透顶的人,而众所周知,他的判断从来都很不靠谱。

传令骑士纹丝不动地站在帐篷中央,护手上托着一封至高王的来信,这一幕丝毫没能缓解瑞卡的焦虑。她钻进门帘时就看到那人站在那里,不明白这些大高个都是从哪里找来的。继而不明白为什么其他人都对他视而不见。此时帐篷里群情激奋,总督夫人来回穿透那名传令骑士,瑞卡才意识到左眼滚烫,那人并不在场。也许应该说尚未到场。

看到黑手卡尔达的人让她改变了想法,以为千里眼是天赐。如今又觉得是天谴。

"我不能食言,"利奥恼羞成怒、浑身是伤的样子真是绝顶漂亮,"否则我还有什么颜面?"

他母亲难以置信地盯着他。她经常这样干。"有比你的颜面更重要的事情!"

瑞卡的父亲绕了半圈,挡在母子中间,温和地按着利奥的肩膀。"听着,小子,人活一辈子,最讽刺的地方就在于当你年纪越大,所剩的日子越少,你就越害怕失去它们。你年轻的时候,可以觉得自己战无不胜,可是……"他在利奥的鼻子底下打了个响指,"转眼间,一切都没了。"

"我知道!"利奥说,"最开始就是你讲的那些血九指的故事,让我对决斗着了迷!他在决斗圈的伟大战绩。北方的命运全都取决于一个——"

瑞卡的父亲大为惊骇。"我讲那些故事是为了警醒你,小子,不是怂恿你!"

"难道你们都不认为我他妈的也许能赢吗?"利奥愤怒地握起伤痕累累的拳头,"我们打了败仗!我们没有援军,而铁手斯奎尔还在召集人手!这也许是我们夺回乌发斯的唯一机会!保住保护领的唯一机会!"

瑞卡的父亲抱着胳膊,缓缓吐了口气,压在浓眉底下的眼睛看着利奥的母亲。"不能否认,他说得在理。"

"我能赢!"利奥走到纹丝不动的传令骑士身边,封在卷轴上的硕大火漆差点碰到他的脸。"我知道我能赢!瑞卡看到了!"

瑞卡的父亲和利奥的母亲同时扭头看她。她呆若木鸡,张口结舌,活像一个被人赃俱获的窃贼。

然后她想起了艾森的话。她看到什么是一回事,说出什么是另一回事,两者之间未必非得建立直接的联系,迂回曲折与否,全在于她的选择。对不起，利奥，我看走了眼。对不起，利奥，你母亲说得对。对不起，利奥，其实狮子输了，被掏了蛋蛋，插在长矛上。

也许缰绳落到她手里了。也许缰绳从来都在她手里。也许这个局面是她一手造成的，她可以让事情恢复原样。

但在脑海深处，在未知的黑暗角落，她渴望亲眼目睹利奥和日暮斯达一决生死。亲眼目睹他当着所有北方人的面给那个大坏蛋放血。亲眼目睹他为自己，为父亲，为那些收容在空地上的伤兵，为那些已经入土的死者，为她在寒冷树林里不堪回首的经历报仇。

她怎么说都行。她选择据实以告。

"我看到一头狮子和一匹狼在血之决斗圈里恶战，狮子赢了。"

利奥的母亲揉着太阳穴。"所以你打算赌上性命，赌上北方的未来，就因为这个丫头发癫的时候看到两头野兽打架？"

"钉子还没从树林里出来，她就预见到了。"瑞卡的父亲一向以冷静理智出名，此时却为她辩护起来，"要不是她，我们可能全都死在泥巴地里了。"

"我的老天啊，瑞卡！"芬蕾大喊，"你不是傻瓜！告诉他，这样做太疯狂了！"

"呃……"听到外面传来铿锵的脚步声，瑞卡不禁皱起眉头，是靴子上的马刺发出的响动，她眼珠子一翻，望着帐篷顶，"啊啊啊。我知道了。"

"知道什么？"

"我的想法不重要。您的想法也不重要。"

"我能问问原因吗？"

瑞卡点头示意帐篷帘子。"因为他来了。"

门帘飞旋而开，传令骑士轰然踏进帐篷。他从背包里取出卷轴，跨步上前，正好来到幻影所在的位置，把卷轴递给利奥，硕大的火漆悬在半空。

"布洛克大人，"他说，"国王陛下的信。"

一时间帐篷里安静得连呼吸声都听不见，利奥接过卷轴，慢慢展开。他读了开头几行便抬起头来，瞪圆了眼睛。

"国王准许我继承父亲的头衔，成为安格兰总督。"

瑞卡的父亲缓慢而悠长地呼了一口气。利奥的母亲向前迈了半步。

"利奥——"

"不。"他说，调子不高，但异常坚决，"我知道您是为我好，母亲。我无比感激您的教导。但我现在必须自己做主。我要跟日暮斯达决斗。任何人都改变不了我的想法。"

他转过身，挤过人群，出了帐篷。

传令骑士向芬蕾夫人颔首致意，动作有几分蠢笨，然后跟着新任安格兰总督出去了，谢天谢地，他的幻影也随之消失。

瑞卡的父亲疲惫地摩挲着满是胡楂的下巴。"好吧。我们尽力了。"他拍拍瑞卡的肩膀，也出去了。

只有芬蕾夫人呆呆地盯着帐篷帘子。不久前，她还大权在握。国王御笔一挥，她便一落千丈，成了为儿子担惊受怕的可怜母亲。

"我给他喂奶，给他穿衣，给他洗屁股，好像还在昨天。"她看着瑞卡，酸溜溜地说，"他这个天杀的笨蛋什么都不懂，但因为生来有根老二，他就能替我们所有人做决定！"

她忽然之间苍老了许多，脆弱而又无助，瑞卡深感歉疚，为她，也为自己所做的一切，但木已成舟。千里眼也许能看到过去。但永远不能回到回去。

她的肩膀耸得老高，快要贴上耳朵，然后无可奈何地垂落。"也许他能赢？"

45 蠢货的武器
A Fool's Weapon

"该死的蠢货!"卡尔达怒吼着,大步走过村庄。

"是啊。"克洛弗跟在后面叹息,"该死的蠢货。"

泥巴地里到处都是斯奎尔的战士,个个浑身披挂,气焰嚣张,习惯了从不让路。但见黑手卡尔达怒容满面、来势汹汹,他们慌忙退到一边。

"我爱我老婆,克洛弗,"他吼道,"爱她胜过爱我自己的性命。"

"呃……这是好事,对吧?"

"这是我最大的软肋。"

"啊。"

"我爱她,她死了,留给我的只有我们的儿子。"

"噢。"

卡尔达大步走向当地首领的议事厅,北方人的国王把它当成了临时酒馆。"所以我溺爱他,也宠坏了他,很多次我都应该好好地揍他一顿,那个该死的蠢货一点儿也不冤枉,可我看他长得那么像他娘,又下不了手。"

"现在揍他未免有点迟了。"克洛弗咕哝道。

"那就走着瞧。"卡尔达用力推开大门,气冲冲地闯进去。

斯奎尔国王正在喝酒。他还会干什么呢?他总在喝酒,听人讲打仗的故事,发出洪亮的笑声,那些故事掺了太多谎言,好比掺了太多水的啤酒。他的侄子,强大的日暮斯达,添了几处新的割伤和瘀青,听别人吹嘘自己的壮举,笑得合不拢嘴,听到添油加醋的部分笑得格外快活。老少战士们围着两位英雄,沉浸在尚未夺取的胜利中。

卡尔达进门后,他们都安静了,虽然他手无寸铁,但脸色堪比出鞘的利剑。"出——去——"

老少杂种们闻言变了脸色,一边嘀嘀咕咕,一边探看自家主子的意思,斯奎尔鼓起布满血纹的双颊,指了指大门。于是他们纷纷起身,鱼贯而出,一如既往地对克洛弗露出轻蔑的表情,他则一如既往地报以宽厚的笑容。大门关闭,结束了他们的表演,现场只剩四个人。国王铁手斯奎尔,他的弟弟黑手卡尔达,卡尔达的儿子日暮斯达。还有克洛弗。

好温馨的酒局啊。

"我亲爱的家人们终于欢聚一堂啦!"卡尔达以嘲讽的口吻唱道。

斯达那副自鸣得意的劲头早已灰飞烟灭。"父亲——"

"别喊我父亲,小子!你赞成他干的蠢事,是不是,斯奎尔?"

"我们在打仗,弟弟。"北方人的国王抬起眼睛,从花白的眉毛底下瞅着卡尔达,平静地说,"打仗嘛,战士就该战斗,我当然赞成。"

"问题在于怎么战斗,什么时候战斗!你把我们取得的所有成果都赌上了!我们全部的血汗!"说的是卡尔达的血汗,斯奎尔啥也没做,除了在后方喝酒,斯达同样啥也没做,除了在前方耀武扬威,

"你是我们的未来,斯达!北方的未来!我们不能赌上你——"

"我跟鬼敲门打的时候你说过同样的话!"斯达摆摆手,像在扒拉蜘蛛网,"他太危险了,我们不能赌上你的性命,你是我们的未来。"他模仿着父亲的哀怨口吻,老实说,他学起卡尔达的唠叨劲儿来有模有样,"可我打败了他!就像血九指打败没心肺沙玛,当时谁都不看好他!"他挺起胸膛,两眼放光,好似公鸡在自家院子里发现了对手,"这个联合王国的毛头小子赶不上半个鬼敲门!四分之一都不如!"

"他们叫他幼狮,我的探子说他不好对付。我叮嘱过你多少次了——战略上藐视敌人,战术上重视敌人?每场决斗都是冒险,而我们不需要赌博。敌人大败亏输,我们还能继续投入有生力量。板岩可以从侧翼包抄,那里的地形——"

"不要玩策略了。"斯奎尔皱起鼻子,仿佛这个词臭不可闻,"去年冬天,你说到春天能打赢。到了春天,你又说到夏天能打赢。到了夏天,又推说秋天。就在上周,你说今天能打赢。你说联合王国的婊子被你算计了,狗子被你吃定了。现在看来,联合王国的婊子脑子挺好使,狗子的身板也够硬。万一你再次判断失误,换季之前没能解决他们,联合王国的懒虫国王醒转过来,派了援军呢?到时候怎么办?"

卡尔达恼火地摆摆手。"要是米德兰那边有援军,早就该到了。我们能在入冬前解决他们。"

"别担心,"斯达说,"明天日落前我就能解决他们。"说完他笑了起来,斯奎尔也笑了,卡尔达当然没笑,克洛弗看着他们,感觉如此治国形同儿戏,"血九指面对决斗从不退缩,黑旋风不会,冻土的威尔旺不会,我也不会。"

"你列的名字都是一帮死了的蠢货,"卡尔达嘶声喊道,只差扯自己头发了,"告诉他,克洛弗,看在死人的分上,告诉他!"

将近半年以来克洛弗对斯达说了无数次,根本没有效果,好比拿满满一袋子水仙花当箭射,对付一个全身铠甲的大汉。不过再扔一支水仙花也无妨。他摊开双手,仿佛端着一大盘中肯的建议。"面对一个危险人物还要讲公平,没有比这更愚蠢的行为了。我是活生生的例子。我在决斗圈里失去了一切。"

斯达卷起嘴唇。"你的蛋蛋都输没了?"

"蛋蛋还在,王子殿下,就是有点缩水。不过我现在不靠它们思考问题。"

"我侄子在决斗圈里打败了鬼敲门,"国王说着,吹开啤酒上的泡沫,"区区一个联合王国的蠢货不在话下。"

"你的手是谁打断的,哥哥?"卡尔达说,"某个联合王国的蠢货,我记得没错吧?"

斯奎尔并不生气,只是咧开缺了门牙的嘴巴笑笑。"你很聪明,弟弟。你很狡猾。像咱们的父亲。我拥有的一切都归功于你的智慧、残酷和忠诚,我心知肚明。很多事情你都比我懂。但你不是战士。"

卡尔达不屑地扭曲嘴唇。"你有二十年没跟人打过了!你就想看他打,重温你昔日的荣耀。你胖得像——"

"是的,我胖得像猪,我的巅峰期已经过去二十年了,我也料得到,我在很多人眼里是个笑话。但你总是忘记一件事,弟弟。"斯奎尔用拇指钩起金链子,硕大的钻石晃来荡去,在火光中闪耀,"我是父亲的长子。我戴着他的金链子。我是国王!"他放开链子,肉手拍了拍斯达的肩膀,"日暮斯达是我的继承人,我现在任命他为我的斗士。他在决斗圈里为我出战,为乌发斯以及白河与鳕鱼河之间的土地而战。此事已决,不必再说了。"

斯达笑开了花,湿漉漉的眼睛也含着笑。"也许你应该让战士们多聊聊,父亲。我们还得讨论武器怎么挑。"

卡尔达默不作声地呆立片刻,面色铁青。"战士。"他嘶声重复,仿佛这是他能想到的最严重的羞辱方式,然后他猛地转身,气呼呼地离开了。

斯达举起啤酒杯。"死者在上,他每次发脾气就唠叨个没完,叫得像一只该死的绵羊——"

斯奎尔响亮地扇了他一耳光,打得杯子脱了手,掉在地上滚远了。"你应该尊重你父亲,不懂事的家伙!"国王吼道,粗大的手指戳着斯达泛红的脸颊,后者尚未缓过神来,"你拥有的一切都归功于他!"他们沉默了好一阵子,然后斯奎尔拍了拍随身重剑的金色圆头,姿态充满爱怜,"你可以说我老派,但我就是喜欢剑。你觉得呢,克洛弗?"

"我觉得剑是蠢货的武器。"

斯达一直揉着脸颊,眯眼盯着伯父。此刻他的视线转向克洛弗。"你带着剑。"

"是。"克洛弗拿指甲刮了刮早已磨损的圆头,"但我不到万不得已不使它。"

斯库尔举起铁手和肉手。"你的生计就是教人使剑!"

"他们付钱让我教。但我总在第一堂课上就告诉他们,永远不要拿剑战斗。拿剑对付人,他一眼便能看透你的意图,被你想杀的人看透了意图,你就毫无优势可言。"

"决斗圈里从来不藏着掖着。"斯达厌恶地从克洛弗身上移开视线,"一对一决斗,对手永远有备而来。"

"所以说比起使剑,我更不愿意踏进决斗圈。"克洛弗说,"钱财,土地,名声,朋友,甚至名字——为了活命什么都可以不要,然后任劳任怨,假以时日,当初失去的总能赢回来。"他失去了旧的名字,不是吗?赢得了新的名字,不是吗?他躺在决斗圈里等死的那一刻,三叶草①的香甜气息充盈鼻腔,残留至今,"但是大平衡者永远立于不败之地。谁都不能从土里爬回来"。

斯达厌恶地嗤了一声。"懦夫的言论。"

"活着的懦夫还有找回勇气的可能。死掉的英雄……"克洛弗喜欢说话,但有时候沉默更有力量,他顿了顿,面露微笑,"算了。我相信你是不会听劝的,魁狼。"

然后他追随黑手卡尔达的脚步出去了。

---

①译注:克洛弗的英文有三叶草之意。

46 希望与仇恨
Hopes and Hatreds

"他们把他装在盒子里。"朱兰盯着火堆,满脸伤感。

"谁?"格拉沃德问。

"巴纳瓦。交给他的家人。"

白水揾着在战斗中收获的一大块瘀青,疼得龇牙咧嘴。"应该是料理后事的惯例吧。"

"他们放了盐,不过我敢说等送到了还是会发臭——"

"现在换你来扮演厌战的角色了?"利奥喝道,他很讨厌这个话题,他不愿回想巴纳瓦的死,不愿回想他在其中可能起到的作用,"我还有一场该死的决斗要打。明天这个时候他们可能把我装进盒子里!"

"但是他们没必要把你送走啊,"白水困惑地皱起眉头,"你母亲在营地里。"

利奥的牙齿咬得咯咯响。"我的意思是我需要集中精神。巴纳瓦死得很可惜。他非常勇敢。他是我的好朋友。凡事有求必应。"他的声音微微颤抖,"要是他不替我挡着……"也许人还活着,巴纳瓦常念叨战争的可怕,当时听来烦得要命,如今却成了金玉良言,利奥从未想过有朝一日会失去他们,"巴纳瓦死得太他妈可惜了,但我们得晚些再悼念他。现在,我们不能让他白白牺牲。他,还有里特,还有其他人……"该死,声音又在颤抖。他不由得心头火起,"我需要你们都他妈的集中精神。我必须挑一件武器带进决斗圈。这个选择也许关系到我的性命。"

朱兰直起身子。"抱歉,只是……"他又颓然垮下去,"那个盒子。"

"长矛,"安塔普说,"攻击范围大,速度快,花招——"

"花招。"白水吃吃一笑,"决斗圈里玩不了什么花招。"

格拉沃德翻了个白眼,仿佛从未听过这等蠢话。"日暮斯达一旦绕过那把杀猪刀,你说咋办?"

"那你有什么提议?"安塔普彬彬有礼地抬起眉头,"你肯定要说拿一把巨型战斧,对吧,比他人都重,最多挥两次就得趴下的那种?"

格拉沃德似乎有些难堪。"斧子也有小的。"

"在不大的场地上一对一决斗,长矛使起来太麻烦了。"吉恩又揉了揉青肿的脸颊,眉头拧成一团,"还是斧子简单,结实,适合近战。"

"要说近战,剑的花样更多。"安塔普模拟耍剑的动作,"劈砍撩刺,还能拿圆头砸。"

格拉沃德翻了个白眼。"老是拿圆头砸。剑最无聊。"

"剑最经典。"

"你们全都没有说到点子上。"利奥厉声说,"你带武器去,但你不知道到时候用的是你选的武器,还是把武器交给对手,用他带来的武器打。你得挑一件你能用,但对面的兔崽子用不了的。"

格拉沃德皱着眉头。"比如……"

"我不知道。所以我才问你们啊!"

"也许你该问脑子更好使的人。"吉恩开始掰一颗牙齿,看它有没有松动,它正好贴在青肿的脸颊里边,"比如说你母亲。"

"我现在跟她没什么好说的,"利奥没好气地说,"她对决斗这事儿不太感兴趣。"

众人一时无言。安塔普和格拉沃德交换了一下眼神。然后朱兰凑近了,摆出促膝恳谈的姿势,眼角火光闪闪。利奥无法否认,他每次这样做都很有效果。"你有没有想过……也许……你应该采纳她的建议?"

"是吗?现在?"

"嗯,她可能是我所认识的人当中最懂战术的——"

"所以你觉得我不行?"

"没人比我更相信你!"朱兰清了清嗓子,瞥了一眼其他人,稍稍收回身子,"比我们。问题是一对一的决斗……纯粹在赌博。任何事情都有可能发生。我……我们不希望你……受伤。"最后一个词说得有气无力,暴露了他的真实想法。他可能没有勇气说出那个"死"字。谁都知道决斗的结果不是打赢就是去见大平衡者。

"你使鞭子的水平如何?"安塔普问。

利奥盯着他。"没开玩笑?"

"我见过一个古尔库女人拿鞭子抽掉了别人手里的剑。是杂耍表演。观众自告奋勇地上去配合,哇,真的很厉害。她还把一个姑娘的裙子抽掉了半截,完全没有伤到她。"他面带傻笑,沉浸在回忆中。

"所以我应该拿鞭子把日暮斯达的衣服抽掉?"利奥问。

"当然不是,但你也知道,我考虑的是他有哪些武器是用不了的,还有——"

"真该把你们这帮废物抽一顿。"瑞卡摇着乱蓬蓬的脑袋走过来,嘴里一如既往地含着查加团子,用舌头搅来搅去。利奥很高兴看到她。特别高兴。瑞卡总是让他感觉很好。不论千里眼与否,她似乎总能看透表象,直击本质。她能帮他看清事情的本质。死者在上,他需要清晰的思路。

"我们正在讨论武器,女人。"格拉沃德不满地说。

"我听见了,男人,"瑞卡说,"你们都在说屁话。带什么家伙进决斗圈远不及脑子里装什么东西重要。"她点了点自己的脑门,"对于前者,你们也许能帮上不少忙,对于后者,你们简直就是拖后腿的。"

"那你决斗过几次?"吉恩反唇相讥。

"跟你们所有人的次数加起来一样多,"她答得滴水不漏,"现在都躲远点,我要跟我的斗士谈谈。"

也许他们习惯了被利奥的母亲呼来喝去,而瑞卡似乎学到了她发号施令的架势。他们乖乖地爬起来收拾东西。

"别走远了!"她冲着他们背后喊,"他需要你们举盾!"

"你有什么想法?"利奥问。

瑞卡骄矜地吸了吸鼻子,鼻环跟着抖了抖。"艾森说缰绳应该在我手里。"

"我是马?"

"是啊,你需要被马刺戳一戳。"

"我母亲经常戳我。"利奥感到一阵紧张,毕竟他即将迎来生死一战,"在我最需要她的时候,她却不管我了。"

"真是一个悲伤的故事,但我得说,在她看来恐怕不是这样的。她早已习惯掌控一切,利奥,现在她什么都干不了。我觉得她很害怕。"

"她害怕?我才是要上场跟魁狼打的人!她应该来陪着我!"

"你天天都在抱怨摆脱不了她。现在你刚刚走出她的阴影,又想她回来了?死者在上,幼狮不需要母亲陪着。"

利奥深吸一口气,然后吐了出来。"你说得对。我一直都盼着在决斗圈里跟人较量。"他抱着头喊道,"该死的,瑞卡,我干吗那么想跟人决斗啊?"

她抓着他的手腕,拽了下来。"没人记得决斗是怎么打赢的,只记得是谁打赢的。狠狠地打。"

"我会的。"

"出阴招。"

"我会的。"

"狮子打赢了狼。"

"我知道。"

"不。你不知道。"她双手捧着他的脸,"狮子打赢了狼。我看见了。"她浅色的大眼睛坚定无比,他从中获得了勇气。感觉无所畏惧。感觉重新找回了自我。幼狮!她是雪中送炭的人。是怀疑的沙漠之海中,那一眼信任的泉。俗话说得好,每个好男人身边都得有个好女人。啊,或者说身下。

"我爱死你了。"他说,她的眉毛耸了起来,耸得几乎跟他一样高,他为什么突然说这个?正如母亲所言,他总是感情用事,"我是说……我不是指那种爱。"他支支吾吾地解释,那他到底是什么意思?一个既是爱人又是朋友的女人叫什么来着?他以前从未遇到过这种情况,"或者……也许我就是这个意思——"

"那就答应我。"她扳着他的后脑勺,两人的鼻尖几乎碰在一起,"答应我,你一定要杀了那个混蛋。"

他面露凶相。"我答应你。决斗的目的就是杀死那个混蛋。为你。为你父亲。为里特。为巴纳瓦……"他笑了,"巴纳瓦的剑。我就带它了。"

"我觉得很不错。"

他低头望着小桥,悲伤涌上心头,紧张再次袭来。"我只希望那把剑带给我的运气比他多。"

"你不需要运气。"瑞卡把他的脸扳回原位,亲了亲他,这个吻温柔而又肃穆,充满强大的信念,"我看见了。"

✡

人群已经开始在指定的地点聚集。昨日血流漂杵的河水似乎饥渴难耐。输过一次决斗的克洛弗对这种事兴致寥寥,但他被要求为北方之王的继承人举盾,理应算是极高的荣誉。至少得准时到场给个面子。

在距离桥头不远处,当时战斗最激烈的地方,木桩和绳子圈出了一块直径为六跨的决斗圈,当中的野草被割掉了一大截。木匠们临时打造了看台,如此一来,大人物们便能居高临下,把决定所有人未来的这场好戏看个清清楚楚。如此一来,黑手卡尔达和铁手斯奎尔,狗子以及布洛克夫人,不会错过亲眼目睹每一滴血流出来的机会。血洒热土却无人见证,该是多么可惜啊。

天气不错。太阳疲倦地落向山峦,地平线上的蓝色逐渐变浅。一群南飞的大雁排成箭头形状,在高高的天空响亮地鸣叫着,全然不关心地上的人们在做什么。不关心谁赢谁输,谁生谁死。幸好,无论结果如何大雁都依然振翅高飞,但对于某位即将被做成肉串的英雄来说,可就没什么值得庆幸的了。

决斗圈周围有人举盾,确保分出胜负之前谁也出不去,一般而言,他们都是决斗双方最勇猛的战士,但说句公道话,还是有不少毛头小子,隔着草茬子杀气腾腾地相互瞪眼。年纪大的见过世面,省着嗓子到关键时刻再喊。尽管身处敌对阵营,斯奎尔和狗子手下的一些硬汉还是聊得很热络。克洛弗知道大多数人的名字和外号。红帽子和奥克塞尔，板岩和哑巴布洛德，来自约兹近郊的白粉莱蒙和来自西谷的空心头格雷甘。还有钉子，浅色头发根根直立，像一大丛蓟花，昨天挂了彩，浑身缠着血迹斑斑的绷带。

说来怪得很，几个钟头前这帮人还杀得你死我活，现在却凑在一堆，跺着脚，呵着气，擦拭着盾牌边沿，追忆很久以前打的仗，刚刚打完的仗和以后要打的仗。不过，战士们哪怕阵营不同，相比外人还是有更多的共同话题。

"最孤独的行当。"克洛弗喃喃自语。牧羊人也许交不到几个朋友，但也不至于经常被喊去杀自己的朋友。

"乔纳斯·斯蒂普菲尔德。"有人轻声呼唤，这个名字被喊得既惊悚又刺激，克洛弗猛地回头。一个大块头来到他身边，手挽一面破旧的盾牌，花白的头发在风中乱舞，满面胡楂，还有一道引人瞩目的伤疤，克洛弗的伤疤与之相比完全是小巫见大巫。那道疤痕的中间，一颗明亮的金属假眼嵌在眼窝里。

"这不是摆子考尔嘛。我现在不姓斯蒂普菲尔德。我想明白了，一个响亮又强横的名号只能招人嫉恨，他们等不及拿刀从你的名号上分一杯羹。"

摆子点点头，带着几分遍尝甘苦的疲惫。"没错，这世上尽是找死的蠢货。"

"我没想增加他们的人数。我现在就叫克洛弗。"

"决斗圈里有三叶草，呃？你打的那次。"

"是。每次我闻到三叶草的气味，就想起被打败的滋味。"

摆子再一次疲惫地点点头，抬眼望向丘陵。"我们改天聊聊。两匹伤痕累累的老马。"

"你是战马，摆子。我只是乌鸦，捡点残羹冷炙。"

"不能说不喜欢这次的表演，是场好戏。"摆子看了一眼格林韦，这家伙神气活现地晃来晃去，仿佛他才是幼狮的对手，而且胜券在握，"我敢说有很多找死的蠢货把你当活宝耍。"他侧身低语，或许只是嗓音更沙哑，"但我们都知道你是什么人。"

克洛弗听说摆子考尔那颗金属假眼能看透人心。这当然是胡说八道。但他仅有的一只肉眼见得够多了。少有人比得上。也许这个北方最强横的名号如今依然有震慑力。他不需要魔眼就能猜个八九不离十。

克洛弗吸了口气。"是啊，唉，不都是有啥牌打啥牌。"

"有些人是的。有些人为了拿到更好的牌而杀人，然后打死人的牌。这个日暮斯达打起来怎样？"

"是我就不跟他打。"

"聪明人是能不打就不打。"

"说得没错。"

沉默中，他们望着人们蜂拥而至。联合王国的人和北方人。战士，仆人，女人，越来越多，四面八方都是叽叽喳喳的人群。

"那他是啥样的人？"摆子问。

"人称魁狼，你可以想象。好不到哪里去。布洛克呢？"

摆子耸了耸肩。"人称幼狮，你可以想象。差不到哪里去。"

"哈。看来咱们心里都有数，有时候我真不明白咱们为啥要追随这帮兔崽子。"

吵闹声更大了，半边欢呼，半边喝倒彩，原来是贝斯奥德的两个儿子出场了，迥然不同的兄弟俩。铁手斯奎尔高大肥硕，浑身金光灿灿，满脸堆笑。黑手卡尔达瘦如长矛，怒容满面。

"我听过很多关于忠诚的说法。"摆子说话时，统治北方将近二十年的大人物们坐上了俯瞰决斗圈的看台。

克洛弗嗤之以鼻。"咱俩跟过的主子加起来死了一二十个，不止一次改换门庭有咱俩的份，我敢大言不惭地说忠诚不值几个钱。"

"有一个值得效忠的人是好事。"当一个长头发、尖脸孔的瘦老头动作僵硬地爬上对面的看台时,欢呼和喝倒彩的换了边。

"狗子?"他从上到下都是灰色的,灰衣服,灰头发,灰脸色,仿佛生命力已经枯竭,徒留脆弱的躯壳,随时可能被大风刮走,"那家伙看样子过了巅峰期。"

摆子懒洋洋地瞥了一眼斯奎尔,又转回头。他习惯了言简意赅。"至少他有过。"

"是啊。"克洛弗疲惫地叹气,"说实话,我很尊重狗子。唯一一个在北方掌握了权力,还保持了几分体面的人。其他人——贝斯奥德,血九指,黑旋风,黑手卡尔达,嘁……私下里说……"克洛弗轻轻挠着伤疤,声音压得很低,"这是一场比谁更混账的比赛,你不觉得吗?"

摆子缓缓点头。"一群货真价实的混账轮番献丑。"

"不过混账们快赢了,不是吗?我没什么本事,但就算输家更加气味相投,我也宁可跟着赢家混。"

"你应该见见他女儿。"

"谁,狗子的?"

"是。瑞卡。我不能保证她气味怎样,但跟她聊聊没错。"他点头示意,只见一个小姑娘手脚并用从后面爬上看台,挤到狗子和一个肤色苍白、面色铁青的联合王国女人之间,克洛弗估计她是刚刚卸任的安格兰总督夫人。

她撩开脸前凌乱的红发,露出灰色的大眼睛,没错,是她了。从坡上摔下来滚到他脚边的那个丫头。被他自作主张放跑的那个丫头。

"我们也算见过面。看不出有什么特别的。"

"那你看走眼了。"

她确实长得不赖,但又有点疯,神经兮兮,怪里怪气,一只眼睛上涂了十字，鼻子穿了一根粗大的圆环，脖子挂着一条咣当作响的链子，像是在照着山民女巫的模样打扮，但又抓不到其中的精髓。

"你说真的？"他问。

"我长得像乱说话的人吗？"

克洛弗飞快地打量了一番摆子。"活人都长这样。而且我早就治好了自以为听得懂人话的老毛病。"

"人越是聪明，越是懂得随时接受教训。"摆子看着胡乱挥手的瑞卡，嘴角微微翘起。似乎隐隐有些骄傲。这是两人谈话间他唯一流露出来的情绪。不管是谁，能让这个面如铁石的家伙身上带了几分人情味，那就值得留心观察，克洛弗打定了主意。

决斗圈周围的举盾人开始列阵，背后的观众挤作一团，都想找个好位置看热闹。"什么时候想要谈谈就招呼我，摆子，你这个老不死的混蛋。"克洛弗抬起手里的盾牌，准备就位，"混得好的法子，我随时洗耳恭听。"

瑞卡原本指望见到日暮斯达时，心中的仇恨会消解，因为仇恨于她已经不堪重负。她只要盯着他的眼睛，发现他不是那头誓要将她凶残杀害、烧毁她父亲的花园、杀光她亲朋好友的怪物，只是一个有爱有怕的普通人，她心中的仇恨理应消解。

正如希望常有的结果一样，仇恨也不能如愿。

未来的国王耀武扬威地走进决斗圈，狂野的欢呼声将其夹在中间，一路上有人鼓掌，有人喝彩，有人拍打他的后背。他站在场上，湿漉漉的眼睛含着得意的笑，犹如头天晚上睡了新娘的婚礼宾客。

"那家伙就是日暮？"芬蕾·唐·布洛克讷讷地说，她面无血色，一动不动地坐在瑞卡身边，竭尽全力摆出一副无所畏惧的姿态，以掩饰内心的痛苦。

"就是他。"瑞卡眯起眼睛，指望能看透他的心思。看出他的打算。看出利奥可堪利用的破绽。看出他末日将至。

然而千里眼不能强行睁开,她只能强压怒火看到他得意洋洋的笑容,仿佛他才是预见未来的先知,他的未来除了胜利还是胜利。他迎面望来,野狼似的笑容愈加灿烂,嘴角多露了两颗牙,然后他慢悠悠地来到瑞卡所在的半边场地。

"你就是瑞卡?"他喊道,那对湿漉漉的眼睛仔仔细细地打量了她一番,然后他张开嘴伸出舌头,"你比我想象的漂亮。"

她也有样学样,但轻蔑地歪着嘴唇。"你跟我想象的一样难看。"

"我听说你能看见未来。你有没有看见你在吃我老二?"

他的话引来一阵嘲弄的笑声,瑞卡攥紧拳头。"只看见你输了决斗。"

他笑得更欢了。"我知道你在撒谎。没准刚才说的那件事你也撒谎了。"他狡黠地冲她使了个眼色,转身走了。小兔崽子竟敢对她使眼色,她心中的仇恨燃起熊熊大火。

"别担心!"她跳起来叫道,手指在半空中一划而过,"等利奥把你打成两截,你自己想怎么吃怎么吃!"

己方阵营有人哈哈大笑,斯达的举盾人则恶狠狠地瞪了过来。钉子也在其中,他浅色的眉头若有所思地皱成一团,然后她卷起舌头,冲着他啐了一口唾沫,他咧嘴笑笑,微微欠身。

"犯不着上火,"父亲抓着她的手肘,把她拽了回去,"放狠话的都是蠢货和懦夫。斯达也许是,但你不是。"

"下流坏蛋,敢对我使眼色,"她吼道,"我一定要让那个混蛋被猪操。我要拿荆条吊死他,在他身上刻一个血淋淋的十字。我要把他的内脏装在盒子里送给他爹。加上药草。他们不打开盒子都闻不出来。"

瑞卡的父亲盯着她,忧心忡忡。

"怎么?"她耸起肩膀,抱怨道,"不相信我打心眼里恨一个人?"

"我只想说,当心。太恨一个人,你就给了他超越你的力量。"

"也许吧。但只要他入土,一切都能了结。"她的语气格外坚决,"所有的债在大平衡者那里都会一笔勾销。"

己方阵营的哄笑和嘲讽变成了欢呼,原来是利奥带着他的朋友们出场了。

父亲凑近了。"你是不是也打心眼里爱一个人?"她大吃一惊,看着父亲,"我老归老,瑞卡,可我不瞎。"

盾墙在利奥身后猛地合拢,惊得他一缩脖子,类似囚犯听到狱卒转动钥匙时的反应。他说他爱她。她并非怀疑他在撒谎。她只是怀疑他最爱的人是他自己。

"我爱他的某些方面,"比如他的胃口好得惊人。"有些方面不爱。"比如他的脑袋大得惊人。

"对一个人既爱又恨是很正常的。看着你爱的人走进决斗圈可不好受。"

瑞卡用力握紧拳头,指甲掐进手掌。"只要你对另一个家伙的仇恨更深就没问题。"

喧嚣逐渐平息,艾森-埃-费尔手持长矛,走上修剪过的草地,嘴里慢条斯理地嚼着查加团子。等到现场彻底安静下来、气氛紧张起来之后,她用舌头把查加团子推到唇齿之间。

"我是艾森-埃-费尔!我爹是克鲁默克-埃-费尔,主持过恐刹芬利斯和血九指的决斗。他是个名气很大的混蛋。"零零星星的笑声和叫声,"但他名气很大!而且他是山民,是最中立的势力。我的名气一样很大。"她扬起下巴,比了比自己,"但靠的是我绝顶的智慧和惊人的美貌。"笑声有所增加,"主持这场决斗对我这个女山民来说似乎有点跌份,"她冲着斯达咧嘴一笑,"但我把话说在前头,我恨死这个混账东西了,有可能一时冲动亲手宰了他。"

场下的笑声反而让瑞卡起了一身鸡皮疙瘩。

"你很诚实，佩服。"斯达说。

"你佩服不佩服关我屁事，但主持决斗不是儿戏，使命光荣，责任重大，诸如此类的说法很多，我保证绝对公平，你完全可以相信我。"

"我一点儿也不担心，"斯达说，"他横竖是个死，不消你主持什么。你喊开打。接下来的事儿归我管。"

"慢着，小子！"艾森喊道，"月亮喜欢凡事都讲究秩序，我必须事先说明赌注以及武器怎么分配。放心，我不会多浪费一点时间吹嘘你的浮夸名号。在我的……"她皱眉思考片刻，看看利奥，看看自己的手，又看看天空，然后打了个响指，"左边！在我的左边，是利奥·唐·布洛克，芬蕾·唐·布洛克之子，新晋安格兰总督大人，人称幼狮，因为他年轻而又英勇。要是他的武艺和脸蛋一样漂亮，那么本场观众就有眼福了。"她的长矛指向斯达，"那么，我的右边便是日暮斯达了，瞧见没，黑手卡尔达之子，贝斯奥德之金链的继承人，人称魁狼，因为，怎么说呢，据我所知在北方数他屁股上的毛最多。他在决斗圈里打败了鬼敲门，但我们都知道那人早就过了巅峰期。我讲得好不好？"

利奥一言不发，死死地盯着斯达，仿佛决斗圈里只有他们二人。

斯达耸了耸肩，笑意不减。"好得很。"

"混蛋，杂种，该死的兔崽子。"瑞卡抿着嘴唇嘶声骂道。她使劲咀嚼查加团子，嚼得面部发麻，指望胃里翻江倒海、左眼发热，未来的幻影自行出现。但什么都没有。

"你们的下一个问题！"艾森喊道，"这两个蠢货到底为了啥非要杀个你死我活？多半是男子气概，非常适合决斗，但还有北方肥沃的黑土地。胜者得到人称保护领、从白河到鳕鱼河之间的那块地，包括乌发斯城。日暮斯达赢了，它就归斯奎尔国王。利奥·唐·布洛克赢了，它就留在狗子手里，留在联合王国温暖的怀抱里。各位都同意吗?"

"一片寂静。瑞卡这边的人都没什么好脸色。

"乌发斯的氏族长,狗子?"艾森喊道。

"同意。"瑞卡的父亲有气无力。

"安格兰的总督大人,布洛克?"

"同意。"利奥大喝一声。

"北方人的国王,铁手斯奎尔?"

"同意。"斯奎尔声如洪钟,一个饱嗝冲上来,被他咽了回去,下巴上的肥肉抖得厉害,仿佛这已经是他当天观看的第三场决斗,"开打吧,女人。"

"不用催我,你这堆肥油。"艾森把长矛重重地插进土里,对摆子打了个响指,"把你的盾借我一用,帅哥。"他扭头张望,以为喊的是别人,然后才把盾牌扔过去,她凌空接住,立在地上,"背还是画,布洛克?"其实摆子的盾牌饱受摧残,正面只剩零星几处颜料。

"画。"利奥说。艾森转动盾牌,众人跟着高声叫唤,瑞卡察觉到身边的芬蕾夫人吸了口气,双手捂住眼睛。

"他会赢的。"瑞卡说。

"你怎么知道?"

瑞卡握住她冰冷而柔软的手,用力地捏了捏。"他会赢的。"她说得斩钉截铁,像是千真万确的事实,因为她满脑子都是怀疑。

也许她早该劝他放弃。但为时已晚。

盾牌咣的一声落地了。

"背在下,"艾森说,"你挑,魁狼。"

斯达盯着瑞卡,漫不经心地耸了耸肩,仿佛完全不考虑失败的可能。"让他挑。"

"你挑,幼狮。"

利奥摇摇头。"让他挑。"

"男人啊！"艾森翻了个白眼，"一点儿担当都没有。那你们就用自个儿带来的武器。"她把盾牌扔给摆子，从地上拔出长矛，指向围着决斗圈的人，此时盾牌全都面朝场内，相互紧靠，形成一道铜墙铁壁，"你们这帮家伙，把这两人堵在里面，直到分出胜负。任何干涉一律禁止。"她啐了一口查加的汁水，擦了擦下巴，然后点点头，仿佛一切安排都合乎心意，"那就开打吧！"

47 扬名之所
Where Names Are Made

利奥听人说进攻是最好的防守。不记得是谁说的,但这一大胆的论断说到他心里去了。堪称人生格言。所以他打算速战速决。不给斯达喘息的时间,不给他空间,不给他思考的机会。利奥将以压倒性的优势,把那个一脸贱笑的混蛋干翻在泥地里,只等着为他庆功的宴会、赞颂他神勇的歌谣了。

然而计划往往不如变化,利奥的计划结束于艾森-埃-费尔喊出的那声"开打!"

斯达以惊人的速度冲过来,利奥狼狈地收回攻势,生生举剑格挡,对方一记斜劈,震得他虎口发麻,退了半步。

斯达咧嘴一笑,寒光掠过,利奥再次踉跄退后,格挡,闪避,再格挡,双方剑出如风,剑刃摩擦和撞击的响声几乎被观众兴奋的咆哮彻底淹没。他堪堪躲开势在斩首的凶猛一击,但反手一剑毫无威胁可言,斯达信步避让,继而再度攻上前来。

想必斯达也听过关于进攻和防守的说法。而且执行得更好。

"杀了他!"安塔普尖叫。

"上啊!"朱兰大喊。

"利奥!"格拉沃德一边大吼,一边摇晃手中的盾牌。然而斯达已经冲到近前,速度奇快地连刺三剑,利奥勉强凭着本能反应躲开了前两剑。第三剑逼得他扭转身子,顺手甩了一剑做做样子。斯达简直就是一阵旋风。而利奥是决斗圈里随风飘飞的一枚落叶。

他的速度实在太快。他使的是一把北方重剑——剑刃宽阔,剑格硬实,配以沉重的金色圆头——但他舞起来异常灵动,仿佛手握斯提亚的细剑。轻松得几乎不存在后摆。几乎不需要回力。攻击意图藏得极深。

除了布雷默·唐·葛斯特,那个有资格争夺当代最强剑客称号的家伙之外,利奥从未见过有谁使剑如此生猛。严重的自我怀疑令他脊背发凉。他早已习惯裹着自信的外衣,剥去之后所感受到的寒冷竟是如此陌生,如坠冰窖。

不过,利奥听人说打破鸡蛋的方法不止一种。他似懂非懂,但这一技术性的论断说到他心里去了。堪称人生格言。斯达速度快,但利奥力气大。他必须留意对方的破绽,瞅准机会压制那个狡猾的混蛋,一举将其击溃,就像砸碎一颗核桃那样。

斯达接下来的一剑快如闪电,但利奥做好了准备。他反手将其挡开,并未退后,而是欺身上前,斯达脸上闪过一抹惊讶之色,令他颇为受用。他一剑又一剑,带着恐惧和挫败狠狠地出击,把日暮手中的剑震得铛铛作响。

一声金铁交鸣,斯达封住利奥的剑,攻势戛然而止,剑刃差点碰着鼻尖。他们面对面地咆哮,竭力占据上风,剑格交错,两人的指节几乎挨在一起,站姿不断变换,只为获得些许优势,双方疯狂角力,一时间僵持不下,观众们的嘶吼声震耳欲聋,难以区分哪些是鼓劲,哪些是辱骂。

获胜的希望稍纵即逝,利奥逐渐感觉自己败下阵来。他龇着牙,吼得唾沫飞溅,却抵挡不住斯达的冲劲,节节败退,终于失去平衡,狼狈地闪开,双方的剑在铮鸣声中分道扬镳。斯达当头劈来一剑,他猛吸一口气,慌忙躲避,不料脚底打滑,差点摔跤,只能拉开一点点距离,喘得上气不接下气。

北方人阵营高声喝彩。联合王国阵营则失望地哀叹。魁狼浮夸地挽了一朵剑花,笑容满面。他们显然都得出了同样的结论。

斯达更胜一筹。

不过,利奥听人说船到桥头自然直。当时他心存怀疑,但如今这一充满希望的论断说到他心里去了。算是人生格言?既然在速度和力量上都拼不过魁狼,他就只能磨下去。依靠顽强的防守,凭借死缠烂打的毅力、百折不挠的耐力,执行疲劳战术。他要做一棵根深蒂固、风摧不垮的大树。他必须耗死那个混蛋。

斯达刺来一剑,却差了准头。利奥轻松绕过,终于抓到破绽。但就在他猛扑上去的时候,斯达迅速沉肩,挥剑横扫。剑风扑面而来,惊得利奥倒吸一口气。他挥剑反击,魁狼却早已笑嘻嘻地跳开了,笑容从未收敛。

观众们在咆哮。一开始利奥以为是为他的精彩表现而欢呼。很快他感到脸颊有异样。原来是斯达的剑尖划破了皮肤,来势太快太猛,他甚至没有察觉。他们为流血而欢呼。他流的血。

利奥后退时,感到伤口微微刺痛,继而阵阵抽痛。他担心以后留下的伤疤很难看。担心它换不来一个外号。但当冰冷的质疑爬到嗓子眼的时候,他才意识到前提是能活下来。死人得不到外号。

斯达笑得更放肆了。笑面杀手。

"我要放干你的血,小子。"他说。

布洛克挥剑反击时,剑尖从克洛弗鼻子前面掠过,距离不到一掌之遥，吓得他急忙缩头。斯达吼叫着杀了上去，刺了一剑又一剑。布洛克喘着粗气跳开，扫中了斯达的剑，后者砍进了克洛弗邻近的盾牌。

死者在上，太吵闹了。金铁交鸣，战吼声声，围观人群怒潮汹涌。

死者在上，太拥挤了。举盾人不敢懈怠，随着身子的晃动，盾牌相互剐蹭，随着彼此的冲撞，肩膀相互摩擦，随着斗士们的接近，盾墙扭曲变形，随着他们把背后的观众推回原位，泥地被踩得稀烂——观众见了血格外兴奋，不断地挤上前来。

克洛弗自认为很讨厌蠢货打架，况且还有蠢货围观。一条人命被残忍地终结，人性最糟糕的部分随之暴露。然而扪心自问，他也很喜欢。喜欢刀光剑影、抛洒热血的那份刺激。乔纳斯·斯蒂普菲尔德还残存在他心中，犹如永远挖不出来的一块碎片。

世上没多少事比目睹两个汉子殊死决斗更令人眼热心跳。唯一能超越的就是亲自上场。斯达再次冲向前去的刹那，他的心头充满兴奋夹杂愧疚的情绪。布洛克边挡边退的时候，他感到自己面带热切的笑容。其实布洛克的剑术不赖，但在斯达面前就不够看了。随着时间流逝，越来越不够看。那把巨剑在斯达手中流转翻飞，犹如裁缝手中的缝衣针，运用自如，毫不费力。

双方又拼了一会儿剑，忽高忽低，剑光霍霍。布洛克不断地挪移、招架，但斯达动若闪电，依然击中了目标。那一剑划过左臂，几滴血飞进人群。斯达很可能有机会废了布洛克的胳膊，但不炫耀他就不是魁狼了，此刻他咧嘴大笑，把红色的剑刃亮给周围的观众看。他不仅剑术要命，性格也浮夸得要命。两者往往同时出现，真令人伤脑筋。

布洛克紧咬牙关，不屈不挠，脸颊因为伤口出血而被染红。他的勇气无可指摘，但无论歌谣怎么唱，勇气绝对不是战士最重要的品质。无情、蛮横和灵活地出击才能赢得战斗,而斯达在这些方面更胜一筹。此刻他狂笑着扑上前去,抡圆了血迹斑斑的巨剑,逼得布洛克退向盾墙。

克洛弗用盾牌抵住步履踉跄的幼狮,像羽毛垫子一样稍稍退却,然后轻轻一送,让他借势躲闪,接下了斯达的一剑,随着一声刺耳的铮鸣,大剑被远远地扫开。

他怀疑这个小动作改变不了结果。对联合王国来说,这可能是个不幸的日子。对利奥·唐·布洛克和所有爱他的人来说。你可能会觉得,对乔纳斯·克洛弗来说是好事。毕竟,他站在赢家的一边,决斗获胜,意味着他可以吃肉喝酒。

但有时候他希望自己有骨气选择正确的一边,哪怕是输家。

有人开始敲鼓,缓慢而沉重。瑞卡恨不得掐死那个混蛋。

死者在上,太紧张了。场上的两人警惕地绕着圈,寻找对方的破绽,身子随之扭来扭去,犹如追踪气味的狗,与此同时,她的喉咙始终隐隐作痛,还有愈演愈烈的趋势。瑞卡嘴里尝到了酸腐和恐惧的滋味,举盾人则在呼喊、跺脚、咒骂和鼓劲。

死者在上,太无奈了。她恨不得放声尖叫。恨不得找个靶子发泄一顿。恨不得把鼻环扯下来。再怎么乐观的人都不会怀疑利奥必将死在场上,而她什么都做不了。

大部分观众仿佛在过节。孩子们爬到树上,瞪大眼睛望着下方。胖子国王斯奎尔哈哈大笑,大口痛饮,然后继续哈哈大笑。一坨堆积成山的肥肉。

"他们怎么笑得出来?"芬蕾低声说。

"因为要去面对大平衡者的不是他们。"瑞卡的父亲说,他的面孔仿若灰石雕刻而成。

比害怕他们撞在一起更可怕的是,他们真的撞到一起,每次相撞都如天雷地火，每个动作都吓得瑞卡皱眉吸气，每道寒光都惊得她夹紧屁股。她死死地抓着座位，仿佛那是马鞍，胯下有一匹难以驯服的野马，同时死死地把芬蕾冰冷的手抓在自己火热的掌心，用力到腕子酸痛。

她知道，只要一剑之差，她可能就会失去爱人，失去家园，失去未来。人可以无比强悍，熬得过饥饿、寒冷和绝望，承受难以想象的打击，越挫越勇。但人也可以无比脆弱。只需要一截开了锋的铁器，就能把人变成一摊烂泥。一次时运不济。一句误判之语。

是她铸就的大错吗？是她一手促成的悲剧吗？

日暮冲上前去，瞬间变换方向的时候，她倒吸一口凉气。铮鸣一而再、再而三地响起，利奥挥剑反击，但动作太慢，斯达轻松绕过，一剑咬中利奥的腿，后者顿时打了个趔趄。

"不。"芬蕾浑身发抖，瑞卡更用力地握着她的手。竭尽全力故作坚强，尽管她的精神近乎崩溃。竭尽全力龇牙咧嘴，瞪着笑容满面的斯达，将锥心刺骨的恐惧和愧疚化为愤怒。竭尽全力窥探任何可资利用的东西。

你不能强行睁开千里眼，正如你不能指使潮水的去向。不过，试试又有何妨？

她把双拳撑在膝头，上半身前倾。眼睛一眨不眨。她盯着草地，仿佛可以透过其中看到接下来会怎样。她指望眼睛发热。

也许她看到了内心渴望的场景。死者在上，这段时间她有过太多渴望。但恍惚之间，她似乎真的看到决斗圈里有幻影闪动。模糊不清，忽隐忽现。似是人影。斯达和利奥，以及他们的剑，而当真实的人穿过幻影的时候，它们如风中的蛛网，被扯得四分五裂。

瑞卡缩着嘴唇，紧握双拳，死命地咬着腮帮子，牙齿都快咬碎了。她盯着决斗圈，仿佛盯着飞旋的狂风。

她强行让自己看见。

斯达在笑。咯咯地笑个不停，仿佛双方的每一次接触都是一个令人捧腹的笑话。

利奥不觉得好笑。他告诉自己，他是幼狮。安格兰的总督。贵为名门之后，手握赫赫战功。然而，他几乎没有发动反击。在一次次挥舞中，巴纳瓦的剑越来越沉重。他担心如果发起攻击，可能在斯达面前暴露致命的破绽。但他也担心如果一味地防守，局面只会朝着一个方向发展。

而局面正在朝着他所担心的方向发展。

斯达身子一动，利奥踉跄退后。然而对方只是虚晃一招，手脚配合做了个假动作而已，却吃定了利奥。此时斯达的目标已经不只是赢得决斗，而且要大张旗鼓地表演一番。杀一儆百。让整个北方都知道魁狼的可怕。他一抖剑尖，刺了过去，而利奥已无力招架。斯达本来可以捅他一个透心凉，却仅仅戳了一下他的肚子。在笑声中一触即收。

他是幼狮，但他在流血。脸上流血，腿上流血。红色的鲜血顺着他的右手流淌，握剑的手掌变得黏糊糊的。在听说血九指的故事时，他一度怀着浴血决斗圈的憧憬。但如果浴的是自己的血，可就不值得憧憬了。

他是幼狮，但他疲惫不堪。他呼吸急促，寒冷的空气刺激着喉咙，但怎么都喘不过来气。他两股战战，手臂绵软无力。现在他已经不可能耗死斯达了。他唯一的机会是智取。问题在于，动脑筋不是他的强项。要是他善于动脑筋，也许一开始就不会接受挑战。

他的目光扫向场外，寻找启发。

他的朋友们，个个都把盾牌举得松垮无力。格拉沃德咬着嘴唇。吉恩扯着胡子。安塔普垂头丧气。朱兰愁眉苦脸，仿佛能感受到他身上的伤痛。他瞥了一眼母亲，她悲痛欲绝，面如死灰，目不转睛。

旁边的狗子神色冷峻，瑞卡摆弄着鼻环，死死地盯着场内。

出阴招，她说过。没人记得决斗是怎么打赢的，只记得是谁打赢的。真实到残酷的论断。死到临头的求生法则。

斯达再次佯攻，利奥再次踉跄退后，但这次倾斜的幅度很大。他把手伸到背后，似在支撑身体，实际上抓了一把草。斯达笑嘻嘻地扑上来，利奥怒吼一声，强行驱动双腿，一跃而起，把草扔到斯达脸上，然后一剑斩向对方的脖子。

即便失去平衡，眯着眼睛吐口水，日暮依然挡下了这一剑，但利奥已经全力压了上去。他的额头猛地撞向斯达的嘴巴，随着一声闷响，魁狼跌跌撞撞地退到己方的盾墙前。

一时间，他睁不开眼睛，张着血糊糊的嘴巴，满脸惊讶。利奥响亮地吐了口气，长剑高高抡起，破风而去，可惜斯达及时避开，剑刃砍进了那块盾牌，利奥被震得险些抓不住剑柄。

斯达跳开一步，吐出嘴里的草叶，咧嘴一笑，露出血红色的牙齿。"好，这才是决斗嘛！"

他冲了过来，途中突然变向，快如疾风，根本不可能抵挡。利奥束手无策，只能倒吸一口凉气，任凭斯达的剑掠过大腿，冰冷的触感很快变得火辣。鲜血浸湿了裤腿，他所能做的只是强撑着不倒下。

他不是狮子，他是吓破了胆的、不想死的小男孩。

然而现在听妈妈的话为时已晚。

布洛克伤得不轻。脸颊的伤口血流不止，大腿的伤口染黑了裤子，胳膊上的伤口染红了手。浴血决斗圈正是吟游诗人的唱词。场面不太好看，但克洛弗见得多了。经历得多了。要想赏心悦目，就别来决斗圈。

斯达胜券在握。他笑得像野狼，步态像公鸡。是称霸农场的公鸡,没有嘲讽的意思,不过克洛弗觉得两种解释对这位北方的继承人来说都挺合适。他张开双臂,放声大笑,怂恿观众们发出更加响亮的喝彩和欢呼。有人嗜好受人追捧,就像有人嗜好喝酒。得到越多,渴求越多,永不知足。

斯奎尔的兴奋程度不亚于侄子,狠狠地冲着场内挥动铁手,大吼"玩儿他!"公鸡惜公鸡。浑身是血的布洛克似乎备受刺激,慢吞吞地逼上前来,笨拙地挥了一剑,十跨之外都能看得清清楚楚。斯达含着轻蔑的讥笑将其扫开,他可以一剑切开布洛克的后背,却还是放跑了对手。

"结果了他,该死的!"黑手卡尔达咆哮,哥哥有多么兴奋,他就有多么厌恶儿子在场上显摆。

斯达已有五次机会杀死布洛克,但沉迷于猫捉老鼠的游戏,老是捉了放,放了再捉。克洛弗认为这样做很不明智。在决斗圈里不要冒险,不要给对手机会,悬而未决之际,切莫赌上你此前和此后的一切。命运稍一变脸,入土的就是你,而命运是个说变脸就变脸的小兔崽子。

没人比克洛弗更清楚这一点。

瑞卡死死地盯着决斗圈,直盯得头晕目眩,胃里翻江倒海。她的左眼很热,像是在眼窝里燃烧。她强行睁大左眼,目不转睛。

利奥因为有伤,直不起腰来,反应格外迟钝,从头到脚都是血。斯达的动作则愈加迅猛,愈加笃定,辗转腾挪,跳来跳去,只差朝着观众献上飞吻了。

瑞卡发现人群上方有剑和长矛的幻影。还有不存在的旗子在晃动。来自昨天的战斗?未来的战斗?死者在上,她很想呕吐。头痛阵阵袭来。冷汗流淌,刺激得头皮发痒,但她不敢挪开视线。不敢眨眼。不敢打断千里眼。

决斗圈里也有幻影。闪闪烁烁，晃来晃去。是利奥和斯达的幻影。手脚和面部的幻影。剑的幻影。

斯达的剑划过利奥的腹部，后者一脸痛苦。并非致命一击。只是轻轻一划。身边的盾牌溅上了血点。利奥步履蹒跚，双膝跪地，长剑脱手掉进草丛。

"不。"利奥的母亲闭上眼睛，喃喃自语，眼泪扑簌簌地落下。

日暮在场中央不慌不忙地转着圈儿，尽情地享受胜利和荣耀，他扭头看着瑞卡，使了个眼色。

死者在上，她的眼睛烧得厉害。感觉要在眼窝里烧成灰了。

斯达移开视线，高举手臂。

她看到了他的剑。

是千里眼看到的。

忽然之间，那把剑的前世今生犹如决堤的洪水，一股脑地涌向她。

她看到了它所起源的铁矿石，从冰冷的土地里被挖出来，在火光熊熊的熔炉中冶炼，化作白热的铁水流进模具。

她看到铁匠沃特斯密挥动锤子，打得火花飞溅，淡橙色的光照亮了他的脸庞，他的孩子们踩着风箱，他的母亲德娜一边扯紧剑柄上的绑带，一边云雾缭绕地抽着烟斗里的查加。

她看到这把剑被作为生日礼物送给十岁的斯达，黑手卡尔达面对满脸笑容的男孩，按着他的肩膀说："打仗，打赢才算数。别的都是唱给傻瓜们听的歌谣。"

她看到剑在魁狼的剑鞘里，决斗开打时被他抽了出来，劈砍撩刺，场上尽是它破空划过的光带。

她看到它在齐颈处留下一道残影，斯达龇着牙，兴奋地大吼一声。一记凶蛮霸道、漫不经心、招摇浮华的横扫，对方立刻身首分离。

她完全知晓剑的去处，一清二楚，但那天在潮湿树林里知晓箭矢的去处时，她满心喜悦，而今却丝毫感受不到。因为在斯达那把明晃晃的大剑之外，她发现天上有一道裂缝，裂缝里是漆黑的无底深渊，无始，亦无终，她所知晓的不是一把剑或一支箭的来历，而是一切。如此巨量而恐怖的信息，区区一块碎片都可能撕裂她的意识。

利奥强撑着跪了起来，晃晃悠悠，浑身是血，然后他从草丛中捡起自己的剑。

瑞卡跟着他一起摇晃、呻吟、喘气，抱着疼痛的脑袋。天空裂开，势要把她吸入深渊。

斯达微微一笑。摆出旋身的架势。瑞卡的眼窝里仿佛埋了一颗滚烫的煤球。

利奥准备爬起来，脑袋越升越高，朝着斯达的煌煌剑影去了。

她猛地拍了一下灼热的脸颊，用联合王国的语言，撕心裂肺地尖叫一声。

"趴下！"

✡

利奥说不出缘由，只觉得站着死很重要。

痛到痛无可痛。只是麻木。只是虚弱。太沉，太重。

爬起来都需要竭尽全力。

世界摇摇晃晃，形同肉冻，黑色的土地、亮粉色的天空、炫目的彩绘盾牌、凶狠的面孔和呼出的白雾混成一片。

他几乎听不见自己沉重的心跳，分不清人群的嘶吼声和自己刺耳的呼吸声。他抓起剑的时候抓了一把草在手里。染血的草叶。染血的泥土。

他嘴里有铁锈味。人在打仗时能发现真正的自我。他强行伸直双腿,东倒西歪,拼命集中精神。

他瞥见了斯达旋身的动作,血糊糊的嘴巴咧着,笑容一闪而过。继而,在喧哗声中,他听到了一声尖叫。

"趴下!"

于是他趴了下去。也许是摔了下去。一阵风卷起他的头发,他用尽最后一丝气力,自下而上挑了一剑。这一剑乏善可陈。笨拙,乏力,因为手指酸痛,剑柄都抓不实在。

但有时候乏善可陈的一剑也够用。

随着一声闷响,剑刃深深地砍进日暮的大腿。

斯达的眼珠子鼓了出来,嘴巴大张,发出一声怪异的、高亢的尖叫。叫声中的震惊多过痛苦。他踉跄了半步,在死一般的寂静中猛吸一口气,又惨叫一声。这次痛苦多过震惊。

利奥收剑的同时,日暮打了个趔趄,然后口喷血沫,倚着没有受伤的那条腿,高举大剑,剑刃映着落日的红光。

啪的一声,利奥抓住斯达握剑的拳头,然后怒吼着上前一步,抢起巴纳瓦的剑,把剑柄的圆头狠狠砸进日暮的脸,尖叫声戛然而止。斯达的脑袋猛然后仰,鲜血在落日的余晖中乌黑如墨,在他翻身坠地之前,利奥抓住那把大剑的剑格,将其夺了过来。

魁狼重重地倒在地上,双臂摊开,断裂的鼻子随着呼吸直冒血泡。利奥俯视着他,莫名其妙地手握两把剑。发生了什么事?

围在场边的彩绘盾牌都放下来了,人们无不惊得瞠目结舌,但最吃惊的莫过于利奥本人。

此时己方阵营的喧哗声陡然升高,前所未有地响亮。震惊化作狂喜,狂喜化作狂欢。

"利奥·唐·布洛克!"

"幼狮!"

其中最响亮的喊声是:"杀了他!"

换作利奥躺在地上,毫无招架之力,日暮必然会杀了他。必然采取最缓慢、最痛苦、最羞辱的方式杀了他。必然在乌发斯的屋顶放声狂笑,大肆宣扬今日的胜利,听吟游诗人们唱上好几年。

斯达企图脱困,他呻吟着挪动伤腿,嘴里吐出血泡,而当两把剑的剑尖直指他的咽喉时,他缩成了一团。他瞪着剑尖,血淋淋的头发贴在脸上,惊恐的眼睛睁得老大。

他终究不是无敌的。

喊声有了节奏,变成了齐声呼喝。

"杀了他!杀了他!杀了他!"

呼喝声越来越响,随之呼出的白雾飘散在寒冷的暮色中。

"杀了他!杀了他!杀了他!"

呼喝声越来越响,又多了武器的当啷声、拳头捶打盾牌的嘭嘭声、靴子跺在冻土上的咚咚声和颤动感,与利奥激烈的心跳同步,回音从他的脚底一直震到头皮。

"杀了他!"他听见格拉沃德从盾牌上方咆哮。

"杀了他!"他听见安塔普嘶声尖叫,五官扭曲。

"杀了那个杂种!"白水吉恩咆哮。

利奥看见他母亲眼中含着泪水,手捂着嘴。他看见狗子,不知是准备站起来还是坐下去,一脸难以置信的笑容。他看见瑞卡站在两人当中,双手蒙脸,一只眼睛在指缝里闪光。

"杀了他!杀了他!杀了他!"

利奥长长地吸了一口冰冷的空气,举起巴纳瓦的剑和斯达的剑,吼声在嘶哑的喉咙里断断续续,然后扑哧一声,两把剑同时插了下去。

插在草地里,两剑之间是魁狼痛苦万状的面孔。

"日暮斯达。"他含糊不清地说,现在说话相当费力,每说一个字都不比举起大石头更轻松,"我饶你……不死。"

天旋地转中,他单膝跪地。跪在被露水和自己的鲜血浸湿的草地上。

"有点晕。"他说完,歪向一边。

还是躺着好。

48 穷人遭罪

The Poor Pay the Price

"特赦,"马尔默说,"我们交出武器。我们交出人质。然后我们全都没事了。"

谁也不说话,人人都在思考这些条件意味着什么。也许远远超过他们当天早上的期待。但又比数周前的梦想差得太远。

这次因陋就简的会议在一间仓库里召开,此处早已被劫掠一空,冷风灌进破烂的大门。参会的是十五个破坏者,分别管辖瓦贝克的不同城区。这座城市已经沦为混乱无序的垃圾场,所谓的管辖可想而知。他们是苦守到最后的一群可怜虫。他们当然自诩忠贞不渝,但也许他们只是失去得太多。

布罗德深吸了一口气。他根本不该掺和进来。他当时就知道,现在也很清楚。但他当时又告诉自己,事情也许有转机。好了伤疤忘了疼,这次撞墙应该不疼。他无数次发誓重新做人,却不知为何老是犯同样的错误。

"一概不计较?"一个面如死灰、皱着眉头的女人问。

赫伦点点头,但看样子不是很有把握。"王子殿下的原话。"

"派克那个混蛋说了什么?"萨贝问。

"他不赞同,"维克说,"但也没有反对。"

"你信得过奥索?"布罗德问。

"最好不要把我们的决定建立在信任上。"维克说,仿佛信任是某种存在于童话里的怪物,"只考虑大多数人的利益就好。"

马尔默的叹息像是从疲惫的深井中翻上来的沉渣。"革命者把希望完全寄托在王太子身上不是啥好事。但他看样子是个正派人。比预期的好得多。"

"预期低到不能再低了。"维克一如既往地皱着眉头。那个女人总是一副愤懑不平的样子。

马尔默无奈地耸耸肩。"比起大多数王室成员,我感觉他更信得过。不过,我也信过里辛奥,瞧瞧他干的好事。"

"事实就是,我们别无选择。"赫伦说,"我们断粮了。我们的目的不是把同胞们都饿死。"

"有时候我都不知道我们的目的是什么。"

一两个月前,在各种盛大的集会上,人们争先恐后地列举他们所期望的改革事项。如今却没人给马尔默一个说法。理想变得模糊不清。就像雾气中远方的烟囱,你很难说清它们真的存在,还是你出现了幻觉。

"那么我想只能这样了,"马尔默说,"传话给所有愿意听话的人。我们撤路障。我们开城门。我们投降。"

众人挨个儿点头同意。点个头都那么悲壮,像是扒了他们一层皮。但除此之外,谁都不知道还能怎么办。暴动走到了尽头。

"我嗓子眼里堵得慌,"萨贝说,"就这么放弃了。"

布罗德拍拍他的肩膀。"值得庆幸,嗓子眼还能堵上。"

外面的空气中依然弥漫着焚烧之后浓烈的余味。除了焚烧的余味,还有后来的腐臭味。灰烬在街上飘飞,落在垃圾上,犹如细细一层黑雪。不远处矗立着一家徒具空壳的工厂,焦黑的椽木裸露在外,直指苍白的天空,焦黑的窗户只剩空洞。

"这本来应该是我们的大变革。"马尔默缓缓地摇着花白的脑袋,布罗德敢发誓,他的白发是最近变多的,"结果却是一场灾难。"

"我才不会为那些失去工厂的工厂主抹眼泪,"萨贝咬牙切齿地说,"我把话放在这儿。"

"那么工厂里的活儿呢?"维克问,"我敢说,富人们的投资虽然打了水漂,但他们能对付过去。失去了生计的穷人怎么办?"

"还以为我们干的是好事,"马尔默沧桑的面孔布满疑虑的皱纹,"确信我们干的是好事。"

"好与坏没有你想象的那么好区分,"维克说,"基本上取决于你的屁股坐在哪里。"

"残酷的事实。"布罗德咕哝道。

马尔默皱眉望向烧空的厂房。"遭罪的还是穷人。"

布罗德想起了墨西利亚遇劫的场面。贫民窟被掏空,化作烟火缭绕的废墟,街头巷尾都是横七竖八的尸体。而浓烟之上,坐落于高地的宫殿完好无损。他动了动嘴,吐了口痰。"遭罪的永远是穷人。"

当晚,人们涌出城外。弯弯曲曲的队伍绕过废弃的路障,越过田野。其中有一些破坏者,准备上交武器,以期获得赦免。大多数人听说有食物可以领取。

这支邋里邋遢、面黄肌瘦、无家可归的队伍一开始还谨小慎微,但最先迎接他们的是一群分发面包的女人,个个笑靥如花。与其说她们带来的是手推车里的面包,不如说是希望,因为人们的心情明显有所好转。不久前,人们对奥索王太子的评价还嫌不够难听。如今吃了两口面包，他们便对他不吝溢美之词。布罗德也不比他们好多少，被烘焙的香气熏得垂涎欲滴。而小梅和莉迪啃面包时满足的笑容，是比面包本身更美好的礼物。阿黛丽没有笑。布罗德似乎从未见她笑过。她一边咀嚼，一边盯着脚下，木然地挪步，一双湿漉漉的大眼睛嵌在枯瘦的脸庞上。

面包的余味消散后不久，布罗德故态复萌，当天早晨那个历经沧桑的杀手又回来了。太阳悄然落向远处的树林，寒气降临之时，他们来到一群面无表情、负责收缴武器的士兵面前。道路两边堆放着各式各样的武器——有陈旧的尖头杖，有生锈的剑，有屠夫的斩肉刀，还有园丁的手斧。

"我是鞋匠，"前面的男人嘟嘟囔囔地抱怨，一个军官正在检查一套闪亮的刀具，"没有刀我怎么干活？"

"有得必有失。走吧。"

交出武器在布罗德看来无异于主动认罪。动身前他把身上的武器都丢到井里，高高兴兴地看着它们消失不见。虽说杀人的是人而不是刀，但你既然手中没有刀，就不可能捅人。

"我没有武器。"他对负责的军官说，同时推了推架在鼻梁上的眼镜，似在暗示自己是文化人，"完全不懂怎么使。"

军官上下打量他，似乎这个回答不管对谁来说都难以接受，但还是歪了歪头，示意他过去。

又慢慢吞吞地走了一个钟头，天色暗了下来，心情也随之低沉。人们窃窃私语，说是前面有审问部的人盘查。队伍里有人被带走。那些跟破坏者有来往的人。骑马的士兵披盔戴甲，手举火把，在道路两边的田地里巡视。有些人倾向于往好处想。其他人都相信自己即将以叛国罪名被当场吊死。不过谁都没有停步。他们犹如排队待宰的羔羊，挤挤挨挨，拖着沉重的步子，绝望地迎接未知的命运。

"不喜欢这样。"莉迪低声说。

布罗德也不大喜欢。他在瓦贝克犯了事,在家里的农场犯了事,在斯提亚犯了事,莫非他真的指望能侥幸脱逃?拿世道不公这种话自我安慰可不是啥好事。

道路前方有一处废弃的城门,仅剩残垣断壁,二十来个士兵守在那里,另外还有二十来个戴面具的刑讯官。为首的是一个身披黑衣、面色惨白的审问官,火光照得他满脸坑坑洼洼,形同魔鬼。布罗德正在观望,有两个人被带到一边,队伍里发出一阵紧张的呻吟。他突然很想逃跑,不禁东张西望起来。

"冷静!"审问官喊道,"王太子殿下愿意赦免你们!提几个问题而已,你们照实回答就行。绝对不会加害各位,我保证,派克主审官和奥索王太子有言在先。再走两步,前面就有热汤供应。"

图穷匕见。你可能死,也可能喝到热汤。可耻的是,布罗德还抱有一线希望。

"只能相信他们,"他喃喃道,"都走到这一步了。"

"我们可以回去。"莉迪忧心忡忡地皱着眉头,低声说。

"他们会看到我们,以为我们心里有鬼。你们两个最好离我远点。"也许她们很久以前就该离他远点。但小梅不可能听他的话。

"不!我们不分开。跟我们在一起你更有机会——"

"怎么回事?"正在他们争执不下的时候,阿黛丽竟然不管不顾地离开队伍,径直走向审问官。"她要干什么?"如果那个一无是处的流浪女引火烧身,他们就全完了。但布罗德无能为力。冲出去抓她,事情只会变得更糟糕。

一个刑讯官紧握手里的棍子,挡住她的去路。"回去排队,姑娘。"

"我是瑟雯·唐·格洛塔!"她的话语洪亮有力,响彻这个寂静的黄昏,"审问长阁下的女儿!我要求立刻面见奥索王太子!"

一时间没有人说话,审问官盯着她。刑讯官也盯着她。所有人都盯着她，布罗德也不例外。他不敢相信自己的耳朵。他们帮了她那么大的忙，她却要把他们送上绞刑架。

但她的言语变得不一样了。吐字清晰，表达流畅，语气不容置疑。她的姿态也变得不一样了，腰板挺直，双肩后收，细长的脖子抻了出来，尖尖的下巴傲慢地扬起。她似乎突然高了半个头。

"快！"她冲着审问官吼道。

他盯着她沉默片刻，然后欠了欠身。"明白。"

尽管刑讯官戴着面具，但能看出他惊得目瞪口呆。"我们的任务是——"

"如果这位年轻女士所言属实，那么我们必须即刻提供帮助。如果不是……我们很快就能知道了。相信人性诚实的一面，世界在你心里必将更加光明。"他毕恭毕敬地伸出手。

"谢谢你，审问官，"她说，"这三个人跟我一起走。"

审问官狐疑地打量了一番布罗德。"不能说随便一个人我就——"

"当然。"阿黛丽说，或者瑟雯，天知道她是谁，"就这三个人。没得商量。"

"很好。"审问官招手示意他们。布罗德看着莉迪，但她能怎么办？他们能怎么办？

"但愿那个姑娘没有撒谎。"布罗德跟着他们走上暮色四合的街道时，刑讯官咬着他的耳朵低声吼道。

"我也没想到。"布罗德咕哝道，却被对方推了一把，靴子绊到车辙，差点咬了自己的舌头。他恨不得照那家伙的脑袋来上一拳，但这样做完全是自寻死路，甚至会连累家人。逮着一点机会就大打出手的人，不算什么英雄，只是蠢货而已。

"你知道怎么回事吗？"他动了动嘴角，轻声问小梅。

"我当然知道，是我安排的。"

"你他妈的干了什么?"

另一边的莉迪也盯着她。"你干了什么,小梅?"

"有些事我不能不做。"小梅目视前方,腮帮子咬得死死的,"关键时刻必须有人把家庭放在首位。"

49 重新做人
The New Woman

瑟雯咬着皴裂的嘴唇。她摆弄着磨损的裙边,这条粗劣的布裙已经被洗得发硬。她撕扯着指甲周围的细皮,指甲已经残缺得不堪入目。

她一直都精心呵护自己的双手。它们的优雅美丽也常常获得好评。而如今,不管她怎么拉扯袖口,都遮不住手上的疮痂、裂纹和老茧。十根伸不直的手指刻满了她经历的苦难。

她不再是可怜的流浪女阿黛丽。但她也不是瑟雯·唐·格洛塔,那位在投资界呼风唤雨、无所畏惧的蛇蝎女王。她以前喜欢照镜子,就像蜂蝶眷恋鲜花。如今她对镜子唯恐避之不及,害怕看见自己的样子。话说回来,她什么都害怕。

她知道,从今往后不用挨饿了,她理应如释重负。终于能洗个干净澡了,她理应感到开心。一路逢凶化吉、意外获救,她理应感激涕零。她知道被困在瓦贝克里的人绝少有这样的运气。

但恐惧感如鲠在喉,挥之不去。她不像获释的囚犯,反而像被绑的人质。心情类似发生暴动当天，整个瓦贝克都陷入癫狂，她在街道上狼狈逃窜的时候。甚至更糟，因为那时候的恐惧合乎情理。而现在她已经脱离险境。

听到外面的响动，她猛地转过身，心跳突然加快。出于某种生疏已久的本能反应，她下意识地调整自己的仪态。作为一位讲究品位的女士，无论什么时候被人看见，手头都得有要紧的事情在忙活。她抬手整理假发，却摸了个空，只摸到一头乱七八糟、粗俗不堪、色泽暗淡的细毛。最后她只能呆在那里，结满疮痂的双手绞在一起，这副模样可不像在画师面前摆造型的美人儿，更像是在漆黑的门廊处受了惊的窃贼，与此同时，有人掀开门帘，钻进帐篷。

奥索。

他的红金色制服鲜艳得超乎寻常。在瓦贝克，后来那段时间，一切都是灰扑扑的。他看样子似乎添了秤。也许是因为她见多了面黄肌瘦的人，光是能吃饱肚子的都成了异类。相见的瞬间，他的表情前所未有地陌生。惧怕？同情？厌恶？他打了个激灵，抬手捂着眼睛，仿佛被她的模样深深地刺痛了。

"是你，"他轻声说，"感谢命运女神。"他向前迈了一步，却又尴尬地停在半路，"你……受伤了吗？"

"没有。"她说得毫无底气，彼此都很清楚这是谎言。她从精神到肉体都遭受重创。她被现实撕扯得支离破碎，然后胡乱缝合在一起。

"好。"他狡黠的笑容有几分勉强，"你气色不错。"

她忍不住大笑一声，笑声充满苦涩。"你一直很擅长撒谎，奥索，但刚才的谎话超出了你的能力。"

"在我看来你就是很美，"他注视着她的眼睛，"不管你怎么想。"

她无话可说。犹如一个倒霉的替补演员，被推上空荡荡的舞台，一脸惊骇地瞪着观众，不知道说什么台词。甚至不知道演的是哪一出戏。

当她终于开口的时候，语气却意外地平静。"有几个人是跟我一起来的。他们是一家子。我不能——"

"他们都没事，已经安顿好了。你什么都不用担心。"

"我不担心。"她轻声说，其实她浑身上下都写着担心，好在有这条粗劣的布裙作为掩护，"我很遗憾……你不得不到这里来，"她想起之前的事，"我知道你……多么渴望去北方。"

"听说你有危险，我没有多加考虑。我根本没有考虑。当然，我俩的父亲也没有给我选择的余地。也许北方的问题交给利奥·唐·布洛克去解决最好不过了，他那种人才是真正的猛男。你我都很清楚，我不是当战士的料。"

"军装很适合你。"

"我在战场上也许是羔羊，但只说军装上身的效果，我绝对是老虎。"

曾几何时，她可以滔滔不绝地调侃几个钟头，也可以优雅恬淡地笑而不语。如今她只觉得齿冷。一方没心没肺地开着玩笑，另一方却是惊魂未定，吓得屁滚尿流。

她心头燃起一团无名火。他为什么不早点来？这个胆小怕事的废物，为什么等在城外不进去？她恨不得拿指甲狠狠地挠他，但说出口的却是恭维的话。"以我所见，这件事你处理得相当不错。"

"我觉得归功于运气好。"

"人都还活着。"瑟雯眼前浮现出那个手臂被卷进机器的卫兵，鲜血喷了自己一脸。她只能干咳一声，吞下苦果。"大多数。大多数人还活着。"

"你还活着。这是最重要的。很抱歉我花了太长时间。现在才来。现在才找到你。"他注视着她的眼睛，炽热的目光令她难以承受，"现在才明白……我对你的感觉。我觉得我们的关系不太可能……回到从前了。"

她差点笑出声来。"当然不能。"怎么可能回到从前呢?

"所以……"他看起来紧张得可笑。奥索王太子,出了名的玩世不恭。他伤过多少女人的心?怕是数以百计。他早该驾轻就熟了。

"所以……"他使劲吸了口气。似在鼓起勇气干什么大事。瑟雯扬起下巴。似在刽子手面前亮出喉咙求一个痛快。他抬眼看着瑟雯。愧疚。不安。羞怯。

她的耐心耗尽了。"快说吧!"

"我想要你嫁给我!"他脱口而出,"我是说……该死!"他笨手笨脚地单膝跪下,"我没有提前做好计划。我连戒指都没有准备!"

她毫无防备,惊得目瞪口呆。"什么?"

他双手拉起她绵软无力的手。他的掌心很热乎,还有点潮湿。"太疯狂了,我知道我这样子太疯狂了,可是……我爱你。经历了这件事我才明白,可……听我说完。"

老实说,她根本没法打岔。

"没有你,我就是一坨狗屎!彻头彻尾的狗屎,所有人都知道。但有了你……我就有机会成为一个有价值的人。我不是来拯救你的。这种想法真他妈荒谬。我是来被你拯救的。我知道你绝对不会选我当国王,但是你……天啊,瑟雯,你天生就该是王后!我对你的仰慕胜过对任何人。你拥有我所不具备的脑子、胆识和野心!想想吧,我们齐心协力能获得多大的成就。啊,应该是我能目睹你获得多大的成就。瑟雯王后。"他露出孩子讨好大人的那种笑容,"念着多顺口。"

"王后……"发音犹如憋着气的尖叫,被掐着脖子的鹅发出的那种声音,"瑟雯……"

他要谁都行。但他要的是她。不为她的钱,不为她的人脉,不为她的假发、裙子和珠宝。不为她的投资理念。只是她。即便是现在跌落谷底的她。不是当他的情人。而是做他的妻子。他的王后。

"我……"她张了张嘴,嗓子却不争气,发出的声音像一个充满嘲讽意味的饱嗝。

"该死。"他眉头一皱,猛然起身,"你不必回复。你甚至不需要考虑。"他收回一只手,但另一只手的指尖依然钩着不放,似乎并不愿意撒手,"我不该问的。我太混账了。无论多久……你都可以……"

他快马加鞭前来救她。带着五千名全副武装的士兵。尽管招募的费用是她出的。她完全没有料到自己有需要被救的一天。她做梦都想不到来的人是他。甚至可以说,她从未真正地审视过他。她当然可以跟他说笑打闹。但她从未想过自己可以信任他。依赖他。她做好了被抛弃、被鄙夷的准备。而面对同情和关怀,她不知所措。

"见鬼,"他终于放手了,在她的指尖留下异样的刺痛感,"我实在太唐突了。你有什么需要的?我能帮你……你希望一个人待着吗?要我走吗?"他朝着门帘转过身去。

她一把抓住他的手腕。颤抖。他的手腕和她的手都在颤抖。

然后她吻了上去。

吻得一点都不体面。他大吃一惊,踉跄着退后,撞上了帐篷中央的柱子,一时间她以为整个帐篷都会垮下来。他们的下巴撞得生疼。然后轮到鼻子。她歪着脑袋,不料他的脑袋也歪到同一边,然后两人换了个方向,又把脑袋歪到同一边。

她扳着他的脑袋,用力地抱紧,牙齿相互剐蹭,发出难听的呼噜声和下流的吮吸声。他们吻得蠢笨、激烈、急不可耐,仿佛再不吻就没有时间了。完全不如他们在斯沃布雷克办公室里那么有条不紊,在舞会上一样进退有据,在牌桌上一样各怀心思、循规蹈矩。此刻他们完全摊牌,兴奋到不能自已,她的心跳声在耳际轰鸣,不亚于发生暴动那天。

她看见帘子后面是奥索的床铺，在阴影中闪着黄铜的暖光，于是把他推过去。他撞到了炉子，差点仰面翻倒，却依然吻个不停，接着帘子缠上了身，又被她扯开。多少人知道她在这里？多少人会猜测这里发生的事情？她不在乎。

她一直以来防范得滴水不漏。精心编排不在场证明，更换马车，把斯沃布雷克办公室的窗帘拉得严严实实。瞒着自己的父亲。瞒着他的父母。避免怀上私生子。她一直以来煞费苦心。理性至上。所有风流韵事都罗缕纪存在朱瑞的本子里，就像工厂的账簿。

如今她满脑子都是差点死在瓦贝克的各种可能。被打死。被饿死。被烧死。被自家的机器分尸。礼仪、规矩、名声、理性……在扯掉布裙好让两人肌肤相亲的紧迫性面前，它们统统都得让到一边。她脸颊湿润。有可能在哭。她不在乎。

她扭过腰，让他够得到扣子。"帮我把这个脱了。"

"我正在努力，"他咕哝着在她的领子上摸索，"操……该死！"噼啪声中，缝线崩裂，纽扣弹飞，她从袖子里抽出胳膊，把裙子拽下去，像蜕皮的蛇一样扭动着钻出来。她一脚踢开廉价的裙撑以及附在上面的破烂玩意，撞得帐篷布剧烈颤抖，簌簌作响。

曾几何时，在斯沃布雷克的办公室里，完事之前她连帽子都不摘。如今她一丝不挂。无遮无挡，赤身裸体。他的双手扶着她的细腰。他的指尖轻轻磨蹭她的肌肤，仿佛不敢触碰。她能听见他的呼吸声。她的手滑到他的掌中，手指相互纠缠，然后引导它们，上至胸脯，下至两腿之间。她咬着舌头，咬得生疼。

在母亲自称从来不读的浪漫小说里，千篇一律都是王子拯救女主角的戏码，他骑马而来，于生死关头带她脱离险境，然后便是万分感动的女主角以身相许，俗套得要命。瑟雯对这种情节毫无感觉，不屑一顾，但今天她却付诸实践。她不在乎。

他停顿片刻，急促的呼吸刺激得她耳朵发痒。"你真要——"

"要要，我他妈的要定了。"她把手插进他的发间，把他的脑袋扳下来，然后扭着头亲吻他，吮吸他的舌头。在笨拙、饥渴、嘴唇挤压到变形的亲吻的同时，她的另一只手探到背后，摸索他的腰带，好一顿抠挖、掰扯之后，终于在一声脆响中解开了搭扣。她拉开裤子，摸到他的宝贝，开始揉搓，手腕别扭得吃痛。

"见鬼，"他喘着粗气，笨手笨脚地解开外套的纽扣，"该死的……制服。"

等他终于脱了衬衫，她闭上眼睛，享受着赤裸后背贴在他赤裸前胸的温暖，他的手臂绕过她的腰部，将她紧紧揽在怀里，耳鬓厮磨。他的另一只手再次摸到她的胯下，她顺势摩擦起来。她晃晃悠悠地抬起一条腿，踩在床上，差点失去平衡，只能单手抓着床架，另一只手还在揉搓他勃起的宝贝，感到它湿漉漉的头部顶在自己背后。

没有尔虞我诈、勾心斗角。不去思虑昨天已经发生的事，以及明天将要发生的事。只有他粗重的喘息和她微弱的呻吟，眼睛闭着，嘴巴张着。命运女神在上，她就像一只渴望进屋的猫在叫唤。她不在乎。

她什么都不管了。

50 徒劳
Lost Causes

"你可以走了。"维克说。

刑讯官的眼睛眯成一条缝,阴险而凶残的目光扫向那些犯人。不知道他们是否接受过眼神特训,或者这种天生眼神恶毒的人就想当刑讯官。也许两个原因都有。

"这家伙我能对付。"她说。毕竟犯人被结结实实地绑在椅子上,手腕被铐在身后,呼吸时罩在头上的袋子随之起伏。

门关上了,维克拎起袋子的一角,将其取下。

她初次见到马尔默就很喜欢他。她绝对不会承认这一点,否则可能成为软肋而被人利用。但她确实很喜欢他。很尊敬他。甚至打心眼里觉得,他算得上名副其实的好人。所以,当他认出她时,那副受伤的表情刺痛了她。但表情只是表情而已。维克被面带微笑的人踹过、打过、捅过,有的是她喜欢的人。受伤的表情动摇不了她的意志,正如微风不能吹动大山分毫。至少她是这样告诉自己的。

"你是他们的人,"他轻声叹道,闭上眼睛缓缓摇头,"完全没想到你是他们的人。怀疑谁都怀疑不到你身上。"

"这是我的工作。"她说着，一屁股坐在对面的椅子上。

"好吧，你确实很厉害。但愿你引以为荣。"

"我不引以为耻。但凡背着耻辱和荣誉的精神包袱，在流放营里都撑不过一周。"

"所以这个故事是真的？"

"我的家人死在那里。全死了。"

"那……你现在怎么帮那些兔崽子干活？你吃了那么多苦头？"

"你说反了。"维克倾身靠近，"我吃了那么多苦头，我现在如何能不为他们干活？"

马尔默垂头丧气。"说是特赦我们。至少这句话算数吧？"

"算数。但你要知道，提问是少不了的。"她面对面地盯着他，以便捕捉他眼睛的每一次抽动、战栗和变化，以便判断真话与谎言，"里辛奥在哪里？"

他疲惫地叹了口气。"我不知道。"

"法官在哪里？"

"我不知道。"

"多少说一点，我对他们也好有个交代。你帮了我，我才能帮你。"

"我要是知道法官的下落，你觉得我不愿意说出来？"马尔默悲伤地嗤笑一声，"我巴不得她被吊死，那个疯婊子。"

她早知道是这样的回答。但问题必须提出来。"织匠是谁？"

"是里辛奥自称的名号，我们第一次碰面时他说的。"

"什么时候？"

"我因为煽动罪被捕的时候。五年前。也可能是六年前。我们只不过抱团要求合理的工资，结果罪名落在我头上了。看来我有这个天赋。里辛奥来找我。类似这样的房间。说他理解我们。说他愿意帮忙。捍卫平民的利益,他的原话。发动大变革。"马尔默卷起嘴唇,"我愿意相信,所以我信了。看来我也有这个天赋。"

"彼此彼此,"维克说,"你知道我是怎么想的吗?"

"我要是知道,我也许就不会坐在这把椅子上了。"

"里辛奥是个小丑。也许这次混乱的局面该他负责,但暴动绝对不是他策划的。"她又凑近了些,仿佛在泄露什么秘密,而非挖出他的秘密,假装信任对方,最能博得对方的信任,"他说织匠是他从别人那里借来的名号。他的引路人。"

她清楚这种说法站不住脚。不足以说服审问长阁下相信此事还有幕后黑手。但维克从不放过任何一条可疑的线索。

"你对里辛奥有什么亏欠可言?"她问,"他利用了你们所有人。捍卫平民的利益?别开玩笑了。谁是织匠?"

马尔默皱着眉头,呆呆地盯着桌面。仿佛她的话引人深思。他似乎正在仔细回忆,从不同的角度审视过去。然后他眨了眨眼,哼哼着坐了起来,一副原来如此的样子。

"有个人,是我第一次参加大型集会时见到的。里辛奥非常……尊重他。几乎算得上敬畏。就像祭司遇到了侍奉的神明。里辛奥发言时指出了他。说他是盛宴的发起人。我们能欢聚一堂都是因为他。但他什么都没说。只是看着。"

"他是谁?"维克吼道。答案就在她面前晃荡,眼看快要吃进嘴里。

"没有听到他的名字,"马尔默说,"也没有看清他的脸,但——"

门把手哗啦一响,维克循声转头,准备斥退擅闯进来的刑讯官。话语生生堵在嘴边。派克主审官站在门外,烧伤的面孔毫无表情。两个刑讯官在他左右,从面具上射出来的目光异乎寻常的凶残。

"哎呀,哎呀。"他踏进狭小的房间,低语声犹如薄纸,"好温馨啊。"

维克站起身，椅子腿刺耳地刮过地板。"派克主审官。很荣幸见到您。"

"是我的荣幸才对。你在瓦贝克干得非常出色，审问官。巧妙又大胆。机敏又勇敢。没有你，这次暴动的收尾可能血腥百倍。但我不应该感到意外。审问长阁下一向很有眼光，能做到人尽其才。"

维克谦恭地欠了欠身。"您过奖了，主审官。"

"怕是没有多少人同意你的谦辞。"说话间，派克的视线移向马尔默。

"此人是暴动的领导者之一。我正在问他谁是暴动的始作俑者。"

"我们那位不听话的同僚里辛奥主审官怕是逃不脱罪责了？"

"有可能。"维克回答得很含蓄。如果少说一个字更好，她绝不多说一个字。

"我很想旁观你是怎么干活的。能让我在审问技艺上更进一步的人不多。"派克遗憾地叹了口气，"不过审问长阁下要你返回阿杜瓦。他要当面感谢你。"

"真的不用——"

"好好享受假期。"派克伸手按着她的肩膀，触碰轻若无物，但依然令她的皮肤痛得难受，"谁也不敢说你没有休假的资格。能挖出来的秘密，我保证一个不漏地挖出来。"一个刑讯官把一只沉重的匣子放在桌上，里面的刑具哗啦作响，"相信我。"

维克扭头看了一眼马尔默。在流放营里的时候，有一次他们拖着原木，在结冰的湖面上行走，一个犯人掉进了冰窟窿。另外两个犯人趴在洞口，企图把那人从水里拉起来。他们也掉进去了。

如果你希望活下来，最好对那些徒劳的事情保持清醒的认识。然后最好选择放手。免得自身难保。她转身走向门外。

"我们找个时间谈谈，私下里谈。"派克属于那种喜欢炫耀权力的庸俗货色，动不动就喊你回来。

"谈什么，主审官？"

"审问部有不少人在安格兰的流放营里待过，但大多都是管钥匙的。"他咬着耳朵说，喷在颈后的呼吸令她汗毛竖立，"我们这种戴着枷锁过日子的是少数派，应该相互照应。我们应该相互提醒……不要忘记在那里学到的教训。"

她凄然一笑。"它们一直浮在我脑子里。"

马尔默瞪着他们，一个刑讯官开始从匣子里取出刑具，在桌子的一头整整齐齐地摆成一排。

维克初次见到马尔默就很喜欢他。她很讨厌眼前的场面。但你最好对那些徒劳的事情保持清醒的认识。然后最好选择放手。她耸起肩膀，转身走向门外。

"好了。马尔默师傅，是这个名字吧？你刚才好像在说……关于织匠的事情？"

门闩咣的一声落下。

51 重新做人
The New Man

奥索迷迷糊糊地睁开眼睛。

光线暗淡。帐篷布在微风中簌簌作响。他恍惚了片刻，才想起自己身在何处。

瓦贝克。而且心情特别好……因为暴动已被平息，还有……

瑟雯！

他慢腾腾地翻过身，不敢确认，害怕一切都是梦境，床上空无一人。

但她真的躺在那里。双眼紧闭，朱唇微启，轮廓分明的锁骨随着呼吸微微起伏。

一时间，他感到泪水快要夺眶而出，不得不紧紧闭上眼睛。她没事了。她就在身边。微笑在他脸上漾开。

他求婚了。他竟然真的求婚了。而且，说真的，她虽说没有明确表示愿意，但把他拉到床上的做法似乎与不愿意相去甚远。每次挑选靴子，他都是接二连三地改主意，一整天犹疑不决。而这个决定,他生命中最重要的决定,在他心中却毋庸置疑。瑟雯是他理想中的女人。他所渴望和需要的人。一直都是。

他挪动身子,面对她。伸手去摸她的脸。

他很想唤醒她。抱着她。当然,也很想再次进入她,但又远不止如此。这是爱,不是肉欲。或者说,两者皆有。他很想向她倾诉所有的愿望。关于两个人的愿望。关于国家的梦想。关于他们未来功绩的筹划。然后他停了下来,指尖悬在她的面前,她呼出的热气喷在他的掌心。

她睡得那么安详。叫醒她实在太自私。有生以来,他头一次优先考虑别人。他希望成为别人的倚仗,而非一事无成、人见人嫌的包袱。他收回了手。

他不能坐享其成,上演英雄的戏码。他要实实在在地做事,真正成为英雄。他轻手轻脚地下了床,双指夹起裤子,穿上的同时按着搭扣,以免发出响声,然后把晨勃状态的宝贝无情地别在腰带里,到时候它自会恢复常态。今早不需要放纵。他愿意给她空间。他愿意给她需要的一切。他愿意帮她疗伤。

他抖开苏极克丝绸便袍,披在肩头,笑得嘴巴都合不拢。他扮演过无数角色,均以失败告终,而且常常是一败涂地。丈夫则是少数尚未扮演过的角色,他也许能取得辉煌的成功。他不能轻易放过这次机会。这次绝对不行。

他在隔间的帘子前停留片刻,回头张望。他把手指贴在唇上,差点送出一个飞吻。他打消了这个念头,因为实在太可笑了。但到了最后,该死啊,他还是这么干了,随即放下帘子。

此前——准确地说是昨天——每到天亮,他就在散落于床边的酒瓶里翻找,只求喝几滴残酒。但那个男人不在了,一去不返。现在他要喝茶。勤勉的成功人士每天早上都喝茶!

"希尔迪!"他挑了个大致的方位,喊道,"生炉子!"

他自我感觉非常良好，而且他这次应该有这个资格。

没错，危险的工作已经由格洛塔审问长手下那个强大的双面间谍完成了，但他觉得自己把她交付的王牌打得相当不错。他叫停了对方蛮横无理的诉求，不声不响地化解于无形。他在谈判中不失王者风范。他的慈悲、隐忍和审时度势的判断力得以充分展现。他拯救了万千苍生。

仁爱王奥索，也许史学家回顾他的功绩时会这样称他？这个称号很不错。反正比现在人们对他的各种称呼好多了。

这次暴动确实惊世骇俗，但也许能坏事变好事。也许可以成为他的翻身仗。有益于世界，也有益于他自己。有瑟雯在身边，他无所不能。无所不成。他在帐篷里踱来踱去，想法一个接一个地往外冒。往事不堪回首。他等不及重新开始。

他必须理解到底发生了什么，不能高居庙堂，而要深入民间。找那个姓托伊费尔的女人谈谈。她显然清楚真实情况。然后，等他回到阿杜瓦之后，再召见内阁，讨论施政方针。这一次得是严肃的议题，有实现的步骤。关于如何改变现状。如何让国家摆脱负债，发展建设。摆脱凡特和伯克那种贪得无厌的秃鹫。让财富惠及广大国民。如果只有少数人受益，所谓的进步又有什么好处？他必须消灭暴动发生的温床。这一次不要为自己的所作所为道歉！瑟雯会为自己的行为道歉吗？绝对不会！

帐篷帘子被粗暴地掀开，希尔迪跺着脚进来了，防潮垫上留下了一串泥印。

"早啊，希尔迪！"

她似乎完全没有奥索那么高的兴致，甚至都不回头看一眼，手里提着一大篮子柴火，闷闷不乐地走向炉子。

"天气好极了，不是吗？"

受母亲的影响，奥索能特别敏锐地察觉到对方的冷战意愿，而在希尔迪身上就有这个苗头。她猛地一下拉开炉门，把木柴塞进去，犹如把刀子刺进一个恨之入骨的敌人。

"你是不是有什么烦心事？"

"噢，当然没有，殿下。"她嗓音尖利，像是受了天大的委屈。

"但我感到有一丝敌意在打颤呢。怨气就像酒鬼的床铺，希尔迪。拿出来吹吹风是有好处的。"

她铁青着脸扭过头，强烈的敌意吓了奥索一跳。"我替您辩护来着！在他们笑话您的时候！我站出来说您的好话！"

"那……我应该感谢你的力挺？"奥索不明所以。

"您早知道会发生这种事！"

他咽了口唾沫，强烈的恐惧感顺着喉咙爬上来。"什么事？"

她举起颤抖的手指向门帘，外面的敲击声和喊叫声忽然让他有了不祥的预感。"这种事！"

奥索裹紧了便袍，钻进清晨的寒气。

等他的眼睛适应了光线，并没有发现什么异样。军官们正在吃早饭。士兵们围着火堆取暖。其他人忙着拆卸帐篷，为返回阿杜瓦做准备。不远处有个铁匠正在打铁。没有屠杀、疫病和饥荒需要他操心，以他所见——

他呆住了。有一根高高的竿子，形似桅杆，竖在进入瓦贝克的路边，顶端安了个钩子。钩子上挂着一个圆柱形的笼子。笼子里有个男人。当然是死人，双腿晃来荡去。一群好事的乌鸦已经聚在近旁的树枝上。

一位军官热情地向他敬礼："殿下！"但奥索没有回应的心思。他很不愿意靠近绞架，但又别无选择，他光着脚板，踩着营地里冰冷的泥巴，小心地绕了过去。

两个刑讯官扶着竿子，另一个挥动巨大的木槌，夯实堆在底部的泥土。还有一个刑讯官正在认认真真地敲钉子。一辆拉货的马车停在旁边。马车上堆了不少竿子。二十根？三十根？派克主审官皱着眉头站在那里，在一张大地图上指指点点，对车夫说着什么。

"噢不。"奥索每走一步都感到五脏六腑越来越沉，甚至害怕它们突然下坠，从屁眼里掉出来，"噢不，不，不。"

笼子吱呀作响地缓缓转过来，里面的人现出真身，一头凌乱的白发，五官松弛得可怕。马尔默。破坏者的首领。奥索当着他的面答应特赦破坏者。

"你他妈的干了什么？"他狂叫道，但没有明确的询问对象。这个问题很愚蠢。答案摆在眼前。他们这样做就是为了让所有人一目了然。

"我们把两百个主犯吊在瓦贝克城外，分布于四百米长的道路两边。"派克沉声回答，仿佛奥索绝望的呼叫不带丝毫情绪，只是纯粹要一个解释。仿佛重点在于尸体如何摆布，而非尸体的来由。

"那么……住手，该死！"奥索吼得唾沫飞溅，他脚下全是泥巴，不得不像女士提着裙子一样提起便袍下摆，有损王子的堂堂威仪，"快他妈的住手！"

一个刑讯官抡起的锤子停在半空中，他扬起眉毛，向主审官投以问询的目光。

"殿下，恐怕我不能叫停。"派克点头示意那人继续干活，锤子一次又一次地砸向钉子，主审官抽出一份沉甸甸的公文，底下有好几个潦草的签名，奥索一眼认出了父亲红金色的硕大封蜡，"这是审问长阁下加急送来的特别指令，有十二位内阁成员的联名支持。无论如何，现在叫停也没用了。两百个叛徒已经认罪伏法。剩下的就是把他们示众。"

"不经审判？"奥索的嗓音变得格外刺耳，几近歇斯底里，他企图恢复常态，但完全做不到，"不经核实？不经——"

此时派克那对既没有睫毛也没有感情的眼珠转了过来。"您父亲允许审问部在第一时间全权核查、审判和处决此次叛乱中的暴徒。陛下的谕令不考虑您的感受,殿下,包括我的感受,任何人的感受,都不重要。"

"而我担心的是,从来都没有什么选择可言。"尤鲁·苏法躺在马车上的吊竿堆里,手掌垫着后脑勺,一副悠然自得的样子,他号称严格节制饮食,水果显然不在节制之列,因为他的另一只手拿着啃了一半的苹果,他神色恬淡地仰望着绞架,奥索注意到两只眼珠的颜色不同,一只蓝,一只绿,"这种事情我见多了,相信我,制裁必须快如闪电。迅猛无情。"

"闪电很少劈那些该被劈的人。"奥索咬牙切齿地说。

"我们当中又有谁是完全无辜的呢?"苏法龇着牙,又啃了一口苹果,若有所思地咀嚼,"您当真能放走这些破坏者?让他们随风飘散,把联合王国搅成一潭浑水?煽动一场又一场暴动?教人们以为谋杀、骚乱和叛国是小事,不值一提,可以逍遥法外?"

"我说了特赦他们。"奥索喃喃道,声音越来越小。

"您说了该说的话,结束了这段不愉快的插曲。稳定了形势。只有联合王国稳定了,世界才不会乱,我主人常说。"

"您不能对叛徒守信,殿下。"派克接了一句。

奥索盯着满地的泥泞,一筹莫展。他感到胯下的宝贝依然在腰带里别得难受,于是悄悄地把手伸进便袍掏了一把,晨勃早已无迹可寻。苏法的观点很难反驳。治理一个大国似乎比他刚才在帐篷里设想的复杂得多。再说他又能如何补救?把破坏者放下来?徒劳的怒火已经熄灭,徒劳的愧疚取而代之。

"他们会怎么看我?"他轻声说。

"他们会认为,您就像哈罗德、克什米等等一众伟大的古代君王,雷厉风行,当机立断!"苏法细细地啃着果核上的肉,伸出一根手指左右摇晃,"仁慈在小人物身上是可贵的品质,但我担心它不能维系君王的权力。"

"我随时可以再唱一回黑脸,"派克说,"我老是演这种角色,认命了。"他生硬地欠了欠身,"现在请恕我失陪,殿下,还有太多事情要做。您应该尽快返回阿杜瓦。您父亲等不及恭喜您大获全胜了。"

苏法把苹果啃得干干净净,随手扔掉果核,懒洋洋地躺在绞架的阴影下,手掌垫着一头卷发。"我毫不怀疑,他会为您感到骄傲。我主人也是。"

父亲当然会骄傲。更别提这个蠢货的主人。马尔默的一条裤腿卷着,露出了腿肚子,肤色死灰,白发随风颤动。他闭着一只眼睛,另一只眼睛却仿佛睥睨着奥索。据说死人谈不上有什么看法,但面前的死人似乎相当瞧不起奥索。瞧不起的程度接近于奥索自己。

"我们这趟冒险旅程的结局和希望的不太一样。"徒尼端着热气腾腾的茶杯走过来,"但我觉着终归也是结局了。"

奥索怀疑自己对这个家伙的好感跌到了历史最低点。"你怎么不通知我?"他咬牙吼道。

"我记得您当时在忙别的。"徒尼意味深长地清了清嗓子,"再说通知您又有什么用呢?"

"我可以……我可以……"奥索搜肠刮肚地找词,"叫停这种事。"

徒尼递来茶杯,慈爱地拍拍他的肩膀。"不,您做不到。"

奥索恨不得把茶杯扔到他脸上,但他口干舌燥,于是喝了一口。上方的绞架吱嘎作响,马尔默缓缓地转了过去。

仁爱王奥索,也许史学家回顾他的功绩时会这样称他?

恐怕不会了。

52 一路货色
Two of a Kind

"你怎么样?"

利奥伸了伸伤腿,一脸痛苦。"还有点疼。"

"现在这样已经算是很好了。"

他按了按肋部的伤口,又疼得龇牙咧嘴。"确实。"

母亲抬起手,轻轻地摸了摸他缠着绷带的脸颊。"疤痕怕是免不了,利奥。"

"战士就该有疤痕,您不觉得吗?在北方俗称值得纪念的伤。"

"我觉得我们这段时间已经受够了北方人的习俗。"

"休整一下也好。"利奥深吸一口气,"瑞卡一直没来看望我。"

"对于决斗的结果,她不大开心。"

"她更愿意看到我死?"

"她更愿意看到日暮死。在这一点上她的态度相当激烈。"

"她在任何事情上的态度都相当激烈。"利奥抱怨道,瑞卡平日里欢声笑语不断,但他逐渐意识到其中藏有深深的怨恨,"您怎么看?"

"我认为你饶日暮不死,是因为你心胸宽广。"

"换句话说我脑子不够用?"

"斯多里克斯说杀死敌人是为了卸下负担。化敌为友则是为了庆贺胜利。"她盯着他的眼睛,她总在希望他学到教训时做出这种表情,"如果你能跟魁狼交朋友……如果你能跟北方结盟……"她欲言又止。

利奥眨了眨眼。"都这个时候了,您还在想下一步。"

"跑步的人不想着下一步,迟早摔个狗吃屎。"

"既然瑞卡因为日暮没死而窝火,我还跟他交朋友,她会怎么想?"

"既然你想成为伟大的总督,无论是她的感受还是我的感受,都不能左右你的决定。包括你自己的感受。你必须考虑大多数人的利益。你想成为伟大的总督吗,利奥?"

"当然想。"

"自从克什米征服安格兰以来,联合王国和北方打打停停,战火不断。我们不能用刀剑打败北方人,利奥。做不到一劳永逸。为了赶跑他们,我们只能没完没了地打仗。"她嗓音轻柔,"除非我们邀请他们进门。"

"那么……我现在是和平缔造者了?"

"你是战士,就像你父亲。但伟大的战士和普通杀手的区别在于前者懂得何时休战。"

利奥不禁皱眉眯眼,因为肋部疼、肚子疼、大腿疼,他从床上抬起双脚,踩在冰冷的地上。"我得承认,现在我不太想战斗。"

"恐怕你得在很长一段时间远离战场了。"利奥的母亲干巴巴地笑了笑,从袖子里抽出一张折好的纸,"你有一封信。国王写的。或者他的宫务大臣写的。"

"别告诉我他们终于派来了援军。"

"他们收到了消息,知道增援已无必要。所以,可想而知,他们对你的武艺大加褒奖。"

"我相信他们的褒奖是我疗伤的良药。"

"还有呢,"她低头看信,"你受邀去阿杜瓦参加凯旋仪式。他们将举办一场盛大的游行活动,庆祝你打败北方人的光辉战绩!我怀疑是内阁想让国王和他儿子沾你的光。"

利奥隔着绷带摩挲肩头那道狭长的伤口。死者在上,真疼啊。"您才是应该参加凯旋仪式的人。"

"为什么?因为撤退吗?"她握着他的手,"你挺身而出。你拿下了胜利。你配得上一切荣誉。"她顿了顿,注视着他的眼睛,"我为你骄傲。"

这句话仿佛在他身上划开了一条口子,他闭上眼睛,泪水刺激得眼皮发痒。

他从未意识到自己有多么想听到这句话。

✡

不容易。

他拄着拐棍,每一步都走得既痛苦又费劲,所到之处,四散在山谷中的北方人无不向他投以穷凶极恶的目光。有人正在磨剑,嚓,嚓,嚓,颇有节奏,磨得他神经刺痛。

"我越来越觉得他们不太喜欢我们。"朱兰紧抿嘴唇,含混不清地说。

"我越来越觉得他们不喜欢任何人。"格拉沃德低声说。

"用不着他们喜欢我们,只要不杀我们就行。"利奥开始怀疑这是个馊主意。但对他来说反正也不是第一次了。他昂首阔步,摆出一副主动找人决斗的架势。

不容易。但如果改变世界那么容易，谁都能做到。

谷地水流平缓的溪边有一栋房子，粗短的烟囱冒着黑烟。一个男人正从低矮的门廊钻出来，头发铁灰，面色铁青。利奥在决斗时见过他。此人是黑手卡尔达。日暮斯达的父亲，铁手斯奎尔的弟弟。北方事实上的统治者。

"你胆子不小，敢到这里来，利奥·唐·布洛克。"他眯起眼睛，仿佛他是猫，而利奥是一只冒冒失失的耗子，"不是特别勇敢就是特别愚蠢。"

利奥壮着胆子，露出赢家的笑容。"人不能两样都有吗？"

黑手卡尔达不为所动。"以我的经验，两样常常同时出现。你是来嘲笑我儿子的吗？"

"我来跟他交个朋友。"

黑手卡尔达扬起灰色的眉毛。"胆子也太大了。但既然你自寻死路，我又何必阻拦呢？"

"那就有个问题了。"

"嗯？"

利奥点头示意那些怒目而视的北方人。"你们的人无权赖在狗子的土地上不走，尤其是没好脸色的。他们该赶紧回到家人身边，不然都忘记怎么笑了。"

黑手卡尔达端详他片刻，然后冷哼一声。"吃了败仗，他们心里不爽。"说完他扬长而去。

"你俩在这里等我。"利奥吩咐两个朋友。他很想带他们进去。但有些事情必须独自面对。

这间屋子与他前几天躺着的地方区别不大。屋里弥漫着刺鼻的药草味和酸臭的汗味。炉火熊熊燃烧，热得令人窒息。一张床，一把椅子。久经使用的武器和盔甲堆在角落。提醒所有来客，居住在此处的是一名战士。同时也倔强地昭告世人,他还能重拾战士的风采。

"哎呀,哎呀。幼狮亲自拜访。"日暮斯达躺在阴暗的角落里,缠着绷带的腿被卷起来的毯子垫高,他的嘴唇扭曲着,冷笑得忘乎所以,似在掩饰眼睛周围的瘀伤和肿胀鼻子底下的血壳,"我最不想躺在病床上见到的混蛋,就是害我躺在这里的混蛋。"

利奥把拐棍靠在椅背上,一屁股坐下来。"伟大的战士追求的就是出其不意。"

"你的北方话说得不赖。"

"我在乌发斯住过一年,跟狗子一起。"

斯达的眼睛在暗处闪光。犹如漆黑树林里狼的眼睛。"我听说你捅了他的宝贝女儿。"

利奥与他四目相对。"闲的时候还捅了黑手卡尔达的宝贝儿子。"

斯达的冷笑愈加狂野。"因为你那一剑,他们说我可能再也走不成路了。"

利奥自己也很难受,所以同情不起来。反正同情也不能赢得对方的好感。"你误会了,我不是那种婆婆妈妈的人。"他说,"我不是保姆,也不是他妈的外交官。我是战士。跟你一样。"

"你跟我完全不一样。"斯达在床铺上扭来扭去,痛苦地挪动伤腿,"我可以把你干翻十几次都不止。"

"我想是的。"

"我使剑的本事比你强多了。"

"我想是的。"

"我当时要是不显摆——"

"可你显摆了,你不把我放在眼里,然后输得一塌糊涂。"利奥承认这话说得太痛快了,"现在你欠我一条命。"

斯达攥紧拳头,似乎准备出手。但谁都清楚,一个卧床不起的人没有多少杀伤力。他的身子瘫软下去，目光闪躲，犹如一匹落败的狼，灰溜溜地钻进灌木丛。"我学到了教训。"他的目光回到利奥身上，"下次我绝不给你一点机会。"

"没有下次了。就算你还能走路也没有下次了。学到教训的不是你一个人。"

"那你来干什么？"

"因为我母亲说男孩才抱怨过去发生的事。男人决定未来发生的事。"

"你一直都听妈妈的话？"

"为此我经常发牢骚，但事实上是的。"他终究不是外交官。如果坦率不能赢得对方的好感，那么换什么法子都做不到。"她是非常聪明的女人。"

"这话像是我父亲会说的。"

"我听说他是非常聪明的男人。"

"这话他老对我说。那么让我们放眼未来，"斯达说，"你眼里的未来是啥样的，幼狮？"

是啥样的呢？利奥深吸一口气。"血九指赢过十场决斗，但他饶过了大多数对手的性命。三树鲁德。黑旋风。寡言哈丁。"

"这些人名我熟得很。"

"他留下他们的命，让他们效力。"

斯达卷起嘴唇。"你要我为你效力？"

"把魁狼当宠物养？"他故意卖了个关子，气得斯达吹胡子瞪眼，"我不需要你伺候我。我希望跟你交个朋友。"

斯达半信半疑地哼了一声，充满傲慢和轻蔑。他干什么都充满傲慢和轻蔑，虽说被打败的是他。"图什么？"

"我认为我们要的是同样的东西，你和我。"

"到底是啥东西？"

"荣耀！"利奥大吼一声，回音在狭小的屋子里震荡，吓得斯达打了个激灵，"你想要别人在悄悄谈论你的名字时心怀恐惧。心怀敬畏。心怀骄傲。你想要听到你的名字被歌谣传唱，就像血九指、冻土的威尔旺，以及当代那些伟大的战士！你想要名望。"利奥紧握的拳头在斯达面前摇晃，"决斗圈里的名望，战场上的名望！你想要对抗强敌，把那帮混蛋干翻在地。你想要赢！"他大喝一声，犹如战嚎，斯达的面部肌肉在颤抖，仿佛守财奴看到了闪闪发光的金子，"你知道我是怎么知道的吗？"利奥微微一笑，至少把牙齿露了出来，"因为我也想要。"

屋子里再次陷入沉默。只有木柴在炉膛里被火焰撩拨的沙沙声。斯达若有所思地盯着利奥。两个帅气的年轻英雄，都处在当打之年。一位总督，一位未来的国王，都准备走出父辈长久以来遮蔽他们的影子。一双说干就干的斗士，业已摘取辉煌的战果，即将继承伟业，按照他们的设想改造世界。

"也许我们是能互相理解的。"斯达轻声说。

"我们天然就是邻居，"利奥倾身向前，"我们不能浪费力气打来打去。浪费精力随时留心有人从背后捅刀子，就像我们聪明过头的父母。我认为我们是独立的人，我们能找到自己的路。环世界很大。不缺敌人。也许我们一同对付敌人更好。"

"饼画得不赖。"魁狼的眼睛亮闪闪的，利奥不知道深思的斯达是否比愤怒的斯达更不可信任，"但你真的认为狼和狮子可以分吃一块肉？"

"只要肉够多，有何不可？"

斯达缓缓露出微笑。"那就让我们握手为定，幼狮。"他对着利奥伸出手来。

利奥怀疑自己真的是自寻死路，但他已经走到这一步了。没有回头路。于是他皱着眉头，站起身来，握住斯达的手。

他倒吸一口凉气,手指被突然攫住,猛地带向前去,肋部的伤口被扯得生疼。等他反应过来,人已经弯腰俯在斯达上方,刀刃抵在他脖子上。

"跑到狼窝里谈友谊?"斯达打了个响舌,"不太聪明啊。"

"从来没有人说我聪明。但我们做过敌人。"利奥的手绕过斯达的匕首,轻轻地挠了挠缠着绷带的脸颊,"瞧瞧我们成了什么样子。"

魁狼龇着牙齿,利奥感到刀刃贴近喉咙,斯达的手臂蓄势待发,刀柄握得很紧。

"我喜欢你,布洛克。没准我俩真是一路货色。"斯达转怒为笑,然后重重地把匕首插进板条拼接的墙壁,利奥如释重负,"幼狮和魁狼联手。"他用力握着利奥的手,笑得肆无忌惮,"有这么个组合,世界都要抖三抖!"

53 空箱子
Empty Chests

狂风大作，卷落树上的枯叶，让它们在山坡上翻滚追逐，瑞卡的头发拍打着脸颊，她站在那里，看着利奥一瘸一拐地走来，朱兰和格拉沃德紧随其后，她沉默不语，怒火却汹涌澎湃。

自从决斗之后，她一直怒气冲天，但并非沉默不语。她三次动身走向他养伤的屋子。三次在屋外徘徊。三次都没有进门，掉头离开。渴望见他，而又拒不见他。她本来指望自己的沉默声如惊雷，奈何某些男人装聋作哑。

利奥重重地倚着拐棍，走得痛苦万分。这一幕引发了她的些许愧疚。他毕竟是为他们决斗。为他们赌上性命，仅仅凭着她的口头保证。他打了个趔趄，她差点冲上前去搀扶。但他抬眼看到了她，这时候的表情才真正算得上痛苦。仿佛预料到她将比敌人更残酷地对待他。单说这一点，他挺聪明的。

"我要让你痛不欲生。"她悄声自语。

她的情绪丝毫没有得以缓解，自从决斗之后，她老是看见幻象。

模糊的人影在眼角处游移。模糊的残影随着一张张面孔闪过。人们在整理决斗圈。人们在战斗，在死去。有一次还看见一个家伙在灌木丛里拉屎。她看到的画面毫无规律可言。她的左眼一直在发烫，神经刺痛，肠胃翻搅，咕噜作响。当天早晨她起床时回头一看，竟然瞥见了睡着的自己，吓得惊叫一声。她时不时心惊胆战地想起天上的裂缝。蕴藏着无穷信息的漆黑深渊，令她不寒而栗。

也许你终究可以强行睁开千里眼。但能不能闭上就是个问题了。

"瑞卡。"利奥走了过来，徒劳地扮出一脸歉疚的笑容，"很高兴——"

"安塔普说你去找日暮斯达聊天了。"

利奥皱起眉头。"他不该多嘴。"

"所以问题不在于你干了什么，而在于他承认你干了这件事？告诉我，你这次杀了那个不要脸的混蛋！"

利奥叹了口气，仿佛与她对话是难以应付的差事。"我认为杀人流血已经太多了，你不觉得吗？"

"为一个该死的人多添一座坟头，我还能忍。"

格拉沃德已经悄悄挪开，白长这么大块头，一点胆量都没有。"我觉得我最好……说实话，我得……"

朱兰皱着眉头，犹豫不决地看着瑞卡，同时把手伸了出来，似乎担心利奥跌跤。"你要我留下来吗？"

"不用，"利奥说得好像他真的不用，"你们先走一步。"

朱兰不情不愿地退开了。任何人看了他面对瑞卡的表情，都会认为他和利奥才是一对。瑞卡本来想遵照父亲一直以来的教诲，摆出严厉而公正的态度，然而不等朱兰走远，她就劈头盖脸地指责起来。

"你和那个臭不要脸的杀人犯有什么好聊的？"

利奥叹了口气。"聊了聊未来。无论我们怎么想，他都将成为北方人的国王。聊几句总比打起来强——"

"是吗?"瑞卡厉声喝道,"好意外啊,你居然没有留在他那里。手拉手陪他养伤,听他吹嘘如何烧掉我父亲的大厅,如何在树林里追杀我,如何干掉我们的朋友,一起哈哈大笑!"

利奥直皱眉头,仿佛闯进了一场风暴之中。"我没有投敌,瑞卡,我只是为双方架起一座相互沟通的桥梁。"

"那是当然。那帮坏透了的兔崽子可以直接上桥杀过来!"

"杀死敌人是为了卸下负担,"他洋洋自得地卖弄道,"化敌为友则是为了庆贺胜利——"

"你给那些混蛋堆上一个高高的坟头再跟他们交朋友!你以为黑手卡尔达甘愿就这样算了吗?他要的是整个北方,得手了才满意。你还给他上了一道开胃菜。"

利奥露出在母亲身边时惯有的表情,像个生闷气的孩子。瑞卡对她的同情与日俱增。"北方的继承人现在欠我一条命。他受我的约束。这可是很难得的——"

"死者在上,"她冷笑一声,"你以为日暮斯达那个不要脸的在乎欠人情和受约束?他随时会像蛇一样反咬你一口。你答应过你会杀了他,利奥。你答应过我的。"

"杀人没那么容易!尤其是他躺在那里完全不能招架的时候,你很难下手。"

"我认为那是最好的机会!"

"你知道什么?"他反唇相讥,"决斗圈里的两个男人之间会惺惺相惜。产生兄弟之情。你不懂!"

"我不懂,是因为我有屄,还是因为我有脑子?"

"我母亲也许当我是孩子,但至少我真的是她的孩子。如今我是总督!"他的语气半是愤怒半是讨饶,仿佛在一边说服对方一边说服自己,"我必须做决定。"

"你的第一个决定就是他妈的说话当放屁吗?"

粗鄙的用词令他大吃一惊。说实话,连她自己都有点吃惊。"我真不知道你是这么……冷血。"

"是啊是啊,冷血瑞卡,北方的魔鬼。看来我遇到过的男人没一个真正了解我的。事实就是,待人友善一无是处。你必须硬起心肠,利奥。你应该杀了他。"

"也许吧。"利奥扬起下巴,"但我打赢了。怎么处置他我说了算。"

死者在上,他俩怎么搞成了现在这样子?从无穷的快活和些许的牢骚到牢骚满腹,毫无快活可言。也许再热烈的感情都有冷却的一天。她感到脸颊一阵抽搐,无论如何都控制不住,更让她怒不可遏。

"你这个傲慢的混账东西!"她吼道,"你既鲁莽又愚蠢,是决斗圈里第二厉害的家伙!你之所以赢,是因为斯达比你还狂妄、还愚蠢,非要显摆!你之所以赢,是因为我的千里眼看见了他要如何出手,我他妈的大声提醒了你!"

利奥青肿的脸颊缠着绷带,在她说话时毫无表情。等她发泄完了,陷入沉默之后,他向前迈了一小步。没有愤怒。没有悲伤。

"你是怎么对我说的?没人记得决斗是怎么打赢的。我赢了。没人关心过程。"

他走上前,擦肩而过,差点把她撞开。

就在一两天前,他说他爱他。看来他所谓的爱情和承诺一样都可以随意抛到一边。

她孤零零地站在山坡上,任冷风吹拂。她沉默不语,怒火却汹涌澎湃。

"该死的利奥·唐·布洛克,"她吼道,以防有人听不懂她的用意，又补了一句,"那个傲慢自大的蠢货！"

艾森若有所思地摆弄着项链上的指骨。"我感觉小情侣之间发生了什么情况。"

"你对这种事很敏感。"瑞卡的父亲喃喃道。

"那个王八蛋虚荣得要命！"瑞卡揉着眼睛厉声呵斥。眼睛依然酸胀。依然发烫。

"你知道你的问题在哪里吗？"父亲神色平静地发问，每次都能成功地火上浇油。

"扯谎的利奥·唐·布洛克，言而无信的混账东西！"

"你总喜欢把人想得太好，结果注定你会失望……"

"这正是我一直在担心的，"艾森连连点头,"这姑娘那么崇拜我。"

"……一旦你失望，那种落差是你承受不了的。"

"才不是！"瑞卡矢口否认。然后她开始反思，但很快就失去了耐心,"胡说八道！"

"你跟我说过，他总是首先考虑自己，其次、再次和最后都考虑自己。"艾森说。

"你当时说没啥问题？"

"我说的是情侣身上有这种毛病很讨人厌，但你能看得很清楚。既然你选择用奶酪造船，等到船沉的时候就没资格在天堂里抹眼泪，因为谁都知道奶酪不是造船的好材料。"

"你只能让人答应他们能做到的事情，"父亲说,"而且那是决斗。"他无奈地耸耸肩,"凡事都可能发生。你得看到光明的一面，否则一辈子都会活在黑暗中。"

瑞卡紧咬牙关。他俩说得有理有据。但她此时此刻没心思听人讲道理。"所以要是有人踹我屁股，我得感谢他们没有敲掉我的牙齿，对不？"

"我们拿回了土地,瑞卡。我们的城市。我们的大厅。我们的花园……"他微微一笑,恍若隔世,"当然我们得好好收拾一番,不过——"

"你觉得能维持多久?"瑞卡讥讽道,养花并不能安抚她的情绪,"黑手卡尔达真愿意把他老爹的梦想丢进垃圾堆,把他的野心甩到臭水沟里?那个贪得无厌的混蛋是不会罢休的。趁咱们一个不留神,他就杀过来了!"

父亲还是老样子,不争执,更不动怒。"没有什么是永远不变的,瑞卡。无论和平还是战争都不行。你能做的是在有限的时间里尽力而为。"

"好吧,这就是我们的答案了。尽力而为!真是智慧,值得骄傲。"

一通挖苦仅仅换来他伤感的皱眉。"但愿我能教给你智慧。但愿我知道答案。"

瑞卡顿时感到内疚。她最近似乎只要不生气就感到内疚。心情就像小孩子玩的跷跷板,忽上忽下。而且震得你屁股生疼。"对不起,"她咕哝道,"你教给了我很多智慧。我得到的答案比任何孩子都多。不要理会我刚才说的。"最后她忍不住添了一句"也没人理会我",说得含混不清。

"反正,你那位言而无信但身材匀称的总督大人解决了你的烦恼。"艾森靠着椅背,靴子跷在桌上,拇指和食指搓着一颗查加团子,"因为他要去联合王国了,在咱们需要援助的时候,那帮自大的蠢货们一毛不拔,这次要管他叫一如之后最伟大的战士,马屁拍得惊天响,保管他膨胀到连门都进不去。"

"嗯。"瑞卡一把夺过艾森喂到嘴边的查加团子,塞进自己嘴里,"部分解决。"

"你不是讨厌他吗?"

"是啊。"

"但你不希望他走?"艾森又搓了一颗团子,问道。

瑞卡把手肘撑在桌上,下巴搁在手上,快快不乐。"对。"

父亲从艾森手里夺过查加团子,塞进自己嘴里。"那你不妨跟他一起去。"

瑞卡抬起头。"去哪里?"

"阿杜瓦。"

"我得跟你一起回乌发斯。照料花园啊什么的。"话虽如此,她从来没什么耐心照料花园,如今更是兴致寥寥。

"艾森和摆子陪你去,确保你不闯祸。"

"要不你去也行?"艾森拘谨地看着他们,手里又开始搓团子。

"你替我在老朋友寡言的坟头上敬杯酒。"他淡淡一笑,"什么都不用说。他不喜欢。我们需要代表去阿杜瓦谈事情。奥斯仑战役后,他们承诺在议会里给我们六个席位。一直没有兑现。"

"承诺就像鲜花,"艾森张开双臂,"常开常败。"

"怎么说呢,只要利奥不改变心意,也许现在就是兑现的时候。"

瑞卡没好气地用舌头把嘴里的团子推到另一边。"事实证明我没有让利奥不变心的本事。"

"再来一次。没准你能做得更好。再说,见见世面对你也有好处。无论如何,比在林子里瞎晃荡好多了。"

"阿杜瓦,"瑞卡喃喃道,"白塔之城。"她听说过很多关于那里的传闻,但从未想过亲自拜访。在奥斯腾霍姆生活一年已经够糟心了。

"答应我一件事。"

"说吧。"

"放下。"

"放下什么?"

"纷争,"父亲忽然一脸倦容,"怨恨。敌人。相信一个过来人的话。所谓复仇,是你非要背在身上的空箱子。你一辈子都被压得直不起腰来。一次成功的复仇,不过是又种下两颗复仇的种子。"

"所以你的意思是,我应该忘了他们说过的话?忘了他们做过的事?"

"忘记是不可能的。我困在回忆里出不来。"他一甩胳膊,仿佛有无数人影躲在暗处,"阴魂不散的兔崽子们。伤痛,遗憾。朋友,敌人,亦敌亦友的家伙。一辈子受煎熬。记得什么不是你能选择的。但你能选择如何对待。等时候到了……你必须彻底放下。"他盯着桌子,悲伤地笑笑,"才能一身轻松地入土。"

"别说这种话。"瑞卡把手按在他的手背上,她感觉自己身处波涛汹涌的大海,而他是引导航向的一颗星星,"你离入土还早着呢。"

"生死不过一线之隔,丫头,随时可能发生。无论什么年纪,你都得做好准备。"

满腹心酸扫空了瑞卡此前的阴霾,她扑上去,紧紧抱着父亲,下巴搁在他头发稀疏的脑袋上。

"我会放下的。我保证。"不过看现在的样子,她很难解开心结。

父亲身后,艾森拿拳头碰了碰胸口,无声地说了几个字。

"硬起心肠。"

54 如同雨水
Like Rain

"家。"瑟雯说话时,马车猛地停下来。布罗德从未坐过马车,一路上骨头都快散架了。他想明白了,奢侈的玩意重在形式而非使用感受。

瑟雯的家并非普通的宅子,简直是一座令人望而生畏的要塞。苍白的巨大石匣上布满无数阴暗的窗户,隔着秋意盎然的花园,阴恻恻地窥视着国王大道。门廊巍峨,立柱高耸,犹如古帝国的神庙。塔楼坐落在一角,有城垛和箭孔。两名卫兵手执礼仪用戟,纹丝不动地守在光洁如新的大理石台阶两边,酷似两尊雕像。

布罗德看了看莉迪,咽了口唾沫,她也看了看布罗德,眼睛睁得老大,两人相对无言。一群男仆接待他们下车。男仆们身着翠绿色短外衣,靴子光亮可鉴,宽大的袖口花边摇来荡去。对方伸出手来的时候,小梅盯着那只一尘不染的白手套,似在担心自己把它弄脏了。

"这里的下人都是一副老爷的派头。"布罗德咕哝道。

"其中有一个是老爷。"瑟雯扭头应道。
"呃?"
"我开玩笑呢。放轻松。现在这里就是你们的家。"她说得倒是容易,径直进了正门。布罗德觉得自己好像把脑袋伸进了巨龙的血盆大口。说实话,巨龙的血盆大口都赶不上正门的一半大小。
"我实在放松不来。"他对莉迪咕哝了一声,慢吞吞地爬上台阶。
"先生更喜欢审问部的审讯室吗?"她假惺惺地冲着一名卫兵笑笑,"还是瓦贝克城外的绞刑架?"
布罗德清了清嗓子。"很有说服力。"
"那就闭上嘴,谢天谢地吧。"
"好建议,任何时候都适用……"大厅足以容纳瓦贝克的一大片贫民窟。到处都是光鲜亮丽的稀有木材和五颜六色的大理石,布罗德很可能听都没有听说过产地,他徒劳地整理着破损的袖口和衣领,企图让自己看起来更体面一点。
一位容貌姣好的女士在前方迎候,黑皮肤,身材高挑,姿态优雅,双手交握,乌黑的头发束得很紧。"瑟雯小姐——"
瑟雯上前将她拥进怀里。"见到你真好,朱瑞。难以形容地好。"
黑肤女人呆立片刻,回抱瑟雯。"非常抱歉,让您失望了。我一直在想……要是我去了——"
"很高兴你没去。任何人在那里都无能为力。这件事我们以后都别提了。让一切……回到从前吧。"瑟雯露出苍白无力的微笑,仿佛说得容易,做到太难。布罗德心有戚戚。"你帮上你的兄弟们了吗?"
"多亏了您。他们跟我一起回来了。"朱瑞招手示意两个男人上前。两人和她一样都是黑皮肤,但除此之外天差地别。"这是哈如恩。"
哈如恩壮如门板,秃头,蓄须。他用两根手指碰了碰宽大的额头,神色肃穆得堪比送殡人,而且布罗德从未听过如此深沉的嗓音。

"感谢神,您平安回来了,瑟雯小姐。"

"这是拉比克。"

拉比克的年纪不比小梅大多少,体格纤瘦,眼睛明亮,光滑的黑发垂到衣领处。他轻快地欠了欠身,悠然一笑,两排牙齿都露了出来。"感谢您在南方动乱之际收留我们。"

"很高兴你们来了。"瑟雯说。

"您母亲想要见您,这是自然,"朱瑞说,"本子上记了很多事情需要商议,但您也许想要先沐浴更衣。"

瑟雯闭上眼睛,颤颤巍巍地吁了口气。"命运女神在上,我想死你了。那就按沐浴、母亲和本子这个顺序来。"

"我先行安置您的朋友,然后帮您更衣。我……擅自雇了一名妆容女仆。"

瑟雯咽了口唾沫。"当然。可以给我弄点珍珠粉来吗,朱瑞?我需要……那什么。"

朱瑞捏了捏她的手。"已经为您准备好了。"

布罗德看着瑟雯冲上台阶。台阶宽敞得连马车都能驶上去。他的视线被枝形大吊灯吸引了。耀眼的光芒差点闪瞎他的眼睛。一大块晶亮的威斯尼亚玻璃,形如上下颠倒的山峰。蜡烛都有好几十根,全是十个铜板一根的好蜡烛。他猜不出这玩意的价钱。甚至猜不出每天傍晚点亮吊灯的花费。

"你们应该就是布罗德一家了。"

朱瑞打量着他,态度不算热情,乌黑的眸子凌厉且警惕。布罗德能理解。他和莉迪都不敢作声。于是小梅作为家庭的代表发言。这种情况似乎越来越常见了。

"我是小梅,这是我的父母莉迪和冈纳。"她微微扬起下巴,带有挑衅的意味,而布罗德竟然莫名地感到骄傲,"我们在瓦贝克照顾瑟雯小姐。确保她的安全。"

"她和她的父母必将感激不尽。无论是谁，对这个家庭有恩或者有仇，都将获得三倍的回报。我听说你们愿意为瑟雯小姐效力？"

"非常乐意。"莉迪说。

"她会安排你们干活。所有人都为她干活。"

"从来不怕干活。"小梅说。

"先知说劳动是升上天堂的最佳路径。"她笑得有几分古怪，似乎并没有口头上那么虔诚，然后领着他们走进一望无尽的走廊。走廊里没有闪亮的大理石，只有雪白的石灰和光秃秃的板子，但都收拾得很干净，有肥皂的气味。在这里，布罗德依然感到格格不入。两个路过的女孩抱着一堆脏衣服，不安地张望他们，仿佛他们是从笼子里逃出来的野兽。也许事实如此。

"这里有多少仆人？"小梅问。

"这处宅子有十九个，还有十二名卫兵。"

莉迪的眼睛瞪得老大，布罗德估计自己也差不多。"她有多少处宅子？"

"这一处属于瑟雯小姐的父亲、审问长大人。瑟雯小姐闲来无事常来这里，尽管她的闲暇时间很少。"朱瑞飞快地瞟了一眼挂在脖子上的链表，步伐略微加快，"她自己有五处宅子。一处在阿杜瓦，用来接待太阳协会和应付各种社交，一处在基伦，一处在安格兰，一座小城堡在斯塔恩兰德近郊，一处在西港。"她凑近了低声说道，"但据我所知，她一次都没去过。"

"一座小城堡。"小梅激动地在布罗德耳边说。

他们经过一间厨房，一个女人正在摔打生面团，另一个拿着剔骨刀杀鱼。"有多少人为她干活？"莉迪问。

"替她个人干活的，包括你们和我兄弟在内，加上新来的妆容女仆，共三十四人。为她打理各种生意的，呃……几百人。也许有上千人。"

"她做什么生意？"他们转而爬上一长段楼梯时，布罗德沉声问道。

"你应该问她什么生意不做。你们干过什么活儿？"

"我会缝纫，"莉迪说，"做过裁缝的助手。我能洗衣服，简单的烹饪也会。"

"瑟雯小姐永远用得着做针线活的人。她的衣橱需求大量劳动力。"她转动钥匙，带他们走进一间亮堂的房间，三面巨大的窗户外，树在微风中簌簌作响，黄叶悠悠飘落，进了门廊，布罗德看到一张老旧的大床架，他以为这里需要他们打扫，没想到她把钥匙递了过来，"你们暂时安顿在这里。到时候给你们找个更好的住处。"

"更好的？"布罗德盯着一瓶鲜花喃喃复述，花瓶所在的桌子虽然旧了，但做工相当精良。他一直自认倒霉透顶。此刻却不知何德何能，竟然时来运转。在瓦贝克，乌鸦正在啄食那些好人的尸体，他又凭什么站在干净整洁的房间里？他能想的就是，何德何能从来与运势无关。生活不声不响地落到你头上，如同雨水。

"你觉得自己适合干什么，布罗德师傅？"

布罗德推了推鼻梁上的眼镜，缓缓摇头。"完全想不出在这样的宅子里能干什么。我此前在酿酒厂干活，小姐——"

朱瑞微微一笑。"不必这样称呼我。我是瑟雯小姐的女伴。"

"我以为你们是朋友。"小梅说。

"没错。但如果我忘了自己的仆人身份，忘了她是我的女主人，我们的朋友关系也就不能长久了。"她又一次看向布罗德，"还有吗？"

"我家世代都是羊倌。"她不为所动，他也不太当回事，那段时光已恍若隔世，"还有……我当过兵……当了一段时间。"

朱瑞定睛看着他手背上的文身。"你打过仗？"

布罗德咽了口唾沫。他感觉她已经猜得八九不离十。"打过几场。在斯提亚。"

"你参军期间没有学到什么手艺?"

"为贵族小姐效力,怕是都用不上。"

朱瑞转身离开时笑了起来。笑声相当刺耳。"噢,没准你会大吃一惊的。"

55 与母亲共饮

Drinks with Mother

瑟雯原本指望回到家里，回到熟悉的环境中，洗个澡，喷上香水，裹在紧身的盔甲里，她就能再一次做回自己。确切地说，变得更好，因为逆境磨炼强者。她理应成为深深扎根土壤的大树，在风暴中弯腰，但不可折断。她理应成为烈火淬炼的利剑，诸如此类。

然而，她只是一根破烂的枯枝。一块被熔成铁水的生铁。瓦贝克并没有成为过去，而是存在于当下，纠缠在她周围。阴影和低语令她心惊肉跳，仿佛她依然躲在小梅那间闷热陋室的一角，恶人在外面的街道上吵闹喧嚣。当她用脂粉涂白鼻子上的雀斑时，她感觉肠子流到了地板上。她甚至想不起当初何以那么自信满满。她成了自己的冒名顶替者。自己生活中的陌生人。

"母亲！"

"瑟雯！感谢命运女神，你平安无事！"

"感谢布罗德一家。要是没有他们，我肯定撑不过来。"

"我以为你一回家就会来看我。"母亲噘着嘴巴，摆出一副教训人的老样子。她和瑟雯一样，极力假装一切如常。

"我很想好好洗个澡。感觉身上脏了好几个月。"但即便在此时此刻，她依然不觉得自己是干净的。无论怎么搓洗，没来由的恐惧犹如一层湿冷的皮肤贴在她身上。

"我们一直都很担心。"母亲把瑟雯抱在一臂开外，仔细端详，犹如房主检视失火的房屋，"哎呀，哎呀，你太瘦了。"

"吃的……不好。后来连吃的都没了。"瑟雯发出尖厉的笑声，虽说根本不好笑，"我们就吃瓜皮菜叶。真是不可思议，能吃到瓜皮菜叶觉得好幸运。隔壁有个女人拿贴墙纸的糨糊煮汤。结果……没成。"她打了个激灵，"我能喝一杯吗，母亲？我需要……那什么。"被这样抱着更好，但既然生活回到原样，喝酒也行。

"你知道我午餐前从不拒绝喝酒。"母亲打开柜门，开始斟酒，"顺顺气儿，熬过漫长的午后。"她递给瑟雯一杯，后者一口气喝干，又把杯子递了过去。

母亲扬起眉毛。"你确实需要顺顺气儿。"

"实在是……"瑟雯正准备讲述自己的经历，泪水忽然盈满眼眶，在轰鸣的机器中爬行，在狂野的城市中逃窜，在臭气熏天的黑暗中瑟缩，"实在是……"

"你现在没事了。"母亲又递来酒杯。

瑟雯强行挣脱瓦贝克的贫民窟，捧着玻璃杯小口小口地啜饮，其实她恨不得抱着细颈酒瓶大口大口地灌。"父亲在哪里？"

"工作。我认为他不敢面对你。"母亲坐下时裙子窸窣作响，她抹去杯子外壁的酒痕，吮了吮手指，"他能眼睛都不眨，送一百个囚犯去安格兰受冻，但他让你失望了，而且他几乎下不了床。我相信他很快就到。看你是否安好。"母亲的目光越过酒杯，久久停留在她身上，"你还好吗，瑟雯？"

"当然。"水桶沉进黑水的泼溅，在鼻子里灼烧的恶臭。"但是……"工厂主的尸体挂在自家工厂的钩子上,锁链嘎吱作响,"可能需要……"她持剑插进那人体内的手感,长驱直入,他的表情,惊骇不已,"一点时间……"卫兵的手臂绞进机器时的摩擦声、撕裂声和尖叫声,"调整。"

她再次喝干杯中的酒。再次摆脱关于瓦贝克的回忆。再次强作笑颜。"母亲……我有事要说。"

"比你活着还大的事吗?"

"从某个角度说,是的。"特维丝王后必然是这样认为的……

"坏事?"母亲皱着眉头问。

"不,不。是好事。"她觉得是,"非常好的事。"她希望是,"母亲……有人跟我求婚了。"

"又有?有多少个了?"

"这次我打算接受。"说起来,还有哪个男人更适合她呢?还有哪个男人能给她更多呢?

母亲瞪圆了眼睛。"哎呀呀。"她一口气喝光了杯里的酒,"你确定?你刚刚经历了那么——"

"确定。"唯有这件事她确定无疑,"我经历的事情……反而让我明白……我有多么确定。"奥索代表着正常的生活,她恨不得马上回到他的怀抱。

"但我肯定还没有老到女儿都要结婚了吧?"瑟雯母亲嗤笑一声,走到桌边,取下细颈酒瓶的塞子,"那么……谁是联合王国最幸运的混蛋呢?"

"问题就在这儿。是……呃……"

"你爱上了一个不该爱的人吗,瑟雯?"酒水汩汩流进杯中,"下嫁不是世上最糟糕的事,你知道,你父亲——"

"是奥索王太子!"母亲猛地抬头,竟然忘了自己在掛酒,瑟雯承认这件事太荒诞了,简直是某个离奇故事里最离奇的部分,她清了清嗓子，目光低垂，支支吾吾地说："也许……到时候……我会成为联合王国的王后。"

她承认说出来的感觉很好。也许在她体内躁动的野心之蛇没有死在暴乱之中，只是沉眠而已。强烈的权力气息唤醒了它，饥饿更甚以往。

但当她抬眼一看，却见母亲的表情十分奇怪。绝对不是喜悦。甚至不是惊讶。也许能称之为惊恐。她放下酒杯时杯底砸在桌上，仿佛那一点重量她都难以承受。"瑟雯，告诉我，你在开玩笑。"

"我没有开玩笑。他求我嫁给他。当然，淑女不能当场回复，但我准备答应——"

"不！瑟雯，不！他不……他根本不是你喜欢的那种人。他太浪荡了。名声太臭。他还酗酒。"

如此夸张的言论吓了瑟雯一跳，母亲突然抓住她的胳膊，指尖狠狠地掐进皮肉。"你不能嫁给他！他只是贪图你的钱财。你只是贪图他的地位。这不是婚姻的基础，你必须看清楚——"

居然讲起了婚姻的基础！来自母亲的说教？瑟雯甩开她的手。"这跟钱财和地位无关。我知道所有人都认为他是傻瓜，但他们错了。他会成为伟大的国王。我相信他。他还会成为绝世好丈夫。我敢肯定。他来了。在我真正需要他的时候，他为我赴汤蹈火。他们都认为他没有性格，但他们错了。我就是他需要的人，他也是我需要的人。而我以前都没有意识到这一点。"跟他在一起很安全。她可以成为她许诺过的更好的人。有了他，可以摆脱瓦贝克的噩梦，展望未来。她发出少女才有的笑声，实在不像她。"我们相爱了。"命运女神垂青于她，她真想像小孩子一样唱唱跳跳。"我们相爱了！"

母亲完全没有唱唱跳跳的意思。她的样子可怕极了。此刻她捂着嘴巴，瘫坐在椅子上。"我都干了什么啊？"她轻声叹道。

"母亲……您吓到我了。"

"你不能嫁给奥索王子。"

瑟雯蹲在她面前，握着她的双手。好冷。犹如死尸。"别担心。他会跟王后坦白。他会跟国王坦白。他们好些年前就希望他结婚了，他娶了一个人类，他们肯定很欣慰！要是他们不答应，他会说服他们！我了解他。我相信他。他会——"

"你不能嫁给奥索王子。"

"我知道他名声不好，但他和别人想的不一样。我们很相爱。他心地善良。"心地善良？她开始胡说八道，但又停不下来，而且因为紧张越说越快，"我对我俩的情况很清楚。我们很相爱。想一想吧，以后我能——"

"你没听懂我的话，瑟雯。"母亲抬起头来，眼中噙着泪水，但神色凌厉，瑟雯不常见到的凌厉，她一字一顿地说道，"你不能……嫁给……奥索王子。"

"您有什么事瞒着我？"

瑟雯母亲紧闭双眼，一滴泪水裹着脂粉滑落脸颊。"他是你兄弟。"

"他是……"瑟雯盯着她，如坠冰窖，"他是什么？"

母亲睁开通红的眼睛，神色平静。她从瑟雯手里抽走双手，反过来将其握住，握得很用力。"在国王……没有当上国王之前。在任何人都猜不到他会当上国王之前。我们……他和我……关系密切。"

"关系密切是什么意思？"瑟雯声如蚊蝇。国王在她面前的举动一直很奇怪。那么好奇。那么热情。

"我们是爱人。"母亲无奈地耸耸肩，"后来所有人都知道他是古斯拉夫国王的私生子，然后他登基为王，必须政治联姻。而我……已经怀孕了。"

瑟雯的呼吸越来越不顺畅。上次在太阳协会见面的时候，国王看她的眼神。悲伤的眼神……

"当时局势动荡,"母亲说,"古尔库大举入侵。布洛克大人公然造反。王权岌岌可危。为了保护我……保护你……你父亲,"她眉头一皱,意识到这样称呼审问长已经不太合适了,"提出跟我成婚。"她内疚地咬着嘴唇。就像偷吃饼干被抓了现行的小女孩。

"我是国王的私生女?"瑟雯猛地从母亲手中抽出手。

"瑟雯——"

"我他妈的是国王的私生女,我父亲不是我父亲?"她摇摇晃晃地站起来,仿佛挨了一记耳光,踉跄后退。

"拜托,听我说——"

瑟雯揉着太阳穴,头痛欲裂。她扯下假发,扔到墙角。"我是国王的私生女,我父亲不是我的父亲,我一直在舔我兄弟的老二?"她大喊。

"别那么大嗓门。"母亲站起来制止她。

"我的嗓门咋了?"瑟雯掐着自己的脖子,"我要吐了。"

她吐了,吐得很少。一阵酸苦的滋味涌上喉咙,她弯下腰,强忍不适。

"我很抱歉。"母亲轻声说着,拍了拍她的后背,似乎多少能提供一点慰藉,"我很抱歉。"她捧着瑟雯的脸,不容分说地扳到自己面前,"但你不能告诉任何人。任何人都不行。尤其不能告诉奥索。"

"我必须对他说点什么。"瑟雯轻声说。

"那就说你不愿意,"母亲说,"说你不愿意,不必解释。"

56 与母亲共饮

Drinks with Mother

"那么我们什么时候去北方?"蛋黄问。

徒尼顺着鼻尖瞅他,仿佛对方是一只仰面朝天、翻不回去的鼠妇。"你没听说吗?"

蛋黄一脸茫然。他最喜欢做出这种表情。"没听说什么?"

福里斯特从鼻孔喷出两团烟雾,形状漂亮极了。他抽烟的娴熟程度堪比戴帽子和指挥军队。"我们的安格兰新任总督,利奥·唐·布洛克,在决斗中打败了日暮斯达,此人是黑手卡尔达的儿子,北方国王的继承人,都说是最可怕的敌人。"

"真汉子的对决,北方人的作风!"奥索猛地一捶桌子,"在男子汉的决斗圈里,一对一地干仗!雪白血红,太刺激了。那可是男子汉的热血。"

"那地方偏南边,这个时节不太可能下雪,"徒尼说,"但流血不影响。"

"告诉我,那个蠢货的脑壳开瓢了。"蛋黄说。

"据说他伤得不轻，"奥索咕哝道，"但脑壳完好无损。"

"世道真不公平。"徒尼接了一句。

"出乎意料？"

"反正我一直抱着希望。"

"北方的战争结束了，"福里斯特说，"乌发斯回到了狗子手里，保护领恢复原样。"

"也许烧焦了一点。"

"这么说所有风头都让幼狮抢走了？"蛋黄呻吟道。

"风头喜欢沾在某些人身上。"奥索低头看着自己的双手，若有所思地翻来转去，"偏不沾在其他人身上。"

"就像鸭子不沾水。"希尔迪远远地接了一句。

"我一向不爱出风头，"徒尼说，"也没什么遗憾的。"

"没什么遗憾的？"奥索问，"吊在瓦贝克城外的两百个人呢？"

"不是我的错。"

"也不是您的错，殿下。"福里斯特接茬。

"恐怕我多少得背锅。"

徒尼耸了耸肩。"富人似乎更加爱戴您了。"确实，有一群衣着考究的上流人士在阿杜瓦城门迎接他，"他们可以用钱财表达他们的爱。"

"没错，"蛋黄说，"我的意思是，穷人的爱戴有什么价值？"

"是啊是啊，"奥索说，"历史上的明君都不把臣民放在眼里。"

他本想以犀利的讽刺发起反击，但蛋黄置之不理。"一点没错，"后者说，"我就是这个意思。"

王后在巨大会客厅的中央等他，她坐在那把谁坐谁难受的镀金椅子上，姿态僵硬。远处一角，四个乐师喜笑颜开，演奏着舒缓的音乐。

"奥索！平息暴动的英雄！"她起身迎接，礼节之隆重史无前例，然后她冷淡地吻了一下他的脸颊，又冷淡地拍了拍刚刚吻过的部位，"我以你为荣，前所未有地光荣。"

"恐怕这份光荣的起点比较低。"

"那也是光荣。"

奥索直取细颈酒瓶，拔掉瓶塞。说实话，很难理解瓶塞存在的意义。"不过我的成就很难与幼狮的胜利相提并论。"

特维丝王后的鼻孔张得老大。"你不用拔剑就赢得了胜利。你外公常说，不战而屈人之兵才是胜利的最高形式。他要是在世，也会以你为荣。"

奥索的名字取自外祖父，塔林的奥索大公爵，斯提亚历史上公认的暴君。但他惨遭刺杀和废黜，以失败告终，这种人往往留不下好名声。"我哄骗一群农民投降，然后吊死了他们，"他一边斟酒一边说道，"史书会如此记载。"

"史书如何记载全看你对史官的要求。你将成为国王，奥索。你不能考虑少数人，必须考虑大多数人的福祉。我相信这次小插曲至少暂时地熄灭了你对荣誉的渴望。"

"我怀疑再也燃不起来了。其实……我在考虑王朝存续的大事。您知道，就是婚姻问题。"

王后打了个激灵，活像老鹰在凤尾草丛中发现了田鼠。"你说真的？"

"真的。"

她打了个响指。"那康蒂公爵的长女快到适婚年龄了，他们家富得流油。据说她性格非常温柔——"

奥索嗤笑道："温柔可能不是我喜欢的类型。"

"你还有喜欢的类型？"

"对，我有。"

说实话，他只要一个女人，别的都瞧不上眼。他在帐篷里见到她的第一眼，就知道自己无可救药地爱上她了。那么高贵。那么坚韧。那个女人的绝对勇气，不屈不挠。她不需要珠宝，不需要脂粉，不需要假发。无妆无饰，她更是绝美。他清楚自己配不上她，但他渴望配得上她，努力配得上她，也许最终配得上她。至少能有进步。此时的天气很糟糕，雨水拍打着大窗，狂风卷着枯叶飞过王宫的花园，但奥索想着瑟雯，宛如已是雨过天晴，阳光温暖地照在他身上。

母亲注意到他一脸幸福的笑容，不由得眯起眼睛。"为何我感觉你已经有了心仪的女士？"

"因为我心中只有一位女士，别无所求。"王后必然不高兴，不过每个男人总要碰到这样的时刻，拒不听取母亲的意见，他深吸一口气，凑近了说："母亲——"

一阵叩门声打断了他的话。门板嘎吱一声打开一条缝，希尔迪探进头来。她摘下帽子，露出一头不知何故剪短的金色卷发。"我收到了您一直在等的消息，殿下。"她举起信。一张折得四四方方的白纸，带有白色蜡封。小小一方折纸，装着他全部的梦。

"没错，没错！"奥索喊道，激动得差点跳起来，"进来，进来！"

她紧张兮兮地踏上闪亮的地砖，慢吞吞地走过宽敞的大厅，不知道花了多久，终于停步，又晃晃悠悠地对王后行了个屈膝礼。"陛下——"

"不用多礼！"奥索喝道，同时一把夺过信纸。他想不起还有什么东西能让他如此渴望。他笨拙地对付蜡封，好像戴着手套一样，结果忙乱之中将其直接扯断了。他的心脏怦怦直跳。他紧张得两眼昏花。不过信的内容很短，所以只可能是愿意。当然是愿意。还能是什么呢？

他闭上眼睛，让音乐声抚慰紧张的心情，然后深吸一口气，镇定下来，开始读信。

我的答复是不愿意。请不要再联系我。永远不要。

瑟雯。

完了。

他第一感觉是不相信。她拒绝了他的求婚？怎么可能？他当时非常确定，两人情投意合。

他又读了一遍。再一遍。我的答复是不愿意。

暴怒冲上脑门。她非要拒绝得如此粗暴吗？如此残忍？区区一张纸条？区区一行字？他奉上了他所拥有的一切，他的全部生命，她却踩着他的命根子，一脚把他的肠子都踹了出来。他颤抖着把纸条揉成一团，握在掌心。

"坏消息？"母亲问。

"没什么大事。"不知为何，他的语气一如既往地慵懒。

心却是冰凉的。如此一来，他所有的梦都破灭了。这张纸条断绝了一切希望。不存在任何回旋的余地，哪怕是他这种擅长和稀泥的老手都无计可施。请不要再联系我。永远不要。再也没有女人能像她那样理解他了。再也没有她那样的女人了。永远不能得到她的事实，更令她在心中的地位无可取代。

"需要回复吗？"希尔迪皱着眉头问。

"不，"他勉强开口，"不用回复。"怎么回复呢？

自我厌弃的情绪缓缓上涌，汇成潮水般的憎恶。至少，这种感觉并不陌生。潮水没过头顶的时候，他甚至没有挣扎。挣扎有什么意义？一直以来他对自己的渴望深信不疑，几乎没有考虑过她的想法。本来嘛，大家都说他自私得要命。没什么好说的，事实证明大家的判断很正确。他这种男人对她那种女人来说有什么魅力可言？他这种男人对任何女人来说有什么魅力可言？除了一顶王冠、几个蹩脚的笑话和臭名声，他能给对方什么呢？

"我们必须为你筹划一场盛大的凯旋仪式！"母亲双眼放光，因为她终于能在世人面前证明自己，"全国上下都将见证我们家族的清白。我一定要他们看个清楚。"

而此时他已经沮丧得提不起一点精神。瑟雯本来是即将到来的黎明，如今太阳熄灭，他陷入永恒的幽暗。他望着窗外，雨越来越大。他不仅失去了她，还失去了在她身边变得更好的机会，齐心协力造就更好的联合王国的机会。他感到自己萎靡不振，在椅子里瘫软下去。他抬头的力气都没有了。呼吸的力气都没有了。

为了重新做人，他努力过，也许努力得不够，也许奋发得太晚。换来的却是吊在瓦贝克城外的两百具尸体和一张无情的纸条。

"然后我们还要筹划一场婚礼。只要我们能找到新娘子，符合你喜欢的类型。"

他何苦劳神？有什么事情值得他烦心？

他喝干了杯子里的酒。最好的奥斯皮亚酒，味同嚼蜡。他叹了口气，心痛如绞。

他想哭。

"再给我满上一杯，好吗？"他喃喃道。

57 问
Questions

"是我。"塔洛喜欢陈述显而易见的事实。维克知道是他。拜访她的人不多。

她抓着他的肩膀,把他推进狭窄的过道。空间逼仄,但她经历了瓦贝克的事件后更瘦了,而塔洛一直瘦得皮包骨头。她扫视了一圈光线暗淡的院子。这是在流放营里养成的习惯,离开后保持到现在。不过外面没人盯梢。唯一的响动是滴水声,来自上头那条破裂的排水沟。

"你还好吧?"她一边问,一边用肩膀关上门,然后放下两道厚重的门闩。

"困在城里的是你。"他说。

"不用担心我。"

"当然不用,"他低头盯着鞋子,悲伤地笑笑,"你是木头人。百毒不侵。"

她越看他越觉得像自己的兄弟。也许是她的记忆发生了变化。

导致记忆中的兄弟更像塔洛。所以这一次，她也许能救他。太可悲了吧？记忆并不值得信赖，她见证了不下一百次。它不断地变化，最终合乎你的需求。你必须随时防范。警惕任何人。包括你自己。

她扭开头，以免被他察觉到她的心思。万一暴露了软肋，势必被人所利用。

"你见过你姐妹了？"她带着他从狭窄的过道进入狭窄的餐厅。

"见过了。"

"她还好吗？"

塔洛点点头，好像在说不是你的功劳。也许只是她的想象。她踢过来一把椅子，他绕过一块方正的木板，溜进去坐下。不容易，即便是他那么瘦。

"这是什么？"

她发现他低头看着西巴特的那本书，心中竟有一丝不快。《达布·斯威特传》。书摊开在那一页。一幅版画，画的是一名骑手遥望无垠的草原和辽远的天空。

被外人看见，她心里很不舒服。仿佛被人读心，窥探到她藏在那里的梦。"远乡。"她柔声说。

"好美。"

她早该扔掉这该死的东西。她把手伸过去，合上书本。"书是胡编乱造的，画也是瞎扯淡的。"她将其扔到落满灰尘的窗台上。

塔洛缩进椅子里。"我想也是。"

她一开始有点不爽，然后心情变得异常沉重。"要不要来点什么？"她咕哝道。客人来访，你就得招待。无论你是否欢迎。

"你有啥？"

她寻思片刻。"啥也没有。"

"那我要双份的'啥也没有'。"塔洛睁着大眼睛，环视家徒四壁的陋室，肮脏的窗子周围，墙壁布满霉斑，"所以这就是你干活的回报？"

"什么？"

"这里的一切。"他抬起双臂，然后失落地垂了下去。当然了，在初来乍到的人看来，这里确实乏善可陈。维克只在无处可去的时候才来这里。

"如果我日子过得像王后，你是不是感觉好些？"

"至少能理解。"他隔着小桌子凑过来。要是她也凑过去，两人能头碰头。"他们吊死了两百个人，你知道。因为咱们的所作所为。"

"两百个叛徒。"她用食指戳了戳桌子，"因为他们的所作所为。那场愚蠢的暴动害死了多少人？不要欺骗自己，以为这种事有好的一面。不要欺骗自己，以为我们走的不是正道。我们走的是唯一的道。你愿意后悔，随你的便，反正我不会！"她发现对方缩了回去，而她已经凑上前，几近喊叫。她强行压低嗓门。不要急于否认，要陈述事实。"我不会后悔。给。"她从兜里摸出一枚硬币，故意啪的一声拍在两人之间的桌面上。是新铸的金币，印有杰塞尔一世皱眉眺望的头像，价值二十马克。

"这是为什么？"塔洛问。

"你在瓦贝克干得不错。行动迅速。抢到了先机。"

"我只是做了你交代我做的事。"

"你完成得很好。"

他低头盯着金币。"我并不引以为荣。"

"我只关心你做了什么。感受是你的事。但你如果过意不去，可以不要这钱。"

他咽了口唾沫，喉结随之滚动，然后他伸手把金币抹了下去。正如她所料。她勉强笑笑。该死的，他真的很像她的兄弟。

"我们并不都是木头人。"他咕哝道。

"过一段时间，"她说，"你就是了。"

"托伊费尔审问官!"格洛塔咧嘴一笑,仿佛她的到访是意外之喜,而非应他的要求不得不来。他拍了拍身边的长椅。"请坐。"

坐在别人身边总令她不安。不过当时在流放营里,她甚至睡在陌生人身边。像一群猪崽,横七竖八地挤在臭烘烘的草垫上。比冻僵好。比冒犯审问长阁下好。

她坐下来,裹紧了大衣,望着公园对面。天气晴朗,清爽怡人,时不时有风吹来,吹皱了湖面,吹落了树叶。刑讯官们把守四方,风卷着落叶,在他们乌黑的靴子周围打转。

"我经常坐在这张椅子上,一坐就是很久。"格洛塔眯眼望向鲜活的秋色,"只是看着湖水。医生建议我多晒太阳。"

"这个位置……非常安宁。"维克说。她一向不擅长闲聊。

"而我俩在入土之前都不得安宁。"格洛塔假惺惺地笑笑,"你在瓦贝克干得非常出色。你的脑子转得很快,既勇敢又忠诚。派克主审官对你赞不绝口,他一般不说人好话。"

维克不为所动,因为他的评价正是她刚才对塔洛的评价。让对方认为你需要他们,是你抛下的诱饵。大部分情况下,他们真的以为你需要他们。人们都渴望有良好的自我感受。渴望被人需要的感觉。维克怀疑自己就是这样上钩的。很久以前。

她只是简单地应了一句"过奖了,阁下"。

"我越来越倚重你了。我感觉,你是唯一一个我能完全信任的人。"

不知道审问长阁下对多少人撒过这个谎。所谓他能完全信任某个人的说法,犹如在布丁上加了太多糖,但她选择不去计较。只当两人都相信这个说法。

"你挣到了奖赏,"他接着说,"你有什么需要的吗?"

维克不喜欢奖赏。哪怕是她挣来的。对她来说,奖赏很像不得不偿还的债务。她考虑要不要说为国效忠就够了,诸如此类的爱国言论,但那样一来就轮到她在布丁上撒糖了。她最终回了一句"没有"。

"至少让我给你安排一个更好的住处。"

"我现在的住处不好吗?"

"我非常清楚好不好。我以前住在那里。当时我为前任审问长苏尔特效力。"

"对我而言够用了。"

"对我也够用,但不介意换个条件更好的。有人干得很少,挣得很多。"

"那是他们的事。"

他微微一笑,似乎很清楚她的想法。甚至都在他的预料之中。"也许你有过这种感觉,要是没有拿到奖赏,就像活儿没有干完一样,对吧?你我都很清楚,你干完了活儿。"

"等活儿确实干完了,我再换住处,阁下。"她看着一个园丁将落叶耙进推车。这种活计吃力不讨好,每一阵风都会将树叶吹落到他清扫过的路面上。"瓦贝克的局面本来不至于恶化到这个地步。里辛奥跑了。法官也跑了。前者也许是个危险人物。后者的危险程度更高。王太子到来时,很多人出城逃亡,我不认为这个结果能减少哪怕一丁点他们对大变革的渴望。"

"我想也是。破坏者遭到的……破坏……只是暂时而已。"

"里辛奥是个成天做白日梦的胖子。我不相信是他独自策划的暴动。"

"我倾向于同意你的判断。"审问长眯着眼睛扫视公园,刻意压低声音,"但我逐渐怀疑这个问题的根子可能出在另一个阶级。"他意味深长地移开视线。树梢上方隐约可见闪闪发光的镀金圆顶,它属于新修的圆桌厅。

"贵族?"

"国王在斯提亚的战争导致他们被征收重税。"格洛塔说话时，薄薄的嘴唇几乎不动，"他们要求改革制度以弥补损失，由此获得了大量的公共土地。很多人的口袋装得鼓鼓囊囊。但他们还不满意，最近多数议员联名写了一封信给国王，全是抱怨的话。"

"抱怨什么?"

"老生常谈。权少。钱少。"

"要求什么?"

"老生常谈。要钱。要权。"

"您怀疑在信上签名的人?"

"那是当然。"格洛塔拿起手帕，擦拭湿润的眼睛，"但怀疑的程度远不及没有签名的人。"

"名字，阁下?"

"布洛克家族没有多少嫌疑，他们忙着应付北方的战事。但年轻的亨根大人和巴雷辛大人，特别是伊斯尔大人笑得太多了。他们在当年选王的时候一败涂地，或者说他们的父辈一败涂地。他们明明怨气最重，却没有一丁点怨言。"

"您认为他们当中有人在幕后指挥暴动?"

"对于人，尤其是有野心的人来说，不高兴才是常态。高兴的人让我提心吊胆。尤其是诡计多端的伊斯尔。他参与起草了新的土地法令，赚得盆满钵满。"

"朝野两头各有祸患，"维克喃喃道，"时局动荡。"

格洛塔看着园丁奋力清扫不可能清扫干净的草坪。"从来如此。"

58 文明世界
Civilisation

　　脚下的甲板吱呀呻吟，风吹得船帆噼啪作响，海鸟在腥咸的气流中盘旋，呱呱大叫。

　　"死者在上。"瑞卡喃喃自语。

　　城市犹如一弯巨大的奶油色新月，伸展在劲风吹拂的灰绿色海湾之外。无数的城墙和桥梁与绵延不尽的建筑互相依存，像是退潮时的藤壶，河流与水道在其间隐隐闪光。塔楼耸立，巨大的烟囱与塔楼比肩，褐色浓烟熏染着天空。

　　她对这座城市之大早有耳闻。人人皆知。去过阿杜瓦的人回来时都会抓着脑袋说："好大。"但她从未想过有如此之大。也许能塞进一百个乌发斯，剩余的地方还能再塞一百个卡莱恩。她凭一双肉眼根本判断不了它大到什么程度。房屋不计其数，船只不计其数，人不计其数，活像蚁丘里的蚂蚁。一千座蚁丘。她想想就头晕。应该说头晕得更厉害。她低头看着甲板，揉了揉太阳穴。她已经感觉自己够微不足道的了。

"死者在上。"她吐了口气,再次喃喃自语。

"阿杜瓦,"身边的人说,"世界的中心。"说话的是个矮胖的老家伙,眉毛浓密,短须花白,那颗秃头像是铁打的。"诗人们称她为白塔之城,不过最近变成浅褐色了。远看很美,是不是?"他倾身凑近,"相信我,靠近就会闻到她的臭气了。"

"很多东西都是这样。"瑞卡咕哝着,皱眉望向利奥。幼狮和他无忧无虑的朋友们迎着风咧嘴大笑,一帮该死的年轻男人凑在一堆,一帮该死的年轻英雄,一帮该死的年轻蠢货。她从牙龈上吮了一小口查加汁,啐进翻腾的海水。

她一直在考虑对他说什么。必须是他从那群傻瓜口中绝对听不到的金玉良言。要不是她的千里眼,他已经死在决斗圈里了。结果他当她是霉头,碰都不碰。

他仰起头来,发出爽朗的大笑时,她酝酿着愤怒的情绪,而当笑声休止,她心中唯有悲哀,甚至痛恨,因为他不是陪着自己一同大笑,还有失望,对他,对自己,对全世界。老实说,她想死他了。但若要她开口道歉,那真是活见鬼。应该跪下来道歉的是他。可你又如何恨得起来这种人,他的屁股简直——

他看了过来,于是她及时地移开视线。仿佛被他看到了自己的表情,她就失了一分。但不看利奥,便又看回了秃头老男人,而且对方依旧端详着她,似乎对她很有兴趣。

"你是什么人啊?"她问。口气不太好,但她情场失意,一只眼睛无休无止地疼痛发热,加上晕船长达一两周,她的耐心已然耗尽。

他笑得更灿烂了。那是一种饥渴的笑容,犹如闯进鸡舍的狐狸。"老夫名叫巴亚兹。"

"跟第一法师同名?"

"完全相同。正是老夫。"

瑞卡眨了眨眼。也许她应该一拳招呼过去,教训一下这个骗子。

但他的绿眼睛闪闪发亮,不知为何说服了她。"好吧,真不错。"

"你是瑞卡。狗子的女儿。"她盯着他,他则报以微笑,"识为力之先。对于老夫干的这番事业来说,识人必不可少。"

"你的事业是什么?"

他凑近了,轻不可闻地念了一个词。"天下。"

"这份责任挺大的啊。"

"我承认,有时候我觉得应该降低目标。"

"你不该有根法杖吗?"

"我丢在家了。不管带多大的箱子,都不适合装它。再说了,魔法嘛,现在已经……"他眯着眼睛,若有所思地望着阿杜瓦,"过时了。"

"那是你的想法,"她把嘴里的查加团子挪到另一边,继续咀嚼,"我有天赐的千里眼。"此刻,她隐约可见海面上波涛汹涌,一条船正在下沉,桅杆斜斜地指向他们,她清了清嗓子,尽可能无视那些落海的水手,"或者说天谴。"

"好神奇啊。你都看见了什么?"

"一般都不是啥好东西。各种幻影。一支箭,一把剑。天上的大黑坑,里面啥都有。我还看过狼吃太阳,狮子吃狼,然后羔羊吃狮子,然后猫头鹰吃羔羊。"

"这预示着什么?"

"我要是知道那才是见鬼了。"

"你看看我,看到了什么?"

她斜眼皱眉。"一个应该多说真话少吃馅饼的人。"

"哈。"他宽大的手掌摸了摸肚子,"相当深刻的启示。"

瑞卡笑了。她承认对方挺讨人喜欢的,但也许他说的话一个字都不能信。"什么风把第一法师吹来了阿杜瓦?"

"应几个兄弟姐妹的要求,我在荒凉的西方耽搁了太久。他们完全不可理喻，深陷于过去的泥淖，对未来视而不见。但我不一样，一有机会就来阿杜瓦。可不能让我一手创建的伟业被毁掉。"他眯着眼睛扫视海湾，那里满满当当的全是船，形状、尺寸和设计各不相同，"人总是自寻死路，老夫好生佩服。他们热衷于另辟蹊径，哪怕明明通向悬崖之上。况且，联合王国还有很多敌人"。

瑞卡冲着一望无际的城市扬起眉毛。"谁会蠢到攻打它？"

"古尔库人，当时他们的帝国还没有像火候不够的酥饼一样土崩瓦解。还有贝斯奥德，不听我的忠告。后来是黑旋风，也不听我的忠告。再有黑手卡尔达。都不听我的忠告。"

"看来你的忠告不如你想的那么受欢迎。"瑞卡斜眼看他。

巴亚兹无奈地叹了口气，瑞卡在奥斯腾霍姆的家庭教师试图对她解释何为仪态时也是这样叹气的。"有时候你得允许他们犯错。"

她捂着眼睛，抵挡喷溅的水花，他们在混乱的船只当中穿行，驶向熙熙攘攘的码头。她听到含混不清的喊叫声、马车的辘辘声和货物砸在码头上的响声。

"这里住了多少人？"她轻声问。

"成千上万。"第一法师耸耸肩，"也许现在有几百万了，每天都在造房子，每天都在向外扩张。即便不谈繁荣程度，只说规模，古代的伟大城市都自愧不如。这里聚集了环世界各地的人。有逃离混乱古尔库的黑皮肤坎坎人，有讨生计的浅肤色北方人，有渴望重新开始的古帝国人。有来自斯提亚新王国的冒险者、来自千岛群岛的商人、苏极克人，还有拜日的索森德人。这里的人口无法统计——活着的、快死的、工作的、出生的，踩着别人往上爬的。欢迎，"巴亚兹张开双臂，迎向这座荒诞华美的巨城，"来到文明世界！"

朱兰盯着阿杜瓦，在飞溅的水花中眯起眼睛。"命运女神在上，这座城市变大了。"

"大多了。"利奥说。其实感觉比他上次来的时候小。当年他只是总督大人年幼的儿子,没见过什么世面。如今他成了总督大人,在一对一的决斗中打败了一名伟大的战士,拯救了保护领,单枪匹马为国王赢取了辉煌的胜利。

阿杜瓦当然变大了。只是利奥·唐·布洛克的变化更大。

他情不自禁地斜了一眼。他老是偷瞄那个方向。瑞卡的方向。如果她在身边,他可以指给她看城里所有的名胜。克什米之墙,阿诺特之墙,锻造者大厦,圆桌厅的圆顶。因为新建的工厂而笼罩在浓烟中的三农场区。要不是那个倔脾气的贱人老是臭着一张脸,他们本该共同欣赏眼前的景色。为了她,他差点在决斗圈里送命。她却把他当成叛徒一样对待。

看到她手舞足蹈地跟一个秃头老人聊天,他酝酿着暴怒的情绪,而他只感觉难过和羞愧,仿佛走错了路,却又不知道怎么回去。老实说,他想死她了。不久前他表达过爱意,真实的成分至少占一半。但若要他开口道歉,那真是活见鬼。她应该请求他的原谅——

她看了过来,于是他及时地移开视线。要是被她看到自己的表情,就成了她的一次小小的胜利。凡事在她那里都这么小气。她为什么不能直接原谅他呢,两人为什么不能和好如初呢?

"他们好像派来了迎接的队伍。"格拉沃德指着拥挤的码头说。

利奥翘首张望。一群体面人聚在码头,上方打着两面大旗,一面是联合王国的金太阳,一面是安格兰的交叉双锤。全副武装的汉子们在马背上整齐列队,外罩近卫骑士的紫色披风。是国王的荣誉卫队!为首的人肩膀宽阔得可怕,脖子更是粗壮得吓人,头发剃得只剩灰白的短茬。

朱兰不顾危险,探身观望。"那是……布雷默·唐·葛斯特?"

船驶近港口,在船长的号令下,水手们忙得不可开交,利奥则眯着眼睛观察。"你知道吗,"他的精神愈加振奋,"我认为就是他!"

踏板架上干燥的土地后，利奥抢先上岸，走路时不忘拄着棍子，提醒在场的每个人，他是为了崇高的事业而英勇负伤。一个男人迎上前来，顶着粉色光头，戴着代表官阶的沉重金链。都说下巴小的人软弱无能，他的小下巴在皮边衣领内堆了好几层。

"阁下，我是宫务大臣霍夫，宫务大臣霍夫之子。"他顿了顿，似在期待一阵哄笑。但没人发笑。官僚亮相自是不可避免，但正如茅房，利奥用得着却无需喜欢。况且官僚事务已经成为家族事务。"这位是——"

"布雷默·唐·葛斯特！"如今见到大人物并不稀罕，但是与儿时心目中的英雄会面毕竟不太一样。利奥早听父亲讲过此人在奥斯仑战役的丰功伟绩，每次一字不落地听上几个钟头。他在桥上单枪匹马、力挽狂澜，在英雄顶带领决胜的冲锋，砍杀北方人犹如屠夫宰羊。"我看你表演过以一打三！"利奥走过宫务大臣身边，握住壮汉的手，一种不适感油然而生。握手能知人性情，利奥的父亲常说，而葛斯特的手极其柔软而湿冷。

"我不建议在战场上这样干。"葛斯特的嗓音比他的手掌更令人吃惊。利奥难以相信如此粗壮的脖子竟能发出类似女人的尖细声调。

"我好像听说我们有亲戚关系？"上马时，他问道，"有同一个祖先。"利奥把手杖扔给朱兰。他可不愿意在偶像面前表现得像个瘸子一样。他吃力地爬上马鞍，强忍着大腿、肚子、肋部和肩膀的疼痛。

"你母亲……怎么样？"葛斯特又发出他那奇特的嗓音。

"她还好，"利奥大感意外，"战争结束了，她很高兴。她在北方人刚开始进攻时负责领军。"他考虑了一下如何摆放自己的位置，"为我提供了非常宝贵的建议。"

"她的洞察力一向非常敏锐。"

"我知道你在奥斯仑救过我父亲。他总爱讲那个故事。但我不知道你还认识我母亲。"

葛斯特的神色略带痛苦。"我们以前是……好朋友。"

"噢。"利奥对母亲的感受已经操心得太多。他冷不丁地换了个话题,"我很想趁着这段时间跟你一起训练,但……恐怕我的身体状况不允许。我可以旁观吗?"

"哎呀,阁下的日程很紧,"宫务大臣硬生生地打断了他们的对话,"国王陛下等不及接见你。"

"啊……那是当然,听候国王陛下的吩咐。"利奥一夹马肚子,跟着两个旗手缓辔徐行。

"我们都一样,阁下。不过你这次大胜而归,审问长阁下先要跟你聊聊。"

"什么时候凯旋仪式归审问部安排了?"

宫务大臣意味深长地清了清嗓子。"假以时日,阁下自会发现,阿杜瓦的大小事务都需要格洛塔主审官批准。"

幼狮带领的雄壮队伍停下来了,一面大旗缠住了晾衣绳,他们只能坐在华丽的马鞍上,等待将其取下来。利奥被一群聒噪的贵族马屁精围得看不到人影。连朱兰和格拉沃德都被挤到后面,每次转弯都落得更远。看来陌生人虚情假意的追捧,比利奥的朋友、家人和爱人更重要。如果她还算他爱人的话。也许已经是过去时了。

瑞卡挑起眉毛,看见整整一队黑皮肤的士兵从小巷中踏步而来,金色的旗帜闪闪发亮,长矛压得很低。直到一辆马车从他们当中辘辘驶过,她才发觉他们其实并不在那里。

"死者在上。"她抬手捂着左眼,太烫了,太痒了,她的牙齿都跟着疼。

"还能看见东西?"艾森咕哝了一声,同时快活地嚼着查加,嚼得嘎吱作响,"就当这是月亮让你与众不同的证明,偷着乐吧。"

瑞卡却越发怀念从前,当时别人仅仅以为她疯了。"这要是与众不同，我宁愿做个普通人。"

"是啊，我们都想要自己没有的东西。"

"真的？你不是来帮我料理千里眼的吗？"

"我说的是我要搞清楚你是不是真有，然后帮你睁开它。显而易见，打仗和决斗的时候你确实有千里眼，还睁得那么大。"艾森粲然一笑，"闭上这破玩意儿可不是我保证的。"

"真他妈的好极了。"瑞卡嘟囔，然后催马向前，企图获得些许喘息的空间。但在这种见鬼的地方喘口气都难受。

死者在上，这里的空气真是够呛。浓稠，湿热，充斥着奇怪的味道。喉咙既堵又痒，眼睛刺痛，仿佛远处在烧什么东西。还有这里的噪声。各种听不懂的语言往耳朵里灌，恳求，喊叫，争吵，所有人都争先恐后，似乎全都在慌里慌张地忙什么事。铁锤敲，车轮转，火焰烧，无数声音汇聚成低沉的雷鸣，震得大地嗡嗡作响。仿佛整座城市是一头惨遭折磨的活物，暴躁地挣扎着，企图摆脱虱子一样爬满全身的人类。

"瞧瞧时代的进步。"巴亚兹又说话了，他欣赏着两边庞大的建筑工地、高耸的起重机、蛛网似的绳索和脚手架，还有一群群呼喝嘶吼的劳工，"谁敢相信，时间如此之短，变化如此之大。这里是三农场区吗？我还记得当初这里只有三家农庄，而且远在城墙之外！城市的扩张突破了城墙的限制，他们重新修建，结果照样突破，三农场区到处都是工厂，一跨草地都很难找到。如今全是钢铁和石头。"

瑞卡看着前头的马扬起尾巴，拉了几坨粪。街上的粪便随处可见。"全是钢铁和石头？这算好事吗？"

巴亚兹哼了一声，似乎判断好事坏事纯属浪费他的宝贵时间。"它是你抵挡不了的潮汐。工业和贸易的金色潮汐。买卖的商品完全自由。啊，老夫在那边看到一家商店只卖肥皂，别的什么都不卖。

整个店铺。就卖肥皂！等到了老夫这把年纪，你自然懂得随波逐流了。"

"哈。还以为著名巫师肯定跟大人物们骑在前头，而不是跟杂碎们落在末尾。"

巴亚兹微微一笑。第一法师的情绪轻易不被调动。"船首像装在船头。直面大风大浪，承担风险，收获荣誉。但躲在后面不露脸的，才是掌舵人。"他笑着望向队伍的前面，"领袖人物毫无必要在前头指挥。"

"可以作为人生格言了。"瑞卡喃喃道。

"恐怕我暂时只能指点你到这里。"巴亚兹在一处宽阔的台阶前勒马止步。这座建筑相当巨大，规模介于要塞和神庙之间，正面有高大的立柱，全部以雕工细致的石块砌成，但是窗户开得特别小。

"这是什么地方？"她不喜欢这座建筑的外观。很多人进进出出，神色严肃，人流中有个衣着考究的家伙，有气无力地捏着几份文件在手里，表情莫名地惊恐。"巫师学校？"

"不，"第一法师说，"这是银行。"

"巴亚兹大师？"一个样貌平常的男人迎上前来，拉住法师的缰绳。

"啊！这位是尤鲁·苏法，法师组织的成员。"

"我是瑞卡，"瑞卡说，"跟——"

"我认得，"苏法抬头微笑，"狗子的女儿。有天赐的千里眼。"

瑞卡既吃惊又满足，看来她已经名声在外了。"也许是天谴。"

"我希望日后有机会多聊聊，"巴亚兹说，"天生拥有千里眼的年轻女士近来实属罕见。"

"差不多跟法师一样罕见。"她咕哝道。

苏法笑得更灿烂了，目光一直停留在她脸上，她发现对方的眼睛颜色不同，一只蓝，一只绿。"我们这些魔法时代的老古董应该抱团取暖。"

"听起来不错。我受到的赞美少得可怜。"

"也许还没到时候。"巴亚兹若有所思地看了她最后一眼,仿佛屠夫在为羊倌赶来的羊群估价,"谁说得准以后是什么样呢?"

"是啊,"瑞卡目送他和卷发同伴拾阶而上,喃喃道,"真他妈的难说。"

摆子坐在鞍上,一圈又一圈地转动小指上的戒指,狠狠地盯着银行,眉头皱得凶蛮霸道。

"你怎么了?"瑞卡问。

他扭头啐了一口。"老子讨厌银行。"

国王的首席拷问大师、人称老棍的格洛塔审问长,正伏身于堆满文件的巨大书桌上,眉头深锁,签下一个又一个名字。签的是死刑判决,利奥猜测,大笔一挥,生杀予夺。

利奥等了许久,感觉备受轻慢,最后审问长阁下终于抬头,一脸痛苦地倾身把笔插进墨水瓶,随即露出微笑。这张面孔枯干憔悴,毫无血色,痛苦刻下深深的皱纹,四颗前牙所在的位置只剩豁洞,这副表情也令人极不自在,就像反张的膝盖一样别扭。如果说丑陋的外表暴露了腐坏的内心——利奥一直相信这种说法——那么审问长比坊间传闻还要邪恶百倍。看来传闻并非空穴来风。他伸出手来。

"请原谅,阁下,我不方便起身。"

"可以理解。"利奥重重地倚着手杖,一瘸一拐地上前,"我现在行动也不大利索。"

"你,我相信,可以恢复健康。"格洛塔笑得更可憎了,"而我,怕是来日无多。"

看他的样子,一阵大风都能把他吹散架,枯干的手背布满老人斑,皮肤薄如纸片,但握起手来比布雷默·唐·葛斯特有力多了。

握手能知人性情，父亲常说，而这个老瘸子的手劲堪比铁匠的钳子。

"我必须祝贺你的胜利，"格洛塔端详了利奥好一会儿，"你为王室作出了巨大的贡献。"

"谢谢，阁下。"谁能否认这一点呢？"但并非我一人所为。很多好人死了。好朋友……死了。安格兰的金库开支巨大。"利奥抽出母亲交给他的那根沉甸甸的卷轴，"省理事会托我向国王陛下的顾问递交此次战争的情况说明。因为战争期间未能得到王室的援助，他们期待——他们要求——获得战后的财政支持。"利奥在旅途中练习过这番说辞，对于表达的效果也颇为满意。他处理官僚事务的能力不逊于任何人。但格洛塔看着卷轴的眼神，与看着一坨粪便无异。他抬眼与利奥四目相对。

"你的凯旋仪式将在三天后举行。游行队伍包括四千士兵，还有外国显要、内阁和议会的成员，游行从王宫开始，顺着阿诺特之墙穿过城市，回到元帅广场。在那里，国王陛下将对联合王国最重要的市民发表讲话，当众授予你纪念宝剑。"

利奥不禁微笑。"听起来……好极了。"完全是他儿时的梦想。

"奥索王太子将与你并肩游行。"格洛塔补充道。

"什么？"利奥迅速收敛笑容。

审问长的眼皮扑扇了几下，一滴泪流过脸颊。他用指尖轻轻拭去。"王太子殿下最近也获得大胜，平息了瓦贝克的暴动——"

"他吊死了几个农民而已。"利奥一整天都洋洋自得，此刻失望到了极点，"不可能跟我相提并论！"

"没错，"格洛塔说，"但他终究是王位继承人，而你是叛徒的孙子。从他的角度说，愿意平分这份荣耀，已是相当慷慨。"

利奥脸颊刺痛，仿佛挨了一记耳光。他当真挨了一记耳光，打在他的自尊心上，比打在脸上痛苦多了。"我在决斗中打赢了日暮斯达！我饶他不死！"

"换来了什么?"

"换来了他的父亲和伯父退还我们的土地,保住了狗子的保护领,保卫了安格兰!"

"没有让步?"格洛塔的眼珠子在凹陷的、青紫的眼窝里闪闪发亮,"没有担保?"

利奥眨了眨眼,一时间乱了方寸。"呃……有北方人的荣誉担保。"

"即便真能担保,你又不是北方人。"

"战士不问出处,个个说话算话!而且我是跟北方人一起长大的!"利奥卷起嘴唇,上下打量瘸子,"你不懂。"

"我不懂?你以为我是怎么瘸的?荣誉担保,我担心,不如他们白纸黑字写下来可信。你应该让斯达当人质。应该把他交给国王,确保铁手斯奎尔以后不惹乱子。结果呢,你除了他的空口白话,什么保证都没有拿到。"

利奥不知道哪样更令他愤怒,是格洛塔不顾事实的指控,还是刚才那番话确实有道理。也许官僚事务远比他想的复杂。"我赢了。"他带上了对母亲抱怨时的讨饶语气,"我打败了整个该死的北方!没有一个从阿杜瓦增援的士兵。我赌上性命——"

"你赌上的不仅仅是你的性命,性命你自己可以做主,但还有联合王国的利益,那可不能由你做主。我不想说难听的话,但也许有人会说你过于鲁莽。"

"我……"利奥几乎不敢相信自己的耳朵,"我跟北方人未来的国王交了朋友!我是战士,不是该死的外交官!"

"你必须两者兼备。"格洛塔不为所动,"你如今是总督。联合王国最有权势的人之一。国王陛下最倚重的臣子。你以后不能光想着打打杀杀。明白吗,阁下?"

利奥目瞪口呆,惊讶于对方的无礼、有失公正和忘恩负义。刚到阿杜瓦的时候,他对内阁谈不上任何好感。而仅仅跟这个变态的案头蛆虫见了一次面,他已对他们深恶痛绝。

"妈的,死者在上。"他用北方话低声骂道。

审问长可能以为他同意了,或者当做他同意了。"接下来总理大臣希望跟你聊聊。他对最近安格兰的税收情况有些担忧。别让他久等。"他点头示意,利奥这才发现自己手里还攥着那根卷轴,"也许你可以向他汇报战争的债务问题。"格洛塔拿起笔,从文件堆里抽了一份,"如此一来,总督大人必须三者兼备——战士,外交官,还有会计师。"

59 与生俱来
A Natural

布罗德转动把手，拉开马车的车门，毕恭毕敬地让到一边。

瑟雯挑起眉毛。"还有呢？"

"噢。"他伸出手来，"呃……小姐。"他扶瑟雯下车的同时，驾座上的拉比克笑得合不拢嘴，一副幸灾乐祸的样子。

现在布罗德自认为是车夫了。至少他有了制服。配有黄铜纽扣的亮绿色夹克，比当初在斯提亚的多数军官的制服都精良。还有锃亮的新靴子，尽管穿起来有点夹脚。他这一身华丽的服饰形同小丑，好在方圆一百步之内所有人都对瑟雯行注目礼，他也不例外。

他依然不敢相信，这个威风八面的漂亮女人就是那个衣衫褴褛、可怜巴巴、躲在女儿房间里的姑娘。她就像另一个物种，与那些卑微的人类毫无相同之处。她的服装无论是设计还是裁剪，全都出自大师之手，将其修饰得如同天神下凡。她的姿态极尽优雅，堪比走钢索的戏子，气场势不可挡，堪比战舰的船首像。人们纷纷驻足，呆望着她，仿佛亲眼目睹命运女神从天而降，信步走过工地。

"我要留在这里吗?"布罗德扶朱瑞下车时轻声请示,其实她动作轻灵,根本不需要扶。也许应该由她来扶他。

"不,不。"她的笑容令人不明就里,"你最好是跟来。"

他们在旧城墙上开了一个大缺口,摇摇晃晃的脚手架之间,碎石瓦砾随处可见,两台塔吊笼罩在头顶。他们还拆掉了几排屋子,在当中挖出一条巨大的沟渠。男人们成群结队,有的大冷天光着膀子,咬牙切齿地喊着劳动号子,和着节奏挥舞锄头和铲子。女人们衣裙肮脏,湿漉漉的头发贴在脸上,肩挑装满淤泥的桶爬坡下沟。更远处,孩子们灰头土脸地挤在沟底,光着脚丫踩实沟边的泥土。

"这是啥?"布罗德咕哝道。

"开凿中的运河,"朱瑞说,"走水路把货物送到市中心。当然,也把货物运出来。"

"瑟雯小姐占了多少份额?"

"五分之一。应该是五分之一。我们是来确保这一点的。"

他们咯噔咯噔地爬上一段阶梯,来到长长两排办事员之间。顶头的狭小办公室里塞了一个矮墩墩的大汉,所剩无几的花白头发勉强盖住秃顶,面前的超大书桌上铺着绿色皮革。他探身越过桌面与瑟雯握手,对马甲上的纽扣堪称严峻考验。

"科特师傅。"等布罗德关上门,她招呼对方。

"瑟雯小姐,很高兴看到您安然无恙。"科特浅浅地冲布罗德一笑,神色略为不安。布罗德没有笑,他感觉自己被带过来不是为了赔笑。"大伙儿都……很担心。"

"好感动。"瑟雯说着摘下手套,一次拽一根指套,与此同时,朱瑞抽出锋利的帽针,"不过既然谈生意,感情的事还是放到一边。"朱瑞轻轻一动,就把帽子从瑟雯的假发上取了下来,布罗德以前忙活一年挣来的钱都买不起这顶假发。"很高兴看到我们的运河工程进展顺利。"

科特愁眉苦脸,迟疑片刻,又皱着眉头倾身凑近,双手交握。"这话不好说——"

"直接说好了,我又不是玻璃做的。"

"很遗憾,瑟雯小姐,我当时……不得不接受他人的资助。"

"是谁如此乐于助人?"

"塞莱丝特·唐·亨根小姐。"瑟雯不动声色,但布罗德感觉到她在控制情绪,"她家亲戚帮忙办理了相关的许可——"

"我们有过约定,科特师傅。"

"的确,不过……您没有及时履行。谢天谢地,塞莱丝特小姐有能力填补空缺。"

瑟雯微微一笑。"你认为一句'请勿见怪'都不用讲,就能让她填补我的空缺?"

科特不安地动了动。"凡特和伯克银行愿意资助她,她又愿意资助我。瑟雯小姐,我真的没办法——"

"我前不久过得比狗还惨。"瑟雯依然面带微笑,但笑容冷淡,还有几分刻薄,"我不是夸张。饿着肚子。浑身脏得要命。东躲西藏,时时刻刻担心丢了性命。这段经历改变了我的想法。我清楚了我们所有人是多么脆弱不堪。后来我又遇到了……这么说吧,感情上的问题,结果不太满意。结果很不满意。"

"我只能表示同情,瑟雯小姐——"

"你的同情算个屁。"瑟雯瞅见袖子上的一粒灰尘,轻轻一弹指头,将其掸掉,"我要的是你的运河。正如我们之前说好的。不多要,也不少要。"

"我该怎么说呢?"科特摊开宽大的手掌,"我的运河已经万事俱备。"

瑟雯的笑容生硬得就像骷髅头上的空洞。她脖子上的汗毛竖了起来,一番犀利的言论脱口而出。"做生意,说白了就是一种表演。

它关系到别人对你的信任。而信任非常脆弱。我相信这种事情我们都见过很多次了。眼看着坚固如钢铁，突然像沙子一样崩塌。自从我在瓦贝克有过不幸的遭遇，外界对我的信任大大地动摇了。他们正在观察我。评判我。"

"瑟雯小姐，我保证——"

"用不着。我只是想让你明白，不管你的后台是谁，在这种情况下，我绝对不能任凭你和塞莱丝特·唐·亨根坏我的事。"她看了一眼布罗德，攫住他的目光。

为一位漂亮的贵族小姐效力，至少不会遇到什么麻烦，呃？莉迪说过。布罗德当时笑了。是啊，没麻烦。此时他笑不出来。

他非常清楚瑟雯的心思。他见过她那种眼神，在与他对峙的人眼中见过。那些家伙你必须留心。你必须提防。他知道自己也有同样的眼神。对于事情走到最后一步的狂喜。

他不懂生意，不懂交易，不懂运河。但他懂这种眼神。再清楚不过了。

于是布罗德抓住科特的宽大书桌，将其搬开。无奈空间狭小，挤不进去，于是他抬起了书桌的一头。书桌像一条失事的船，文件、装饰品和一把精美的拆信刀从绿色皮革上滑落，稀里哗啦地掉在地上。然后他把整张书桌竖了起来，科特暴露在椅子上，吓得瞠目结舌，圆乎乎的膝盖并在一起，场面甚是怪异。

布罗德摘下眼镜，折好了，塞进兜里。然后他走上前去，走过乱七八糟的办公室，一块松动的地板在他崭新的靴子底下吱嘎作响。

"我在瓦贝克失去了很多，科特师傅，"瑟雯的声音恍若从远处传来，"失去了几处资产和几个合伙人，失去了一条漂亮的剑带和一个闹心但能干的妆容女仆。我还失去了耐心。"

布罗德走到科特近前，双方的膝盖碰到一起。他弯下腰来，撑着科特所在椅子的扶手，双方的鼻尖近在咫尺，近得看不清面容，只有惊恐万状的表情。

"你惹我生气了,"瑟雯说,"我现在心情不好,只想看到惹我生气的东西碎掉。碎得再也无法复原。"

布罗德手上用力,整张椅子都在呻吟,他则喷着鼻息,犹如一头公牛。公牛布罗德,当年他们都这样喊他。他表现得像是在压抑内心的冲动。也许这是事实。

"我们的协议有效!"科特死死地闭着眼睛,扭开头,尖叫道,"当然有效,瑟雯小姐,怎么可能失效呢?"

"噢,真是好极了。"瑟雯语气轻快,扼住布罗德咽喉的无形之手松开了。

"您是我梦寐以求的合伙人!"科特絮絮叨叨个没完,"我们的协议坚固如钢铁,正如我的桥——"

"你的桥?"

布罗德把眼镜戴回去,科特面露因绝望而战栗的笑容。"我们的桥。"

"非常好。"瑟雯戴上手套,朱瑞分毫不差地让她的帽子回到原位,插上帽针,"我不愿意派布罗德师傅看望你。没有我在场调停,天知道会发生什么事。"

布罗德轻轻关上身后办公室的门。当他放开门把手的时候,才注意到手在颤抖。

朱瑞凑近一位办事员。"科特师傅得搬正他的桌子,可能需要搭把手。"

天光刺眼,他跟着瑟雯穿过喧嚣的市井,回到马车停留处。"我不是车夫,对吧?"他低声问。

"我所做的大部分事情就是发现天赋,"瑟雯看着奋力挖沟的劳工说,"在瓦贝克的路障上,我看见你是怎么对付那帮人的,当时我就发现了你的天赋。雇你做车夫,类似雇一位伟大的艺术家去粉刷农舍。但你不觉得做这种事更好吗?"她凑近了,低声问道,"反正我感觉很好。"她信步走向马车,仿佛整个世界都在她的掌握之中。

"这是你与生俱来的本事,布罗德师傅。"朱瑞把某个东西放进他掌心。一枚金币。价值二十马克。比他在瓦贝克酿酒厂干上一个月的活拿到的薪水都多。比他在墨西利亚冲锋卖命的酬劳都多。

布罗德抬头看她。"你信神,对吧?"

"噢,当然。很虔诚。"

"不认为神是坚决反对暴力的吗?"

"要是神坚决反对暴力……"朱瑞微笑着合拢他酸痛的手掌,金币消失在其中,然后慈爱地拍了拍他的拳头,"为何又要造就你这样的人呢?"

60 美好时光
Good Times

利奥在为自己举行的宴会上感觉有点格格不入。

宴会的举办地是镜厅,宫中无数华丽厅堂之中最华丽的一处,镀银的威斯尼亚玻璃覆满墙壁,让联合王国最富饶、最华贵、最漂亮的景致向四面八方延展,直至幽暗的深处。

引见没完没了。握着潮湿的手掌,亲吻涂脂抹粉的脸颊,利奥嘴唇开裂、手指生疼。恭贺、赞美和祝福如潮水般汹涌而至。长长的姓名和闻所未闻的重要头衔扑面而来,一转头他就忘了。

不知道哪儿的大使。不知道哪个部门的高级秘书。不知道长啥样的贵族老爷的侄女。还有个号称第一法师的老秃子在说胡话,笑得特别招人厌,说什么在草地决斗圈里单挑日暮斯达等于在盐铁决斗圈里打败食尸徒。利奥估计此人在开玩笑,但实在不好笑。他对任何笑脸相迎的人都报以微笑,直笑得脸颊发酸,嘴里念叨着友谊长青,一转头便枯萎凋零。

这就是他的梦想,不是吗?被大人物们围在当中阿谀奉承?但当真的实现了梦想,又感到如此虚假。他更愿意回到谷仓,与狗子和那帮弟兄,还有他的朋友们在一起。他瞥了一眼朱兰,后者孤零零地站在远处,利奥情不自禁地笑了。他刚刚迈了一步,就被人拦住了。

"要我说,真是气死人了。"说话的高个子可能比利奥大十岁,却有一头精心梳理的白发。

"什么?"利奥从来拒绝不了好奇心的诱惑。

"你不得不容忍王太子分享你胜利的荣光。你为国家流了血。我们那位有一半斯提亚血统的王位继承人做了什么?吊死了几个农民?"

这个白发男子仿佛钻进了利奥的脑壳,读取了他的想法。"我认为王权的存在就是为了沾别人的光。"利奥轻声回应。

"我是菲德尔·唐·伊斯尔。"如果说握手能知人性情,那么伊斯尔应该是个强硬、冷酷且谨慎的人。"这几位是我在议会的同僚——巴雷辛大人。"此人块头很大,一身装饰繁复的制服绷得紧紧的,脸蛋泛红,一头乱糟糟的金发,像个不懂得打理的小男孩。"亨根大人。"此人样貌英俊,个头小,眼睛也小,但炯炯有神,嘴巴前突,蓄着精心造型的胡子。

"很高兴见到诸位。"利奥高兴的是终于听到了熟悉的名字。这几位都是米德兰最有权势的豪门家主。和他一样,在圆桌厅的前排有一席之地。

"家父很熟悉令尊。"巴雷辛的下巴感伤地颤抖着,"了不起啊,他总是这样对我说,真汉子,德高望重的典范!他们以前是很好的朋友。"利奥却记得,父亲常常写信说议会成员是一窝毒蛇。不过他们都是下一代,朋友永远不嫌多。

"我们都想感谢你为联合王国做出的巨大贡献。"伊斯尔沉声说道。

"你只能孤身御敌，我等颜面无光，"巴雷辛唾沫飞溅，"真乃奇耻大辱，骇人听闻！"

"新修的法律不准我们养兵备战。"亨根语速很快，咬字清晰，同时不断地摇头晃脑，仿佛任何事都入不了他的法眼，"不然我们定要冲过去助你一臂之力。"

"感谢诸位。"利奥说。真能派去援军才值得感谢。

"我们代代承袭的权利正在遭受威胁，"伊斯尔压低声音，"使坏的是老棍和他的狐朋狗友。"

亨根点头如鸡啄米。"内阁就是——"

"一帮混账官僚。"利奥脱口而出，他实在忍不住，"混账格洛塔简直厚颜无耻！还有总理大臣！我们流尽了血，为他们打了胜仗，还追着我加税！我们付出了生命。安格兰的人肯定……"他打算说"气得要死"，随即意识到自己嗓门太大，于是换上了缓和的语气，"很不高兴。"

不过伊斯尔似乎情绪高昂。"议会必须形成统一战线。尤其在局势动荡不安的当下。"

"你和我们是同一阵营。"巴雷辛说。

"我们的先锋。"亨根说。

"我们的斗士。"伊斯尔缓缓地握紧拳头，"正如你的外祖父。"

"是吗？"利奥对他们一唱一和的奉承怀有疑心，"我听说他是叛徒。"

伊斯尔不为所动。他凑近了低声说："我听说他是爱国者。他只是不接受巴亚兹的威胁。"顺着他的目光望去，老秃子正与戈罗德茨总理大臣交头接耳，后者一脸惶惶不安。

"那人真是巴亚兹？"利奥半信半疑。

伊斯尔卷起嘴唇。"上一场战争期间，他许诺把宫务大臣和总理大臣的位子给我的叔叔们，后来他把王权收入囊中，便过河拆桥。"

"忠诚是很好的品质，"巴雷辛说，"真的很好。但必须是双向的。"

"对腐败政权的忠诚，"亨根接道，"是愚忠。很坏。胆小怕事！很坏！那叫不忠不义！"

利奥没搞明白对方的逻辑。"是吗？"

"我们作为议会的重要角色，应该碰碰头。"巴雷辛说。

"商讨一下如何照顾我们彼此的利益。"亨根说。

"有了一位真正的英雄，我们的境况可就大不一样了。"伊斯尔说。

"对我而言绝对大不一样。"利奥闻声扭头，发现身边来了一个女人，红色的头发格外醒目。"诸位大人可别霸着今天场上的红人不放。既然你们不肯介绍我……"其实她根本没有给他们介绍的机会，打定了主意自报家门，"我是塞莱丝特·唐·亨根。"她伸出手来。

"幸会。"利奥行了个吻手礼，他的确有幸运之神降临的感觉，"来宾的水准大有提升啊。"他说，然后她发出清脆悦耳的笑声，然后挥了挥扇子，然后他微微一笑，然后她冲着他挥了挥扇子，然后他大笑起来，然后伊斯尔、巴雷辛和亨根纷纷道别，说是以后再聊，但利奥的心思已经不在他们身上了。

塞莱丝特。念起来很好听。而且她一副受宠若惊的样子，仿佛他说的每一个字都戳在心坎上。

"你有没有欣赏过本城的美景？"她问。

"你一来，我欣赏的美景又增色不少。"

"哎哟，阁下，我怀疑你是在奉承我。"她的指尖蹭过他的手腕，绝非无心之举，怎么可能是？她凑近利奥，嗓音略带沙哑，"你在阿杜瓦的这段时间应该去参观一下我的新工厂。"语气暧昧，仿佛参观工厂是某种特别刺激的禁忌。她的秋波越过羽毛扇款款而来，令他怀疑对方的邀约别有意味。

"你在——"他的嗓音尖利得像布雷默·唐·葛斯特,他不得不清了清嗓子,再次开口,"你在那里做什么?"

"赚钱。"她又咯咯地笑了,"不然还能做什么?"

跟着浩浩荡荡的队伍在阿杜瓦城内穿行时,瑞卡以为那就是她最格格不入的场合。此刻她才知道自己想错了。

似乎有一场比赛正在进行,看哪种场合最能让她手足无措、焦虑不安、丑态毕露,而眼前的场合已有大获全胜的趋势。若要给这场噩梦一个结局,她只需要当场发癫,在纤尘不染的地砖上拉个屎尿横流。

人人都那么干净。人人都那么好闻。人人的鞋子都那么锃亮。他们全都笑得那么谨小慎微,戴着大同小异的面具,你根本搞不懂他们到底在想什么。他们说话全都低声细语,仿佛每句话都是秘密,专门讲给某个人,而她显然无权听到。好在千里眼暂时没有折磨她了。唯一能看见的影子是她在镜中的形象,满墙都是镜子,镜中的她愁眉苦脸,局促不安,乏善可陈。

她感觉肤色不太对头,衣服就更不对头了。真希望可以嚼嚼查加,但她没有带在身上,因为这种场合似乎不太适合嚼查加,也的确不适合。她能吐到哪里?吐在别人背后?宽广的大厅里她认识的人寥寥无几。巴亚兹算不上朋友,这位法师的着装相当考究,顶着锃光瓦亮的秃头在人群里来来回回,如鱼得水,到处找人说悄悄话。朱兰孤家寡人,显然比瑞卡更渴望利奥的陪伴,而幼狮始终被一群刚刚结交的体面朋友团团围住,只要他转个身,那帮家伙绝对从背后捅刀子。

有个女人飘然而至,简直就是在她剧烈疼痛的伤口上又撒了把盐。那个女人漂亮得不像话,肤色白皙,满头红发,红得超乎常理,全用金梳子盘上去,再波浪般垂下来,搭在裸露在外、长着雀斑的肩头。她的奶子呼之欲出,而衣裙却以巫术般的剪裁手法将其牢牢包裹。利奥当然不会视若无睹。他的目光流连忘返,仿佛她有天大的秘密藏在乳沟里。她戴着一条亮闪闪的红宝石项链,还有与之配套的手镯,紧身衣缀满了耀眼的宝石,死者在上,连鞋子上都有。

而瑞卡的鼻子上穿了一个环,活像一头脾气暴躁的公牛。

做个总结吧。她真希望扯掉这个该死的东西,但除非扯烂鼻子,不然没法弄下来。她怀疑即便摘了,也没人会注意到她。这种复杂的游戏涵盖了扇子、睫毛、风情万种的肩膀以及呼之欲出的乳房,她对其一无所知,更是缺少赢家该有的利器。

她又灌了一口宴会上提供的淡酒。喝起来不够味,但人已经有了醉意。耳尖发烫,情绪愈加低沉。他们说喝酒怡情,但真正的意思是,喝酒让高兴的人更高兴。他们没说的是,喝酒让不高兴的人更他妈的不高兴。

她打了个甜腻的嗝儿,拿舌头蹭了蹭牙齿。"男人啊。"她无奈地咕哝道。

"我懂,"身边有人说话,"他们根本不可理喻。"

死者在上,这个女人竟然比刚才的更漂亮。她的肌肤富有光泽,简直不是肉体凡胎,而是血肉与白银交融而成的魔法合金,千姿百态的余韵都收敛于纤长的指尖,像是在跳舞,驾轻就熟,完美无瑕。

"该死。"瑞卡叹道,情不自禁地上下打量对方,"你费了不少工夫打扮。"

"老实说,绝大多数工夫都是我的女仆费的。我只是站在那里不动。"

"女仆?你需要几个?"

"只要精通业务,四个就够了。我很喜欢你的衬衫。看样子宽松舒适。真希望我也能穿这种衣服。"

"为什么不穿?"

"因为有无数条规则限制着女士的生活。没人告诉你具体是什么，然而破坏规则的后果极其严重。"

"听起来真糟心。"

"你绝对想象不到。"

"我得承认，我完全没料到是这种场合。"瑞卡扯了扯衬衫，这里的人谎话连篇，听得她浑身燥热，腋窝发汗，"我穿上了新靴子。还梳了头发。"她不安地将一绺乱发掖到耳后，"但我在树林里睡了好几周，后来怎么梳都不服帖。你的是怎么弄成……那样的？"

女人凑上前来。"这是假发。"

"是吗？"瑞卡盯着盘卷堆叠而上、犹如一团金丝的闪亮发辫，"看起来很像头发，比……真的还真。"

"是真头发。但不是我自己的头发。"

"你不长头发吗？"

"我剃掉了。"

"你家女仆剃的。"

"呃……没错。这里的女人大多戴假发。一种潮流。"

她用的这个词，潮流，似乎能解释所有疯狂的行为。"人人都知道？"

"人人都知道。"

"那我们为啥不能大声说话？"瑞卡低语道。

"呃……因为人人都知道，但谁都不承认。"

"所以……你剃掉了自己的头发，为的是戴上用别人的头发做成的帽子，而且不说实话？"瑞卡鼓起腮帮子，"什么乱七八糟的逻辑。"

"不是所有人都有坦白的勇气。"

"不是所有人都有撒谎的智慧。"

女人眯起眼睛看着瑞卡。"我不相信你缺乏智慧。"

瑞卡眯起眼睛看着对方。"我不相信你缺乏勇气。"

女人打了个激灵，仿佛被戳到了痛处，然后换了话题。"我也很喜欢你的项链。"

瑞卡缩起脖子，低头看着多年积攒的一大堆护符。有的来自古尔库，有的来自北方，有的是萨满的牙齿，来源各不相同。她一直觉得好运永远不嫌多。而如今看来只是一堆老旧破烂。她用拇指钩住那根布满凹痕的木钉，提在半空。"这个是我发癫时咬在嘴里的。所以全是牙印。"

女人扬起眉毛。"漂亮且实用。"

"这是符文。我朋友艾森-埃-费尔刻的。应该是为了保我平安。但我戴了好久，怀疑没啥屁用。"

"嗯，无论如何还是很好看。我第一次看见这样的东西。"

她似乎不是说客气话，而且态度还挺友善。"给。"瑞卡取下符文，小心翼翼地套在女人脖子上，"也许它们对你更有效。"

"谢谢你。"瑟雯不是说客气话。她放下了戒心，简单而直率地表态。上一次有人送她东西且不要求加倍回报，不知道是什么时候的事情了。

"我再弄一串不成问题，"北方姑娘不以为意地摆摆手，"你戴着合适多了。你肩宽。"

"剑斗的好处。"

"啥，你是说耍剑吗？"

"很好的锻炼。能集中注意力——"回忆突如其来，在瓦贝克的水沟里，她刺进那人的肋部的一剑，她用力拔剑时他的呻吟，她不禁打了个寒战，"不过……耍剑未必是好主意。"

"也许我会试试耍斧子。在我的家乡，斧子更流行。"

"早有耳闻。"然后两人相视而笑。扪心自问，瑟雯觉得这个姑娘天真淳朴，讨人喜欢。这是事实，不带感情色彩。若是谈话对象换成任何一个大人物，情况可能变得完全不一样。

每当有人对她的苦难装腔作势地表示问候，或是对她的归来虚情假意地表示欣慰，她都恨不得把对方打翻在地，拿鞋跟踩他们的眼睛。她整日整日地吸食珍珠粉。在日出时来一小撮，驱散噩梦。然后在早餐时来一小撮，算是真正活过来。午饭前也许再来一两撮。这样做并不能保持头脑清醒，反而让她神经紧张、情绪暴躁，凡事都不上心。

"给。"她解开项链的卡扣。苏极克红金配上最惊艳的索森德深色祖母绿，加上奥斯皮亚的师傅的好手艺，造价之高昂，连她也得皱皱眉头。她将其套在北方姑娘的脖子上，扣好了。"我们交换。"

北方姑娘瞪着被围在一串串珠子和护符当中的项链，大大的眼睛睁得滚圆。"我不能要。"

"我再弄一串不成问题，"瑟雯不以为意地摆摆手，"你戴着合适多了。你胸大。"

"简直是鲜花插在牛粪上。"女孩看了一眼瑟雯的胸脯，"你的胸比我的大好多。"

"我穿了价值不菲的紧身衣，实际上只有你的一半大。"瑟雯伸手撩开对方凌乱的红棕色头发，仔细端详。此举实属冒昧，但她来了兴致，顾不上那么多。"说实话，你有与生俱来的非凡特质。"

"我有什么？"她似乎有些担忧。

瑟雯用一根指头挑起她的下巴，迎着光观察。"结实漂亮的骨骼。完好无缺的牙齿。还有你的眼睛。"眼睛很大，颜色很淡，而且相当灵动。"真是前所未见。"

她打了个激灵，仿佛被戳到了痛处。"不知道是天赐还是天谴……"

"我所知道的是，很多女人求之不得，为它杀人都愿意。我可不是夸张。让我的女仆们为你捯饬一个钟头,我保证现场的每一个人都对你垂涎三尺。"瑟雯拍了拍女孩的脸蛋,然后放开手,皱眉望向宴会上的宾客,"只为揭穿一个荒唐可笑的谎言。所有事情都他妈的是荒唐可笑的谎言。"说完了她才发现,刚才那句话带着突如其来的怨气,"请原谅。我爆粗口了。"

"我觉得你太了不起了。"女孩低头看着项链,双颊绯红,愈发可爱,"我父亲要是看到我戴这个,他非得尿裤子不可。"

"我不知道我父亲看到了怎么想,反正他尿裤子是常事。"

女孩粲然一笑。"你很好,你知道吗?"

瑟雯忽然有了想哭的冲动。她望向镜厅外,强忍夺眶的泪水。某个似曾相识的老秃子直勾勾地盯着她,犹如屠夫盯着待售的牲畜。她啪的一声展开扇子,指望能躲在后面。"不,"她喃喃道,"我不好。"

发现奥索醉醺醺地靠着柱子,一副垂头丧气的样子,她不由得心惊胆战。她的喉咙里仿佛有根钩子,每一次瞅见他都扯得生疼。她内心的渴望依然如故,只是羞于承认而已。她依然渴望成为王后。她也渴望走上前去,把手放到他掌心,说一声"我愿意",然后亲吻他,抱着他,看着微笑在他脸上漾开……

然后嫁给自家兄弟。

想到这里她就犯恶心。但也不比眼前的一切更叫人恶心。她颤巍巍地吸了口气。她永远失去了他,永远失去了与她共度良辰的人,还不能告诉他原因。他对她该有多么鄙夷啊。就像她鄙夷自己一样。

"瑟雯小姐?"

她惊恐地发现国王来了,依然是每次见到她时的那种表情,心神不宁,关怀备至。

"陛下。"瑟雯下意识地行了个屈膝礼,脸颊烧得厉害。她瞥见北方姑娘笨拙地模仿自己的动作,但穿着裤子行礼,简直不能看。

"上次出席太阳协会的活动，我太高兴了。"国王开始念叨，她感到血涌脑门，轰轰作响，几乎听不清他在说什么，"你和柯斯比克师傅取得的成果令我大开眼界。产业，创新，进步。我有幸有你这样的……臣民。年轻有为的女士为我们引领未来的方向，而且——"

"恕我失陪。"她吃力地吐出几个字，然后猛地转身，差点失去平衡。她晃晃悠悠地走了一两步，膝盖绵软无力。

"我是瑞卡，"她听见北方姑娘在身后大声说，"跟刺头的发音差不多。"

"原来是狗子的女儿！你也知道，我们有一个共同的好朋友，已故的九指罗根。"

"啊，人只能面对现实。"

"说得没错！"

"顺便提一句，父亲说当年我们得到承诺，在议会有六个席位……"

瑟雯徒劳地扯了扯紧身衣，以求呼吸得顺畅些。她有种被活埋的感觉。她的胃里翻江倒海，眼看就要在如此重要的社交场合大吐特吐。然而，一团冰冷的怒火突然袭来，她仿佛掉进了冰窟窿，瞬间清醒，愧疚和惶恐随之凝固。

塞莱丝特·唐·亨根，那个狡猾的臭婊子。她正在二十步开外，使出浑身解数对付利奥·唐·布洛克，扇子扇得飞起，仿佛她浑身着了火。

她自以为能拱走瑟雯，取而代之？抢夺瑟雯的运河、人脉和利益？当然了，如果让瑟雯扮演对方的烂角色，必定使出同样的招数来，但正因为如此，更得让她付出代价。

塞莱丝特眼见她风风火火地迎面而来，立刻抢先开口。"瑟雯小姐！你平安归来，我们都太高兴了。"

"塞莱丝特小姐，你真是能说会道。"

"你的经历一定非常可怕。"

瑟雯恨不得扑上去咬她,但最终只是耸耸肩。"遭罪的远不止我一个。"

塞莱丝特美貌、聪明、富有,但过于依赖胸脯和微笑。时刻保持微笑,别人必然腻味,好比一个厨子,只会做一道蛋白酥。你笑得越少,越能吸引别人求之不得。瑟雯仅仅让布洛克看了一眼自己的嘴角,便拿扇子挡住了。

"我是利奥。"他说话带有豪爽不羁的安格兰口音。

"那还用说。"瑟雯说。

塞莱丝特的语气则充满搬弄是非的恶意。"瑟雯小姐当时就在瓦贝克呢。"

仿佛瓦贝克是个不能提及的秘密。她以为这样能毁了瑟雯。其实只能增添瑟雯的魅力。瑟雯自有破解的招数。

"是的。"她把头扭到一边,咬着嘴唇,似乎陷在可怕的回忆中。

布洛克眨了眨眼。"暴动期间?"

"我当时在视察我的……我曾经占股的工厂……暴动突然发生。"她停顿良久,与利奥四目相对,那意思是她不会随便找个人倾吐,但当着他的面选择实言以告,"劳工对我们动手了。他们有好几百人。很惭愧,我把自己反锁在一间办公室里。我听见他们制服了卫兵,听见他们攻击我的合作伙伴。"

布洛克瞪着眼睛,嘴唇微微张开。"死者在上……"

瑟雯愉快地捕捉到塞莱丝特脸上的疑虑。看来她刚刚意识到家长里短的废话敌不过一个精彩的故事。"我找到一块松动的地板,为了把它撬起来,我的指甲都折断了。他们砸烂了办公室的门,我只能在机器里匍匐前进,才得以脱身。"

布洛克听得入了迷。"这很需要勇气。"

"对我来说,也许是胆小鬼走了狗屎运吧。我亲眼看到一个卫兵被卷进机器。他的手臂被齿轮生生绞断。"

塞莱丝特搔首弄姿，企图再次夺回布洛克的关注，但毫无效果。有时候美丽的谎言能大获全胜。但有时候，丑陋的事实更加刻骨铭心。她坚决地说下去，想象每一个字都是扇在塞莱丝特脸上的耳光。

"我顺着下水沟爬出厂房来到河里，从一堵墙和水车之间挤出去。我在河堤上找到一件被冲上岸的旧外套，又脏又破，然后扮成乞丐逃到城里。全城的人都……疯了。成群结伙，横冲直撞。被抓到的人排成长队。工厂主被吊死。很遗憾我没有帮上忙，我当时只顾自己活命。说实话，我当时什么都顾不上。"

"情有可原。"布洛克说。

"有人追我，我拼命地跑进贫民窟。跑过一间屋子，里面躺了十几个大烟鬼。跑过污秽不堪的猪圈。两个男人把我逼进了死胡同……"她回想那一刻。回想他们的面孔。此时她内心的恐惧反而成了加分项。就连塞莱丝特都听得聚精会神，忘了扇扇子。

"然后……怎么样了？"布洛克轻声问道，似乎害怕听到答案。

"我随身带了一把剑。装饰用的，但……很锋利。"瑟雯沉默许久，久到令人提心吊胆。塞莱丝特那种聒噪的妇人永远不会懂，要想达到最好的戏剧效果，关键不在于如何措辞，而是恰到好处地保持沉默。"我杀了他们。应该是把两个人都杀了。我没有多加考虑，转眼之间……就结束了。"她深吸一口气，堵在喉咙里，然后颤悠悠地吐出来，"是他们把我逼到那个地步的，但是……我老在想这件事。反反复复地想。"

"你别无选择。"布洛克叹道。

"那也不能说放下就放下。"

塞莱丝特的嗓音略带沙哑。"啊，好在你回来了，就我而言——"

布洛克置若罔闻，直接打断她的话。"你最后是怎么逃脱的？"

"我遇到了几个正派人……他们收留了我。他们保护我,直到奥索王子接管城市。"塞莱丝特·唐·亨根终于认输了。她啪的一声展开扇子,快快离去。获胜的快感虽不强烈,对瑟雯来说却是近期最接近愉悦的一种感受。她也许永远成不了联合王国的王后,但依然是社交场合的王者。"于是我回来了。"

"真是……精彩的故事。"布洛克说。

"我敢说,比不上在盾牌围成的决斗圈里面对凶猛的敌人。"

"你经历的苦难持续了好多天。而我的很快就结束了。"他凑近了说,似在透露什么秘密,"说实话,日暮斯达的剑术更厉害。"他的指头抚过眼底长长的一道伤疤,瑟雯感到一阵激动,这才意识到那绝对是剑伤。"他有很多次机会可以杀死我。而我所做的就是保住小命,拖延时间,让他吞下傲慢自大的苦果。"

她举起酒杯。"那么,为幸存者干杯。"

"这一杯非喝不可。"他的微笑是那么迷人。爽朗,诚恳,外加一口整齐漂亮的牙齿。尽管胜负已定,她还在跟他说话。更出乎意料的是,她聊得挺开心。"你的名字是瑟雯?"

"对……瑟雯·唐·格洛塔。"每次自报家门,她都清楚对方能有什么样的反应,布洛克尴尬地咳了两声,他真的完全不加掩饰,"看来你见过我父亲了?"

"我只能说,你继承了你母亲的容貌,她一定是个大美女。"

她赞许地点点头。"答得不错,这话不好接。"

她此前的目标是打垮塞莱丝特·唐·亨根,后者已经去了备受冷落的伊斯尔大人身边,暴躁地扇着风。赢下战斗之后,珍珠粉和酒水的效力又回来了,然后瑟雯发现战利品是一个相当英俊的男人。他的沙色长发、剪短的沙色胡须,他的自信、安逸和强壮的身躯,确有几分雄狮的风范。加上那道尚未愈合的伤疤,他简直就是故事书里吹嘘的大英雄。威武雄壮,丰神俊朗,有权有势。确实,年轻的安格兰总督如今无疑是联合王国内最适合成婚的单身汉。不把奥索王太子算进来的话。瑟雯只能将他排除在外。

"当一个声名远扬的大英雄肯定很不容易。"她说。人人都渴望被理解，其实压根不配。

"我承认，这个角色需要适应。"

"肯定很难分辨真诚的赞美和虚伪的言论。身边围满了人，却是那么孤单。"她夸张地叹了口气，"人人都想利用你。"

"而你真正把我放在心上？"

"我才不假装好心，那是在侮辱你的智商。但我们也许可以互相利用。"她又对利奥绽放笑容。有何不可？他直来直去、随心所欲，与奥索完全相反。在他面前，她无需揣摩心思。他说什么便是什么，没有言外之意。有时候漂亮的傻瓜正是你需要的。

瑟雯受够了玩弄心机。她渴望大胆轻率。她渴望伤害别人。伤害自己。"你在城里的这段时间应该去一个地方看看。"

"是吗？"

"我朋友的办公室。他是个作家。斯皮林·斯沃布雷克。"

布洛克似乎大失所望。"我……不怎么读书——"

"老实说，我也不怎么读书。斯沃布雷克去近乡采风了。"她用扇子轻轻点了点利奥的胸膛，透过睫毛自上而下地仰视对方，她需要……那什么，"不过，我会去那里。"

布洛克清了清嗓子。"明天？"

"就现在，"瑟雯说，"明天我可能改主意。"她有可能在自作孽。她有可能在制造一桩丑闻。

不过呢，往好的方面说，小小一桩丑闻好过嫁给自家兄弟。

奥索站在那儿喝酒。

好吧，准确地说，他站在那儿一边喝酒，一边观察瑟雯。一开始偷偷摸摸。但随着酒一杯一杯地下肚,他越来越有胆量正大光明地看。看她是一种折磨。看她和那个方下巴白痴利奥·唐·布洛克在一起,是三倍的折磨。不知为何,他非要折磨自己。

宾客们在两人之间起舞,他知道满大厅都是流光溢彩、翩翩跹跹的人影,但在他眼里只是模糊的光带。他眼里全是谈笑风生的瑟雯和幼狮。他一度自以为幽默风趣,能逗得她开怀大笑。没想到那么无趣的人同样做得到。

她的拒绝算不上意外。可从目前的情况来看,拒绝他仅仅几天而已,她就要勾引另一个男人——而且是他众所周知的对头?太伤人了。他喝完杯中的酒,又从路过的托盘上抓了一杯。耍谁呢?实在太伤人了。他整个人都是创伤。永远愈合不了的创伤。

"这是我儿子!王位继承人,奥索王太子。"

奥索闻声扭头,发现父亲陪着一个体格壮实的老人,光秃秃的脑袋像一颗鸡蛋,花白的胡须剪得很短。

"这位是巴亚兹,"国王郑重其事地介绍,"第一法师!"

他和国王大道上那尊华丽雕塑的相似度很低。他拿的不是法杖,而是一根镶有黄铜和水晶的抛光手杖。他毫无高深莫测的风度,却是一脸洋洋自得的表情。他身上不是神秘的法师长袍,而是当代商人的装束。剪裁手法高超,想必价格不菲。

奥索吸了吸鼻子。"你看样子不像法师,更像银行家。"

"人必须与时俱进。"巴亚兹举起手杖,望着闪亮的水晶球,"师父常说识为力之先,但老夫近来怀疑,金子才是力之先。其实我们见过,殿下。但依老夫的记性,当时你还不到四岁。"

"他几乎没什么变化!"国王笑得太假了,令人窒息。

"恐怕我连一个钟头前发生的事情都记不清,"奥索说,"完全是模糊的。"

"老夫有意常来拜访,"巴亚兹说,"但总有问题亟待解决。老夫才跟南边一个不省心的兄弟说好了停战，西边的弟弟妹妹又准备……惹乱子。"

"家人，呃？"奥索咕哝一声，冲着父亲晃了晃酒杯，国王似乎越听越紧张。

"种瓜得瓜、种豆得豆，"巴亚兹喃喃道，"曾经的伤痛亦是如此。所以你一旦对北方有所懈怠，哪怕只有一个钟头，战争就会爆发。一丁点和平都不存在。不过，但愿我不在的时候，我曾经的学徒尤鲁·苏法派上了用场。"

"非常有用，"国王故作惊喜状，"现在能不能——"

"非常有用，"奥索重复了一遍，怒火冲破酒精的屏障，烧得他心痛如绞，"的确，在吊死两百个无辜市民这件事上他非常有用。我早就答应过特赦他们！"

"注意礼貌，奥索。"国王咬牙切齿地咕哝道。他时常忧心忡忡，但奥索从未见他真的害怕过什么。堂堂联合王国的国王，在自家王宫里有什么好怕的？然而他真的吓坏了，面无血色，额头上密密麻麻的全是汗珠。

"年轻人嘛，开心就好，"巴亚兹慈眉善目地说，"谁没有年轻过呢，呃？虽然对我而言已经是很久以前的事了。等时候到了，他自会明白世界是如何运作的。正如陛下一样。"第一法师微微一笑，转身走开。

"您不该纵容那个老家伙胡说八道。"奥索抱怨道。

"你不在场。"国王死死地扣着他的手腕，"食尸徒来的时候。你没有亲眼看见……他的能耐。"他的眼神极其怪异，慌乱不安，"你必须答应我，永远不要忤逆他。"

奥索企图挣脱。"您说什么——"

"你必须答应我！"

"借一步说话，陛下！"巴亚兹喊道，国王回头看了一眼，匆忙跟上法师，犹如一条被主人呼来唤去的狗。奥索又灌了一口酒，扭头去看瑟雯，她还在跟幼狮说笑。

他可以对她发火，但又恨不起来，正如醉鬼拒绝不了酒瓶。他可以对利奥·唐·布洛克发火，但后者没有做错什么，那个虚荣得要命但又无可厚非的，威风凛凛到无可挑剔的，浅薄无趣到无可救药的混蛋。他只是在扮演大英雄的角色，换作奥索也一样。

在这个悲催的三角关系中，他唯一有理由发火的对象就是自己。他莫名其妙地毁掉了一切。因为处理得太早，或者太晚，或者太快，或者太慢，或者太别的什么。他清楚很多人看不起自己，但不知为何，作为世上最聪明、最勇敢、最漂亮的女人，她却没有这样看待他。他发自内心地相信她爱他。但那是错觉。他自己造成的错觉。

"女人啊。"他无奈地咕哝道。

"我懂，"身边有人说话，"她们都是该死的贱人。"

是那个北方姑娘。狗子的女儿，瑞卡。他远远地看过她，感觉很是有趣，发型狂野，姿态奇特，连基本的礼仪都不懂。近在眼前，看着更有趣了。她的鼻子上不明所以地穿了一只粗大的金环，生着雀斑的脸上还画了黑色条纹，美妙的乳沟被一堆哗啦作响的项链和护符围在当中，其间有一条精美绝伦的祖母绿项链，完全不搭调。但最有趣的是她的眼睛，很大，颜色很淡，极具洞察力。她似乎看穿了他，而且并不讨厌他。好得很，他就是这么受欢迎。

该死，他喝醉了。

"我要是说你很迷人……"他语无伦次，但懒得计较，"会不会不太合适？"

"完全不会。"她骄傲地吸了吸鼻子，粗大的金环随之挪动，"你是男的，你控制不了自己。"

尽管他努力成为富有悲剧色彩的英雄，却也忍不住笑了起来。"都这么说。"

他对自身的需求总是判断失误，但也许他眼下需要的是这个与瑟雯迥异的女人。如果有可能的话……

"我有时候觉得城里的人三句话没一句是真的。"他挥动酒杯示意那帮宾客，泼了些酒水在地砖上，"但你似乎……很诚实。"

"而且很风趣。"

"而且很风趣。"

"这些混蛋都是些什么人啊？"

"呃……他是宫廷钟表匠。她是著名女演员。那个秃头傻帽据说是伟大的法师。我听说那个女人是斯提亚的探子。我们假装不知道他们的身份。"

瑞卡叹了口气。"我像一只气急败坏的鸡，装模作样地混进一群天鹅中。"

"巧得很，我尝过天鹅肉。拔了毛之后，肉质没啥好说的。"她身上没有穿着贵妇的衣裙，但毫无疑问有着女人该有的玲珑曲线，而且美得无可挑剔，"而一只上好的鸡……"

"你很有品位，呃？"

"都这么说。"

"我听说你要继承这里的一切。"

"很遗憾，是的。"

她吐了口气，环顾镜厅。"这么多财富和马屁绝对是……诅咒。"

"把我咒成了一无是处的窝囊废。"

"你还没处讲理。"

"我听说你是能看到未来的女巫。"

"不是女巫。看到未来，偶尔能行。"她皱着眉头，捂着左眼，似乎那里很疼，"最近看得有点多。"

"这个环有什么用？"他问。

"把我拴在地上。"

"不然你会飘走?"

"我容易发癫。"她想了想,噗嗤一声笑了,一团鼻涕落在嘴唇上,"还屎尿失禁。"她说着擦去鼻涕,"我听说你睡过五千个婊子。"

"我觉得不会超过四千九百个。"

"哈。"她懒洋洋地打量了奥索好一会儿,一点儿也不羞涩。距离三十步之内的人都不可能看错她的眼神。这种眼神令他既有点尴尬,又兴奋异常。"你从她们身上学到了啥?"

他发现自从两人开始说话后,他再也没有偷看瑟雯。此刻他扭头张望。只见她拿着扇子探上前去,点了点笑嘻嘻的利奥·唐·布洛克的胸膛,他顿感失落,内心无比酸楚。

"我跟他处过。"瑞卡喃喃道。她同样望着那边,表情也相当酸楚。

"有意思,"奥索说,"我跟她处过。"

"你不难受吗?让幼狮占了上风?"

"我承认心里不舒服,但我早就习惯了做最差劲的那个。"奥索喝光了酒,把杯子扔到一张条案上,"屈居第二已经很不错了。"他把手肘亮给瑞卡,"要不我陪你去花园里散散心?"

那对迷人的灰色眸子转向了他。"只要终点是卧房就成。"

61 勇敢
A Bit About Courage

他们走在黑魆魆的街上，寒气啃咬着利奥的耳朵，但激情的火焰在他胸中烧得更旺了。朱兰的表情和他一样热切，眼里闪着戏谑的神采，双颊绯红，更显俊朗。

"我们去哪里？"他手搭利奥的肩头，细语声有几分尖厉。

"应该是个避人耳目的地方。"利奥拿手肘顶了顶他的肋部，"咱们可不想闹得满城风雨，对吧？"

"老实说，"朱兰的嘴角含着笑意，"我不在乎。"

利奥置若罔闻。他看到了路标。他看到了数字。"到了。"他轻声说，呼出的气在寒冷的夜里凝成白雾。

这是一幢高大的排屋，被烟火熏上淡淡的黑色，与街上的另外十几幢排屋没两样，从阿金堡一路过来，他们经过了十几条街道，条条都大同小异。眼前的排屋没有什么特别的。但楼上有一扇窗户透出灯光，利奥抬头仰望，心潮澎湃，堪比那天遥望小桥，准备率军冲锋时的心情。

"谢谢你带路,"他说,"你是我的好朋友。最好的朋友。我们明天见。仪式上见。"他转头微笑,却见朱兰的表情奇怪极了。惊愕。沮丧。失望。

"你去见谁?"他轻声问。

"审问长的女儿。瑟雯。"利奥念出这个名字的时候不禁打了个寒战,于是压低声音说,"你最好不要告诉任何人。"

"放心。"朱兰闭上眼睛,半信半疑地笑了笑,"有道理。确实。"

"开心点。"利奥搂了一下他,回头张望,那扇透着灯光的窗户,"现在咱们要多少女人有多少女人。"但能达到瑟雯·唐·格洛塔这个层次的人少之又少。

"要多少女人有多少女人,"朱兰阴郁地复述了一遍,"但愿你知道自己在干什么。"

"有时候不知道最好。"利奥把手杖递给朱兰,戳了戳他的肚子以示告别,随即大摇大摆地过街,装得像没事人一样。毕竟他的幼狮称号不是浪得虚名。他对勇敢略知一二,诀窍在于不要前思后想,放手去干便是了。他提起拳头连擂四下,同时按照想象中那些伟大情圣的样子,摆出一副胸有成竹、深情款款的架势。

门一打开,他瞬间泄了气。里面站着一个从未见过的黑皮肤女人。

"噢……我以为——"

"您一定是幼狮了。"她的通用语说得可能比利奥还标准。

"是有人这么叫我——"

她突然咬牙,发出一声狮吼,吓得他缩了回去,这个动作导致伤腿吃痛,疼得他直皱眉头,只好假笑两声以掩饰尴尬。她让利奥进了屋,然后背靠门板,直到它咣的一声关闭。"瑟雯小姐在楼上。"

"楼上。好的。"他自觉红了脸,恐怕那些伟大的情圣不至于出现这种情况,"我是说,没那么回事,我只是……我不大会说话。"

"毫无疑问，神赐予了您别的天赋。"她淡淡一笑，转身走开。

阴暗的楼梯似乎长得没有尽头，他的心怦怦直跳，恐怕街上的人都能听见，前方的房门很黑，从门缝里透出的光亮越来越近，蕴藏着无限可能。他不知道那里有什么。即便是瑟雯端着一把蓄势待发的十字弓等他，他也不觉得意外。或者赤身裸体，只披了一张虎皮。这样说来，两种情况同时发生也未尝不可。

他在门外停步，极力平复呼吸，但未能如愿。外面太冷，此处太热。他考虑了一下要不要敲门，但又觉得推门而入可能更显得霸道老成。毕竟他的幼狮称号不是浪得虚名。横冲直撞是他的标志。他抓住门把手，紧张地停顿片刻，然后迫不及待地闯了进去。

瑟雯站在灯下斟酒，姿态无可挑剔，犹如画师面前的模特。门开时她并未受惊，也不扭头看他，而是微皱眉头举起酒杯，借着灯光观赏酒水的色泽。"你来了？"她终于转过身来。

"来了。"他企图接一句俏皮话，然而脑子一片空白。她的容貌比印象中更加完美。在灯光的勾勒之下，她的形体——简直是——什么来着？该死的作家在这里挥毫泼墨，轮到你竟然词穷了？

他环顾四周，指望获得启发。架子上堆满书本，覆盖皮革的桌上散落纸张。角落里的可能是一台印刷机，利奥从未见过如此丑陋的家伙，全是铁打的零件和手柄，还有一根漆黑的滚筒，敞开的口子里躺着一张印有铅字的纸。

"斯沃布雷克的新作，"瑟雯说，"但你不是为了听别人的冒险故事而来的。"

"那我是为了什么而来呢？"他关上门，反问道。一方面他有心开个玩笑，另一方面真的希望得到答案。

"亲历一场冒险。"她递上酒杯。

她表现得那么平静，泰然自若，波澜不惊，但当她翩然接近，利奥发现她眼里闪着异样的神采。一丝饥渴，一丝愤怒，甚至是疯狂，令他极为兴奋，而又有几分畏惧。或许畏惧的成分居多。他不由自主地退后，尴尬地撞上桌子，屁股被包铁的桌角顶了一下。

死者在上，即便是整个阿杜瓦脑子最愚钝的人——利奥自认为有资格角逐这一称号——都不会怀疑她要的是什么。也许从一开头就明明白白，但出于某种原因，他觉得她也许真的只是邀请自己参观一下作家的办公室。瞧，笔在这儿，墨水在那儿，现在我们可以分床歇息，睡个好觉，完全不用操心如何寻欢作乐。

只要有人问起来，利奥总说自己如何爱慕女人。但曾几何时，他一度担心女人不能令他正常地……兴奋。像别的男人那样兴奋。现在看来，只要找对人，他的问题便迎刃而解。与瑞卡相处没什么毛病。跟他的朋友差不多。而瑟雯完全相反。他从来没有见过……这么有女人味的女人。

"紧张了？"她问。

"不。"他撒谎。他的嗓音有点嘶哑，她笑了。笑得有几分冷峻，似乎看破了他的心思。她当然看破了。他一向不擅长撒谎。

事实上，利奥在女人身边总是不大自在。但也许情爱与自在无关。也许它就是一种较量。与瑟雯相处的每时每刻都令他感到兴奋而又危险，不亚于踏进决斗圈与魁狼一决生死。

"我……我从来没见过你这样的女人。"他说。

"那是当然。"她熟练地一仰头喝光了酒，吞咽时脖子上修长的筋腱随之颤动，"我独一无二。"她把玻璃杯扔向铺着皮革的书桌，只见它晃悠着转了几圈，仿佛被施了什么法术，竟然稳稳当当地立住了。她缓步靠近，白皙的胸脯上下起伏，柔软的皮肤在灯光下闪亮夺目，还有——

她戴着一条古怪的项链，跟身上完美剪裁的衣裙完全不搭调。打磨粗糙的骨片，穿在七歪八扭的皮绳上。是瑞卡戴的那种玩意儿，一动就哗啦作响。虽然酒劲上来了，气氛也很到位，但愧疚感依然刺得他心里难受。

"这些符文你是从哪里弄到的？"

"北方。"她盯着他的嘴唇，说话含混不清。

"这是什么意思？"他又没有做错事情，对吧？瑞卡当时说得很清楚，她只想要——

瑟雯捏住他的下巴，力气大得连他都难以挣脱。"管它呢？"她眯着眼睛，拇指顺着他的脸颊摸上去，摸到了正在愈合的伤疤，她的舌尖探出唇间，指头轻轻地抚弄疤痕，有点痒，有点痛。

"是日暮斯达干的吗？"她问。

"在别处也有纪念。"

"疼吗？"

"除非你按——啊！"她是故意按的，同时残忍地龇了一下牙齿，他缩得更远了，甚至难受得扭来扭去。

他不敢相信她有那么瘦，那么纤弱，裸露的肩膀上能看见肌肉在抖动。他不敢碰她，担心伤到了她。但她远比想象中强壮。强壮多了。温暖多了。他闻到了她的体味，犹如夏日的草地，夹杂着动物的原始气息。他内心的恐惧或许多过兴奋，但身体的反应正好相反。

他喉咙发紧，说话都不利索了。他忽然心生好奇，猜测她比自己大几岁。五岁？十岁？经验比他丰富多少……"这样真的好吗——"

"当然很不好。所以才刺激。"她打开一只小小的匣子，捏了一撮不明物质，递到他面前。这种动作她都能做得无比优雅。"给。"

"这是什么？"

"珍珠粉。"

"艺术家为了获得灵感而使用的秘密武器？"

"对艺术家有用的东西，对我们同样有效。这种东西没有他们以为的那么特别。吸进去就好。"

"我不知道要不要——"

"你不是来冒险的吗?"她把粉末按在他的一只鼻孔底下,顺手堵住他的另一只鼻孔。他别无选择,只能吸进去。可以选择的时机早在外面的大街上——

"啊,死者在上!"他的嗓子眼仿佛着了火,烧进了耳朵,烧到了牙齿,眼泪夺眶而出,太可怕了,"怎么有人愿意——"

"还有一边。"她嘶声命令,把他的脑袋扳了过去,指头差点捅进鼻孔。他听见剑带落地的响动,才知道已经被她解开了。所有的感官都卸下了防备。

该死,喷嚏快要来了,他闭着眼睛站在那儿,使劲忍着。等到打喷嚏的冲动过去,他发现她在亲吻自己,轻咬他的嘴唇,然后扳过他的脑袋,开始舔舐、吮吸、啃咬。

他抱着她的细腰,却摸不到肌肤,紧身衣严防死守,硬挺得堪比盔甲。他面部的灼烧感正在消退,脑袋晕晕乎乎,很是愉悦。他的嘴巴麻木而僵硬,机械地嚅动着。唇上覆满泡沫。他尝到了她舌头上的酒味。

不知道是因为她,还是因为酒,抑或艺术家的秘密武器在鼻腔里发挥效用,利奥感到胆子壮了。狂放的劲头上来了。他可是堂堂的幼狮啊,不是吗?他要亲历一场该死的冒险!他是青史留名的伟大情圣啊,妈的!

他发出一声狮吼,一把擒住她的脸蛋,拇指掐在下颔处,然后他摸到了裙子的束带,抓在手中拉拽,指节死死地抵着她的肩膀,在她的喘息声中撕扯、翻转,最后贴着桌子边沿把她推了上去。他不小心踢到自己的佩剑,打了个趔趄,然后她抬脚将其蹴到一边,佩剑歪在印刷机雕有狮子形象的底座上,半个剑身已经出鞘。

他的面部不疼了。完全不疼。脖子以上他没有任何感觉,而腰部以下的感觉比平时敏锐了许多。

她的喉咙咕噜作响，嘴唇翻卷，疯狂地咬他，狰狞的表情介于微笑和咆哮之间。他感到她摸索着自己的腰带，一下子拉开，然后感到裤子垂落，缠在靴子上。他的屁股暴露在冰冷的空气中，她随后贴上来的手掌更是冰冷。

他完全没有拒绝的念头。确切地说，什么念头都没有。

她躺在桌上扭动，姿态很灵活，似乎驾轻就熟，窸窸窣窣的响声中，她的裙子越拉越高，然后把他拽了过去，抓着他的头发。

他处在疼痛的边缘，却并不觉得疼痛。

62 替身
Substitutes

"死者在上。"瑞卡呻吟着。

她用手肘撑起身体，企图吹开搭在面前的头发，但没能成功。她不得不伸手撩开，然后闭着眼睛抵挡强光，再慢慢地睁开其中一只。

她躺在床上，毯子缠在腰间，一条腿伸得老远，她知道那是自己的腿，因为脚趾听她的使唤。除了衬衫，她什么都没有穿，而且袖子皱巴巴地缩在手腕处，其余的部分则无精打采地铺在床上，像一面投降的白旗。

她皱着眉头，目光越过衬衫，投向窗外，然后猛地爬起来，四下张望。

她在什么鬼地方？

房间很宽敞，赶得上氏族长的大厅，色彩绚烂的大块布帘在顶天立地的窗户边上摆荡。遥遥在上的天花板镶满了金叶子，家具无不锃亮得晃眼，房门高得能进出巨人，门把手是联合王国的太阳造型。

门把手在转动，然后房门抖抖索索地打开了，似乎被人踢了一脚。

有人进来，晃晃悠悠地端着银质托盘，盘中之物滑来滑去。此人身上缀满金线的深红色外衣敞开着，露出毛发稀疏的白皙胸脯和肚子。他慢吞吞地朝着床的方向转身，竭力保持托盘的平衡。

奥索王太子。

"噢。"瑞卡的眉头扬得老高，关于昨晚后半部分的记忆突然补全。"噢……"她想过遮蔽自己的裸体，但似乎没多大必要，于是她四仰八叉地躺了回去。

"你醒了。"他咧嘴一笑。

"醒没醒，你说了算。"她嗓音沙哑，"我喝了多少？"

"全被你喝光了。"他得意洋洋地把托盘放到她身边的床上。"我给你带了一颗鸡蛋。"

她微微抬起下巴，瞅了一眼。自打利奥参加决斗以来，她的肚子就很不舒服。此刻更是闹腾得厉害。"真好。你还亲自拿给我，辛苦了吧？"

"要是所有的重活都得自己干，王太子还有什么好当的。但你瞧瞧，我可是一路从门口端到了床上。"他挥手示意来时的路线，"想必你昨晚也早有觉悟，跟王太子上床没什么好吹嘘的，尽管你的床上功夫相当不错——"

她谦虚地耸了耸肩。"天赋异禀，还能怎么说呢？"

"——不过，王太子亲自送餐，这份荣幸相当难得啊。"

她的确感到有那么一点点荣幸。她不记得有人给她送过早餐。利奥绝对不会动这个心思。除了自己的需求，他从不考虑别的事情，这种想法根本不可能出现在他的呆笨脑瓜里。不知道他此时此刻身在何处。很可能有那个美貌绝伦的女人作陪，想到那份异常慷慨的赠礼,正在她胸前流光溢彩的碧绿珠宝,她完全恨不起来。

"这是什么?"她从托盘上抄起一沓皱巴巴的纸。她对印刷不太在行,但这玩意儿印得也太糙了。

"一份报纸。告诉你正在发生什么事。"奥索想了想,"或者告诉你对于正在发生的事应该怎么看待。"他又想了想,"或者,你对正在发生的事有自己的看法,一份办得成功的报纸只是印证你的看法。"

"哈。"报纸头版印了一幅脏兮兮的版画,利奥骑在马背上,耀武扬威的姿态更甚平日。至少有半个版详述他如何修剪胡子。还写到了破坏者的暴乱、南方的动荡和斯提亚的纷争,移民如何影响街坊邻里的口音,克什米国王统治时期的生活有多么美好……

她不以为然地哼了一声。"听听这段胡话。'目击者表示,王子殿下带着一位美丽且神秘的北方女巫离开现场……'"

"啊,这段写得真差劲。"奥索说着,慢慢地靠近她,热切的目光投在她脸上,"应该说美丽、神秘、曼妙、可爱、天赋异禀、热情奔放——"

她哗啦一声扔开报纸,笑着抓住奥索的耳朵,扯过来吻上他的嘴。这个吻不干不净,还带着酸臭味,但如果非要等到十全十美的状态,你可能错过许多美好的吻。

"你和我想象的不一样。"两人分开后,她说。

"真人英俊得多,呃?"

"英俊,我能想到。体贴,我没想到。"

"体贴?"他的表情很古怪,"这可能是我得到的最好评价了。"他盯着天花板,"我在想,这可能是我得到的唯一一次好评。我可以带你看看都城!"他从床上一跃而起,高涨的热情令她头痛,"阿杜瓦!白塔之城!你知道吧,它是世界的中心。"

"我听说过。"

"剧院！我可以包场。安排一次专场，只为我俩演出。"

"看人在台上表演愚蠢的故事？魔法、战争，还有浪漫的爱情？恐怕不是我的菜。"

"那就打牌吧。你玩牌吗？"

"可能不太公平。我有千里眼，记得吗？"

他瞪大眼睛，活像一个发现新游戏的小男孩。"好极了！我终于能在赌桌上让那个混账徒尼笑不出来了！"

"你不是要带队巡游吗？"

奥索的嘴角抖了抖。"我不配参加巡游。除非巡游的队伍正好从我身上踩过去。"他重重地躺下来，盯着天花板上的金叶子。

"你不是平息了什么叛乱吗？"

"噢，是的，英勇无畏的王太子。我劝降了几个劳工。"

"那就值得庆祝。救了他们的命，不是吗？"

"是的。"他转头看她，"然后他们都被吊死了。"

轮到瑞卡盯着天花板了。"啊。"

"不是我干的。但我也没有阻止。这叫英雄，呃？"

"有人告诉我，当首领需要硬起心肠。"瑞卡坐起身，从蛋托上拿起鸡蛋，"至少你有自知之明。"说完她咬掉了鸡蛋尖儿。

"我不是幼狮。这一点毋庸置疑。"

"感谢死者。"她咧嘴一笑，露出满嘴的鸡蛋碎，"那家伙是个大混蛋。"

他也咧嘴一笑。"听我说，我从来没有见过你这样的女人。"

"而你见过的女人数不胜数。"

"老实说，我在这方面的名声被吹过了头。"

"被吹过了头，呃？也许你挺像利奥·唐·布洛克的，只是你不知道。"她探身从托盘里抓起一片面包，与此同时，随着一声响动，房门悄然打开。

"老天啊，奥索。"一个陌生的声音传来，尖厉刺耳，"别告诉我你还在——"

一个衣着华丽的女人步履轻盈地进了房间，强大的气场堪比满帆的巨轮，继而她刹住脚步，扬起下巴，睥睨着床的方向。瑞卡很快意识到来者是奥索的母亲。联合王国的至高王后。她发出一声绝望的尖叫。要不是嘴里塞着一片面包，也许她能表现得更好，但也未必。

"这人……是谁？"王后问。

"呃……这是瑞卡。美丽且神秘的北方女巫！"奥索夸张地摆了个姿势，仿佛在王座前引见贵宾，而不是寻欢作乐时被抓了现行，瑞卡被呛得咳嗽不止，面包差点从鼻子里喷出来，"她是保护领的使者。"

瑞卡不知道他的介绍是挽回了自己的颜面，还是糟践了保护领的名声。她取出面包，闭上嘴巴，捏着毯子一角，极其缓慢地拉起来，遮挡胸脯。

王后挑了挑完美的眉毛。"既然她舍己奉公，与联合王国未来的国王建立紧密联系，那么谁都无权横加指责。"

瑞卡清了清嗓子。"呃，对我们来说这种关系至关重要。"奥索憋着笑。王后不为所动。瑞卡寻思着要不要把毯子继续拉上去，蒙住脑袋。

"你打算娶的姑娘不是这个吧，奥索？"

瑞卡瞪着他。"你要——"

"不！"奥索痛苦地扮了个鬼脸，"那……都是误会。"

王后重重地叹了口气。"我已经做好了娶她过门的准备，可见我对你有多么失望。"她转身便走，房门在清脆的咔嗒声中关上了。

瑞卡吐了口气。"死者在上。你娘瞪上一眼，牛奶都得结块。"

"我觉得她还蛮中意你的，"奥索说，"这可太不容易了。在鉴定裸女方面，她是内行。"

"我还是穿好衣服。"瑞卡坐起来，到处找裤子，"以防下一个晃进来的是你爹。"

"我估计，你穿齐整要不了多久吧？"

瑞卡低头瞅了一眼。"套上靴子就差不多完事了。"

"好极了。"奥索也低头看她的身体，唇边含着隐隐的笑意，他抚摸着她的脖子，然后抓住毯子的边角，顺势向下扯，"也许巡游开始前我们还有空处理一下邦交事务。"

"嗯……我的使命正是加强与联合王国的关系。"她一脚把托盘踢到地上，又啐了一口鸡蛋碎，然后揪着奥索的衣服，把他拉到自己身上。

63 不惜代价
No Expense Spared

"人真他妈的多。"利奥的吼声盖过欢呼声。

"太多了。"奥索喊道。

路的两边永远人头攒动,每个屋顶和每扇窗户都挤得满满当当。街道上压肩叠背,广场上人山人海。就在利奥以为人数已经到达顶峰的时候,他们拐了个弯,来到另一条大路上,又见笑脸绵延不断,直至视野的尽头。因为一直骑马,他肋部的旧伤发作了,因为不断挥手,胳膊的旧伤发作了,因为始终微笑,脸上的旧伤也发作了。

"是不是有人把他们拖出来,强迫他们上街?"

"别忘了是我母亲操办的,"奥索说,"没什么好惊讶的。"

巡游队伍有好几千人。骑在前头的是议会的要员,身佩穗带与勋章。利奥回头张望时,伊斯尔大人赞许地冲他点头致意。巴雷辛则雄赳赳地挥舞拳头。亨根洋洋得意地敬了个礼。

跟在后面的是小贵族、军官和长袍锦裘的朝中官员。在他们和整齐踏步的士兵之间是各国使节、代表和要人,各种肤色晃得人眼花缭乱,各式服装五花八门。

想到瑞卡可能在他们当中,利奥心生愧疚。他猜测着昨晚的舞会结束后她去了哪里。大概孤身一人坐在黑暗中,恨不能把他千刀万剐。他匆忙收回视线,望着飘扬在队伍最前头的大旗,旗面上白马扬蹄,一轮黄金太阳作底。一眼望去,利奥所剩无几的爱国热情又烧旺了。它象征着那个美好的时代,当年联合王国的统治者是真正的战士,而非一门心思数钱的残废。

"坚毅王的旗帜。"他肃然起敬,轻声念叨。

奥索点点头。"克什米率军讨伐时打出的正是这面大旗。"

"没有他就没有安格兰。他才是伟大的国王。"

"没错。"王太子叹了口气,"不由得令人感慨当今王权之衰朽。"

"我不是这个意思——"

"不必紧张。"奥索淡淡一笑,面带哀伤,此次巡游的荣耀也有他的一份,可他始终神色哀伤,"若论对王室家族的评价之低,没人比得过我,要知道竞争还是相当激烈的。不过,你不觉得好奇吗?克什米和哈罗德等人物是否真有史书记载的那般伟大。也许,他们当时只是平庸之辈,历经数百年来添油加醋地吹捧,如今成了高山仰止的大英雄?"他抬手示意众人,"我想说的是,他们为你而来。是你打败了日暮斯达。男人们学着你的样子修剪胡须。学着你的样子佩带刀剑。我相信还有一场戏剧,重现你决斗的场面。"

"演得好吗?"

"我敢说绝对不如亲临现场那么刺激。"

利奥必须承认,这位王太子很讨人喜欢。他本以为对方是萎靡不振的纨绔子弟,没错,此人算不上器宇轩昂的真汉子,但论长相帅得要命,而且细心周全、慷慨大方。实在让人讨厌不起来。利奥发现世上少有名副其实的人。讽刺的是,他不由自主变得像审问长一样,开始吹嘘奥索的成就。

"您解放了瓦贝克,殿下。镇压了那场可怕的暴动。"

"我包围城市,然后吃了一顿丰盛的早餐,谈妥条件,然后吃了一顿丰盛的午餐,接受投降,然后吃了一顿丰盛的晚餐,等我第二天起床的时候,发现他们已经被吊死了一大半。也许我错在起床太晚。"

"但您是王位继承人——"

"我父母在别的方面未必意见一致,但对于这件事绝对没有异议。不过,身为王位继承人用不着出力。相信我,我懂。你不一样,你赌上了性命。"他指着利奥脸上的伤疤,"戴上了英勇无畏的红色勋章!我受过最严重的伤是有一次喝得烂醉,翻下床的时候撞到了头。说实话,血流得不少,但一点儿也不光荣。"

利奥瞥见人群中有一些深肤色的乞丐。"周围有很多棕色的面孔。"他皱着眉头说。

"南方发生了动乱。大量难民们渡过环海而来,寻找活路。"

"我们三十年前跟古尔库人打过仗,不是吗?这帮家伙信得过吗?"

"要我说的话,有的信得过,有的信不过。北方人也一样。任何地方的人都一样。而且不是所有人都来自古尔库。"

"还有哪里?"

"南方各地,"奥索说,"卡迪尔,土耳西,叶什塔维,达戈斯卡。几十种语言。几十种文化。他们都是自愿前来的。你不觉得骄傲吗?"

"如您所言。"利奥对这些地方一无所知,只是不希望联合王国受它们的影响,祖辈生活的热土逐渐变味,一点儿也不值得他骄傲,"您不担心也许有……"利奥不自觉地压低嗓门,"食尸徒混在其中吗?"

"吃人肉的术士对我们来说不算是当务之急。"

"有的能窃取人脸。我听说过。"利奥抻长脖子,张望那些南方人,"他们能伪装成任何人。"

"如果真是那样,伪装成浅肤色的不是比深肤色的更隐蔽吗?"

利奥的眉头拧成一团。他竟然没有考虑到这一点。"只是……觉得联合王国不像以前的联合王国了。"

"联合王国的强大从来都在于人的多样性。所以才有'联合'一说。"

"哈。"利奥敷衍地应了一声。那是奥索的想法。王太子有一半斯提亚血统。有什么东西落在他膝盖上。一朵花。他望向楼上的窗户,只见几个笑盈盈的姑娘正在撒花。他咧嘴一笑,送上一个飞吻。似乎这是唯一正确的回应。

"阿杜瓦对你情有独钟,"奥索说,"你对阿杜瓦有好感吗?"

"乌烟瘴气,我不喜欢。还有政治,也相当阴暗。内阁不愿意出兵支援我们,我还以为他们至少愿意出钱。"

"以我的经验,打开地狱之门都比打开国王的钱袋容易。"

"纯粹浪费我的时间。不过,话说回来……我遇到了一个女人。从来没有见过这种女人。"

奥索的笑声有几分刺耳。"真没想到。我也有同样的偶遇。"

"漂亮。聪明。锋利如刀,凶猛如虎。"

他又笑了一声。"真没想到。我也有同样的感受。"

"但又从容自若、高贵文雅……百分百的淑女。"

奥索的笑声越发洪亮。"啊,这里就有区别了。你那位绝世红颜叫什么名字?"

利奥清了清嗓子。"还是不说为好。"

"如此说来,不光是一面之缘咯?"

"她带我……"不行,不行,这样说也太窝囊了,"应该说,我们在一位作家的办公室里相约见面。"王太子的脸颊突然抽搐了一下，也许他比利奥更不喜欢读书，"不过……她请我过去不是为了读书，您明白我的意思。"

"我能猜个八九不离十。"奥索的嗓音略带哽咽，但利奥一向不擅长察言观色。他总是直来直去。于是他说了下去。直言不讳。是这个词吗？

"一夜激情啊……跟一个美丽而又神秘、比我更成熟的女人。"

"这当然是每个年轻男人的梦想。"奥索咬牙切齿地说。

"没错，只是……"利奥不知道该不该说下去，但奥索是风月老手，声名狼藉，也许他能指点一二？"万一这件事传出去了，别人可能以为我在利用她，但其实……我总觉得她利用了我。"

"我们都渴望被人需要。"奥索直视前方，没好气地说。

"她打量我的眼神。"仿佛他是一顿大餐，"她抚摸我的动作。"既不温柔，也不迟疑，"她对我说话的方式。"她知道自己想要什么，完全不在乎他想要什么，想到这里，他裤裆里的玩意儿变硬了，"感觉就像……"

他睁大眼睛。该死，感觉就像母亲对他说话！他裤裆里的玩意儿瞬间软了下去，比硬起来还快。难道……他打心底里……喜欢别人这样说话？

"说真的，"奥索摸了摸坐骑，"我不该在前头。"

"什么？"

"你配得上。我不配。"奥索拍了拍他的胳膊，不等回答便策马离开，落到后面。

欢呼声中一直都有不和谐的杂音。有人喝倒彩，有人嘲弄地喊"羔羊"，甚至有人高呼"杀人犯"，不过奥索离开时带走了所有的批评，利奥独自带队，骑行在坚毅王的旗帜之下，犹如克什米本尊，喝彩声翻了一倍。抛洒的花瓣犹如喷泉。街头的顽童纷纷指着他，脏兮兮的脸蛋上，眼睛睁得滚圆。幼狮来了，联合王国的救世主！

利奥微笑以对。这不难。奥索说的是事实。他配得上这份荣耀。有几个人敢说自己单枪匹马打了一场胜仗？

所有人都为利奥·唐·布洛克欢呼，他独自带队巡游，从头到脚都是大英雄的派头。紧随其后的议会要员们经过时，欢呼声大为减弱。

"那是该死的伊斯尔。"布罗德吼道，此人骑在马上，下巴扬得老高，金色大斗篷席卷而下，挡住了坐骑的屁股和后腿，"就是他抢了我们的土地。他作恶多端，还过得那么滋润，他——"

"算了。"莉迪轻轻按着他的手背，温柔但又坚决，"你再生气也伤不了他分毫，但我们就难说了。"

"是啊，"布罗德狠狠地吸了口气，"你说得对。"他们受到的伤害已经不少了。

跟在领主老爷身后的是锦衣华服的官员，他们啥也没干，指望浑水摸鱼沾点光。接下来是军官，布罗德扭头啐了一口唾沫。有过在斯提亚的经历，他对那帮混账的看法不比对领主老爷好到哪里去。

"奥索在那里！"骑在大人肩头的孩子喊道。

"他怎么在后面？"

"没脸赖在真英雄身边。"有人嘲讽。

布罗德看到他了。他骑着灰色骏马，一副吊儿郎当的样子，似乎不知道愧疚为何物，他正与一名戴着漂亮皮帽的老兵说话，嘴角含着一抹假惺惺的笑意。

"可耻！"有人吼道，"打倒王太子！"那家伙个头挺高，胡须乌黑茂密，踮着脚尖，隔着人群大喊大叫，周围的人纷纷皱眉看他，但他眼神狂热，毫不退缩，"杀人犯！"

莉迪摇着头。"蠢得要命，只会惹麻烦。"

"话糙理不糙，"布罗德咕哝道，"奥索确实是杀人犯。"

"你在瓦贝克完全没有学到教训吗,冈纳?你可以有想法,但不要说出来。"

"两百个无辜的人,被他当成叛徒吊死了。"布罗德沉声说。

"他们就是叛徒,"小梅咬着牙说,"这是事实。"

布罗德不喜欢听到这话,尤其出自女儿口中。"这个问题我们可以讨论。"虽说每次他都争论不过小梅,"事实是,利奥·唐·布洛克上了战场。而奥索只是躲在帐篷里撒了个谎。"

"那就为利奥·唐·布洛克欢呼吧,"莉迪嘟囔,"不要把殿下牵扯进来。你不知道谁在偷听。审问部的人无处不在。"

大胡子依旧不管不顾。"羔羊去死!"他拢起双手做喇叭状,高声叫骂。奥索转过头来,带着疲惫的浅淡笑意,微微欠身,引发了一阵稀稀落落的笑声,布罗德不得不承认,围观人群的怨气稍有消减。

不一会儿,有人撞到了他的肩膀,只见三个黑衣人挤过人群。大胡子发现了他们,转身就跑,另一边又有两人包抄。人们纷纷退后,避之不及,刑讯官们上前抓住了他,将他推翻在地,强行往头上套了一只脏布袋。

"不!"莉迪嘶声喝道,布罗德这才注意到她抓着自己的胳膊,她双手抓着布罗德,拼尽全力向后拽,"不要惹事!"他这才注意到自己浑身的肌肉都僵硬了,攥紧的拳头在打颤,龇牙咧嘴,凶相毕露。

"你敢毁了我们的生活!"小梅闪到他面前,竖着一根指头警告,"我们刚刚走上正轨!"她眼中泪光闪烁,"你敢!"

布罗德深吸一口气,又颤抖着吐出去。他目送三个刑讯官押着那个可怜的蠢货离开了。被押去审问部的应该是他。被吊死在瓦贝克路边的应该是他,万幸有小梅,万幸老天爷不长眼,让他走了狗屎运。

"我不敢，小梅。"他察觉到眼中有泪，于是从鼻梁上摘下眼镜，揉了揉眼睛。"很抱歉。"

"你答应过我们，"莉迪轻声说着，把他拽向游行的队伍、踏着舞步的骏马、飞扬的旗帜和闪亮的铠甲，"以后不惹事了。"

"以后不惹事了。"布罗德抱住妻子和女儿，抱得很紧，"我保证。"

但他的双拳依然紧握，疼痛难忍。

瑟雯向来喜欢盛大的场面。人越多，就越有机会从素不相识到泛泛之交，从泛泛之交到情谊深厚，然后变现。她有机会被看见，然后被钦慕，继而保证权力在握。因为权力是山，而人永远在滑坡。必须坚持不懈地爬，才能保住自己的位置，自不必说还想爬到更高的地方。此山不是石头山，而是世人翻滚、挣扎、抗争的化身。

没有比现在更盛大的场面了。阿杜瓦的工人都放了假，炉火熄灭，雾霾散尽。这个初冬的日子温暖宜人，灿烂的阳光照着狂欢的人群。没有参加胜利游行的大人物和良民聚集在游行路线的终点元帅广场上，为数众多的小角色和刁民也等候在这里。

瑟雯位于广场正中央，在挂着紫色帷幕的王室包厢一隅，同在包厢里的有内阁的大部分成员，一大群奴颜婢膝的男仆和不苟言笑的近卫骑士，当然还有联合王国的至高王和王后。特维丝傲然挺立于权力之巅，身板笔直得可怕，时不时冷冷地挥手向众人致意，目光所及之处，都是她的江山和臣民。瑟雯终于也有嫉妒别人的一天。她本来可以爬到那个位置。本该爬到那个位置。距离巅峰不过咫尺之遥。

国王斜了一眼，一时间与瑟雯四目相对。依然那么哀伤，依然那么关怀，她垂下视线，盯着自己精美的鞋子。她不知道尴尬从何而来。又不是她和母亲上床，然后抛弃了欢爱的果实。但她的脸颊烧得滚烫。

她向来喜欢盛大的场面，但她今天看什么都不顺眼，最不顺眼的是她自己。她思念奥索，如同思念失去的左膀右臂。她想到了几句只有他能会意的妙语，不禁微微一笑，打算吩咐朱瑞安排一次见面……然后失去爱人的苦痛再次袭来。

利奥·唐·布洛克是个相当讨喜的替代品。他脖子以下的部位很吸引眼球。当她解开他的衬衫之后，目不转睛地欣赏了好一会儿。他的躯体仿若肉色大理石雕刻而成，而且出自极尽夸张的雕刻家之手。当他轻而易举地把她抱起来的时候，她一度怀疑自己再也不能落地……

问题在于，男人最重要的是脖子以上的部位。只要她说个笑话，奥索马上就能接住，顺势展开，甚至更进一步，将其改头换面，再抛回来。利奥几乎听不懂笑话。他就是柯斯比克挂在嘴边的新式发明，那种在轨道上行驶的货车。他在言语交流方面是单向的，而且反应不够快。

她需要那什么。她俯身假装整理鞋子，从袖子里摸出银匣子。来上一撮，镇定心神。她当天吸了一撮，但早晨才过五分之一，效力已然减退，所以这次的用量比较大。一位讲究品位的淑女必须做到十全十美。

她猛地起身，差点翻了个跟头，血一下子涌上脑门，她感觉眼珠子都要爆出来了。等到视野恢复正常，她发现朱瑞用力地抓着自己的手肘。

"怎么了？"瑟雯挣脱了对方，气冲冲地吼道，吼完她便后悔了，"抱歉，我很抱歉。我不能没有你的帮助。"

"瑟雯小姐……"朱瑞警惕地环视四周，包厢里的众人显然注意到了她的失态，他们始终盯着她，好似一群秃鹰，随时可能扑上来啄食猎物，"您不太对劲。"

"我到底怎么不对劲了？回答我的问题。"她的嗓音几近尖叫，太阳穴剧烈地悸动，她揉着酸痛的鼻子，闭上眼睛，"很抱歉，朱瑞。我不该大喊大叫，尤其不该对你。"

"您要不要离开这里？"

"错过这场闹剧？"瑟雯抬手示意人潮汹涌的广场，结果发现拇指和食指的手套外沾有白色珍珠粉，于是徒劳地拍打起来。

"手上沾了东西？"父亲的嘴角动了动。当然，不是她的生父。格洛塔审问长和她完全没有血缘关系。

"不需要您操心。"她厉声说。

"但我已经操心了。"远处的欢呼声一浪高过一浪，喜庆的游行队伍来到了通向阿金堡的大道上，他望着包厢外的人群，勾了勾手指，示意她靠近，"我能问问你和布洛克是什么关系吗？"

"您知道了？"

"估计半个阿杜瓦的人都知道了。"

"我最不需要的就是该死的说教。"她吼道，忽然之间，记忆中的画面莫名其妙地浮现在脑海里。在瓦贝克的肮脏巷道中，一个深肤色的小姑娘向她苦苦哀求，充盈泪水的大眼睛映着火光。求你了，求你了，求你了，一遍又一遍，和着恐怖的氛围和焚烧的恶臭。

她身上的衣服太紧了，紧得要命，令她无法呼吸。她浑身直冒冷汗，难受地扭来扭去，还下意识地摸索着后腰的系带，但她明知不可能解开。正如囚犯不可能徒手解开镣铐。

父亲皱眉看她。"你有什么心事，瑟雯？"

"我有什么心事？"怒火腾地烧了起来，她抓着椅子扶手，俯身在他耳边轻声发问，"您知道您的妻子对我说了什么吗？"

"当然知道。你当我有多么白痴？"

她饱含酸楚地嗤笑一声，喷得鼻涕呼噜作响。"我才是大白痴，被您和母亲蒙在鼓里。"

他左边的脸颊一阵抽搐，眼皮随之颤动。"你母亲当时年轻又孤单，她犯了错。从那之后，她的全部心思都放在你身上。"

"还有酗酒——啊！"

父亲一把抓住她的胳膊，将她拽到面前。他嘴唇紧抿，硬生生地挤出几个字。"放下内心的怨恨，这不是儿戏。"

"怨恨？"她低声说，"怨恨？我整个人都是谎言，您还不明白吗？"

有几个人显然发现他们交谈时情绪激动，好奇地朝他们张望。尤其是其中一个人。国王身边的第一法师今天公开露面，换了一身富有神秘色彩的长袍。他笑了笑，某种心知肚明的微笑，然后向她颔首致意。

父亲注意到了。他瘦削的嘴唇几乎纹丝不动，但脸颊的一块肌肉在起伏。"他找过你吗？"

"谁？"

"巴亚兹。"他嘶声回答，用力攥紧她的手腕。

"我跟他一句话都没有说过。"瑟雯皱起眉头，"不过……在太阳协会，有个人自称法师。他看起来不像法师。"

父亲咽了口唾沫，消瘦的脖子上青筋起伏。"苏法？"

"他说了些胡话，说什么改变世界。说什么寻找新的朋友——"

"不管他们找你要什么，给你什么，一律回绝，听懂了吗？"他终于抬头看她，她似乎第一次看见父亲如此恐惧，"一律回绝，然后马上来找我。"

"这跟巴亚兹有什么——"

"一切都跟他有关！"他抓得更用力了，拽得更靠近了，"恐怕你从未考虑过这个身份的危险所在。不管是不是私生女，你都是国王最年长的孩子。所以你非常有价值。也非常容易受到伤害。现在你得恢复冷静。你失态了。"他放开手，从湿漉漉的左眼拭去一滴泪水，然后礼节性地鼓起掌来，与此同时，利奥·唐·布洛克骑马进入广场，笑容无比灿烂，欢呼声越发震耳欲聋。

瑟雯缓缓地直起腰来，揉着父亲留在手腕上的青色指痕。她恨不得一拳打在他缺牙的嘴巴上。她恨不得当着国王的面声嘶力竭地狂叫。至少愤然离场。

但那样必然惹人注目。不能让任何人知道。父亲说得在理。如果他还算是她父亲的话。巴亚兹依然冲着她微笑。此人不如国王大道附近的雕像那么威严华贵，但更加自命不凡。瑟雯只能把注意力转移到广场上，昂首挺胸，抬起下巴，扮上最温文尔雅的笑脸，然后鼓掌。

而内心的狂怒犹如烧开的水壶。

当游行队伍进入元帅广场，奥索听见了前方的欢呼声。他听见有人齐呼"利奥！利奥！"，有人高喊"幼狮！"，毫无疑问，那个威风凛凛的混蛋很好地扮演了大英雄的角色。远比奥索做得好。

他必须承认，新任安格兰总督带来了一份惊喜。他本以为对方是十恶不赦的暴徒，没错，此人的地域歧视相当严重，但好在性情直率、慷慨大方。实在让人讨厌不起来。那个可怜的家伙根本不知道，他挑起瑟雯的话题，简直是在奥索的头骨上打钉子。他对很多事情一无所知。她很可能会把这个倒霉蛋玩弄于股掌之间，等彻底榨干了他，最后弃之如敝履。恐怕她不是第一次干这种事。问题在于，一想到她和别的男人厮混，奥索就恨不得把眼珠子剜出来。

然后他瞅见了瑞卡，情不自禁地笑了。

她无精打采地骑着马，眯着眼，仰望太阳，一脸愤懑不平，仿佛阳光惹得她很不高兴。他不知道两人上了床之后她有什么变化。在一众锦衣华服、打扮体面的同行者之中，她不修边幅的模样反而有种别样的魅力。

他曾经的愿望是迎娶环世界最懂打扮的女人。瞧瞧，事情竟然变成了这样。

"殿下。"见他放慢步伐来到身边，她咕哝了一声。

"你们……"奥索皱眉思考，"保护领的使者怎么称呼来着？"

"瑞卡？"

"你们那儿不讲究这一套，是吧？"

"我们啥都不讲究。您怎么落到跟我们这种小角色同行了？莫非路面不够宽敞，挤不下您和利奥·唐·布洛克的两颗大脑袋？"

"我挺喜欢他。"奥索耸了耸肩，"至少他比我自己可爱多了。所以我觉得，我终于和平民大众有了共识。"那些平民投向奥索的目光大都怀着恨意，"当然是我自作自受。"

"在老家不受欢迎，您就跑这儿处理邦交事务。看来您不是我想象中的浪荡公子哥。"

"恐怕我比你想象的更坏。"他侧身靠近，压低嗓门，"我只想处理一件邦交事务，那就是我的老二和你的——"

他突然瞥见骑在瑞卡后面的男人。一个上了年纪的北方人，人高马大，脸上的伤疤前所未见的恐怖，一颗明亮的金属球嵌在伤疤当中闪闪发光。他的另一只眼睛盯着奥索，那种凝视足以冻结血液。但如果你长了一张连杀人犯都害怕的脸，也很难表现得多么友善。

奥索咽了口唾沫。"你朋友有一只金属假眼。"

"那是摆子考尔。号称北方最可怕的家伙，算得上名副其实。"

"那么他是……你的保镖？"

瑞卡耸了耸纤瘦的肩膀。"朋友而已。但他可能也扮演了你说的角色。"

"那个女人呢？"

她也盯着奥索，甚至看得比摆子更认真，她的一只手上布满刺青，嘴里嚼着什么，冷漠的脸颊有节奏地起伏着。她扭过头，大喇啐地吐了一口唾沫，目光却始终不离奥索。

"那是艾森-埃-费尔。算得上最有智慧的女山民。她认得所有的路。甚至比她爹都强。她帮我睁开了千里眼。劝我硬起心肠。难说是好是坏。"

"那么她是……你的导师？"

瑞卡又耸了耸肩。"朋友而已。但她可能也扮演了你说的角色。"

"你这么慈眉善目的姑娘，却带了几个吓人的跟班。"

"别担心。你很安全。"她凑近了说，"只要你不辜负我。"

"噢，我辜负了所有人。"他咧嘴一笑，她也咧嘴一笑，咧得比他的还大。坦率而真诚的笑容是那么美好，他为自己身处其中而深感幸福。他曾经向环世界最懂算计的女人求婚。

瞧瞧，事情竟然变成了这样。

仪式的举办不惜代价。元帅广场被改造成舞台，类似夏季剑斗大赛的赛场，观众欢喜雀跃，座无虚席。屋外挂着旗帜：联合王国的太阳，安格兰的交叉双锤。人人都换上了压箱底的服饰，不过所谓的压箱底也有高下之分，取决于他们坐在广场的哪一边。对面是珠宝和丝绸，这里是双面夹克和一条丝带，手头宽裕的有两条。

不过，心情不消花钱，所以当浩浩荡荡的队伍轰隆隆地经过时，各种情绪都是满满当当的。有羡慕和嫉妒：乞丐对平民，平民对富人，富人对贵族，贵族对王室，全都拧着脖子，眼巴巴地张望他们不曾拥有的东西。有好斗的狂热，大多属于一辈子没有摸过刀剑的人，因为时常舞刀弄枪的人知道好歹。有爱国的激情，足以淹死那一大帮外乡杂碎，还有由衷的欣慰，因为联合王国拥有世上最优秀的年轻一辈。有身在白塔之城阿杜瓦的自豪感，因为外人可呼吸不到这里的乌烟瘴气，喝不到这里的污泥浊水，也不能支付高昂的房费却屈身于巴掌大的狗窝。

事关如何养活老百姓，如何让他们住得比猪狗更好，政府采取的措施总是捉襟见肘。但轮到举办一场盛大的凯旋仪式，内阁却是得心应手。作为在流放营里挨过饿，靠着谎言骗取信任乃至感情，以坑蒙拷打为看家本领，为了一项根本谈不上信仰的事业，背叛了另一项尚有几分信仰的事业的人，眼见铺张浪费到这种地步，心里难免不是滋味。

不过维克没有那么多愁善感，脑子更是清醒得很。至少她是这样告诉自己的。

"到处找你。"塔洛来到她身边，他不需要在人群中挤来挤去。他那么瘦，能直接钻进缝隙，就像微风渗进门缝，他带来一个女孩，她戴着一顶压箱底的软帽，连维克这种一辈子都没戴过软帽的人，都能看出它已经过时了一百年，"这是我姐妹。"

维克眨了眨眼。"就是那个——"

"我只有一个姐妹。"

看不出来她多大年龄。小孩子要是吃不饱饭，有时候看起来远比实际年龄小，有时候又远比实际年龄大。有时候两种情况同时存在。她跟兄弟一样有一双大眼睛，但脸庞更瘦，所以眼睛显得更大，活像一只可怜的青蛙。维克看到自己冷峻而扭曲的影子映在两颗湿润的眼球上，更是谈不上喜欢了。

"说啊。"塔洛用手肘捣了捣姐妹。

女孩吞着口水，仿佛正在打捞掉在井里的说辞。"就想……感谢你。我现在住的是个好地方。干净。他们给我吃的。管饱。不过我可能吃不了太多。就是……我们的爹娘死了。以前没人照顾过我们。"

维克心如铁石。不信去问问在流放营里招惹她的人。问问后来被她送去流放营的人。问问任何一个碰到她的倒霉蛋。维克心如铁石。但这话太戳心。明明是人质，女孩还来感谢她。明明被她利用，逼迫自家兄弟背叛朋友，还来感谢她。

"塔洛怎么告诉你的？"维克轻声问道。

"他没说什么！"她担心惹上麻烦，"只说他替你做事，所以在他做事的时候，你照顾我。"她忧心忡忡地抬起头，"事情做完了吗？"

"事情永远做不完。"维克说，女孩的情绪立刻好转。也许理所应当，能找到活儿干，当然值得高兴。但维克从来都不明白何为高兴。也许她高兴过，但不曾留意。

号角齐鸣，震耳欲聋，成百上千双靴子同时撞地，士兵们来到了指定的位置，游行也来到了终点。一时间寂静无声。继而，坐在国王身边的、内阁当中的一人站了起来，他身上的长袍绣着各种神秘符号，在阳光下熠熠生辉。第一法师巴亚兹。

"尊敬的大人们、女士们！不屈不挠的自由民们！联合王国光荣的公民们！我们欢聚一堂，庆祝伟大的胜利！"他微笑着面对元帅广场。这个地方在不到三十年前被他夷为平地，又费时费力地得以重建。当年他们说未来能建得更好。永远都是未来更好，或者很久以前更好。敢说"正好"的政客没有前途。

"古尔库倾巢而来的精锐就在此处被彻底击溃！"巴亚兹晃了晃结实的拳头，犹如乐队的指挥，唤起了爱国人士的共鸣，"他们伟大的皇帝就在此处一败涂地。卡布尔先知就在此处彻底垮台，他邪恶的食尸徒大军统统被送回地狱。我们听说皇帝的兵士多如牛毛，先知的孩子坚不可摧。但联合王国笑到了最后！老夫笑到了最后。迷信和野蛮的势力败下阵来，通向进步与繁荣的新时代大门从此敞开。"隔着整个舞台都能看清巴亚兹的笑容。看来法师和普通老头一样喜欢吹嘘昔日的成就。

"对老夫而言——老夫年纪很大，自不必说——一切恍如昨日。在此处恶战古尔库人的年轻英雄们，当年何等神采奕奕，如今已是须发皆白。"他的大手按在杰赛尔国王的肩头，国王似乎兴致不高，反而不太自在。"历史翻过了一页又一页，一代新人换旧人，今天我们要庆祝的不是一场，而是两场联合王国获得的伟大胜利！在北方，安格兰的荒凉边界，布洛克总督孤身击退强敌！"欢呼声从四面八方传来，一个坐在大人肩头的孩子兴奋地挥舞着联合王国的小旗子。"与此同时，在米德兰，瓦贝克城外，奥索王太子平息了墙内的叛乱！"

奥索得到的掌声稀疏许多，尤其在广场的这一头，而那些拼命鼓掌的，也是看在钱包的分上，而非真心拥戴。王子的贵族朋友寥寥无几，平民朋友更是无从说起。从表情上判断，维克知道他很清楚这一点。

"我为奥索难过。"塔洛感伤地轻叹一声，这个小伙子很容易感伤，"那些家伙被吊死不是他的错。"

"可以想见。"维克说，无论如何，更不是她的错，"没想到穷人还有闲心同情王太子。"

"同情又没啥损失，不是吗？"

"话别说得太早。"

"老夫亲眼目睹的战斗不计其数！"欢呼声平息后，巴亚兹喊道，"胜仗不计其数。但老夫今日的骄傲之情前所未有。对他们未来的期望之高前所未有。我们老一辈人要尽我们所能。去建议。去告知。让他们受益于我们来之不易的经验教训。不过，未来终究属于年轻一代。有这样的年轻人……"他张开双臂，一手示意人称幼狮的利奥，一手示意羔羊名号越传越广的奥索，"以老夫所见，未来大可放心。"

掌声和欢呼声更加热烈，但也有杂音，来自维克周围的穷人。伊斯尔大人策马靠近利奥·唐·布洛克，两人交头接耳，然后同时望向王室包厢。

朝野两头各有祸患。处处危机四伏。维克冷眼观察奥索王太子，又望向那个头发乱似鸟窝的北方姑娘。她盯着自己的手,表情十分古怪。维克察觉到她的手在发抖。她狠狠地爬下马背,抓起挂在脖子上的某个东西,慌忙塞进嘴里。

"她怎么了?"塔洛问。

"说不好。"

她像一棵被砍断的树,直直地翻身倒地。

✡

"瑞卡?"

她勉强睁开一只眼睛。一道光刺了进来,晃得人想吐。

"你还好吗?"奥索单手托着她的头,一脸关切。

她用舌头把口中那根湿漉漉的木钉抵出去,脑子里独独想到一个字,于是哑着嗓子说:"操。"

"这就对啦!"艾森蹲在一边袖手旁观,笑得歪瓜裂枣,牙洞也露了出来,项链上串着的符文木片和指骨晃来荡去,"你看见啥了?"

瑞卡突然抬手,一把抓着脑壳。她的头骨好像即将四分五裂,快要炸开了。眼皮里面依然呼呼地冒着影子,类似你盯着黑屋子里的烛火看过之后残留的闪闪光斑。

"我看到一座破败的高塔,塔顶有一匹白马在尥蹶子。"还有滚滚浓烟,烧焦的恶臭。"我看到一扇大门敞开着,但里面空空荡荡。"架子上除了灰尘什么都没有。"我看到……"恐惧忽然席卷全身。"我看到一位上了年纪的氏族长死了。"她摸了摸左眼。烫。烧得发烫。

"是谁?"

"上了年纪的氏族长,死了,死在点满蜡烛的高堂里。很多人围着遗体,低头看他。他们都在算计自己能得到什么。他们像一群野狗，死去的老人是一块肉。"恐惧越来越强烈，瑞卡的眼睛越睁越大，"我得回家。"

"你认为是你爹？"艾森问。

"还能是谁？"

摆子的眉头拧成一团，金属假眼反射着阳光。"如果真是这样……乌发斯那边谁能掌权就很难说了。"

瑞卡的脑袋在轰鸣，痛得她龇牙咧嘴。"他们的面部全是阴影。可我确实看到了！"

"你说真的吗？"奥索问。

"真的。"瑞卡呻吟着，半撑起身子，"我必须回北方。越快越……"她发现所有人都看着她，偏偏现场的人多得可怕，她皱起鼻子，闻到了那股气味，"啊，死者在上……"

64 同样混账
My Kind of Bastard

"腿怎么样?"

斯奎尔笑着拍了拍侄儿受伤的大腿,疼得他龇牙咧嘴。

"好些了。"斯达把伤腿伸到桌子底下。

"算你走运,小子。"斯奎尔就着杯子又灌了一大口,啤酒漏进了胡须,克洛弗觉得像他那么能喝的人应该喝得很熟练了,但那家伙次次都漏酒,"幼狮本可以杀了你。"

"是。"斯达皱眉盯着地面,眼窝周围还残留着黄色的瘀青,"如果换一种情况,我本可以杀了他。"

"那是当然。"斯奎尔吃吃一笑,招手命人斟酒。他那帮老杂种神气活现,而斯达那帮小杂种闷闷不乐。头儿吃了败仗,他们都少了一点什么。也许少了一分骄傲的劲头。克洛弗早就把骄傲当作阻碍,但总有人爱它比爱金子还多。

"怪了,国王的斗士输了,他的兴致似乎还挺高的。"奇妙低声咕哝,嘴唇几乎没动。

"是啊,"克洛弗说,"也许他得到了摇手指的机会,可以一边喝啤酒一边教训狂妄的后辈,回顾大半辈子积攒的经验。"

"但他跟斯达一样渴望决斗。"

"国王就是这样。坏事的永远是别人。"克洛弗看着斯达揉捏伤腿。此时魁狼更像一只温驯的小狗。文静。甚至卑微。"你瞧,失败最终让我们未来的国王学到了教训。"

"就像你?"

"据说失败是最好的老师。"

奇妙点点头,从微微发白的眉毛底下望着一屋子的人。"这么说,仗打完了。"

"看来是的,"克洛弗说,"很多人死了,结果什么都没改变。"

"战争就是这样。只有坏人得好处。距离下次开战估计也快了。"

"一点儿也不意外。"

"在此期间呢?还是教人练剑?"

"想不出还有别的什么事我可以坐着干。你呢?"

奇妙皱眉望向斯达,叹了口气。"只要不用给这个混蛋做保姆,其他的无所谓。"

"你可以跟我一起。"

"教孩子们练剑?"

"我认为你可教的聪明才智比大多数人都多。"

她冷哼一声。"反正比你多。"

"这就对了。咱们可以互补,良好的合作关系都是这样。你教人聪明才智的时候,我就坐着乘凉。"克洛弗举杯呷了一口,有滋有味地笑了,想象着靠在最舒服的树干上。粗糙的树皮顶着他的后背。啪,啪,训练场上,枝条撞在一起。

"你说正经的。"她眯起眼睛。

"呃……我没有不正经。我孤家寡人又不是自己选的,只是因为运气不好。"

"再就是你把你的朋友干掉了。"

"这里是北方,"克洛弗咕哝道,"谁没有干掉过一两个朋友呢?"两人相视一笑,碰杯。

几把椅子翻倒,斯达愁眉不展地盯着啤酒,仿佛杯底有谜语。"我从未输过。无论什么事。"

"要是没有那个该死的女巫肯定赢了!"格林韦怨气冲天,仿佛输了的人是他,"该死的千里眼,不要脸的东西。就是她妈的作弊。他们都该被割上血十字。"

"又没有规则禁止人家喊叫,不是吗?"斯达轻声说,克洛弗从未见过他若有所思的样子。"我认为她帮了我一个忙。输……让我用全新的视角看问题。就像在眼前放了一块彩色玻璃,你看到的世界有了全新的颜色,或者说……不!就像取走了玻璃,让你看到了世界本来的颜色!"

斯奎尔冲着侄儿挑起眉毛。他不是唯一一个挑眉毛的人。克洛弗的眉毛差点飞出去了。"你很像你父亲,也许你都没发现。"国王说,"我以前只知道你是战士,没想到你还会动脑子。"

"我也没想到,"斯达那对湿漉漉的眸子格外明亮,"可成天躺着养伤,除了动脑子你还能干吗?我悟了。幼狮没有送我入土。但人土对我们所有人来说都是迟早的事。"

"没错,侄儿,大平衡者等着我们所有人。"

"我悟了。"斯达盯着握成拳头的手,"你只有一辈子的时间建功立业,而一辈子未必很长。"

"没错,侄儿。谁都不会平白让你在歌谣里拥有一席之地。你只能自己争取。"

"我悟了。"斯达猛地一捶桌子,"是你的东西,你不能一直等。"

斯奎尔举起酒杯,微微一笑。"没错,侄——"

国王突然发出难听的咯咯声,呕出一大口鲜血和啤酒,克洛弗大吃一惊,只见斯达手里的刀插进了他伯父的脖子。

咔嚓一声,污物溅了克洛弗一脸,却见身边的老战士被一斧子劈中鼻梁,劈开了脑袋。

另一个老战士被推到桌上,头被砍掉。砍了两下。

还有一个老战士被格林韦割开喉咙时,把桌上的肉和酒杯都踢了下来,啤酒四处泼洒。

一个老战士怒吼着挥舞餐刀,却受困于自己的毛皮斗篷,然后被一剑戳穿了肚子。他嘴里骂骂咧咧,血染红了胡子,接着又有一把钉头锤捣进了他的后脑勺。

国王的一个侍酒女孩被掼倒在地,另一个把酒罐抱在怀里,仿佛这样就能躲起来。斯奎尔趴在桌上,双眼暴凸,舌头下垂,鼻孔依然有气无力地喷着血泡,被染成红色的啤酒从桌边滴落,啪嗒,啪嗒,啪嗒。

桌子底下有一个老战士,一边爬行一边嘶吼,伸着没有受伤的胳膊,企图摸到一把掉在地上的剑。他拼命地够啊够啊,仿佛越过最后一点点距离,握住剑柄,一切都能变得不同。斯达手下的一个年轻人翻过桌子,一脚踩中他的颈背,一脚,两脚,三脚,骨头咯咯作响。

不一会儿,那帮老杂种全都没了命,那帮小杂种趾高气扬地站在那儿,溅上了血点子的脸庞堆满笑容。

克洛弗清了清嗓子,小心翼翼地放下酒杯,推动椅子,站起身来。他这才发现手里还拿着一根啃了一半的骨头,于是扔到桌上,揩去手上的油脂。

他的感觉很奇怪。平静得很。斧子离开了那个老战士的头颅,发出黏糊糊的响声。斯达的小杂种们转身面对他,手握血淋淋的兵器。奇妙拔剑面对他们,咬牙切齿,摆出迎战的架势。

"冷静下来，各位！"斯达大喊，"全都冷静下来！"他靠着椅子，瘀青未消的脸上，野狼似的笑容比平日更欢，"猜到了没，克洛弗？"

"我们不是都有千里眼。"他自以为机智过人，却终究和斯奎尔一样被蒙在鼓里。不过他也明白，如果斯达真要弄死他，他早已跟其他人一起躺在地上了。于是克洛弗站着不动，默不作声地判断风向。

"说明你是个愚蠢的老东西。"斯达抿了一口酒，舔舔嘴唇，"但你也是个聪明的老东西。聪明的傻瓜，呃？我一直把你的说教当成胆小鬼的胡言乱语，但是回头一想，你说得完全没错。"他冲着克洛弗晃了晃血迹斑斑的匕首，"比如你对刀和剑的说法。二十年早晚练剑的苦功，抵不过我这一刀的收获大。我想要你继续跟着我。也许你肚子里还有货可以教。不过……我需要你献上投名状。"他斜了奇妙一眼，"杀了她。"

她闻言扭头，双眼圆睁。"克洛——"

他一把将奇妙搂到怀里，她惊得目瞪口呆，执剑臂被他的左臂压制，同时他右手持刀，捅向她的心口，热血喷了他一手，顺着胳膊流到地上。

你必须瞅准时机。这话他时常挂在嘴边。只要有人愿意听，他不吝赐教。时机到来，你必须能识别，能把握，不记挂过去，不纠结将来。

他抱着奇妙，直到她断气。时间不长。他告诉自己，但愿他死的时候能被人抱着，但事实是他很想抱着她。需要抱着她。至于她有什么感觉，已经无从得知。死人的感知轻若羽毛。

没有遗言。只有含混的哼哼声。然后克洛弗把她放到地上，放在那摊逐渐扩散的血泊中，她的眼睛失望地盯着房梁上的蜘蛛网。

"操，"斯达说，"你都没有考虑一下。"

"不用。"克洛弗见过的死人太多了。亲手杀死的也不在少数。

但他很难想象奇妙已经死了。她随时都可能哈哈一笑，讲句俏皮话，眉毛一挑，让他无地自容。

"好冷酷。"格林韦摇着头，另一个年轻的战士打了个长长的呼哨。"冷酷。"

"人就得见风使舵。"魁狼笑得更欢了，"你不是什么好东西，克洛弗。但你跟我是同样的混账。"

跟斯达是同样的混账。这就是他过人的机智带来的结果。

随着一声巨响，大门突然打开，全副武装的战士涌进大厅，涂彩的盾牌纷纷举起，刀剑矛斧闪着寒光。黑手卡尔达大步上前，看到满地都是死人，他的眼睛瞪得滚圆。

"父亲！"斯达斟上啤酒，举起酒杯，喊道，"来一杯？"他一口气喝光了，把酒杯搁在国王的血泊中。

"你干了什么？"卡尔达轻声说。

"决定不等了。"斯达揪住斯奎尔的耳朵，拎起那颗胖乎乎的脑袋，取下金链子，钻石吊坠被染成血红色。格林韦咯咯直笑，其他人也喜笑颜开，个个心满意足。

克洛弗没想到有一天能看见黑手卡尔达无言以对。他看着奇妙的尸体，又看着克洛弗，然后看着儿子，双拳紧握。"我们的盟友接受不了这种事！人心会散的！"

"您没听说吗？"斯达问，"我和幼狮交了朋友！没有比联合王国更强大的盟友。但如果有人非要忠于我的伯父，没问题。"他露出牙齿，湿漉漉的眼珠子鼓了出来，"他们可以跟他一起入土！"斯达把金链子挂到身上，血红的链子挂得歪歪斜斜，弄脏了他的白衬衫，"他们要知道时代变了。您也一样。如今我是北方人的国王。"

卡尔达的面色苍白如牛奶，但他能做什么呢？因为儿子杀了他哥哥，就杀了儿子吗？斯达是北方的未来。从来都是。随着所有的老战士都惨死在大厅里，未来已经提前到来。人类最大的敌人是自己的野心,贝斯奥德说过,而此情此景便是血淋淋的铁证。黑手卡尔达统治北方二十年。仅仅一刀,他的时代便结束了。

"你祖父的梦想——"他轻声说,仿佛他宏大的计划还能死灰复燃。斯奎尔国王还能死而复生。

斯达嘘了一声,半是厌恶,半是厌倦。"他们说了很多关于我祖父的事,贝斯奥德这样贝斯奥德那样,可我从没见过那个混蛋。"他龇牙咧嘴地抬起伤腿,跷在死国王肥厚的背上,"我有自己的梦想要考虑。"

克洛弗站着没动,浸透袖子的血变冷了。

65 国王万岁
Long Live the King

奥索在黑暗中醒来,把手伸过去,但她不在。

他坐起来,不知道身在何处。不知道伸手是找谁。他揉捏着鼻梁。他在做梦吗?

瑞卡已经回北方了。瑟雯永远离开他了。没错,很多人依然争先恐后地吸引他的注意,围着他,奉承他,想从他身上谋利。但他依然孤单。

他前所未有地孤单。

走廊上的响动将他从自怨自艾的情绪里强行唤醒。远处传来一声喊叫,模糊不清。接着又有一声,更近了,还有急促的脚步,咚咚咚地经过,然后远去。他掀开被子,光着脚踩在冰冷的地板上。从门缝里透进来的光亮中有阴影移动,然后门把手转动着,门打开了。

"见鬼,母亲,您就不能敲门吗?"

她一如既往地雍容华贵,面无表情,手中的烛光仿佛为她戴上了一张面具。但她身着晨袍,披头散发。奥索似乎从未见过她在精心打理好头发之前离开卧室。不知为何,她长发及腰的样子,比别人慌里慌张地乱跑更能说明有大事发生了。

"怎么了?"他轻声问道。

"跟我来,奥索。"

三更半夜,王宫里竟然热闹得很。人人都在瞎忙活,没头苍蝇似的跑来跑去,全是惊慌失措的表情。一名武装到牙齿的近卫骑士踏着重步经过,额头上挂满汗珠,手中的提灯照得镀金镶板闪闪发光。

"怎么了,母亲?"奥索口干舌燥。

她一言不发,翩然走在布置了迎新浆果的清冷走廊上,步伐很快,他时不时地跑几步才能跟上。

三名近卫骑士守在父亲寝宫的大门外。看见王后快步走来,他们慌忙敬礼。其中一人忧心忡忡地看着奥索,表情极其古怪,那人随即低下头去,盯着锃亮的地砖。

床边围着一大群人,个个身着睡衣和晨袍,花白的头发凌乱不堪。他们都是国王的家人和内阁成员,一张张惊恐不安的面孔在摇曳的烛光中显得那么陌生。他们无言地为奥索让路,他着了魔似的走了进去。他好像坐在推车上,毫无知觉,仿佛在做梦,他的呼吸逐渐慢了下来,到最后几乎停止了。

他在床边停步,低头望去。

杰赛尔一世国王躺在床上,双目紧闭,嘴唇微张。被子盖到了脚踝处,双脚顶起一对深红色的小山。他的睡衣被拉到胸口处,露出蜡白的躯干,花白的毛发散落得到处都是,枯干的阳具耷拉着,软塌塌地贴在臀部。奥索的父亲常说,尊严是国王负担不起的奢侈。

御医跪在床边,耳朵贴在国王胸前。有人挤过来,递上一面手镜,他将其悬在国王的嘴唇上方,然后摸索着自己的眼镜,戴上了。

"他没有生病的迹象。"一阵半信半疑的低语声传来。

"我昨晚还跟陛下说过话。他兴致很高!"

"这到底有什么关系?"有人吼道。

沉默滋长。

医生小心翼翼地放下镜子,缓缓起身。

"怎么样?"宫务大臣霍夫绞着苍白的双手,问道。

医生眨了眨眼,又摇了摇头。

布雷默·唐·葛斯特猛吸一口气,阔鼻头吱吱作响。

格洛塔审问长瘫软在轮椅上。"国王驾崩了。"他喃喃道。

人们发出异样的呻吟声。也许是奥索的喉咙发出来的。

忽然间,他觉得还有很多话要对父亲说。他总觉得他们过一阵子需要讨论重大的事情。深刻的话题。但再也没有可能了。他出现的时间是一个定数,而奥索将其全部浪费在谈论天气的好坏上,从今往后,再也没有了。

他感到有人把手压在肩头,抓得很用力,不像是安抚,他扭头张望,发现第一法师站在身边。法师的嘴角似乎含着一抹笑意。

"国王万岁。"巴亚兹说。

(未完待续)